L'ARCHIPEL DU SOLEIL

Né en 1951, Bernard Simonay a déjà fait voyager ses lecteurs à travers de nombreux romans, thrillers, romans historiques ou fantastiques, parmi lesquels *Les Tigres de Tasmanie*, *Phénix* (qui a reçu en 1987 le prix Cosmos 2000 et le prix Julia Verlanger), *Moïse et le pharaon rebelle*, *Le Secret interdit*, *La Première Pyramide*, *Antilia*, *Les Enfants de l'Atlantide*, *La Fille du Diable*.

Bernard Simonay

L'ARCHIPEL DU SOLEIL

Les Enfants de l'Atlantide II

ROMAN

Éditions du Rocher

COLLECTION DIRIGÉE PAR FABRICE COLIN

TEXTE INTÉGRAL

ISBN 2-02-086124-0
ISBN 2-02-086371-5, n° général
(ISBN : 2-268-03792-4, 1re publication
ISBN : 2-268-05340-7, 2nde publication)

www.seuil.com

Avis au lecteur

L'Archipel du Soleil constitue le deuxième tome de la série *Les Enfants de l'Atlantide*, commencée avec *Le Prince déchu.*

Six mille cinq cents ans avant Jésus-Christ.

Recueilli par la jeune reine d'un royaume perdu aux confins des glaces du Nord, le héros, Jehn, découvre qu'il a été, dans une vie antérieure et sous le nom d'Astyan, l'un des dix princes régnants d'un empire puissant, l'Atlantide. Pourtant, le monde dans lequel il vit n'en garde apparemment aucun souvenir, sinon sous la forme de vagues légendes.

L'Atlantide...

Un monde mythique, dont se dégage un parfum d'évasion à travers le temps et l'espace. Un univers fabuleux, qui éveille en chacun de nous des souvenirs, des images lumineuses peut-être issues d'un inconscient collectif, mémoire d'un passé prestigieux et onirique, dont les cendres sont depuis longtemps enfouies sous les sables des millénaires.

Comme l'Atlantide, la ville de Troie fut longtemps considérée comme un mythe, avant qu'un extraordinaire aventurier allemand, Heinrich Schliemann, ne découvrît son emplacement, révélant que les récits merveilleux contés par Homère dans *L'Iliade* et *L'Odyssée* reposaient sur des faits réels.

En ce qui concerne l'Atlantide, les choses sont plus compliquées. Sa disparition remonterait à près de douze mille ans. Elle constitue de ce fait le plus vieux mythe connu. Le cataclysme qui aurait provoqué sa destruction fut sans doute d'une ampleur sans précédent dans l'histoire de l'humanité.

En vérité, les seules traces tangibles que nous possédons concernant son hypothétique existence sont contenues dans deux dialogues de Platon, le *Timée* et le *Critias*, qui datent du IVe siècle avant Jésus-Christ. Il y contait un voyage de Solon en Égypte, où les prêtres de Saïs lui parlèrent d'une grande île située au-delà des Colonnes d'Hercule (l'actuel détroit de Gibraltar), appelée Atlantide, et qui était « le cœur d'un empire vaste et merveilleux. Par cette île, on pouvait passer au continent d'en face qui entourait le véritable océan »...

Essentiellement à partir du XIXe siècle, de nombreux ouvrages furent consacrés à cet empire de légende. Ainsi, l'Atlantide a été localisée en différents endroits, depuis les îles d'Héligoland jusqu'au Pacifique, où la mystérieuse île de Pâques, Aku-Aku, est considérée par certains comme le vestige d'un continent disparu. Les localisations les plus sérieuses se rattachent sans doute à un événement historique réel, comme Théra (aujourd'hui Santorin) dans la mer Égée, vraisemblablement détruite par une formidable éruption volcanique au XIe siècle avant Jésus-Christ, qui amena l'effondrement de la civilisation crétoise. Mais Théra ne saurait correspondre au site évoqué par Platon : « au-delà des Colonnes d'Hercule ».

À l'origine de toute légende, il y a souvent un élément concret. Lorsque l'on se prend de passion pour l'étude des mythes anciens, on découvre avec stupéfaction des corrélations étonnantes, des coïncidences qui ne peuvent être le fruit du simple hasard. Dans le cas de l'Atlantide, ces coïncidences sont aussi nombreuses que troublantes. Cependant, mythe ou réalité engloutie sous les flots, l'Atlantide demeure un mystère qui ne sera sans doute jamais élucidé. À moins...

À moins que l'on n'accepte de se laisser porter par les ailes de l'imagination, pour plonger dans le gouffre insondable du passé.

Cet ouvrage et ceux qui suivront n'ont pas la prétention de dévoiler la vérité sur ce que fut l'Atlantide, ni même d'affirmer qu'elle a réellement existé. Ils n'ont d'autre ambition que de distraire le lecteur et lui permettre de rêver.

Alors, faisons un rêve. Un rêve inspiré par les ombres de ces Atlantes qui hantent encore nos mémoires...

Et si Astyan et Anéa avaient réellement vécu...

Si l'Archipel du Soleil n'était pas qu'une légende...

Alors, il nous faut bien admettre cette vérité fascinante :

Nous sommes tous des enfants de l'Atlantide.

Bernard Simonay

Liste des personnages

CALLISTO : Princesse de Thulea, amante de Jehn-Astyan

DIEKAARD : Capitaine thuléen

PREMIÈRE ÉPOQUE :

ANÉA : Petite fille de la tribu des Vrais Hommes

ASTYAN : Jeune garçon de la tribu des Vrais Hommes

EPHYRA : Mère d'Anéa

HAEVYA : Mère d'Astyan

HAR'IHR : Guerrier de la tribu des Vrais Hommes. Fils de Maanv'Ihr

HERV'IHR : Second chef de la tribu des Vrais Hommes

MAANV'IHR : Chef de la tribu des Vrais Hommes, père des deux précédents

PAHAR'DE : Guerrier

ROOTLAN : *Sik'aï*, sorcier de la tribu des Vrais Hommes

TROON'DE : Guerrier

VAA DREN : Mère de Han'Ihr et de Herv'Ihr

SECONDE ÉPOQUE : LES TITANS ET LEURS ROYAUMES

ÎLE d'AVALLON (divisée en deux royaumes)
POSÉIDONIA : ASTYAN et ANÉA
KAMALOTH : MAERL et VIVYAN

ÎLE d'HESPÉRYA
ÉTRUSIA : KRONOS et RHÉA

ÎLE de LYONESSE (divisée en deux royaumes)
DELPHES : PTAAH et MNÉMOSYNE
AKHÊNA : HYPÉRION et ELYANE

ÎLE d'ANTILLA (divisée en deux royaumes)
ELKHARA : QUETZAL et OCANAA
ATLANTIS : OCYAAN et THÉTYS

ÎLE d'ARALU
SAÏQARAH : KHRIOS et THÉMIS

ÎLE d'AMENTI
MEMPHIS : PROMÉTHÉE et GALYANA

ÎLE d'ATALAYA
ASGARTH : WOODIAN et FRAÏA

AUTRES PERSONNAGES

ARGANTHOS : Roi de Thartesse, capitale de la Tuténie

ASHERTARI : Sœur jumelle d'Anéa

ATHOR : Géant

BAÂL : Géant, jumeau de Moloch

CHYRON : Père d'Astyan

DAME GWALINE : Argonte de Kamaloth

DEÏRDRA : Mère de Vivyan

ÉGLÉE : Sœur d'Astyan

ELNA : Mère d'Astyan

ERIS : Géante

EUPHÉMOS DE KARYA : Navigateur

FÉTIDA : Géante

GHAFFARY : Astrologue de Kamaloth

KHALI : Géante

LLERMO : Assistant d'Oldma

LOKHAR : Géant

MAÏA : Fille d'Astyan et d'Anéa

MARAKIS : Artisan, maître de la pierre

MEÏNA : Mère d'Anéa

MÉLINA : Jeune femme chargée des grands projets immobiliers de Poséidonia

MOLOCH : Géant, jumeau de Baâl

OHARIS : Frère d'Astyan

OLDMA : Argonte

OPHIUS : Géant

PAÏDRAS : Pilote d'aéroglisseur et chef de la légion des « Braves »

PHÉRAS : Argonte-gouverneur de Doïra

PHÉROS : Père d'Anéa

PLÉIONÉE : Fille d'Ocyaan et de Thétys

SCHOENÉE : Fille d'Astyan et d'Anéa

SYGRINE : Mère de Maerl

TAENGHU : Géant

TARGHOS : Capitaine poséidonien

THOLROG : Capitaine asgarthien

TLAZOL : Géante

ATLAN

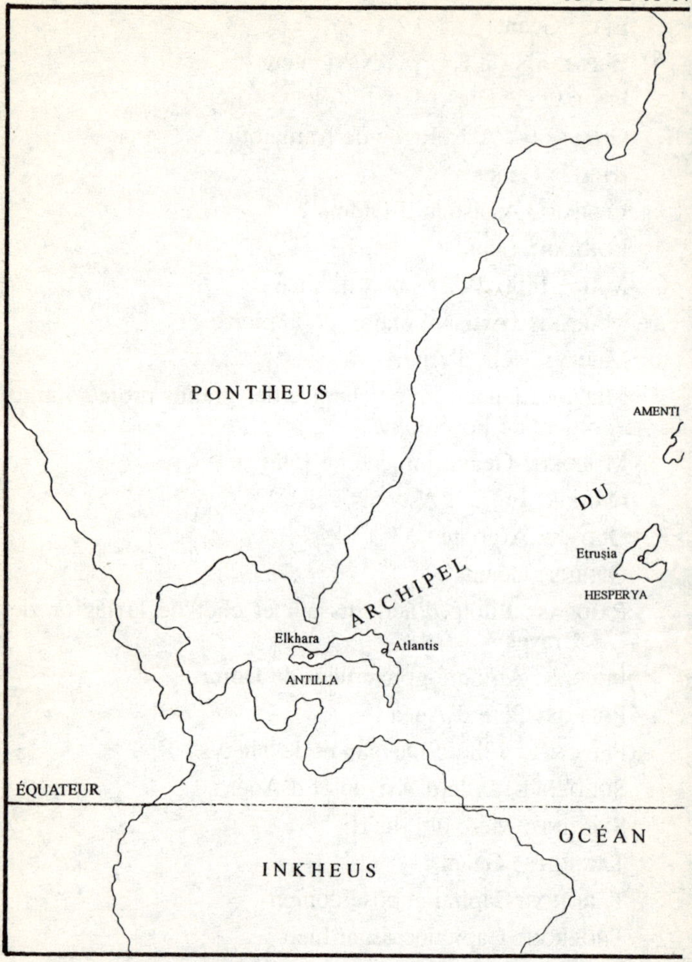
PONTHEUS
AMENTI
DU
Etrusia
ARCHIPEL
HESPERYA
Elkhara
Atlantis
ANTILLA
ÉQUATEUR
OCÉAN
INKHEUS

TIDE
ATALAYA
Asgarth
Kamaloth
AVALLON
Poséidonia
TUTENIE
Thartesse
MER
D'HELLES
Memphis
SOLEIL
Akhêna
LYONESSE
Delphes
LAC
TRITONIS
Cytharia
TSAHAR
ARALU
Saïqarah
DU SOLEIL

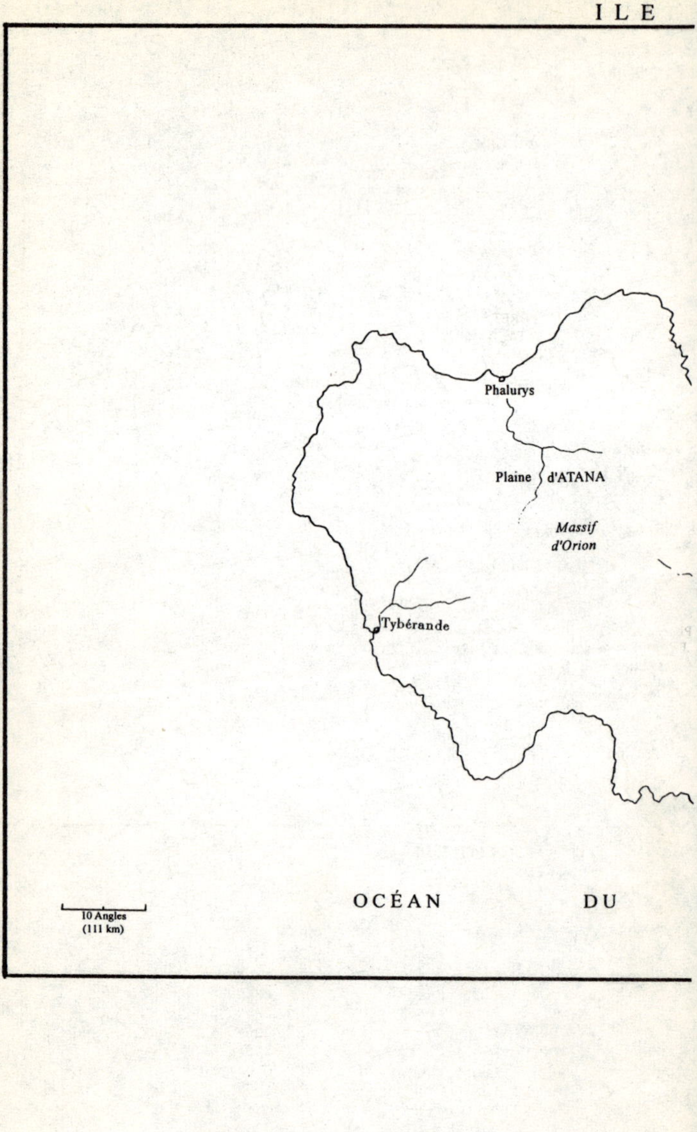
ILE
Phalurys
Plaine d'ATANA
Massif d'Orion
Tybérande
OCÉAN DU
10 Angles
(111 km)

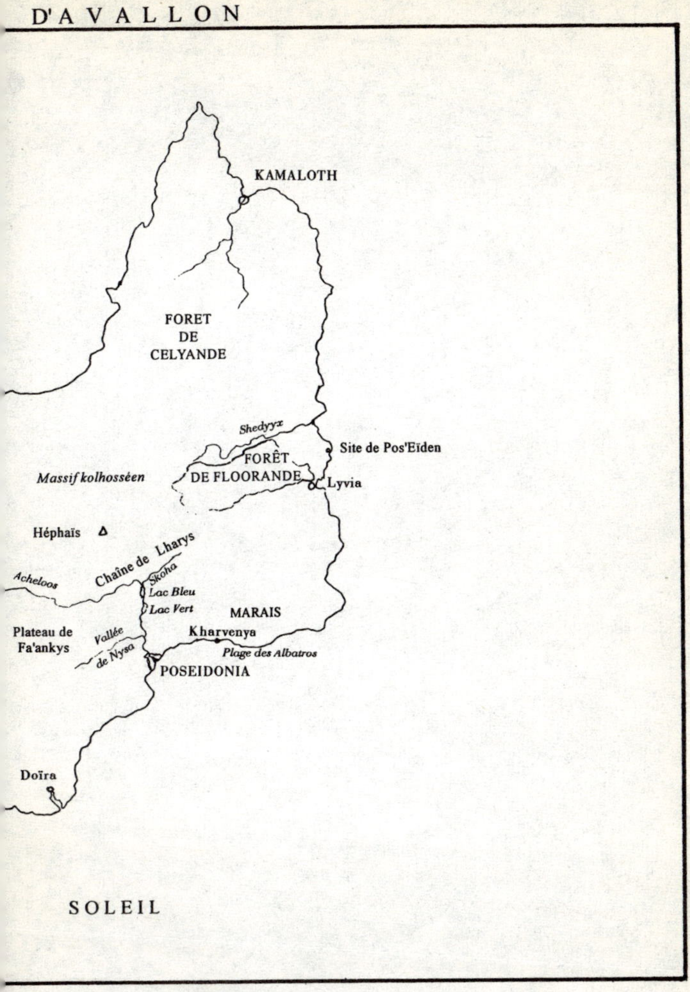
D'AVALLON
KAMALOTH
FORET
DE
CELYANDE
Shedyyx
Site de Pos'Eïden
FORÊT
DE FLOORANDE
Massif kolhosséen
Lyvia
Héphaïs
Chaîne de Lharys
Acheloos
Skoha
Lac Bleu
Lac Vert
MARAIS
Plateau de
Fa'ankys
Vallée
de Nysa
Kharvenya
Plage des Albatros
POSEIDONIA
Doïra
SOLEIL

Première partie

L'AUBE DES DIEUX

Dieu prit l'homme et l'établit dans le jardin d'Éden pour le cultiver et le garder.

GENÈSE (II-15)

Prologue

Callisto caressa son ventre gonflé par la petite vie qu'y avait déposée l'homme mystérieux dont elle avait réveillé les souvenirs quelques mois plus tôt. Confortablement installée sur la terrasse du palais, elle regarda au loin les montagnes couronnées de neiges étincelantes qui dominaient la vallée d'Émeraude.

En cette saison, les journées duraient très longtemps. Le soleil ne se couchait pas plus de quelques heures. Lorsqu'il disparaissait, le manteau de la nuit constellée d'étoiles demeurait étrangement illuminé vers le nord. Parfois s'y déployaient, dans un silence impressionnant, les draperies scintillantes d'une superbe aurore boréale. Les Thuléens les appelaient les « Voiles de Fryggia ». Tel était le nom qu'ils donnaient à la déesse-mère.

Ce phénomène avait intrigué Jehn, le jeune chasseur originaire des lointaines terres du Sud, lors de son arrivée. Mais il n'étonnait nullement le prince Astyan, celui qu'il était devenu depuis sa métamorphose[1].

À l'époque, Callisto avait redouté un moment qu'il ne voulût repartir sur-le-champ. Pourtant, il était resté. Il désirait attendre la naissance de leur fils avant de reprendre la mer, à la recherche de son royaume oublié.

Elle regarda avec tendresse la silhouette puissante et parfaitement proportionnée du jeune homme, qui jouait au loin en compagnie de l'ourse Deïra et du loup, ce fauve à

1. Voir le premier tome : *Le Prince déchu.*

l'intelligence surprenante auquel il n'avait donné aucun nom. Il était « Le loup », tout simplement.

Jehn... Astyan...

Deux êtres différents, qui pourtant n'en formaient qu'un seul.

Il était né sous le nom de Jehn, jeune chasseur du village lointain de Trois-Chênes, dans le golfe de la Petite Mer, un pays où les hommes dressaient de hautes pierres afin de percer les secrets des étoiles. Il avait eu la révélation de son nom véritable, Astyan, au cours d'une hallucination mystérieuse qui n'avait cessé de le hanter depuis. Tout comme le visage de cette inconnue aux yeux verts, une femme qu'il aimait d'un amour exclusif.

Callisto, grâce à ses dons de divination, avait découvert ce nom étrange sans toutefois comprendre ce qu'il signifiait, sinon que ce n'était pas celui d'un être ordinaire. Même s'il l'ignorait encore, il n'était pas un mortel, mais un dieu.

Elle avait craint, après la transe singulière qui lui avait permis de retrouver sa véritable origine, que ce dieu inconnu ne révélât une personnalité inquiétante et dangereuse. Elle avait failli périr des conséquences de sa colère, quelques lunes auparavant, lorsque son épouse, Myria, avait été victime d'un meurtre odieux. La puissance phénoménale d'Astyan, soudain libérée et incontrôlable, avait provoqué un raz de marée gigantesque qui avait englouti en quelques instants la sombre cité d'Yshtia, où elle, Callisto, était retenue prisonnière depuis plus d'une année. Dans un accès de folie et de désespoir, il avait frappé la ville maudite de sa rage, au mépris même de sa propre vie. Il n'y avait eu que quelques dizaines de survivants. Astyan et elle n'avaient dû la vie qu'à un miracle. Cependant, effrayé par le pouvoir mental extraordinaire qu'il avait découvert au plus profond de son âme, il n'avait pas voulu demeurer parmi les siens, redoutant de céder un jour à une nouvelle crise de fureur.

Alors, parce qu'elle était la seule personne de sa race qu'il connût, il l'avait suivie dans son petit royaume de glace et de feu, où la vie était douce et lumineuse.

Elle fit glisser ses doigts sur la marque en forme de trident qu'elle portait au-dessus du sein droit. On disait qu'elle était le signe des dieux anciens ; il possédait la même sur l'épaule gauche. Elle ignorait à quoi cette marque correspondait, sachant seulement que les êtres qui la portaient étaient dotés de pouvoirs surnaturels. Mais les siens ne pouvaient se comparer à ceux d'Astyan ; d'ailleurs, elle les avait perdus depuis qu'elle s'était donnée à lui. Elle s'y était attendue, et même l'avait souhaité. Connaître l'avenir ne lui avait apporté que des déconvenues.

À présent elle était heureuse. Bien sûr, elle savait qu'il la quitterait, et qu'elle ne pourrait rien faire pour l'en empêcher. Mais il était là, depuis trois lunes, surveillant avec délicatesse et inquiétude l'évolution du ventre de sa compagne. Comme n'importe quel futur père...

Tout ce qu'ils avaient vécu demeurerait à jamais gravé dans sa mémoire : son audace insensée lorsqu'il s'était aventuré, seul, dans l'inquiétante cité d'Yshtia, ses exploits, la mort de son épouse, tuée d'une manière abominable par la cruelle Asdahyat, le désespoir sans nom qui avait suivi, sa terrible vengeance.

Elle conserverait comme un joyau l'amour inconditionnel qu'elle lui portait, les nuits merveilleuses qu'ils partageaient depuis qu'elle s'était offerte à lui sous les eaux brûlantes des geysers de la vallée haute. Elle l'aimait de toute son âme, de toutes les fibres de son corps, elle aurait volontiers donné sa vie pour lui.

Elle espérait sans trop y croire que la naissance d'un fils pourrait le retenir près d'elle. Mais au fond, elle savait qu'un jour il partirait. Il désirait retrouver son royaume disparu, un royaume dont elle ignorait tout, sinon qu'il avait nom Poséidonia, parce que ses visions le lui avaient révélé juste avant qu'elle ne perdît ses pouvoirs divinatoires. Poséidonia, capitale de l'une des sept îles de l'Empire atlante. Cependant, elle n'avait aucune idée de ce que pouvait être cet empire. Les plus anciennes légendes évoquaient parfois un monde mythique, où régnaient ceux que l'on appelait les Dieux Anciens ; mais certains récits plus ou moins oubliés affirmaient qu'il avait jadis été englouti par la fureur de l'océan.

Astyan refusait d'y ajouter foi. L'Atlantide n'était pas un mythe ; c'était un grand archipel situé bien loin vers le sud. Callisto avait fini par se ranger à ses arguments ; on savait si peu de choses sur le vaste monde.

Elle savait aussi qu'Astyan désirait par-dessus tout retrouver la femme mystérieuse qui hantait ses nuits depuis toujours.

Anéa...

Ce nom était apparu à Astyan immédiatement après la transe insolite qui lui avait permis de recouvrer une partie de sa mémoire. Sans doute était-elle une déesse, comme lui. Callisto n'en éprouvait même pas de jalousie. Il n'était pas destiné à rester près d'elle. Et nul ne pouvait lutter contre les décisions du Destin. Aussi jouissait-elle de chaque instant passé avec lui.

Elle se leva et le rejoignit. L'ourse vint se frotter affectueusement contre elle, imitée par le loup. Astyan la serra dans ses bras et l'embrassa avec tendresse.

– Comment se porte ma petite princesse aujourd'hui ?

– Jamais ma vie n'a été aussi merveilleuse, mon seigneur ! Je suis impatiente de mettre notre fils au monde. Et pourtant, je voudrais le garder pour toujours en moi, car je sais que tu me quitteras dès qu'il sera né.

Astyan prit le visage de la jeune femme entre ses mains.

– Je sais combien je vais te faire souffrir, ma douce Callisto. Pourtant, je ne peux agir autrement. Tu ne l'ignorais pas lorsque tu m'as demandé cet enfant.

– Et je suis trop faible pour te retenir.

– Je ne serai pas vraiment heureux avant d'avoir retrouvé mon royaume. Je dois partir.

Elle eut un rire qui ressemblait à un sanglot.

– Je sais. Je te prêterai même l'un de mes navires.

– Tu es une femme exceptionnelle, Callisto. Mais... ne pense pas à demain. Aujourd'hui, je suis avec toi. Et puis, même lorsque je serai loin, il restera entre nous le pacte des étoiles.

À travers ses larmes, elle sourit. Il n'avait pas oublié les deux constellations symbolisant l'amour qu'elle lui portait : l'Ourse céleste, suivi de son petit. Ravalant sa peine, elle changea de sujet et s'écarta de lui.

– Arkas m'a donné quelques coups de pied aujourd'hui. Ce sera un puissant gaillard.

Astyan lui prit la main et l'entraîna dans les jardins illuminés de fleurs multicolores, lupins mauves, étincelles jaunes et rouges du saule nain, épilobes écarlates. Il se pencha et cueillit quelques myrtilles bleues qu'il offrit à sa compagne. Tandis qu'elle les dégustait, il demanda :

– Lui diras-tu qui est son père ?

– Il faudrait que je le sache moi-même.

Il devint songeur.

– Tout demeure si confus en moi. La seule certitude que je possède à présent, c'est d'avoir été, ailleurs, à une autre époque, le prince d'un empire puissant et respecté. Un prince qui régnait depuis des siècles...

– Comment cela ? s'étonna-t-elle.

– Bien que ma mémoire ne soit pas encore tout à fait revenue, je sais que je possédais la faculté de me réincarner, pour renaître dans un corps que j'avais choisi à l'avance. Je ne suis pas un mortel, Callisto. Je suis... un Titan.

Il demeura un long moment silencieux, puis ajouta :

– Les Titans ne sont pas des hommes comme les autres. Nous sommes dotés de pouvoirs supérieurs, qui ont fait de nous les princes de l'Atlantide. Dix hommes et dix femmes, qui régnaient sur le plus bel empire qui se puisse imaginer : sept îles merveilleuses, partagées en dix royaumes immensément riches, qui ont conquis le monde et lui ont apporté la lumière de leur connaissance.

– Le monde ? Mais alors, comment se fait-il que nous n'ayons jamais entendu parler de cet empire ?

Le visage d'Astyan devint soucieux.

– Justement, je ne comprends pas. J'ai bavardé avec les marins en provenance de Leoness. Certains étaient descendus très loin vers le sud.

Il serra les poings nerveusement.

– Aucun d'eux ne connaissait l'Atlantide.

Il s'insurgea.

– Mais c'est impossible ! L'Atlantide est un empire puissant, qui a bâti des villes nombreuses et importantes.

– Peut-être sommes-nous trop loin au nord. En dehors de Leoness, je crois qu'il existe deux ou trois autres cités très anciennes, mais aucun de mes marins ne s'y est jamais rendu.

Astyan se prit la tête dans les mains et médita longuement. Puis il déclara :

– Tout me semble si étrange. J'ai étudié la position des étoiles : l'existence de Thulea est un défi aux lois de la nature. Cet océan devrait être recouvert par la banquise.

– Nous ne sommes envahis par les glaces qu'en hiver. Mais l'océan lui-même ne gèle pas, à cause des volcans.

– Je suppose qu'ils doivent protéger cette île.

Il se tut. Callisto respecta son silence. Soudain il reprit :

– Il y a autre chose.

– Quoi ?

– Les Titans vivent environ cent cinquante à deux cents ans. Avec le temps, nous avons appris à choisir l'instant de notre mort, et celui de notre résurrection. J'aurais dû renaître dans le corps d'un enfant marqué de ce signe mystérieux en forme de trident, comme cela s'est toujours produit au cours des nombreuses vies que j'ai traversées.

Il s'écarta d'elle et fit quelques pas, en proie à la nervosité.

– Au lieu de cela, je me suis réveillé dans le corps d'un chasseur d'une tribu inconnue, dans un monde qui n'a plus aucun rapport avec le mien. Et je t'ai rencontrée, toi, toi qui possèdes également ce signe. Pourtant tu n'es pas une princesse atlante, n'est-ce pas ?

– Non ! répondit-elle, impressionnée. J'ignore d'où me vient cette marque. Mes parents ne la possédaient pas. C'est à cause d'elle que je fus élue reine de Thulea, selon une tradition très ancienne.

– C'est une tradition atlante. *Mais elle n'est pas ancienne,* précisa-t-il avec force.

Il serra les dents pour masquer son trouble, puis déclara d'une voix qui tremblait :

– J'aurais dû renaître en Atlantide, comprends-tu ?

Il s'agenouilla près d'elle, les yeux brillants.

– Normalement, lorsqu'un Titan meurt, il ressuscite quelques années après, avec sa compagne.

– Avec...

– Bien sûr ! Nous décidons nous-mêmes de l'instant de notre mort. Elle n'est qu'un passage vers une autre vie. C'est une expérience que j'ai vécue de nombreuses fois. Pourtant aujourd'hui je me retrouve loin de chez moi, à une époque que je ne parviens pas à situer.

Il ajouta, la gorge nouée :

– Et Anéa n'est pas là.

Il lui prit la main et la serra.

– Je ne peux même pas savoir depuis combien de temps je suis mort.

Effrayée, elle tenta de retirer son poignet.

– Tu me fais mal !

Il la lâcha aussitôt.

– Pardonne-moi !

Il comprit que sa douleur n'était pas seulement physique. L'évocation d'Anéa la faisait souffrir.

– Pardonne-moi, répéta-t-il.

Puis il enfouit sa tête contre la poitrine de la jeune femme.

– J'ai peur, ma petite princesse. Il s'est produit quelque chose d'anormal, quelque chose que je n'ai pu contrôler.

Elle le serra contre elle avec émotion. Comment aurait-elle pu lui en vouloir ? Peut-être disposait-il d'une puissance extraordinaire, peut-être était-il un dieu, un Titan, comme il l'affirmait. Mais il était aussi un être humain, avec ses faiblesses. Elle lui caressa le visage.

– Tu es vivant à présent. Je suis sûre que tu parviendras à comprendre ce qui est arrivé.

– Il le faut. Je dois retourner en Atlantide.

Il regarda en direction des volcans qui dominaient la vallée, bien loin vers l'ouest.

– J'ai cru que mes souvenirs se réveilleraient d'eux-mêmes, après que tu m'eus révélé mon origine. Mais toujours ils me fuient.

Il se tourna brusquement vers elle.

– Callisto, je dois m'isoler quelque temps. Dès demain, je vais partir pour cette montagne de glace. Un songe m'a révélé l'existence d'une grotte, où je désire m'enfermer afin de recouvrer entièrement la mémoire.

– Tu resteras absent longtemps ?

– Je l'ignore. Il faut que je sache enfin qui je suis, et d'où je viens. Pour cela, je dois demeurer seul. Ici, au milieu des tiens, qui m'ont accueilli avec chaleur, je ne peux rien faire. Leurs esprits me troublent.

Elle lui prit la main.

– Agis ainsi que tu l'entends.

Dès le lendemain, Astyan, suivi du loup, quitta la petite cité baignée par la lumineuse brume matinale, et s'enfonça dans la forêt épaisse qui recouvrait la vallée. Bientôt les arbres s'espacèrent, puis disparurent, pour laisser place à une étendue de mousse et de lichens sur lesquels éclataient les taches polychromes des silènes acaules et des saxifrages, mêlés aux anémones et aux dryades d'un blanc éblouissant.

Il atteignit la limite des glaces. Un vent gelé balayait les hautes combes, lui brûlant la poitrine ; il resserra la fourrure qui l'enveloppait et poursuivit sa marche. Enfin il découvrit la caverne, absolument identique à ce qu'il avait aperçu dans son rêve. Il y pénétra, accompagné du fauve.

À l'intérieur régnait une fraîcheur humide, qu'il chassa en allumant un feu de bois, sur lequel il jeta quelques fleurs de pavot boréal. Puis il s'assit en tailleur auprès du foyer et fixa les flammes, avant de fermer les yeux et de se laisser pénétrer par la sérénité du lieu et par les vapeurs parfumées. Il ignorait ce qu'il allait découvrir, et ne faisait qu'obéir à son intuition. Il eut une pensée émue pour le *man'sha* [1] de son village, Khallas, au souvenir de la nuit de l'Arundha : le pavot saurait-il remplacer le champignon aux taches de lune ?

1. Man'sha : homme médecine. Voir *Le Prince déchu*.

Bientôt, sous l'effet des vapeurs hallucinogènes, une étrange somnolence s'empara de lui. Par concentration mentale, il se laissa glisser au plus profond de lui-même, tandis que le décor de roche et de glace s'estompait devant ses yeux. La sensation de froid disparut. Il perdit la notion du temps. Peu à peu, une foule d'images jaillirent du néant.

1

Haevya, dont le nom signifie « fille des eaux », écarta adroitement, à l'aide d'un morceau de bois, les braises du feu allumé un peu plus tôt. Relevant le nez, elle regarda au loin la silhouette de son fils, qui jouait au milieu des dauphins en compagnie de la petite Anéa. Elle sourit. Depuis leur naissance, sept années auparavant, les deux enfants étaient inséparables. Il existait entre eux une complicité et une tendresse extraordinaires. Souvent, ils paraissaient se comprendre sans avoir besoin d'échanger une parole.

À ses côtés, Ephyra, la mère de la fillette, découpait prestement à l'aide d'une lame de silex de larges tranches d'un poisson qu'elles avaient pêché durant la matinée dans l'un des innombrables trous d'eau de la baie. Ni elles ni leurs enfants ne souffriraient de la faim aujourd'hui. Leur prise, un turbot argenté, était de belle taille.

Haevya reprit sa tâche sans inquiétude. Les enfants ne risquaient rien tant qu'ils étaient sous la protection des dauphins. Ceux-ci les avaient adoptés comme s'ils faisaient partie de leur clan. Il est vrai qu'ils les connaissaient depuis toujours. En fait, depuis l'instant même de leur naissance.

Plus tard, lorsque les filets parfumés furent disposés sur le lit de braises, Haevya et Ephyra se défirent de leurs vêtements de fibres végétales tressées et rejoignirent les petits, qui les accueillirent avec des cris de joie. Les dauphins, ravis, se précipitèrent vers elles, leur souhaitant la bienvenue à grand renfort de sifflements et de cliquètements. Bien sûr, il n'était guère prudent d'abandonner leur repas de la journée à la merci d'un autre membre de la tribu. Mais jamais personne ne s'aventurait dans cette petite crique ouverte sur l'infini de l'océan, et située à bonne distance du village.

Pourtant, lorsque tous quatre quittèrent les turbulents cétacés pour rejoindre le rivage, Haevya poussa un cri de dépit. Le foyer avait été saccagé, et la nourriture avait disparu. Trois hautes silhouettes se dressèrent devant elle. Elle reconnut Han'Ihr, fils de Maanv'Ihr – le *khafiht,* le chef de la tribu –, en compagnie de ses deux amis, les frères Troon'De et Pahar'De. Un mauvais sourire étira la bouche mince du jeune pêcheur. Il tenait dans ses mains le produit de son larcin.

– Le *tufir* est un poisson réservé aux chefs, maudites femelles ! J'emporte celui-ci.

– Tu n'as pas le droit. Nous l'avons pêché nous-mêmes, s'insurgea Haevya.

Pris d'une colère soudaine, il s'avança d'une démarche saccadée et gifla la jeune femme à toute volée. Aussitôt le petit garçon, âgé de sept ans, se rua sur l'agresseur. Un coup violent le projeta au sol. Haevya eut un mouvement de révolte, mais l'ascendant des mâles sur les femmes joua pleinement, et elle ne put que ravaler sa fureur. L'autre, les yeux brillants de haine, n'espérait qu'un geste de sa part pour la frapper à nouveau. Elle se pencha sur son fils et le tira hors de portée de l'intrus, tandis qu'Ephyra réagissait à son tour.

– Tu n'es qu'un lâche, Han'Ihr ! Nous sommes peut-être des femmes-sans-homme, mais nous avons le droit de vivre !

L'autre, ivre de fureur, lui décocha un coup de pied. Ces garces osaient se rebeller contre son autorité ! Il serra les dents avec rage. Il lui tardait de succéder à son père. Celui-ci avait fait preuve de trop de mansuétude envers ces créatures vomies par la gueule de Thaei'Shkaâ, le dieu des Ombres. Il grinça d'une voix mauvaise :

– Mon père vous a accordé la vie ! Mais un jour... un jour, c'est moi qui commanderai la tribu. Alors, vous paierez vos crimes.

Il eut un rictus de haine et ajouta :

– Et un bûcher s'élèvera sur la place de Pos'Eïden.

– Non ! hurla Haevya en serrant son fils contre elle. Les anciens ont déjà décidé de notre sort.

L'autre ricana.

– Les anciens ne sont pas éternels !

Haevya, terrorisée, tenta de se défendre. Elle croisa ses mains, paumes vers l'extérieur, sur ses épaules, en signe d'allégeance, et riposta timidement :

– Mais il faut bien que les enfants mangent ! Que va-t-il nous rester ?

Han'Ihr cracha sur le sol avec mépris.

– Les coquillages et les larves de mer sont assez bons pour vous ! Quant à vos mioches de malheur, qu'ils mangent du sable et de la terre !

Les deux autres éclatèrent d'un rire servile. Haevya sentit monter en elle une fureur dévorante, qui s'étouffa l'instant d'après. Tout était de sa faute. Elle aurait dû se douter que le jeune homme les suivrait pour les tourmenter. Il était lâche et mauvais par nature. Et sa haine insensée envers elles avait décuplé depuis qu'il était devenu un homme-adulte. N'existait-il donc aucun endroit où leurs enfants et elles-mêmes seraient en sécurité ?

Soudain, estimant sans doute qu'ils avaient suffisamment persécuté les deux jeunes femmes, les trois hommes s'éloignèrent en direction du village de Pos'Eïden, situé au-delà d'un promontoire rocheux, en emportant les filets de tufir, qu'ils partagèrent en se chamaillant.

Lorsqu'ils eurent disparu, Haevya lava le visage de son fils, sur lequel coulait un filet de sang né de sa lèvre éclatée. Des larmes de colère et d'impuissance ruisselaient sur ses joues. Ephyra les essuya avec tendresse.

– Ne pleure pas, Haevya. La baie est riche. Nous trouverons autre chose. Et nous irons nous cacher dans les rochers.

– Mais pourquoi ? Quel mal lui avons-nous fait ? sanglota la jeune femme.

Sa compagne la prit contre elle et caressa sa longue chevelure brune. Peu à peu, Haevya s'apaisa.

Plus tard, réfugiées au sommet d'une haute falaise qui dominait la baie de Pos'Eïden, elles partagèrent les quelques *lofios* qu'elles avaient pu ramasser sur les longues plates-formes de stromatolithes qui s'avançaient dans l'océan comme des pavés posés par les géants peuplant les légendes. Les lofios étaient de gros coquillages noirs au goût discutable, mais qui avaient l'avantage de caler l'estomac. Les deux enfants s'en contentèrent sans se plaindre. Ils étaient habitués à ce rejet dont leurs mères et eux-mêmes étaient l'objet depuis toujours. Elles leur avaient expliqué que cela tenait à la couleur de leurs yeux, d'un vert semblable à celui des eaux de la baie lorsque le ciel était parfaitement pur. Aucun homme de la tribu de Pos'Eïden ne possédait un tel regard d'émeraude, dont les anciens affirmaient qu'il portait malheur.

Mais ce n'était pas la seule raison. Haevya et Ephyra étaient des femmes-sans-homme. Leurs enfants n'avaient pas été conçus, disait-on, par des membres de la tribu, mais par des démons terrifiants, au hasard d'une nuit funeste.

Bien entendu, c'était faux. Mais comment les autres auraient-ils pu comprendre ? Malgré le calvaire qu'elle endurait depuis huit ans, Haevya ne parvenait pas à regretter ce qui s'était passé.

Engourdie par la torpeur de l'après-midi océanique, elle prit son fils contre elle et se laissa glisser dans son rêve.

Tout avait commencé avec la cérémonie sacrée, la Mushyaâ. Selon la légende, les anciens affirmaient que l'homme était né de l'union entre la déesse-mère, la Terre, et le dieu-océan, maître des Eaux. Il devait retourner vers eux après sa mort. Aussi tous les ans avait lieu la fête rituelle, où chacun se mêlait à la réunion des deux divinités, la boue.

À proximité du village de Pos'Eïden s'étendait un lac mystérieux, où les eaux ruisselant des montagnes venaient se mêler à une glaise d'un brun rougeâtre, composant une boue sacrée dont chacun devait se recouvrir afin de purifier son âme et son corps. Au matin, tous, hommes, femmes, vieillards et enfants, avaient quitté le village pour se diriger vers l'écrin gigantesque, cerné de falaises montagneuses, au cœur duquel s'étirait le lac des Dieux. C'était la saison sèche, celle où les flots tumultueux des torrents se raréfiaient, et où le lit du lac se tarissait pour ne laisser apparaître qu'une surface bourbeuse d'où s'exhalait une pénétrante odeur d'argile. Selon la tradition, c'est de la terre issue de ce lac qu'auraient été façonnés le premier homme et la première femme. Haevya ne songeait pas un instant à remettre en cause cette croyance. N'était-ce pas en cet endroit que l'on engloutissait les cendres des défunts, afin qu'ils retournent dans le sein de la déesse-mère ?

Parvenus sur la rive, tous se défirent de leurs vêtements et s'avancèrent dans l'étendue fangeuse, enduisant leurs corps de la boue bénéfique. Bientôt, une pellicule uniforme recouvrit les peaux nues. Par tradition, le langage humain était proscrit durant cette journée. Seuls étaient permis des grognements, des hurlements, comme ceux que poussaient les animaux. Chacun s'identifiait à son animal totem, et retournait ainsi à l'état primitif. C'était la communion sacrée avec la terre et l'eau, sources de toute vie. Seul le *sik'aï,* l'homme médecine investi des puissances de l'Esprit, avait le droit de s'exprimer, dans son langage sibyllin, afin d'attirer sur la tribu la bienveillance des dieux.

La journée passa ainsi, à se rouler dans la fange rougeâtre, à émettre des cris rauques, sans signification, qui libéraient de toutes les angoisses, de toutes les frayeurs accumulées pendant l'année. Les enfants s'en donnaient à cœur joie.

À cette époque, Haevya était encore une jeune fille comme les autres. Tout comme Ephyra. Parce qu'elles étaient les plus belles de la tribu, elles étaient l'objet des attentions de tous les jeunes hommes en âge de se marier.

Mais seuls leurs pères pouvaient décider qui seraient leurs futurs époux. Le prétendant devait offrir en compensation une partie de sa chasse ou de sa pêche, jusqu'à la mort du père. C'était l'*affrayage,* le dédommagement qui rachetait l'enlèvement de la fiancée, et qui permettait aux anciens, lorsque leurs forces déclinaient, de ne pas mourir de faim. Le père se réservait le droit d'accepter ou de refuser un prétendant, en fonction de l'importance des cadeaux qu'on lui proposait... et de la valeur du futur gendre. Jamais Haevya n'aurait songé à se révolter contre cette loi qui régissait la vie de la tribu depuis l'aube des temps.

Et pourtant...

Pourtant, sous le masque uniforme de la boue, un homme lui était apparu. Elle n'avait vu tout d'abord que ses yeux, aux reflets inimaginables, semblables à ceux des jeunes feuilles au printemps. Des yeux d'un vert merveilleux, un regard brûlant, qui lui avait dévoré l'âme et embrasé le corps. Elle avait tout de suite su qu'il n'appartenait pas à la tribu. Elle aurait dû avoir peur, et attirer l'attention des autres sur lui. Mais elle avait été subjuguée par la puissance surnaturelle qui émanait de lui, une puissance mêlée de tendresse et d'amour.

Elle ignorait totalement d'où il pouvait venir. Selon la tradition, les Vrais Hommes étaient les seuls êtres évolués d'un monde qui se bornait au territoire occupé par la tribu le long de l'océan, un monde délimité par les eaux et par les hautes montagnes recouvertes de forêts qui dominaient l'arrière-pays. Les légendes narrées par les anciens racontaient qu'autrefois la tribu avait franchi l'océan, en provenance d'autres terres, peuplées par des clans d'hommes sauvages, des êtres plus féroces que les animaux, couverts de fourrure, et qui se nourrissaient de chair humaine. On conservait le souvenir de contrées envahies par le froid, où la simple quête de la nourriture quotidienne devenait une aventure fertile en dangers. Alors un jour, les ancêtres des Vrais Hommes avaient fui ces pays hostiles, où vivaient ceux qu'ils appelaient les Hommes des Glaces, et s'étaient lancés, sur de frêles esquifs, à l'assaut de l'océan immense. Le sik'aï de la tribu avait eu la vision d'un domaine fabuleux, où les Vrais Hommes pourraient s'établir et vivre dans la paix et l'abondance. Il ne s'était pas trompé. Beaucoup avaient péri durant la traversée des Grandes Eaux. Mais les survivants avaient fini par aborder dans cet univers magnifique, où le climat était doux et la nourriture abondante. Depuis des dizaines de générations, les Vrais Hommes avaient fait de Pos'Eïden leur royaume. Pos'Eïden, dont le nom signifiait « le paradis offert par les dieux de l'Océan ».

Depuis, rien n'avait semblé devoir changer le cours immuable de la vie des Vrais Hommes. Jusqu'à ce jour extraordinaire où l'inconnu était apparu aux yeux d'Haevya.

Presque sans y penser, elle l'avait suivi, le soir venu, lorsque le clan avait quitté le lac sacré pour courir vers l'océan. Il lui avait pris la main et l'avait entraînée vers les flots du crépuscule, à l'écart des autres. Là, l'eau salée les avait lavés tous deux de la couche boueuse qui maculait leurs corps. Alors lui était apparu un homme d'une beauté extrême, aux longs cheveux blonds. Il était difficile de lui donner un âge. Ce n'était ni un adolescent ni un homme mûr. Ses yeux reflétaient une sérénité et une sagesse intérieure qui l'avaient subjuguée. Mais surtout, il était beaucoup plus grand que les autres. Sur le moment, elle ne s'étonna même pas que personne ne l'eût remarqué.

Ensuite...

Ensuite, cela avait été une étreinte éblouissante, magique, qu'elle n'avait pas su, qu'elle n'avait pas osé refuser, sans doute parce qu'elle la désirait de toute son âme, de toute sa chair. Elle en conservait un souvenir fabuleux, celui d'un instant hors du temps, où avait ruisselé en elle une braise liquide et bienfaisante, qui l'avait plongée dans une plénitude totale.

Elle avait su, au moment même où la semence de l'inconnu se répandait dans son ventre, qu'elle porterait son fruit. Un fruit prodigieux, inestimable. L'homme mystérieux était demeuré toute la nuit contre elle, la possédant plusieurs fois, lui murmurant des mots doux dans une langue étrange.

Au matin il avait disparu, laissant dans son corps l'empreinte de son amour. Elle aurait dû trembler, redouter la colère des siens. Elle avait perdu sa virginité, à laquelle les traditions attachaient tant d'importance. Pourtant elle n'éprouvait aucune frayeur, aucun remords. Après avoir vécu une telle expérience, elle pouvait mourir sans regret. Elle avait été aimée par un dieu – un dieu qui lui avait donné un enfant. Elle en était déjà persuadée dès cet instant.

Elle ignorait cependant qu'elle n'était pas seule dans ce cas. Son amie Ephyra avait, elle aussi, reçu la visite d'un autre inconnu surgi du sortilège de la nuit sacrée.

Au matin, leurs pères respectifs les avaient frappées pour avoir quitté la tribu jusqu'à l'aube. Mais leur fureur n'avait plus connu de bornes lorsque, peu de temps après, elles avaient été obligées d'avouer qu'elles attendaient chacune un enfant.

Au cours d'un jugement humiliant, elles avaient été déclarées femmes-sans-homme, c'est-à-dire indignes d'épouser un guerrier. Ainsi étaient désignées les femmes indociles, ou de mœurs légères. Elles étaient condamnées pour le reste de leur existence à subvenir seules à leurs besoins. Quant à leurs enfants, jamais ils n'auraient le droit d'accéder au statut d'êtres-adultes. Ils demeureraient toute leur vie des bâtards, des exclus.

Haevya respira profondément, les yeux mi-clos. Bien souvent les femmes-sans-homme, incapables de se nourrir seules, et de supporter la discrimination qui les écartait de la vie de la tribu, préféraient se livrer aux flots purificateurs de l'océan. Pourtant, ni elle ni Ephyra n'avaient songé un seul instant à quitter la vie.

L'une comme l'autre, elles avaient accepté sans sourciller les vexations que les membres de la tribu ne manquaient pas de leur faire subir à la moindre occasion. Le pire de tous était sans conteste Han'Ihr, le jeune fils du khafiht, qui avait la méchanceté chevillée au corps. Le souvenir de la nuit enchanteresse les soutenait. Toutes deux avaient vécu des moments d'une intensité rare, qui leur donnaient la force de tout endurer. Seul le sik'aï, le sorcier, avait pris leur défense. Il avait lu dans les os des animaux sacrifiés qu'il convenait de ne leur faire aucun mal. Une puissance supérieure les protégeait, avait-il déclaré. C'était peut-être pour cette raison qu'elles n'avaient pas été brûlées vives, comme le voulait la coutume lorsqu'une femme était soupçonnée d'entretenir des relations avec les divinités des Ombres.

Peu à peu, la dignité et la sérénité dont elles avaient fait preuve en avaient impressionné plus d'un. Mais les traditions étaient à ce point ancrées dans l'esprit des membres du clan qu'elles avaient dû subir mille persécutions de la part des plus intransigeants.

Il leur avait fallu vivre leur grossesse loin de la demeure paternelle. Elles s'étaient construit une petite masure à l'écart du village, où elles avaient attendu, se soutenant mutuellement, l'instant de l'accouchement. Elles savaient qu'elles ne pouvaient compter sur l'assistance des autres femmes de la tribu. Pourtant, elles n'en éprouvaient aucune inquiétude. Sans pouvoir expliquer pourquoi, elles sentaient qu'une présence invisible et bénéfique veillait sur elles.

Lorsque le terme avait approché, elles s'étaient rendues sur les rives de l'océan, guidées par un appel mystérieux qui semblait provenir du plus profond de leur cœur.

Haevya avait accouché la première. Dès que les douleurs des contractions s'étaient faites plus fréquentes, elle avait pénétré dans les eaux bleues, suivie par sa compagne. À ce moment, un groupe de dauphins surgi de nulle part était venu les entourer. Le premier moment de surprise passé, elles avaient compris que les grands mammifères, dont les légendes affirmaient qu'ils étaient sacrés, venaient leur offrir leur secours. Deux femelles tournaient au loin afin d'éloigner d'éventuels requins ou autres prédateurs, tandis qu'une troisième demeurait à leurs côtés, comme une présence rassurante.

L'eau tiède était d'une limpidité cristalline, inondée par un soleil chaleureux, comme si les dieux de l'Océan et du

Ciel avaient voulu saluer l'événement. Haevya en gardait un souvenir de lumière et de plénitude. À l'inverse des autres femmes de la tribu, qui accouchaient en position accroupie, dans des souffrances pénibles, Haevya n'avait ressenti pratiquement aucune douleur. Assistée par Ephyra, qui lui soutenait la tête hors de l'eau, elle avait éprouvé l'impression extraordinaire de ne plus faire qu'un avec l'océan et le monde autour d'elle. À peine le nouveau-né avait-il quitté le corps maternel que la femelle dauphin l'avait poussé avec délicatesse, à l'aide de son rostre, pour le guider vers la surface, afin qu'il respire pour la première fois. Comme elle l'aurait fait pour son propre petit. Selon la coutume, Ephyra avait tranché avec les dents le cordon ombilical, et Haevya avait pris le bébé dans ses bras. Il était beau et fort. Un cri puissant avait jailli de ses poumons libérés. C'était un garçon, et le plus bel enfant jamais né dans la tribu.

Le lendemain, Ephyra accouchait d'une superbe petite fille, dans les mêmes conditions.

Les deux jeunes femmes avaient baptisé le petit garçon Astyan, ce qui voulait dire approximativement « enfant oublié par les étoiles », et la fillette Anéa, ce qui signifiait « issue des rêves ». Devant la beauté et la vigueur des nouveau-nés, les deux femmes oublièrent très vite leur triste condition. À elles deux, elles trouveraient la force de les nourrir et de les élever.

Ainsi firent-elles. Vivant à l'écart de la tribu, elles pêchaient pour leur propre compte, chassaient à l'insu des autres dans les hautes vallées de l'intérieur des terres, bravant les dangers inconnus que recelaient ces territoires peu fréquentés. Jamais leurs enfants ne manquaient de rien, même quand elles devaient subir les avanies de jeunes hommes acharnés contre elles. Certaines vieilles femmes se montraient plus compréhensives, qui leur offraient parfois des coquillages ou des fruits en cachette de leurs époux.

Parce que leurs enfants étaient plus beaux et plus forts que ceux du village, elles avaient tout supporté sans broncher. Elles étaient sûres à présent d'avoir été aimées par des dieux. Le souvenir de la nuit hors du temps où les deux inconnus avaient fécondé leurs ventres ne les quittait pas. L'une comme l'autre gardaient en mémoire l'image d'un signe étrange sur leur peau. Un signe magique qu'elles avaient retrouvé sur le corps de leurs enfants, presque au même endroit.

Une marque sombre en forme de trident.

2

Lorsque vint le soir, Haevya et Ephyra reprirent le chemin de Pos'Eïden, suivies de leurs enfants. Longeant les sentes côtières, elles doublèrent la pointe balayée par les vents qui protégeait la baie, au fond de laquelle s'étendait le village. Un soleil écarlate s'enfonçait lentement vers l'horizon, inondant l'océan d'une immense nappe de lumière sanglante. Au-delà, la falaise rocheuse déchiquetée par l'érosion projetait les ombres de ses rochers sur la grève et les eaux orientales. On eût dit les silhouettes angoissantes de formidables monstres antiques, auxquels le lent mouvement des vagues donnait une vie étrange et inquiétante. Une pénétrante sensation de froid remontait des gueules ténébreuses des grottes qui s'ouvraient par endroits. Des nuées d'oiseaux marins glissaient dans l'air vif du crépuscule, déchirant de leurs appels grinçants le lourd grondement des flots montant de l'abîme. Parfois, l'un d'eux plongeait comme une pierre au cœur d'un rouleau frangé d'écume, et en ressortait ruisselant, un poisson gigotant dans le bec.

Astyan tenait la petite main d'Anéa serrée dans la sienne, ressassant une haine dont il percevait l'écho dans l'esprit de sa jeune compagne. Un sang vif bouillonnait dans ses veines. Il n'avait pas prononcé une parole de la journée, ni oublié la manière dont Han'Ihr avait traité sa mère le matin même. Il souffrait encore de la lèvre que l'homme lui avait fendue dans sa crise de rage, mais peu lui importait. Ce n'était pas tant la perte du tufir qui l'irritait que l'humiliation subie par sa mère. Il savait qu'un jour il grandirait, qu'il deviendrait fort et apprendrait à se battre : alors, ce maudit pêcheur paierait sa cruauté. Il serra les dents sur sa colère contenue, tandis que ses petits pieds nus foulaient le sentier rocailleux.

Pour parvenir à Pos'Eïden, il fallait franchir un dangereux éperon rocheux qui dominait de plusieurs dizaines de coudées une succession de petites criques abritées, encombrées de rochers nés des éboulements de la falaise. À peu de distance du village, Haevya aperçut Han'Ihr et ses deux compagnons, en contrebas. Apparemment, ils venaient de malmener deux jeunes filles de la tribu qui s'enfuyaient, les vêtements déchirés. Des éclats de rire lui parvinrent. Haevya soupira. Ephyra et elle-même n'étaient pas seules à subir les turpitudes de cet imbécile. Elle redoutait le jour où le khafiht, Maanv'Ihr, transmettrait son titre à son fils. Le vieux chef les laissait tranquilles depuis quelques années. Elles ne causaient de tort à personne, chassant et pêchant pour elles-mêmes. Mais il en irait autrement lorsque Han'Ihr aurait pris le commandement de la tribu.

Soudain, les trois hommes les aperçurent et leur lancèrent quelques mots accompagnés de gestes obscènes. Haevya baissa la tête et accéléra le pas, suivie par Ephyra. Elles ne remarquèrent pas que les deux enfants demeuraient en arrière.

Astyan se tourna vers Anéa. La même fureur les habitait. Han'Ihr et ses amis ne méritaient pas de vivre. Ils étaient trop méchants. Et ils se trouvaient sous l'éperon qu'eux-mêmes venaient de franchir. D'énormes quartiers de roche y semblaient en équilibre instable. S'ils s'écroulaient, leurs persécuteurs seraient ensevelis sous l'éboulement. Les deux enfants le souhaitaient de toutes leurs forces, de toute leur âme. La petite main d'Anéa se crispa dans celle d'Astyan. Leurs regards se concentrèrent sur la falaise sombre...

L'instant d'après, un craquement épouvantable retentit, suivi de cris d'horreur. Les trois pêcheurs virent un pan entier de la muraille se fendre, osciller sur sa base. Puis d'énormes rochers fondirent sur eux, depuis les hauteurs, dans un fracas infernal. Ils voulurent fuir, mais l'avalanche mortelle les rattrapa, les submergea et les broya, leur arrachant des hurlements d'agonie.

Une clameur affolée monta du village, alors qu'une sensation de fatigue intense s'emparait des deux enfants. Ils reprirent leur souffle tandis que Haevya et Ephyra revenaient, terrorisées. Elles les soulevèrent dans leurs bras et les emportèrent. Quelques mètres plus tôt, ils auraient été entraînés dans l'éboulement.

Parvenues en lieu sûr, elles déposèrent les enfants au sol, cependant que la tribu, épouvantée, se précipitait vers la grève. Pourtant, malgré leur épuisement visible, les yeux verts des petits ne reflétaient ni surprise ni inquiétude. Astyan posa ses mains sur le visage en larmes de sa mère.

– Ne pleure pas, maman ! Ils ne nous feront plus de mal, déclara-t-il d'un ton calme.

Il fallut plus d'une journée pour dégager ce qui restait des corps des trois hommes. On les incinéra ensuite selon les rites ancestraux, puis on porta leurs cendres jusqu'au lac sacré, où on les ensevelit dans la boue purificatrice. Un voile de douleur s'était abattu sur la petite communauté, auquel se mêlaient des relents de haine. On avait remarqué la présence des deux femmes-sans-homme sur la falaise peu avant le drame. De retour au village, un attroupement se forma sur la place principale, ameuté par les proches des disparus.

– Ces enfants portent malheur ! s'égosilla Vaa Dren, la mère de Han'Ihr. Ils ont tué mon fils.

– Ils ne peuvent avoir provoqué l'écroulement de la falaise, rétorqua Rootlan, le sik'aï.

– Je les ai vus ! Ils se trouvaient encore sur le chemin lorsqu'elle s'est effondrée, hurla la vieille femme. Personne dans la tribu ne possède ce maudit regard vert. Ce sont des démons issus de la semence maudite de Thaei'Shkaâ. Il faut les détruire.

Rootlan ne répondit pas. Les femmes-sans-homme n'étaient guère aimées dans la tribu. Cependant, une nouvelle fois les os des animaux avaient parlé : en aucun cas les deux mères ni leurs enfants ne devaient être sacrifiés, sinon un grand malheur s'abattrait sur la tribu. Il en avait averti les autres.

Mais le sik'aï savait que son autorité ne serait pas assez puissante pour contenir la fureur des villageois harangués par les familles des morts. Il fallait que quelqu'un portât la responsabilité de leur disparition. Il étendit les bras pour contenir les grondements de la foule. Derrière lui, Haevya et Ephyra tenaient leurs enfants serrés contre elles.

– Écoutez-moi tous ! Les os sacrés ont parlé. Nous n'avons pas le droit de prendre la vie de ces enfants et de leurs mères.

– Ils ont été engendrés par des abominations ! s'époumona Vaa Dren. Qu'ils périssent dans les flammes ! Et ces femelles maudites avec !

Les deux femmes se mirent à trembler et se blottirent l'une contre l'autre, leurs enfants dans les bras. Face au vieux prêtre, la tribu entière crachait son hostilité et sa haine. S'il ne parvenait pas à contenir cette colère, mères et enfants seraient massacrés sans pouvoir se défendre.

– Nous ne prendrons pas leur vie ! hurla le sik'aï.

Ils se tourna vers les deux femmes agenouillées et ajouta :

– Cependant, elles ne peuvent plus demeurer parmi nous. Nous devons les chasser.

Haevya leva des yeux horrifiés vers le prêtre. Où iraient-elles ? Rootlan se pencha vers elle.

– C'est tout ce que je puis faire pour vous, mes filles. C'est mieux ainsi. Si vous restez ici, tôt ou tard ils allumeront un bûcher pour vous et vos enfants.

Une clameur de dépit monta de la foule. Des pierres apparurent dans les mains des villageois. Le sik'aï leva à nouveau les bras.

– Elles vont partir sur-le-champ. Mais je vous préviens : qu'aucun de vous ne leur fasse de mal. Si vous me désobéissez, je ne réponds pas de la colère des dieux. Je ne pourrai rien pour vous protéger. Tenez-vous à déchaîner la fureur des esprits sur les Vrais Hommes ?

L'avertissement ébranla les plus déterminés. Après quelques hésitations, les pierres retombèrent sur le sol. Haevya et Ephyra ne perdirent pas de temps : emportant leurs enfants, elles traversèrent la foule sous les regards hostiles et les crachats, puis s'éloignèrent du village. Tremblant encore de frayeur, elles s'enfoncèrent vers l'intérieur des terres, là où les Vrais Hommes ne s'aventuraient jamais.

Au-delà des collines verdoyantes qui bordaient l'océan s'élevaient de hautes montagnes dont les flancs se couvraient d'une forêt épaisse et mystérieuse, et dont les légendes prétendaient qu'elles étaient habitées par les dieux mauvais. C'est dans cet univers de cauchemar qu'allaient devoir vivre les deux jeunes femmes et leurs enfants.

Jusqu'à la fin de leurs jours.

3

Atzlon'Teha. Tel était le nom que l'on donnait à cette contrée mystérieuse, dont on ne connaissait que les rivages. Les montagnes constituaient comme une vaste couronne enserrant le domaine de la tribu, frileusement blottie au cœur de la petite baie. Une rivière tumultueuse descendant des sommets venait s'y jeter, alimentant au passage le lac sacré. Jamais personne n'avait tenté de remonter son cours chaotique, barré de chutes grondantes et de cascades. Seuls les plus audacieux – ou les plus inconscients – des chasseurs s'étaient risqués en lisière de la sylve inquiétante, où s'épanouissait une végétation luxuriante, réputée servir de repaire aux animaux les plus effrayants. Selon la tradition, elle était le royaume des esprits.

Haevya et Ephyra savaient ce que signifiait leur exil. Ni elles ni leurs enfants n'avaient désormais le droit de revenir dans la tribu, sous peine d'être mis à mort sur le bûcher. La vie rude de Pos'Eïden n'enseignait pas la pitié pour ceux qui n'avaient pas respecté la loi. Le vieux prêtre les accompagna un moment. Avant de les quitter, il prit les deux jeunes femmes à part.

– J'ai fait ce que j'ai pu ! Je ne possède pas l'autorité suffisante pour les contenir. Mais vous, n'oubliez pas ce que je vais vous dire : Astyan et Anéa ne sont pas des enfants comme les autres. Ils sont protégés par les divinités, peut-être parce que les deux hommes qui vous visitèrent il y a huit ans étaient des dieux. D'habitude, la forêt anéantit ceux que nous condamnons à l'exil. De mémoire d'anciens, jamais un banni n'est revenu au village. Si vraiment les dieux veillent sur vous, vous parviendrez à survivre. Mais que jamais un membre de la tribu ne vous aperçoive, car les chasseurs vous traqueraient comme n'importe quel gibier.

Il leur remit une couverture tissée dans des poils de chèvre, afin de préserver les enfants du froid.

– Sois remercié, Rootlan ! dit Haevya.

– Nul ne sait ce que vous allez rencontrer là-haut. On appelle ces lieux la forêt des Nuages ! Alors, soyez prudentes. Que les esprits vous soient propices !

Puis il tourna les talons et reprit le chemin du village. Les deux jeunes femmes le regardèrent disparaître, la mort dans l'âme, puis elles se mirent en route, chacune tenant son enfant par la main.

Elles suivirent la rivière, seul lien qui les rattachait encore à leur passé. Il leur fallut franchir des barres rocheuses entravant le cours d'eau, censé abriter les génies des eaux. Malheur à celui qui se laissait prendre à leurs pièges ! Mais elles n'avaient guère le choix. Elles ne possédaient pour toute arme que leurs petits couteaux de silex, dont il leur faudrait prendre le plus grand soin. Désespérées, elles se demandaient comment elles pourraient défendre les enfants si un monstre les attaquait. Cependant, malgré leurs craintes, nul génie ne se manifesta. Seul désagrément, la température qui diminuait à mesure qu'elles prenaient de l'altitude.

Après deux jours d'une marche exténuante au milieu d'un relief accidenté où vivaient les troupeaux de chèvres et de moutons à demi sauvages de la tribu, elles parvinrent en bordure de la forêt des Nuages. Elles décidèrent qu'il était impératif de fabriquer des armes plus puissantes avant de s'y aventurer. Les hurlements et autres bruits qui émanaient des profondeurs touffues n'avaient rien d'engageant.

Elles allumèrent un foyer, puis sélectionnèrent de lourds bâtons, dont elles se firent des épieux. Tandis qu'elles plongeaient leurs pointes dans les flammes pour les durcir au feu, Astyan s'approcha d'Haevya.

– Maman, quelqu'un approche ! Je le sens.

Une sueur froide coula le long du dos de la jeune femme. Elle savait par expérience que son fils était parfois capable de deviner les événements à l'avance. Elle crut un moment qu'un esprit mauvais allait surgir des sous-bois pour les dévorer, mais le petit garçon montrait une autre direction. Alors elle comprit : les amis de Han'Ihr avaient osé braver les avertissements du sik'aï, et les avaient pris en chasse. Au loin, on entendait déjà leurs grognements et leurs appels.

Elle hésita un court instant, puis saisit la main de son fils, et souffla à Ephyra de les suivre dans la forêt. Quels que fussent les dangers que celle-ci recelait, ils étaient préférables au bûcher de Pos'Eïden ou aux flèches des propulseurs. Ephyra obéit sans discuter. Haevya espérait seulement que la terreur qu'inspiraient les lieux à ceux de la tribu serait suffisante pour les arrêter.

Elles s'enfoncèrent résolument sous les frondaisons. Aussitôt, ils furent noyés tous les quatre dans un univers d'émeraude, où la vue se limitait aux fourrés proches, un monde insolite, où tout semblait à la fois immobile et empli d'une vie grouillante, inquiétante. Des criaillements d'animaux inconnus leur déchiraient les tympans. Des salamandres rouges et noires s'enfuirent presque sous leurs pieds. Des singes hurleurs jaillirent d'un buisson touffu et s'égaillèrent dans les branches hautes d'un figuier étrangleur. De partout fusaient les taches multicolores de larges papillons aux ailes étincelantes. Le muscle long et puissant d'un anaconda géant s'insinua sous les fougères arborescentes qui plongeaient leurs racines dans un magma fangeux, fait de feuilles gigantesques en décomposition. Malgré le soleil triomphant qui régnait depuis le matin, la lumière s'assombrit. Une humidité tiède, étouffante, les environna, leur pénétra les poumons. Les pieds nus s'enfonçaient dans le sol spongieux, laissant derrière eux des trous d'eau boueuse qui trahissaient leur passage.

La végétation luxuriante, presque gluante, entravait leur progression.

Aiguillonnés par la peur, ils continuaient d'avancer, la poitrine en feu, s'attendant d'un moment à l'autre à se trouver face à un démon vomi par les entrailles de Thaei'Shkaâ, le dieu maudit des Profondeurs. Derrière eux, les hurlements des chasseurs se précisaient. Haevya comprit que les jeunes guerriers, surexcités par la mort de leurs amis, ne renonceraient pas aussi facilement à leur vengeance. À bout de souffle, elle intima aux autres l'ordre de se tapir au cœur d'un buisson, puis s'accroupit devant eux. Dissimulée par les feuilles épaisses d'un banian rampant, elle guetta leurs poursuivants.

Malgré leurs efforts, les fuyards n'avaient pas parcouru une grande distance. Dans cet univers glauque, tout était faussé. On apercevait encore l'orée de la forêt. Du creux de sa trouée végétale, Haevya entrevit les chasseurs, qui dispersaient les traces du foyer en vociférant. L'un d'eux fouinait à l'entour, un long épieu à la main. Soudain, il s'agenouilla et appela les autres, auxquels il montra quelque chose sur le sol : sans doute leurs traces de pas. Les guerriers se concertèrent un bref instant, puis s'engagèrent sous les arbres.

Haevya lâcha un cri de dépit. Ils osaient affronter les dangers de la forêt. Galvanisés par la haine, ils en oubliaient leurs frayeurs. Quel tort leur avaient-elles causé, pour qu'ils s'acharnassent ainsi contre elles ? Mais une autre idée lui vint. Peut-être cette chasse à l'homme faisait-elle partie des lois de l'exil. Cela expliquerait pourquoi aucun des bannis n'avait survécu. Parfois on les capturait et on les brûlait sur la place du village, mais le plus souvent ils devaient périr sous les coups des chasseurs, afin de décourager ceux qui auraient osé contester la loi du clan.

Il fallait fuir. Les jeunes femmes saisirent les enfants par la main et s'enfoncèrent plus loin dans les profondeurs moites, où flottaient d'étranges senteurs de végétaux en décomposition. Haevya se rendit compte que la forêt remontait en pente douce vers un plateau élevé ; s'ils parvenaient à l'atteindre, peut-être seraient-ils sauvés.

Mais les poursuivants, forts de leur nombre, n'avaient pas parcouru tout ce chemin pour laisser leurs proies s'échapper. Le sol bourbeux freinait l'avance des deux femmes, des branches rudes et chargées d'épines leur griffaient les membres. Les bras sanguinolents, Anéa se mit à pleurer. Astyan, qui ne pouvait supporter ses larmes, lui prit la main et l'entraîna dans son sillage. Malgré son jeune âge, il était doté d'une résistance étonnante ; même sa mère avait peine à le suivre. Derrière eux, l'ennemi se rapprochait.

Soudain, ils débouchèrent dans une sorte de cuvette, au fond de laquelle une cascade tombant des hauteurs avait creusé un petit étang. Un brouillard dense et froid noyait le décor dans une brume irisée par les rayons du soleil qui trouaient les feuillages. Les deux femmes ne purent retenir un cri d'horreur : là, à quelques pas devant eux, se tenait un monstre. Jamais encore elles n'avaient vu semblable animal. Ses yeux jaunes luisaient d'un éclat insoutenable, son pelage aux reflets d'or se tachait de marques noires. Il était installé sur la branche basse d'un figuier étrangleur géant dont les racines aériennes plongeaient dans l'étang. Un feulement rauque répondit aux cris des fuyards.

Haevya saisit son dérisoire poignard de silex et fit face avec courage. Ils étaient pris au piège.

Tout à coup, la petite Anéa se calma. Comme dans un rêve, sa mère la vit lâcher la main d'Astyan et s'avancer vers le monstre. Celui-ci grogna, puis sauta souplement au bas de la branche. Les pieds rivés au sol par la terreur, Ephyra ne pouvait plus faire un geste. À coup sûr, le fauve allait tuer la fillette d'un coup de griffe et la dévorer sous ses yeux. Pourtant, celle-ci ne paraissait nullement effrayée. Le jaguar s'approcha de l'enfant. Ils se regardèrent pendant un moment, qui sembla une éternité aux autres, puis le fauve offrit sa tête à la caresse de la petite. Ephyra s'effondra sur le sol. Ses jambes ne la soutenaient plus.

L'instant d'après, la horde des chasseurs surgissait des sous-bois, qui s'emplirent de leurs vociférations de triomphe. Haevya et Ephyra se redressèrent, prêtes à donner leur vie pour sauver leurs enfants. Mais tout à coup eut lieu un phénomène extraordinaire. Le fauve bondit et se plaça entre les fuyards et leurs poursuivants. Décontenancés, les chasseurs commencèrent à reculer. Jamais ils n'avaient vu un tel animal. Le jaguar poussa un feulement épouvantable, puis se rua sur l'homme le plus proche, qu'il culbuta au sol. Une mâchoire aux crocs acérés se posa sur sa gorge, tandis que ses compagnons s'enfuyaient sans se soucier de son sort.

Pourtant, le félin n'acheva pas son adversaire. Pour une raison incompréhensible, il se contenta de le maintenir au sol, les crocs ouverts sur sa chair tendre. L'homme, un cousin de Han'Ihr, se mit à gémir. Le fauve poussa un dernier grondement, puis le libéra. Étonné d'être encore en vie, le chasseur se redressa, contempla les femmes et les enfants d'un œil embué de sang par l'émotion. Il tremblait de tous ses membres.

– Pars, dit doucement Haevya. Vous avez fait assez de mal.

Il ne se le fit pas dire deux fois, et disparut aussi vite que ses jambes pouvaient le porter. Le jaguar revint vers Anéa, qui le caressa, puis il s'évanouit dans les profondeurs de la forêt, comme il était venu.

Il fallut plusieurs minutes aux deux femmes pour prendre conscience de ce qui s'était passé. Ephyra ne parvenait plus à faire un geste. Jamais de sa vie elle n'avait eu aussi peur. Lorsque Anéa vint se jeter dans ses bras, elle éclata en sanglots et serra la petite fille de toutes ses forces. Enfin, elle hoqueta :

– Pourquoi as-tu fait ça ? Ce monstre aurait pu te tuer !

– Mais maman, ce n'était pas un monstre ! Il ne pouvait pas me faire de mal. Nous sommes chez nous ici.

Elle essuya tendrement la joue de sa mère. Haevya déclara :

– Elle a raison. Je crois... je crois que les divinités de la forêt ont fait alliance avec nous. Elles désirent nous protéger.

Guère rassurée, Ephyra se redressa et contempla longuement les sous-bois humides, humant les odeurs diverses qui émanaient de partout. C'est alors qu'elle se rendit compte de la beauté de la forêt. Partout éclataient les corolles somptueuses de milliers de fleurs, orchidées, acharantes, chysophèles dont les longues tubulures d'un blanc jaunâtre pendaient vers les eaux claires de l'étang. Aux papillons de taille surprenante se mêlaient les formes longues et vrombissantes de libellules géantes, aux reflets d'un bleu métallique. Dans les branches des arbres démesurés grouillait tout un peuple d'animaux étonnants : opossums à dos rayé, à la queue préhensile, geckos-écorce, dont la couleur se confondait avec celle des troncs, polatouches aux fines membranes de fourrure qui leur permettaient de planer d'un arbre à l'autre. De partout provenaient des bruits insolites, dont Ephyra comprit qu'ils étaient émis par des myriades de grenouilles. Les oiseaux n'étaient pas les moins surprenants : grèbes multicolores, brèves arc-en-ciel, pigeons-paons, paradisiers noirs et bleus...

Lorsqu'elles reprirent leur route, toute angoisse avait déserté leur cœur. Elles durent marcher encore plusieurs heures avant d'atteindre le plateau. Quand enfin elles y parvinrent, un spectacle fabuleux les attendait. D'un bord à l'autre de l'horizon s'étendait un moutonnement infini, dont le vert rappelait celui des yeux des enfants. Par endroits s'élevaient des arbres géants, hauts comme quarante ou cinquante hommes. Une brume diaphane baignait les lieux, qui diffusait la lumière rouge et or du soleil déclinant.

Ephyra respira profondément, puis déclara avec ferveur :

– Nous serons bien ici.

Pour la première fois de sa vie, elle se sentait en sécurité. Cet endroit était d'une beauté à couper le souffle. Et il ne les avait pas rejetés.

4

Assise sur le nœud d'une racine de l'arbre dans lequel ils avaient bâti leur première demeure, Haevya observait Astyan et Anéa, qui dépeçaient un pécari abattu le matin même.

Onze années s'étaient écoulées depuis ce jour sinistre où ils avaient dû fuir Pos'Eïden. Avec le temps, les deux femmes avaient fini par oublier la vie pénible qu'elles avaient endurée là-bas. Seul demeurait le souvenir merveilleux de la nuit magique de la Mushyaâ. Pas une fois les chasseurs n'avaient osé revenir dans la forêt des Nuages. Celle-ci avait tenu ses promesses d'alliance. Pour une raison incompréhensible, les grands prédateurs les évitaient. Jamais ils n'avaient revu le jaguar qui les avait sauvés lors de leur fuite éperdue.

Dans les premiers temps, afin de se protéger de l'humidité permanente qui régnait au sol, Haevya et Ephyra avaient bâti leur demeure dans les branches du grand arbre, prenant appui sur leurs multiples ramifications. Une échelle de lianes tressées permettait d'y accéder.

Puis les années s'étaient écoulées, apportant de profondes modifications dans leur vie, des bouleversements dus aux enfants. Astyan et Anéa avaient grandi. Le petit garçon était devenu un jeune homme d'une force colossale ; Anéa s'était métamorphosée en une fille magnifique, à la longue chevelure blonde, une couleur extrêmement rare chez les Vrais Hommes. Mais le plus surprenant était leur taille. Bien que plus petite qu'Astyan, Anéa dépassait le plus grand des chasseurs de la tribu d'une bonne tête. Leurs mères avaient renoncé depuis longtemps à s'expliquer ce phénomène. Leurs enfants n'avaient-ils pas été engendrés par des dieux ?

L'entente qui régnait entre les deux jeunes gens s'était renforcée avec le temps. Depuis le jour lointain de leur naissance, ils avaient toujours dormi l'un contre l'autre, échangeant leur chaleur, se prodiguant des caresses qui tissaient leur affection. Jamais ils n'acceptaient d'être séparés.

Trois ans plus tôt, ils avaient bâti une nouvelle cabane, à même le sol cette fois. Elle était d'une conception nouvelle, totalement inconnue des deux femmes. Par un miracle qu'ils avaient renoncé à expliquer à leurs mères, ils avaient réussi à monter des murs avec des pierres taillées, et liées par un mortier souple. Le toit, fait de planches de bois collées avec une matière noire qu'ils appelaient bitume, était recouvert de faisceaux de feuilles serrées et fixées avec de fines lianes. Un plancher isolait de l'humidité extérieure et des petits animaux.

La cabane comportait deux pièces, dont l'une avait été réservée aux enfants. Dans cet abri qui les protégeait même des tempêtes les plus féroces, ceux-ci avaient découvert que leurs tendres caresses étaient sans limites, et pouvaient s'épanouir en une extase merveilleuse, dont ils ignoraient qu'elle avait nom : l'Amour.

Au fil des années, Astyan et Anéa avaient oublié les souffrances et les tourments de leur vie antérieure. La forêt des Nuages était leur monde, leur domaine, leur royaume. À présent, ils en connaissaient tous les secrets, toutes les richesses. Et, tandis que leurs mères s'occupaient de la cueillette des fruits et de la recherche des tubercules, les jeunes gens partaient pour de longues parties de chasse et de pêche, dont ils ne revenaient jamais bredouilles. En raison de la tiédeur humide des sous-bois, ils vivaient souvent totalement nus, comme au temps de leur enfance.

Haevya, émue et fière, ne se lassait pas de les admirer. Il se dégageait d'eux une beauté surnaturelle, et une impression de force quasiment invincible. Elle avait vu une fois Astyan soulever un énorme tronc d'arbre quatre fois plus lourd que lui. Ils débordaient d'énergie et d'enthousiasme, et ne souffraient jamais de la fatigue ni d'aucune maladie. De même, pour une raison inexplicable, ils ne conservaient jamais la moindre cicatrice des nombreuses éraflures qu'ils récoltaient dans la forêt. Haevya y voyait la preuve évidente de leur ascendance divine. Et le plaisir sans cesse renouvelé de les voir vivre valait bien tous les ennuis qu'Ephyra et elle-même avaient endurés pendant sept années.

Cependant, leur ascendance inconnue s'était manifestée de multiples manières : la construction ingénieuse de la cabane de pierre n'en était qu'un exemple parmi d'autres. Leur imagination et leur esprit d'analyse étaient stupéfiants. Malgré leur jeunesse, ils semblaient détenir un savoir extraordinaire, qui prenait chaque jour des formes plus inattendues.

Ainsi, tout jeunes, ils avaient fabriqué une arme totalement nouvelle, faite d'une branche souple tendue par une liane, qu'ils avaient baptisée « arc ». Celui-ci s'était avéré beaucoup plus puissant que les propulseurs classiques utilisés par les chasseurs du clan.

Animés d'une curiosité insatiable, ils avaient percé les secrets des fibres de certaines plantes, qu'ils avaient appris à tisser, et dont ils tiraient des étoffes d'une finesse extraordinaire, confiant à leurs mères le soin de les teindre avec le jus de baies diverses et de terres colorées.

De même, ils avaient remarqué que l'argile durcissait au feu, tout en restant imperméable. Ils avaient appris à la modeler, d'abord à la main, puis en faisant tourner la pâte molle sur une surface circulaire qui permettait d'obtenir une forme régulière, qu'ils passaient ensuite dans un four de leur invention, avant de la décorer. Ces poteries se révélèrent très pratiques pour conserver la nourriture.

Les enfants avaient expliqué à leurs mères que ces idées étranges leur étaient inspirées par des rêves, et les deuxfemmes s'étaient habituées à ces découvertes surprenantes. Aujourd'hui, elles étaient certainement mieux habillées, mieux protégées et mieux nourries que les membres du clan qu'elles avaient fui onze années auparavant.

Un jour, Astyan et Anéa rapportèrent d'une de leurs longues expéditions une matière sombre et lourde. Intriguées, Haevya et Ephyra s'assirent non loin d'eux et les observèrent. C'était un spectacle fascinant. Comme à l'accoutumée lorsqu'ils entreprenaient une expérience nouvelle, ils ne leur fournirent aucune explication, peut-être par crainte de commettre une erreur. Les deux jeunes gens n'échangeaient pas non plus un mot entre eux : un regard suffisait pour qu'ils se comprissent. On eût dit qu'ils se parlaient directement par l'esprit.

Ils s'affairaient autour d'un appareil mystérieux, construit à partir du four dans lequel ils cuisaient les poteries. Mais Astyan y avait ajouté un instrument étrange, qui soufflait de l'air sur le foyer. Ils déposèrent la terre lourde dans un creuset installé au cœur des flammes. Peu à peu la matière fondit, puis rougit sous l'effet du feu. Anéa actionna le soufflet : le mélange en fusion vira lentement au jaune, puis au blanc. Une chaleur infernale les baignait, sans qu'ils semblassent le moins du monde incommodés.

Si au début ces expériences avaient fait trembler les deux femmes, elles avaient compris avec le temps que leurs enfants, protégés des dieux, et sans doute inspirés par eux, ne risquaient rien. Cette fois pourtant, inquiète de la lueur infernale diffusée par le creuset, Haevya trouva le courage de s'approcher et demanda ce qu'ils faisaient. Astyan répondit, en hurlant pour dominer le grondement du liquide en fusion :

– Cette terre contient une matière encore plus dure que la roche, mère ! C'est elle que nous essayons d'isoler. Seul le feu peut nous y aider.

– Mais... comment savez-vous cela ?

Il la regarda avec un sourire ravi. Son visage ruisselait de perles de sueur.

– Je l'ignore. Nous « sentons » les choses, tout simplement.

– C’est prêt ! dit soudain Anéa, rouge comme un coquelicot.

Astyan saisit un autre creuset de forme allongée, qu’il glissa à l’aide de longues pinces près du foyer. Puis, à l’aide d’un levier, il y fit couler la substance en fusion. Lorsque le liquide eut été entièrement transvasé, Astyan ôta le creuset, le déposa sur le sol. Quand la matière inconnue perdit de son éclat et se solidifia, il dégagea la forme obtenue à l’aide des pinces et la plongea dans une vasque d’eau froide. Une vapeur épaisse s’éleva aussitôt, qui les fit tousser de belle manière. Peu après, le jeune homme fit admirer l’objet à leurs mères.

– Lorsque nous l’aurons travaillée, cette matière nous fournira une lame de poignard plus tranchante et plus solide que le silex.

Il ne s’était pas trompé. Il fabriqua ainsi de longs poignards aux lames effilées, ainsi que deux glaives dont il orna les poignées avec du cuir d’antilocapre.

Ainsi s’écoulait la vie depuis onze années. Pourtant, une sourde inquiétude ne quittait pas Haevya tandis qu’elle observait le jeune couple s’affairant autour du pécari. Elle redoutait, sans vouloir se l’avouer clairement, que les dieux qui les avaient engendrés ne les réclamassent un jour ou l’autre.

Ephyra, partie cueillir des fruits depuis le matin, la rejoignit. Haevya la serra contre elle avec affection. Le temps et les épreuves traversées avaient fait d’elles plus que des sœurs. Ephyra n’avait pas besoin d’interroger son amie pour savoir ce qui la préoccupait.

– Ils ont tué un cochon ce matin, dit Haevya. Nous aurons de la viande pour plusieurs jours.

– Ils n’ont rien dit ?

– Non ! Tu sais bien qu’ils ne parlent jamais de ce qu’ils ressentent. Mais je sens qu’ils vont bientôt partir.

Une larme glissa sur sa joue. Ephyra lui prit la main et la serra avec tendresse.

– C’est le sort de toutes les mères de voir leurs enfants

les quitter un jour ou l'autre, déclara Ephyra avec un sourire triste.

Le comportement du jeune couple s'était modifié peu après leur dix-huitième anniversaire. Ils demeuraient souvent immobiles, le visage tourné vers le couchant, lorsque le soleil déclinait à l'horizon, jusqu'à ce que la nuit fût tombée. Intriguée, Ephyra avait tenté une fois de leur parler à ce moment. Ils n'avaient pas répondu, comme s'ils ne l'avaient pas entendue. Elle s'était placée devant eux, mais ils paraissaient ne pas la voir. Leurs yeux étaient fixes, leurs sens aux aguets, comme s'ils écoutaient quelque chose qu'elle ne pouvait entendre. Elle était revenue sans mot dire vers Haevya. Elles avaient alors compris que leur vie allait être bouleversée une fois de plus. Depuis, lorsqu'ils entraient dans cet état mystérieux, elles n'osaient plus les déranger.

Le lendemain matin, Astyan contemplait Anéa, qui se baignait nue dans l'étang proche de l'arbre géant sous lequel ils avaient construit leur maison. Depuis l'aube, il était songeur. La nuit précédente, leurs jeux amoureux n'avaient pas été aussi intenses que d'habitude. Quelque chose troublait sa compagne ; un trouble dont il ressentait lui aussi les effets.

Depuis plus d'une lune, une sensation étrange imprégnait leur esprit. Des images subtiles, insaisissables, surgissaient du plus profond de leur conscience, semblables aux révélations qui leur avaient permis de comprendre les secrets de la nature. Mais cette fois, le message était différent. C'était un appel irrésistible qui les invitait à quitter leur forêt pour se rendre dans un lieu inconnu. Ces visions mystérieuses leur avaient dévoilé un endroit ignoré, situé bien au-delà de leur monde vert. Ils savaient déjà qu'ils répondraient à cet appel, comme s'il était inscrit dans leurs gènes. Ils savaient aussi que le moment du départ était proche. Mais il leur en coûtait d'abandonner leurs mères, même s'ils étaient sûrs que la forêt, complice, continuerait à les protéger.

Soudain, Anéa se tourna vers lui et sortit de l'étang. Son corps ruisselait de perles d'eau sur lesquelles venaient jouer les rayons du soleil matinal. Une bouffée de chaleur monta au creux des reins du jeune homme : jamais il ne se lasserait de la regarder. Aucune femme ne pouvait rivaliser de beauté avec elle. Mais cette attirance ne s'arrêtait pas là. Pour lui, elle représentait l'absolu, un autre lui-même, qui le comprenait jusque dans ses secrets les plus intimes. Avec elle, il ne se sentait jamais seul. D'elle il aimait tout, ses moindres gestes, l'extraordinaire complicité qui les unissait lorsqu'ils tentaient une expérience nouvelle, ou bien lorsqu'ils s'aimaient sous la lumière d'émeraude de la forêt. Elle était son double, son reflet, son refuge. Il ne s'était jamais étonné de percevoir les pensées qu'elle lui adressait sans même qu'elle prononçât un mot. Ce mode de communication lui semblait tellement naturel qu'il était surpris au contraire de ne pouvoir bavarder ainsi avec sa propre mère.

Anéa le rejoignit et s'assit à ses côtés, passa un bras autour de ses épaules et se serra contre lui. Instantanément, leurs pensées passèrent de l'un à l'autre.

« J'ai peur, Astyan. Chaque jour, cela devient plus intense. C'est comme si je n'étais plus moi-même, comme si quelqu'un d'autre avait pris possession de ma volonté. »

« Nous ne devons rien redouter. Je sais à présent pourquoi les autres membres de la tribu nous craignaient et voulaient nous tuer. Nous sommes différents. Nous possédons des facultés qu'ils n'ont pas. »

« Mais nous ne leur voulions aucun mal ! »

« Pour eux, nous représentions un danger. »

Il avait raison. Elle avait encore en mémoire le phénomène insolite qui avait provoqué l'écroulement de la falaise sur leurs trois agresseurs. En proie à une colère incontrôlable, elle avait eu la sensation de se mêler à la roche elle-même, de la désintégrer mentalement, pour la projeter sur leurs victimes. Sur le moment, elle avait estimé que ces individus, assez lâches pour s'attaquer à des femmes et à des enfants, avaient mérité leur sort. À présent, elle n'en était plus très sûre. Avaient-ils le droit de les supprimer ainsi ? Car elle était certaine qu'Astyan et elle portaient la responsabilité de leur mort. Ils détenaient des pouvoirs fabuleux dont ils ignoraient tout.

« C'est pour cela que nous devons partir, émit mentalement Astyan, qui avait suivi son raisonnement. Nous trouverons là-bas la réponse à nos questions. »

« Là-bas ? Mais où est-ce, là-bas ? Jamais nous n'avons entrepris un tel voyage. »

« Tu as reçu les mêmes visions que moi. Nous connaissons le chemin à suivre. »

Elle se blottit, inquiète, dans les bras de son compagnon.

« Mais qui nous envoie ces images ? Et pourquoi ? »

Ils demeurèrent un long moment silencieux, écoutant les bruits familiers de la forêt, les cris des animaux, le souffle du vent dans les hautes frondaisons, les coassements des grenouilles innombrables.

– Astyan, dit-elle tout haut, crois-tu, comme l'affirment nos mères, que nous soyons... enfin, que nos pères étaient des dieux ?

– Nous ignorons ce que sont les dieux.

– Ephyra affirme que ce sont les esprits qui gouvernent la vie de la tribu. Dans ce cas, pourquoi n'ont-ils pas protégé nos mères lorsque les autres les persécutaient ? Et pourquoi ne se sont-ils pas manifestés depuis notre naissance ?

Il ne répondit pas tout de suite.

– Ils l'ont fait, déclara-t-il enfin. Penses-tu que nous aurions imaginé tous ces objets étonnants sans leur aide ?

– Dans quel but ? Qu'attendent-ils de nous ?

– Nous l'apprendrons bientôt. C'est pour cette raison qu'ils nous appellent. Ils désirent nous rencontrer.

– Nous rencontrer...

Elle glissa la main jusqu'au signe mystérieux qu'il portait sur l'épaule gauche et le caressa longuement d'un doigt hésitant.

– Nous nous tourmentons pour rien, Astyan, dit-elle tout à coup. Si nous sommes vraiment les enfants de ces dieux, ils ne peuvent nous vouloir du mal. Et je crois...

Son visage s'épanouit.

– Je crois que j'ai hâte de partir.

Il la prit par les épaules.

– Anéa, il est possible que nous ne revenions pas de ce voyage. Il recèle de nombreux dangers.

– Si nous savons nous montrer dignes de la confiance que les esprits ont placée en nous, nous en reviendrons ! Et puis... il y a autre chose.

Elle lui ouvrit son esprit sur une image nouvelle, qui se répercuta instantanément en lui.

– C'est extraordinaire, dit-il. Ainsi, il y aurait d'autres tribus semblables à la nôtre !

– Certainement. Mais il ne s'agit pas de cela. Il existe neuf autres couples comme nous. Des hommes et des femmes engendrés par des dieux.

Un sourire illumina le visage d'Anéa.

– Nous ne sommes pas seuls, Astyan. Ils sont de notre race.

5

En prévision des grands froids qu'ils allaient devoir affronter, Astyan et Anéa se munirent de fourrures chaudes, ainsi que de viandes et de fruits séchés. Conscients des périls de leur odyssée, ils emportèrent leurs arcs et de lourds épieux. Leurs flèches, dont ils avaient coulé les pointes dans le métal, avaient prouvé leur efficacité ; de même, ils s'étaient forgé chacun un nouveau glaive et un poignard, dont ils avaient travaillé la résistance. Ces armes étaient ignorées par la tribu des Vrais Hommes. Mais qu'en était-il de ces autres clans mystérieux dont Anéa avait eu la révélation ? Ils devaient être prêts à affronter toute éventualité.

Peut-être parce qu'il était un homme, Astyan eut plus de difficulté à quitter sa mère. Il n'avait pas eu besoin de lui expliquer la raison de leur départ. Elle la connaissait déjà, sans doute depuis le jour même où elle avait croisé l'homme qui l'avait fécondée. Haevya et Ephyra retinrent leurs larmes jusqu'à ce que la forêt se refermât sur les jeunes gens. Alors elles tombèrent dans les bras l'une de l'autre en pleurant.

Tandis qu'ils s'enfonçaient dans les profondeurs humides et glauques de la forêt des Nuages, Astyan ne parvenait pas à se défaire de son humeur sombre. Mais la nature enthousiaste d'Anéa balaya peu à peu sa morosité et son anxiété.

– Ne sois pas triste, Astyan. Les esprits des arbres les protégeront. Et puis je suis sûre que nous reviendrons. Nous triompherons de l'épreuve.

– Nous ignorons en quoi elle consiste.

– Mais c'est une aventure extraordinaire ! Nous allons enfin apprendre pourquoi nous sommes nés, rencontrer d'autres êtres qui nous ressemblent. Et le plus important n'est-il pas que nous soyons toujours ensemble ?

Astyan consentit à sourire. Elle avait raison : la seule épreuve qu'il redoutait vraiment, c'était d'être séparé d'elle. Tant qu'ils resteraient unis, rien ne prévaudrait contre eux.

Au cours de leurs longues parties de chasse, ils s'étaient rarement aventurés au-delà de la vallée suspendue où vivaient les *khobas*. C'étaient de petits plantigrades de couleur grise, au ventre blanc, qui nichaient dans des arbres gigantesques et se nourrissaient de feuilles parfumées. Plus loin, la forêt s'élevait vers des sommets couronnés de nuages chassés par les vents. À mesure qu'ils prirent de l'altitude, les arbres firent place à des arbustes chétifs, à demi dévorés par les *antimiones*, les chèvres farouches des cimes, à la robe d'un gris pâle tacheté de noir. Astyan et Anéa en aperçurent une petite harde, qui s'enfuit à leur arrivée. Jamais ils ne purent les approcher.

Le lendemain les arbustes disparurent, dévoilant une étendue chaotique et rocailleuse semée d'herbe rase, cernée de montagnes fantomatiques noyées dans les brumes. Un ouragan glacial les saisit, qui les obligea à revêtir leurs fourrures. Une sensation étrange les envahit peu à peu. Depuis plus de dix années, ils n'avaient pas quitté la protection de la forêt, où régnait toujours une chaleur tiède et humide, où l'horizon se limitait aux frondaisons proches. Là au contraire, la vue portait jusqu'à l'infini, s'ouvrait sur les perspectives impressionnantes des deux massifs montagneux qui, de part et d'autre, surplombaient la vallée étroite, l'écrasant de leurs contreforts colossaux. Inquiète, Anéa prit la main de son compagnon. Pourtant, selon leur vision, ils devaient bel et bien franchir le col qui menait au-delà de ces massifs. Surmontant leur malaise, ils se lancèrent à l'assaut des pentes abruptes, suivant par instants les sentiers tracés depuis l'aube des temps par les antimiones.

Vers le soir, après plusieurs heures d'une ascension pénible, ils atteignirent un endroit couvert de plaques de neige durcie, sous lesquelles coulaient des torrents tumultueux dévalant des hauteurs. C'était la première fois qu'ils voyaient de la neige d'aussi près. Le soleil du matin n'était plus qu'un souvenir. Derrière eux, la forêt lointaine s'était effacée sous un brouillard épais qui rampait vers eux comme un monstre silencieux et inquiétant.

Malgré leur fatigue, ils accélérèrent l'allure. Ils devaient avoir franchi le col avant la nuit, et elle tombait très vite en cette saison. Les vents piégés par les montagnes dévoilaient par intermittence des lambeaux de paysage, que les brumes dévoraient l'instant d'après. Parvenus au sommet, ils distinguèrent un contrefort escarpé, bordé d'un précipice vertigineux qui plongeait dans les ténèbres situées au-delà du col.

Anéa se serra frileusement contre son compagnon.

– On dirait que nous sommes arrivés au bord du monde, dit-elle.

En effet, l'autre versant de la montagne, noyé dans un brouillard intense, semblait marquer la limite de la terre. Ils s'adossèrent à un escarpement rocheux afin de ne pas être déséquilibrés par l'ouragan, et tentèrent de discerner l'amorce d'un sentier, mais en pure perte. Par moments pourtant, une vague lueur rougeoyante perçait l'épaisse couche nuageuse.

– C'est peut-être la demeure du soleil, suggéra Anéa d'un ton inquiet. Nous sommes allés trop loin. Il n'y a plus rien au-delà.

Astyan ne répondit pas. Enfant, il avait entendu les vieux de la tribu raconter que la chaîne des montagnes du couchant marquait la frontière du monde des hommes. Alors, s'il n'existait aucun chemin pour continuer, que devaient-ils faire ?

– Il nous faut trouver un abri pour la nuit, décida-t-il. On n'y voit déjà presque plus rien.

Prudemment, ils s'engagèrent sur le contrefort qui longeait le massif nord. Avec un peu de chance, ils découvriraient une anfractuosité qui les protégerait de l'ouragan glacé. Il était hors de question d'allumer un feu au sein de ce blizzard.

Soudain, le long de la paroi rocheuse, ils distinguèrent ce qui ressemblait à une caverne. Ils dégainèrent leurs glaives et s'approchèrent avec précaution : peut-être s'agissait-il du repaire d'un ours ou d'un lion de montagne. La visibilité était quasiment nulle. Ils pénétrèrent dans la grotte, les sens aux aguets, mais rien ne se manifesta. L'antre, abrité du vent, leur permit d'allumer une torche. Une rapide exploration leur confirma que les lieux n'étaient pas occupés. Anéa frissonna.

– Cet endroit ne me dit rien qui vaille, Astyan. Regarde ! Cette caverne s'enfonce dans les entrailles de la montagne. Qui sait ce qu'il y a à l'intérieur ?

– Nous ne pouvons pas passer la nuit dehors. Rassure-toi, nous resterons à proximité de l'entrée.

Elle acquiesça. Une odeur d'humidité et de moisissure imprégnait les lieux, mais au moins, ils seraient protégés des rafales glacées de la montagne. Astyan alluma un maigre feu avec les morceaux de bois dont il s'était muni dans l'après-midi. Après un repas frugal, ils s'enveloppèrent dans leurs fourrures, blottis l'un contre l'autre. Malgré l'inquiétude sournoise qui les tenaillait, la fatigue eut bientôt raison d'eux, et ils sombrèrent dans le sommeil.

Anéa s'éveilla la première. Elle crut tout d'abord que le jour s'était déjà levé, mais elle avait la sensation de n'avoir que très peu dormi. Elle se frotta les yeux et ne put retenir un cri de frayeur : une lumière étrange émanait de l'intérieur de la caverne, une clarté glauque, angoissante, qui dévoilait un gouffre chaotique, dominé par d'énormes parois rocheuses en surplomb, que n'avait pu leur révéler la lueur de la torche la veille. Une sensation d'étouffement, d'écrasement, la saisit. Des vapeurs rampantes semblaient sourdre de la roche elle-même.

Elle devait rêver. Angoissée, elle se tourna, vers l'ouverture de la caverne : au-dehors régnait une obscurité totale. Elle se souvint que c'était la période où le disque d'argent de la lune disparaissait totalement avant de renaître. De plus, le brouillard épais avait gagné le col lui-même. Si un danger survenait, ils ne pouvaient même pas fuir par là. Le sentier de chèvre qu'ils avaient emprunté longeait un précipice insondable ; un faux pas, et c'était la chute dans le néant. Elle secoua l'épaule d'Astyan, qui s'éveilla à son tour. Les yeux embrumés de sommeil, il contempla le phénomène, incrédule.

– Astyan, j'ai peur ! D'où vient cette lumière ?

– Je n'en sais rien.

Il rejeta la couverture de fourrure, saisit son glaive et se leva. Inquiète, elle l'imita.

– Nous avons peut-être dérangé le dieu de la montagne, avança-t-elle timidement.

Tout à coup, un grondement guttural monta des profondeurs. Anéa se réfugia contre son compagnon. Astyan aurait voulu ne pas éprouver cette terreur liquide qui lui broyait à présent les entrailles. Tout cela n'était pas normal : si un monstre vivait dans cet antre, ils auraient dû remarquer ses traces sur le sol de l'entrée. Or il n'y avait rien.

– Peut-être existe-t-il une autre issue, risqua Anéa, qui avait suivi mentalement son raisonnement.

– Si c'est le cas, il ne peut nous voir. Le feu est éteint. Ne bouge pas !

Cependant le grondement s'amplifia, faisant résonner les échos de la caverne. Ils n'apercevaient toujours rien. Le bruit semblait provenir de tous les côtés à la fois. Soudain Anéa hurla :

– Regarde ! On dirait que les roches bougent !

– Ce ne sont pas des roches, murmura-t-il.

– Mais qu'est-ce que c'est ? demanda Anéa d'une voix tremblante.

– Je... je ne sais pas.

Il avala sa salive pour retenir un cri de frayeur. En contrebas se matérialisait la créature la plus horrible qui se pût imaginer. Ce qui ressemblait à des rochers n'était rien d'autre que les anneaux d'une carapace pourvue de pattes nombreuses grâce auxquelles la chose se déplaçait. La queue se terminait par un dard énorme, plus long que le bras d'un homme. On eût dit une espèce de scorpion géant. Soudain la Bête se redressa, dévoilant un aspect semi-humain. Le buste s'ornait d'une poitrine de femme à la peau grisâtre. La tête hideuse se hérissait de cheveux mouvants semblables à des serpents. La créature était pourvue de trois paires de bras aux longs doigts terminés par des griffes. Lorsqu'elle dirigea son regard sur le couple, ses yeux effilés semblèrent jeter des éclairs.

– Par la déesse-mère ! murmura Astyan. Qu'est-ce que c'est que ça ?

– Vite. Allons-nous-en ! supplia Anéa.

Astyan saisit leurs affaires, prit la main de sa compagne, et se rua vers l'entrée de la caverne. Mieux valait l'incertitude de la nuit et du périlleux sentier de chèvre que d'affronter l'abomination. Mais à peine avaient-ils fait un pas vers l'entrée que le sol vibra sous leurs pieds. Avec horreur, ils virent la roche se fracturer et s'ébouler devant les ténèbres nocturnes, leur interdisant toute retraite. Ils étaient pris au piège. Derrière eux, la Bête gravissait la pente menant à la plate-forme sur laquelle ils se trouvaient. Elle poussa une sorte de feulement rauque, tandis que ses yeux d'un rouge luisant les contemplaient.

– Astyan, gémit Anéa, mes visions ne m'ont jamais montré de créature semblable. Que pouvons-nous faire ?

Il se plaça devant elle. La Bête le fixa. L'instant d'après, il lui sembla que ses jambes s'alourdissaient, se fondaient à la roche. Il marmonna avec difficulté :

– Fuis, Anéa !

Abritée derrière son compagnon, elle comprit immédiatement ce qui se passait : à l'instar des serpents fascinant les oiseaux, la gorgone immobilisait Astyan. Sans regarder le monstre, elle plaça ses mains devant les yeux du jeune homme. Aussitôt, sa sensation de lourdeur disparut.

– Nous devons éviter de la regarder ! lui hurla la jeune femme.

Reprenant ses esprits, Astyan étudia très vite les lieux.

– Là, il y a un passage !

Sur leur droite s'amorçait une corniche chaotique s'étirant le long de la paroi rocheuse. Elle n'était pas assez large pour permettre à la créature de s'y aventurer. Sans hésiter, ils abandonnèrent leurs affaires et bondirent sur la sente, armés de leurs épieux et de leurs glaives. Les hurlements de la Bête redoublèrent. S'aidant de ses multiples bras, elle progressait vite, s'agrippant aux rochers, ses griffes démesurées faisant entendre un cliquetis angoissant.

– Elle va nous rattraper, gémit Anéa.

En raison de la lumière verdâtre, Astyan et sa compagne ne s'aperçurent pas tout de suite que le sentier se terminait sur un cul-de-sac, le long de la paroi. Bientôt, ils furent acculés à la roche. Ils firent face à la Bête, qui rampait inexorablement vers eux, leur coupant toute retraite.

Affolé, Astyan chercha une issue. En contrebas de la corniche, un éboulement de rochers rejoignait la fosse glauque d'où était sortie la gorgone, et où stagnaient des vapeurs méphitiques. S'il parvenait à attirer la créature vers lui, peut-être Anéa parviendrait-elle à trouver une sortie et à se sauver. Il hurla pour couvrir les grondements.

– Écoute ! Nous allons nous séparer. Je vais attirer son attention sur moi. Pendant ce temps, tu gagneras l'entrée de la caverne et tu tenteras de te glisser au-dehors. Il doit subsister un passage. À l'extérieur, elle ne pourra pas te suivre.

– Jamais ! Je refuse de t'abandonner !

– FAIS CE QUE JE TE DIS ! Il faut que l'un de nous survive.

– Astyan !

Il la bouscula sans ménagement. Elle avait juste le temps de s'esquiver. Lui-même sauta à bas de la corniche et atterrit souplement sur une dalle rocheuse qui surplombait la fosse où flottaient les vapeurs glauques. La Bête tourna la tête dans sa direction et rampa vers lui.

Anéa était sauvée. Astyan la vit rebrousser chemin vers la sortie. Avec un peu de chance, elle pourrait se faufiler au travers de l'éboulement. Il bondit dans la fosse.

Soudain, une idée fulgurante et insensée lui traversa l'esprit. Il ne pouvait affronter le monstre ainsi : le moindre de ses regards de feu le paralyserait, le livrant à sa merci. Obéissant à son intuition, il défit rapidement sa ceinture de toile et la noua autour de ses yeux. Il devait se concentrer très vite, faire appel à toutes les forces qu'il sentait bouillonner en lui.

Et il vit. Avec le regard de l'esprit. La forme monstrueuse n'était plus qu'à quelques pas de lui, mais les lueurs rouges qui jaillissaient de ses pupilles ne pouvaient plus l'immobiliser. La créature cracha un hurlement de dépit et se rua dans sa direction, tentant de refermer ses trois paires de bras sur lui. Astyan esquiva et riposta d'un vigoureux coup de glaive, qui trancha une main du monstre. Un sang vert, à l'odeur putride, coula sur la roche qui se mit à grésiller. La Bête poussa un effroyable cri de douleur et fit face.

De son côté, Anéa avait atteint l'entrée de la caverne. Elle se retourna, l'esprit en déroute. Au fond de l'arène glauque, le monstre avait acculé Astyan entre deux énormes rochers couverts d'une mousse luminescente. Elle comprit que, malgré sa vaillance et sa force, il ne pourrait tenir longtemps. Et surtout, elle prit conscience qu'elle fuyait, qu'elle l'avait abandonné. Alors, elle s'empara de son épieu et descendit à son tour dans le gouffre.

Avec surprise, la jeune femme sentit bientôt des objets étranges craquer sous ses pieds. Un coup d'œil lui apprit qu'il s'agissait d'ossements humains et animaux. Devant elle, l'énorme dard s'agitait, au bout du long corps à la carapace luisante, dont émanait une odeur fétide. Surmontant son dégoût, Anéa chargea et bondit sur la carapace. De toutes ses forces, elle s'arc-bouta pour enfoncer son épieu entre les épaules de la créature. Soudain, elle ressentit une douleur inimaginable dans le dos. Avec horreur, elle vit une chose noire et pointue ressortir par sa propre poitrine. Un flot de sang lui envahit la gorge. Elle comprit que le dard de la Bête l'avait frappée par-derrière.

Astyan avait vu la scène. Il avait voulu prévenir Anéa, il avait hurlé, mais elle ne l'avait pas entendu. Comme dans un cauchemar horrible, il vit le dard gigantesque se redresser, soulever le corps de sa compagne. Alors une colère terrible le saisit. Sans faire attention aux bras qui tentaient de le happer, il se rua sur la créature, leva son glaive et frappa. De toutes ses forces. De toute sa fureur. Sous le coup la tête éclata, se fendit et roula sur le sol, où les serpents continuèrent à se tortiller en sifflant. Puis il enfonça profondément son épieu dans la poitrine de la créature hideuse.

Le corps décapité s'agitait en tout sens, tentant dans un dernier effort de saisir l'agresseur, mais Astyan se déroba et se précipita vers Anéa. D'un coup sec, il trancha la base du dard, qui demeura planté dans le corps de la jeune femme. L'abomination eut un dernier soubresaut d'agonie, puis s'effondra dans un fracas qui souleva une poussière née des ossements écrasés par sa masse.

Sans même sentir les larmes qui ruisselaient sur ses joues, Astyan emporta avec précaution sa compagne à l'autre bout de l'arène et la déposa sur le sol. Il s'agenouilla à ses côtés. Un filet de sang coulait de la bouche de la jeune femme. Elle respirait avec peine.

– C'est trop tard, Astyan, souffla-t-elle. Je voulais... je voulais mourir avec toi.

Le jeune homme poussa un gémissement de douleur. La vie ne lui importait plus désormais. Anéa ne survivrait pas à son horrible blessure.

Maladroitement, il essuya le sang qui maculait la poitrine d'Anéa autour du dard immonde. Le regard de la jeune femme s'accrochait désespérément au sien, puis il s'éteignit. Bouleversé, Astyan s'écroula sur le corps sans vie. Leur voyage devenait inutile à présent. De lourdes larmes roulèrent sur ses joues. Peu à peu, la lumière glauque s'atténua.

Mais il se révolta soudain. ANÉA NE POUVAIT PAS MOURIR. Les dieux ne permettraient pas une telle injustice ! Alors, tandis que la lumière déclinait encore, il saisit le corps inerte de sa compagne et le secoua avec rage, hurlant et pleurant à la fois.

– Anéa ! ANÉA ! Tu dois vivre. TU DOIS VIVRE !

Tout à coup la jeune femme se mit à gémir. Elle le regarda, affolée, puis recula.

– Arrête ! Tu me fais mal !

– Anéa ? Tu... tu es vivante ?

Elle porta la main entre ses seins, surprise de ne pas y trouver le dard, ni même aucune trace de sang. Astyan la contempla, abasourdi : elle ne portait aucune trace de blessure. Pourtant un instant auparavant elle était morte, le corps transpercé par l'aiguillon de l'ignoble créature. Il en était sûr. Était-il en train de devenir fou ? Anéa essuya tendrement les larmes qui ruisselaient des yeux de son compagnon.

– Calme-toi ! Tu vois, je n'ai rien.

– Mais que nous est-il arrivé ? demanda-t-il.

Il regarda autour de lui avec stupéfaction. La seule lueur qui éclairait les lieux était celle du foyer qu'ils avaient allumé la veille, et qui brûlait encore faiblement. Pourtant, tout à l'heure, il était éteint...

Anéa fut secouée d'un sanglot et se jeta dans ses bras. Il lui caressa les cheveux.

– Je crois que je comprends, dit-il enfin. Nous avons fait un cauchemar. Seulement un cauchemar.

Inquiets, ils étudièrent les lieux. Ils se trouvaient à l'endroit même où ils s'étaient endormis quelques heures plus tôt. Une faible lueur annonçant le jour prochain illuminait la caverne avec parcimonie. Aucun éboulement n'obstruait l'entrée.

– C'était un cauchemar... répéta-t-il comme pour s'en convaincre.

Ils se blottirent l'un contre l'autre, heureux de sentir leurs chaleurs se mêler, leurs peaux se toucher. Cependant, ils ne purent retrouver le sommeil. Lorsqu'elle fut remise de ses émotions, Anéa dit doucement :

– Croyais-tu que je pouvais te laisser te sacrifier ? Ce n'était peut-être qu'un cauchemar, mais jamais je ne t'aurais abandonné derrière moi. Je ne pourrais pas vivre sans toi. Ma vie n'aurait plus aucun sens.

Il posa ses lèvres sur les siennes et l'embrassa longuement. Elle se serra encore plus fort contre lui. Il lui tardait de quitter cette maudite caverne. Pourtant, une idée étrange subsistait en elle : la sensation obscure que la mort aurait pu les saisir là, si elle n'était pas retournée sur ses pas lorsqu'il lui avait hurlé de fuir. Puis elle sourit ; c'était ridicule. Tout cela n'avait été qu'un mauvais rêve, une hallucination qu'ils avaient partagée. Ce n'était pas la première fois.

Dès que la lumière du jour naissant fut suffisante, ils plièrent bagage et sortirent. Ils ne virent pas, au cœur de la caverne, la masse informe d'une carapace prolongée d'un corps de femme à six bras s'illuminer un court instant d'une lueur glauque, puis se dissiper dans le néant sans laisser de trace.

Comme si elle n'avait jamais existé.

6

Dehors les attendait un spectacle d'une beauté à couper le souffle. Les sommets des deux montagnes encadrant le col se couronnaient d'une écharpe translucide de nuages blancs et lumineux. Les brumes denses de la veille s'étaient dissipées, révélant au-delà de la passe un pays immense, couvert d'une forêt profonde, sur laquelle la lumière fraîche et bleutée du soleil levant animait un fantastique jeu d'ombres et de lumières. Des arpèges de vents y faisaient naître des frissonnements légers, comme les frémissements de la peau du monde lui-même. Çà et là émergeaient des arbres géants. Après l'ouragan glacé de la veille et la nuit d'angoisse qu'ils avaient vécue, le panorama étincelant avait les couleurs d'un rêve.

Stupéfaite, Anéa prit la main de son compagnon.

– Pourquoi ai-je la sensation que ce pays est nôtre, Astyan ?

– Parce que... parce qu'il nous sera donné si nous triomphons des épreuves.

Anéa contempla longuement le royaume prodigieux étalé à leurs pieds comme une offrande, puis déclara :

– Il ne s'agit pas d'épreuves, Astyan. C'est... autre chose. Quelque chose que nous devons apprendre. Je sens vibrer en moi des forces inconnues qui cherchent à s'exprimer.

Ils s'engagèrent sur l'étroit sentier naturel qui descendait presque à pic vers la forêt, plusieurs centaines de mètres en contrebas. Il leur fallut une demi-journée pour atteindre les premiers arbres, au pied de l'immense muraille rocheuse. Après le froid des montagnes, l'atmosphère humide de la sylve leur parut étouffante. Une brume légère baignait les lieux. Les vêtements leur collaient à la peau.

Dès qu'ils pénétrèrent sous les frondaisons, des nuées d'insectes curieux et inquisiteurs vinrent les environner. Cependant, la vie dans la forêt des Nuages les avait préparés à ce genre de désagrément. Anéa avait emporté par prudence un onguent destiné à chasser les moustiques et autres taons trop entreprenants. Ils s'en enduisirent le corps et se débarrassèrent de leurs habits.

L'air était parfois si dense qu'ils éprouvaient une pénible sensation d'étouffement. Un autre phénomène les surprit : à l'inverse du sol de la forêt des Nuages, qui demeurait ferme sous les pas, celui-ci semblait étrangement élastique. Les pieds s'y enfonçaient. Il se composait d'une épaisse couche de feuilles et de végétaux morts, sur lesquels poussaient des buissons de fougères et des champignons de toutes formes. Un fouillis inextricable de lianes entravait parfois leur progression. À plusieurs reprises, ils durent se frayer un chemin à l'aide de leurs glaives. Partout s'élevaient des arbres colossaux dans lesquels nichaient des peuples entiers de singes bavards, des nuées d'oiseaux multicolores, paradisiers bleus à aigrettes, écolaudes arc-en-ciel – sortes d'échassiers habiles à pourchasser les grenouilles –, stylves écarlates, verlannes minuscules, à peine plus grosses que des mouches. Les papillons étaient légion et de taille impressionnante. Mais là n'était pas le plus surprenant : comme les rongeurs et les batraciens, ils jaillissaient parfois en myriades serrées de trous creusés dans le sol, qui semblait parcouru par d'innombrables galeries souterraines. Ceci expliquait sans doute son élasticité.

Par endroits se dressaient d'étranges structures coniques habitées par de longs insectes au corps blanc, des termites géants, qui avaient tracé de nombreuses voies de circulation.

Dans l'après-midi, ils furent les témoins d'un phénomène incroyable. L'une de ces termitières était attaquée par une armée d'énormes fourmis brunes. Une guerre sans pitié opposait les deux espèces, engendrant un massacre effrayant. S'installant prudemment à l'écart, ils observèrent l'affrontement, fascinés.

Intriguée, Anéa demanda :

– Pourquoi se battent-ils ainsi ?

– Peut-être pour s'approprier un territoire, émit Astyan.

– Un territoire...

Soudain, elle porta la main à sa gorge. Une vision d'horreur l'envahit, qu'elle partagea instantanément avec Astyan. Sous ses yeux, ce n'était plus des insectes qui se battaient, mais des armées innombrables d'êtres humains, des créatures de chair et de sang qui s'entre-tuaient, s'égorgeaient, s'étripaient. Des rigoles écarlates ruisselaient sur le sol, des visages déchirés par la souffrance tremblaient devant ses yeux hallucinés. Elle suffoqua. Astyan la prit contre lui et lui caressa le visage. Des larmes lourdes roulaient sur les joues de la jeune femme.

– C'est épouvantable, sanglota-t-elle. Penses-tu qu'un jour une telle abomination devienne possible ?

Il ne répondit pas tout de suite.

– Je... je ne crois pas. Les humains ne sont pas assez nombreux pour cela. Et puis, même si nous savons à présent qu'il existe d'autres tribus que celle des Vrais Hommes, elles sont tellement lointaines...

– Mais que se passerait-il si elles se rencontraient ?

– Ne t'inquiète pas. Ce monde est vaste. Les hommes peuvent y vivre les uns aux côtés des autres sans se battre. Cela n'aurait aucun sens.

Il sourit.

– Tout de même, nous n'avons rien de comparable à ces insectes.

Elle hocha la tête, pas véritablement convaincue.

– Si les tribus se multipliaient, et si elles étaient dirigées par des êtres comme Han'Ihr, qui sait ce qu'il adviendrait ?

– Han'Ihr est mort.

– Mais il n'était pas le seul de son espèce à Pos'Eïden.

Elle lui prit la main.

– Astyan, c'est peut-être pour cela que nous sommes nés. Pour empêcher qu'une telle horreur arrive jamais.

– C'est possible ! Partons, tu es bouleversée.

Ils contournèrent le théâtre des combats et s'éloignèrent dans les hautes fougères arborescentes. Le crépuscule inondait les sous-bois d'une lueur sanglante. La nuit allait bientôt tomber. Ils choisirent un grand arbre aux branches larges qui leur fournirait un abri sûr. Le souvenir des fourmis belliqueuses ne les encourageait pas à demeurer sur le sol, malgré sa texture moelleuse. Astyan chassa un python un peu trop familier et installa sa compagne dans le creux des branches. Ils partagèrent le reste de leurs provisions.

– Demain, nous devrons penser à chasser. Il ne nous reste plus rien, à part quelques fruits.

Mais demain était un autre jour. Et Anéa, après sa vision effrayante, avait besoin de se changer les idées. Elle se fit câline contre son compagnon. Faire l'amour dans un arbre avait toujours quelque chose d'excitant, avec un rien d'acrobatique. Après seulement que leurs sens furent calmés, ils remarquèrent un fait insolite. Avec la nuit, les singes piailleurs et les oiseaux s'étaient tus. Seuls subsistaient les appels inquiétants des prédateurs nocturnes, roussettes, rapaces et autres petits mammifères carnivores. À cela s'ajoutait le concert d'amour des crapauds et des grenouilles. Mais derrière ces cris sourdait un grondement étouffé, impossible à localiser. Il semblait émaner de partout à la fois, comme le pouls d'un animal prodigieux. Inquiète, Anéa se serra contre son compagnon.

– On dirait que cela vient du sol lui-même.

Le ronflement assourdi s'amplifiait par instants, jusqu'en un vacarme à la fois proche et lointain, ressemblant à un bruit de lutte, puis tout redevenait calme. La même idée les traversa tous les deux : la forêt leur réservait-elle un cauchemar identique à celui de la nuit précédente ? Avec un bel ensemble, ils dégainèrent leurs glaives, qu'ils posèrent à portée de leur main. Mais les fatigues de la journée – et la séance amoureuse – l'emportèrent sur l'angoisse ; ils ne furent pas longs à s'endormir, blottis l'un contre l'autre.

Cependant, malgré leurs craintes, aucun cauchemar ne les visita pendant la nuit. Ils durent néanmoins subir les attentions d'une bande d'atèles peu farouches, intrigués par ces drôles d'animaux sans fourrure qui avaient élu domicile dans *leurs* arbres. Les objets singuliers qu'ils transportaient attisaient leur curiosité.

Au matin, le grondement souterrain n'avait pas cessé. Mais les bruits diurnes de la forêt le masquaient, ce qui expliquait qu'Astyan et Anéa ne l'eussent pas remarqué la veille.

Ils reprirent leur chemin, accompagnés par la troupe des singes bavards et indiscrets. L'un d'eux, plus audacieux que les autres, vint même se percher sur l'épaule du jeune homme, étonné par les flèches qui dépassaient de son carquois.

– Fais attention, tu vas te blesser ! dit Astyan, amusé.

Soudain, la petite bande sembla prise de panique et disparut dans les frondaisons.

– Qu'est-ce qui leur prend ? demanda Anéa.

– Il doit se passer quelque chose.

Mus par la prudence, ils s'abritèrent derrière le tronc d'un grand arbre. Peu après, un animal inquiétant surgit des profondeurs de la forêt. C'était une sorte de phacochère géant, dont le groin se hérissait de deux défenses recourbées. Il passa non loin d'eux sans leur accorder la moindre attention. Grognant et soufflant, il déterrait çà et là des racines qu'il avalait bruyamment.

– Ce compère pourrait nous fournir de la viande pour un bon moment, s'exclama Astyan avec enthousiasme.

Anéa le retint par le bras.

– Attends ! Quelque chose me dit que nous ne devrions pas le chasser. Je vois... je vois la mort sur lui. Mais ce n'est pas nous qui devons le tuer.

– Et qui d'autre ? Nous n'avons croisé aucun prédateur dans cette forêt, à part quelques pythons. Ils ne sont pas assez gros pour s'attaquer à un animal de cette taille.

– Astyan, je sens qu'un danger nous menace si nous le suivons.

Il discernait parfaitement le malaise qui la tenait. Mais son instinct de chasseur refusait de laisser échapper une proie aussi tentante.

– Je te promets de me montrer prudent.

La mort dans l'âme, elle acquiesça. Ils armèrent leurs arcs et suivirent les traces laissées par l'animal.

– Le grondement s'amplifie, dit tout à coup Anéa.

– Oui, c'est curieux.

– On dirait que cela vient de... de sous nos pieds.

– C'est impossible !

– Astyan, j'ai peur !

Mais il n'écoutait pas. Ils reprirent leur traque, avançant avec précaution. Par moments, le sol paraissait trembler.

– Il est là ! chuchota soudain Astyan.

Fourrageant sans crainte dans les buissons de tubéreuses, le phacochère ne s'inquiétait pas de ces créatures à deux pattes qui le suivaient. Leur taille ne l'impressionnait guère. Le danger venait d'ailleurs. Et il savait comment l'éviter. Le sol se révélait très dangereux par endroits, mais il suffisait de se tenir près des arbres, là où il était le plus solide. Ici, à ce niveau, il ne se connaissait pas d'ennemi.

Aussi fut-il surpris de sentir une douleur lui déchirer la chair, sur son flanc gauche. Il comprit que les créatures à deux pattes s'en prenaient à lui. Courageusement, il fit face.

– Attention, il charge ! hurla Anéa.

Astyan affermit sa prise sur son épieu et attendit l'assaut du phacochère. Il devait éviter de se faire crocheter par ses longues défenses. L'animal, rendu furieux par la douleur, oublia toute prudence et se rua sur l'agresseur, debout au milieu d'une clairière. Le jeune homme pointa l'arme sur la bête qu'il attendit de pied ferme. Soudain, un événement incompréhensible se déroula sous ses yeux : sous le poids du phacochère, le sol se creusa, s'ouvrit sur une gueule béante plongée dans les ténèbres. Sans comprendre, Astyan vit l'animal s'enfoncer dans le trou, un gouffre aux parois rendues glissantes par les végétaux décomposés et les herbes fines qui les recouvraient. Anéa poussa un cri d'horreur lorsqu'elle vit son compagnon disparaître à son tour dans les profondeurs souterraines.

Le grondement mystérieux s'amplifia d'une façon inquiétante. Astyan tenta de s'agripper, mais en vain : le gouffre creusé par la masse du phacochère l'engloutit à son tour.

Il atterrit sur une surface boueuse et molle, qui lui évita de se rompre les os. Il leva les yeux sans comprendre. Au-dessus de lui, la trouée végétale commençait lentement à se refermer, comme elle s'était formée. La lueur sombre qui coulait de l'ouverture lui révéla un endroit surprenant. Autour de lui s'élevaient des troncs d'arbre, qui prenaient leurs racines dans une terre spongieuse, grasse et malodorante. C'était de cet endroit qu'émanait le bruit inconnu. Au-delà s'étendaient des ténèbres insondables, percées par endroits, très loin, de faibles lueurs, qui éclairaient un néant glauque où bougeaient des formes indistinctes. Ce lieu insolite semblait s'étendre *sous la forêt elle-même*.

À quelques pas, le phacochère gémissait. Il avait eu moins de chance que lui, et s'était brisé une patte. Au-dessus d'eux apparut le visage d'Anéa.

– Lance-moi une liane, vite ! Le trou va se refermer.

Elle s'éloigna. Soudain la bête blessée se mit à couiner, en proie à la panique. Inquiet, Astyan s'adossa au tronc visqueux d'un arbre. Puis la vérité lui apparut dans toute son horreur, lui donnant l'explication du grondement : dans les profondeurs de la nuit souterraine se matérialisa un monstre de cauchemar, une sorte de lézard colossal qui rampait vers le malheureux phacochère en ouvrant une gueule armée de crocs acérés.

Tout à coup, le reptile géant bondit sur sa proie. Les mâchoires se refermèrent sur la chair pourtant solide de l'animal. Écœuré et affolé, Astyan entendit les os craquer, tandis qu'un épouvantable hurlement d'agonie déchirait les ténèbres. En quelques mouvements furieux, la bête fut déchiquetée.

– Anéa ! VITE ! s'exclama Astyan.

Malgré son courage, il ne se sentait pas de taille à affronter la créature, dont la taille devait avoisiner les vingt coudées. Son épieu lui parut dérisoire face à la mâchoire de l'abomination. Celle-ci était occupée avec le pauvre phacochère, mais il pouvait en surgir d'autres. Il en fut même certain lorsqu'il entendit un vacarme inquiétant agiter les profondeurs sombres de la forêt souterraine.

– ANÉA !

La panique le saisit. Là-haut, la trouée diminuait inexorablement. Tout à coup, une liane descendit jusqu'à lui. Il s'y agrippa avec l'énergie du désespoir. Il n'était que temps ; déjà deux autres salamandres surgissaient du néant. Au-dessus de lui, le gouffre n'était plus qu'une ouverture infime. Bientôt, les ténèbres allaient se refermer sur lui. Il ne lui fallut que quelques secondes pour remonter à l'air libre. Il éloigna aussitôt sa compagne de l'endroit maudit, l'amenant près d'un tronc d'arbre où il reprit son souffle. Il avait perdu son épieu dans l'aventure.

– Mais que s'est-il passé ? demanda-t-elle enfin.

– Je crois que j'ai compris. Les branches basses des arbres sont tellement serrées que les feuilles mortes ont fini par constituer une couche épaisse qui les recouvre. Ce tapis est assez résistant pour supporter le poids d'un être humain, mais pas celui d'un animal comme ce gros phacochère. Ce n'est pas sur le sol que nous marchons, mais « dans les branches ». Et j'aime mieux ne pas savoir ce qui se trouve au-dessous.

Il lui prit les mains.

– Tu avais raison. Je n'aurais pas dû poursuivre cette bête. La prochaine fois, je t'écouterai.

Forts de leur découverte, ils évitèrent de traverser les clairières trop vastes. En y regardant de plus près, ils remarquèrent que les animaux avaient tracé des sentes bien définies, qui ne présentaient aucun danger. Ils suivirent ces sentes pendant plusieurs jours. Puis, sans transition, ils retrouvèrent la terre ferme, en un endroit où les branches basses descendaient jusqu'au sol. Sans l'épisode du phacochère, ils auraient toujours ignoré qu'ils avaient voyagé dans les arbres.

Après avoir fait provision de gibier et de baies, Astyan et Anéa s'engagèrent dans cette région semi-désertique, au relief chaotique. Les sommets avaient des formes curieuses. Des couronnes de nuages les cernaient en permanence. La forêt avait fait place à une étendue pierreuse semée d'arbustes et d'arbres chétifs. Des buissons d'épineux s'enracinaient dans un sol grisâtre, composé d'une roche poreuse. Les vents tourbillonnants véhiculaient des tornades d'une poussière fine qui pénétrait jusqu'à l'intérieur des poumons. Une chaleur torride avait succédé à la moiteur de la forêt. En dehors des lézards, des serpents et de quelques rongeurs, il ne serait pas facile de trouver ici une nourriture abondante.

Au cœur de cet enfer se lovait parfois un petit lac aux eaux boueuses. Alors éclataient de superbes inflorescences multicolores, des bouquets d'alacanthes, des palmiers nains où vivaient des gerboises et des oiseaux-mouches.

Un soir, ils bivouaquèrent près d'un de ces étangs. Peut-être la fatigue accumulée avait-elle amoindri la méfiance d'Anéa ; au moment où elle se laissait tomber, épuisée, sur le sol de mousse, un éclair jaune jaillit de la végétation. Un animal minuscule la mordit à la cuisse, puis disparut dans le sol. Elle hurla.

– Astyan ! Quelque chose m'a piquée.

Il s'accroupit près d'elle.

– On dirait la morsure d'un serpent.

Ce n'était pas la première fois qu'ils rencontraient ce genre de problème. La vie dans la forêt des Nuages leur avait enseigné à soigner de telles blessures. Astyan alluma rapidement un feu, dans lequel il plongea son poignard. Les petits serpents étaient souvent venimeux ; il fallait alors ouvrir la plaie et en extraire le venin. C'était une opération douloureuse, mais leurs mères connaissaient les secrets des plantes qui soulagent la souffrance. Malheureusement, cette fois, ils ne disposaient pas des potions nécessaires.

– Tu vas devoir serrer les dents, petite ! dit Astyan.

Elle acquiesça d'un air triste. Le jeune homme la regarda, inquiet. Les yeux de la jeune femme s'étaient déjà injectés de sang. Le venin semblait agir très vite, trop vite. Il tendit un morceau d'étoffe à sa compagne.

– Mords très fort là-dedans !

Elle obéit. Il s'empara fébrilement de son arme, dont la lame rougeoyait à l'extrémité. Sans hésitation, il entailla la cuisse d'Anéa, à l'endroit où se formait déjà une vilaine boursouflure. Elle hurla, puis s'écroula, sans connaissance. Astyan pressa les lèvres de la plaie ; un sang noir jaillit. Il posa sa bouche sur la blessure et aspira le liquide au goût salé, qu'il recracha ensuite. Il espérait que le venin n'avait pas eu le temps de se répandre dans le corps de sa compagne. Il cautérisa ensuite la lésion en appliquant à nouveau la lame. La cicatrice serait sans doute longue à disparaître.

Il installa ensuite confortablement Anéa sur leurs fourrures. Elle n'avait toujours pas repris connaissance. Inquiet, il la veilla, ne ressentant même plus la faim qui lui tenaillait l'estomac.

Lorsque la nuit tomba, une lune triomphante s'éleva dans un ciel constellé d'étoiles. Le paysage désolé se colorait d'une lueur bleue. À l'horizon, un mont solitaire dressait son énorme silhouette, flanqué de collines arides moins élevées. Le sommet se couvrait d'une calotte de neige qui scintillait sous la lumière pâle de l'astre de la nuit.

Astyan contempla longuement le paysage fabuleux, s'étonnant malgré tout de la végétation clairsemée de la plaine. Le sol était composé de plaques rocheuses recouvertes d'un sable pulvérulent. Des bourrasques capricieuses le soulevaient en tourbillons légers, qui dansaient dans la lumière bleue avant de s'évanouir dans le néant. Il se demanda pourquoi aucune forêt ne couvrait cette région. On eût dit que la terre elle-même avait été écorchée. Seules subsistaient quelques oasis de végétation, qui s'accrochaient désespérément autour des rares points d'eau. Malgré sa désolation, Astyan ne put s'empêcher de trouver à cette plaine aride une beauté cruelle et surprenante.

Il examina sa compagne. Elle dormait d'un sommeil agité ; des gouttes de sueur perlaient à son front. Il l'épongea doucement, afin de ne pas la réveiller.

Tout à coup, le sol frémit imperceptiblement. Inquiet, il regarda autour de lui : des formes fugaces filèrent au loin en direction du sud, comme si quelque chose les avait affolées. Il reconnut une meute de chiens du désert, des gerboises bondissantes. Plus étonnant encore, le ciel nocturne s'emplit de nuées d'oiseaux, dont les vols désordonnés reflétaient le désarroi le plus total. Anxieux, il se leva. Soudain, il eut l'impression d'étouffer ; une vibration étrange sourdait de la terre, gagnant peu à peu l'air environnant.

Alors, comme dans un cauchemar, au sein d'un silence absolu, il vit le sommet enneigé de la montagne colossale se désintégrer, projetant en quelques instants dans le ciel une formidable colonne de roches, de cendres et de poussières incandescentes. Une fraction de seconde plus tard, une extraordinaire déflagration fit exploser l'air nocturne, le projetant à terre. Il se mit à hurler.

7

Éveillée par le cri de son compagnon, Anéa hurla à son tour. Au loin, fusant de la cime du volcan, une énorme colonne de feu et de cendres semblait relier la terre au ciel de la nuit. Déjà, la température s'était anormalement élevée. Sous leurs pieds, le sol se remit à trembler. Astyan prit Anéa contre lui, dans un geste dérisoire de protection. Malgré la distance confortable qui les séparait du volcan, ils comprirent que le souffle colossal de l'explosion allait bientôt les atteindre. Le sommet n'existait plus.

Fascinés par l'horreur de ce spectacle, ils virent alors le flanc de la montagne s'ouvrir, puis s'embraser. Un fleuve de feu déborda des contreforts élevés, déchiquetés par l'éruption, et dévala les pentes abruptes. Dans le même temps, un nuage ardent se déploya au sommet du volcan, constituant une muraille mouvante de cendres et de pierrailles qui coulait en direction de la plaine. Au cœur du flot sombre vibrait un rougeoiement qui témoignait de la chaleur infernale de la nuée. La nuit avait pris des reflets sanglants.

Astyan saisit leurs maigres bagages, souleva Anéa dans ses bras et se mit à courir vers le sud. La rocaille ne facilitait pas sa progression. Le grondement s'amplifia ; par deux fois, un tremblement du sol les projeta à terre. D'innombrables animaux fuyaient de toutes parts, en proie à la panique.

Dans leur dos s'abattit une pluie de projectiles de toutes tailles, qui éclataient en touchant les affleurements rocheux. De multiples incendies s'allumaient là où les projectiles tombaient sur des buissons. Soudain, non loin du couple, un animal, peut-être un fennec, poussa un hurlement de douleur et d'agonie. Une bombe volcanique l'avait littéralement cloué au sol.

Astyan comprit que s'ils ne trouvaient pas très vite un abri, les vapeurs létales les rattraperaient et les envelopperaient. La vague incandescente, haute comme une falaise, se rapprochait inexorablement. Un vent brûlant leur cuisait la peau.

Tout à coup Astyan distingua, sous un surplomb rocheux, une anfractuosité qui s'ouvrait dans le sens opposé à la nuée ardente. Il se dirigea vers elle tandis que la pluie de roches en feu s'intensifiait. La caverne était assez profonde ; avec un peu de chance, ils échapperaient à la mort. L'endroit avait dû être occupé par un prédateur quelconque, car des ossements jonchaient le sol ; mais le maître des lieux avait déguerpi. Malgré le sol qui tremblait de plus belle, Astyan s'engouffra sous l'abri et déposa sa compagne sur le sable, tout au fond de la grotte. L'instant d'après, une lourde dalle se détacha de la voûte et s'écroula, obstruant l'entrée. Il redouta un instant que la caverne ne s'effondrât sur eux, puis il comprit que la dalle allait les protéger.

Il n'était que temps. Aussitôt après, l'enfer s'abattait sur eux. Un vacarme assourdissant fit vibrer leurs entrailles. Une haleine bouillante leur tordit les poumons et les fit suffoquer. Au-dehors, l'air brûlait. Astyan se coucha sur Anéa, puis il les recouvrit tous deux avec leurs épaisses fourrures. Mû par un réflexe qu'il ne s'expliqua pas, il déchira deux morceaux d'étoffe de son vêtement, les mouilla avec l'eau de sa gourde et les appliqua sur leurs visages, afin qu'ils ne respirent pas la cendre chaude.

Protégeant du mieux qu'il pouvait le corps de sa compagne, il attendit. Des douleurs effroyables lui mordaient les jambes, les bras. Il n'aurait su dire combien de temps dura le flot infernal. Malgré la protection des fourrures, la souffrance devenait parfois intolérable. Contre lui, Anéa gémissait, à demi inconsciente. Ils étaient trempés de sueur. Le désespoir s'empara de lui. Ils allaient terminer là leur voyage, cuits par l'haleine infernale de la montagne de feu.

Puis un sursaut de révolte le saisit. Ils devaient tenir bon, s'accrocher à la vie jusqu'aux limites de leur résistance. Alors, sans comprendre ce qu'il faisait, il se redressa, fit face au flot rageur et se concentra sur les vapeurs létales qui tentaient d'envahir la grotte. Il ne fallait pas qu'elles puissent pénétrer leur abri. De tout son cœur, de toute son âme, il les repoussa, les rejeta vers l'extérieur, avec une détermination farouche.

Le combat terrifiant dura longtemps, épuisant, hallucinant. Enfin le vacarme diminua, puis se fondit dans la nuit. À l'extérieur ne subsistaient plus que des ténèbres insondables, percées par endroits de rougeoiements résiduels. Mais la vague de feu s'était atténuée.

L'air de la grotte était empli d'une fine poussière qui piquait les yeux. Mort de fatigue, Astyan trouva encore la force de mouiller leurs pièces de tissus, recouvertes d'une fine pellicule grise. S'il n'avait pas eu ce réflexe, ils eussent péri étouffés.

Mais cette précaution seule n'eût pas suffi à les sauver. Il ne parvenait pas à s'expliquer ce qui s'était passé. C'était comme si sa volonté avait réussi à contenir le flux de feu qui avait tenté de les dévorer. Une barrière mentale infranchissable s'était dressée devant eux, les protégeant de l'haleine mortelle.

Pendant le reste de la nuit, il ne put trouver le sommeil, malgré l'épuisement extrême qui s'était emparé de lui. Il lui semblait que toute énergie l'avait quitté, que jamais plus il ne pourrait se relever. Pourtant, peu à peu, des forces lui revinrent. À ses côtés, Anéa ne cessait de geindre. La morsure du serpent l'avait atteinte beaucoup plus profondément qu'il ne le pensait. Mais elle était forte ; elle survivrait. N'avait-il pas extrait le venin en l'aspirant ?

Le lendemain, le jour se leva sur un paysage de cauchemar. L'horizon avait disparu, noyé sous un nuage d'un gris ténébreux, que malmenaient de violentes bourrasques. Une épaisse couche de cendre recouvrait le sol, sur plusieurs mains d'épaisseur. Par endroits se dressaient les squelettes noircis d'arbustes ravagés par l'haleine infernale. Ailleurs, des cadavres d'animaux calcinés gardaient la pose dans laquelle la mort ardente les avait saisis. Astyan frémit rétrospectivement. S'il n'avait pas trouvé cette petite caverne, s'il n'avait pu contenir l'haleine incandescente par la seule puissance de sa volonté, ils seraient morts ainsi, tous les deux.

L'air obscurci ne laissait plus passer la lumière du soleil. Astyan n'avait pas quitté le masque de fortune dont il s'était protégé le visage. Il comprit qu'ils ne pourraient poursuivre leur voyage avant que ces nuées de cendres eussent disparu. Ils étaient bloqués là pour plusieurs jours.

Les yeux rougis, il revint à l'intérieur de la grotte. Anéa n'avait pas encore repris conscience. Des mots sans suite s'échappaient de ses lèvres. Il toucha son front : il était brûlant. Par moments, des tremblements agitaient son corps. Il examina la plaie ; elle n'était pas belle à voir. Il comprit alors que le venin avait fait son effet, malgré son intervention rapide. La respiration de la jeune femme devenait de plus en plus difficile.

Affolé, il prit les mains de sa compagne dans les siennes. Elle n'allait pas mourir là, le laisser seul. L'abandonner ! Tremblant, il lui glissa un peu d'eau entre les lèvres. Elle ouvrit les yeux, ne le reconnut pas tout de suite. Son souffle n'était plus qu'un filet rauque.

– Astyan ! J'ai si mal...

– Anéa ! Je ne veux pas que tu meures.

Désemparé, il regarda autour de lui. Il se sentait impuissant. La mort dans l'âme, il fixa les yeux de sa compagne, furieux contre lui-même, contre la fatalité. Ce n'était pas possible, il devait agir.

Agir...

Soudain, un grand calme descendit en lui. Cette énergie qu'il sentait bouillonner en lui, ce pouvoir étrange qui lui avait permis de repousser le flot volcanique pouvaient la sauver. Il en était sûr. Il y croyait. De toutes ses forces.

Il se concentra, tenant toujours les mains d'Anéa. Instantanément, il unit son esprit au sien, plongeant au cœur des schèmes mentaux de sa compagne. Respirant lentement, il pénétra par la pensée dans le corps d'Anéa. Peu à peu, la caverne, le désert s'estompèrent autour de lui, puis se diluèrent dans le néant. Il n'existait plus qu'elle, sa chair qui souffrait, son sang charriant un poison mortel. Se laissant guider par son intuition, il s'intégra de plus en plus profondément à l'enveloppe charnelle de la jeune femme, comme si son corps à elle devenait le sien. Un corps affaibli, vidé de son énergie vitale ; mais lui-même possédait des ressources infinies. Instaurant une communion parfaite avec l'esprit de sa compagne, il lui insuffla cette puissance. En eux se forma l'image d'un corps sain, sans blessure, un corps qu'ils devaient arracher à la mort. Il y eut un sursaut ; Anéa se rebella contre le flux létal qui coulait dans ses veines au rythme des battements de son cœur torturé. Soutenue par l'énergie qui vibrait dans le cœur et dans l'âme de son compagnon, elle lutta, rejeta le poison insidieux. Astyan ne sentait même pas les larmes qui ruisselaient de ses yeux. Il devait tenir. Soudain, il y eut comme une nouvelle déflagration, une explosion interne, faite de milliards d'autres, minuscules, qui détruisirent les molécules mortelles. Alors, comme un fleuve qui rompt ses digues, une vie nouvelle afflua en elle, la submergea, les imprégna tous deux. Une lumière éblouissante naquit au plus profond de leurs esprits parfaitement mêlés.

Il ouvrit les yeux, recru de fatigue. Il ignorait d'où lui venait ce pouvoir mystérieux, mais ses manifestations l'épuisaient. Inquiet, il se pencha sur sa compagne, et constata avec joie que le souffle d'Anéa s'était régularisé. Elle le regardait intensément. Un amour absolu, extraordinaire, coula de l'un à l'autre. Tendrement, la jeune femme avança la main et essuya les larmes qui roulaient sur les joues d'Astyan.

– Ne pleure pas. Je crois que c'est fini. Je respire mieux à présent.

Il se laissa glisser sur le sol à son côté, et crut que son cœur allait éclater. Il était partagé entre l'envie de pleurer, de rire, de remercier les dieux de lui avoir insufflé leurs pouvoirs. Peu à peu, comme la première fois, les forces lui revinrent. Timidement, il posa la main sur la blessure, puis la retira aussitôt.

– Anéa ! Regarde !

Encore épuisée, elle se redressa avec difficulté. Avec stupéfaction, elle constata que la plaie avait pratiquement disparu.

– Les dieux nous sont venus en aide, murmura-t-elle. Ils ne voulaient pas que je meure.

Ce fut à son tour de pleurer. Elle se laissa aller en arrière, en proie à une fatigue intense. Mais cette fois, elle savait qu'elle s'en relèverait. La gorge serrée, elle déclara :

– Je crois que j'ai faim.

Il lui tendit un fruit. Leurs réserves de nourriture n'étaient guère importantes, mais cela ne constituait pas un réel problème ; les cadavres des animaux calcinés leur fourniraient de quoi manger. Cependant, leurs provisions d'eau étaient tragiquement limitées. Ils ne disposaient que du contenu des deux gourdes. Par chance, Astyan les avait remplies avant l'explosion du volcan. Mais elles leur permettraient de tenir deux jours, trois tout au plus. Il ne fallait pas compter trouver un point d'eau à l'extérieur ; ils avaient tous été asséchés par la nuée ardente. De toute manière, si l'un d'eux avait résisté, il était à présent empli de boue et de cendres.

La mort dans l'âme, Astyan se résigna à attendre.

Une nouvelle nuit s'écoula ainsi, à peine différente des ténèbres grises du jour qui l'avait précédée. Au matin, un vacarme insolite tira le couple du sommeil. Astyan se leva et se rendit à l'entrée de la caverne ; une pluie diluvienne s'était mise à tomber, noyant la vue dans toutes les directions. Il demeura un instant interdit, puis éclata de rire. La pluie allait désintégrer le nuage de poussière. Bientôt l'air deviendrait plus respirable. Attirée par son explosion de joie, Anéa le rejoignit. Elle boitillait encore un peu, mais sa robuste constitution lui avait déjà permis de reprendre le dessus.

Comprenant qu'ils étaient sauvés, ils se défirent de leurs vêtements et sortirent sous les trombes d'eau, laissant les filets de boue ruisseler sur leurs corps nus, tièdes et chargés d'une odeur acide. Lorsqu'ils revinrent dans la caverne, ils étaient gris des pieds à la tête.

La pluie dura toute la journée, et la nuit qui suivit. Filtrant l'eau pour éliminer la boue qu'elle contenait, ils renouvelèrent la provision de leurs gourdes.

Le lendemain, un soleil radieux éclaboussa un paysage dantesque. D'un bord à l'autre de l'horizon, la plaine n'était plus qu'une étendue grisâtre, où s'écoulaient par endroits des torrents bourbeux qui emportaient tout sur leur passage. Mais le nuage ténébreux s'était évanoui. Au loin, le volcan avait changé de forme. Le sommet avait disparu ; la hauteur de la montagne de feu avait bien diminué de plusieurs centaines de coudées. Une coulée de lave continuait de se déverser du cratère, mais elle ne présentait plus aucun danger. La colonne de cendre était toujours là, que les vents emportaient vers l'orient, la courbant lentement comme un gigantesque panache qui remontait jusqu'aux cieux. Là, elle formait une vaste nappe mouvante qui s'étalait dans toutes les directions, striant l'azur lumineux de ses volutes argentées. Une odeur âcre subsistait dans l'air.

Ils devaient quitter la plaine au plus vite. Bientôt les cadavres allaient pourrir et deviendraient inconsommables. Des nuées de charognards s'abattaient déjà sur eux, déchiquetant les corps calcinés.

Il leur fallut trois jours pour traverser ce désert dévasté. Trois jours de souffrance pendant lesquels ils durent rationner la nourriture et l'eau. Leurs pieds nus s'écorchaient sur les bombes volcaniques enfouies sous le sable, et dont les arêtes vives déchiraient la chair.

Enfin apparut une étendue de buissons couverts de cendres, mais que l'haleine de feu n'avait pas touchés. Des arbustes courts leur succédèrent, tandis qu'une herbe rase, d'un vert rassurant, couvrait le sol. Un vent chaud et parfumé soufflait du sud, charriant des myriades de graines, des nuées de pollen, qui bientôt viendraient rendre la vie au plateau volcanique.

Le cinquième jour, le relief s'éleva. Ils atteignirent une forêt de sapins. À peu de distance de la lisière, ils découvrirent un étang aux eaux cristallines. Après les mares boueuses du désert, l'endroit était une véritable bénédiction. Exténués, ils se défirent de leurs vêtements et se plongèrent avec délice dans l'onde fraîche, sur laquelle le soleil faisait jouer des étincelles de lumière.

Plus tard, nus comme au premier jour du monde, ils firent quelques pas sous les arbres embaumés de résine, heureux de sentir les aiguilles tendres sous leurs pieds meurtris. Une sensation enivrante les envahit : ils avaient traversé le royaume des enfers, et pourtant ils étaient toujours vivants. Une idée prédominait en eux : la vie était plus forte que la mort. Elle renaîtrait toujours de ses cendres.

Vers le sud, à travers les frondaisons, le soleil de midi dévoilait un paysage étrange. Intrigués, ils s'approchèrent. À l'orée de la forêt, le plateau s'effondrait, révélant un panorama extraordinaire.

Au pied de la montagne s'étendait une plaine magnifique, traversée par un fleuve large qui venait de l'ouest en longeant la barrière rocheuse. Une végétation luxuriante le bordait, composée de palmiers géants, de dattiers, d'eucalyptus, de cèdres et de pins. Au loin, le fleuve s'élargissait en deux lacs d'une beauté incomparable. Pour une raison inexplicable, les eaux de l'un étaient d'un vert émeraude limpide, tandis que l'autre luisait d'un bleu profond. Une brume diaphane les baignait tous deux, leur donnant, vus de l'altitude élevée où se trouvaient les spectateurs, la consistance d'un songe.

Anéa prit la main d'Astyan.

– Je connais ces deux lacs, murmura-t-elle. Je les ai déjà vus dans mes rêves. Au-delà, il y a une énorme chute d'eau, très large, puis une plaine encore plus grande, qui mène jusqu'à l'océan.

Elle voyait déjà l'embouchure du fleuve, l'estuaire où s'affrontaient les eaux claires et douces dévalant des montagnes et les flots sombres et salés de la mer. Un lieu d'une beauté incomparable, baigné d'une lumière irréelle.

Peu à peu, comme une vision dont elle ne savait si elle prenait ses racines dans son propre esprit ou dans celui d'Astyan, le lieu se modifia d'une manière étonnante, en surimpression. Un ensemble de bâtiments hallucinants, de pierres blanches, rouges et noires, des artères larges et inondées de soleil, bordées d'arbres, et peuplées d'une foule innombrable. Une émotion intense les envahit. La seule concentration humaine qu'ils eussent jamais vue était le village de Pos'Eïden. Et rien, RIEN ne pouvait expliquer cette vision.

– Voilà pourquoi les dieux nous ont amenés ici, souffla Astyan. Ils désirent que nous bâtissions ce... cette chose.

Un mot jaillit dans l'esprit d'Anéa.

– Une cité ! Une cité élevée en leur honneur.

Le mirage translucide s'estompa dans la lumière. Astyan prit sa compagne contre lui.

– Je ne comprends pas. Jamais nous ne vivrons assez vieux pour réaliser tout ceci.

– Nous peut-être pas, mais nos enfants l'achèveront.

– Non. C'est bien de nous dont il s'agit. Nous serons les princes de cette cité. Nous la verrons naître, grandir, prospérer. Et je sais... je sais qu'elle changera la face du monde.

Anéa se tourna vers lui, radieuse. Les mêmes images affluaient en eux, lumineuses.

– Et elle ne sera pas la seule. Il y en aura neuf autres. Dix cités puissantes, qui régneront sur les sept îles de l'archipel d'Atzlon'Teha.

Ils ignoraient d'où leur venaient ces idées étranges. Ils n'auraient su expliquer pourquoi, mais ils savaient que la terre où ils avaient vu le jour était une grande île, la plus grande de cet archipel mythique que, bien plus tard, les peuples appelleraient : *Atlantide*.

Mais cet empire fabuleux ne s'édifierait que s'ils parvenaient à triompher des épreuves qui les attendaient encore. Des épreuves dont ils ignoraient tout, sinon qu'ils en sortiraient métamorphosés, – ou qu'elles les rejetteraient dans le néant à tout jamais.

8

À mesure qu'ils approchaient de l'océan, le fleuve s'enrichissait de multiples affluents. Les territoires qui le bordaient étaient fertiles et giboyeux. Partout éclatait une végétation luxuriante, qui mêlait harmonieusement des arbres colossaux et des bouquets de plantes grasses aux inflorescences polychromes. Un climat idéal baignait les lieux. Après la moiteur étouffante de la forêt suspendue et l'enfer du désert volcanique, ils avaient l'impression d'être arrivés dans ce lieu paradisiaque où, selon les anciens de la tribu des Vrais Hommes, séjournaient les âmes des morts. Une brise légère apportait une symphonie de parfums étonnants, mélange d'odeurs de fruits inconnus, de senteurs de fleurs, que soutenaient les doux effluves aquatiques. Comme pour mieux les séduire, la nature multipliait les bizarreries : ainsi cet arbre immense qui s'élevait sur les rives du lac bleu, dont les racines aériennes se rejoignaient pour soutenir un tronc colossal s'élançant vers les cieux comme un défi.

Les lacs bleu et vert, nés des caprices du relief, étaient environnés par des couronnes de collines blanches, qui leur conféraient l'aspect de joyaux gigantesques sertis dans leurs écrins de pierre. Entre les deux, le cours du fleuve s'accélérait, se gonflant de remous puissants en raison de la différence d'altitude. Au-delà du lac vert, le moins élevé, le fleuve se resserrait pour donner naissance à une chute d'eau haute comme vingt hommes. Un brouillard permanent noyait les lieux, que le soleil parait d'arcs-en-ciel. Un vacarme assourdissant emplissait l'atmosphère. Plus loin, le fleuve s'élargissait pour flâner nonchalamment dans la plaine immense et recevoir d'autres affluents, que le jeune couple traversa à la nage.

Un jour, ils aperçurent un troupeau d'animaux énormes qui barbotaient dans un bras du cours d'eau. Ils semblaient pourvus de cinq pattes. La cinquième, étrangement mobile, se situait sur le devant. Certains, sans doute les mâles, étaient dotés de deux longues défenses avec lesquelles ils déterraient des racines comestibles. Par prudence, les deux voyageurs effectuèrent un large détour pour les éviter. C'était la première fois qu'ils croisaient des éléphants ; mais ceux-ci ne leur accordèrent aucune attention.

La fertilité de la contrée ne cessait de les étonner. Assurément, ce pays dépassait en beauté et en richesse la région de Pos'Eïden. Ils ne pouvaient savoir que cette terre exceptionnelle bénéficiait de la fécondité des cendres apportées du volcan par le fleuve et les vents du nord. Si la montagne de feu, lors de ses fureurs, soufflait une haleine de mort, cette mort portait en elle-même le ferment d'une vie nouvelle.

Un soir, ils parvinrent enfin sur les rives de l'océan, dans lequel se jetait le large fleuve. Anéa sentit son cœur se gonfler d'émotion devant la beauté indescriptible du coucher de soleil. À l'occident, l'astre couleur de sang, accourci par la réfraction, semblait avoir doublé de volume avant de plonger sous l'horizon, faisant naître sur des traînes de nuages des reflets d'or rose éblouissants. À l'opposé, la lune montait glorieusement dans le ciel, annonçant la nuit proche. Loin vers l'ouest, une haute barre rocheuse bordait la vallée. Des nuages d'oiseaux y tournoyaient, si nombreux qu'ils masquaient parfois la lumière du crépuscule. Des parfums d'algues et de vagues gonflaient les poumons des jeunes gens. À leurs côtés, sur la longue plage de sable blanc, un poisson marin grillait doucement sur des braises.

Ce pays merveilleux, avec son fleuve majestueux, sa végétation luxuriante, son gibier abondant et son climat si doux, semblait issu de l'union amoureuse de la terre généreuse et de l'océan puissant, sous le regard bienveillant du dieu-soleil et de la lune mystérieuse. Plus que jamais, Astyan et Anéa avaient le sentiment d'être arrivés chez eux.

– Ce royaume nous appartient, murmura Anéa, les yeux humides. Et nous lui appartenons. C'est un présent magnifique que nous offrent les divinités.

Elle avait envie de pleurer, tant l'émotion lui serrait la gorge. Jamais elle n'avait éprouvé une exaltation aussi intense. Ce monde était à l'image de l'amour fantastique qui l'enchaînait à son compagnon. Pourtant, à quoi leur servirait un royaume aussi fabuleux, s'ils étaient les seuls à en profiter ?

– Nous ne serons pas seuls, dit Astyan en réponse à la question qui avait surgi dans l'esprit d'Anéa. Nous ferons venir nos mères. Et la tribu des Vrais Hommes. Et tous ceux qui viendront des autres îles situées au-delà de l'océan.

Elle lui serra la main avec force. Ils avaient vaincu la gorgone de leur cauchemar, ils avaient triomphé des monstres de la forêt suspendue, de la montagne qui crachait la mort, de la morsure du serpent. Ils surmonteraient les épreuves à venir, qu'il lui tardait d'affronter. Cependant, un sentiment obscur lui murmurait qu'elles seraient bien différentes de tout ce qu'ils avaient accompli jusqu'à présent. Car l'adversaire qu'ils auraient à combattre n'était autre... qu'eux-mêmes. Une sourde angoisse l'envahit à cette idée inexplicable – mais il était hors de question de reculer.

Le lendemain, le soleil réapparut à l'orient, inondant le pays d'une lumière bleutée, à l'image de la fraîcheur vivifiante née de la nuit. Astyan et Anéa s'éveillèrent et respirèrent longuement les odeurs merveilleuses apportées par la brise matinale.

Tout à coup, une nouvelle sensation s'insinua en eux. Depuis plus de onze années, ils n'avaient connu que la compagnie de leurs mères. Le souvenir des membres de la tribu des Vrais Hommes s'était presque estompé de leur mémoire. Jamais ils n'avaient pris conscience de leur solitude ; leur présence mutuelle suffisait à leur apporter la plénitude. Et là, pour la première fois depuis longtemps, ils éprouvaient l'impression étrange de n'être plus seuls. Quelqu'un, ou quelque chose, semblable à eux, se tenait non loin. Ils se levèrent, observèrent les lieux avec attention, mais sans succès : la présence insolite demeurait invisible.

À nouveau, des images envahirent leur esprit. Ils comprirent qu'ils n'avaient pas encore atteint le terme de leur voyage. Ils abandonnèrent leurs armes, leurs sacs et leurs vêtements sur le sable, puis, entièrement nus, ils s'avancèrent vers les flots bouillonnants d'écume qui venaient battre la grève. C'était comme si un esprit supérieur les guidait. Jamais avant ce jour ils ne l'avaient perçu aussi distinctement. Peut-être même y en avait-il deux. Chacun ressentait en l'autre la présence d'une entité différente, dont émanait un flot de sentiments surprenants : de la curiosité, mais aussi du respect et, dominant tous les autres, un amour intense. Une sérénité absolue leur gonfla le cœur et l'esprit.

Ils s'avancèrent avec confiance au creux des hautes vagues. Il allait se passer quelque chose.

Soudain, une troupe de dauphins vint les entourer, bondissant à grand fracas par-dessus les crêtes tumultueuses. Astyan et Anéa, retrouvant leurs compagnons d'enfance, se jetèrent dans l'eau. Deux mammifères vinrent se placer sous eux, afin qu'ils s'agrippassent à leur nageoire dorsale. Puis, sans hésitation, les dauphins gagnèrent le large. Alors commença un voyage inimaginable.

Bientôt, la côte ne fut plus qu'une vague ligne bleutée, qui disparut à l'horizon. Ils n'auraient su dire combien de temps dura cette course folle. Les dauphins se relayaient pour les soutenir, s'arrêtant parfois pour leur permettre de souffler. Malgré l'aspect déconcertant de cette odyssée, les jeunes gens n'éprouvaient aucune frayeur. Cette étape insolite faisait partie des visions qu'ils avaient reçues. En outre, ils percevaient toujours, autour d'eux, et en eux, la présence des entités impalpables.

Tout à coup, une brume épaisse parut jaillir de nulle part, au sein de laquelle les entraînèrent les dauphins. Pendant quelques instants, le monde disparut, noyé dans un brouillard si dense qu'ils parvenaient à peine à se voir l'un l'autre. Puis la brume s'estompa, aussi soudainement qu'elle avait surgi. Dans les rayons du soleil déclinant se dessina sous leurs yeux une île d'une beauté extraordinaire, au centre de laquelle s'élevait un massif montagneux couronné par un anneau de nuages éclaboussés d'or et d'un rouge lumineux.

Les vagues se frangèrent d'écume. Des rouleaux impressionnants se lançaient à l'assaut d'une sorte de barrière qui cernait l'île. Astyan et Anéa affermirent leur prise sur les ailerons des cétacés, qui plongèrent sans hésitation au sein des flots bouillonnants. Sans transition, ils se retrouvèrent dans un lagon aux eaux calmes et tièdes, d'une limpidité de cristal. Les fonds coralliens composaient une symphonie merveilleuse de bleu turquoise et de vert, au sein de laquelle évoluaient des myriades de poissons aux couleurs vives. Une pieuvre écarlate détala sous leurs yeux.

Parvenus à proximité de la côte, les dauphins les abandonnèrent, en leur adressant de joyeux cliquètements d'adieu. Comme dans un rêve, les jeunes gens les virent bondir par-dessus la barrière affleurante et disparaître au loin.

Épuisés, ils eurent à peine la force de traverser la plage de sable pour se traîner à l'abri d'un palmier. Malgré le crépuscule, la température restait d'une douceur infinie. Ils se blottirent l'un contre l'autre. Ils étaient arrivés. Un nom magique surgit dans leur esprit : Xhadan.

– L'île des Dieux, murmura Anéa.

9

Le lendemain, lorsque le soleil les éveilla, un sentiment étrange envahit Astyan et Anéa. Ils savaient, sans pouvoir se l'expliquer, que cette île merveilleuse n'appartenait pas à leur monde. La brume mystérieuse paraissait la cerner de toutes parts, masquant l'horizon. Ils n'avaient pu y aborder qu'avec la permission des dieux, parce que ceux-ci les avaient « appelés ». Ils ne portaient aucun vêtement ; pourtant ils ne souffraient nullement de la fraîcheur de la brise marine, pas plus qu'ils n'avaient pâti de leur séjour prolongé dans l'eau. Sans doute les esprits les avaient-ils protégés.

Une atmosphère surnaturelle baignait les lieux, une sensation de sérénité, de plénitude absolue, née d'une harmonie touchant à la perfection. Le rythme des flots, les parfums apportés par les vents, les formes et les couleurs des rochers, des plantes, les vols fluides des oiseaux composaient une symphonie merveilleuse, un équilibre de beauté et de pureté à laquelle ils avaient envie de s'intégrer pleinement, de se fondre.

Peu à peu, le charme opéra. Ils éprouvèrent alors l'impression exaltante de ne plus être limités à leur propre corps, comme si l'île, la montagne et le lagon bleu d'azur faisaient partie d'eux-mêmes. Une bouffée d'amour extrême les baigna, qui leur donna envie de rire. Plus que jamais ils devinaient, autour d'eux et en eux, la présence d'êtres invisibles.

Ils examinèrent les lieux. Des amas rocheux limitaient

la plage de sable blanc, que bordaient des palmiers magnifiques et des pins laricios. Plus haut, on devinait des chênes kermès et des magnolias. Partout s'épanouissaient des bouquets de plantes surprenantes, lis et lavandes de mer, arroches, armories aux robes blanches ou violettes. En bordure de la grève et sur les rochers, les salicornes bravaient les rigueurs des embruns salés. Les perce-pierres disputaient les rocs battus par les vents aux taches jaunâtres des lichens.

Après un repas frugal de coquillages et de fruits, ils se dirigèrent vers l'intérieur des terres. Des sensations nouvelles les accueillaient à chaque pas. Une foule d'animaux curieux les observaient, dont les moins audacieux n'étaient pas les macacos, petits lémuriens à la superbe fourrure noire et au surprenant regard orange. Des papillons aux ailes polychromes voletaient de buisson en buisson, véritables fleurs mouvantes.

Plus haut, tandis qu'ils se lançaient à l'assaut de la montagne, les arbres se clairsemèrent. Seuls quelques palmiers nains s'accrochaient encore aux parois abritées, en compagnie de caroubiers, de genévriers, d'épilobes. Hormis les crabes, les lémuriens et quelques rongeurs, les oiseaux semblaient être les seuls habitants de Xhadan. Les espèces étaient innombrables, sternes fuligineuses, pétrels, frégates élégantes, perruches, noddis, et surtout les somptueux phaétons blancs à queue rouge.

Bientôt, la végétation elle-même se raréfia. Curieusement, malgré l'altitude élevée de la montagne, ils ne ressentaient aucune impression de froid. Une brise légère les caressait. Soudain, alors qu'ils approchaient du sommet, ils distinguèrent de nouvelles présences, vers lesquelles les poussait une affection inexplicable.

– Ce sont les nôtres, dit Anéa avec douceur. Ils sont déjà là.

Ils franchirent les limites de la couronne montagneuse et parvinrent dans une sorte de cratère peu profond qui dominait l'île. Le sol se couvrait d'une herbe douce agrémentée de larges bandes d'asphodèles, d'hélianthèmes et d'orchidées. Au centre s'étendait un lac aux eaux cristallines, près duquel se tenaient une vingtaine de jeunes gens et de jeunes femmes, entièrement nus, qui les accueillirent avec chaleur. Ils n'auraient su expliquer pourquoi, les noms de ces nouveaux compagnons jaillissaient dans leur esprit à mesure qu'ils les découvraient : Ocyaan, Maerl, Vivyan, Thétys, Elyane, Prométhée, Kronos et sa compagne Rhéa... Il leur sembla retrouver un groupe d'amis très chers, perdus de vue après une longue séparation. Pour la première fois de leur vie, ils croisaient d'autres êtres avec lesquels les mots se révélaient inutiles. Une pensée émise par l'un était immédiatement perçue par tous les autres.

Chacun raconta son histoire, ses relations avec la tribu dans laquelle il était né. Certains avaient rencontré les mêmes difficultés qu'Astyan et Anéa ; d'autres au contraire avaient été acceptés et même traités comme des divinités, et leurs connaissances mystérieuses avaient déjà été mises à profit.

Le couple eut la confirmation de ce qu'il avait pressenti au cours de ses visions. Leurs compagnons provenaient d'un immense archipel formé de sept grandes îles.

Vers le soir, mus par une pulsion issue des profondeurs de leur esprit, ils pénétrèrent dans les eaux claires du lac, inondées par le soleil couchant. Une sensation de purification absolue les envahit. Chacun se demandait ce qui allait advenir ; mais personne ne ressentait la moindre frayeur.

Lorsque le soleil se coucha eut lieu un phénomène surprenant. Une lumière étrange continuait de baigner les lieux, semblant sourdre du lac, des fleurs, de la roche elle-même. C'était une lumière douce, aux reflets d'or et d'azur, qui illuminait aussi bien les corps que les âmes. Sans un mot, les dix couples s'assirent en tailleur, formant un cercle au centre d'une étendue d'herbe, à proximité du lac. Peu à peu, une sensation de puissance extraordinaire les imprégna. Chacun comprit à ce moment qu'il était là pour apprendre à canaliser cette puissance, à la contrôler, par la sagesse et la connaissance. Dans un silence absolu leurs mains se joignirent, tandis que leurs âmes se mêlaient pour ne plus en former qu'une seule – chacune conservant pourtant son individualité.

Alors se matérialisèrent devant eux des formes luminescentes d'apparence humaine : les dieux mystérieux qui leur avaient donné la vie. Aucune parole ne fut prononcée. Les images-émotions coulèrent en eux, emplissant les esprits. Les dieux paraissaient s'exprimer d'une seule voix, pourtant les messages s'adressaient à chacun d'eux, tout en étant perçus par tous.

« Enfants de la Terre, soyez les bienvenus à Xhadan, l'île de ces êtres que vous appelez les "dieux", bien que le terme ne soit pas tout à fait approprié. Il fait partie de votre quête de découvrir ce que nous sommes, et ce que vous deviendrez un jour, lorsque vous aurez atteint cet état supérieur qui est le nôtre.

« Vous-mêmes n'êtes ni des humains ni des dieux, mais des êtres issus de notre union avec des mortelles que nous avions choisies. Des femmes qui portaient sans le savoir toute la richesse de l'esprit divin qui imprègne ce monde, cette entité suprême qu'ils appellent la déesse-mère, et que nous nommons Gaïa. »

La question jaillit simultanément dans l'esprit des jeunes gens : « Mais vous, nos pères divins, d'où venez-vous ? »

« De l'Infini, c'est-à-dire de partout et de nulle part. Plus simplement, sachez que nous sommes les Habitants du ciel.

Puis chacun reçut une réponse individuelle, quelque peu énigmatique. Astyan, les yeux fixés sur l'apparition lumineuse qui lui faisait face, obtint ainsi le nom de son père : Euneor.

« Bien longtemps avant que le premier être humain n'aborde sur ses côtes, je fus le premier habitant de l'Atlantide, précisa celui-ci. C'est le nom que nous donnons à cet archipel, un nom que vous avez perçu sous celui d'Atzlon'Teha.

« Depuis des temps immémoriaux, continua la voix intérieure qui s'adressait à tous, nous parcourons l'univers, bien loin de notre monde d'origine, voyageant à la vitesse de notre pensée et de notre volonté. Nous avons découvert votre monde voici bien des millénaires. Une petite planète bleue perdue aux confins d'une galaxie qui comporte des milliards d'étoiles, chacune escortée de son cortège de planètes. La plupart de ces mondes ne sont que des déserts infernaux, où règnent le feu ou le froid. Rares sont les planètes où s'est épanoui le miracle extraordinaire de la Vie. Bien souvent, cette vie n'a encore que la forme d'êtres simples dont l'évolution demandera encore des millions, voire des milliards d'années.

« Mais cette évolution est inexorable, car elle est inscrite dans la volonté du Créateur suprême, l'Esprit infini. Sur des mondes exceptionnels, certains êtres vivants ont vu apparaître une faculté nouvelle, stupéfiante, la "conscience". C'est le cas de la Terre, où depuis quelques dizaines de milliers d'années s'est développée une espèce particulière, l'être humain. Celui-ci est doté de la conscience, premier pas vers un état supérieur, que nous appellerons la Vie spirituelle. Le processus qui mène vers ce niveau supérieur est très long, et engendre souvent des bouleversements, qui conduisent parfois à l'anéantissement. Car la conscience n'est rien sans la sagesse et l'idée fondamentale qui imprègne l'univers, celle de l'Amour absolu.

« Depuis des millénaires, nous avons observé les humains, leurs rites, leurs comportements. Ce sont des êtres fantastiques, capables du meilleur comme du pire, car ils se sont encore à peine élevés au-dessus de l'animalité. Mais ils ont déjà compris l'existence du monde invisible et de l'Esprit infini qui dirige l'univers. Guidé par sa nature curieuse et ambitieuse, l'être humain évoluera de lui-même, au fil du temps, pour atteindre le niveau supérieur. Mais il commettra de nombreuses erreurs, dont certaines pourront l'entraîner vers sa perte et vers la destruction de ce monde merveilleux. De telles catastrophes se sont déjà produites sur d'autres planètes. Il ne reste plus d'elles que de vastes déserts sans vie, parfois même que des amas d'astéroïdes flottant dans l'espace.

« C'est pour éviter une semblable tragédie que nous avons décidé d'intervenir directement. Il y a une vingtaine d'années, nous avons pris l'apparence d'humains, et nous avons fécondé le sein de vos mères. Car voici la mission que nous souhaitons vous confier : nous vous avons donné la vie afin que vous apportiez la sagesse, la connaissance et le bonheur à tous les peuples qui vivent sur cette Terre. Pour cela, vous devrez bâtir un empire dont vous serez les princes, ce qui signifie : les gardiens de toutes les vertus. Votre tâche sera longue et difficile, car des pulsions mauvaises animent les humains, engendrées par la peur et la méconnaissance du sens profond de l'univers. Il vous appartiendra de les aider à trouver en eux la voie de l'élévation, à révéler la fleur divine que l'Infini y a déposée. Alors, et alors seulement, les humains pourront prétendre au titre d'Homme. C'est un mot qui signifie : fils des dieux, c'est-à-dire un être capable de s'élever au niveau de l'Esprit, la puissance infinie qui régit l'univers. Le cerveau de l'humain recèle une capacité extraordinaire, dont il n'utilise encore qu'un faible potentiel. Mais un jour, il sera capable de s'affranchir de la servitude de la matière pour se fondre à l'Esprit infini, et rejoindre ainsi notre royaume, celui des dieux.

« Vous, nos enfants bien-aimés, vous serez leurs guides, leurs maîtres, leurs professeurs et leurs serviteurs. Vous veillerez sur eux pour les mener vers la sagesse et l'Amour absolu.

« Vous avez entendu notre appel, vous avez triomphé des obstacles que nous avions dressés sur votre chemin, même si certains ont commis quelques imprudences qui auraient pu leur coûter la vie. »

Un écho amusé résonna dans l'esprit d'Astyan, tandis que quelques souvenirs furtifs lui revenaient en mémoire : son imprudente chasse au phacochère dans la forêt suspendue, la négligence d'Anéa mordue par un serpent.

« Mais surtout, vous avez passé avec succès la plus grande épreuve, celle de l'amour infini qui unit chaque couple, et qui vous relie tous les uns aux autres. »

D'autres images surgirent. Ainsi, la gorgone de la caverne n'était pas seulement le fruit d'un cauchemar. Anéa eut la confirmation de l'étrange impression qui s'était emparée d'elle au matin de cette nuit effroyable : si elle s'était enfuie en abandonnant Astyan, il serait mort, et elle aurait été condamnée à errer seule. Elle savait qu'elle ne l'aurait pas supporté longtemps et qu'elle aurait mis fin à ses jours. Plus que jamais, il lui parut inconcevable de vivre sans lui. Elle serra la main de son compagnon avec émotion.

« Vous connaissez à présent la raison de votre existence et votre mission. Vous êtes libres de l'accepter ou de la refuser. Dans le monde des dieux comme dans celui des hommes, chaque individu doit demeurer libre de ses actes et de ses pensées. Telle est la loi de l'univers. Car l'évolution ne peut avoir lieu qu'avec une acceptation consciente et totale.

« Si vous refusez, vous conserverez vos pouvoirs et en userez à votre guise, ceux-ci pouvant s'exprimer de toutes les manières possibles, aussi bien constructives que destructrices. Cela signifiera que nous nous sommes trompés sur l'avenir de l'espèce humaine.

« Si vous acceptez, ces pouvoirs demeureront les mêmes, et évolueront au fil de votre vie, pour vous mener vous-mêmes vers l'état supérieur. Mais vous ferez don de votre sagesse et de vos découvertes à vos frères humains.

« Certains d'entre vous ont déjà eu l'occasion d'exprimer, inconsciemment, la puissance qui sommeillait en eux. Ils savent déjà qu'elle exige une grande dépense d'énergie. Non contrôlés, ces pouvoirs peuvent même entraîner la mort. Vous devez donc apprendre à les diriger, et à ne les utiliser qu'à bon escient.

« Cependant, sachez qu'une force qui naît peut engendrer son contraire. Peut-être commettons-nous une erreur en vous accordant une part de ce savoir qui est le nôtre, et que vous transmettrez aux humains. À travers vous, leurs esprits doivent s'élever ; mais leur potentialité créatrice est immense, et nul ne sait de quelle manière elle s'orientera. L'avenir n'est jamais écrit, et il repose entre les mains de chaque être humain. Malgré vous, peut-être se dirigeront-ils vers leur propre anéantissement. Ne l'oubliez jamais, et restez vigilants. Certains fruits de l'arbre de la Connaissance devront leur demeurer interdits tant qu'ils n'auront pas acquis une maturité suffisante pour les utiliser avec sagesse. »

Les entités se turent. Les jeunes gens comprirent qu'elles attendaient une réponse de leur part. Celle-ci jaillit instantanément dans l'esprit de chacun. Tous acceptaient sans aucune réserve la tâche exaltante que les dieux leur confiaient. Ils étaient leurs enfants et ils désiraient se montrer dignes d'eux. Un flot d'amour répondit à leur acceptation, les baignant d'une chaleur extraordinaire.

« Votre désir réchauffe notre cœur. Mais ne croyez pas que cette décision soit le fruit de notre volonté : vous resterez toujours maîtres de votre propre destinée, comme le sont les humains qui peuplent cette planète, même s'ils ne savent pas encore le comprendre. Votre rôle consistera à leur faire découvrir la richesse qui sommeille en chacun d'eux, et qui leur permettra de vivre en harmonie avec le monde qui les entoure. Alors, l'agressivité dont ils font preuve aujourd'hui se métamorphosera en une formidable puissance créatrice, qui leur permettra de s'épanouir et de s'élever.

« Toutefois, il vous reste encore une épreuve à affronter : découvrir ce que vous êtes, et quelle est l'étendue de vos pouvoirs. Des pouvoirs que nous vous offrons afin de vous aider à accomplir votre mission. C'est une tâche noble, qui exigera de vous un dévouement total et une grande humilité. »

Les divinités se turent. Peu à peu, les silhouettes lumineuses s'estompèrent, puis s'évanouirent dans le néant. Chacun entra en lui-même, et découvrit que la présence mentale divine y avait disparu également. Ils connurent tous un moment de profond désarroi, puis de leur esprit commun jaillit l'idée qu'ils devaient à présent progresser par eux-mêmes.

Alors, au milieu de la nuit, ils fermèrent les yeux et se concentrèrent.

Le message des dieux comportait en lui-même la réponse ultime : ils devaient guider, aider les hommes à s'élever pour atteindre un niveau supérieur, tendre vers la divinité. Régner sur eux ne signifiait nullement exercer un pouvoir dominateur, mais au contraire aider chacun à trouver la voie qui lui était propre.

La première vérité leur apparut alors dans toute sa limpidité. *Chaque être humain était unique, et différent de tous les autres*. En chacun sommeillait une fleur divine, dont il devait faire fructifier les richesses. À ce prix-là seulement l'humanité s'élèverait au-dessus de l'animalité.

Astyan se remémora les réactions des membres de la tribu des Vrais Hommes. Ils cherchaient à expliquer les phénomènes incompréhensibles de la nature par la présence de divinités obscures, nées de leur imagination, parce qu'ils étaient dominés par la peur – la peur de l'inconnu, de la mort, de ce qu'ils ne comprenaient pas. L'homme se croyait isolé, limité par son corps, dont les différents sens lui permettaient de communiquer avec son environnement. À cause de cette incompréhension, il se fermait sur l'extérieur, et refusait de plonger en lui-même pour y découvrir la vérité, une vérité qui lui était propre. Il oubliait alors qu'il faisait partie d'un tout infini, auquel il était lié de manière indissoluble.

Et la deuxième vérité se précisa. L'homme, unique et différent de tous, était un fruit de l'Infini, par lequel cet Infini s'exprimait, de manières innombrables. *À ce titre, tous les hommes étaient unis les uns aux autres, et devaient donc s'estimer et se respecter, par-delà leurs différences.*

Puis la troisième vérité se dévoila. *L'Esprit infini* : les hommes devaient prendre conscience de l'existence de cette force illimitée qui vibrait en eux et autour d'eux, et ceci dans l'univers entier.

Alors commença pour chacun un voyage stupéfiant, un périple au cœur de l'impossible, dont ils savaient qu'ils pouvaient très bien ne pas revenir.

Astyan, mêlé aux autres par les liens mentaux qu'ils avaient établis, s'enfonça de plus en plus profondément au cœur de son propre esprit. Il avait conscience qu'il n'aurait pu entreprendre cette aventure effrayante s'il n'avait ressenti en lui la présence de ses compagnons, dont il se sentait proche à un point tel qu'il ne savait même plus à présent s'il était lui-même ou l'un d'eux. La chaleur familière d'Anéa le rassura et lui apporta la réponse. Il était lui-même et tous les autres à la fois.

Poursuivant sa quête, il eut soudain la sensation terrifiante de plonger au sein d'un magma acide qui tentait de lui dévorer l'âme. C'était un chaos angoissant, composé de pensées élémentaires, à la limite de l'incohérent, de l'absurde. Un flot de panique pure le submergea un instant, puis il établit autour de lui, par réflexe, une carapace mentale destinée à le protéger, l'image d'un cristal indestructible. Alors de nouvelles sensations affluèrent en lui.

Il visualisa le monde sur lequel il était né. Un petit village peuplé d'hommes encore à demi sauvages ; une île immense, des forêts, des volcans aux éruptions redoutables, un pays merveilleux traversé par un fleuve. Concentrant sa volonté, il s'en éloigna. La grande île lui apparut dans son ensemble, ainsi que celles où ses compagnons avaient vu le jour. Au-delà, il perçut la réalité extraordinaire de ce monde bleu évoluant au cœur de l'espace, protégé par sa couche d'air et de nuages.

Alors commença un voyage hallucinant. S'éloignant encore, il prit conscience de l'étoile mère et de son cortège de planètes, puis de la branche spirale d'un amas d'étoiles qui avait nom galaxie. Cette galaxie dont avaient parlé les dieux. Se projetant encore au-delà, il comprit que cette galaxie n'était qu'une formidable réserve d'énergie matérielle et spirituelle, perdue au cœur de milliards d'autres. Il s'éloigna encore, se propulsant plus loin, toujours plus loin, longtemps, très longtemps, jusqu'à ce que l'ensemble des nébuleuses ne fût plus qu'un point infime et lumineux perdu au cœur du néant.

Une sensation d'angoisse et de vertige le saisit. Plus il s'éloignait, plus l'univers lui semblait se réduire à une particule de lumière et d'énergie, toujours plus petite, mais toujours présente. Cette étincelle lumineuse qu'il ne parvenait pas à extraire de sa vision mentale constituait le lien qui le rattachait encore à la réalité matérielle. Il lui fallait aller au-delà, encore plus loin. En fait, la distance ne suffisait pas : il lui fallait atteindre le stade ultime, le point de non-retour, l'Infini, la plénitude absolue.

Dans un suprême effort de volonté, il rompit délibérément les attaches mentales et se projeta au-delà de tout, s'arrachant à la matière. Alors, le vortex vertigineux qui tentait de l'engloutir s'évanouit dans le néant. Il se retrouva au cœur même de l'Infini, dans un lieu où n'existait aucune distance, aucun repère. Et il comprit. L'Infini, la réalité spirituelle, était *partout*. Tout n'existait que par rapport à ce qui l'entourait. Des forces illimitées vibraient en lui et autour de lui. L'énergie pure, la matière, la vie... et l'Esprit qui l'animait.

Il baignait à présent dans cette lumière d'azur et d'or qui avait inondé le cratère au début de la nuit. Et il sut qu'il avait réussi. La vie et la mort n'étaient que les deux facettes d'une vie supérieure, celle de l'âme. Une âme unique et infinie que se partageaient, *individuellement*, tous les êtres vivants sur cette terre et sur les autres. Une sérénité totale l'enveloppa, qui s'amplifia encore lorsqu'il sentit que ses compagnons avaient eux aussi franchi l'ultime étape de leur quête.

Alors chacun se dédoubla. Tandis que son corps physique demeurait parfaitement immobile, un autre lui-même se détacha de ses racines matérielles pour planer au-dessus du cercle formé par les dix couples. Une sensation exaltante les pénétra. Ils avaient l'impression d'avoir ôté un vêtement trois fois trop petit ; ils percevaient à présent le monde avec un regard différent, nouveau, extraordinairement précis. C'était comme si chacun d'eux s'était mêlé intimement à l'île, à la montagne, aux arbres, aux rochers, à l'océan alentour, et à chacun de ses compagnons. Des millions, des milliards de vies vibraient en eux, dont ils se sentaient intimement solidaires.

Mais ils pouvaient aller encore au-delà. Planant dans les airs par la pensée, ils se projetèrent en différents endroits de l'île, sur les flancs de la montagne, au sommet des arbres, sous l'eau de l'océan. Prenant conscience de ce nouveau pouvoir, ils constatèrent qu'ils étaient également capables d'agir sur la matière. Par jeu, ils s'amusèrent à édifier d'éphémères sculptures liquides avec l'eau du lagon, déployèrent de magnifiques draperies avec le sable blanc de la plage. Astyan souleva un énorme rocher ; Anéa fit naître, par sa seule force mentale, une symphonie d'étincelles multicolores. Lorsqu'ils réintégrèrent leur enveloppe charnelle, ils éprouvèrent la sensation inverse, celle d'enfiler un vêtement trop serré.

Soudain, devant eux, comme surgis du néant, mais sans doute apportés par les divinités, les glaives et les poignards que tous s'étaient fabriqués se matérialisèrent. Des armes coulées dans un métal grossier, ou dont ils n'avaient tout au moins pas su exploiter toutes les qualités. Se remémorant le moyen étonnant par lequel il avait guéri Anéa de la morsure mortelle du serpent, Astyan comprit que tous possédaient le pouvoir d'intervenir au niveau de la structure de la matière elle-même. Il avait alors procédé par instinct, parce qu'il redoutait de perdre sa compagne ; à présent il percevait sa composition fine, jusqu'à son niveau ultime. Se concentrant sur ses armes, il visualisa leur image atomique, perçut la ronde inimaginable des particules élémentaires, et sut qu'il possédait la force d'agir sur elles. Il s'intégra mentalement à cette image, se concentra, imité par ses compagnons. Puis il lui imprima l'idée d'une structure nouvelle, celle d'un métal aux qualités exceptionnelles, qui n'existait pas encore. Dans un état de supraconscience, il sut que s'il avait – si un seul d'entre eux avait – commis une erreur, la matière se serait dissociée et aurait explosé, condamnant le monde qui les entourait à retourner à l'état d'énergie pure. Mais la tâche qui les attendait exigeait d'eux une maîtrise tellement parfaite qu'ils ne pouvaient se permettre la moindre erreur : elle serait signe de leur imperfection.

Une lueur chaude éclaboussa la clairière, tandis que les armes se mettaient à étinceler dans la nuit. Ils avaient réussi. Par l'esprit, ils étaient capables de transmuter la matière. Ainsi naquit le métal fabuleux dont étaient composées les armes qui leur serviraient d'emblème, un métal noble qui bien plus tard, dans la mémoire des peuples, aurait nom : l'*orichalque* !

Cependant, il restait une ultime épreuve à franchir. Chacun avait conscience de la durée tragiquement limitée de leur vie. Parce qu'ils étaient issus de l'union entre une divinité et une femme humaine, leur corps vieillirait, puis mourrait. Ils n'étaient pas, comme les dieux qui les avaient engendrés, doués d'immortalité. Sans doute ne la méritaient-ils pas encore.

Mais ils avaient pris conscience de l'immortalité de leur âme. Alors, à nouveau, ils s'enfoncèrent au cœur de l'univers d'azur et d'or. C'était comme un fleuve absolu, un océan de plénitude au sein duquel ils sentaient palpiter la vibration infinie de l'Esprit.

Ils eurent la tentation de plonger au cœur de cet univers éblouissant, où l'angoisse et la souffrance n'existaient pas. Il leur suffisait de briser le lien si fragile, si ténu qui les rattachait à leurs corps. Mais le souvenir de leur mission les en empêcha.

En observant les phénomènes qui se déroulaient en eux et autour d'eux, ils comprirent qu'ils sauraient maîtriser le phénomène naturel de la mort le moment venu. Ils en possédaient le pouvoir, hérité de leur ascendance divine. Retournés à l'état d'esprits, ils se réincarneraient alors dans le corps d'un enfant qu'ils auraient choisi à l'avance, et pourraient poursuivre leur œuvre.

La mort n'était que le passage d'une vie à une autre. En vérité tous les humains, de même que les êtres vivants de cette terre et des autres, possédaient la faculté de se réincarner, après être retournés au sein de l'Esprit infini. Mais les hommes n'étaient pas encore capables de maîtriser ce phénomène.

Lorsqu'enfin ils ouvrirent les yeux, un sentiment profond de paix descendit sur eux, tandis que les formes lumineuses de leurs parents divins réapparaissaient. À nouveau, les images-émotions affluèrent en eux.

« La grâce de l'Infini est sur vous, Enfants de la Terre. Vous avez tous franchi avec succès la porte de la connaissance ultime. Vous savez à présent ce qui vous attend, et vous possédez les pouvoirs fantastiques qui vous permettront de mener votre tâche à bien. Ce monde est un véritable paradis, où la vie doit s'épanouir et se développer. Cependant, restez sur vos gardes : avec le temps, des puissances néfastes peuvent naître de l'esprit humain, comme la volonté de domination ou les fausses idoles. Des forces issues du néant. Elles tenteront de s'opposer à vous, mais vous disposez des moyens de les dominer et de les vaincre.

« Vous porterez désormais le nom de TITANS, des êtres issus de notre union avec les femmes des hommes. Que l'Infini vous inspire et que notre amour vous accompagne ! »

Puis les dieux s'approchèrent de chacun de leurs enfants et leur posèrent la main sur l'épaule. Une sensation d'affection et de chaleur pénétra les jeunes gens jusqu'au plus profond de l'âme.

« Vous, Astyan et Anéa, deviendrez les princes de cette cité qui aura nom Poséidonia. Elle régnera sur le territoire situé au sud de la plus grande île, Avallon.

« Maerl et Vivyan, vous gouvernerez la partie septentrionale d'Avallon, depuis votre ville de Kamaloth.

« Toi, Hypérion, et toi, Elyane, les enfants du soleil, vous fonderez la ville d'Akhêna, capitale du royaume nord de Lyonesse.

« Toi, Ptaah, et toi, Mnémosyne, à la mémoire infaillible, vous gouvernerez le royaume sud de Lyonesse, et bâtirez la ville de Delphes.

« Toi, Quetzal, le maître des oiseaux, et ta compagne, Ocanaa, vous fonderez le royaume occidental de l'île d'Antilla, qui est située près des grands continents de l'ouest.

« Le royaume oriental d'Antilla sera gouverné par Ocyaan, dont le nom symbolise les eaux qui cernent la terre, et sa compagne, Thétys, la mère des eaux douces, des sources, des fontaines et des fleuves.

« Khrios, le fils des montagnes, et Thémis la Juste, vous

fonderez la cité de Saïqarah, qui régnera sur l'île d'Aralu, située au sud de l'archipel.

« Toi, Prométhée, le maître du feu, et toi, Galyana, qui connaît les secrets des plantes, vous bâtirez la ville de Memphis, sur l'île centrale d'Amenti.

« Vous, Kronos et Rhéa, régnerez sur l'île d'Hespérya.

« Enfin l'île d'Atalaya, la plus septentrionale, sera confiée à Woodian et Fraïa, qui fonderont la ville d'Asgarth. »

Les dieux se redressèrent, contemplèrent longuement leurs enfants, puis leur image s'estompa dans la lumière de l'aube naissante. Un peu abasourdis, les vingt jeunes gens reprirent leur souffle. Anéa et Astyan tombèrent dans les bras l'un de l'autre. Ils savaient désormais pourquoi ils étaient venus. Une tâche extraordinaire et exaltante les attendait. Ils n'étaient plus des parias, rejetés par la tribu où ils avaient vu le jour : ils étaient des Titans. De leurs efforts allait naître un empire fabuleux, qui rayonnerait sur le monde, un empire où régnerait un amour universel, qui permettrait à l'homme de poursuivre son évolution et de s'élever vers l'état divin.

Aussi devaient-ils demeurer tous parfaitement unis. Car ils avaient conscience que si une force inconnue venait bouleverser la chaleur de cet amour, elle engendrerait le chaos.

Un chaos dont les conséquences pourraient être effroyables.

10

Les dieux avaient disparu. Quitté la Terre. Désormais, les Titans restaient seuls face à eux-mêmes, face à leur destin.

Une aube glorieuse se levait sur l'île mystérieuse de Xhadan, encore baignée par la lumière intérieure que les divinités avaient fait naître, et qui demeurerait à jamais incrustée dans les cœurs des jeunes gens comme un joyau fabuleux. Ils étaient devenus plus que frères. Ils se connaissaient à présent mieux que s'ils avaient passé leurs années d'enfance ensemble. Au cours de la nuit prodigieuse, ils avaient tout partagé, souvenirs, joies, émotions, angoisses, espoirs. Rêves.

Bien sûr, ils n'avaient pas percé tous les secrets de l'univers infini, mais ils avaient compris le sens de leur existence. L'Esprit suprême, celui qui vibrait en tout lieu et à tout instant, parce qu'il était Tout, leur avait confié une mission, par l'intermédiaire de ces entités inconnues qui les avaient engendrés. Ils saisissaient à présent la signification profonde qu'il fallait accorder à leur incroyable expérience : chaque être vivant, humain, animal ou végétal, était une forme par laquelle cet Esprit s'exprimait. Et chacun d'eux avait son importance, une importance unique, aussi humble fût-il.

Leurs pouvoirs ne leur étaient accordés que parce qu'ils s'étaient montrés dignes du rôle qui leur était dévolu. Le sens véritable du mot *Amour* leur paraissait limpide à présent. Ils n'étaient pas des êtres isolés, limités par la naissance, la mort, et par leur propre corps ; ils participaient d'un Tout infini, avec lequel ils ne faisaient qu'un. Jamais plus ils ne connaîtraient la solitude et le doute. C'était cette vérité essentielle qu'ils devaient enseigner aux hommes de ce monde, afin de bâtir un empire où cet amour, cette plénitude, permettrait à chacun d'épanouir ses dons naturels. Cette affection intense qui les liait entre eux, ils la partageraient avec les autres, les hommes des tribus dont ils étaient issus.

Lorsqu'ils redescendirent vers la plage de sable blanc, les dauphins franchirent la barre de corail et les appelèrent avec des cris joyeux. Ils se quittèrent avec tristesse, mais en sachant qu'ils ne seraient jamais séparés. Par concentration mentale, ils pourraient communiquer les uns avec les autres.

De nouveau ils traversèrent la frange de brume luminescente. Parvenus en pleine mer, Astyan et Anéa se retournèrent une dernière fois pour regarder l'île de Xhadan. Mais le brouillard s'était évanoui, et la montagne avait disparu. Comme si elle n'avait jamais existé.

Le voyage du retour ne leur posa guère de difficultés. Les pouvoirs dont ils étaient dotés leur permirent d'affronter les embûches du chemin avec sérénité. Aucun monstre, aucune tempête ne pouvait désormais prévaloir contre leur puissance.

Cependant, une surprise de taille les attendait lorsqu'ils retrouvèrent leurs mères, Haevya et Ephyra. De longs fils blancs parsemaient leurs chevelures. Leur dos s'était voûté, leur peau flétrie, et leurs gestes n'avaient plus la souplesse d'antan. Stupéfaits, les jeunes gens ne comprirent pas tout de suite ce qui s'était passé. Leur absence n'avait pourtant pas été bien longue : ils n'avaient séjourné que deux jours sur l'île de Xhadan. Et le voyage n'avait pas excédé deux lunes.

Lorsqu'elles les aperçurent, les deux femmes eurent un mouvement pour s'enfuir, comme si elles avaient aperçu des revenants. Puis elles s'approchèrent avec crainte, les touchèrent, stupéfaites de les retrouver aussi jeunes et beaux.

– Nous pensions ne jamais vous revoir, dit enfin Haevya. Dix soleils sont passés depuis votre départ.

– Mais c'est impossible ! répliqua Astyan, déconcerté.

Anéa lui posa la main sur le bras, et la vérité leur apparut. Sur l'île des Dieux, le temps s'écoulait différemment. Cette quête étrange, qui leur avait paru ne durer qu'une nuit, leur avait demandé plus de dix années.

Les retrouvailles furent émouvantes et chaleureuses. Malgré leurs pouvoirs divins, Astyan et Anéa n'en restaient pas moins des enfants pour les deux femmes.

Lorsque Astyan fit part à celles-ci de leur intention de retourner à Pos'Eïden, Haevya et Ephyra se mirent à trembler.

– Tu n'y penses pas, mon fils... C'est la mort qui nous guette là-bas. Le bannissement ne s'efface pas avec le temps. Ils vont nous brûler sur la place du village.

Il la rassura.

– Ne t'inquiète pas pour cela, petite mère. Ils ne peuvent rien contre nous.

Ils leur avaient révélé la raison de leur voyage fantastique ; cependant, afin de ne pas les effrayer, ils n'avaient pas fait la démonstration de leur puissance. Mais l'autorité qui se dégageait d'eux était telle que les deux femmes sentirent une confiance nouvelle naître en elles. Elles n'éprouvèrent aucune frayeur lorsque tous quatre reprirent le chemin du village, dès le lendemain.

Rootlan, le vieux sik'aï de la tribu des Vrais Hommes, n'avait vécu que dans l'attente de ce jour. Il savait que les deux enfants bénis des dieux, chassés plus de vingt ans auparavant, reviendraient à Pos'Eïden. Un rêve lui avait révélé leur origine divine. Il avait tenté de le faire comprendre aux autres, mais son pouvoir était limité, au regard de celui du chef. Maanv'Ihr était mort depuis de nombreuses années déjà. Son fils puîné, Herv'Ihr, le frère de Han'Ihr, lui avait succédé. Bien plus intelligent que son frère, il n'en était pas moins autoritaire, et exerçait sur la tribu une domination odieuse, mais que personne n'osait contester. Il s'était entouré d'une bande de jeunes guerriers qui n'avaient pas leurs pareils pour mater toute tentative de rébellion. Lui, Rootlan, savait que cette tyrannie s'achèverait un jour, avec le retour des exilés. Ainsi parlait la prophétie, et il en avait fait part aux membres soumis de la tribu. Mais le temps avait passé, et l'espoir s'amenuisait avec les saisons qui s'écoulaient. Au fond de lui-même, chacun aurait voulu y croire, mais les lois étaient si profondément inscrites dans la mémoire du clan que personne n'osait plus espérer. De toute manière, s'ils revenaient, la coutume exigerait qu'ils soient brûlés vifs. Et les amis de Herv'Ihr étaient nombreux ; ils ne leur laisseraient aucune chance d'échapper à leur sort.

À moins que les pouvoirs mystérieux dont les parait le sorcier ne soient pas le fruit de sa seule imagination de vieil homme...

Astyan et Anéa venaient d'apparaître à la lisière de la forêt, en compagnie de leurs mères. Rootlan fut le premier à les apercevoir. Haevya et Ephyra étaient donc toujours vivantes. Un étonnement intense étreignit l'ancêtre. Les jeunes gens auraient dû avoir près de trente années. Or ils ressemblaient à deux adolescents. Leur taille le stupéfia. Anéa était plus grande que le plus puissant des hommes de la tribu ; quant à Astyan, il dépassait tout le monde de trois têtes. Aucun des guerriers d'Herv'Ihr ne pourrait se mesurer à lui.

D'une démarche hésitante, en raison des multiples douleurs dues à son grand âge, il s'avança vers eux. Il voulait être le premier à les accueillir et leur ouvrir les bras.

– Soyez les bienvenus, mes enfants. Je puis mourir à présent. Mes rêves se sont réalisés ; la prophétie va s'accomplir.

Astyan le serra contre lui. Il n'avait pas oublié qu'il était le seul à avoir pris leur défense lorsque leurs mères avaient été ignominieusement chassées de Pos'Eïden.

– Que la bienveillance des dieux soit sur toi, Roodan. S'ils le permettent, tu connaîtras le lieu où nous mènerons la tribu.

– Puisse-t-il en être ainsi.

Le village se rassembla très vite autour des arrivants. Un flot de sentiments confus accueillit les Titans ; curiosité, espoir et méfiance se mêlaient. Étonnés par la taille inhabituelle des jeunes gens, personne n'osa faire un geste. Puis la tribu s'écarta pour laisser le passage à Herv'Ihr et à ses guerriers. C'était un homme dans la pleine force de l'âge. Astyan se souvint qu'il n'avait qu'un an de moins que son frère aîné.

– Mais je ne me trompe pas ! gronda le chef. Ce sont les deux gamins que mon père a chassés après la mort de Han'Ihr, voici plus de vingt soleils. Accompagnés de leurs vieilles mères.

C'était une provocation délibérée, mais le calme qui émanait du couple le désarçonna quelque peu. Rassuré par la présence de ses nombreux compagnons, il insista :

– Que venez-vous chercher ici ? Vous êtes des bannis. Vous avez enfreint la loi. Vous savez que c'est la mort qui vous attend.

– Non, répondit calmement Astyan, c'est la vie. La vie pour toute la tribu. Nous sommes venus chercher ceux qui voudront nous suivre. Loin vers le sud existe un pays accueillant et fertile. C'est là que nous désirons fonder un nouveau royaume. Nous venons vous proposer de nous y suivre. Cependant...

Il s'avança vers Herv'Ihr qui recula, impressionné.

– Cependant, il n'y aura pas de place pour les fourbes et les lâches, qui s'appuient sur la force pour asseoir leur puissance.

L'autre plissa les yeux.

– Il est possible que ta taille te donne une certaine force, Astyan. Mais nous sommes nombreux. Que penses-tu pouvoir faire contre nous ?

– Silence ! gronda Astyan d'une voix qui fit vibrer les cœurs. Ni toi ni tes hommes ne peuvent rien contre nous. Nous ne sommes pas venus pour te combattre, mais pour vous guider vers un pays nouveau et riche. Anéa et moi prenons dès cet instant le commandement de cette tribu. Et tu n'y peux rien.

– Comment ? rugit l'autre.

Astyan le saisit à la gorge.

– Je lis en toi, Herv'Ihr. Ton pouvoir t'a aveuglé. Tu as oublié, comme ton père avant toi, le vrai rôle d'un chef, qui est d'aider et de protéger les siens. Tu leur as imposé ta volonté, avec l'aide de tes amis, qui se servent des armes et de la violence pour établir leur domination, y compris sur leurs propres épouses.

D'un seul bras il décolla son adversaire du sol, puis le projeta au loin sans effort apparent.

– Des individus comme toi n'ont rien à faire dans le monde que nous allons créer. Nul homme n'a le droit de dicter sa conduite à un autre, fût-il son propre fils !

Furieux, Herv'Ihr se releva et s'égosilla :

– Emparez-vous d'eux ! Ils doivent périr sur le bûcher. Ils ont transgressé la loi.

Des mouvements contradictoires agitèrent les rangs de ses guerriers. Cependant, aucun d'eux ne broncha. Outre sa taille, la voix d'Astyan les tenait en respect.

– J'abolis cette loi stupide, tonna Astyan. Un monde nouveau va naître.

Il s'adressa à la foule.

– Il n'y aura plus jamais de bûchers ni de sacrifices humains, plus de femmes dites « sans-homme ». Plus jamais ! Chaque homme, chaque femme doit être libre de ses actes et de ses pensées. Que ceux qui désirent nous suivre se rangent derrière nous !

Il y eut un instant de flottement. Puis, très vite, la majeure partie de la population s'avança vers eux. Rootlan éclata d'un rire joyeux.

– Je ne regrette pas d'avoir supporté toutes les douleurs du grand âge pour contempler cela, Astyan. Ce jour restera dans ma mémoire comme le plus beau de ma vie.

Anéa le prit par les épaules.

– Tu feras la route avec nous. Nous te soutiendrons. Jamais tu n'auras vu de pays plus beau.

Il ne demeura bientôt qu'une trentaine d'hommes et de femmes autour du chef.

– Ton règne a cessé, Herv'Ihr, déclara Astyan. Ne t'avise pas de prendre les armes contre moi. Elles seraient impuissantes, et je n'aurais aucune pitié pour quelqu'un de ton espèce.

Le courage n'étant pas le point fort d'Herv'Ihr, il se garda bien de répliquer. À présent, la peur avait supplanté la colère. En quelques instants, ce maudit géant avait balayé toute son autorité. Mais Astyan n'en avait pas terminé avec lui. Il s'adressa aux femmes des guerriers.

– Je délie également vos épouses de leur serment de fidélité. Elles méritent des compagnons plus dignes d'elles. Et le monde que nous voulons créer a besoin d'enfants, de beaucoup d'enfants.

Les femmes hésitèrent, puis avec un bel ensemble se joignirent aux autres. Astyan secoua la tête.

– Tu vois, ce n'est pas par la violence que l'on peut établir son autorité, Herv'Ihr. L'amour est plus fort qu'elle.

Il s'avança vers les derniers fidèles du chef.

– Écoutez-moi ! Nous vous donnerons une chance de racheter vos erreurs. À condition d'abandonner vos armes et votre arrogance, vous pourrez nous suivre. Il vous faudra travailler beaucoup. À ce prix-là seulement, la tribu vous acceptera de nouveau. Je sais la haine et la rancune que certains ont accumulées contre vous. Mais à ceux-là je veux dire que le pardon des offenses est plus grand que la vengeance.

Il se tourna vers la foule.

– Vous avez compris mes paroles. Jamais plus de stériles querelles ne devront diviser le peuple. Un travail énorme nous attend, qui nous offrira une richesse que vous ne pouvez imaginer. Anéa et moi n'accepterons de la partager qu'avec un peuple uni.

Le vieux Rootlan s'avança.

– Astyan a raison, clama-t-il. Mais sachez que ce n'est pas un homme et une femme que vous avez devant vous. Mes songes me l'ont révélé depuis bien longtemps déjà. Vous n'avez pas voulu m'écouter, pourtant c'est la vérité : Astyan et Anéa sont des dieux. Et vous devez leur être reconnaissants qu'ils ne vous tiennent pas rigueur de les avoir exilés lorsqu'ils étaient enfants. Rendez grâce à leur mansuétude et à leur indulgence.

Il répéta avec conviction :

– Ce sont des dieux !

Subjugués, les guerriers se défirent de leurs armes et se jetèrent aux pieds des Titans.

– Pardonnez-nous ! dit l'un d'eux. Nous ne savions pas.

– Relevez-vous ! répondit Anéa. Jamais un homme ne devra s'agenouiller devant un autre. Car il n'existe aucun être humain supérieur aux autres.

– Mais le sik'aï a dit que vous étiez des dieux...

– Nous ne sommes pas des dieux ! Nous sommes nés de l'union de nos mères avec des êtres venus d'ailleurs, qui ont atteint un niveau supérieur de la vie. Mais l'homme ne doit pas s'agenouiller devant les dieux. Car il porte en lui l'essence de l'Esprit infini, dont il est une partie, comme la plus humble des créatures, comme l'arbre, comme la fleur, comme la roche et l'eau des sources, comme le soleil et l'océan. Un être qui se proclamerait dieu, qui exigerait de l'homme qu'il plie le genou devant lui et se soumette à sa volonté, ne serait pas un dieu, mais un esprit du mal, épris de domination et de pouvoir.

Elle posa la main sur l'épaule de son vis-à-vis.

– Relevez-vous ! Tous ! Et marchez la tête haute.

Subjugués par la voix de la jeune femme, les guerriers se redressèrent et rejoignirent la foule. Resté seul face à la tribu, Herv'Ihr hurla :

– Jamais ! Jamais je n'accepterai de me plier à la loi de ces faux dieux ! Ils vous mèneront vers votre perte. Il n'existe rien au-delà de notre territoire ! Les démons vous dévoreront le cœur et l'âme.

Mais personne ne l'écoutait plus. Astyan s'approcha de lui.

– Ton orgueil stupide te condamne à la solitude, Herv'Ihr. Mais chacun est libre de choisir son destin. Si telle est ta volonté...

L'autre recula, impressionné par le regard d'émeraude du Titan.

– Tu as encore le choix. Cependant, si tu veux suivre les Vrais Hommes, tu devras demander pardon publiquement à tous pour le mal que tu leur as fait subir.

Herv'Ihr serra les dents, mais ne répondit pas. Astyan haussa les épaules et se tourna vers la foule.

– Que chacun se prépare. Nous quitterons ces lieux dès demain.

Herv'Ihr demeura à Pos'Eïden. Son orgueil l'aveuglait. Il espérait contre toute évidence que certains de ses compagnons lui resteraient fidèles, mais il n'en fut rien. Seul dans la nuit, il rumina longuement. Il ne pouvait accepter, après avoir dirigé cette tribu pendant de si longues années, qu'un inconnu, un banni de surcroît, vînt lui ravir le commandement. Sa propre épouse elle-même l'avait abandonné, et la fureur l'étouffait ; il aurait voulu la tuer, l'égorger de ses mains, mais il n'en avait pas le courage. En fait, il tremblait de peur devant ce géant dont émanait une puissance étrange. Mais demander pardon à tous, c'était impossible. Il préférait demeurer seul.

Seul...

Il mourut trois lunes plus tard, au cours d'une lutte acharnée contre un poisson énorme qui refusait de se laisser capturer. Sa pirogue en mauvais état chavira alors qu'un grand requin blanc rôdait à faible distance. Un prédateur féroce, qui ne fit aucune différence entre le poisson récalcitrant et son bourreau. Les mâchoires acérées se refermèrent sans pitié sur l'un et sur l'autre. Un nuage d'un rouge sombre se répandit quelques instants sous les eaux glauques de l'océan indifférent, puis les courants le dispersèrent. Nul ne fut témoin du drame. La tribu des Vrais Hommes avait depuis longtemps quitté les lieux.

Cependant, l'âme d'Herv'Ihr, emportant le souvenir néfaste de sa volonté de puissance et de domination, s'envola vers le monde de l'après-vie. Et avec elle les germes de destruction qu'elle contenait...

Deuxième partie

LE SIGNE DU SERPENT

L'énorme dragon fut jeté dehors. C'est lui le serpent ancien, appelé le diable ou Satan, qui trompe le monde entier. Il fut jeté sur la terre, et ses anges y furent jetés avec lui.

APOCALYPSE *(XII-9)*

11

Anéa contemplait l'océan, dont les vagues bouillonnantes venaient s'écraser sur les rochers noirs, en contrebas de la falaise. Depuis le matin, elle était inexplicablement nerveuse. À quelques pas derrière elle, Astyan l'observait sans mot dire. En direction du sud s'étirait une barre de lourds nuages sombres. Il crut un moment que le cyclone qui progressait vers Avallon agissait sur elle ; mais, depuis près de six millénaires à présent, Poséidonia avait affronté des tempêtes autrement plus impressionnantes que celle qui s'annonçait.

Sondant délicatement l'esprit de sa compagne, il comprit que le malaise était beaucoup plus insidieux. Il s'étonna : lui-même ne ressentait rien de précis, et pourtant, à travers les schèmes mentaux d'Anéa, il discerna un flux étrange, comme l'écho de présences hostiles qu'il ne parvenait pas à définir. Seule la formidable intuition féminine de sa compagne lui avait permis de percevoir leurs ondes maléfiques. Elles ne reposaient pourtant sur rien de précis. C'était plutôt comme une brume inconstante, qui semblait parfois lointaine, parfois si proche qu'elle pénétrait jusqu'à l'âme.

Au-delà du promontoire sauvage qui gardait l'entrée de la baie, des myriades de cormorans et de pétrels migrateurs tournoyaient dans les airs. Leurs cris perçants déchiraient le grondement incessant des flots rageurs. Une nuée de goélands jaillit de derrière la falaise, plana un instant au-dessus d'eux, puis replongea vers l'abîme dans un frémissement d'ailes. Un soleil resplendissant éclaboussait les énormes déferlantes frangées d'écume qui explosaient sur les récifs défendant le pied de la paroi rocheuse.

De tout temps, les oiseaux avaient occupé les flancs de cette muraille de granit torturée par l'érosion, construisant leurs nids dans ses anfractuosités. Cette falaise était leur royaume. Astyan et Anéa aimaient venir se promener sur le sentier étroit qui la longeait, bordant une lande aride balayée par des vents chargés de senteurs marines. Au fil de leurs soixante siècles d'existence, ils l'avaient vu se modifier, se sculpter sous l'action lente et inexorable de l'océan. Depuis l'époque oubliée où ils avaient fondé la cité de Poséidonia, elle avait reculé de plusieurs coudées [1]. Pourtant, les oiseaux semblaient être toujours les mêmes. Sans doute possédaient-ils eux aussi le pouvoir de se réincarner.

À cet endroit s'établissait la frontière entre le domaine protégé de l'homme et l'univers sauvage et indomptable de la nature. S'il avait su asservir quelques parcelles de cette terre que lui avaient offerte les dieux, la plus grande partie lui en demeurait inaccessible. Il ne pouvait qu'en admirer les beautés sans cesse renouvelées – et les respecter, car c'est d'elles qu'il tirait toutes ses richesses : l'océan regorgeant de poissons, les forêts intérieures où pullulait le gibier, le sous-sol où abondaient les pierres précieuses et les métaux.

Astyan s'approcha de sa compagne et la prit par les épaules. Elle se retourna et lui adressa un regard où brillait tout l'amour du monde.

– Sans doute suis-je stupide, dit-elle.

Il déposa un baiser tendre sur ses lèvres.

– Je ne crois pas. Tes pressentiments se sont toujours vérifiés par le passé. La dernière fois c'était il y a six siècles, lorsqu'un raz de marée a détruit la partie basse de la cité. Ta prédiction nous a permis de sauver presque tout le monde. Que redoutes-tu cette fois ?

1. Une coudée atlante = environ 62 cm. Voir l'annexe sur les mesures atlantes, page 493.

Il regarda l'horizon assombri. Elle secoua la tête.

– Non, ce n'est pas cela. Cette tempête sera violente, mais nous n'avons rien à craindre d'elle.

Elle se tut, puis ajouta :

– C'est juste une impression... comme une force obscure qui évolue hors de notre compréhension. Cela ne repose sur rien de tangible.

– Peut-être est-ce une nouvelle épreuve que nous envoient les dieux...

– Ils n'ont aucune raison de nous vouloir du mal. Et puis, même si nous avons vécu des dizaines de vies dans autant de corps différents, ils demeurent nos parents spirituels. Et nous ne pourrions vouloir le malheur de nos enfants, n'est-ce pas ?

– Les aurions-nous mécontentés sans le vouloir ?

– Non ! D'ailleurs, les dieux ont quitté la planète depuis longtemps. Tu sais bien que nous devinerions leur présence, même s'ils souhaitaient nous la cacher. Rappelle-toi leur dernière visite il y a quatre siècles.

Astyan n'avait rien oublié. Tous les mille ans, les Entités venues d'ailleurs se manifestaient. Alors réapparaissait l'île mystérieuse de Xhadan, où se réunissaient les divinités et les Titans. Les dieux avaient toujours confirmé leur alliance avec leurs enfants et l'Empire atlante s'était développé dans l'harmonie et l'amour, comme ils l'avaient souhaité à l'origine.

Des larmes perlèrent dans les yeux d'émeraude de la jeune femme.

– Un rêve étrange m'a visité la nuit dernière. En lui dominait l'image d'un serpent gigantesque. Et ce que je ressens est terrible, Astyan ! Cette puissance inconnue nous hait, nous rejette. Elle désire notre anéantissement total !

– Notre anéantissement ? C'est impossible ! Notre pouvoir de résurrection nous rend immortels. Nous sommes invincibles et invulnérables.

– Jusqu'à présent, nous l'avons été. Mais si ce... ce serpent possédait la puissance suffisante pour nous interdire la réincarnation...

– Calme-toi ! Ce n'était qu'un cauchemar.

– Non ! C'était un avertissement. Il se passe actuellement quelque chose que nous ne comprenons pas.

Elle glissa ses mains dans les siennes, comme pour quêter une protection.

– J'aime tellement ce pays, Astyan. Je ne voudrais pas que des forces maléfiques le détruisent.

– Mais *qui* voudrait, et pourrait, le détruire ? Nos pères nous ont donné des pouvoirs fabuleux, grâce auxquels nous avons toujours su dominer les grandes catastrophes naturelles. Pourquoi cela devrait-il changer ?

– Je l'ignore. Mais j'ai... j'ai peur, Astyan.

Il la contempla, stupéfait, puis la serra contre lui. La peur était un sentiment inconnu des Titans.

– Détends-toi, petite, murmura-t-il. Si une force malfaisante nous menaçait, les dieux nous apporteraient leur secours.

– Ils ne reviendront pas avant six siècles. Et puis, n'oublie pas qu'il existe une puissance supérieure à celle des dieux : le Destin.

Astyan soupira. Sans doute ce cauchemar l'avait-il trop impressionnée. Hormis le cyclone qui se préparait pour l'après-midi, tout était calme. Les récoltes de l'année s'annonçaient abondantes ; aucune épidémie n'avait touché les troupeaux depuis des siècles ; le commerce était florissant, les industries prospères. Les peuples atlantes vivaient dans la paix et l'harmonie depuis bien longtemps. À part les cataclysmes naturels, que pouvaient-ils craindre ? Mentalement, il sonda la falaise, les terres d'Avallon, jusqu'aux limites de sa perception ; mais nul séisme ne les menaçait. Jamais l'Héphaïs, le volcan aux cendres fertiles, n'avait été aussi calme. Les Titans avaient enseigné aux hommes à dompter ses fureurs, et à utiliser sa puissance phénoménale pour fournir la ville en énergie.

Anéa sourit à travers ses larmes et l'enlaça. Elle avait suivi le cheminement de ses pensées.

– Tu as raison, ce n'était qu'un rêve stupide. Oublions cela. Je dois être un peu fatiguée.

Elle l'embrassa avec tendresse. Il lui caressa le visage et ajouta :

– Il y a peut-être une autre explication.

Celle-ci passa dans l'esprit d'Anéa à l'instant même où elle s'épanouissait dans celui d'Astyan. C'était l'image d'une jeune femme qui ressemblait trait pour trait à sa compagne : Ashertari, sa sœur jumelle, un double accidentel qui avait partagé sa résurrection une trentaine d'années auparavant.

– Cela fera bientôt dix ans qu'elle a quitté Poséidonia, dit Anéa d'une voix triste. Sans jamais donner de nouvelles depuis.

Elle haussa les épaules.

– Je n'ai plus guère d'espoir. J'ai tenté si souvent d'entrer en contact mental avec elle. Mais... c'est comme si elle avait érigé une muraille infranchissable entre elle et moi. Je ne peux pas savoir où elle est, ni même si elle est encore en vie.

– Et au bout de dix ans, tu penses encore à elle. Elle a pourtant essayé de te trahir...

Anéa sourit avec indulgence.

– Parce qu'elle a tenté de te séduire en profitant de notre ressemblance ? Elle n'avait pas vingt ans. C'était encore une gamine.

– Une gamine jalouse et orgueilleuse.

– Ne sois pas dur avec elle. Sa position n'était guère enviable, et elle en souffrait. Être la sœur jumelle d'une femme que tout un peuple considère comme une déesse, sans posséder les mêmes pouvoirs, ce doit être difficile à supporter.

– Mais il était hors de question de l'accepter dans ma couche. Même avec ton accord, j'aurais refusé, insista-t-il.

– Tu ne l'as jamais aimée, reprocha-t-elle.

– C'est faux. J'étais prêt à l'aimer. Mais il y a toujours eu chez elle quelque chose d'inquiétant et de malsain.

– Tu vas encore dire qu'elle nous haïssait...

– Tu le sais aussi bien que moi. Et tu as toujours refusé de voir la vérité en face.

– C'était ma sœur.

– Sa naissance était un accident de la nature. Il n'y avait jamais eu de cas de gémellité chez les Titans jusqu'à présent.

– Nos parents mortels nous ont donné d'autres frères et sœurs.

– Justement ! Elle n'était qu'une parente, tout au plus. Comme tous ces enfants que nous avons engendrés, au cours de nos différentes existences, et qui n'ont jamais hérité de nos dons particuliers.

Il eut un sourire amusé.

– Si l'on tient compte de tous les mélanges qui se sont produits au fil des millénaires, je suis sûr que plus de la moitié des habitants de Poséidonia possèdent un peu de notre sang dans leurs veines.

Une bouffée de chaleur envahit le cœur d'Anéa.

– C'est vrai. Ils sont tous nos enfants.

Les yeux brillants, elle l'embrassa à nouveau et lui prit la main.

– Il faut que j'oublie tout ça. La tristesse ne sied pas à une Titanide. Les nôtres croiraient qu'un malheur va s'abattre sur nous d'un instant à l'autre. Viens !

Ils rejoignirent leurs montures qui les attendaient non loin de là.

Sur le chemin du retour, ils passèrent par la plaine où se dressait la Kaïrnâ. C'était un monument étrange qu'ils connaissaient bien, en forme de pyramide à quatre pans. Elle avait été érigée à leur intention près de six mille ans auparavant ; depuis, aucun séisme n'avait pu en venir à bout. Le peuple et les prêtres l'entretenaient avec dévotion.

Construite sur une élévation artificielle, la Kaïrnâ dominait les lieux de sa masse imposante et énigmatique. Haute de plus de cent cinquante coudées, elle était constituée d'énormes blocs de marbre blanc veiné de vert, si parfaitement ajustés qu'il était difficile de déceler les lignes de jointure. On les avait amenés autrefois d'une carrière de l'intérieur des terres par voie fluviale. Cependant, parce qu'elle était le plus ancien monument du royaume, la légende affirmait qu'elle avait surgi par magie de la terre lors de la création du monde par les Titans. Symbole du cycle de la vie, de la mort et de la résurrection des demi-dieux, elle était aussi immuable que la succession du jour et de la nuit, ou le rythme des saisons. Nombre de citadins affirmaient qu'elle possédait des pouvoirs mystérieux.

Sur la face ouest, un escalier permettait d'accéder à la plate-forme située au sommet. Sur la face opposée s'ouvrait, à mi-hauteur, une lourde porte de pierre décorée qui menait au cœur de l'édifice, occupé par une chambre mortuaire à la fonction singulière. L'ouverture de cette crypte était située dans l'axe précis de l'endroit où le soleil se levait lors du solstice d'hiver – une date sacrée que les Atlantes considéraient comme le début de la nouvelle année.

Il existait un équivalent de cette Kaïrnâ dans tous les royaumes atlantes. C'était là que l'on conservait les corps des Titans lorsqu'ils devaient quitter la vie. Car, si leurs ascendants divins leur avaient enseigné à maîtriser le phénomène de la mort, ils la subissaient néanmoins. Ceci avait donné lieu à un rite immuable, qui remontait aux origines de l'Atlantide.

Leur espérance de vie atteignait souvent les cent cinquante à deux cents ans, soit presque trois fois plus que celle des simples humains. Lorsqu'ils sentaient que leurs corps dépérissaient, Astyan et Anéa sélectionnaient deux jeunes couples, qui devaient leur redonner vie. Puis ils déterminaient ensemble le moment de leur mort, et se rendaient, seuls, au sommet de la Kaïrnâ. Là, par concentration mentale, ils arrêtaient leurs fonctions vitales.

Neuf jours plus tard, les prêtres savaient qu'ils retrouveraient les corps sans vie des Titans. On organisait alors une longue procession pour recueillir les dépouilles inertes, que l'on enveloppait de bandelettes imprégnées de myrrhe, une substance qui conservait le corps en parfait état. Puis on les installait dans deux sarcophages installés au cœur même de la pyramide, dans la chambre mortuaire.

Une grande période de deuil commençait alors pour les Atlantes. On savait que les Titans allaient demeurer absents pendant quelques années, et chacun avait la sensation de se retrouver orphelin. Mais il ne s'agissait que d'une absence passagère. Les demi-dieux rejoignaient l'univers éthérique des esprits, afin d'y acquérir encore plus de sagesse et de connaissance.

Durant cette période de non-vie, les deux couples désignés par les divinités étaient logés au palais, et on attendait avec impatience que les jeunes femmes fussent enceintes. Quelques années plus tard, les deux mères mettaient au monde, à peu de jours d'intervalle, un garçon et une fille que l'on reconnaissait au trident, le signe sacré qu'ils portaient sur le corps, et à leurs yeux d'émeraude. Ces naissances quasi gémellaires donnaient lieu à des réjouissances grandioses.

Pendant les premières années, les enfants-Titans ne se différenciaient guère des autres. Puis, lorsqu'ils atteignaient l'âge de la formation, aux alentours de leur treizième année, ils subissaient, presque simultanément, une métamorphose qui leur permettait de retrouver la mémoire de leurs existences antérieures et leur nature divine. On organisait alors de nouvelles festivités. Les anciens corps momifiés étaient incinérés lors d'une cérémonie mystique. C'était la « résurrection », symbolisée par un oiseau fabuleux baptisé Phénix. On allait ensuite, en procession, jeter les cendres dans l'océan, dont la tradition disait que toute vie en était issue. Ce rite mystérieux remontait à la nuit des temps, mais le peuple s'en étonnait toujours, car aucun homme ne vivait assez longtemps pour y assister deux fois. Aussi, lorsque se produisait le phénomène, on ne pouvait que se fier aux récits des plus vieux, qui se souvenaient des festivités décrites par leurs ancêtres.

À l'origine de l'Atlantide, durant les premières « absences » des Titans, les peuples avaient tremblé, redoutant de ne plus bénéficier de la protection de leurs dieux. Les enfants que ceux-ci engendraient pendant leur vie ne possédaient jamais les formidables pouvoirs de leurs parents. Si certains portaient la marque sacrée et détenaient parfois quelque talent particulier comme la divination, ils ne pouvaient toutefois se comparer à leurs géniteurs.

Pourtant, à chaque fois, le miracle de la résurrection se reproduisait. Les Titans n'étaient pas des êtres comme les autres. D'ailleurs, on s'expliquait mal pourquoi ils choisissaient de mourir et de renaître ainsi, au lieu de demeurer à jamais immortels. Mais Astyan et Anéa savaient qu'ils ne pourraient jamais expliquer le processus complexe qui leur permettait de recouvrer la mémoire de leur passé.

Ainsi avaient-ils vécu plusieurs vies, dans des corps différents. Ces corps successifs, dont ils « habillaient » leurs âmes immortelles, n'étaient pour eux que des vêtements dont ils se débarrassaient lorsqu'ils étaient usés. Grâce à leur perception extraordinaire, leurs sens ultra-développés, leurs pouvoirs étranges, dont ils ne faisaient usage que pour défendre leurs peuples contre les caprices d'une nature farouche et sauvage, la vie avait pour eux une saveur différente de celle des mortels. L'amour qui les unissait se forgeait sur des souvenirs innombrables, s'étirant sur près de six mille années, des souvenirs qu'ils se plaisaient à évoquer lorsqu'ils étaient seuls. Jamais cet amour extraordinaire ne s'était démenti. Comme jamais ne s'étaient démentis ceux qui unissaient leurs frères Titans régnant sur les autres royaumes.

Sans se concerter, Astyan et Anéa arrêtèrent leurs chevaux pour contempler la Kaïrnâ. L'espace d'un instant, ils revécurent leur dernière « mort ». Ils avaient alors atteint l'âge respectable de cent soixante-dix-neuf ans, et leurs corps étaient arrivés au bout de leur résistance. Ils avaient pris place au sommet de la plate-forme, sur les deux tables de marbre qui la meublaient. Ils avaient joint leurs mains et s'étaient plongés par la concentration psychique dans l'univers de la « non-vie », cet espace sans limites où régnait une lumière fabuleusement belle, couleur d'azur et d'or, où tout n'était que plénitude et sérénité. Puis ils avaient rompu, dans un ultime effort de volonté, les attaches diaphanes qui enracinaient leurs corps astraux dans la matière. Ils avaient appris de leurs parents divins comment emprunter ces passerelles merveilleuses qui reliaient les différentes existences entre elles. Ces passages par la non-vie leur apportait à chaque fois un nouvel enrichissement, qui les menait peu à peu vers l'état de perfection.

Ils avaient conscience qu'un jour encore lointain, ils atteindraient celle des dieux qui les avaient engendrés, qu'ils s'affranchiraient du support de la vie matérielle, pour devenir à leur tour des entités capables de se fondre à l'Infini. Mais leur ascendance humaine faisait d'eux des êtres également vulnérables, parfois sujets à l'erreur. Était-ce cela qui inquiétait Anéa ? se demanda Astyan. Ils n'étaient pourtant âgés que d'une trentaine d'années. Il leur restait encore beaucoup de temps, et tant de choses à accomplir dans cette nouvelle existence.

La trente-troisième, s'il avait bonne mémoire.

Une fraction de seconde, une idée terrifiante l'envahit. Et si cette trente-troisième vie était la dernière ? Mais c'était absurde. Ils étaient invulnérables et immortels.

Et pourtant...

12

Au-delà de la barre rocheuse s'étendait la fabuleuse cité de Poséidonia, capitale du royaume méridional de l'île d'Avallon. Malgré les siècles écoulés, Astyan et Anéa n'avaient jamais appris à se lasser de ce panorama. Vers le sud s'étirait le port, protégé des fureurs de l'océan par des digues immenses. Les quais avaient été construits essentiellement sur la rive droite du fleuve Acheloos, nommé ainsi en l'honneur du fils premier-né des Titans Ocyaan et Thétys, quelque six mille ans auparavant. Le nom était resté malgré les nombreuses générations qui s'étaient succédé depuis.

L'Océan était considéré comme une divinité tout à tour bienveillante et cruelle, avec laquelle la population de Poséidonia entretenait des relations étranges, faites d'admiration et de terreur. On le redoutait car, malgré la vigilance des Titans, il lui arrivait parfois de prendre la vie des navigateurs. Mais on lui vouait aussi une grande passion, car il fascinait les Atlantes. L'Océan était le sang de la déesse-mère, Gaïa, et la porte infinie ouverte sur les désirs des hommes. Chaque année, on lui rendait hommage en des fêtes solennelles.

À l'intérieur du port, une multitude de navires s'alignaient le long des quais en épi. De fiers vaisseaux taillés pour les courses lointaines côtoyaient des bateaux plus modestes destinés à la pêche et au cabotage le long des côtes. Une armée de marins, de manouvriers et de négociants s'affairaient autour des marchandises : balles de coton venues du grand continent de l'ouest, le Pontheus ; rouleaux de tissu ; jarres contenant de l'huile d'olive, des graines, des épices, des viandes et poissons fumés ou séchés. D'énormes machines charriaient les minerais et billes de bois précieux en provenance des terres de l'orient, recouvertes de forêts immenses.

Une tradition qui remontait à la nuit des temps voulait que les jeunes Atlantes, hommes ou femmes, s'embarquassent à bord d'un navire pour parcourir le monde. Ils visitaient ainsi les autres royaumes, les colonies, s'instruisaient, selon leurs aspirations, des sciences et des métiers particuliers à chaque cité. Parfois ils s'y établissaient. Les échanges entre les différentes îles de l'archipel ne se fondaient pas uniquement sur les échanges commerciaux. Les hommes y circulaient librement, apportant avec eux leurs idées, leur savoir-faire, et assuraient ainsi la cohésion de l'Empire.

Anéa posa la main sur le bras d'Astyan et lui désigna un grand navire qui arrivait de la haute mer. Il leur sembla percevoir, malgré la distance, les cris des matelots dans la mâture, le claquement des voiles blanches, les encouragements bruyants de ceux qui, à terre, s'apprêtaient à les accueillir.

À la fois raffinée et audacieuse, la civilisation atlante avait essaimé dans le monde entier, bâtissant des cités sur les rivages de tous les continents. La vie dans ces colonies lointaines était toutefois moins facile que dans l'archipel, en raison de l'hostilité des populations autochtones, dont l'esprit belliqueux avait maintes fois provoqué des affrontements. Aussi les Atlantes entretenaient-ils quelques légions de guerriers marins, dont le rôle consistait à assurer la protection des colons installés sur ces territoires perdus. Les hommes à demi sauvages qui hantaient les grandes terres se méfiaient de ces êtres venus d'ailleurs qui semblaient posséder la puissance même des esprits. La taille imposante des Atlantes intriguait particulièrement les indigènes, dont la stature était plus râblée, parfois encore proche de celle des primates.

En raison de leur supériorité technologique et spirituelle, les Atlantes auraient pu se lancer à la conquête des terres farouches de l'intérieur. Mais les Titans s'étaient toujours opposés à une telle pratique. Ils estimaient que chaque peuple devait être respecté, comme l'était chaque individu de l'Empire. Alors, on s'était contenté de bâtir des cités sur les côtes, et parfois sur les rives des grands fleuves.

En différents endroits, quelques nations s'étaient rapprochées des Atlantes et en avaient adopté les coutumes. Les Titans estimaient qu'avec le temps, la totalité des humains qui peuplaient la planète se rallieraient à eux. Il suffisait d'être patient. Mais il restait encore beaucoup à faire.

Un sentiment mystérieux, issu peut-être de leurs croyances, retenait toujours les Atlantes à proximité de l'océan. Ainsi, l'intérieur même des îles de l'Archipel demeurait très peu peuplé, et ne comptait aucune grande cité.

Suivant la piste qui reliait la Kaïrnâ à la ville, Astyan et Anéa débouchèrent bientôt dans les bas-quartiers du port. Le long des rues s'alignaient des hangars où l'on entreposait les marchandises. Les artères étaient pavées de lourdes dalles de granit blond, recouvertes d'un enduit rougeâtre à base de bauxite. De lourds chariots, parfois tirés par des bœufs ou des chevaux, parfois automobiles, véhiculaient d'importantes cargaisons en provenance des autres îles de l'Archipel, ou des autres continents. Une multitude d'odeurs assaillaient les narines. Lourds relents des minerais, senteurs entêtantes des épices, parfums des bois exotiques, fragrances indéfinissables qui se mêlaient aux effluves marins apportés par les vents méridionaux.

Sur leur passage, la foule saluait Astyan et Anéa avec un respect teinté de familiarité. Les Atlantes aimaient les Titans, et il en était ainsi dans les dix royaumes de l'Empire. Il était courant de les voir se promener dans les rues de la vaste métropole. On pouvait les rencontrer, leur parler, leur soumettre mille petits problèmes. Dans ce monde où tous étaient égaux, ils se comportaient comme de simples humains, doués de pouvoirs supérieurs qu'ils n'utilisaient que pour faire le bien autour d'eux.

Au-delà du port s'étendait la ville, avec son fin réseau de canaux alimentés par les eaux du fleuve Acheloos, réseau qui composait comme une dentelle aquatique inextricable s'enchevêtrant dans les profondeurs de la cité. Ces canaux, de toutes tailles et de toutes longueurs, entouraient de petites îles artificielles où s'étaient établies les diverses corporations de métiers. Dans les premiers temps, ces voies avaient été destinées au transport des marchandises ; puis au fil des siècles de nouveaux moyens de communication avaient été inventés, comme ces lourds chariots automobiles, terrestres ou amphibies, mus grâce à la mystérieuse énergie de l'*uraan*, autrement appelé « pierre de feu », mais le réseau avait été conservé pour l'agrément. De longs vaisseaux à fond plat y accueillaient les amoureux ou les voyageurs venus des autres cités atlantes. Outre les sept grands viaducs qui enjambaient le fleuve, les passerelles se multipliaient au-dessus de ces canaux où alternativement, tous les cinq et six ans, on organisait de somptueuses festivités nocturnes illuminées de feux d'artifice. La légende surnommait Poséidonia : la « Cité aux mille ponts ».

Çà et là, au milieu des demeures modestes, s'élevaient des bâtisses plus importantes, temples, cirques, amphithéâtres, magasins et marchés couverts. On y trouvait aussi de vastes arènes, où l'on organisait des joutes sportives. Les artères, dont certaines étaient ouvertes depuis les origines de la ville, six mille ans auparavant, étaient bordées de rangées d'arbres magnifiques, palmiers, magnolias, cèdres, séquoias. Des fontaines ornées de statues réalistes ou stylisées, représentant des divinités marines ou sylvestres, les décoraient.

Poséidonia offrait ainsi un visage étonnant, multipliant les contrastes. Si certains quartiers resplendissaient d'un air de jeunesse, avec des bâtiments neufs ou soigneusement entretenus, d'autres au contraire témoignaient du passé fantastique de la ville, grâce aux empreintes et aux griffures que le temps y avait imprimées. Il suffisait pour s'en convaincre de s'égarer dans les antiques ruelles aux pavés usés par le passage de millions de pieds. Les dalles elles-mêmes se creusaient de sillons irréguliers laissées par les roues des véhicules. Là, des vieillards sans âge assis sur le pas de leur porte vous invitaient sans façon à partager une tasse de thé ou de *spheinée*, un alcool doux et euphorisant. De là, on repartait flâner le long des quais aux dallages envahis par les herbes et les fleurs, suivant un canal dont les eaux calmes aboutissaient au porche largement ouvert d'un petit palais oublié, dont le parc servait de refuge aux amoureux. À Poséidonia, la nostalgie et la poésie des venelles chaleureuses et parfumées s'harmonisaient avec la lumière des vastes avenues où l'œil portait loin.

La population quant à elle offrait un large éventail de toute la diversité humaine. Au fil des millénaires, les unions avaient mélangé d'innombrables groupes ethniques originaires de l'Archipel lui-même, ou des colonies installées sur les côtes de tous les continents de la planète. On croisait ainsi des hommes au teint pâle et aux longs cheveux blonds ou roux, d'autres à la peau aussi sombre que l'ébène, ou encore cuivrée, aux yeux noirs et bridés. En Atlantide, la couleur de la peau n'avait pas plus d'importance que celle des yeux ou de la chevelure. Au cours de leurs différentes existences, Astyan et Anéa avaient ainsi vécu dans des corps de races différentes.

Poursuivant leur chemin, ils longèrent l'artère principale de la cité, la voie du Soleil, qui s'étirait sur plus d'un angle[1] de longueur. À mi-distance s'ouvrait l'immense place de l'Agora, sur laquelle donnait le palais des Orchidées, où ils résidaient. On l'avait baptisé ainsi en raison de la profusion et de la variété impressionnantes de ces fleurs qui s'épanouissaient dans le parc entourant la demeure.

1. Un « angle » = 11,111 km. Voir page 493.

Une légende, issue de l'imagination fertile des citadins, prétendait que les dieux, lorsqu'ils avaient fondé Poséidonia, avaient laissé tomber quelques gouttes de l'étoile-mère sur la ville. Celles-ci s'étaient alors répandues sur les toits sous la forme de feuilles de ce métal que l'on appelait « larme de soleil », l'or. En vérité, le précieux minerai aurifère provenait des mines intérieures de l'île, ainsi que du continent occidental, le Pontheus. En hommage à Raâ, l'astre du jour, on en avait recouvert les toits de nombreux édifices, ainsi que certaines statues ou cariatides. À l'éclat inaltérable de l'or se mêlait le vert tendre des dômes de cuivre oxydé qui coiffaient les marchés couverts et les petits cirques où se produisaient les artistes.

Par souci d'esthétique, les bâtiments n'excédaient jamais quatre étages. Les murs taillés dans les pierres blanches, noires ou rouges ramenées de l'intérieur par chalands constituaient une mosaïque que rehaussaient parfois de vastes fresques peintes, souvent en bas-relief, reproduisant des scènes de chasse, de voyage, d'amour courtois, ou une légende.

Les pierres de construction avaient une forme curieuse, en double queue-d'aronde. Elles s'emboîtaient ainsi les unes dans les autres, tandis qu'un mortier souple assurait l'élasticité de l'ensemble. Cette astuce technique, utilisée dans toutes les îles de l'Empire, avait permis aux cités de résister aux séismes qui secouaient l'archipel atlante de temps à autre.

L'architecture obéissait à des règles singulières. Les proportions des bâtiments, comme celles des fresques, se fondaient sur des nombres sacrés, comme le nombre d'or. Par ailleurs, on tenait compte des flux telluriques invisibles, qui décidaient de l'orientation des demeures par rapport au fleuve, au soleil, aux astres, afin de recueillir le maximum d'ondes bénéfiques. Il en résultait une harmonie extraordinaire dans la disposition et la succession des constructions. Poséidonia dégageait ainsi une sensation de beauté et de lumière, qui surprenait et séduisait les visiteurs venus des terres lointaines. Plus subtilement aussi, on éprouvait une agréable impression de bien-être et de sérénité.

À certains endroits, la voie du Soleil s'élargissait sur un jardin en terrasses ou un parc où les badauds aimaient à flâner. On y croisait des voyageurs venus des quatre coins de l'Empire, des bateleurs, des jongleurs, des mimes, des montreurs d'animaux ou de marionnettes, qui faisaient de Poséidonia un gigantesque spectacle permanent. Souvent, des attroupements se formaient autour de musiciens et de poètes. La musique et la poésie étaient considérées comme les arts majeurs, à tel point que plusieurs divinités leur avaient été consacrées.

Dans les parcs, on rencontrait aussi une multitude d'animaux qui vivaient là en semi-liberté, écureuils effrontés, atèles et gibbons, ainsi que des daims et des antilopes apprivoisés qui quémandaient de la nourriture aux passants.

Cependant, le seigneur incontesté de Poséidonia était le chat – avant même les humains, prétendaient les Atlantes avec humour et affection. Fantasques et indépendants, les petits félins de toute couleur hantaient les jardins et les ruelles exposées au soleil, nourris et choyés par les citadins. On considérait le chat comme un animal sacré. Ne restait-il pas des journées entières en adoration devant le dieu-soleil, Raâ ? Par ailleurs, son étrange pupille en amande rappelait le croissant de la lune à laquelle on l'associait volontiers [1].

De minuscules auberges ambulantes proposaient aux passants des galettes fourrées au miel ou aux épices, des brochettes de viande grillée aux parfums alléchants, des

1. Cette double association du chat avec les astres du jour et de la nuit se retrouvera bien plus tard en Égypte, où l'animal – peut-être en souvenir de l'Atlantide – sera considéré comme divin, et momifié à l'instar des humains. Des nécropoles entières de félins ont été retrouvées dans la vallée du Nil. Malheureusement, ces dépouilles embaumées connurent un bien triste destin. Les Anglais en rapportèrent des cargaisons entières en Grande-Bretagne, où elles furent utilisées comme engrais, en raison de leur richesse en nitrate. D'autres furent brûlées par les soldats de Napoléon.

fruits crus, cuits ou confits, et autres pâtisseries, que l'on arrosait de vins chaleureux ou de bière.

Ces parcs, souvent étagés sur plusieurs niveaux, agrémentés d'étangs et de cascades, étaient soigneusement entretenus par des régiments de jardiniers, profession hautement respectée en Atlantide. Ils cultivaient avec amour les espèces de fleurs les plus diverses, depuis la discrète violette jusqu'aux élégantes asphodèles, en passant par les pavots, chrysanthèmes, œillets et autres dahlias.

Mais la plus belle, celle pour qui les Poséidoniens éprouvaient un tel attachement qu'ils lui avaient consacré une divinité, la reine des fleurs, c'était la rose. On en rencontrait partout, de toute taille, de toute couleur, jusque dans le plus modeste des jardinets. Son parfum délicat était censé éloigner les mauvais esprits. Tous les ans on lui consacrait une fête, au cours de laquelle des jeunes filles dansaient sur des parterres de pétales. Cette adoration avait valu à Poséidonia son autre surnom de « Ville-Fleur ».

Des arbres immenses, cèdres, séquoias ou eucalyptus, dominaient les parcs de leurs masses imposantes. Le plus âgé d'entre eux, que les citoyens surnommaient familièrement « Grand-Père des arbres », avait dépassé les trois mille ans, et sa hauteur atteignait les cent cinquante coudées. Pourtant, en le regardant, Astyan et Anéa ne pouvaient s'empêcher de penser qu'ils avaient connu ce colosse à l'état de jeune pousse. La jeune femme l'avait planté elle-même, lors d'une de ses vies antérieures. « Grand-Père » était l'orgueil de Poséidonia, un symbole vivant auquel les habitants rendaient hommage avec un respect non feint.

Anéa sentait le cœur de la cité battre comme un pouls gigantesque, puissant de ses quelque deux millions d'habitants. Peu à peu, le malaise insidieux la quitta. Elle adorait cette cité lumineuse, dont elle avait connu les premiers balbutiements, bien longtemps auparavant. Des débuts extraordinaires, dont personne ne se souvenait plus, à part son compagnon.

Tant d'images se superposaient dans son esprit ! Là où les citadins ne voyaient qu'une facette de la cité, qu'ils avaient toujours connue telle qu'elle était aujourd'hui, Anéa en distinguait des dizaines d'autres, surgies d'un passé proche ou lointain. Des visages oubliés lui revenaient en mémoire, lui rappelant des personnes qu'elle avait côtoyées et aimées, mais dont le souvenir avait disparu dans l'esprit même de leurs descendants.

Là où se dressait à présent le temple dédié à Selehn, la déesse de la Lune, s'élevait autrefois un observatoire, détruit lors d'un tremblement de terre. Le palais du Sénat, où se réunissaient les dirigeants des diverses corporations, avait remplacé un antique marché aux chevaux, reconstruit au nord sur la colline de Karinatos.

La rive orientale, occupée désormais par la cité des manouvriers et des métallurgistes, était restée longtemps inhabitée. On l'avait conquise peu à peu sur un marécage infesté de crocodiles, on y avait creusé des canaux, bâti des demeures de bois, puis de pierre. Aujourd'hui, elle s'enrichissait de vastes chantiers navals, où l'on construisait les vaisseaux les plus rapides de l'Empire.

L'espace d'un instant, Anéa revit la petite bourgade frileusement installée, soixante siècles plus tôt, sur la rive ouest de l'Acheloos, les baraques taillées dans des troncs de cèdres et de frênes, fragiles constructions que les membres de la tribu des Vrais Hommes avaient édifiées à la hâte. Elle n'osait jamais évoquer ce souvenir devant les amis mortels qui les entouraient. Pour les habitants de la ville, les origines de Poséidonia remontaient à une époque tellement lointaine qu'ils étaient persuadés qu'elle existait depuis l'aube du monde. De même, il ne faisait aucun doute que les millénaires ne pourraient rien contre elle, et qu'elle serait encore présente à la fin des temps. Poséidonia était aussi immuable que l'existence du dieu-soleil, Raâ.

Peu avant d'arriver à l'Agora, ils passèrent devant le temple dédié à la divinité solaire. L'édifice, heptagonal, se couronnait d'une pyramide à sept pans, composés de plaques de verre, afin que les rayons puissent toucher les fidèles. Astyan et Anéa aimaient beaucoup cet endroit de recueillement où régnait une lumière bienfaisante, propice à la méditation. Un parfum d'encens baignait les lieux entretenus par une armée de jeunes filles qui avaient fait vœu de chasteté pour le temps où elles restaient au service du dieu.

Sur une énorme colonne de marbre, à l'entrée du temple, étaient gravées les douze lois fondamentales qui régissaient la vie des Atlantes depuis les origines. On les appelait les « Règles de vie », et chaque enfant les apprenait dans les centres d'éducation ouverts, depuis les origines de l'Empire, dans tous les royaumes. Voici quelles étaient ces Règles :

PREMIÈRE RÈGLE : *Le monde et l'univers, avec tous les êtres vivants qu'ils contiennent, hommes, animaux et plantes, ainsi que l'eau, la terre, l'air, le feu et l'éther, c'est-à-dire la dimension invisible, constituent un tout unique et illimité dans le temps et l'espace, appelé l'Esprit infini.*

Cet Esprit infini a offert aux êtres humains la terre sacrée d'Atlantide, afin qu'ils y vivent dans le bonheur et la sérénité.

Leur écorce charnelle est issue de la poussière fondamentale dont elle est formée, et à laquelle elle retourne lorsque vient le moment de la mort, qui n'est qu'un autre aspect de la vie, avant une nouvelle résurrection. La force subtile qui l'anime s'appelle l'âme, ou « Étincelle divine », et provient de l'Esprit invisible et infini, dont elle est la manifestation. Cette âme est immortelle, et par elle tous les humains, comme tous les êtres vivants, sont unis les uns aux autres par la puissance de l'Esprit.

DEUXIÈME RÈGLE : *Tous les êtres humains, hommes et femmes, naissent égaux en droits et en devoirs. À ce titre, ils doivent se respecter mutuellement. Ainsi tout être humain, homme ou femme, est libre de mener la vie qu'il a choisie, de croire, dépenser et d'agir comme il le souhaite, à condition de respecter la vie, les croyances, les pensées et les actions des autres. Nul n'a le droit de critiquer, et encore moins de contraindre, de quelque manière que ce soit, tout être humain qui a choisi une voie différente de la sienne. Chacun respectera les différences des autres, car c'est l'infinie diversité des êtres humains qui les enrichit mutuellement.*

TROISIÈME RÈGLE : *Parce qu'il est une partie de l'Esprit infini, chaque être humain est unique et possède en lui une richesse qui lui est propre, appelée la « Fleur divine », que l'Esprit infini a déposée en lui afin qu'il puisse l'épanouir et vivre dans l'harmonie et la plénitude. Ainsi la quête de l'être humain, qui est l'élévation spirituelle tout au long de ses vies successives, consiste à découvrir en lui-même, par la méditation et l'introspection, la façon dont l'Esprit infini désire s'exprimer à travers lui.*

QUATRIÈME RÈGLE : *Toutes les divinités qui entourent les êtres humains, le Soleil, qui apporte la lumière et la chaleur, la Lune, qui illumine la nuit, la Terre, qui est le jardin des hommes, l'Océan, dont toute vie est issue, les étoiles lointaines, de même que les sources qui guérissent, les rivières, les fleuves et les volcans, ne sont que les manifestations visibles de l'Esprit infini. Il convient de les respecter et de les aimer, car elles font partie de l'univers de l'homme. Mais en aucun cas il ne doit leur être accordé ce pouvoir illimité qui n'appartient qu'à l'Esprit. Ainsi aucune représentation, sous la forme de statuette ou d'idole, ne peut être assimilée à l'Esprit lui-même. Elle n'est que matière et ne possède en elle-même aucun pouvoir.*

CINQUIÈME RÈGLE : *Parce que l'Esprit infini a donné à l'être humain un pouvoir particulier que l'on appelle la « Conscience », celui-ci percera peu à peu les secrets de la nature et de l'univers. Mais que toujours il garde à l'esprit qu'il fait lui-même partie de cet univers. Alors, il devra respecter la terre qu'il cultive, la plante qu'il récolte, l'arbre qui lui donne ses fruits, l'animal qu'il tue pour se nourrir, la rivière et l'océan qui lui fournissent le poisson et les coquillages. Ainsi respectera-t-il l'Esprit infini. L'absence de ce respect engendrerait des catastrophes dont nul ne peut prévoir où elles s'arrêteraient, et un homme qui manquerait à ce principe ne pourrait plus prétendre à son rang d'être humain.*

Sixième règle : Tout être humain, homme ou femme, recevra un salaire équivalent au travail qu'il aura fourni, car il a droit au confort et à la dignité d'une vie décente. Cependant, la vie est aussi faite de méditation, de repos et de festivités, qui réjouissent et enrichissent le corps et l'âme. L'accumulation de richesses matérielles par le travail ou par tout autre moyen ne peut constituer le but essentiel de la vie d'un humain, car la véritable richesse se porte en soi. Elle est celle de l'Esprit.

Septième règle : L'être humain reçoit la vie par l'intermédiaire de son père et de sa mère. Il les respectera et les aimera de façon privilégiée, car il leur doit de connaître la joie de la vie.

Huitième règle : Nul être humain ne doit prendre la vie d'un autre. Cet acte s'appelle le crime et tout meurtrier sera puni selon leur conscience par ses pairs, et déchu de son rang d'être humain.

Neuvième règle : Nul être humain ne prononcera de fausses paroles dans le but de porter tort à un autre.

Dixième règle : Nul être humain ne doit convoiter ni s'approprier le bien d'un autre, par quelque manœuvre que ce soit.

Onzième règle : Les humains, hommes et femmes, se doivent entre eux une assistance mutuelle, que l'on appelle la « Solidarité », et qui est la base de la plus grande force qui régit l'Esprit infini, l'Amour universel. Tout être humain se doit de porter secours au malade et à celui qui est dans le besoin. De même, nul être humain ne profitera de sa force physique ou morale pour contraindre un être plus faible que lui, ou pour abuser d'une femme, d'un vieillard, et encore moins d'un enfant. Tout homme se rendant coupable d'une telle faute sera jugé selon leur conscience par ses pairs, et déchu de sa dignité d'être humain.

DOUZIÈME RÈGLE : *Les enfants sont les fruits de l'amour qui lie un homme et une femme. Si l'acte charnel est libre entre deux êtres adultes et consentants, les enfants ne doivent être conçus que dans le cas où cet acte s'enrichit d'un sentiment sincère et profond. Car les parents ont la responsabilité de ces enfants, qu'ils doivent élever et nourrir jusqu'à ce qu'ils parviennent à l'âge adulte. Ils doivent donc s'engager à unir leurs vies dans la perspective de toujours pourvoir à l'éducation de leur progéniture, même s'il leur arrive de se séparer.*

En fait, ces douze lois reposaient sur trois grands principes fondamentaux enseignés par les Titans, et sur lesquels se fondait toute vie individuelle ou communautaire. Jamais personne n'avait songé à les remettre en cause. On les surnommait : la « Trinité sacrée ».

Le premier affirmait que tout individu avait le droit de mener la vie qui lui convenait. Il était totalement libre de ses actes et de ses croyances, à condition de respecter les autres. Aussi les mœurs étaient-elles très libres en Atlantide. Il ne venait jamais à l'idée d'un Atlante de critiquer son voisin parce qu'il menait une existence différente de la sienne.

Le deuxième se fondait sur l'aspect unique de chaque personne. « Un homme, disaient les Titans, doit apprendre à se connaître et à vivre en harmonie avec lui-même et avec ceux qui l'entourent. Son esprit s'enrichit et il enrichit les autres. » Aussi encourageait-on les enfants à découvrir en eux-mêmes ce que l'on appelait la « Fleur divine », source d'épanouissement.

Le troisième principe supposait l'existence d'une puissance sans limites, de laquelle tout était issu. Ces dieux que l'on admirait, Ouraan, le Ciel, Raâ, le Soleil, Selehn, la Lune, Gaïa, la Terre, de même que les étoiles et l'Océan, tous n'étaient que ses manifestations visibles. On leur élevait des temples et des statues, on les priait et les adorait. Mais les Atlantes avaient conscience de faire partie d'un Tout infini, qui englobait aussi bien leur être physique que leur corps astral, et cette âme immatérielle qui leur donnait la vie. Ce dieu suprême était à la fois matière et esprit, illimité dans le temps et l'espace.

Les Atlantes savaient également qu'ils étaient à l'image de ces Titans qu'ils admiraient et vénéraient. Par eux, ils avaient appris que la mort n'était qu'un passage vers une autre vie. Tout au long de leurs différentes existences, ils devaient traverser des épreuves, suivre une longue quête spirituelle, qui les mènerait vers la perfection.

Cependant, ils demeuraient fort attachés aux symboles. Depuis les origines, les mystères de la nature les avaient fascinés, aussi avaient-ils associé des divinités à certains phénomènes ou lieux particuliers. En admiration devant la complexité du monde, ils en avaient gardé un émerveillement qu'ils traduisaient sous la forme de représentations allégoriques. L'Infini étant partout, matière ou esprit, il convenait de lui rendre hommage en lui consacrant des œuvres d'art qui cristallisaient sa présence.

Cette vision à la fois rationnelle et mystique des choses les avait amenés à prendre en compte les manifestations de l'invisible. Ainsi était née une foule de dieux locaux, attachés à une source, un arbre, un lieu, ou encore à une fête particulière, qu'ils représentaient sous une forme bienfaisante. De même, chaque corporation de métiers possédait sa divinité protectrice, qui était également inspiratrice. Tous ces dieux secondaires n'étaient que les émanations spirituelles de l'Esprit infini. Par ailleurs, les Atlantes vouaient un culte symbolique aux cinq éléments primordiaux : la terre, l'eau, le feu, l'air et l'éther, c'est-à-dire l'espace invisible.

Ainsi, les rapports avec l'Esprit infini reposaient sur le fait que chaque être vivant n'était que l'une de ses expressions. Les Atlantes ne le considéraient pas comme un dieu supérieur et omnipotent, à qui ils auraient dû une obéissance aveugle. Chacun le portait en lui-même. La quête des Atlantes était individuelle ; elle reposait sur la recherche de la connaissance de soi, afin de découvrir de quelle manière l'Esprit infini désirait se manifester au travers de chacun.

Dans la pratique, les Atlantes étaient des gens fiers et dignes, ayant parfaitement conscience qu'ils n'étaient pas limités à leur propre corps et à leur existence individuelle. Pour eux, la vie et la mort étaient intimement liées, la seconde n'étant qu'un autre état de la première. C'est de ce principe, enseigné par les Titans depuis les origines, qu'avait découlé naturellement l'atmosphère d'amour universel qui régnait dans tout l'Empire.

La violence et la guerre étaient inconnues en Atlantide. Les crimes et autres délits demeuraient extrêmement rares. Il arrivait toutefois que des individus ne se pliassent pas à ces règles. Ils étaient alors jugés par un collège de sages qui statuait sur leur sort. La peine de mort n'existait pas en Atlantide. Suivant la faute commise, les peines prononcées pouvaient aller de la condamnation à des travaux d'intérêt commun jusqu'à l'exil sur une île mystérieuse où l'on isolait depuis toujours les grands criminels. Ce lieu maudit, situé bien loin dans la partie méridionale de l'océan du Soleil, portait le nom d'Alkhat. Un nom qui faisait frémir, car ceux qui y étaient envoyés n'en revenaient jamais. C'était un endroit désolé, gardé par des récifs infranchissables et des bancs de requins, surveillé de plus par des vaisseaux de l'Empire. Mais ces condamnations demeuraient fort rares.

Après le temple de Raâ, Astyan et Anéa traversèrent la vaste place de l'Agora. La tourmente nuageuse avait dévoré la moitié du ciel. Au loin, l'océan avait viré au gris. Déjà, un vent puissant soufflait en rafales, s'écorchant aux arêtes des bâtiments. Les petits marchands ambulants se hâtaient de plier leurs échoppes.

Longeant l'alignement de sculptures couvertes de feuilles d'or, les Titans se dirigèrent vers leur palais. Soudain la jeune femme pâlit et saisit la main de son compagnon. Elle désigna le socle d'une statue, sur lequel avait été badigeonné un signe étrange.

Un signe qui rappelait la forme d'un serpent, dont l'œil écarlate la regardait fixement.

13

Astyan sauta à bas de sa monture et s'approcha de la statue. Le signe avait été tracé à la hâte avec une encre pâteuse, couleur de sang, et le dessin était à peine sec. Autour d'eux se constitua aussitôt un rassemblement. Le Titan se tourna vers les passants.

– Quelqu'un a-t-il vu celui qui a fait ça ?

Les badauds se concertèrent du regard, embarrassés. Un homme déclara enfin :

– Nous n'avons rien vu, Seigneur ! Il passe tellement de monde sur cette place.

Une jeune femme intervint.

– Il y en a d'autres, Seigneur ! J'ai vu une marque semblable tout à l'heure, sur un mur de la halle des Pêcheurs. Elle a dû être faite pendant la nuit. Personne ne savait d'où elle venait.

– Et avant aujourd'hui ?

– Non ! C'est la première fois que nous voyons ce signe. Il rappelle l'emblème des savants.

– Les savants ne s'amuseraient pas à badigeonner leur symbole de cette manière, répondit un autre. C'est ridicule.

– En effet, grogna Astyan. Écartez-vous !

Ils obéirent sans discuter. Il se concentra sur l'inscription. Une légère fumerolle s'éleva bientôt de la marque écarlate, qui s'effaça sous l'effet de la transmutation. Les citadins contemplèrent le Titan avec un respect mêlé de crainte. Il était rare qu'il manifestât ainsi ses pouvoirs, mais chacun percevait la colère sous-jacente du demi-dieu.

– Il faut faire disparaître ces signes stupides, déclara-t-il. L'un de vous voudrait-il prévenir Démétros, le grand-maître des Jardins ?

– Je m'en charge, Seigneur, dit la jeune femme.

Elle s'en fut, imitée par les autres, impressionnés. Astyan revint vers sa compagne. Anéa demeurait figée, en proie à une vive émotion.

De retour au palais, Astyan réunit ses conseillers, afin de convoquer pour le soir même le collège des *argontes*, les grands dignitaires qui assuraient le gouvernement de Poséidonia.

En vérité, les Titans n'exerçaient plus aucun pouvoir depuis bien des millénaires. Le titre de « rois » ou de « princes » qu'on leur attribuait correspondait plutôt à une fonction de guides, de juges, ou encore d'arbitres suprêmes [1]. En raison de leur étrange faculté de se réincarner, ils étaient considérés par les Atlantes comme des dieux vivants auxquels le peuple devait les connaissances fabuleuses qui lui avaient permis de bâtir un empire puissant et prospère.

Dans les faits, une assemblée de sages élus par ce peuple, le Sénat, dirigeait les grandes orientations de la cité, coordonnait le commerce et réglait les différents problèmes qui se posaient. On consultait parfois les Titans pour leurs pouvoirs de divination et leur formidable connaissance des secrets de la nature, mais ils ne se mêlaient pas directement des affaires de la cité. Sauf dans des circonstances exceptionnelles, comme cela semblait être le cas aujourd'hui.

1. Cette interprétation du titre de « roi » n'est pas une pure invention. Dans l'antique tradition celte, le roi occupait une fonction de juge suprême, de conseiller, de sage, non de souverain omnipotent. Ainsi le roi Arthur – peut-être associé au dieu Artor (l'ours) –, selon certaines sources très anciennes, n'avait que peu de rapport avec les monarques absolus que l'histoire connut par la suite.

Bien que l'on fût à la fin du printemps, la nuit avait envahi le pays dès le milieu de l'après-midi. Le cyclone remontant du sud avait fondu sur la gigantesque métropole. Des bourrasques d'une rare violence courbaient les grands arbres du parc. Au loin, des vagues monstrueuses se lançaient à l'assaut des puissantes digues, faisant naître des geysers d'écume. Bientôt une pluie diluvienne se mit à tomber, noyant le paysage derrière un rideau mouvant et gris.

Le crépitement des gouttes sur les baies vitrées troublait le calme relatif du palais. Depuis la grande salle dont les immenses fenêtres dominaient la ville, Astyan et Anéa contemplaient le spectacle farouche de l'ouragan. L'Agora était déserte. Les petits étals des marchands qui l'encombraient habituellement avaient disparu. Seules demeuraient les deux rangées de statues d'or. De part et d'autre s'élevaient les temples dédiés à la Lune et à la Terre, où quelques fidèles s'étaient abrités.

En raison du rafraîchissement de la température, les serviteurs avaient allumé un feu de bois, dont le parfum de résine embaumait l'atmosphère. Les Titans préféraient l'intimité de la haute cheminée au réseau de conduits situés sous les dalles du sol qui fournissaient l'essentiel du chauffage durant l'hiver. L'air qui y circulait provenait des sources géothermiques du volcan Héphaïs. Des barrages avaient été construits sur les coulées souterraines de lave. C'était de cette puissance colossale que la métropole tirait une partie de son énergie. L'autre était fournie par les pierres de feu qui, après transformation, alimentaient la cité en électricité.

La lumière douce des lampes faisait briller les yeux de Maïa et Schoenée, les deux filles des Titans, qui avaient rejoint leurs parents. Âgées de huit et dix ans, elles avaient hérité du visage fin de leur mère, et de sa longue chevelure blonde. Cependant, comme les innombrables autres enfants que le couple avait eus au cours de ses différentes existences, elles ne possédaient pas de pouvoirs particuliers. Seule la petite Maïa faisait parfois preuve du don de double vue.

En dehors des fillettes, les parents mortels des Titans résidaient également au palais, ainsi que le voulait la coutume depuis des millénaires. Chyron et Elna, le père et la mère d'Astyan, lui avaient donné un frère et une sœur plus jeunes, Oharis et Eglée. Les parents d'Anéa, Pheros et Meïna, avaient eu quatre autres enfants, dont sa sœur jumelle, Ashertari. Ainsi les Titans ne vivaient-ils pas isolés ; une véritable famille les entourait.

Toutefois, la vie des mortels était tragiquement plus courte que celle des demi-dieux. Avec le temps, la famille, la « Cour », comme on l'appelait, se transformait. Au cours de leur vie, les Titans voyaient grandir, vieillir, puis disparaître les enfants auxquels ils avaient donné le jour. Seuls restaient les héritiers de ces enfants. Lorsqu'ils parvenaient au terme de leur existence, parfois plus de sept générations s'étaient succédé. Astyan et Anéa avaient fini par accepter cet état de fait, qui les avait amenés à vivre intensément l'instant présent. Pour cette raison, ils prenaient une part active à l'éducation de leurs enfants, qui les accompagnaient souvent dans leurs voyages. Cependant, ils restaient à jamais des êtres différents, isolés par leurs pouvoirs et par un terrible sentiment de solitude. En vérité, les autres Titans, avec lesquels ils partageaient des souvenirs parfois si anciens que la mémoire des peuples elle-même les avait oubliés, constituaient leur seule véritable famille.

Afin de détendre sa compagne, Astyan lui proposa un bain dans la salle des Thermes. Le palais des Orchidées était alimenté par deux sources naturelles, l'une chaude, l'autre froide. On avait ainsi aménagé deux piscines recouvertes d'un dôme translucide, que l'on pouvait faire coulisser lorsque le temps était beau. C'était un endroit magnifique, dont le sol se parait de mosaïques polychromes où l'on reconnaissait des dauphins chevauchés par des divinités marines, et des coquillages. Les murs s'ornaient de fresques peintes aux teintes pastel.

Maïa et Schoenée, ravies, se défirent de leurs vêtements et se jetèrent dans l'eau tiède du bassin alimenté par la source chaude. Anéa les rejoignit. À ses filles, elle ne laissa rien paraître des doutes qui la tourmentaient. Elle jouait avec elles comme si de rien n'était. Seul Astyan décelait, derrière ce masque enjoué, l'inquiétude latente qui la troublait.

Resté sur le bord, il bavardait avec sa jeune sœur Eglée lorsqu'il remarqua, dans le fond de l'eau, un phénomène insolite. Des formes sinueuses, troublées par la réfraction, se dirigeaient vers les baigneuses. Aussitôt, il hurla :

– Vite ! Sortez de l'eau !

Lui-même plongea et se plaça entre ses filles et les créatures indistinctes. Affolées, les petites nagèrent vers le bord, suivies par Anéa. Astyan se porta à la rencontre des formes sinueuses ; devant lui apparurent alors une douzaine de serpents noirs, des cérastes d'eau, à la morsure fatale. Instantanément, il dressa une protection mentale autour de lui. Les ophidiens se dirigèrent vers lui et tentèrent de le mordre, en vain. Les attrapant l'un après l'autre, il leur brisa alors les vertèbres. Lentement, les corps longilignes remontèrent à la surface.

Lorsqu'enfin il se hissa hors de l'eau, épuisé, tous les reptiles étaient morts. Anéa, blanche comme un linge, serrait ses deux filles contre elle. Elle était incapable de prononcer un mot. Eglée tentait de la rassurer.

– Mais comment ces animaux ont-ils pu arriver jusqu'ici ? demanda-t-elle à son frère.

– Certainement pas tout seuls, répliqua-t-il. Quelqu'un les a introduits dans les canalisations.

Furieux, il se dirigea vers le local d'alimentation contigu. Il était vide, mais un regard était encore ouvert. C'était sans doute par là que l'on avait jeté les serpents. Il poussa un juron de colère. Il savait qu'il était inutile de faire rechercher le coupable, qui devait être déjà loin. N'importe qui pouvait s'introduire dans le palais ; celui-ci n'était jamais gardé, pas plus qu'aucune demeure atlante. Dans ce monde où régnait un respect total des autres, il n'existait même pas de serrures aux portes.

Il revint dans la salle des Thermes. Anéa avait repris ses esprits, et Eglée avait emmené Maïa et Schoenée, impressionnées par la nervosité de leur mère. Comme il s'approchait d'elle, un éclair éblouissant déchira les ténèbres extérieures. Elle sursauta. Astyan la prit par les épaules ; elle tremblait. Jamais jusqu'à aujourd'hui elle n'avait manifesté une telle attitude. Il en fut bouleversé, car la peur était un sentiment inconcevable pour les Titans.

Il plongea mentalement en elle. Son désarroi le saisit comme une vague glaciale, qui le fit frissonner. Anéa était pourtant dotée d'un courage exemplaire. Au cours de leur longue existence, ils avaient affronté d'innombrables épreuves, dont ils avaient toujours triomphé.

– On a... tenté de nous tuer, souffla-t-elle d'une voix sourde où perçait un sanglot. Mais pourquoi ?

– Je l'ignore, murmura-t-il.

– Si tu n'étais pas resté à l'extérieur, tu ne te serais rendu compte de rien. Maïa et Schoenée auraient été mordues. Nous, nous aurions survécu. Mais pas elles...

Elle se mit à sangloter.

– Tout cela ne veut rien dire, dit-il pour la calmer. Ce regard ouvert ne prouve rien. Ces bêtes ont très bien pu être attirées par la tiédeur de l'eau. C'est peut-être une coïncidence.

– Non, ce n'est pas une coïncidence ! Ces serpents, et ces abominables inscriptions, confirment l'affreux cauchemar de cette nuit. Il existe une puissance maléfique qui veut notre anéantissement.

– Cela n'a aucun sens. Qui pourrait vouloir notre mort ?

– Je ne sais pas. Mais il n'y a pas que cela. Depuis ce matin, il se produit quelque chose d'incompréhensible. Je... je ne parviens plus à deviner le futur.

Elle lui prit la main.

– Tu comprends ? Normalement, lorsqu'une catastrophe risque de se produire, je la pressens bien longtemps à l'avance. Comme toi d'ailleurs. Cela nous permet de prévenir les nôtres pour qu'ils se protègent. Combien de vies avons-nous sauvées ainsi par le passé ? Mais cette fois, c'est différent. Je sens qu'il se prépare quelque chose d'effroyable, et je ne peux pas discerner de quoi il s'agit.

La seule chose que je sache, c'est que cette catastrophe risque de signifier...

Elle baissa la voix. Ses yeux se mirent à briller singulièrement.

– ... la fin de notre monde !

– C'est ridicule, s'insurgea-t-il. Qui serait assez puissant pour détruire l'Atlantide ? À part les dieux, et tu as dit que tu ne redoutais rien de leur part.

– C'est vrai. Mais ils ont dit aussi qu'une force qui naît engendre son contraire. Jusqu'à présent, nous avons réussi à vaincre tous les obstacles que nous a opposés la nature. Nous avons enseigné aux hommes à canaliser leurs énergies destructrices afin de bâtir un empire prospère, où règnent la justice et l'Amour universel.

Elle se blottit dans ses bras.

– J'éprouve un sentiment étrange. Une force maléfique n'est-elle pas en train de se forger pour entraîner notre univers vers le chaos ?

Elle releva les yeux vers lui.

– Astyan, ce n'est qu'une sensation. Mais tu la ressens en moi. Ce rêve que j'ai fait cette nuit était terrifiant. C'était comme si... l'Atlantide se dissolvait de l'intérieur. Les villes étaient ravagées par des incendies gigantesques, les montagnes englouties par l'océan, les gens disparaissaient noyés, brûlés, déchiquetés. Je suis sûre que ce rêve a une signification. Je ne parviens pas à chasser ce maudit serpent de mon esprit. Parfois, j'ai l'impression qu'il cherche à m'étouffer.

Astyan médita un court instant.

– Le serpent est le symbole des savants. Comme l'arbre est celui de la connaissance. Penses-tu que certains d'entre eux aient pu ignorer nos conseils, et qu'ils aient voulu... cueillir les fruits que nous leur avions interdits ?

– Je... je ne sais pas.

Il caressa le visage de sa compagne. Il ressentait physiquement le trouble qui l'habitait, mais il ne parvenait pas à voir au-delà. Il ne possédait pas l'extraordinaire sensibilité d'Anéa. Il soupira. S'ils avaient forcé le cours du destin... Leurs parents divins avaient émis une hypothèse semblable, plusieurs millénaires auparavant : « *Peut-être commettons-nous une erreur.* » Mais pourquoi cette puissance contraire ne s'était-elle pas manifestée plus tôt ? Que s'était-il passé dernièrement, qu'ils n'avaient pas su comprendre ?

Dans la soirée, malgré la tempête qui continuait de sévir au-dehors, une vingtaine de personnages vêtus de longues toges blanches les rejoignirent. Ils prirent place dans la grande salle, se rapprochant avec plaisir de la vaste cheminée. C'était pour la plupart des hommes et des femmes d'âge mûr qui, au-dessus des sénateurs, assuraient la direction de la grande métropole : les argontes.

Les serviteurs avaient apporté une multitude de plats chargés de mets divers et parfumés, viandes rôties, poissons aux herbes, salades et fruits. Les argontes se réjouissaient déjà. On aimait la bonne chère en Atlantide, et les Titans avaient à cœur d'offrir le meilleur accueil à leurs invités. De plus, ils n'avaient pas leurs pareils pour s'entourer de jeunes artistes de talent. Le plus âgé des argontes, le vieil Oldma, surveillait les issues, dans l'espoir d'y apercevoir des danseuses. Il adorait les danseuses.

Cependant, les visages graves des hôtes l'inquiétèrent. Il demanda :

– Tu nous as demandé de venir ce soir, Seigneur. J'espère que rien de grave ne motive ton invitation.

– Nous ne le savons pas encore, Oldma. Mais peut-être pourras-tu nous éclairer. Il semble que des inconnus aient décidé d'imposer leur marque dans notre cité de Poséidonia. Un signe rouge en forme de serpent. L'avez-vous déjà vu et savez-vous ce qu'il signifie ?

– Nous l'ignorons, Seigneur. Il en a été retrouvé à différents endroits de la ville, depuis les hauteurs de Karinatos jusque sur les murs du port. Nous avons déjà donné des ordres pour arrêter ceux qui se livrent à ces dégradations.

Il soupira.

– Sans résultat jusqu'à présent.

– Depuis quand sont apparues ces marques ?

– À peine deux jours. Nous pensons qu'il s'agit là d'une farce d'étudiants.

– C'est possible. Cependant, une telle conduite est étonnante de la part des jeunes. D'habitude, ils respectent les biens de la communauté et le travail des autres.

– Nous n'avons pas d'autres explications actuellement, Seigneur. Nous allons faire surveiller les endroits publics par les gardes impériaux.

– Ce n'est pas tout, poursuivit Astyan. Cet après-midi, quelqu'un a introduit des serpents venimeux dans les thermes du palais, sans doute dans l'intention de nous nuire.

– Tu veux dire que... on a essayé de vous tuer ?

– Exactement.

– Mais qui a pu commettre un tel acte ?

– C'est ce que nous aimerions savoir. Si vous surprenez un individu à barbouiller les monuments, je souhaiterais que vous nous l'ameniez.

– Tu peux compter sur nous, Seigneur. Le nécessaire sera fait.

Pendant la nuit, Anéa ne parvint pas à trouver le sommeil. À chaque fois qu'elle fermait les yeux, les images apocalyptiques entrevues la veille revenaient la hanter. À ses côtés Astyan reposait paisiblement, et elle hésitait à le réveiller.

Vers le milieu de la nuit, elle se leva et se rendit dans les appartements de ses enfants. Au-dehors, la tempête avait redoublé de violence. Anéa contempla les visages détendus des petites filles, qui dormaient à poings fermés. Silencieuse, elle s'assit sur le lit de Maïa. Jamais elle n'avait éprouvé une telle sensation de froid absolu. Elle craignait pour la vie de ses filles. Mentalement elle sonda les alentours. Mais tout était paisible. Peu à peu, la tranquillité de la chambre d'enfant la calma.

Soudain, au moment où elle allait partir, la petite Maïa poussa un gémissement dans son sommeil. Anéa se précipita vers elle ; la fillette semblait étouffer. Puis elle se dressa d'un bond sur son lit et regarda autour d'elle, affolée. Reconnaissant la silhouette de sa mère, elle éclata en sanglots et se jeta dans ses bras.

– Ne crains rien, ma chérie, je suis là.

La petite tremblait de tous ses membres.

– Tu as fait un cauchemar, dit doucement Anéa. Regarde. Tout est calme.

C'était un calme relatif, car le vacarme de la tempête faisait vibrer les murs. D'habitude, les fillettes ne redoutaient pas les farouches manifestations de la nature. Leurs parents leur avaient appris à les aimer, à ne voir en elles que la puissance et la beauté des éléments. Pourtant Maïa ne s'apaisait pas.

– J'ai peur, maman, grelotta-t-elle. J'ai vu... un serpent gigantesque, tout noir, qui voulait nous dévorer tous. Il... il avait plusieurs têtes. C'était horrible.

Anéa dut faire un effort surhumain pour ne pas montrer à la petite l'angoisse qui l'avait saisie. Elle serra l'enfant dans ses bras pour la bercer, et peu à peu, Maïa se calma et se rendormit.

Nerveuse, Anéa se rendit dans la grande salle. Avait-elle transmis sans le vouloir son anxiété à sa fille ? Le rêve maudit avait visité l'enfant à la place de sa mère. À moins que l'épisode des serpents d'eau ne l'ait trop impressionnée.

Au-dehors, l'ouragan n'avait pas faibli. Des vents furieux hurlaient en s'écorchant sur les murs du palais. Une pluie battante martelait les baies vitrées. Parfois des éclairs zébraient la nuit, illuminant la cité de lueurs aveuglantes, aux reflets curieusement verdâtres. L'Agora se couvrait de ruisseaux éphémères, qui transformaient les larges escaliers adjacents en cascades. La mère d'Anéa, Meïna, la rejoignit. Elle non plus ne parvenait pas à trouver le sommeil.

– Tu es inquiète, ma fille.

– Ce n'est rien. Ce doit être ce maudit cyclone.

Malgré sa qualité de Titanide, elle restait une enfant pour la femme qui l'avait portée. Comme Ephyra bien des siècles plus tôt, Meïna n'était pas dupe des réponses d'Anéa. L'instinct maternel se moquait bien des pouvoirs surnaturels. Anéa sourit et prit sa mère contre elle.

– Ce n'est qu'un cauchemar. Cela va passer.

Meïna lui caressa les cheveux en soupirant.

– Quelle famille étrange nous formons, dit-elle. Je t'ai mise au monde, je t'ai nourrie de mon sang et de mon lait. Pourtant, jamais je ne me ferai à l'idée que tu vis depuis si longtemps. Je me souviens encore de ce jour où tu es venue nous voir, Phéros et moi, pour nous annoncer que vous alliez mourir bientôt, et que vous nous aviez choisis pour vous redonner le jour. Tu étais alors une très vieille dame, et nous étions encore des adolescents. Puis il y a eu la Kaïrnâ, les rites funèbres ; je ne pouvais croire à cette prédiction. Nous avons attendu, surveillés par les prêtres, et enfin tu es née. Tu étais la plus belle petite fille de l'Empire. À part ces yeux verts et le signe des dieux, rien ne te différenciait des autres enfants, jusqu'au jour où tu t'es métamorphosée en déesse. Alors, j'ai eu peur, parce que, malgré la légende, je ne croyais pas tout à fait à cette résurrection. Et soudain, mon enfant s'était transformée en un être fabuleux dont la mémoire se souvenait d'événements oubliés de tous, une femme d'essence divine capable de sonder les esprits, de commander à la matière. Tout cela est effrayant.

– Je sais. C'est parfois difficile à supporter, Meïna, mais ainsi en ont décidé les dieux. Nous ne nous appartenons pas. Nous appartenons à...

Elle désigna la métropole battue par l'ouragan.

– ... à cette cité. La tradition affirme que c'est nous qui l'avons créée. En vérité elle s'est forgée seule, comme un formidable être vivant, dont nous n'avons été que les protecteurs, parce que nous avions été désignés pour ce rôle. Et notre existence a été si extraordinaire que nous aurions tort de nous plaindre. Mais il est vrai que parfois, j'aimerais n'être qu'une simple mortelle.

Meïna essuya tendrement une larme qui coulait sur la joue de sa fille. Jamais comme aujourd'hui elle n'avait ressenti la solitude qui broyait le cœur de la jeune femme.

– Ne pleure pas. Astyan et toi avez créé un monde riche et heureux. Lorsque cette tempête aura disparu, tes angoisses s'enfuiront.

– Peut-être... commença Anéa.

Elle ne put achever. Tout à coup, un coup de tonnerre monstrueux ébranla jusqu'aux fondations du palais, tandis que la foudre s'abattait au loin sur une silhouette géante, à peine perceptible à cause de la pluie abondante. L'espace d'une fraction de seconde, Anéa entrevit une autre lueur au pied de la masse noire. Il y eut un craquement gigantesque, puis la forme colossale s'effondra dans un mouvement terriblement lent. Les deux femmes se mirent à hurler. L'instant d'après, Astyan était là. Il prit Anéa dans ses bras. Elle balbutia d'une voix brisée par l'angoisse :

– Le Grand-Père ! Le Grand-Père des arbres vient de tomber !

14

Quelques instants plus tard, malgré la tempête, Astyan et Anéa étaient sur les lieux. Ignorant les trombes d'eau qui les détrempaient jusqu'aux os, ils s'approchèrent de l'arbre géant, à présent couché sur le flanc. Ses racines arrachées de la terre s'agitaient sous l'effet de violentes tornades. Quelques flammes couraient encore sur le tronc démesuré, mais la pluie les éteignait inexorablement. Par chance, à cause de l'ouragan, le parc était désert. Le colosse, haut de plus de cent cinquante coudées, s'était abattu sur des labyrinthes de verdure où les amoureux aimaient à se retrouver la nuit.

Attirés par le vacarme, de nombreux citadins étaient sortis de chez eux, ignorant la tourmente. Ils ne pouvaient en croire leurs yeux : l'arbre millénaire, le Grand-Père, ne pouvait périr ainsi. Il était l'orgueil de Poséidonia. Sur les joues, l'eau qui coulait n'était pas due uniquement à la pluie.

– Ce n'est pas possible, gémit Anéa. C'était le plus bel arbre du monde. Maudite soit cette tempête.

– Des tempêtes, il en a affronté d'autres, répliqua Astyan. Ce n'est pas la première fois qu'il est touché par la foudre.

– Crois-tu que nous pourrions parvenir à le redresser ? Si nous concentrons notre puissance psychokinétique...

– Cela ne servirait à rien. Il est mort. Ses racines sont brûlées.

– Mais la foudre l'a touché à la cime.

– Ce n'est pas elle qui l'a tué. Regarde !

Il caressa avec émotion le bois du vieux séquoia. La base du tronc semblait avoir été littéralement déchiquetée par un souffle puissant.

– Qu'est-ce que ça veut dire ? demanda la Titanide.

– La foudre n'est qu'une coïncidence extraordinaire. On a délibérément voulu abattre cet arbre, en plaçant un explosif à sa base.

Anéa s'approcha à son tour. Astyan avait raison. Elle se mit à hurler :

– Mais qui, *qui* a pu avoir le lâche courage de s'attaquer à cet arbre ?

À présent, la colère avait remplacé la peine. Elle tourna les yeux vers les badauds présents. Mais la douleur qui émanait de leurs esprits n'était que trop sincère. Elle s'en voulut de sa réaction vive.

– Pardonnez-moi, dit-elle. J'avais connu cet arbre tout petit. C'est moi qui l'avais planté.

Plusieurs personnes l'entourèrent pour la consoler. Soudain, Astyan poussa un cri de rage.

– Venez voir !

Il indiqua une marque à demi dévorée par les flammes.

– Le signe du serpent, gronda-t-il, en proie à la fureur.

À quelque distance, un homme l'interpella.

– Seigneur ! Par ici !

Il désignait, sur un rocher de granit, quelques lignes tracées à la hâte, que les eaux avaient en partie effacées. Astyan lut à haute voix :

– « Comme cet arbre, nous abattrons les Titans, ces dieux maudits qui asservissent l'espèce humaine. »

Le lendemain, la tempête s'était calmée. Cependant, si la pluie avait cessé, le ciel demeurait lourd de nuages sombres torturés par les violentes bourrasques qui balayaient encore la cité.

Dès le matin, Astyan s'était rendu au Sénat, où il avait insisté pour que l'on redoublât de vigilance. Les individus qui avaient abattu le Grand-Père des arbres devaient être arrêtés au plus vite.

Les argontes ne perdirent pas de temps. Les gardes impériaux furent chargés de surveiller discrètement la gigantesque métropole. Dans un royaume où le vol et le crime étaient pratiquement inexistants, ils avaient surtout une fonction d'assistance, comme faciliter la circulation des véhicules attelés ou automobiles, ou encore aider les personnes en difficulté. Certains étaient spécialisés dans la lutte contre les incendies, inondations, séismes et autres sinistres. Les Poséidoniens les appréciaient pour leur courage et leur serviabilité. On ne s'étonna pas de les voir déambuler dans les rues en plus grand nombre qu'à l'accoutumée ; au contraire, plusieurs citadins s'offrirent à les aider.

Pendant la journée, une foule importante défila devant l'arbre gigantesque. Les yeux rouges trahissaient l'émotion qui étreignait les Poséidoniens. On déposa d'innombrables gerbes de roses le long du tronc. Le Grand-Père dominait la ville depuis si longtemps qu'on avait fini par le croire immortel.

Le soir même, deux gardes surprirent un inconnu dans le quartier des docks, alors qu'il badigeonnait un mur avec de la peinture rouge. Le signe tracé ne laissait planer aucun doute : il s'agissait bien d'un serpent. L'individu tenta en vain de s'enfuir. Il fut mené sans ménagement jusqu'au siège du Sénat, devant l'argonte Oldma.

C'était un homme jeune, au visage taillé en lame de couteau. Son regard noir et fuyant trahissait une haine sous-jacente incompréhensible. La plaque d'identité en or gravé disait qu'il s'appelait Moarek Nazahr, et exerçait le métier de serviteur chez maître Palarkos, un architecte renommé. Ce furent les seules informations qu'il accepta de confirmer. Aux questions des gardes, il opposa un mutisme acharné. Il savait qu'on ne lui ferait aucun mal ; ce n'était pas dans les coutumes atlantes.

Le vieil Oldma s'approcha du prisonnier et déclara :

– Ton attitude est ridicule. Nous trouverons le moyen de te faire parler.

L'autre haussa les épaules. Alors le vieil homme, n'y tenant plus, le frappa violemment au visage.

– Ça, c'est pour le Grand-Père des arbres ! À présent, tu vas nous dire pourquoi tu l'as abattu.

L'homme se frotta la joue, stupéfait : la brutalité n'était pas courante en Atlantide. Mais ils perdaient leur temps. Jamais il n'avouerait la signification profonde du serpent : l'aube d'une ère nouvelle, qui verrait la disparition de ces Titans exécrés qui étouffaient l'espèce humaine. Car les hommes avaient droit aux fruits de l'arbre sacré de la Connaissance. Ainsi parlait le divin Ophius !

Oldma soupira.

– Tu es stupide, Moarek. Le seigneur Astyan va venir te voir. À lui, tu seras bien obligé de dire la vérité.

– Non, hurla aussitôt le serviteur. Pas lui ! Pas les dieux maudits !

L'injure résonna comme un blasphème aux oreilles des argontes.

– Comment oses-tu ?

L'homme se mit à trembler.

– Je ne veux pas les voir. Ils vont me tuer !

Une véritable panique s'était emparée de lui. Décontenancé, Oldma fit un signe aux gardes, qui emmenèrent le prisonnier vers les geôles. Puis il se tourna vers un capitaine.

– Faites prévenir le seigneur Astyan.

Celui-ci ne tarda pas. À la suite des gardes, il pénétra dans la cellule où Moarek Nazahr se tenait prostré sur sa couchette, dans une position fœtale. Sa terreur ne l'avait pas quitté. Dès qu'il aperçut le Titan, il se mit à hurler.

– J'ai l'impression que cet homme n'a pas toute sa raison, déclara Oldma. Cependant, les marques du serpent sont trop nombreuses pour qu'il ait agi seul. Il doit avoir des complices.

Astyan s'approcha de l'individu, qui se recroquevilla contre le mur comme s'il avait voulu y disparaître. La haute silhouette du Titan le dominait. Il ferma les yeux pour ne pas avoir à soutenir ce regard vert qui semblait percer le fond de son âme. Astyan lui posa la main sur l'épaule.

– Il vaudrait mieux que tu parles. Tu sais que je peux lire en toi si tu m'y obliges.

La chaleur de la voix du demi-dieu enveloppa le prisonnier. Astyan connaissait son pouvoir de persuasion. Dompté, l'autre releva les yeux vers lui ; une onde de chaleur le baigna. La volonté du prince le pénétrait inexorablement. Il n'aurait pas la force de lutter contre l'investissement mental. Alors il allait avouer la vérité. Mais il savait aussi que c'était impossible. Impossible ! Il n'y survivrait pas.

Une lutte effroyable se livrait en lui. Il émanait du prince une bonté naturelle qui le subjuguait. Il comprit alors qu'on l'avait trompé : les Titans n'étaient pas ces êtres effrayants qu'on lui avait décrits. Mais il ne pouvait pas parler. *Il ne pouvait pas*.

Il se redressa sur sa couche.

– Seigneur, je...

L'instant d'après, une douleur terrifiante lui vrilla le crâne. Un voile rouge explosa devant ses yeux, puis il sombra dans le néant, tandis que ses pensées se cristallisaient sur un nom. Un nom qu'il maudissait à présent. Ophius !

Astyan se précipita vers lui et posa la main sur le cou du jeune homme. Mais il était trop tard. Il se tourna vers les autres.

– Il est mort !

Le corps de Moarek glissa lentement le long du mur. Des rigoles écarlates suintaient de son nez, de ses lèvres et de ses oreilles ; ses yeux eux-mêmes s'étaient injectés de sang. Impressionnés, les gardes et les argontes n'osèrent intervenir. Il était rare qu'un homme décédât de mort violente à Poséidonia.

Astyan se concentra sur le corps. Affinant sa perception mentale, il décela, dans le crâne de la victime, un objet minuscule qui avait littéralement provoqué l'explosion du cerveau. Un mélange de colère et de stupeur l'envahit. Il n'avait pu saisir qu'un nom, à fleur d'esprit : Ophius.

Il releva le cadavre, écarta la chlamyde qui le vêtait, pour découvrir, tatouée à même la peau de la poitrine, une marque stylisée en forme de serpent.

– Nous ne pouvons plus rien faire pour lui. Mais sa mort prouve qu'il s'agit d'une affaire très grave. Je dois rencontrer cet architecte, Palarkos. Peut-être pourra-t-il nous donner d'autres informations. Demandez-lui de venir me voir cet après-midi au palais.

– Bien, Seigneur !

Malheureusement, Astyan ne devait jamais rencontrer l'architecte. Au début de l'après-midi, un garde se présenta, affolé, au palais des Titans.

– Seigneur Astyan, un accident très grave s'est produit à Karinatos, dans la demeure de maître Palarkos. Sa demeure est en flammes. Il semble qu'il ait péri dans l'incendie, avec tous les siens. Maître Oldma vous demande de le rejoindre sur place. Il dit... que c'est un feu étrange. On ne parvient pas à l'arrêter.

15

Quartier résidentiel situé au nord de Poséidonia, Karinatos était bâti sur une colline dominant le fleuve Acheloos. Lorsque Astyan et Anéa arrivèrent, les gardes-pompiers tentaient de circonscrire le désastre. De hautes flammes s'élevaient de la demeure, tandis qu'une foule de curieux contemplaient le sinistre avec stupéfaction. Les incendies étaient rares à Poséidonia, les matériaux des bâtiments étant conçus pour résister au feu. Le vieil Oldma vint à la rencontre des Titans, accompagné d'un jeune homme.

– Conformément à tes ordres, j'ai envoyé mon assistant Llermo prévenir maître Palarkos. L'incendie s'est déclaré au moment où il s'est présenté.

Llermo précisa :

– À quelques instants près, j'aurais été tué aussi, Seigneur ! Je m'approchais de la demeure lorsqu'elle s'est embrasée d'un seul coup. Je n'ai eu que le temps de m'enfuir.

Astyan et Anéa examinèrent les lieux. De dimensions imposantes, le palais de l'architecte comportait au moins une vingtaine de pièces. Malgré le sol détrempé par la tempête de la veille, le parc qui l'entourait était également la proie des flammes. Apparemment, la chaleur exceptionnelle se dégageant du sinistre avait desséché la végétation proche, avant de l'embraser comme de l'étoupe. Un homme au visage noirci par la fumée les rejoignit : Kheras, le maître pompier.

– Je n'ai jamais vu une chose pareille, dit-il. On peut à peine approcher. On dirait qu'une substance très inflammable a été répandue partout. L'eau n'a aucune action sur elle. Deux de mes hommes sont déjà intoxiqués.

– Tu vas les rappeler, dit Astyan. Il est inutile de les exposer davantage. Nous allons tenter quelque chose.

Le maître pompier s'exécuta aussitôt. Les gardes reculèrent, tandis qu'Astyan et Anéa se dirigeaient vers ce qui avait été l'entrée principale. Le linteau de marbre qui surplombait la porte avait éclaté sous l'effet de la température. Au-delà, c'était l'enfer. Malgré la pluie fine qui s'était mise à tomber, les flammes ne diminuaient pas ; au contraire, elles semblaient redoubler à chaque instant. Les puissantes lances des gardes se révélaient parfaitement inefficaces : l'eau s'évaporait avant même d'avoir atteint le feu.

Le Titan et sa compagne établirent une barrière mentale protectrice autour d'eux, puis s'avancèrent vers le brasier. Une onde de chaleur brûlante les saisit, qu'ils repoussèrent par concentration psychique. Les spectateurs retinrent leur souffle. Ils virent les flammes se courber, s'écarter comme par miracle sous la volonté des demi-dieux. Astyan et Anéa pénétrèrent dans le palais ; une muraille de flammes les environnait, se tordait vers eux pour tenter de les happer. Le moindre relâchement de volonté leur eût été fatal.

Protégés par leurs pouvoirs étranges, ils progressèrent au cœur de la fournaise. La toiture s'était effondrée depuis longtemps, mais les gravats continuaient de brûler. Une colonne s'écroula, arrachant une clameur d'angoisse à la foule impuissante. Basculant par télékinésie de lourdes dalles de marbre incandescentes, ils parvinrent dans la salle principale de la demeure. Une vision d'horreur les y attendait. Au centre de la pièce gisaient une vingtaine de corps, entassés les uns sur les autres : l'architecte Palarkos et sa famille, ainsi que ses serviteurs.

« On dirait qu'ils ont tous été tués auparavant ! » émit Anéa.

« Nous verrons cela plus tard. Il faut d'abord neutraliser cette maudite substance. »

Concentrant leur puissance mentale, ils se focalisèrent sur la matière inconnue, pénétrant sa trame fine. Une vibration étrange emplit l'air incandescent, puis une transmutation soudaine s'opéra, provoquant une déflagration sourde qui affola la foule restée à l'extérieur. Le maître pompier allait remettre les lances en action, lorsque les flammes diminuèrent comme par enchantement, puis s'étouffèrent. Peu après, Astyan et Anéa surgissaient des décombres fumants. Seuls quelques foyers résiduels subsistaient encore.

La foule, soulagée et enthousiaste, vint entourer les Titans, épuisés par l'effort qu'ils venaient de fournir. Lorsqu'ils eurent repris leur souffle, Oldma leur prit les mains avec émotion.

– Quelle peur vous nous avez faite ! Nous avons cru un moment que vous étiez morts.

Astyan essuya ses yeux irrités par la fumée et dit :

– Il y a une vingtaine de corps à l'intérieur. Il faut les dégager. Je voudrais les examiner.

– Bien, Seigneur !

Il fallut plus de deux heures aux gardes pour achever de maîtriser le sinistre. Une odeur pestilentielle flottait sur les lieux. On avait disposé ce qui restait des corps calcinés à l'écart. Seuls subsistaient quelques fragments d'os tombant en poussière. Surmontant son dégoût, Astyan les observa l'un après l'autre, aidé de médecins venus en renfort. On ne reconnut maître Palarkos qu'au diamant qu'il portait à un doigt. Le métal dans lequel il était serti avait lui-même fondu.

Les médecins se déclarèrent impuissants.

– Impossible de savoir s'ils ont été tués ou s'il s'agit d'un suicide collectif, déclara enfin le plus vieux.

Astyan soupira. Affinant sa perception mentale, il se pencha de nouveau sur les ossements. Il recherchait la présence d'implants cérébraux comme celui que l'on avait retrouvé sur Moarek Nazahr ; mais la chaleur intense avait tout détruit. C'est alors qu'il remarqua un crâne à peu près intact, qui portait d'étranges blessures aux os de la mâchoire. Il semblait bien que son propriétaire eût été égorgé. Un nouvel examen du cadavre du maître des lieux révéla les restes d'une lame métallique dans la région du cœur.

– C'est étonnant, dit enfin Astyan. On dirait qu'il a massacré sa famille et ses serviteurs, puis qu'il s'est suicidé en s'enfonçant un poignard dans le cœur. Sans doute a-t-il répandu cette matière combustible après avoir commis ses crimes.

– Il a mis le feu, puis il s'est donné la mort, acheva Oldma.

– Alors, cela voudrait dire que... ce Palarkos était le chef de cette secte des Serpents, conclut Llermo. Se voyant découvert, il a préféré disparaître.

– Oui, peut-être, répliqua Astyan. Mais quel motif assez grave a pu le faire agir ainsi ? C'est effrayant.

Il revint vers Anéa, à qui il avait voulu éviter l'épreuve des corps brûlés. Les autres le suivirent.

– Écoutez-moi ! Rien ne prouve qu'il s'agisse d'un suicide. Nous devons donc redoubler de vigilance. Si la secte des Serpents n'est pas anéantie avec Palarkos, elle vient de prouver qu'elle est capable de tout.

Soudain, un garde se présenta.

– Seigneur, nous avons trouvé ça. Le vent a dû l'emporter avant le début de l'incendie.

Il tendit une feuille de papier épais. Astyan prit le document et pâlit. Puis il le confia à l'argonte, qui lut pour les autres.

– « Citoyens de Poséidonia !

« L'aube d'une ère nouvelle s'ouvre devant vous. Ophius, le dieu-serpent de la Connaissance, s'est levé dans la lumière. Il sera bientôt parmi nous pour renverser les Titans, ces fausses divinités qui vous dévorent l'esprit depuis bien trop longtemps.

« Les Titans volent votre personnalité ! Ils vous interdisent certains secteurs de la connaissance. Or elle est un droit fondamental pour tout être humain. Car c'est elle qui vous permettra d'accéder à un état supérieur, d'acquérir la puissance des dieux, celle que les Titans refusent de partager avec vous afin de mieux vous asservir !

« Nous devons, vous devez les détruire pour retrouver votre liberté !

« Un dieu nouveau, un dieu puissant arrive, qui balaiera les fausses divinités et les renverra dans le néant. Soyez prêts à l'accueillir, car c'est lui qui vous mènera vers la perfection. »

Le vieil homme rougit sous l'effet de la colère.

– Un dieu qui permet ainsi le massacre des siens ne peut exister, gronda-t-il. Ou alors, il s'agit d'un démon !

– Je doute qu'il s'agisse d'un dieu, répondit Astyan. Nous ressentirions sa présence. Mais de telles idées peuvent influencer les esprits faibles. Jusqu'à les pousser à accepter la mort afin d'éviter de trahir leur cause. C'est tellement... abominable.

Anéa ne dit mot. Elle était bouleversée. Pour la première fois de leur vie, ils se trouvaient confrontés à un phénomène terrible, qui n'avait pas encore de nom : le fanatisme.

De retour au palais des Orchidées, les Titans s'isolèrent.

– Astyan, j'ai peur... parce que nous sommes peut-être nous-mêmes responsables de ce qui arrive.

– Comment cela ?

– Nous avons forcé le cours des choses. Peut-être les humains devaient-ils découvrir eux-mêmes les secrets de l'univers, même si cela devait engendrer des souffrances. Nous leur avons enseigné l'Amour universel, mais étaient-ils prêts ?

– Que peuvent donc nous reprocher les Atlantes ? Je ne crois pas que nous les ayons rendus malheureux depuis que nous avons fondé cet empire. Ils ignorent la famine. Les maladies ont pratiquement disparu. Tous les habitants de la ville sont prospères et libres. Que peuvent-ils désirer de plus ?

– Plusieurs personnes nous ont manifesté leur mécontentement par le passé. Quelques prêtres, et des érudits. Ils nous ont reproché de leur interdire d'explorer plusieurs secteurs de la science et de pratiquer certaines expériences.

Ce tract est la preuve que des individus ont décidé d'agir en se passant de notre accord.

– Tu sais pourquoi nous avons interdit ces domaines, répliqua-t-il. Les hommes ne sont pas encore prêts à affronter ces connaissances. Elles risqueraient de déclencher des catastrophes incontrôlables.

– Peut-être doivent-ils en passer par là... hasarda-t-elle.

– Non ! Nous trahirions ainsi la confiance des dieux ! Nous devons veiller à ce que la paix et l'harmonie continuent de régner, Anéa. Cela fait près de six mille ans que nous avons créé cet empire, avec l'aide de nos frères Titans. Nous avons connu tous les stades du développement des dix grandes cités, depuis cette époque lointaine où elles n'étaient encore que de petites bourgades insignifiantes, perdues au cœur de l'Archipel. Nous avons enseigné aux hommes l'art de bâtir des maisons de pierre, de construire des palais, des ponts, de creuser des canaux. Nous leur avons montré comment cultiver le blé, le seigle, l'orge, le maïs et l'avoine. Ils savent à présent élever toutes sortes d'animaux comme les chevaux, les vaches, les dromadaires, les moutons et les chèvres. Ils connaissent le tissage, la métallurgie, l'architecture.

Elle eut une moue désabusée.

– C'est vrai. Nous leur avons apporté la prospérité et la sécurité. Mais n'était-ce pas à eux d'accomplir seuls le chemin qui les mènerait à la sagesse ? Les « Serpents » sont peut-être la concrétisation de l'erreur dont ont parlé les dieux.

Astyan ne répondit pas. Anéa insista :

– Les hommes ne peuvent savoir qu'une chose est dangereuse s'ils ne l'ont pas expérimentée. Qui sommes-nous pour décider à leur place ?

– Alors tu penses que nous devrions les laisser explorer les domaines interdits ? Tu sais pourtant ce que nous avons découvert.

– Oui. Mais tant qu'ils ne l'auront pas découvert eux-mêmes, les Serpents auront beau jeu de les monter contre nous. Ils nous feront passer pour des tyrans qui maintiennent les peuples dans l'ignorance afin de demeurer les seuls maîtres. Et les nôtres croiront que nous les empêchons ainsi d'accéder à la divinité.

Astyan fit quelques pas, nerveusement.

– Nous ne pouvons courir un tel risque.

– Rien ne prouve qu'ils feraient un mauvais usage de ces sciences.

– Rien, en effet. Mis à part que les contestataires prônaient également l'invasion des terres inexplorées. La conquête totale du monde. Par la violence s'il le fallait.

Il insista.

– Rappelle-toi ! C'étaient des gens assoiffés de pouvoir et de richesse. Si nous les avions laissé agir, ils auraient déjà conquis les territoires continentaux et asservi leurs populations. Ils les considéraient comme des sous-humains. Ils refusaient d'admettre que leurs propres ancêtres leur ressemblaient.

– C'est vrai, concéda la jeune femme.

– Tu connais la puissance contenue dans les pierres de feu. Nous-mêmes l'utilisons pour alimenter la cité en énergie. Mais elle peut aussi représenter une arme terrifiante, capable de raser un pays entier. Crois-moi, ce n'était pas la sagesse qui les guidait, mais la plus folle des ambitions. Il n'y a aucune volonté d'élévation spirituelle là-dedans.

Anéa ne répliqua pas. Il lui revint que cet architecte, Palarkos, homme fortuné s'il en était, n'avait pas été le moins virulent dans ses réclamations. Enfin elle demanda :

– Alors, que devons-nous faire ?

– Attendre. Si les Serpents n'ont pas été anéantis avec la mort du clan Palarkos, ils se manifesteront à nouveau. Nous devrons les démasquer et les combattre.

– Si nous parvenons à en capturer un vivant...

Cependant, les jours suivants, on ne releva plus aucune inscription. La surveillance accrue des gardes impériaux ne donna aucun résultat. Les Serpents semblaient bel et bien avoir disparu.

Peu à peu, le drame de l'incendie s'effaça de l'esprit des citoyens. Chacun s'accordait à penser que la secte avait péri dans les flammes de Karinatos. On avait d'autres préoccupations, bien plus agréables, celles-ci. Les festivités du solstice d'été approchaient, et les Poséidoniens s'y préparaient avec enthousiasme. Un soleil triomphant régnait à présent sur la ville. Les jardiniers avaient dégagé le tronc du Grand-Père. Au cours d'une cérémonie solennelle, Anéa replanta un jeune arbre destiné à le remplacer. La vie reprenait ses droits.

Parfois, la Titanide se demandait si elle n'avait pas été le jouet de son imagination. La disparition des inscriptions tendait à prouver que la secte des Serpents n'avait été composée que du seul clan Palarkos. Ils avaient contacté par télépathie leurs frères Titans ; or aucun autre royaume n'avait connu de troubles semblables.

Cependant, malgré la lumière et l'ambiance des fêtes prochaines, le malaise obscur, tapi au plus profond d'Anéa, refusait de s'effacer.

16

Les festivités du solstice remontaient aux origines de l'Atlantide. Dédiées au dieu-soleil lui-même, Raâ, elles avaient lieu dans tous les royaumes de l'Archipel, jusque dans les plus petits villages. À cette occasion, la foule envahissait les rues. On se déguisait, on chantait, on dansait, on mangeait et on buvait plus que de coutume. Chacun oubliait pour un temps ses activités ordinaires, pour se plonger dans un tourbillon échevelé où il n'existait plus aucune règle, sinon celle du divertissement.

À Poséidonia, on surnommait cette nuit la « Nuit des papillons ». Hommes et femmes se paraient de masques et de vêtements lumineux, tous plus extravagants les uns que les autres ; des défilés impressionnants parcouraient les larges avenues au son des flûtes, des harpes sèches et des tambourins. Le délire s'emparait de tout le monde, depuis les enfants jusqu'aux vieillards. Une vague de lumière, de couleur, de musique et de rythme déferlait sur la cité tout entière. Sur les canaux se multipliaient les feux d'artifice. Nombre d'étrangers venus des quatre coins de l'Empire, voire des colonies lointaines, se mêlaient aux citadins.

Sous le couvert des déguisements, toutes les folies étaient permises. Bien que les mœurs fussent très libres en Atlantide, la grande majorité des habitants demeuraient fidèles ; cependant, la nuit courte était consacrée à Cyphria, la déesse de l'Amour. Si elle favorisait la famille tout le reste de l'année, il était de tradition, lors de la fête du solstice, que chacun laissât s'exprimer ses fantasmes, afin de rendre hommage à la déesse. Les filles dévoilaient leurs seins depuis les balcons, interpellant les jeunes hommes qui déambulaient dans les rues. Des couples se formaient pour une liaison éphémère. Sur les places, dans les parcs et les jardins, des bacchanales effrénées s'organisaient spontanément, dans un désordre indescriptible.

Comme dans tout l'Empire, la prostitution était considérée comme une profession honorable, puisqu'elle permettait aux navigateurs de meubler leur solitude sans porter atteinte à la fidélité des Poséidoniennes. De plus, en Atlantide, l'amour revêtait toujours un caractère sacré, puisqu'il était source de plaisir et de vie. Les couples n'étaient pas unis par des lois, mais bien par les sentiments. Enfant direct de l'esprit d'Amour universel qui régnait sur tout l'Archipel, l'amour charnel était encouragé par la déesse qui lui avait été consacrée. Protectrice de la famille, cette divinité accordait aussi une grande importance aux jeux érotiques.

Les prostituées, que l'on appelait élégamment les « courtisanes », étaient considérées avec respect. C'étaient des femmes très belles, dont les talents ne se limitaient pas aux ébats amoureux : elles pratiquaient également la musique, jouaient de plusieurs instruments, et surtout cultivaient l'art le plus prisé en Atlantide, la poésie. Créatrices autant qu'inspiratrices, leur compagnie était très recherchée et ne suscitait nullement la jalousie des autres femmes. D'ailleurs, nombre de jeunes filles et de femmes mûres recherchaient auprès d'elles une connaissance des jeux érotiques qui leur permettrait de satisfaire leur futur compagnon.

Cet état d'esprit amenait des usages insolites. Ainsi, au cours de la Nuit des papillons, nombre de Poséidoniennes avaient coutume de se livrer à la prostitution, afin de satisfaire la déesse. Assouvissant leurs envies avec les marins et voyageurs de passage, elles remettaient par tradition les sommes récoltées aux jeunes prêtresses du temple dédié à Cyphria, qui étaient toutes des courtisanes[1].

Libres de leurs actes et de leurs pensées, les Atlantes accordaient une valeur sacrée à leurs activités. L'amour n'en était qu'une expression, mais il en existait d'autres. Au cours de la nuit du solstice d'été, des cohortes de mystiques revêtaient des habits spécialement cousus pour la circonstance, et pénétraient dans les cryptes souterraines des temples dédiés aux divinités, particulièrement ceux consacrés à Raâ, le Soleil. Chacun y déposait des offrandes diverses, bijoux, statuettes, pièces de tissus, morceaux de bois sculptés, coupes d'or, d'argent ou de jade. Pendant la nuit et la journée qui suivaient, la ville était en effervescence. Partout on allumait des feux symboliques. La légende affirmait qu'il fallait sauter au travers des flammes afin d'écarter pour un an les forces maléfiques.

Anéa ne fut pas la dernière à participer à l'allégresse générale. Ces derniers jours avaient été éprouvants. Grisée par les arômes des vins chaleureux et des alcools de fruits, elle oublia ses tourments pour se livrer totalement à l'atmosphère délirante de la cité. Des foules de souvenirs lui remontaient à la mémoire. Accompagnée d'Astyan, tenant ses deux filles par la main, elle sortit du palais des Orchidées, suivie par la Cour et les argontes.

Très rapidement, une foule se rassembla autour des Titans, car à l'inverse de leurs concitoyens, ils ne se contentaient pas de sauter à travers les flammes : ils marchaient dans le cœur des brasiers. Et c'était un spectacle impressionnant que l'on ne voulait pas rater. La manière dont ils avaient pénétré au cœur de l'effroyable incendie de Karinatos avait fait le tour de la ville.

1. Cette coutume curieuse, difficilement concevable à notre époque, était tout à fait courante dans l'Antiquité, où la prostitution n'était pas considérée comme marginale. La notion de péché, issue de la religion chrétienne, n'effleurait aucunement les Anciens. Pindare écrivait par exemple : « Cette déesse vous permet, enfants, de cueillir sans blâme sur votre aimable couche le fruit de votre tendre jeunesse : ce que veut la nécessité est toujours bien... »

Au centre de l'Agora, on avait installé un bûcher colossal, dont les flammèches s'envolaient vers le ciel constellé d'étoiles. Astyan et Anéa confièrent leurs filles à Eglée et Oharis, qui les accompagnaient. Puis leurs mains se joignirent, et ils se dirigèrent vers le foyer. La foule retint son souffle. Le bûcher se composait d'énormes troncs d'arbres, qui formaient comme un lit au-dessus duquel s'élevaient de hautes flammes. Astyan et Anéa se regardèrent, puis sans hésitation s'engagèrent dans la fournaise. Courbées sous la volonté des Titans, les flammes s'écartèrent, illuminant leurs silhouettes. Lentement ils passèrent d'un tronc à l'autre, sous le regard halluciné des badauds. Lorsqu'ils quittèrent le foyer, de l'autre côté, les flammes reprirent leur danse folle et s'élevèrent à nouveau vers les cieux.

Un hurlement d'enthousiasme jaillit de toutes les poitrines. On se précipita vers eux ; chacun voulait leur parler, les toucher, leur dire toute l'affection qu'il éprouvait. Des larmes de joie brillaient dans les yeux des femmes et des hommes. Cette traversée des flammes constituait bien souvent la seule démonstration que les Titans faisaient de leurs pouvoirs au cours de l'année.

Pourtant, cette fois-ci, le visage d'Anéa reflétait une certaine crispation. Lorsque la foule s'écarta d'eux et qu'ils purent reprendre leur liberté, elle laissa échapper un léger cri de douleur.

– Qu'y a-t-il ? demanda Astyan.

– C'est stupide. Je me suis brûlé la cheville. Ma concentration n'était sans doute pas assez puissante.

Astyan ne répondit pas. Il avait senti le malaise diffus qui sommeillait, embusqué au cœur de l'esprit de sa compagne, et qui l'avait empêchée de maîtriser les flammes. L'image du serpent surgit en eux simultanément. Avec un sourire contraint, Anéa déclara tout bas :

– C'est peut-être le serpent qui m'a mordu au talon.

Puis elle se concentra sur la brûlure. Peu à peu les chairs se cicatrisèrent, faisant disparaître les cloques rouges qui marquaient sa peau et la douleur s'estompa. Anéa se blottit dans les bras de son compagnon. Malgré son enjouement, il sentait que la gêne sous-jacente n'avait pas disparu. Soudain elle s'exclama :

– Allons, je suis stupide. Cette nuit, les démons ne peuvent rien contre nous. Et les petites ont envie de s'amuser.

Elle lui prit la main et l'entraîna vers le cœur de la cité illuminée et bruyante. Maïa et Schoenée s'en donnèrent à cœur joie. Des bateleurs avaient installé toutes sortes d'attractions, manèges, courses de poneys, montreurs d'animaux, cracheurs de feu, théâtres de marionnettes, mimes. La nuit tumultueuse se referma sur eux.

Au matin, alors qu'un soleil resplendissant se levait, une gigantesque procession se dirigea vers l'océan. La nuit magique s'achevait toujours sur un dernier hommage rendu au dieu marin, afin de renouveler l'alliance que l'on avait conclue avec lui depuis des millénaires. On s'avançait sur la plage immense qui prolongeait le port sur la rive occidentale, et l'on jetait toutes sortes de choses dans les flots, sous la mystérieuse lumière argentée de l'aube. Des colliers, des pièces de monnaie, des sculptures, parfois des morceaux de viande séchée, des fruits. Nombre de citadins, parmi les plus jeunes, éméchés à l'issue de la longue nuit, se débarrassaient de leurs vêtements et les jetaient dans l'océan, puis plongeaient à leur suite, sous les cris d'enthousiasme de la foule.

Astyan et Anéa ne furent pas en reste. Accompagnés de leurs enfants, ils ôtèrent leurs habits et entrèrent dans les flots éclaboussés de lumière, au milieu de la foule épuisée par la longue nuit de veille. Nombreux étaient ceux qui les avaient vus marcher dans les flammes, et qui voulaient assister aussi à ce bain extraordinaire, simplement être présents. Les Titans étaient des dieux vivants, on les aimait, on les adulait. Tant qu'ils seraient là pour défendre la cité, rien de grave ne pourrait arriver.

La fraîcheur de l'eau salée avait tôt fait de ranimer les esprits enfiévrés par l'abus d'alcool et de nourriture. Au matin, on ne savait plus très bien qui était qui ni ce que l'on faisait là, on avait oublié ses préoccupations quotidiennes. Mais la fête continuait. Les plus fourbus prendraient, à regret, quelques heures de sommeil avant de se replonger dans la turbulente bacchanale.

Plus tard, on aurait l'impression d'avoir participé à quelque chose de grand, un événement hors du temps, dont on conserverait un souvenir ébloui. Un délire de danses et de chants, d'amour et de sensualité, un tourbillon d'odeurs et de parfums, fruits exotiques, poissons grillés aux herbes, viandes rôties, arômes des vins et des alcools.

Vers le soir, alors qu'un coucher de soleil fabuleusement beau éclaboussait la ville d'une lumière dorée, Astyan et Anéa, recrus de fatigue, regagnèrent leur palais à pied. Dans les rues traînaient encore quelques fêtards attardés, entièrement nus, essentiellement des jeunes hommes et des jeunes filles, qui s'égaillaient dans les jardins aux ombres complices. Après la fête du solstice d'été, il y avait toujours une recrudescence des naissances, neuf lunes plus tard. Nombre de participants avaient abandonné leurs vêtements à l'océan, mais personne ne s'en étonnait. Ainsi était la coutume de Poséidonia.

Astyan portait dans ses bras les deux fillettes endormies. Un garde éreinté avait proposé de l'aider, mais le poids des enfants n'était rien pour le Titan.

Revenus au palais, ils couchèrent les petites et regagnèrent leur chambre. Les yeux brillants, Anéa se blottit contre son compagnon. Il l'embrassa avec tendresse et l'allongea sur le grand lit au matelas de laine. Plongeant son regard d'émeraude dans celui d'Astyan, elle demanda :

– Dis-moi, combien de fois avons-nous fait l'amour depuis cette nuit extraordinaire de la forêt des Nuages, alors que nous vivions notre première existence, et que nous n'étions que des enfants ?

Il sourit.

– J'avoue que je ne me suis jamais posé la question.

– N'es-tu pas las d'aimer toujours la même femme ?

– Et toi, as-tu déjà eu envie d'un autre homme ?

Elle s'insurgea.

– Oh non !

Elle l'embrassa à nouveau.

–Comment expliquer cela ? À chaque fois, j'ai l'impression que c'est la première.

Astyan ne répondit pas. Quels mots auraient pu traduire l'émotion intense qui l'habitait ? Anéa représentait pour lui l'absolu, le repère, un havre de sécurité. Rien ne pouvait expliquer ce phénomène. Aucune femme jamais ne saurait la remplacer.

Ils se connaissaient tellement qu'ils avaient amené l'art des ébats amoureux à un niveau qu'aucun couple de mortels ne pourrait jamais atteindre. Depuis six millénaires, malgré les innombrables corps différents dont ils avaient habillé leurs âmes, ils connaissaient de l'autre tous les secrets, tous les désirs, tous les fantasmes.

Des fantasmes qui s'exprimèrent une nouvelle fois, les portant aux limites de la douleur à force de douceur et de plaisir. La sensualité de la nuit du solstice avait exacerbé leur désir, et les ressources d'énergie dont ils disposaient les amenèrent à s'endormir bien tard dans la nuit.

Anéa avait totalement oublié la menace obscure qui pesait sur Poséidonia. Plus exactement, toute frayeur l'avait quittée. Tant qu'Astyan serait à ses côtés, rien ne prévaudrait contre eux. L'Amour n'était-il pas la force la plus puissante et la plus merveilleuse de l'univers ?

Le lendemain, alors que la ville se remettait avec peine des agapes de la veille, Astyan et Anéa, en compagnie des deux fillettes, descendirent jusqu'au port. Les jardiniers achevaient de nettoyer les traces des festivités. Les Titans montaient deux chevaux superbes, tandis que les petites chevauchaient fièrement des poneys couleur d'or, bottés de noir, au caractère paisible.

À la limite du port et de la cité se dressait une auberge antique, tenue par un vieux navigateur qui avait parcouru tous les océans de la planète. Maïa et Schoenée adoraient s'y rendre, parce que le vieil homme avait toujours des histoires fabuleuses à raconter. Bien sûr, Astyan et Anéa savaient qu'il enjolivait ses récits afin de les rendre plus vivants pour les fillettes. Mais ils aimaient, eux aussi, se laisser prendre au charme du conteur.

Pourtant, cette fois-là, le vieil aubergiste ne disait mot. Un homme, dont le visage buriné disait qu'il avait beaucoup voyagé, avait réuni une petite troupe de curieux autour de lui. Sa voix pâteuse prouvait qu'il avait déjà absorbé une belle quantité d'alcool. Mais la sincérité émanant de sa voix attira l'attention d'Astyan. Malgré leur invraisemblance, ses histoires rendaient un accent de vérité.

Et ce qu'il racontait faisait froid dans le dos.

17

Autour de l'homme, les badauds s'esclaffaient. Visiblement personne n'ajoutait foi à ses dires. Le voyageur les apostropha avec véhémence, puis les écarta d'un geste vague de la main. Les buveurs l'abandonnèrent à son amphore de bière. Reconnaissant les Titans, ils les saluèrent avec respect. Astyan vint s'asseoir à côté de l'homme, qui leva vers lui des yeux injectés de sang.

– Qui tu es, toi ? grogna-t-il.

– Un ami. J'aimerais que tu me répètes ce que tu disais tout à l'heure.

– Tu veux te ficher de moi, toi aussi ? Comme ces imbéciles ?

– Non ! Je sais que tu dis la vérité. Je le lis en toi.

Ce fut alors que le marin aperçut le regard d'émeraude et la riche vêture de son interlocuteur. Il se confondit en excuses laborieuses et bredouillantes.

– Seigneur Astyan, je ne t'avais pas reconnu. Pardonne-moi !

– Aucune importance. Je voudrais entendre encore cette histoire sur les hommes-boucs.

L'homme baissa la tête.

– Ah, c'est peut-être l'aventure la plus horrible que j'ai vécue. Et pourtant j'en ai vu, sous tous les cieux de cette foutue planète.

Il rota, s'essuya la bouche, puis déclara :

– Mon nom, c'est Euphémos, de Karya. C'est un petit port de l'île d'Hespérya. Par les dieux qui nous écoutent, cela fait plus de trente soleils que je bourlingue sur les océans. Je connais presque toutes les colonies. Mes yeux ont vu toutes sortes d'animaux, des lieux inimaginables pour les gens de l'Archipel. Depuis les énormes montagnes de glace flottantes du Septentrion jusqu'au lointain désert de feu du continent austral, l'Inkheus. Pourtant, jamais je n'avais assisté à une chose semblable à ce qui s'est passé pas plus tard que l'année dernière.

Son regard s'était agrandi de frayeur rétrospective. Il se versa une nouvelle rasade de bière, qu'il avala d'un trait. Astyan ne broncha pas.

– J'étais marin sur un navire qui faisait commerce avec les colonies du grand continent oriental, le Tsahar. Par Selehn la Blanche, nos cales regorgeaient de bois précieux et de pierres fines. Nous faisions route vers Saïqarah, en Aralu. C'est alors qu'une tempête soudaine nous a contraints à affaler la voile, pour nous réfugier à proximité d'une île montagneuse. Nous savions qu'elle était peuplée par des hordes sauvages, mais nous n'avions pas le choix. L'un de nos mâts était brisé par le milieu. Il nous fallait le réparer, et calfater les brèches de la coque. Nous avons abordé dans une petite crique abritée. Il n'y avait personne en vue. Par chance, nous avions avec nous un détachement de six gardes coloniaux, armés de lance-éclairs ; c'était suffisant pour tenir les sauvages à distance.

Il cracha par terre.

– Les sauvages, oui ! Mais pas les monstres qui ont surgi dès le lendemain.

Malgré son teint rougeaud, il réussit à pâlir.

– Nous avions établi un campement sur la plage. Quelques hommes étaient partis dans la forêt pour abattre un arbre, afin de remplacer le mât. Il y avait trois femmes avec nous, l'épouse du commandant et deux amies à elle. Elles revenaient de Cytharia, sur la côte ouest du Tsahar. De fort belles femmes, ma foi. Elles ont eu envie de passer la nuit sur la plage. Avec les gardes, elles se sentaient en sécurité.

Il renifla bruyamment.

– Les pauvres filles, elles auraient mieux fait de rester à bord. Pas une n'en a réchappé, Seigneur. Nous n'avons rien pu faire.

– Que s'est-il passé ?

Il planta son regard sombre dans les yeux d'Astyan.

– Ils ont surgi de la forêt. Jamais je n'avais entendu parler de telles créatures, Seigneur Astyan. Leur aspect aurait fait fuir les plus braves. Car, si le haut de leur corps est celui d'un homme, le bas est poilu comme celui d'un gorille, et se termine par des pieds de bouc. Leurs mains sont armées de griffes acérées, leur crâne surmonté de deux cornes. Leur visage est horrible : des yeux noirs, globuleux, sans vie, des crocs pointus qui dépassent de leurs gueules.

« Ils ont jailli de partout. Ils portaient les têtes de nos marins plantées au bout de leurs piques. Ils brandissaient de lourdes massues. Les gardes ont armé leurs lance-éclairs et les ont affrontés. Nous, les marins, nous avons saisi tout cc qui nous tombait sous la main, et nous nous sommes battus. Je crois que nous en avons tué quelques-uns. Mais il n'y avait rien à faire, ils étaient trop nombreux. Les gardes ont été tués jusqu'au dernier, malgré les lance-éclairs. Alors la panique s'est emparée de tous, et nous nous sommes jetés à l'eau. »

Il se mit à pleurer.

– Et nous avons abandonné les femmes.

Il se frappa la tête de son poing.

– Jamais je ne me le pardonnerai. Mais qu'est-ce que je pouvais faire ? Ils étaient beaucoup plus forts que nous. Nous n'étions plus qu'une poignée de survivants. Les filles ont essayé de nous suivre dans l'eau, mais elles n'ont pu regagner le navire. C'étaient elles que les monstres voulaient. Ils les ont capturées et traînées sur la plage. Et là, nous avons assisté à une scène atroce. Tous, l'un après l'autre, ils ont abusé d'elles, de toutes les manières possibles, y compris les plus abominables. Ces pauvres filles hurlaient. Jusqu'au moment où elles n'ont plus rien dit. Alors... alors les monstres les ont découpées en morceaux. Ils ont allumé un grand feu sur la plage ; et là, sous nos yeux, ils les ont dévorées. Avec les cadavres de nos compagnons[1].

Il saisit les mains d'Astyan.

– C'est depuis ce temps que je me suis mis à boire, Seigneur ! Mais dis-moi, que pouvais-je faire ? Que pouvais-je faire ?

– Rien ! Il vous aurait fallu des armes plus puissantes. Et nos navires ne sont guère armés. Contre qui devraient-ils se défendre ?

– Cela fait longtemps que je sillonne l'océan. J'avais déjà abordé sur ces îles. Les sauvages qui les peuplaient n'étaient pas vraiment dangereux. Mais ils ont disparu. Ces créatures démoniaques ont dû les exterminer, eux aussi.

– Qu'avez-vous fait ensuite ?

– Le capitaine avait péri en voulant défendre sa compagne, alors le second a pris le commandement. Nous avons relevé l'ancre, et nous avons fait route vers Lyonesse avec la voilure qui nous restait. C'était l'île la plus proche. Nous n'avions presque plus de vivres à bord. Trente des nôtres avaient été tués dans cette île maudite ; nous n'étions guère plus d'une vingtaine de survivants. Mais la tempête s'était calmée, et les dieux des Vents nous ont été favorables. Nous avons fini par arriver à Akhêna.

– As-tu parlé de ça au Titan Hypérion ?

– Non ! À peine débarqués, nous avons raconté notre histoire dans le port. Nous voulions voir le seigneur Hypérion. Un homme a dit qu'il se chargeait de nous obtenir une entrevue. Il a emmené le second avec lui, en disant qu'il rencontrerait les Titans le lendemain. J'ignore s'il a vu le prince, mais ce qui est sûr, c'est qu'on a retrouvé son corps trois jours plus tard, à moitié bouffé par les crabes, au pied d'une falaise. Bizarrement, mes camarades ont disparu eux aussi, l'un après l'autre. On aurait dit qu'une malédiction nous poursuivait. Je ne me sentais plus

1. Cette histoire n'est pas une invention pure. Elle est inspirée du récit d'Euphémos le Carien (Phénicien), rapporté par Pausanias dans sa *Description de la Grèce*.

en sécurité à Akhêna, alors j'ai pris le premier navire en partance. Et je suis arrivé ici. Jamais je n'avais raconté cette histoire auparavant. J'avais trop peur. Et puis aujourd'hui j'ai parlé. Probable que j'ai trop bu. Je m'en fous de crever. J'entends encore les hurlements de ces pauvres filles dans mes oreilles.

Il saisit Astyan par la manche.

– Si j'avais eu... si j'avais eu ta force, Seigneur, j'aurais massacré ces abominations.

Il serra les poings dans un geste de rage et d'impuissance.

– Mais je ne suis rien. Rien qu'un pauvre imbécile qui ne sait même pas manier un lance-éclairs !

– Calme-toi. Tu n'as rien à te reprocher.

La voix chaleureuse du Titan détendit quelque peu le marin. Il leva les yeux sur Astyan.

– Dis-moi ce qui se passe, Seigneur ! Pourquoi mes compagnons ont-ils disparu à Akhêna ? Qu'ai-je vu que je n'aurais pas dû voir ?

Astyan posa la main sur l'épaule du marin.

– Je l'ignore. Mais ici, tu es sous ma protection. Je vais te faire préparer des appartements au palais. Parle-moi de cet homme qui devait conduire le second auprès d'Hypérion.

– C'était un individu assez grand, le teint foncé, les cheveux noirs. Il portait la toge des argontes. Je me souviens aussi d'un détail : il portait une bague à la main gauche. Un anneau orné d'un bijou en forme de serpent.

18

Ayant confié Euphémos aux serviteurs du palais, Astyan et Anéa s'isolèrent dans leur bureau. Le Titan répéta à sa compagne l'histoire du marin. Lorsqu'il eut terminé, la jeune femme était livide.

– Je n'ai jamais rien entendu de semblable. Tu ne crois pas que cet homme aurait pu inventer tout ceci ?

– Non. J'ai sondé son esprit. C'était facile, il était imbibé de bière. Tout ce qu'il a dit est vrai, malheureusement.

– Mais de tels êtres ne peuvent exister !

– Non ! À moins que... quelqu'un ne les ait fabriqués.

– Tu penses que ces monstruosités sont le résultat de... de manipulations génétiques ?

– Ce ne peut être que des hybrides, créés artificiellement à partir d'embryons humains et animaux.

– Qui a pu commettre une telle abomination ?

– Je l'ignore. Mais ces monstres ne sont peut-être pas les seuls. Et si leurs créateurs ont été capables de modifier à ce point la structure biologique d'êtres vivants, ils sont extrêmement dangereux. Il faut découvrir qui ils sont, et les mettre hors d'état de nuire.

– Cela va être difficile. Ce monde est si vaste.

– Nombre d'érudits ont quitté Poséidonia ces derniers temps. Il faudrait savoir où ils se sont rendus.

– Ils n'ont pas pu s'installer en Atlantide. Les travaux scientifiques y sont trop surveillés.

– Ils ont peut-être fondé une nouvelle colonie. Mais

l'histoire de ce marin nous confirme que la secte du Serpent n'a pas disparu avec le clan Palarkos. Apparemment, elle est aussi présente à Lyonesse. Il est probable qu'elle s'est répandue dans tout l'Archipel. Il faut que nous avertissions nos frères de cette histoire.

Soudain un événement, vieux de quelques décennies, revint à l'esprit d'Anéa.

– Attends ! Te souviens-tu de ce savant illuminé qui affirmait que l'homme pouvait évoluer en modifiant ses propres gènes ? Il préconisait d'éliminer, par stérilisation, tous les êtres faibles, et de favoriser la reproduction des individus intelligents et forts.

– La théorie de l'eugénisme. Une absurdité monstrueuse.

– Il se nommait Drasko. C'est à cause de lui que nous avons interdit toutes les recherches dans ce domaine. Penses-tu qu'il pourrait être à l'origine de ce mouvement ?

– Drasko a disparu il y a plus de soixante ans. Il ne peut pas être encore en vie.

– Mais il a peut-être enseigné sa théorie à d'autres. Imagine qu'ils se soient regroupés, qu'ils aient fondé cette secte du Serpent, afin de développer leurs recherches...

Astyan hocha la tête. L'hypothèse d'Anéa se tenait.

– Nous avons peut-être commis une erreur en permettant à cet individu de s'échapper.

– Nous ne pouvions tout de même pas le condamner à cause de ses idées. Il n'avait commis aucun crime.

– Non, bien sûr. Mais ce fut peut-être une faiblesse de notre part. Il peut exister un lien entre la marque du serpent et ce savant disparu. Cette secte prône elle aussi le droit à la connaissance absolue.

Anéa ne répondit pas. Une autre idée la hantait. Le tract de Palarkos évoquait le nom d'un dieu nouveau, Ophius. Elle éprouvait la sensation obscure que derrière les mortels qu'ils allaient devoir affronter se dissimulait une puissance occulte bien supérieure. Une force maléfique avec laquelle aucune paix ne serait possible, parce qu'elle désirait l'anéantissement des Titans. Et Anéa savait à présent pourquoi elle souffrait de ce sentiment inconnu : la peur. Malgré leurs pouvoirs extraordinaires, ils ne seraient peut-être pas les plus forts.

Elle se leva et se dirigea nerveusement vers la terrasse. Un resplendissant soleil d'été inondait la gigantesque métropole. Sur l'Agora, les échoppes des marchands ambulants attiraient les nombreux voyageurs. Des enfants jouaient au pied des statues d'or. Jamais les roses des parterres n'avaient été plus belles. Des jeunes gens s'étaient allongés sur les pelouses du parc, en compagnie de filles légèrement vêtues. Un groupe de musiciens égrenait une douce mélodie, près du bassin aux dauphins. Quelques badauds les encourageaient. Tout était parfaitement calme.

Soudain, une vision d'horreur se superposa au paysage serein. Au loin, des centaines de navires cernaient le port ; un déluge de feu s'abattait sur la cité ; des gens hurlaient et fuyaient en tous sens ; les temples s'écroulaient, broyant hommes et femmes sous leurs décombres. Des hordes de guerriers sauvages, mi-hommes, mi-animaux, massacraient les habitants avec une froide détermination. Des ruisseaux de sang coulaient sur les dalles blanches des artères. Le fleuve Acheloos avait pris une teinte écarlate.

Anéa porta la main à sa gorge, puis un hurlement s'échappa de ses lèvres. L'instant d'après, Astyan la serrait dans ses bras. Elle leva vers lui des yeux trempés de larmes.

– Oh, Astyan, c'est horrible.

Il prit son visage dans ses mains. L'hallucination émanant de l'esprit de sa compagne l'avait frappé de plein fouet.

– Je te promets que cela n'arrivera jamais. Jamais !

Il avait voulu la rassurer. Mais il savait, au plus profond de lui, que rien ne pourrait arrêter la course du destin.

19

Le lendemain, Oldma se présenta au palais des Orchidées accompagné de son assistant, Llermo, et d'une jeune femme à la flamboyante chevelure rousse.

– Que la lumière de Raâ soit sur vous, Seigneurs ! dit le vieil argonte. Vous connaissez déjà Mélina, qui supervise les projets architecturaux de Poséidonia. Suite à la disparition brutale de maître Palarkos, nous lui avons demandé de se renseigner sur ses activités. Et nous avons relevé quelque chose d'étrange. Mais elle vous expliquera cela mieux que moi.

La jeune femme s'inclina et déclara :

– En fait, il est possible que tout cela n'ait aucun rapport avec la disparition de maître Palarkos. C'était un architecte de grand talent, qui a collaboré à la construction de nombreux monuments, comme le dernier viaduc sur l'Acheloos. Mais, en étudiant les dossiers déposés au Sénat, j'ai découvert qu'il avait financé l'édification d'un temple dédié à Raâ, à une trentaine d'angles de Poséidonia.

– Pourquoi si loin ?

– Nous l'ignorons. Il nous avait présenté le projet comme un acte de foi personnel, dans lequel il avait engagé une bonne partie de ses biens. Sur le moment, cela ne nous a pas surpris. Nombreux sont les riches négociants qui utilisent leur fortune pour léguer un édifice religieux à la postérité. La plupart sont bâtis à la périphérie de la cité, mais il arrive qu'ils soient édifiés dans des lieux éloignés, où les donateurs ont vécu une expérience exceptionnelle.

En soi, le fait n'avait rien de surprenant. Les Atlantes avaient parfois coutume de s'isoler dans un endroit désert afin de se livrer à la méditation. Ils tentaient, par cette pratique, d'obtenir la réponse à de graves questions personnelles. Lorsqu'ils obtenaient satisfaction, ils remerciaient les dieux en élevant sur place une statuette, voire un monument. Les temples étaient plus rares, car il fallait disposer d'une fortune considérable pour les bâtir, mais ce n'était pas la première fois que cela se produisait. Et Palarkos, l'un des hommes les plus riches de Poséidonia, jouissait de moyens importants.

Mélina poursuivit :

– Je n'y aurais pas pris garde si je n'avais pas constaté que tous les documents concernant ce temple ont disparu des archives du Sénat. Nous supposons que maître Palarkos détenait les originaux dans sa demeure, mais ils ont été détruits lors de l'incendie. J'ai donc fait rechercher des manouvriers ayant travaillé sur le chantier. Nous en avons retrouvé quelques-uns, qui nous ont fait des révélations étonnantes. D'après eux, ce monument est d'une conception entièrement nouvelle ; cependant, aucun d'eux n'est capable de le décrire avec précision. Ils n'ont fait qu'assembler certaines pièces. Une chose m'a surprise : la majorité de l'équipe chargée de la construction du monument était étrangère à Poséidonia, notamment tous les chefs de chantier.

– As-tu une idée de leur origine ?

– Aucune ! J'ai pensé qu'ils pouvaient venir de Delphes, qui est réputée pour ses bâtisseurs. Mais les manouvriers sont formels : ils n'appartenaient pas à l'Empire. Ils venaient des colonies, mais nous ignorons lesquelles.

Astyan demeura songeur. Une telle pratique était incompréhensible et inutilement coûteuse. L'Atlantide possédait les meilleurs artisans du monde.

– Que sont devenus ces hommes ?

– J'ai ordonné à la garde impériale de les rechercher, intervint Oldma. Mais impossible de les retrouver. Ils semblent s'être évanouis dans la nature.

– Alors, ce sont peut-être eux qui ont tué l'architecte et les siens, avança Mélina.

Astyan la félicita.

– J'ai l'impression que tu as mis au jour une affaire importante. Où se trouve ce temple ?

– Sur le plateau de Fa'ankys, au-delà de la vallée de Nysa.

– La vallée des vignobles ! ajouta Oldma, qui aimait autant le vin que les danseuses. C'est un bel endroit.

– Mais le plateau situé au nord est une terre aride et rocailleuse, précisa Mélina. Personne n'y vit, pas même les bergers.

– Nous nous y rendrons dès demain, déclara Astyan. Ce temple a sans doute un rapport avec la secte des Serpents.

– Un artisan qui a travaillé sur le chantier est disposé à nous conduire là-bas, précisa Mélina. Son nom est Marakis. Je vous accompagnerai, si vous le désirez.

– Tu seras la bienvenue.

Le lendemain, Astyan, Anéa, Oldma et Mélina s'embarquaient à bord d'un *glisseur*, un véhicule tout-terrain à plaques répulsives antigravité, capable de franchir n'importe quel obstacle, y compris un cours d'eau. Deux gardes et Marakis, l'ouvrier, les accompagnaient.

Piloté par Astyan, le glisseur emprunta tout d'abord la piste de la Kaïrnâ, puis obliqua vers le nord, en direction de Nysa. Une rivière, affluent de l'Acheloos, traversait la vallée, recouverte d'une terre noble propice à la culture de la vigne. De nombreux villages de vignerons jalonnaient la piste. De part et d'autre, les coteaux se couvraient de plants sagement alignés et taillés, dont on tirait les plus grands crus de Poséidonia.

Le plateau de Fa'ankys s'étendait bien au-delà de la vallée, dont il était séparé par une succession de collines arides au relief accidenté. Quittant la piste millénaire qui reliait Nysa à la capitale, le glisseur se lança dans un défilé rocailleux qui menait vers les hauteurs. Le soleil inondait les lieux d'une lumière éblouissante. Astyan s'étonna du chemin que lui conseillait l'artisan.

– Je ne vois aucune route. Par où acheminiez-vous les matériaux ?

– Maître Palarkos en a fait construire une de l'autre côté du plateau, reliant le chantier à un petit port de l'Acheloos, où l'on charriait les blocs de pierres. Mais elle nous obligerait à un trop grand détour.

– Pourquoi Palarkos a-t-il voulu édifier ce temple aussi loin ?

– Il n'a jamais fourni la moindre explication. Comme il payait grassement, nous ne posions pas de questions. Les riches ont parfois des idées étranges.

– L'emplacement était-il favorable ?

– J'ai étudié les lieux, par curiosité. J'ai découvert un nœud de forces telluriques particulièrement puissantes, qui en faisait un endroit privilégié pour la construction d'un temple consacré à Raâ. Mais il existe des conjonctions bien plus importantes à Poséidônia même.

Anéa se tourna vers Mélina.

– Sais-tu ce qu'il comptait faire de ce temple ?

– Les documents prévoyaient son inauguration lors de l'équinoxe de l'année prochaine. Il était presque achevé, hormis les décorations intérieures. Mais la mort de maître Palarkos a arrêté les travaux. Depuis plus de quinze jours, personne n'est retourné là-bas.

Marakis ajouta :

– Le plus étrange, c'est qu'aucun de nous n'a jamais eu accès aux plans. Lorsque j'avais besoin de renseignements, je devais toujours m'adresser à un contremaître. Je suis pourtant un spécialiste de la pierre.

– C'est plutôt inhabituel, en effet.

– J'ai participé à la construction de beaucoup de demeures. On ne m'a jamais caché les plans. Mais là, il semble qu'on ait voulu nous dissimuler quelque chose. C'est peut-être pour cela qu'il avait choisi un lieu si éloigné.

Il hésita, puis poursuivit :

– Parfois, je me suis demandé si ce temple n'était pas maudit. Un jour, un manouvrier a été écrasé par la chute d'un madrier. Et... je me rappelle à présent qu'il avait vu les plans, tout à fait par hasard. Il m'en avait parlé. Seigneur, penses-tu qu'il ait été tué à cause de ça ?

– Ce n'est pas impossible. J'ai hâte de voir à quoi ressemble ce fameux temple.

Depuis qu'ils avaient quitté la riante vallée de Nysa, la végétation s'était clairsemée. Le sol acide ne favorisait pas la vie. Franchissant une succession d'ondulations rocailleuses, le défilé s'élevait lentement vers le sommet. Malgré l'irrégularité du sol, le glisseur progressait souplement, porté par les champs répulsifs, qui se traduisaient par une vague luminescence orangée à la base de la coque.

Par endroits, le défilé s'élargissait en une combe herbeuse, sur laquelle s'ouvrait une nouvelle gorge étroite où s'engouffrait le glisseur. Ils avaient parcouru plus de vingt angles depuis la capitale. À part un petit village de bergers situé au pied du massif rocailleux, ils n'avaient plus rencontré âme qui vive depuis Nysa. Enfin le glisseur déboucha sur une vaste étendue désertique balayée par des vents secs. La végétation se composait de plantes cactées et d'arbustes décharnés. Les seuls animaux étaient des reptiles, des scolopendres géantes et des rongeurs fouisseurs.

À moins de deux milles [1], ils découvrirent la piste rudimentaire construite pour les besoins du chantier. Elle les mena jusqu'à une dépression circulaire au centre de laquelle se dressait une construction étrange, dont la pierre noire contrastait avec la rocaille claire du plateau.

– Du basalte, commenta Marakis.

Astyan arrêta le glisseur à proximité de l'édifice. Tous descendirent de l'appareil, stupéfaits par la taille imposante du temple, qui devait dépasser cent coudées de hauteur. Il ne ressemblait à rien de connu. De forme vaguement pyramidale, la base composait une étoile à cinq branches dont le rayon devait atteindre les quatre-vingts coudées. Le monument était presque achevé. Il se hérissait encore d'échafaudages, dont certains avaient été malmenés par les vents violents du désert. Contrairement aux

1. Un mille atlante = 1,111 km. Voir l'annexe sur les mesures atlantes, page 493.

autres bâtiments de Poséidonia, on n'avait pas utilisé de blocs en queue d'aronde destinés à lutter contre les mouvements de terrain.

– La construction de cet édifice a dû nécessiter une fortune colossale, dit Astyan. Tu dis qu'il l'a financée sur ses propres biens ? demanda-t-il à Mélina.

– Je l'ignore. Sa richesse était considérable. Mais les documents comptables ont disparu eux aussi.

– Donc nous ne saurons jamais si quelqu'un l'a aidé financièrement.

À l'ouest s'ouvrait une porte, située à l'extrémité d'une branche de l'étoile. L'ouverture, de forme triangulaire, donnait sur un couloir où régnait une pénombre quasi totale par rapport à la lumière crue du soleil. Malgré l'altitude, la température était anormalement élevée. Anéa éprouvait un malaise étrange, qu'elle ne parvenait pas à analyser. Mentalement, elle sonda le monument.

– C'est curieux, dit-elle à Astyan. Un moment, j'ai eu l'impression que les lieux étaient occupés. Comme si quelqu'un essayait de se dissimuler derrière un écran mental. Mais non... il n'y a rien.

Astyan se tourna vers les gardes.

– Vous allez rester près du glisseur. Tenez-vous prêts à partir.

Ils s'approchèrent avec circonspection du porche triangulaire. Tous avaient en mémoire l'incendie spectaculaire de Karinatos. Mais un rapide sondage mental leur confirma que le temple ne comportait aucune trace de la matière inflammable. Ils pénétrèrent prudemment à l'intérieur des lieux. Les murs sombres étaient nus ; le couloir, de section trapézoïdale, menait vers une salle centrale à l'architecture étrange. Un habile jeu de miroirs amenait la lumière solaire au cœur de l'édifice, révélant une structure mystérieuse. Sur le sol s'étalait une immense étoile à cinq branches, en dallage de marbre blanc et noir. Au-dessus, à mi-hauteur, un assemblage géométrique insolite la surplombait, au centre duquel se trouvait une sphère de cuivre.

Astyan retint Anéa par le bras. La structure l'intriguait.

– Reste là. Il y a quelque chose d'étrange dans cet assemblage, dit-il.

Mais soudain, tout alla très vite. Poussé par la curiosité, Marakis s'avança sans méfiance à l'intérieur du périmètre du pentagone. Il avait à peine fait quelques pas qu'une lueur éblouissante déchira la demi-pénombre du temple. Un hurlement terrifiant se répercuta sous les voûtes. Aveuglés, les Titans et leurs compagnons reculèrent. Lorsqu'ils recouvrèrent la vision, ils ne purent retenir un cri d'horreur : il ne restait du pauvre artisan qu'un amas de chair carbonisée. Mélina se détourna pour vomir.

– De la foudre en boule ! murmura Astyan. Si nous avions approché cette maudite étoile avant lui, nous aurions été tués sans rien comprendre.

– Mais que s'est-il passé ? demanda Oldma, dont les yeux brûlaient.

– Tais-toi ! lui intima soudain Anéa. Quelqu'un arrive.

Ils se dissimulèrent derrière un pilier. Mélina et l'argonte étaient plus morts que vifs. Astyan plaqua sa main sur la bouche de la jeune femme pour l'empêcher de crier.

Quelques instants plus tard, quatre silhouettes vêtues de sombre apparurent, provenant d'une autre galerie. Elles s'arrêtèrent en limite de l'étoile et constatèrent la mort de l'artisan. L'un d'eux lâcha un juron et regarda avec inquiétude autour de lui.

Astyan souffla :

– Mélina et Oldma ! Ressortez du temple immédiatement !

Tandis qu'ils s'exécutaient, Anéa et lui bondirent en direction des inconnus, qui s'enfuirent aussitôt par la galerie d'où ils étaient sortis. Une poursuite s'engagea, mais les fuyards ne pouvaient rivaliser avec la rapidité des Titans. Sur le point d'être rattrapé, l'un d'eux s'arrêta et fit face, un long poignard à la main. Il porta un coup violent en direction du ventre d'Astyan. Malgré ses réflexes, celui-ci ne put éviter la lame acérée. Une douleur aiguë lui vrilla l'abdomen. Furieuse, Anéa saisit l'individu à la gorge et lui rompit les vertèbres d'un coup sec. L'homme s'effondra sur le sol, sans vie. L'instant d'après, deux silhouettes se ruaient sur elle. Le combat fut court et violent. Les inconnus luttaient au mépris de leur propre vie. Cependant, au fil des millénaires, les Titans avaient développé un art du combat à mains nues dont la fonction essentielle était l'équilibre du corps, mais qui pouvait aussi se révéler à l'occasion extrêmement efficace. Anéa ne laissa aucune chance à ses adversaires. Rapidement les deux guerriers s'écroulèrent, les reins brisés. Astyan, blessé, n'eut pas le temps d'intervenir. Le visage crispé par la douleur, il déclara :

– Je constate que tu n'as pas perdu la main !

– Tu es blessé !

– Cela ira !

– Je suis stupide ! Il aurait mieux valu en capturer un vivant. Mais je n'ai rien pu faire. On aurait dit qu'ils ne s'appartenaient plus.

– Il en reste encore un. Viens !

Il l'entraîna vers un escalier qui s'enfonçait dans les entrailles du temple. Quelques secondes plus tard, ils débouchaient dans une crypte sombre. Le quatrième homme se tenait devant un appareil mystérieux, dont il venait de déclencher le mécanisme. Il leva la main pour les arrêter et hurla :

– Il est trop tard. Vous allez périr avec moi !

Puis, sans attendre de réponse, il se concentra brièvement. L'instant d'après, sa tête explosa littéralement. Le corps décapité s'écroula lentement sur le sol. Écœurés, les Titans se penchèrent sur le cadavre.

– Encore ce maudit implant, grogna Astyan. Nous ne saurons jamais qui sont ces individus.

Anéa s'approcha de l'appareil. Puis elle recula, effrayée.

– Astyan ! Ce sont des pierres de feu ! Il vient de déclencher un système d'autodestruction du temple. Tout va exploser dans quelques instants.

20

Ils sondèrent mentalement l'engin de mort. C'était une bombe à l'uraan munie d'un mécanisme à retardement. Mais celui-ci avait été manipulé à la hâte. Il était impossible d'arrêter le processus. Il ne leur restait que peu de temps avant l'explosion.

Ils se précipitèrent hors de la crypte, remontèrent vers les galeries supérieures. Gêné par sa blessure au ventre, Astyan souffrait le martyre ; Anéa fut obligée de le soutenir. Chaque seconde qui passait semblait une éternité. Enfin ils débouchèrent à l'air libre. Au-dehors, les autres les attendaient avec impatience ; ils poussèrent des cris de stupeur en apercevant le sang maculant les vêtements du Titan. Anéa hurla :

– Vite, grimpez tous à bord.

Ils obéirent sans discuter. Astyan étant blessé, Anéa prit la place du pilote. Le glisseur démarra en trombe, soulevant un nuage de poussière et de rocaille. Les Titans ignoraient à quel moment exact la bombe à l'uraan allait éclater. Poussant le véhicule à fond, Anéa le dirigea vers le défilé rocheux : c'était leur seule chance. Peut-être les protégerait-il du souffle. Les plaques répulsives firent entendre un sifflement aigu.

Malgré sa rapidité, le glisseur semblait se traîner. Il gravit la pente douce de la dépression, puis fila vers l'entrée de la gorge. Petit à petit, la silhouette du temple maudit s'amenuisait à l'horizon. Chaque instant passé était une victoire sur le temps. Derrière le véhicule s'élevait un nuage de poussière soulevé par la vitesse.

– Protégez-vous les yeux avec vos capuches, grinça tout à coup Astyan, le visage crispé par la souffrance.

– Mais pourquoi ? demanda l'un des gardes, affolé.

– Fais ce que je te dis !

Ils obéirent aussitôt. Enfin le glisseur parvint à l'entrée du défilé, dans lequel il s'engouffra en trombe. L'instant d'après, la lumière du soleil sembla se multiplier par mille. Malgré l'épaisseur du tissu, les hommes furent aveuglés, et se mirent à hurler de terreur.

Astyan et Anéa, prévoyant l'éclair atomique, avaient dressé un champ de force mental qui atténua sa puissance. Pendant une fraction de seconde, il leur sembla que la roche elle-même s'était mise à briller. Ils étaient à moins de cinq milles du temple. Quelques secondes plus tard, un vacarme assourdissant déchirait l'atmosphère. Les parois de la gorge vibrèrent ; des pans entiers de roche se détachèrent et dévalèrent vers le glisseur.

Malgré les irrégularités du sol, Anéa poussa l'engin à fond. Il fit un bond spectaculaire, plana quelques instants, puis retomba souplement sur les champs gravifiques, qui amortirent le choc. L'éboulement fut évité de justesse. Désespérément accrochés à leur siège, les passagers sentirent leur cœur leur remonter dans la gorge. Mais la jeune femme maîtrisait à la perfection le pilotage du véhicule. Elle se faufila entre les parois rocheuses qui défilaient à toute allure.

Tout à coup, un souffle d'une violence inouïe projeta le glisseur vers l'avant. Il fallut toute l'habileté de la Titanide pour maintenir l'assiette de l'appareil. Une pluie de projectiles cribla la coque. Une pierre énorme la déchira sur plusieurs pouces. Anéa repéra un surplomb rocheux sur la droite et y dirigea le glisseur. L'engin s'immobilisa dans un rugissement des plaques répulsives, faisant jaillir un nuage de cailloux et de poussière.

Il n'était que temps. Depuis les hauteurs du plateau, une falaise monstrueuse de cendres et de roches roulait dans leur direction, balayant tout sur son passage. Mélina se mit à pleurer. Anéa et Astyan se concentrèrent. La seconde suivante, la nuit les absorba ; le monde semblait s'être transformé tout à coup en un ouragan de rocailles. Mais l'énorme masse rocheuse offrait un refuge relatif. Les passagers durent se boucher les oreilles en raison du vacarme infernal. Malgré l'épaisseur de la coque, la température s'éleva brutalement.

Blessé, Astyan ne pouvait être d'un grand secours à sa compagne. Focalisant sa puissance mentale, celle-ci établit une fine barrière invisible destinée à dévier le flux de radiations mortelles. Sous les yeux stupéfaits des humains, l'ouragan incandescent s'écarta d'eux ; une zone de calme relatif s'établit autour du glisseur, tandis que le tumulte s'apaisait. De part et d'autre du promontoire, la falaise mouvante de rocailles rougeoyantes dévalait vers le fond du défilé.

La tempête atomique sembla durer une éternité. À l'intérieur du glisseur, la température avait atteint les limites du supportable ; malgré ses pouvoirs, Anéa avait peine à contenir le flux radioactif. Des rigoles de sueur nées de ses efforts ruisselaient sur son visage crispé par la souffrance. Cependant, malgré la fatigue qui lui broyait le corps et l'esprit, elle ne devait pas relâcher sa concentration. Le glisseur et ses occupants eussent été broyés par le souffle gigantesque.

Enfin les ténèbres se dissipèrent. Mais le soleil avait disparu derrière un épais nuage de cendres. Au loin, en direction du plateau, un gigantesque champignon s'élevait à l'endroit où quelques instants plus tôt se dressait le temple mystérieux. Muré dans sa propre terreur, personne n'osait plus prononcer un mot. Au bord de l'évanouissement, Anéa céda la place à son compagnon, qui avait refermé sa blessure par concentration mentale. Il remit le glisseur en route et l'engagea dans la gorge dévastée par le souffle incandescent.

Peu à peu le nuage de cendres s'éclaircit, puis disparut. Enfin ils atteignirent le fond du défilé. Par chance l'haleine infernale, freinée par la succession de collines rocailleuses, n'avait pas atteint les abords de la vallée de Nysa, trop éloignée. Le soleil avait fait sa réapparition. Astyan arrêta le glisseur près de la rivière qui arrosait la vallée. À ses côtés, Anéa reprenait difficilement son souffle. Elle avait pratiquement dû assurer la protection mentale du véhicule toute seule, la blessure d'Astyan ayant diminué ses facultés. Il se tourna vers elle.

– Comment te sens-tu ?

– Cela ira. Mais je n'aurais pu tenir encore très longtemps. Et toi ?

– Quelques muscles déchirés. Dans quelques jours, il n'y paraîtra plus.

Trempée de sueur, Mélina retrouva l'usage de la parole.

– Tu nous as sauvé la vie, Anéa. Que s'est-il passé ?

– Ceux qui ont bâti ce temple ne souhaitaient pas qu'on vienne le voir de trop près avant que les travaux ne soient achevés. Sans doute parce qu'ils redoutaient que nous ne découvrions quelque chose.

– Mais quoi ?

– Malheureusement, nous ne le saurons probablement jamais.

Elle se tourna vers Oldma.

– Tu comprends à présent pourquoi nous ne désirons pas que certains secteurs de la connaissance soient étudiés. Voilà le genre de désastre qu'ils peuvent engendrer. Et encore, il ne s'agissait que d'une faible charge.

– Une faible charge ? répliqua Oldma, stupéfait.

– Oui ! Il est possible de fabriquer des bombes à l'uraan capables de raser une île de l'Archipel tout entière. Il va falloir interdire cette région. Ceux qui s'y aventureraient contracteraient des maladies terrifiantes ; leur peau se mettrait à brûler lentement, jusqu'à ce que mort s'ensuive.

– Mais nous, que va-t-il nous arriver ? demanda le vieil argonte.

– Rassure-toi ! J'ai détourné le flux mortel. Et les vents d'ouest vont le porter vers le désert de l'Héphaïs. Il ne menacera pas Poséidonia.

Le lendemain, Astyan et Anéa revinrent seuls sur les lieux. Dressant une barrière mentale pour éviter l'action du rayonnement létal, ils s'engagèrent sur le plateau. Rien ne subsistait plus du temple infernal ; un large cratère l'avait remplacé, où subsistaient quelques rougeoiements dus aux pierres de feu.

Joignant leurs forces, les Titans s'approchèrent des ruines fumantes. Autour d'eux s'était constituée une protection diaphane qui scintillait de myriades d'étincelles verdâtres. Anéa se concentra, laissant les forces invisibles qui circulaient sous la terre la pénétrer. L'explosion de la veille les avait perturbées, mais elles persistaient néanmoins.

– C'est curieux, dit-elle. Il existe ici un nœud de puissances telluriques particulièrement actif, mais rien d'exceptionnel. Notre palais est construit sur un champ de forces encore plus intense.

– Ce n'est donc pas cela que l'on voulait nous cacher !

– N'importe quel artisan bâtisseur était capable de le déceler. Il y a autre chose.

Elle demeura un moment silencieuse, puis déclara :

– Je pense qu'il s'agissait plutôt d'un piège destiné à nous éliminer.

– Nous éliminer ? C'est ridicule ! Ces Serpents doivent bien savoir que nous sommes immortels. Même s'ils nous avaient tués hier, nous serions revenus à la vie dans quelques années.

– Oui ! C'est cela que je ne comprends pas.

Astyan ne répondit pas. Elle avait peut-être raison. Une image demeurait incrustée en lui : le souvenir de cet étrange pentagone surmonté de la structure mystérieuse. Était-ce cela que l'on avait voulu les empêcher d'examiner ? Mentalement, il tenta de la reconstituer, mais il n'avait fait que l'entrevoir.

– Nous devons prévenir les nôtres, dit-il enfin. Viens !

Plus tard, ils faisaient halte au pied de la Kaïrnâ. Ils gravirent les escaliers menant au sommet ; c'était un lieu où ils savaient ne pas être dérangés. En dehors des périodes rituelles, les Poséidoniens s'en approchaient rarement. Là, dans le soleil de l'après-midi, ils s'assirent, joignirent leurs mains et se concentrèrent.

À travers l'éther, les esprits des Titans se cherchèrent, se trouvèrent et se mêlèrent pour n'en plus former qu'un seul. Une nouvelle fois la sensation d'amour absolu qu'ils partageaient depuis six mille ans les imprégna profondément. Quatre d'entre eux manquaient à l'appel : Khrios et Thémis, qui régnaient sur l'île méridionale d'Aralu, venaient de décéder, et ne reviendraient pas à la vie avant plusieurs années ; Maerl et Vivyan, qui partageaient Avallon avec Astyan et Anéa, étaient sur le point de renaître. Les jeunes femmes qui les portaient étaient enceintes depuis trois mois.

Quelques instants plus tard, les sept autres couples connaissaient les derniers événements aussi bien que s'ils les avaient vécus eux-mêmes. Cependant, rien de semblable ne s'était produit dans aucune des autres îles de l'Empire. Nulle part n'était apparu le signe du serpent. Hypérion, prince du royaume nord de Lyonesse, déclara :

« Ni Elyane ni moi n'avons entendu parler de ces marins débarqués à Akhêna. Il est probable qu'on a empêché cet Euphémos et ses compagnons de parvenir jusqu'à nous. »

« Ce qui veut dire que les Serpents sont remarquablement bien organisés », répliqua Astyan.

Ptaah, prince de Delphes, intervint :

« Chaque royaume compte quelques contestataires réclamant le droit d'explorer les domaines interdits de la Connaissance. Mais jusqu'à présent, ils se sont tenus tranquilles. Rien ne prouve qu'ils aient partie liée avec ces fameux Serpents. »

« C'est bien cela qui est inquiétant, justement, riposta Anéa. Le tract ne concernait pas uniquement Poséidonia, il désignait l'ensemble des Titans. Sans doute désirent-ils demeurer dans l'ombre, jusqu'au moment où ils frapperont. Vous devez redoubler de prudence. »

Quetzal, prince d'Elkhara, prit la parole :

« Nous le ferons. Nous devons inaugurer un nouveau monument d'ici à une lunaison. Ocyaan et Thétys y sont conviés également. »

Les deux autres confirmèrent.

« As-tu déjà vu ce temple ? » demanda Anéa.

« Bien sûr, mais il n'offre rien de particulier, sinon son architecture. Il n'y avait aucune trace de radioactivité. »

L'image du temple passa instantanément dans l'esprit des autres ; Astyan et Anéa en conclurent qu'il ne ressemblait guère à celui qui avait été détruit. Il avait la forme classique d'une pyramide à quatre pans, entièrement creuse. Cependant, sur le sol s'étirait une vaste étoile à cinq branches, surmontée d'une structure qui rappelait celle qui avait dû orner l'édifice de Fa'ankys. Mais les motifs utilisés ne présentaient rien d'extraordinaire.

Anéa demeura un moment songeuse. Une gêne obscure refusait de la quitter, que tous les autres ressentirent immédiatement. Mais elle ne pouvait l'expliquer.

« En fait, le seul point commun, émit-elle soudain, c'est cette étoile à cinq branches. »

« C'est un motif assez courant dans la décoration des édifices religieux. Elle symbolise le soleil », répondit Quetzal.

Anéa ne répliqua pas. Il avait raison. Le pentagone ne comportait rien d'inquiétant en lui-même. Kronos, le Titan du royaume d'Hespéria, intervint :

« Il est clair qu'on a voulu vous supprimer. Peut-être des rebelles favorables à l'ouverture totale de la Connaissance. Mais le plus angoissant, c'est le moyen utilisé. Il semble qu'ils aient découvert le secret de la fission de l'atome d'uraan. »

Un lourd silence s'installa. Peu à peu un malaise insidieux envahit chacun des demi-dieux. Astyan déclara :

« Nous avons affaire à un ennemi inconnu et insaisissable. Malgré nos avertissements, certains ont poursuivi des recherches dans les domaines interdits. Nous savons à présent qu'ils ont créé des hybrides monstrueux. Dans quel but ? De plus, ils disposent d'armes terrifiantes. Et la seule conclusion que j'en tire, c'est qu'il ne s'agit pas d'une simple rébellion de contestataires illuminés. C'est une guerre qui se prépare. »

« Une guerre ? émit Rhéa, la compagne de Kronos. Mais c'est impossible. »

La guerre était un mot inconnu en Atlantide. Jamais depuis ses origines l'Empire n'avait connu le moindre conflit. Les Titans avaient toujours su harmoniser les intérêts des peuples.

« Oui, une guerre, poursuivit Astyan. Quelqu'un – celui qui se dissimule derrière le nom d'Ophius – veut la destruction totale des Titans. »

« Et de l'Empire », ajouta Quetzal.

« Non ! Le tract retrouvé à Karinatos indique que cet Ophius désire soulever les Atlantes contre nous. Il veut nous anéantir pour prendre notre place et régner en maître. »

« Mais qui peut être assez fou pour s'attaquer à nous ? rétorqua Elyane. Même si cet Ophius parvenait à nous tuer, il doit savoir que nous reviendrons à la vie et que nous le combattrons à nouveau. »

« À moins qu'il n'ait trouvé le moyen d'empêcher notre résurrection, ou encore de nous faire perdre nos pouvoirs, répondit Astyan. Si des hommes ont poursuivi des recherches dans le domaine des sciences interdites, qui sait ce qu'ils ont pu découvrir ? Nos propres connaissances, aussi vastes soient-elles, ne sont pas infaillibles. »

Un nouveau silence s'installa. Le passage par la non-vie représentait un équilibre fragile ; au cours de leurs nombreuses vies, les Titans avaient déjà péri dans des circonstances violentes, lors de naufrages, de tremblements de terre. Ils avaient dû faire appel à toute leur volonté pour ne pas se laisser entraîner dans le vortex vertigineux qui annihilait la mémoire des vies antérieures. Le traumatisme provoqué par une mort soudaine et brutale perturbait le mécanisme subtil du corps astral, qui se trouvait ainsi brusquement « arraché » de son enveloppe charnelle. Cependant, ils avaient toujours triomphé de l'épreuve.

Kronos déclara :

« Nous devons démasquer cet Ophius. Je propose que nous menions une enquête dans chacun de nos royaumes. Khrios et Thémis étant absents, Rhéa et moi nous rendrons à Saïqarah, en Aralu, dès que possible. »

« De notre côté, dit Astyan, Anéa et moi partirons pour Kamaloth. Les jeunes femmes qui portent Maerl et Vivyan sont enceintes de quelques mois ; il faut empêcher que les Serpents ne s'en prennent à elles. »

21

De retour au palais, Anéa demanda :

– Avons-nous le droit de quitter ainsi Poséidonia ?

– Nous le devons. Actuellement, Maerl et Vivyan sont très vulnérables. Tu sais bien que c'est aux alentours du troisième mois que l'âme rejoint le fœtus dans le ventre de sa mère. Nous ramènerons les deux jeunes couples ici. Si les Serpents tentaient quelque chose contre eux, cela repousserait la réincarnation de quelques années.

– Tu penses vraiment qu'ils oseraient s'attaquer à eux ?

– Ils l'ont fait pour nous. Il faut donc agir très vite. Nous utiliserons l'aéroglisseur.

– Alors, je voudrais emmener Maïa et Schoenée. Je ne veux pas qu'il leur arrive malheur en notre absence.

– Bien sûr.

Il s'écarta d'elle et médita quelques instants.

– J'aimerais que tout cela ne soit que le fruit de notre imagination. Cependant je crains que nous ne devions nous attendre au pire. Dès demain, je me rendrai au Sénat. Cela risque d'inquiéter tout le monde, mais nous n'avons pas le choix. Nous devons fabriquer des armes en quantité, équiper les navires, tripler la garde impériale.

Il se dirigea vers le mur où étaient accrochés leurs glaives d'orichalque. Depuis six mille ans, ils constituaient le symbole de leur puissance, mais ils ne les avaient jamais utilisés. Il saisit la lourde épée, dont la poignée s'adaptait parfaitement à sa main, puis se tourna vers Anéa.

– C'est effrayant, dit-il. Je sais bien que nous allons mener cette guerre pour sauvegarder la paix de l'Empire ; et pourtant, à tenir ce glaive, j'éprouve comme une joie malsaine. Comme si j'espérais me trouver face à l'ennemi...

Il revint vers elle, les yeux brillants.

– Sommes-nous encore si éloignés de la perfection, Anéa ?

Elle le prit dans ses bras.

– Les dieux eux-mêmes n'ont-ils pas dit qu'ils commettaient parfois des erreurs ? Et nous ne sommes que leurs enfants. Mais après tout, qu'est-ce que la perfection ? N'est-ce pas de faire ce que nous croyons être juste ? Et il est juste de défendre l'Atlantide.

Astyan s'agenouilla et enfouit son visage contre la poitrine de la jeune femme.

– Anéa, est-ce que je t'ai jamais dit que je t'aimais ?

– C'est arrivé, oui !

Ils se regardèrent, sourirent, puis éclatèrent de rire. La complicité qui les unissait depuis tant de siècles ne s'était jamais ternie. Grâce à elle, ils seraient toujours plus forts que tout. À présent, l'angoisse avait fait place à une sorte d'exaltation : ils n'allaient pas attendre que l'ennemi vînt à eux, ils allaient partir à sa recherche, le débusquer – le détruire.

Le lendemain, à la demande d'Astyan, le Sénat se réunit au grand complet. Personne n'ignorait ce qui s'était passé sur le plateau de Fa'ankys ; le vieil Oldma et Mélina, remis de leurs émotions, avaient narré l'aventure avec force détails. Cependant l'affaire revêtait une importance telle que les argontes avaient été soulagés en apprenant que le Titan souhaitait parler à la tribune. Un silence total s'installa lorsqu'il prit la parole.

– Nobles Sénateurs, vous connaissez déjà tous la raison de ma présence parmi vous. Depuis des millénaires, ni Anéa ni moi n'intervenons dans les affaires de la cité et du royaume. Cependant il semble que, cette fois, des événements graves se préparent. Le temple que faisait bâtir

Palarkos a été détruit par une explosion dans laquelle nous aurions dû être tués, si un malheureux artisan ne nous avait sauvé la vie en tombant dans le piège qui nous était réservé. La puissance de l'arme employée est terrifiante : il s'agit d'une bombe utilisant les propriétés de l'uraan, ce métal que nous appelons aussi pierre de feu. Vous savez à présent ce que cela signifie. Le plateau de Fa'ankys est désormais frappé par la mort, et il faudra donc interdire cette région.

« Mais ce n'est pas tout. Le récit d'un marin nous a appris qu'il existait, dans une île extérieure à l'Archipel, des monstres terrifiants, mi-hommes, mi-animaux, qui n'ont pu être engendrés par la nature. Cela signifie que des savants ont, malgré notre interdiction, poursuivi des recherches dans le domaine des sciences défendues. D'après le tract retrouvé auprès de la demeure de Palarkos, dont vous avez tous entendu parler, il apparaît qu'un mouvement secret, que nous avons baptisé la secte des Serpents, désire l'anéantissement des Titans et annonce l'avènement d'un dieu nouveau qui permettra aux hommes de s'élever en leur ouvrant l'accès à la totalité de la Connaissance. Vous avez pu constater ce qu'elle est capable de produire lorsqu'elle est livrée à des êtres inconscients, et sans doute animés par une volonté de domination.

« Nous ignorons encore si cette secte se limite à Poséidonia ou si elle s'est répandue dans la totalité de l'Empire. Si tel est le cas, cela signifie qu'une puissance inconnue est en train de naître quelque part, qui complote pour l'élimination des Titans et pour imposer aux peuples de l'Atlantide une nouvelle divinité, connue sous le nom d'Ophius.

« Au nom de cet Ophius, plusieurs hommes sont morts dans des conditions atroces, sans doute tués par leurs propres complices afin de les empêcher de parler. Il semble que la notion de liberté individuelle n'effleure même pas ce nouveau dieu, ou tout au moins ceux qui se cachent derrière son nom.

« Dans le cas où les Serpents parviendraient à nous supprimer, même temporairement, ils n'hésiteraient pas à déclarer une guerre sans merci à l'Atlantide afin de soumettre ceux qui ne se conformeraient pas à leurs idées. Ils l'ont déjà prouvé.

« Nous ne connaissons pas leur puissance exacte. Peut-être ne consiste-t-elle qu'en une poignée de rebelles réfugiés dans une colonie lointaine. Mais peut-être s'agit-il d'une force nouvelle, disposant d'une armée nombreuse et bien équipée, qui attend le moment propice pour attaquer.

« Nous avons contacté nos frères, les Titans des autres royaumes, et nous avons proposé à chaque grande cité de constituer sa propre armée, afin de prévenir toute menace. Le noyau en existe déjà, avec la garde impériale et la marine, mais il faut les développer en recrutant de nouveaux volontaires et en fabriquant de nouvelles armes.

« Il est possible, et nous l'espérons, que ces armées se révèlent inutiles. Mais nous redoutons cependant que l'avenir ne confirme nos craintes.

« Voilà, nobles Sénateurs, ce que j'avais à vous dire. Votre sort repose entre vos mains ; c'est à vous de décider des mesures à prendre.

La décision fut vite prise. Les sénateurs n'avaient jamais mis en doute les paroles des Titans ; depuis l'aube des temps, leurs avertissements avaient toujours été pris au sérieux. Contrairement à ce qu'avait redouté Astyan, personne ne manifesta d'inquiétude ou d'affolement. Au contraire, il décela une sorte de joie sauvage dans l'ovation enthousiaste qui salua la fin de son discours. On allait construire des armes, recruter de nouveaux guerriers, équiper les vaisseaux ; certains sénateurs étaient prêts eux-mêmes à en découdre.

Le vieil Oldma s'approcha du Titan.

– Tu vois, Seigneur, nous sommes tous à tes côtés. Quel que soit cet ennemi, il ne pourra nous vaincre !

Le lendemain, Astyan revoyait la scène en pensée, lorsque l'aéroglisseur décolla de sa base, située derrière le palais. L'enthousiasme des Poséidoniens le déconcertait ; ils savaient pourtant qu'une telle guerre se traduirait par de nombreuses victimes. Ce fut à ce moment qu'il comprit que l'homme n'était pas encore sorti de l'animalité. Au fond de lui sommeillait, malgré les soixante siècles de paix qu'il avait traversés, un sentiment latent, prêt à se réveiller : l'agressivité. Elle faisait partie de sa nature, et, en dépit de leurs efforts, les Titans n'avaient rien pu y changer.

Assise à ses côtés, Anéa avait suivi mentalement son raisonnement. Il lui adressa un sourire amer.

– Peut-être est-ce toi qui avais raison. Les hommes doivent faire leurs expériences par eux-mêmes ; il leur faut connaître la guerre et la souffrance pour acquérir la sagesse. Et les dieux, nos parents, ont bien commis une erreur en leur offrant un degré de connaissance qu'ils n'étaient pas prêts à recevoir. Nous avons encore beaucoup de chemin à parcourir en compagnie des humains.

– Mais je l'espère bien ! Parce qu'ils ont beau être prêts à toutes les folies, ils sont admirables.

Ses yeux se mirent à briller.

– Et je les aime.

L'aéroglisseur combinait la propulsion magnétique et l'anti-gravité. Un fin réseau de tores générateurs de particules gravifiques lui permettait de s'affranchir de la pesanteur. Son fuselage richement décoré luisait d'une couleur argentée très pâle ; de vastes hublots de verre fumé offraient une vision optimale.

L'appareil survola la ville à faible altitude. Le pilote, Païdras, était un homme d'une quarantaine d'années, d'humeur toujours égale, qu'Astyan appréciait beaucoup. Il faisait partie de la suite des Titans depuis une vingtaine d'années, lorsqu'il était sorti premier de l'unique école de pilotage d'Atlantide, à Poséidonia. Les aéroglisseurs n'étaient guère nombreux, les Atlantes préférant voyager par mer ; aussi les navires volants étaient-ils réservés aux Titans et aux argontes.

Maïa et Schoenée restaient collées aux larges hublots. Le paysage éclaboussé de lumière défilait à une allure vertigineuse sous le fuselage de l'aéroglisseur. Bientôt la métropole disparut derrière les brumes légères de l'été.

Suivant le ruban sombre de l'Acheloos, l'engin se dirigea vers la barre rocheuse qui menait au plateau volcanique d'Héphaïs. À la limite des hautes chutes provenant du lac Vert, au-delà desquelles le fleuve n'était plus navigable, ils aperçurent une importante horde d'éléphants, que les touristes venaient admirer en remontant le cours d'eau par bateau. L'aéroglisseur prit de l'altitude, survola ensuite les deux lacs, puis franchit la barrière montagneuse couverte de sa forêt de sapins. Plus loin s'étendait le plateau désertique de l'Héphaïs.

Depuis l'époque où ils avaient traversé cette étendue sauvage, soumise aux colères du volcan, les choses avaient bien changé. De vastes prairies la recouvraient ; on avait installé des barrages souterrains qui captaient et régulaient la lave coulant dans les profondeurs de la terre ; ainsi avait-on réussi à dompter les fureurs de la montagne de feu. Depuis des millénaires, son activité n'avait pas cessé, mais la technologie atlante l'avait apprivoisée. Aujourd'hui, elle fournissait plus de la moitié de l'énergie consommée par Poséidonia.

Le plateau, protégé des éruptions, s'était couvert d'une végétation abondante et bigarrée. De grands troupeaux surveillés par des bergers à cheval y paissaient tranquillement. À l'orient s'étendait la fourrure verte de Floorande, l'étrange forêt à étages qu'Astyan et Anéa avaient franchie soixante siècles auparavant. Ils y étaient retournés quelquefois, et y avaient même capturé un spécimen des monstres qui hantaient les profondeurs. C'était une énorme salamandre, qui mesurait près de vingt coudées.

L'aéroglisseur plana quelques instants au-dessus du gigantesque cratère de l'Héphaïs. En son centre s'étendait un vaste lac de lave en fusion, agité par de lents courants de magma dont s'échappaient des colonnes de fumerolles blanchâtres. La technologie avait permis aux Atlantes de dompter l'énergie colossale contenue dans les flancs du géant. Cependant chacun savait qu'il suffirait de la rupture d'un seul des barrages de régulation pour que le volcan laissât exploser sa fureur.

Au-delà s'ouvrait un plateau montagneux recouvert

d'une végétation arbustive clairsemée. Puis le relief s'accidenta, se creusant de vallées suspendues, de canyons profonds au cœur desquels se jetaient de fines cataractes. Les rayons du soleil y faisaient naître de magnifiques arcs-en-ciel. Plus loin se dressaient d'énormes éperons rocheux, ainsi que d'étranges aiguilles coiffées de gros rochers rappelant vaguement des silhouettes humaines. On avait surnommé ce lieu la « Plaine des géants ». Hormis quelques chasseurs audacieux, personne ne s'aventurait jamais sur ces terres désolées, où l'acidité du terrain rendait toute culture difficile.

Vers le nord s'élevait un nouveau massif montagneux ; malgré la saison, les sommets se couvraient de plaques de neige qui étincelaient sous le soleil.

Par-delà le massif désertique commençait le royaume de Kamaloth. À l'inverse de la plaine luxuriante de l'Acheloos, les terres du Nord se couvraient d'immenses forêts de sapins et d'épicéas ; on y rencontrait aussi des chênes, des frênes et des bouleaux. En raison de la barrière montagneuse séparant les deux domaines, les végétations différaient totalement.

L'aéroglisseur survola quelques petites bourgades installées sur les rives de lacs minuscules cernés par la forêt, et reliés entre eux par des rivières tumultueuses. Astyan et Anéa connaissaient bien cette région, où ils avaient participé à de joyeuses parties de pêche et de chasse organisées par Maerl et Vivyan. Les torrents regorgeaient de truites, et les lacs offraient asile à des esturgeons de toute beauté.

Peu à peu, l'aéroglisseur perdit de l'altitude. Au loin, l'océan apparut. Sur la côte se dessina une cité construite dans des blocs de granit blond, si particulier à Kamaloth. La cité n'avait pas les dimensions colossales de Poséidonia ; peut-être était-ce dû au climat plus rigoureux qui y régnait. En effet la ville, orientée au nord, devait affronter un courant froid venu de l'ouest, qui passait au cœur du détroit séparant Avallon d'Atalaya, l'île la plus septentrionale de l'Empire atlante. Cependant la chaleur que l'on ne trouvait pas à l'extérieur, on la rencontrait chez les habitants, dont l'hospitalité était légendaire. Ici, les statues n'étaient pas taillées dans le marbre ni coulées dans le bronze, mais sculptées à même les blocs de granit brut. L'habileté des ciseleurs était telle que l'on aurait pu croire les personnages de pierre vivants. Les Kamaléens se partageaient entre diverses grandes activités : la pêche et le commerce maritime, l'industrie et la fabrication de tissus fins. Très jeunes, les femmes apprenaient à tresser les fils de lin, composant des napperons extraordinaires, arachnéens, selon une technique particulière que l'on appelait la « dentelle ». Celle-ci ornait les vêtements quotidiens des Kamaléens. Les femmes portaient des coiffes d'une blancheur immaculée, de formes multiples, où l'on retrouvait différents symboles, qui rappelaient les divinités protectrices du pays. Le dauphin, la licorne de mer, le sanglier et l'ours, et l'étoile à cinq branches du soleil. On y croisait aussi des dessins plus mystérieux, comme le svastika et le mandala. Le svastika représentait l'énergie divine que recelait chaque individu, tandis que le mandala avait une signification plus complexe : il symbolisait l'éternel recommencement qui était à la base du cycle de la vie, le retour immuable des saisons, la succession du jour et de la nuit. De même, il évoquait la résurrection.

Portés à croire au merveilleux, les Kamaléens passaient de longues nuits à observer les étoiles et les astres. C'était à Kamaloth que l'on trouvait les plus perfectionnés des observatoires. Là, des astrologues interrogeaient la lune et les planètes ; les enseignements qu'ils avaient tirés des cycles des astres leur avaient permis d'élaborer une multitude de théories sur l'influence que ceux-ci pouvaient avoir sur la destinée des hommes et des peuples. Nombreux étaient les voyageurs venus des quatre coins de l'Empire qui se pressaient à Kamaloth pour obtenir une réponse des mages, ces personnages qui hantaient les observatoires dressés sur les hautes falaises granitiques dominant la cité. Parallèlement à cette activité divinatoire, et sans doute à cause d'elle, les Kamaléens avaient développé une industrie du verre très performante. Leurs lunettes astronomiques étaient de loin les plus efficaces de l'Atlantide. Ainsi était née une corporation de maîtres verriers, qui taillaient les objectifs les mieux finis, de même que de nombreux objets d'usage courant. C'était toujours un enchantement de visiter les ateliers où opéraient les manouvriers spécialisés, qui façonnaient le verre et le cristal encore brûlants. Verres, carafes, assiettes, objets d'art quittaient Kamaloth pour se répandre dans tout l'Empire et même au-delà. La réputation de ses artisans verriers avait depuis longtemps fait le tour du monde.

L'aéroglisseur se posa sur l'esplanade du palais, et les argontes de la cité accueillirent les Titans. Dame Gwaline, la plus ancienne, qui faisait office de chef du Sénat, leur souhaita la bienvenue. C'était une vieille dame aux cheveux gris tressés à la mode de Kamaloth, et relevés sur la nuque. Cependant sa carrure de lutteuse et son énergie démentaient son âge. En l'absence des Titans, elle avait pris en charge la direction du royaume.

Bousculant les usages, Astyan et Anéa exigèrent de rencontrer immédiatement les deux jeunes couples qui devaient redonner vie à Maerl et Vivyan. Comprenant que quelque chose de grave se tramait, dame Gwaline les conduisit à l'intérieur du palais.

Les Titans de Kamaloth étaient décédés depuis près de six années, et leurs anciens corps momifiés séjournaient encore dans la Kaïrnâ. Deïrdra et Sygrine, les deux jeunes femmes qui portaient les futures réincarnations des demi-dieux, se présentèrent devant Astyan et Anéa avec leurs compagnons. La Titanide les sonda aussitôt, sous les regards inquiets des argontes. Affinant sa perception psychique, elle pénétra la chair des deux femmes ; dans son esprit se dessinèrent les images d'embryons humains en parfaite santé. Poussant son investigation plus loin encore, elle s'intégra aux schèmes mentaux des fœtus, puis laissa échapper un cri de joie. Elle se tourna alors vers Astyan, le visage radieux.

– Ils sont là, je les ai reconnus. Ils ont senti ma présence.

– T'ont-ils reconnue, toi ?

– Peut-être. Mais il est encore impossible de communiquer avec eux. Ils sont dans une phase d'oubli total ; il faudra attendre qu'ils aient atteint leur douzième anniversaire, au moins.

Astyan soupira.

– Oui, malheureusement. En attendant, tout peut arriver.

Intriguée, Gwaline s'avança.

– Nous sommes honorés de votre visite, Seigneurs, dit-elle, mais nous direz-vous ce qui se passe ? Aurions-nous commis une erreur ? Nous avons pourtant pris le plus grand soin de Deïrdra et de Sygrine.

Astyan la prit par le bras et sourit.

– Nous le savons, mais il s'agit d'autre chose. Un grave danger menace l'Empire.

En quelques mots, il la mit au courant des derniers événements.

– À Poséidonia, conclut-il, il a été décidé de constituer une armée puissante. Nous vous engageons donc à en faire autant. Les autres royaumes de l'Empire vont agir de même.

Malgré sa personnalité volontaire, la vieille argonte pâlit.

– Tu penses réellement qu'une guerre se prépare, Seigneur ?

– Nous espérons que non. Mais il serait préférable que vos navires soient mieux armés pour le cas où vos marins rencontreraient des créatures comme ces hommes-boucs. Si des savants inconscients ont pu créer de semblables monstres, ceux-ci risquent de se multiplier. Alors il vaudrait mieux s'y préparer. Nous vous y aiderons.

– Nous t'en remercions.

Un homme s'avança. C'était un individu de haute taille, au visage taillé à la serpe et au profond regard sombre, vêtu d'une longue cape de soie violette. Ses cheveux noirs étaient tressés comme ceux des femmes. Gwaline le présenta.

– Ghaffary est le plus grand mage de Kamaloth, Seigneurs. Son savoir est immense. En l'absence de nos Titans, c'est à lui que nous nous adressons pour connaître l'avenir.

Le mage s'inclina avec respect devant Astyan et Anéa. Un sourire énigmatique étira ses lèvres fines.

– Dame Gwaline est très indulgente envers mes faibles capacités. Je ne possède évidemment pas la prescience dont sont dotés les demi-dieux. Mais l'étude des astres nous a toutefois permis de comprendre qu'ils pouvaient influencer le destin des hommes.

Il fit la moue, et précisa :

– Ou tout au moins de prévoir les périodes marquées par d'intenses perturbations. Si cela vous agrée, je serais heureux de vous faire visiter mon observatoire cette nuit, après le repas de bienvenue que nous avons organisé en votre honneur. Nous pourrons ainsi interroger les deux pour savoir s'il convient de s'inquiéter de ce que nous réserve l'avenir.

Anéa acquiesça. Astyan, plus réticent, finit par accepter à son tour. Le mage leva la main et montra la bague en forme de serpent qui ornait son doigt.

– J'ai entendu ce que tu as confié à dame Gwaline, seigneur Astyan. Mais le serpent est depuis toujours le symbole de la Connaissance. Cela ne veut pas dire que tous les savants appartiennent à cette secte mystérieuse dont tu as parlé. Les scientifiques de Poséidonia ne portent-ils plus cette bague à présent ?

Astyan consentit à sourire.

– Si, ils la portent encore. Pardonne-moi, Ghaffary. Nous serons heureux de visiter ton observatoire.

– Ce sera un grand honneur pour moi, Seigneur !

22

Astyan et Anéa connaissaient déjà l'observatoire où exerçait Ghaffary. Les Titans Maerl et Vivyan l'avaient fait bâtir près de deux millénaires auparavant, à l'époque où l'on avait commencé à s'intéresser à l'espace. Aujourd'hui, c'était l'un des plus anciens édifices de Kamaloth. Ghaffary avait apporté de nombreuses améliorations à l'antique télescope auprès duquel il passait l'essentiel de ses journées, pestant contre le temps lorsque celui-ci restait couvert et le condamnait à l'inactivité.

Mais ce soir-là, il jubilait : le ciel d'été était merveilleusement dégagé et la luminosité parfaite. Construit sur une haute colline escarpée qui dominait la baie de Kamaloth, l'observatoire bénéficiait d'un emplacement privilégié. Le mage braqua tout d'abord l'objectif sur la lune, et invita Anéa à regarder. Celle-ci découvrit un paysage extraordinaire, une étendue argentée percée d'énormes cratères, plus désolée que le plus aride des déserts. Avec enthousiasme, Ghaffary commentait :

– Je suis persuadé qu'un jour, l'homme sera capable de se rendre sur cet astre qui nous intrigue tant.

– Peut-être, répliqua Astyan. Mais nous savons qu'il ne recèle aucune vie. Et il reste encore beaucoup à faire sur ce monde-ci.

– Bien sûr, bien sûr, Seigneur. Mais que savons-nous des autres planètes ? La deuxième et la quatrième présentent des dimensions équivalentes à la nôtre. Peut-être existe-t-il là-bas des civilisations qui n'attendent que d'entrer en contact avec nous. Nous avons déjà envoyé des messages par ondes dans leur direction.

Il fit une grimace de dépit.

– Jusqu'à présent, ils sont restés sans réponse, mais nous ne nous décourageons pas.

Puis il prit familièrement les Titans par le bras et les entraîna vers de vastes plans où il avait représenté les neuf planètes connues du système, ainsi que certaines étoiles de grande taille.

– Hélas, ce n'est pas ce soir que nous obtiendrons cette réponse. En revanche, j'ai passé la soirée à établir ce diagramme astral.

Il se pencha sur le document.

– Il n'est pas facile d'interpréter les présages que nous adressent les astres.

Il joignit ses mains par le bout de ses doigts tendus, ce qui semblait être chez lui le signe d'une réflexion intense. Ses yeux noirs se mirent à luire. Enfin il se tourna vers les Titans.

– Écoutez, je peux me tromper. Mais je ne vois pas dans les astres l'annonce d'une catastrophe imminente. Tout semble parfaitement calme. Bien sûr, il peut y avoir un élément que je n'ai pas perçu – je ne suis pas infaillible – mais les conjonctions sont tout à fait favorables.

Il hésita un court instant, puis ajouta.

– Le seul signe qui pourrait se révéler inquiétant, c'est l'augmentation de l'activité solaire. Notre dieu du Jour prépare une grosse colère. Mais cela arrive à peu près tous les onze ans. Il n'y a pas lieu de s'en alarmer.

Astyan hocha la tête.

– Si je comprends bien, tu ne crois pas qu'une puissance ennemie se prépare à combattre l'Atlantide ?

Le mage se caressa le menton, puis joignit à nouveau ses doigts.

– Je n'ai pas dit cela, seigneur Astyan. Je sais que nombre des érudits n'ont pas apprécié la décision des Titans d'interdire certains domaines de la Connaissance. Plusieurs d'entre eux ont quitté l'Empire. Mais ils ne représentent qu'une infime partie des scientifiques ; que pourraient-ils faire contre la puissance de ces royaumes où règnent depuis des millénaires des demi-dieux immortels ?

Astyan soupira.

– C'est peut-être la sagesse qui parle par ta bouche, Ghaffary.

Le mage insista.

– Il est sans doute plus prudent d'armer les royaumes. Mais, si je peux me permettre une opinion, cela risque d'alarmer les populations, peut-être même de créer un mouvement de panique.

Il lui montra sa bague en forme de serpent.

– De plus, nous n'allons tout de même pas abandonner ce symbole qui est le nôtre depuis des temps immémoriaux pour une poignée d'illuminés ! J'ai bien cru tout à l'heure que tu me soupçonnais à cause de lui.

Astyan lui posa la main sur l'épaule.

– Alors, accepte mes excuses.

– Tu me fais trop d'honneur, Seigneur. J'essaye simplement de rester lucide.

Il montra le télescope.

– Et les astres m'y aident.

– Plus tard, dans l'appartement somptueux que les argontes leur avaient fait réserver, Anéa déclara :

– Je suis perplexe, Astyan. Si tout cela n'était qu'une extraordinaire coïncidence ?

– Explique-toi.

– J'ai étudié son diagramme : il était parfaitement exact. Tu sais que je me suis initiée à leur science divinatoire, par jeu. Apparemment, les astres n'annoncent aucune perturbation majeure dans les mois qui viennent. Alors serait-il possible que nous nous soyons trompés ?

– Mais l'explosion du temple de Fa'ankys ?

– Un acte désespéré de la part des partisans de Palarkos. Ils ne peuvent pas être très nombreux.

– Et Drasko ?

– Cela se passait il y a plus de soixante ans. Nous avons supposé qu'il avait fait des adeptes, mais rien ne le prouve.

– Euphémos n'a pas inventé les hommes-boucs.

– Ces monstres constituent sans doute une aberration naturelle que nous n'avions pas encore rencontrée.

– Tu oublies les marins que l'on a fait disparaître à Akhêna.

– Il ne s'agit peut-être que d'une rixe. Nous savons que les navigateurs sont portés sur la violence lorsqu'ils ont abusé de la boisson ; celui qui a été retrouvé mort a pu être victime d'un règlement de comptes. C'est rare, mais cela arrive.

– Comment expliquer que tous les marins aient disparu ?

– Tu sais bien que ces hommes sont insaisissables. À la moindre provocation, ils reprennent la mer sans avertir personne. Ils n'ont pas de véritables attaches.

– Oui, peut-être. Mais cet argonte qui portait une bague marquée d'un serpent ?

– Il n'y a là rien d'extraordinaire. Ghaffary l'a dit, le serpent est le symbole des érudits. Nombre de savants de Poséidonia possèdent des bijoux semblables ; allons-nous tous les soupçonner pour autant de faire partie de cette secte ?

– Non, bien sûr. Ils ont été nombreux à nous apporter leur soutien...

Anéa insista.

– Je pense que cette secte existe bel et bien. Sans doute a-t-elle été fondée par des scientifiques poséidoniens déçus, qui ont formé une petite armée de fanatiques et ont tenté de nous supprimer pour se venger. C'est une conspiration qu'il ne faut pas sous-estimer, mais nous avons peut-être été un peu vite en imaginant qu'une guerre se préparait contre l'Atlantide. Après tout, il ne s'est rien passé de grave ailleurs qu'à Poséidonia. Les Serpents ne se sont manifestés dans aucun autre royaume.

Astyan médita quelques instants.

– Les dieux fassent que tu aies raison.

Anéa lui prit la main. Il la connaissait trop pour ne pas ressentir le trouble qui continuait de la miner. Il la saisit par le menton.

– Alors, d'où vient cette inquiétude ?

Elle secoua la tête.

– Je... je ne sais pas. Peut-être ne s'agit-il que d'une série de coïncidences. Pourtant j'ai l'impression que tout cela cache quelque chose d'abominable. Comme si un brouillard de forces maléfiques cherchait à endormir notre méfiance.

Un bref sanglot la secoua.

– Je ne me sens pas bien, Astyan. Tout se trouble en moi, je ne parviens toujours pas à voir l'avenir.

Soudain un cri la fit sursauter. L'instant d'après, la petite Maïa fit irruption dans la chambre de ses parents, en proie à la panique. Elle vint se jeter en pleurant dans les bras de sa mère.

– Maman ! Maman ! Le serpent ! Il est là ! Il... Je l'ai vu s'approcher de ces deux dames, là, Deïrdra et Sygrine. Il va les tuer ! Il va les tuer !

23

Astyan bondit hors de la chambre. À cette heure avancée de la nuit, tout le monde dormait dans le palais, et il n'y avait personne dans les couloirs pour le renseigner. Affinant sa perception mentale, il se focalisa sur l'esprit des deux jeunes femmes : leurs appartements étaient situés à l'étage supérieur. Il se rua vers les escaliers. Se fiant uniquement à son intuition, il parvint devant la porte de la chambre de Deïrdra. Au mépris de toutes les traditions, il pénétra sans frapper. Affolé, le jeune couple se dressa sur le lit. La femme laissa échapper un cri de terreur. Son compagnon balbutia :

– Mais que... que...

Le Titan concentra son observation extrasensorielle. Soudain, sous les yeux éberlués du couple, il se précipita sur eux et arracha la jeune femme du lit. Elle hurla de terreur. L'homme aperçut alors, sous les draps, une courte forme noire et sinueuse. Il bondit à son tour hors du lit. Astyan reposa Deïrdra à terre, puis se rua sur la bête, qu'il saisit par la queue. Le serpent tenta de le mordre, mais le Titan fut plus rapide : d'un geste sec, il lui rompit les vertèbres. Puis il se tourna vers le couple.

– Où se trouve la chambre de Sygrine ?

– Par... par là !

Mais il n'eut pas besoin de s'y rendre. Anéa, livide, se tenait sur le pas de la porte, tendant un second reptile, également mort.

– Elle va bien ! dit-elle. Son compagnon aussi.

Astyan examina les ophidiens : c'étaient des mambos noirs, une espèce dont la morsure provoquait la mort en quelques instants. Deïrdra, tremblante, s'avança vers Astyan.

– Tu m'as sauvé la vie, Seigneur.

– Oui, mais si notre fille n'avait pas fait ce rêve prémonitoire...

Le lendemain, Astyan retrouva Gwaline, bouleversée par les événements de la nuit.

– Nous allons ramener Deïrdra, Sygrine et leurs compagnons à Poséidonia, dit-il. Ici, ils sont trop exposés. Nous ne pouvons nous permettre de courir de risque.

– Je suis désolée, Seigneur. Jamais nous n'avons connu de chose semblable.

– Je sais. C'est pourquoi il est si facile aux Serpents de s'introduire : personne ne soupçonne qui que ce soit. Rassure-toi ! Elles vivront avec nous, dans le palais des Orchidées. Lorsque Maerl et Vivyan seront revenus à la vie, nous les élèverons, et ils reviendront à Kamaloth lorsqu'ils auront retrouvé leur mémoire de Titans. Jusque-là, votre royaume sera réuni au nôtre. Nous allons prévenir également Woodian et Fraïa, à Asgarth, pour qu'ils vous protègent eux aussi.

Quelles que fussent les appréhensions d'Anéa, le temps sembla donner raison à Ghaffary. Après son retour à Poséidonia, la jeune Titanide resta dans l'indécision : le mage avait-il voulu endormir leur méfiance ? Ou bien la tentative de meurtre contre Deïrdra et Sygrine n'était-elle qu'une coïncidence ? À moins que l'action des Serpents ne fût particulièrement dirigée contre elle-même et Astyan ?

Cependant – peut-être en raison de leur échec – cet incident resta isolé. L'été était magnifique ; une paix que rien ne semblait devoir troubler s'était installée sur Poséidonia comme sur les autres royaumes. Astyan et Anéa avaient de fréquents contacts avec leurs frères Titans. Les gardes impériaux avaient redoublé de vigilance : les navires en provenance des colonies étaient fouillés avec minutie, les voyageurs contrôlés, les marchandises examinées avec soin, mais sans résultat. Après sa tentative manquée de Kamaloth, la secte des Serpents semblait avoir totalement disparu.

Avec l'arrivée de l'automne, les surveillances s'assouplirent, sans pour autant amener de nouveaux troubles. Un temps plus froid, avec son cortège de tempêtes, fit son apparition. Cependant Astyan refusait de laisser sa méfiance s'endormir. Plusieurs fois il interrogea des navigateurs, mais aucun d'eux n'avait entendu parler de créatures monstrueuses telles que celles décrites par Euphémos de Karya.

Vers le milieu de l'automne, afin d'en avoir le cœur net, Astyan conduisit une expédition jusqu'à l'île indiquée par le Karyen. Celui-ci l'accompagna. Le navire commandé par le Titan comportait une puissante armée de gardes redoutablement entraînés. On débarqua sur la plage où avait eu lieu l'attaque des hommes-boucs ; mais il ne subsistait aucune trace du drame. Désemparé, le marin courait d'un endroit à l'autre dans l'espoir de retrouver un indice, sans succès. Enfin il revint vers le Titan.

– Je n'y comprends rien, Seigneur. Je vous jure pourtant que je n'ai rien inventé...

Astyan lui posa la main sur l'épaule.

– Je te crois, Euphémos. Je sais que tu dis la vérité.

Mais il n'insista pas. Le marin avait effectivement vécu une aventure traumatisante ; son esprit en avait gardé des traces, ses souvenirs étaient précis – mais n'étaient-ils pas le fruit de son imagination ? Peut-être les peuplades sauvages qui infestaient l'île avaient-elles massacré la plupart de ses compagnons et les trois femmes. La terreur l'aurait conduit à voir des hommes-boucs là où il n'y avait que des hommes encore à l'état animal. Perplexe, Astyan donna l'ordre de remettre le cap sur Poséidonia. Un élément étrange l'intriguait pourtant : les indigènes qui vivaient autrefois sur l'île avaient disparu eux aussi.

Avec le temps, le souvenir des Serpents s'amenuisait dans l'esprit des Poséidoniens. Fa'ankys et les ruines de Karinatos demeuraient les seules traces tangibles des drames de la fin du printemps. La cité poursuivait sa vie tumultueuse. Astyan et Anéa avaient accueilli les deux jeunes couples dans leur palais ; les ventres des jeunes femmes s'arrondissaient régulièrement, et Anéa veillait sur elles comme s'il s'était agi de ses propres filles. Par précaution, la garde avait été triplée autour des Orchidées ; mais les Serpents semblaient s'être évanouis dans le néant. L'automne s'écoula sans le moindre trouble. Les navires au long cours en provenance des colonies, parfois situées aux antipodes, n'apportaient aucune nouvelle inquiétante, et jamais le commerce n'avait été aussi florissant. Les marins débarqués des horizons lointains s'étonnaient même de l'activité militaire nouvelle. Lorsqu'on leur parla des incidents survenus à Poséidonia, ils crurent à une plaisanterie. De leur côté, rien d'extraordinaire ne s'était produit, sinon les accrochages habituels avec les peuplades hostiles.

Vers le milieu de l'automne, alors que Poséidonia s'était parée d'or, de bronze et d'écarlate avant la chute des feuilles, les Titans Hypérion et Elyane d'Akhêna rendirent une visite amicale à Astyan et Anéa. On donna des fêtes somptueuses en leur honneur.

Puis vint l'hiver, annonçant les festivités du solstice de la « Nuit longue ». Les Poséidoniens appréciaient particulièrement cette période privilégiée. Familles et amis se réunissaient pour fêter la fin de l'année écoulée et l'avènement de la future.

Au palais des Orchidées, on vivait dans l'attente d'un autre événement. Deïrdra et Sygrine approchaient de leur terme ; une nuit, une servante vint avertir Anéa que les deux jeunes femmes étaient entrées dans les douleurs de l'enfantement. Le lendemain, les deux Kamaléennes accouchèrent de deux superbes bébés. Leurs yeux brillaient d'un merveilleux éclat d'émeraude, tandis que leurs épaules étaient marquées du signe du trident. Anéa ne se lassait pas de les admirer. Déjouant l'angoisse qui ne la quittait pas depuis plusieurs lunes, Maerl et Vivyan étaient revenus à la vie ; la Titanide était aussi fière que si elle avait été la propre mère des deux nouveau-nés.

Bien sûr, il faudrait attendre quelques années encore avant que les enfants ne recouvrent la mémoire. Mais ils vivaient, et pour Anéa leur naissance scellait la victoire que les Titans avaient remportée sur le dieu-serpent.

Les festivités qui se préparaient pour le solstice d'hiver promettaient d'être exceptionnelles. En fait, à part Astyan et Anéa, tout le monde avait quelque peu oublié la menace qui avait pesé sur l'Empire atlante six lunes auparavant. Bien sûr, on avait renforcé la garde impériale, et les navires avaient été équipés d'armes nouvelles ; mais les argontes se demandaient si celles-ci serviraient un jour. Jamais le monde n'avait été aussi calme. Pour la première fois peut-être, les Titans s'étaient trompés, et personne ne songeait à s'en plaindre. On ignorait ce qu'était la guerre, et on ne tenait pas trop à le savoir.

Avec les fêtes de la Nuit longue, les navires regagnaient le refuge des ports, où on les radouberait avant les nouvelles courses de l'année à venir. L'hiver n'était pas la meilleure période pour naviguer.

Pourtant, trois jours avant celui du solstice, un grand vaisseau pénétra dans la rade. Il portait les couleurs de la Tuténie, dont la capitale, Thartesse, était gouvernée par l'*archonte* Arganthos – c'était le titre que l'on donnait aux gouverneurs des colonies. Thartesse, installée sur les côtes du continent oriental, était une cité importante, avec laquelle l'Archipel entretenait de nombreux rapports commerciaux.

Les voyageurs débarquèrent. Les badauds comprirent rapidement qu'il s'agissait d'un vaisseau officiel lorsqu'ils virent les marins décharger de nombreux présents. Les arrivants déclarèrent que ceux-ci étaient destinés aux argontes et aux Titans. Parmi eux se trouvait une femme voilée, qui demanda à ce qu'on l'amenât sans tarder au palais. Elle était accompagnée d'un homme de haute stature, qui semblait commander le navire. Tous deux portaient des vêtements magnifiques qui trahissaient leur haut rang.

Peu après, un garde se présenta devant Anéa et Astyan. Il avait l'air stupéfait.

– Princesse, une dame est là, qui demande à te rencontrer. Elle vient à peine de débarquer et a exigé qu'on la conduise vers toi.

Une émotion intense s'empara alors de la jeune Titanide. Au moment où le garde était apparu, elle avait mentalement reconnu celle qui venait vers elle en cette période de fête.

– Fais-la entrer, dit-elle.

Le garde introduisit une jeune femme d'une beauté extraordinaire. Anéa sentit les jambes lui manquer. L'inconnue lui ressemblait trait pour trait.

– Ashertari ! murmura-t-elle.

24

Les deux femmes s'observèrent un long moment. Puis Anéa ouvrit les bras à sa sœur jumelle, et Ashertari s'y précipita, les yeux brillants. Derrière elle se tenait un homme dont la stature puissante et les yeux verts trahissaient une parenté proche ou lointaine avec les Titans. Il s'inclina devant Astyan et se présenta :

– Seigneur, mon nom est Saïth, prince de Lierna, une petite cité du royaume de Tuténie, vassale du roi Arganthos. Je suis le compagnon de votre sœur Ashertari, depuis qu'elle a quitté Poséidonia, voici plus de dix soleils.

– Sois le bienvenu, Saïth, répondit Astyan d'un ton neutre.

Le sourire énigmatique du Tuténien éveillait en lui un sentiment de méfiance. L'autre s'en aperçut.

– Je suis désolé, seigneur Astyan. Je sais que les convenances auraient voulu que nous annoncions notre venue, mais Ashertari voulait faire la surprise à sa sœur. Depuis dix ans que nous vivons ensemble, elle n'a cessé d'en parler. Elle m'a conté le différend qui vous avait opposés, et qui avait motivé son départ.

– C'est une histoire ancienne.

– Une histoire qui constitue la seule ombre à son bonheur depuis tout ce temps.

– Elle aurait pu nous faire signe plus tôt.

– Ne sois pas dur avec elle, Seigneur. En réalité elle avait peur. Elle s'est enfuie d'Avallon sur un coup de tête. Elle était fière, orgueilleuse. Mais elle se reprochait d'avoir tenté de trahir sa sœur. Lorsque je l'ai rencontrée, à Thartesse, elle était très malheureuse. Elle est devenue ma compagne. Plusieurs fois je lui ai proposé de revenir ici, mais elle n'osait pas. Elle ne se sentait pas prête.

– Alors pourquoi aujourd'hui ?

– Nous envisagions ce voyage depuis longtemps, mais tu sais ce que représente le gouvernement d'une cité, Seigneur. Lierna n'est pas une ville importante, mais elle requiert tout notre temps. Et puis il s'est produit un événement qui nous a incités à vous rendre cette visite que nous souhaitions depuis longtemps. C'était l'occasion pour Ashertari de venir se réconcilier avec sa sœur.

– Quel événement ?

– Rien de grave, au contraire. Mais si tu le permets, Seigneur, nous en reparlerons plus tard. Je crois que ma compagne souhaiterait te parler d'abord.

Astyan n'insista pas. L'homme l'intriguait. Il émanait de lui un charme indiscutable. Il était difficile de lui donner un âge : il paraissait aussi jeune qu'Ashertari, mais il pouvait aussi bien avoir une vingtaine d'années de plus qu'elle.

La visiteuse s'écarta de sa sœur et se tourna vers Astyan. Elle le regarda, visiblement gênée, puis elle s'avança vers lui d'un pas hésitant.

– Astyan, je sais quels sont mes torts. Je regrette ce qui s'est passé entre nous il y a dix ans. J'étais jeune à l'époque. Mais ce n'est pas pour moi la faute la plus grave : j'aurais dû vous donner des nouvelles plus tôt. La vérité c'est que j'avais peur, peur de toi. Tu m'as toujours impressionnée. Pendant toutes ces années j'ai eu envie de revenir, mais je redoutais la manière dont tu allais m'accueillir. Il m'a fallu beaucoup de courage pour entreprendre ce voyage.

Embarrassée par le regard du Titan, elle écarta les bras dans un geste d'impuissance.

– Et tu vois, je suis là, aujourd'hui, avec la même peur en moi. Je voudrais...

Elle avala sa salive avec difficulté.

– Je voudrais tant que tu me pardonnes ma conduite passée, et surtout ma si longue absence.

Deux larmes roulèrent sur ses joues. Astyan hésita. Il ne pouvait chasser de son esprit la gamine effrontée, audacieuse et impudique, qui avait tenté de l'abuser une nuit, lors d'une absence d'Anéa. Elle avait essayé de se faire passer pour elle, prétextant qu'elle était revenue plus tôt que prévu de son voyage. Bien sûr il n'avait pas été dupe longtemps, et il l'avait repoussée ; alors elle avait jeté le masque, et tenté de le séduire de toutes les manières possibles. Il avait eu toutes les peines du monde à se débarrasser d'elle. Il gardait en mémoire les paroles de haine qu'elle lui avait crachées au visage, les coups de griffe, la gifle qu'il avait fini par lui donner.

Un combat difficile se livrait en lui. Bien sûr il était naturel de pardonner ; en dix ans, la jeune femme avait changé. Mais au fond de lui, quelque chose lui disait de se méfier. Ce repentir était-il aussi sincère qu'il le paraissait ? Il était troublé par la ressemblance extraordinaire qui existait entre Anéa et elle. Elle le sentait et il le savait. Elle lui prit les mains.

– Astyan, la gamine effrontée et haineuse n'existe plus. Je te demande pardon pour tout ce que je t'ai dit cette nuit-là. Je voudrais tellement que cela n'ait jamais existé. Je... j'ai pensé que cette période du solstice d'hiver était le meilleur moment pour vous revoir, pour renouer avec ma famille.

Elle se tourna vers Anéa et ajouta :

– Je sais que ma sœur m'a pardonné depuis longtemps. Mais je ne serai parfaitement heureuse que si toi aussi tu m'accordes ton pardon, et que tu acceptes d'oublier. Saïth et moi avons apporté des cadeaux pour vous tous, pour mes parents, Meïna et Phéros, et aussi pour Maïa et Schoenée.

– Tu es partie avant leur naissance...

– Je connaissais leur existence, car je faisais prendre régulièrement des nouvelles par nos marins. Mais ce n'est pas une excuse. Astyan... c'est tellement dur pour moi.

Il était difficile de résister à ces yeux verts, qui lui rappelaient trop ceux d'Anéa. Enfin il consentit à sourire.

– Je te pardonne, Ashertari. Soyez les bienvenus à Poséidonia, ton compagnon et toi. Je pense qu'Anéa sera ravie que vous passiez avec nous les fêtes du solstice.

Pour toute réponse, la jeune femme éclata en sanglots et se jeta dans les bras du Titan.

– Merci ! murmura-t-elle.

Plus tard, dans le secret de la nuit, Astyan observa sa compagne. Sur ses lèvres luisaient les fines perles que l'amour y avait fait naître. Jamais elle n'avait été aussi belle, aussi épanouie. Une zone sombre de son esprit s'était dissipée. L'affection naturelle qu'Anéa éprouvait pour les autres et sa générosité spontanée ne supportaient pas l'absence de cette sœur jumelle, la seule qu'elle eût jamais eue depuis six millénaires. Aujourd'hui, elle était revenue. Elles avaient tant d'amour à rattraper, tant de secrets à se confier ! Pourtant, Astyan ne parvenait pas à se défaire d'une obscure sensation de méfiance. Mais il devait bien reconnaître, s'il voulait être tout à fait honnête avec lui-même, qu'il s'agissait d'un sentiment qu'il n'avait jamais éprouvé : la jalousie.

Anéa, qui avait suivi ses pensées, éclata de rire. Puis elle l'attira de nouveau sur elle. Jamais elle n'avait été aussi heureuse. Alors, emportées par le flot d'amour et de sensualité qui émanait de sa compagne, la méfiance et la jalousie d'Astyan furent balayées.

Cependant il n'avait pas oublié qu'il existait une deuxième raison à la visite des Tuténiens. Le lendemain, il s'isola avec Saïth dans son bureau.

– Je souhaiterais que tu me parles à présent de l'autre événement qui vous a incités à nous rendre cette visite... imprévue.

– Rassure-toi, Astyan, il s'agit d'une bonne nouvelle. Enfin j'espère que tu la prendras comme telle. En fait, hormis le désir de réconciliation d'Ashertari, nous sommes à Poséidonia en mission officielle. Le roi Arganthos souhaiterait vous inviter au printemps prochain à Thartesse. La Tuténie est une colonie ancienne, fondée par les navigateurs de l'Empire atlante ; la plupart des colons sont arrivés d'Avallon, et particulièrement de ce royaume-ci. Ils se considèrent comme des Atlantes à part entière, mais ils n'ont pas la chance, comme les Poséidoniens, de bénéficier de la présence de leurs Titans, dont ils trouvent les visites trop rares. C'est pourquoi le roi a décidé d'organiser de grandes festivités en votre honneur, en espérant que vous accepterez de venir.

– Voilà une invitation difficile à refuser. Il est vrai que nous ne nous sommes pas rendus là-bas depuis notre résurrection. Notre dernier voyage sur le continent oriental remonte à plus de cinquante années.

– C'est pourquoi votre présence est ardemment désirée. Les Tuténiens souhaiteraient connaître les nouveaux visages de leurs Titans. Un temple a même été érigé en votre honneur. Le roi voudrait que vous l'inauguriez vous-mêmes.

– Un temple, dis-tu ?

L'autre s'étonna de la réaction de méfiance soudaine d'Astyan.

– Oui, un temple. Le peuple vous considère comme des dieux vivants ; il est normal qu'il vous érige des monuments. Je serais peiné de devoir leur apprendre que vous... refusez.

– Il ne s'agit pas de refus.

Astyan hésita, puis demanda :

– Saïth, as-tu entendu parler des événements qui ont eu lieu ici voici quelques mois ?

– Les navigateurs nous ont en effet parlé d'une certaine secte qui avait pris pour emblème le serpent des érudits. Cependant ni à Thartesse ni à Lierna nous n'avons connu d'incidents ; dans le cas contraire, je t'en aurais averti. Mais je crois savoir qu'ici tout paraît rentré dans l'ordre.

– Depuis l'été, plus rien d'anormal ne s'est produit.

L'autre sourit.

– Peut-être s'agissait-il d'un phénomène limité à Poséidonia. De toute manière, qui oserait s'attaquer à la puissance des Titans ? Ce serait un suicide pur et simple.

Puis il changea de sujet.

– En vérité, cette mission diplomatique devait être assurée par un proche du roi. Nous avons... intrigué pour obtenir la responsabilité de cette requête. Elle nous offrait l'occasion que nous attendions depuis longtemps.

Astyan hésita, puis déclara :

– Je dois te remercier, Saïth. Depuis hier, Anéa a retrouvé une joie de vivre qu'elle avait perdue ces derniers temps. Tu diras à Arganthos que nous acceptons son invitation.

– Personne n'en sera plus heureux que moi, répondit Saïth.

Il prit Astyan par les épaules, puis lui donna une forte accolade.

– J'espère que le passé est vraiment oublié désormais. Nous serions tellement heureux de vous recevoir également à Lierna. Tu verras, ce n'est qu'une petite ville, mais ses habitants sont très hospitaliers. Et puis... nous sommes un peu comme des frères, n'est-ce pas ?

Saïth s'écarta d'Astyan et eut un sourire plein de chaleur.

– Je redoutais que cette mission ne soit un échec. Tu ne peux pas savoir l'angoisse qu'éprouvait ma petite Ashertari lorsqu'elle s'est embarquée.

– Tu l'aimes beaucoup.

– Oui ! C'est une femme extraordinaire. Elle est... pleine de ressources. Tous les deux, nous ferons de grandes choses ! Derrière notre cité s'étend un continent immense et merveilleux. Nous souhaiterions y envoyer des explorateurs.

Il éclata d'un rire frais.

– Mais nous parlerons de tout cela lorsque vous viendrez nous voir. Car vous viendrez à Lierna, n'est-ce pas ?

– Oui, c'est promis.

L'enthousiasme de Saïth était désarmant. Astyan était curieux de savoir à quoi ressemblait sa cité. Pourtant, lorsque le Tuténien eut quitté le bureau, il ne put s'empêcher d'éprouver de nouveau un malaise indéfinissable. La présence d'Ashertari comblait sa compagne, mais elle l'irritait lui-même. Anéa passait le plus clair de son temps avec sa sœur.

Il finit par sourire de sa réaction de jalousie, qui reflétait si bien son ascendance humaine. Il devait chasser de son esprit l'image qu'il gardait de la jeune femme.

Les festivités du solstice se déroulèrent dans une atmosphère extraordinaire. Saïth et Ashertari constituaient un couple plein d'initiative et de charme, qui eut tôt fait de conquérir les Poséidoniens invités au palais pour la Nuit longue. Maïa et Schoenée elles-mêmes se laissèrent séduire par cette tante qui ressemblait si fort à leur mère. En dépit de ses préventions, Astyan dut admettre que la jeune femme n'avait plus aucun rapport avec la petite sauvageonne qu'il avait affrontée dix ans plus tôt. Elle était devenue une femme épanouie, heureuse, amoureuse de son compagnon, qui apparemment le lui rendait bien. Ils parlaient de leur petite cité, de la douceur de son climat, de la gentillesse de ses habitants avec une passion juvénile.

Ashertari et Saïth demeurèrent une douzaine de jours à Poséidonia. Mais leur royaume de Lierna les réclamait. Ils profitèrent d'une accalmie dans les tempêtes hivernales pour reprendre la mer. Anéa et Astyan les accompagnèrent jusqu'à leur navire, un voilier fin et racé, taillé pour la course. Le couple emportait avec lui un message acceptant l'invitation du roi Arganthos pour le printemps prochain.

25

À l'image du temps froid et pluvieux de l'hiver, l'humeur d'Astyan était sombre. Un combat déchirant se livrait en lui. Il aurait voulu partager la joie d'Anéa d'avoir retrouvé sa sœur. Mais pendant toute la durée du séjour de leurs hôtes, les deux femmes ne s'étaient pas quittées : était-ce la sensation d'être délaissé qui le taraudait à ce point ? Malgré ses six mille ans d'âge, les morsures douloureuses de la jalousie pouvaient-elles encore le marquer, trahissant ainsi, bien qu'il fût un demi-dieu, sa fragilité et son humaine faiblesse ?

Mais s'agissait-il bien de jalousie ? Meïna et Phéros, les parents d'Anéa, lui avaient donné deux autres frères et une jeune sœur avec lesquels elle s'entendait parfaitement ; or jamais il n'en avait pris ombrage. Ashertari, elle, avait toujours exercé sur sa sœur une fascination étrange. Physiquement il était délicat de les distinguer l'une de l'autre. À cause de cela sans doute, Anéa éprouvait une grande tendresse pour ce reflet d'elle-même que lui avait offert un caprice de la nature. Elle était prête à tout lui pardonner, y compris d'avoir tenté de séduire Astyan dix ans plus tôt.

Astyan avait pardonné lui aussi – avec réticence, et afin de ne pas chagriner sa compagne. Mais il ne parvenait pas à oublier la scène terrible qui l'avait opposé à la jeune femme, les injures, les provocations en paroles et en actes. Il gardait d'elle le souvenir d'une fille haineuse, perverse, prête à tout pour atteindre son but. Il avait retrouvé avec stupéfaction une femme métamorphosée, souriante, charmeuse, pleine d'attention envers les autres. Son caractère capricieux, dominateur et empreint de perfidie semblait avoir complètement disparu. Elle avait eu un long entretien avec lui en tête-à-tête, pour s'excuser de sa conduite passée. La sincérité dont elle avait fait preuve l'avait désarmé. Quel homme n'aurait pas été touché par les larmes discrètes qu'elle avait versées, par la joie qu'elle éprouvait à retrouver sa famille – comme n'importe quel être humain séparé des siens depuis des années par une erreur de jeunesse ?

Alors pourquoi cette gêne obscure au plus profond de lui, qui parfois tournait à l'obsession ?

Malgré ses efforts, il n'avait pu dissimuler ses doutes à Anéa, et celle-ci lui en tenait rigueur. Depuis le départ d'Ashertari, ils éprouvaient moins de plaisir à se trouver ensemble, comme si une fissure mystérieuse s'était ouverte dans leurs relations. Ni l'un ni l'autre n'osait aborder le sujet qui les séparait ; Astyan redoutait de faire de la peine à sa compagne, qui elle-même ne comprenait pas son attitude.

Il avait parfois du mal à se comprendre lui-même. Au fond, que pouvait-il reprocher à Ashertari, sinon un affrontement vieux de dix ans, et que tout le monde souhaitait oublier, y compris lui-même ?

La vie avait repris son cours normal à Poséidonia. Malgré le temps hivernal maussade, l'industrieuse métropole avait retrouvé ses activités, un instant ralenties par les fêtes. Les lourds vaisseaux de commerce avaient repris la mer, à destination des autres royaumes de l'Empire, ou des lointaines colonies. Chaque jour les petits bateaux de pêche affrontaient les hautes lames grises soulevées par les vents du sud pour ramener leur provision de poissons, de mollusques et de crustacés.

Mais certaines choses s'étaient modifiées, qui intriguaient ou inquiétaient les citadins. Ainsi les chantiers navals avaient redoublé d'activité depuis que le Titan avait ordonné l'armement de tous les navires, y compris des cargos de transport. Les ingénieurs s'étaient penchés sur la fabrication d'armes nouvelles. La garde impériale avait été triplée. Sur le port, ainsi qu'à la périphérie de la cité, on bâtissait une multitude de fortins. Les argontes faisaient parfois grise mine lorsque les comptes des dépenses leur parvenaient : les réserves financières de la ville étaient certes importantes, mais pas inépuisables. Les sénateurs s'interrogeaient souvent sur la raison de l'obstination du Titan.

On avait défini la guerre comme le combat livré par un peuple à un autre, mais c'était un vocable sans signification réelle. Quel autre royaume de l'Empire aurait pu vouloir attaquer Poséidonia ? Et pourquoi ? Les Atlantes des autres îles étaient plus que des alliés : ils faisaient tous partie du même peuple. Chacun avait de la famille dans les autres cités. Aussi loin que remontaient les souvenirs, aucun événement ressemblant à une guerre n'avait troublé la paix de l'Archipel.

Alors les colonies ? Mais celles-ci étaient éloignées et ne disposaient pas de la richesse suffisante pour constituer une armée capable de s'opposer à la garde impériale. Sans compter la puissance phénoménale détenue par les Titans.

Qui pouvait donc être cet ennemi fantôme redouté par Astyan ? Depuis les incidents dramatiques qui avaient bouleversé la sérénité de la cité, les Serpents ne s'étaient plus manifestés nulle part. Au début, les autres Titans avaient écouté les avertissements d'Astyan, et on avait commencé à armer les capitales. Mais avec le temps, plusieurs royaumes avaient abandonné. La secte des Serpents avait été un phénomène limité à Poséidonia, et aucun élément ne permettait de prétendre le contraire, hormis les élucubrations d'un marin alcoolique qui affirmait avoir affronté des hommes-boucs dans une île perdue, où Astyan lui-même n'avait rien trouvé. Rien ne prouvait d'ailleurs que les deux événements fussent liés.

Pour la plupart des argontes et des sénateurs poséidoniens, la secte mystérieuse n'existait plus. Elle n'avait concrétisé que le combat désespéré d'un groupe d'illuminés exilés d'Avallon par les interdits d'Astyan ; ils avaient tenté un coup d'éclat, suivi d'une vengeance abominable, qui avait échoué. Et déjà leur souvenir disparaissait de la mémoire d'un peuple qui n'avait jamais connu de conflit depuis ses origines, hormis quelques escarmouches avec les peuplades belliqueuses vivant aux alentours de certaines colonies. Alors pourquoi le seigneur Astyan insistait-il pour que l'on poursuivît l'armement de la cité et des navires ? Anéa elle-même ne comprenait pas son entêtement. D'avoir retrouvé sa sœur avait effacé en elle toutes les craintes éprouvées l'année précédente.

Cependant Astyan demeurait inébranlable. Si un ennemi imprévisible attaquait Poséidonia par surprise, la ville était trop vulnérable. Anéa avait oublié un peu trop vite les visions terrifiantes qui avaient provoqué en elle ce sentiment inconnu des Titans : la peur !

Comme pour donner tort à Astyan, l'hiver s'écoula sans incident, semblable à tous ceux qui l'avaient précédé depuis la fondation de l'Atlantide. Maerl et Vivyan, recueillis par Astyan et Anéa, grandissaient sans connaître de problème.

– Nous devrions les ramener à Kamaloth, dit un jour Anéa. Je pense que tout danger est écarté à présent.

Astyan ne répondit pas. Elle insista.

– Il ne s'est rien produit depuis plusieurs lunes. Les Kamaléens ont le droit d'élever leurs Titans, comme les Poséidoniens. Ainsi le veut la coutume. Les argontes de Kamaloth nous ont adressé un message dans ce sens.

– Je sais !

– Si tu veux, nous établirons une garde spéciale autour d'eux.

– Je te demande encore quelque temps. Nous devons bientôt nous rendre à Thartesse. Dès que nous serons de retour, je te promets que nous restituerons Maerl et Vivyan à leur peuple. Mais je préfère qu'ils restent sous la protection des nôtres d'ici là. Poséidonia est bien plus puissante que Kamaloth.

Anéa accepta. Le voyage en Tuténie était prévu pour dix jours plus tard et durerait moins de deux lunes. On dépêcha un courrier à Kamaloth pour rendre compte de la décision des Titans. Les argontes firent connaître leur accord. Le retour des enfants-dieux serait l'occasion de grandes réjouissances.

Avec le printemps, la vallée de l'Acheloos retrouva la douceur de son climat. Les roses éclataient un peu partout, parant l'immense cité de couleurs et emplissant l'air de parfums. La sève montait au cœur des arbres, les petites feuilles d'un vert tendre illuminaient les artères et les parcs d'une lumière vive, annonçant un été magnifique.

Cependant, malgré le renouveau, les ombres qui planaient sur les relations entre Astyan et Anéa ne s'étaient pas dissipées. Bien sûr, l'amour ne s'était pas effacé entre eux, mais ils avaient l'impression de ne plus se comprendre. Quelque chose s'était brisé entre eux, que la lumière nouvelle ne parvenait pas à atténuer.

Souvent, Astyan partait chasser seul dans les vallées secondaires de l'Acheloos. Il avait besoin de ces instants de solitude pour échapper à l'insouciance qui baignait la cité. La logique et la raison auraient voulu qu'il balayât ses sentiments obscurs, mais son intuition lui criait de ne pas céder – une intuition dont il sentait qu'elle avait perdu de son acuité depuis la gêne qui s'était glissée entre Anéa et lui. Aussi devait-il redoubler de prudence.

Tandis qu'il marchait, armé seulement d'un arc et d'une lance, et suivi par son cheval, un superbe alezan botté de noir, une sensation étrange hantait son esprit. Un élément lui crevait les yeux, qu'il ne savait pas voir. Il eut un léger sourire lorsqu'un superbe lièvre détala sous son nez. Le gibier ne risquait pas grand-chose de sa part aujourd'hui ; il avait la tête ailleurs.

Jamais depuis le début de sa longue existence, il n'avait éprouvé un tel sentiment de solitude. Il s'assit sur un affleurement rocheux, écoutant les bruits innombrables de la nature, respirant l'air embaumé par les différentes essences de plantes. Il s'y mêlait les frais effluves aquatiques de la Skhoha, un affluent de la rive gauche de l'Acheloos. C'était une petite rivière tumultueuse, capricieuse et volontaire, qui s'était creusé par la force un lit étroit jalonné d'énormes rochers arrachés aux falaises qui la cernaient. Depuis le flanc du vallon sur lequel il se trouvait, Astyan apercevait le cours d'eau impétueux, dont les rives étaient le royaume des banians et des figuiers étrangleurs. Au milieu des arbres s'épanouissaient les plus belles des orchidées, les épiphytes, dont les fleurs charnues et sensuelles offraient un extraordinaire éventail de couleurs. Là comme ailleurs en Avallon, les papillons multicolores étaient légion à cette époque de l'année, provenant en migrations serrées des terres de la lointaine et froide Atalaya.

Cependant personne ne s'aventurait jamais au fond de cette vallée perdue, car on y rencontrait les *galliandres*, les redoutables salamandres noires, petites cousines des reptiles géants qui hantaient le niveau inférieur de la forêt à étage de Floorande. Bien que de taille plus modeste, certaines atteignaient tout de même les six coudées. Seuls s'y risquaient les chasseurs téméraires armés de lance-éclairs, qui fournissaient en cuir les tanneurs de Poséidonia. La chasse aux galliandres attirait les risque-tout qui adoraient défier les animaux les plus dangereux.

L'Atlantide comptait bon nombre de ces personnages hauts en couleur, dont le passe-temps favori était de se mesurer avec les féroces prédateurs dont le monde regorgeait. On les retrouvait ainsi en pleine mer, livrant sur de frêles esquifs des combats sans merci aux requins géants. Parfois on ne les retrouvait pas du tout : il aurait fallu les chercher dans l'estomac de leurs adversaires. On appelait ces chasseurs les *teemrods*. Nombre d'entre eux s'étaient présentés spontanément dans les casernes impériales lorsqu'ils avaient appris qu'on se préparait à une guerre possible. Combattre l'homme devait être au moins aussi exaltant que d'affronter les lézards géants, les squales ou les grizzlis des montagnes.

Astyan n'appréciait pas toujours ces teemrods, dont beaucoup n'étaient attirés que par le goût du massacre, mais il leur reconnaissait un courage réel qui souvent frisait l'inconscience. Il avait sélectionné les meilleurs d'entre eux pour se constituer une garde personnelle.

Depuis plusieurs lunes, il les avait formés lui-même aux différentes techniques de combat. Leur efficacité était stupéfiante ; de plus, subjugués par la personnalité de leur seigneur, auquel ils vouaient une admiration sans bornes, ils étaient prêts à se faire tuer pour lui. Parmi la centaine de guerriers que comptait cette garde spéciale, qui s'était elle-même baptisée la légion des « Braves », on trouvait une vingtaine de jeunes femmes, dont la combativité ne le cédait en rien à celle des hommes. À leur tête, Astyan avait placé Païdras, le pilote de son aéroglisseur. Celui-ci possédait de réels talents de meneur d'hommes, et ils lui obéissaient sans discussion. Un tel commando, qui bénéficiait des armements les plus sophistiqués, pourrait se révéler utile si un conflit éclatait.

Au début, Anéa avait approuvé cette initiative. Mais, depuis la visite d'Ashertari, elle estimait que les Braves n'avaient plus de raison d'être.

Astyan se releva et poursuivit sa marche silencieuse, l'esprit en déroute. L'endroit, étrange mélange de beauté et de cruauté, convenait à son désarroi. Jamais au cours des six millénaires écoulés la plus petite ombre n'avait marqué ses relations avec Anéa ; que s'était-il passé entre eux depuis le retour d'Ashertari ?

Soudain son attention fut attirée par un spectacle insolite. À quelque distance, sous l'ombre d'un banian aux racines aériennes, un énorme anaconda déroulait lentement ses anneaux, en fixant une gazelle argentée. Le petit herbivore, sans doute égaré, en provenance du plateau dominant la vallée, restait pétrifié de terreur. Le serpent se coulait avec une grâce terrifiante entre les hautes fougères, s'insinuant entre les nœuds sombres du banian, auquel il paraissait se fondre. La première réaction d'Astyan fut d'intervenir pour sauver la gazelle. Il lui suffisait de claquer des mains : en quelques bonds elle eût été hors de portée du monstre. Mais une voix intérieure lui souffla de n'en rien faire. Il s'approcha en silence et observa la scène.

Fascinée, la gazelle semblait incapable du moindre mouvement devant le redoutable prédateur, comme si le serpent avait été invisible. Tout était si paisible, si tranquille... Tout autour, la nature s'était tue, retenant son souffle dans l'attente du drame qui se nouait.

Astyan se demanda pourquoi il ne réagissait pas. Bien sûr, ce serpent ne faisait qu'obéir à son instinct de chasseur, et utilisait pour cela les armes dont la nature l'avait doté : des anneaux puissants et la faculté d'hypnotiser ses proies. Il n'y avait aucune perversité dans son acte : il avait le droit de se nourrir, comme toutes les créatures. Astyan n'avait jamais éprouvé de répulsion pour aucun animal, quel qu'il fût, et il n'associait pas le serpent aux inconnus de la secte énigmatique qui l'avaient pris pour emblème. Peu à peu, une impression bizarre s'empara de lui. Il n'avait pas surpris cette scène par hasard.

Soudain l'anaconda bondit sur la malheureuse gazelle et la saisit à la gorge. Elle tenta en vain de se débattre, mais déjà les anneaux s'enroulaient inexorablement autour de son corps, broyant les muscles, les os, lui rompant les vertèbres. L'herbivore disparut tout entier sous les circonvolutions puissantes du reptile. Celui-ci ouvrit alors une gueule démesurée et commença d'engloutir la tête de sa victime, avec une lenteur effrayante. Astyan savait qu'il mettrait plusieurs heures pour l'avaler ainsi, et plus d'une lune pour la digérer. Son corps à la souplesse inimaginable se déformerait, se boursouflant pour s'adapter à la forme de celui de la gazelle.

Astyan se redressa et s'approcha de l'ophidien. Celui-ci, surpris, mais incapable de se défendre dans la position délicate où il se trouvait, resserra d'instinct ses anneaux sur sa proie. Concentrant sa perception multisensorielle, Astyan constata qu'il avait affaire à une femelle qui attendait des petits. Il fallait qu'elle les nourrisse ; ainsi le voulait la loi de la nature. Il s'écarta du reptile qui, soulagé, continua son lent travail d'engloutissement.

Troublé, Astyan revint vers son cheval qui l'attendait à quelques pas. Il ne s'agissait là que d'un drame commun, comme il en arrivait tous les jours dans la forêt. Pourtant, il devinait derrière cette scène un signe énigmatique.

Mais comment fallait-il l'interpréter ?

Il se remit en selle, reprit le chemin de Poséidonia, se laissant guider par les pas tranquilles de l'alezan, et récapitula ce qu'il savait.

Au début de l'été dernier était apparue à Poséidonia une secte mystérieuse se cachant derrière l'emblème du serpent, qui était aussi celui des scientifiques. Elle s'était manifestée soudainement, défiant sans véritable raison la toute-puissance des Titans. Ses actes s'étaient limités à des inscriptions symboliques, à une tentative d'assassinat sur leurs personnes, et à la mort d'un vieil arbre qui faisait l'admiration de tous les habitants de la ville. Tout cela ne relevait d'aucune logique. Mais la logique pouvait-elle expliquer les agissements des fanatiques ?

On avait arrêté un homme, qui était mort sans avoir pu parler, en raison d'un mystérieux implant cérébral. Astyan n'avait pu saisir qu'un seul nom, à fleur d'esprit : Ophius. Immédiatement après, le clan auquel appartenait cet homme avait été anéanti par un incendie, sans doute destiné à effacer toute trace de son action. Suicide collectif, ou crime ? Astyan refusait de croire au geste désespéré d'une secte qui se serait autodétruite parce qu'elle se savait démasquée. Les peines qu'elle encourait n'étaient guère importantes.

En revanche, connaissant l'existence de l'implant, les Titans auraient été capables de le rendre inoffensif, et ainsi de faire parler les prisonniers. C'est pour cela que ces hommes avaient été supprimés. Par qui ? Et qu'auraient-ils pu révéler ?

Astyan en concluait inévitablement que la secte des Serpents n'avait pas disparu. Bien au contraire, elle disposait d'une puissante organisation, dont il fallait se méfier.

Peu de temps après, le temple mystérieux bâti par l'architecte Palarkos avait été détruit par une gigantesque explosion atomique, un piège dans lequel Astyan et Anéa auraient dû être tués. S'agissait-il d'un acte de vengeance désespéré, comme le croyait à présent sa compagne ? Ou bien ce temple recelait-il un secret qu'on avait voulu les empêcher de découvrir ?

Seuls des scientifiques de haut niveau étaient à même de fabriquer une arme à l'uraan, et d'insérer un implant cérébral. C'était là une preuve de plus de la puissance occulte de la secte – s'il s'agissait bien d'une secte. Le tract découvert après l'incendie parlait de l'avènement d'un dieu nouveau, le mystérieux Ophius. Astyan avait le sentiment qu'il s'agissait de bien autre chose que d'une poignée de scientifiques illuminés et fanatisés.

Par ailleurs, il y avait l'histoire singulière de ces monstres rencontrés par le marin Euphémos, qui devait à Astyan de ne pas avoir sombré dans la folie. Car personne, hormis le Titan, ne croyait plus à son histoire. L'expédition menée sur l'île avait démontré que les créatures mi-hommes mi-boucs n'existaient pas. Pourtant Astyan avait sondé à plusieurs reprises la mémoire du marin : malgré les désordres causés par l'abus d'alcool, son histoire ne pouvait être mise en doute. Alors qu'en était-il de ce mystérieux argonte qui devait mener le second du navire naufragé à Hypérion ? Lors de sa visite, à l'automne dernier, le Titan avait avoué tout ignorer de ce naufrage. Donc l'argonte qui devait lui présenter le second du navire n'avait pas rempli son office. S'il s'agissait bien d'un argonte...

On avait fait rechercher d'autres survivants de ce naufrage dans tout l'Archipel, sans succès. Le navire naufragé avait quitté Akhêna et n'avait pas reparu depuis près de deux années. Or plus d'une vingtaine de marins s'étaient échappés de l'île maudite. Tous avaient disparu ; Euphémos demeurait le dernier témoin.

Restaient les monstres mystérieux. Pouvait-on imaginer que ces derniers avaient été « déplacés » ensuite par ceux qui les avaient créés ? On n'avait pas non plus retrouvé trace de la peuplade sauvage de l'île. Les marins la connaissaient pourtant depuis des générations. Alors avait-elle été déplacée, elle aussi ? Ou bien plutôt exterminée ? Et par qui ? Aucun navigateur n'avait évoqué l'existence de monstres en d'autres endroits. Cependant plusieurs vaisseaux avaient été portés disparus. Bien sûr, les tempêtes et cyclones qui dévastaient les océans engloutissaient parfois des escadres entières ; c'était la dure loi de la mer ; mais il n'était pas interdit de penser que certains vaisseaux avaient découvert l'existence d'autres créatures monstrueuses. Dans ce cas les éléments étaient-ils seuls responsables de toutes les disparitions de navires ?

Astyan était certain qu'une partie de l'énigme trouvait sa résolution dans le temple de Fa'ankys. Il tenta de se remémorer la structure étrange, qu'il n'avait fait qu'entrevoir avant que le malheureux Marakis ne fût tué. Cependant, malgré ses extraordinaires facultés mémorielles, ses souvenirs demeuraient flous. L'étoile à cinq branches qui ornait le sol ne présentait en elle-même rien d'exceptionnel. C'était un symbole souvent utilisé pour cristalliser l'image du dieu-soleil, auquel le temple devait être dédié.

En fait, les doutes d'Astyan ne reposaient que sur ces éléments troublants. Peut-être ne s'agissait-il que de coïncidences ? Mais, au fond de lui, une voix lui soufflait que tous ces événements étaient liés. Et c'était ce doute persistant qui lui interdisait de céder à la douce euphorie du printemps revenu. Plus que jamais, il sentait qu'il devait rester sur ses gardes.

L'image de l'anaconda ne cessait de le hanter. Alors, peu à peu, le sens du signe lui apparut. Une analogie terrifiante lui traversa l'esprit. Si l'on admettait que la secte des Serpents n'avait pas disparu, si elle était au contraire beaucoup plus puissante qu'on ne pouvait le supposer, avec des ramifications dans chaque royaume de l'Atlantide et dans chaque colonie, peut-être était-elle en train d'endormir la méfiance des Atlantes en entretenant volontairement un calme trompeur. Comme le serpent qu'elle avait choisi pour emblème. Sans doute concentrait-elle ses forces afin de frapper en une seule fois, pour anéantir les seuls adversaires capables de s'opposer à elle, les Titans. Les Serpents avaient-ils trouvé le moyen de détruire les demi-dieux ? Si tel était le cas, l'Empire était perdu. Et la vision fugace d'Anéa, qui lui avait montré

Poséidonia assaillie par une flotte puissante et nombreuse, prendrait alors toute sa signification.

Mais sa compagne elle-même, pourtant si sensible, avait oublié toutes ses appréhensions depuis qu'elle avait retrouvé sa sœur. Celle-ci était-elle mêlée au complot ? Rien dans son attitude ni dans celle de son compagnon ne pouvait le laisser soupçonner. Mais, comme le serpent qui fascine sa proie, la secte savait se métamorphoser, se rendre invisible, insaisissable, insoupçonnable.

Astyan savait à présent que la scène de l'anaconda n'était pas fortuite. Depuis le matin, il n'avait cessé de se remettre en question, estimant que son imagination lui jouait des tours. Il avait été sur le point d'abandonner ses doutes, afin d'écarter l'ombre planant sur l'amour qui l'enchaînait à Anéa. Le serpent hypnotisant sa victime l'avait ramené à la réalité – une réalité épouvantable, que même les autres Titans ne pouvaient percevoir.

Il serra les dents dans un bref mouvement de colère et d'impuissance. Si au moins il avait su vers où orienter ses recherches ! Il avait la sensation de se battre contre un ennemi fuyant, insidieux, impalpable, mais qui détenait un pouvoir au moins équivalent au sien. D'où venait-il, qui était-il ? Et de quelle manière allait-il frapper ?

Par un violent effort de volonté, il calma son esprit troublé et se concentra. Il était sûr que la destruction du temple de Fa'ankys ne constituait pas qu'une simple vengeance. Le monument contenait un secret terrifiant, qu'il devait percer s'il voulait trouver la faille qui lui permettrait de démasquer et de combattre l'ennemi.

Mais quel pouvait être ce secret ?

26

Dix jours plus tard, sous un soleil magnifique, l'*Hedreen*, un grand quatre-mâts que les Poséidoniens avaient fait construire pour les Titans depuis leur dernière résurrection, trente ans plus tôt, quittait le port de Poséidonia. C'était sur ce vaisseau luxueux, long de plus de deux cents coudées, que les demi-dieux embarquaient lorsqu'ils accomplissaient un voyage officiel.

Quelques argontes les accompagnaient. Parmi eux se trouvaient le vieil Oldma et la flamboyante Mélina, dont Astyan s'était fait une alliée. La perspicacité de la jeune femme le séduisait ; elle était l'une des rares personnes à le suivre dans sa méfiance.

Le commandement était assuré par le propre frère d'Astyan, Oharis, son cadet de deux ans. Malgré son jeune âge, c'était un homme de bon sens, au courage sans faille, qui partageait lui aussi les idées du Titan. Il vouait à Astyan une fidélité absolue, en raison des liens de sang qui les unissaient, et aussi parce qu'il avait pour lui une admiration inconditionnelle. L'amour fraternel se doublait entre eux d'un sentiment de confiance et d'amitié que le Titan avait rarement éprouvé envers les frères que la nature lui avait offerts depuis les origines de l'Atlantide. Oharis avait suivi les conseils d'Astyan sans même discuter lorsque celui-ci lui avait demandé d'équiper le navire. Derrière l'apparence pacifique du navire se dissimulaient des armes nouvelles qui en faisaient, compte tenu de ses dimensions impressionnantes, la plus redoutable machine de guerre ayant jamais sillonné les océans depuis l'aube de l'humanité. Malgré la réticence d'Anéa, Astyan avait tenu à embarquer sa légion des Braves, les guerriers marins qu'il avait spécialement entraînés lui-même. Ainsi l'*Hedreen* était capable de tenir tête à une flotte entière.

Anéa avait objecté que l'on rendait visite à une colonie pacifique, uniquement désireuse de leur rendre hommage, mais Astyan n'avait pas cédé. De plus, Maïa et Schoenée faisaient partie du voyage. S'il arrivait malheur à leurs parents, il serait préférable qu'elles soient en sécurité à bord d'un navire bien armé. La justesse de l'argument avait ébranlé la jeune Titanide. De toute façon, elle savait par expérience qu'il était inutile de tenter de détourner Astyan de ses idées.

Pourtant, que pouvait-on redouter ? Le temps était superbe, le vent gonflait les larges voiles blanches, les parfums iodés qui montaient des hautes vagues inondaient la jeune femme d'une bienfaisante sensation de plénitude. Accoudée à la lisse en compagnie de Maïa et de Schoenée, elle contemplait en riant les évolutions des dauphins qui faisaient la course avec le puissant navire. Astyan s'en voulait un peu de ne pas faire preuve de la même allégresse. Anéa était heureuse de revoir bientôt sa sœur ; par crainte de lui causer de la peine, il n'évoquait jamais la jeune femme.

Anéa avait pris son parti de la situation. Sa longue vie lui avait enseigné la patience. Elle savait qu'avec le temps tout s'estomperait. Astyan n'avait d'autre souci que la sécurité des siens et de son peuple. Dans quelques lunes, il n'y penserait plus. Elle était certaine quant à elle qu'il accordait trop d'importance à des événements qui n'avaient sans doute aucun rapport entre eux. Bien sûr, lorsqu'elle se concentrait pour tenter de deviner l'avenir, tout demeurait flou, mais elle était trop heureuse pour s'en soucier. Toute à la joie de revoir Ashertari, elle ne pouvait imaginer que les hommes fussent capables de sentiments négatifs ou destructeurs. Et si tel était le cas, ce qu'elle refusait de croire, jamais ils ne détiendraient une puissance capable de s'opposer à la leur. Les Titans n'étaient-ils pas immortels ?

Le voyage se déroula sans aucun incident. Après une traversée de sept jours, l'*Hedreen* arriva en vue d'une côte lumineuse, où se dessina peu à peu une cité à l'architecture séduisante. La ville était bâtie sur une succession de collines où s'entremêlaient les taches blanches des palais et des bâtiments, et les étendues vertes des parcs où se dressaient cyprès et pins parasols.

Le port, protégé par deux digues imposantes, abritait une flottille de petits navires visiblement destinés à la pêche et au commerce. Anéa posa la main sur le bras d'Astyan.

– Tu vois, tu avais tort de t'inquiéter. Regarde comme ces gens sont heureux de nous accueillir.

Sur les quais se pressait une foule enthousiaste qui hurla sa joie lorsque le grand navire pénétra dans le bassin. Il accosta en douceur près d'un môle sur lequel se tenaient toutes les personnalités de Thartesse.

Anéa repéra tout de suite Ashertari. À ses côtés se tenaient Saïth, son compagnon, et, assis sur une chaise à porteurs, un vieillard en habits chatoyants : le roi Arganthos, qui régnait sur la colonie depuis bientôt quatre-vingts années. Il avait dépassé les cent deux ans, ce qui constituait un record pour un humain.

Lorsque les Poséidoniens, Astyan et Anéa en tête, débarquèrent, une dizaine de fillettes se précipitèrent à leur rencontre pour leur offrir des fleurs et des présents. Puis le monarque écarta les bras en signe de bienvenue. Instinctivement, Astyan tenta de percer discrètement l'esprit du vieil homme. Il constata que celui-ci ne disposait plus de toutes ses facultés mentales. Il confondait les Titans avec des vassaux venus lui présenter leurs hommages. Il voulut parler, mais, sa voix étant trop faible, il fit signe à son porte-parole de lire le discours qu'on lui avait préparé. Un homme richement vêtu s'approcha et s'inclina avec respect.

– Nobles Titans, notre cœur se réjouit de vous recevoir dans notre modeste cité de Thartesse. Soyez les bienvenus, et considérez que dans chaque demeure de cette ville, du palais jusqu'à la plus humble des habitations, vous êtes ici chez vous.

– Que la protection des dieux soit sur toi et ton peuple, noble Arganthos, répondit Astyan. Les Thartessiens nous sont aussi chers que les Atlantes de l'Archipel. Et nous nous réjouissons de passer ces quelques jours en votre compagnie.

Sans attendre la fin des discours protocolaires, Ashertari se jeta dans les bras d'Anéa.

– Chère petite sœur ! Comme tu m'as manqué. Si les dieux m'avaient donné plus de sagesse, je n'aurais pas attendu aussi longtemps avant de te retrouver. Mais nous saurons rattraper le temps perdu. Nous avons préparé de grandes festivités pour célébrer votre venue, et je désire que tu viennes ensuite jusqu'à Lierna, où notre peuple se réjouit déjà de votre visite.

– Rien ne saurait me faire plus plaisir ! Il y a tellement longtemps que nous ne sommes pas venus en Tuténie.

Thartesse avait bien changé depuis leur dernier voyage. Astyan se souvenait d'une petite cité frileusement blottie autour de son port. En quelque quarante années, la ville s'était étendue, les bâtiments commerciaux s'étaient multipliés ; en fait, elle n'avait rien à envier aux cités atlantes.

Une foule joyeuse accompagna le cortège royal jusqu'au palais, construit sur une colline qui dominait la baie thartessienne. C'était une magnifique construction à niveaux, où s'entremêlaient le rouge de la brique, l'ocre du grès et le blanc du calcaire. De vastes fresques de marbre sculpté décoraient les murs. Astyan s'étonna du nombre de gardes en armes. Saïth expliqua :

– Nous sommes obligés d'entretenir une armée importante ! Nous ne sommes pas ici en Atlantide. Dans l'arrière-pays vivent de nombreuses peuplades sauvages ; et nous sommes contraints de nous défendre contre leurs incursions. Nos richesses les attirent, même si nos armes les effraient.

– Ces gens ne connaissent même pas l'usage de l'arc. Que peuvent-ils faire contre des lance-éclairs ?

– Ils ne représentent pas un grand danger pour la cité elle-même. Mais nombre des nôtres se sont installés sur les terres de l'intérieur pour les cultiver, et ils ont subi de nombreuses attaques. Parfois les femmes ou les jeunes enfants sont enlevés jusque dans leurs demeures. Ces sauvages sont anthropophages, Astyan. Nous ne retrouvons bien souvent des nôtres que les os.

– Ce qui explique les guerriers armés.

– Bien sûr. Parfois j'ai envie de monter une expédition pour les exterminer, car je doute que nous puissions parvenir un jour à civiliser ces brutes. Mais nous respectons la volonté des Titans.

– Certaines colonies ont établi des liens amicaux avec des tribus de l'intérieur.

– Alors j'aimerais savoir comment elles s'y sont prises.

Il saisit Astyan par le bras.

– Mais nous ne sommes pas là pour parler de nos petites difficultés quotidiennes. À présent, ne pensons plus qu'à nous réjouir de votre venue. Ce palais est le vôtre.

– Tu sembles y exercer une grande influence.

– C'est exact. Je pense que les sénateurs devraient m'accorder le titre de roi lorsque notre bon Arganthos nous quittera. Mais je ne suis pas pressé. Cet homme a été un grand souverain, et il est très aimé de son peuple. J'essaierai de me montrer digne de lui.

Les Thartessiens avaient préparé les choses en grand. Le repas qui fêta l'arrivée des Titans réunit la fine fleur des dignitaires tuténiens. Les gouverneurs des petites cités inféodées à la capitale étaient tous là, et chacun tint à offrir des cadeaux aux Titans. Ceux-ci avaient apporté avec eux nombre de présents ; ainsi se scellait l'amitié entre les peuples.

Anéa ne se séparait pas de sa sœur. Astyan étudia la jeune femme à la dérobée ; apparemment, elle jouissait auprès de la cour d'un prestige indéniable, qu'elle devait à la sympathie chaleureuse qui se dégageait d'elle. Les

Poséidoniens eux-mêmes, ravis de retrouver cette femme qui avait égayé de sa présence les fêtes du solstice, se laissaient volontiers prendre à son charme. Ashertari était gaie, vive, pleine d'humour et d'esprit. Astyan dut admettre qu'elle n'avait plus aucun point commun avec la tigresse qu'il avait affrontée autrefois. Peut-être l'amour de son compagnon l'avait-elle assagie ? Saïth quant à lui demeurait en retrait, parlant peu, écoutant beaucoup. Astyan, qui bavarda un long moment avec lui, ne parvint pas à se faire une opinion sur le personnage. Il offrait l'image d'un grand seigneur aimé des Thartessiens en raison de sa générosité. Pourtant, Astyan décela chez lui des signes étranges, la froideur d'un fin calculateur, l'œil perçant de celui qui remarque tout sans rien laisser paraître. Mais peut-être veillait-il seulement à ce que les festivités se déroulassent dans les meilleures conditions ? Il confia en effet à Astyan qu'il avait été chargé par le roi de tout organiser.

À la nuit tombante, une troupe de danseuses envahit le centre de la salle principale du palais, à la grande joie du vieil Oldma. Des montreurs d'animaux succédèrent à des numéros de jongleurs, de trapézistes, de cracheurs de feu. Connaissant l'amour que les Atlantes avaient pour la poésie, les plus grands poètes de Tuténie s'étaient réunis pour déclamer leurs plus beaux vers, dont certains avaient été écrits en l'honneur des Titans.

Vers le milieu de la nuit éclata un superbe feu d'artifice qui n'avait rien à envier à ceux de Poséidonia. Thartesse était bien la capitale dynamique qu'avait décrite Ashertari lors de sa visite de l'hiver dernier. Dans les rues, jusque sur le port, la population avait allumé des feux de joie. On dansait, on chantait et on buvait avec enthousiasme. En fait, rien ne différenciait la Tuténie des royaumes de l'Empire. On y festoyait aussi volontiers qu'en Avallon.

Astyan dut lutter pour ne pas laisser endormir sa méfiance. Mais, au fond de lui, il devait admettre que ses préventions reposaient surtout sur le jugement négatif qu'il s'obstinait à porter sur Ashertari, que plus rien ne semblait justifier aujourd'hui. Comment pouvait-il encore garder rancune à la jeune femme de la haine qui les avait déchirés autrefois ? C'était absurde. Rien dans ce qu'il avait découvert depuis son arrivée ne pouvait laisser supposer qu'il y eût le moindre rapport entre Thartesse et la secte maudite.

Rien, sinon peut-être l'inauguration de ce temple, qui devait avoir lieu le lendemain. Mais ce n'était pas le premier monument qu'on leur consacrait. Même si cette pratique les embarrassait, ils l'acceptaient, sachant combien elle réjouissait les peuples.

Bien plus tard, au cœur de la nuit, lorsqu'enfin Astyan et Anéa se retrouvèrent seuls, la jeune Titanide se blottit contre son compagnon.

– Tu vois, ces gens nous aiment. Leur accueil chaleureux le prouve. Quand donc cesseras-tu de te montrer si soupçonneux ?

– Peut-être après avoir vu ce temple que nous devons consacrer demain.

Il prit son visage entre ses mains.

– Et s'il recelait le même piège que celui de Fa'ankys ?

Anéa se dégagea, en proie à la plus vive indignation.

– Comment oses-tu penser qu'Ashertari puisse nous tendre le moindre piège ? N'oublie pas qu'elle est ma sœur. Tu as pu constater de quelle affection elle nous entoure depuis notre arrivée.

– Oui, bien sûr ! Mais je n'ai pas oublié non plus l'explosion nucléaire qui a failli nous coûter la vie il y a neuf lunes.

– Les Thartessiens n'ont aucun rapport avec les Serpents, s'insurgea-t-elle. Crois-tu qu'ils seraient assez stupides pour faire exploser une bombe à l'uraan si près de leur ville ?

– Non ! Mais ce temple recèle peut-être un autre piège !

Anéa s'écarta de lui brusquement.

– Je ne te comprends plus. Rien ne s'est produit depuis cet événement. La secte n'existe plus. Et même si elle survit, ce ne peut pas être ici, dans ce royaume où vit cette sœur que j'aime beaucoup, et que j'avais perdue depuis tant d'années.

– Elle a juré de nous détruire, toi comme moi, il y a dix ans. Je ne l'ai pas oublié.

– Tu déraisonnes !

– Tu sais bien que non ! Tu as lu ces souvenirs dans mon esprit. Elle ne plaisantait pas.

– Elle a changé. C'était une gamine orgueilleuse et frustrée parce que tu l'avais repoussée violemment.

– Si j'avais cédé, elle n'aurait eu de cesse de te remplacer auprès de moi, et de devenir déesse à son tour.

– Astyan ! Tu la connais mal. Elle éprouve un tel remords de ce qu'elle a fait... Elle me l'a encore dit aujourd'hui.

– Pour endormir ta méfiance. La vérité, c'est que cette fille t'a aveuglée. Tu ne te rends même pas compte que tu n'es plus capable de distinguer l'avenir. Tout se trouble devant toi, devant nous. Et je suis sûr qu'elle y est pour quelque chose. Jamais les choses n'ont été aussi... aussi étranges.

Elle lui prit la main.

– Tu accordes trop d'importance à ces événements passés. Tout est rentré dans l'ordre à présent. Quand te décideras-tu à ouvrir les yeux ?

– Lorsque tu retrouveras ta clairvoyance. Tu n'es plus toi-même actuellement.

– La vérité, c'est que tu es jaloux, répliqua-t-elle sèchement. Tu n'as jamais aimé Ashertari. Tu ne lui as jamais pardonné. Peut-être est-ce le regret...

– Parce que tu aurais accepté que je couche avec elle ?

– Pourquoi pas ? Si cela devait la rendre heureuse !

Il la regarda comme s'il la découvrait pour la première fois.

– Mais quelle magie exerce-t-elle sur toi ? Te rends-tu compte de ce que tu dis ?

– Elle est ma sœur, mon double, mon reflet. Elle a été très malheureuse. C'est toi qui l'as chassée il y a dix ans.

– Et tu m'en gardes rancune...

Elle se calma quelque peu.

– Non ! Excuse-moi. Je sais que tu cherches avant tout à nous protéger. Mais Ashertari n'est pas une femme comme les autres. Et elle ne peut pas nous vouloir du mal.

Son regard se fit suppliant.

– J'aimerais tant que tu comprennes. Elle est la première sœur jumelle que j'ai depuis soixante siècles. La seule autre personne avec qui je puisse échanger des émotions, en dehors de toi et des autres Titans. Elle est ma sœur, mais elle est aussi plus que cela. Nous nous ressemblons.

Astyan dut faire un effort violent pour se calmer. Étaient-ils donc si fragiles tous les deux ? Il murmura :

– Petite, je désirerais plus que tout au monde que cette méfiance ne soit due qu'à la jalousie. Mais je sais au fond de moi que ce n'est pas le cas.

– Parce que tu refuses de voir la vérité en face, riposta-t-elle brutalement.

– Qu'est-ce qui nous arrive, Anéa ? soupira-t-il. Jamais rien ne nous avait opposés ainsi.

– Rien ! sinon ton obstination. Il faut que tu chasses de ton esprit le souvenir de cette scène enfouie dans le passé. Tout le monde a le droit de commettre des erreurs.

– Oui, c'est vrai.

Il hésita, puis s'écarta d'elle.

– Tu as raison. Il faut que je tente d'effacer cette scène pénible de mon esprit. Je désire rester seul cette nuit. J'ai besoin de réfléchir.

Elle eut une petite moue triste.

– Tu... tu ne veux pas que nous dormions ensemble ?

– Un obstacle s'est glissé entre nous. Il faut que je l'élimine.

Elle esquissa un sourire.

– Tu vas me manquer. J'aurais tellement aimé...

Il la reprit contre lui.

– Si je me suis trompé, tout sera oublié. Et personne n'en sera plus heureux que moi. Mais il faut que je comprenne.

Il sortit de la chambre. Peut-être avait-elle raison ; il le souhaitait ardemment. Cependant le doute obscur refusait de s'effacer. Alors il ne lui restait qu'une solution pour en avoir le cœur net. Silencieusement, il se glissa sur la terrasse du palais, où il savait que personne ne viendrait le déranger à une heure aussi tardive. Il s'assit en tailleur, contemplant au loin l'océan et la ville endormie.

Puis il se concentra.

27

Les yeux fermés, Astyan régularisa sa respiration, afin de ramener le calme dans son esprit. Cette mésentente avec Anéa diminuait ses facultés ; peut-être était-ce le but que recherchait l'esprit invisible qui les manipulait. Mais il ne lui offrirait pas la victoire aussi facilement.

Lorsque son souffle devint à peine perceptible, il s'enfonça peu à peu au plus profond de lui-même, traversant les différents niveaux de conscience pour atteindre, au-delà même de son subconscient, cette passerelle mystérieuse qui reliait son être à l'Esprit infini.

À d'innombrables reprises, par le passé, il avait accompli ce voyage extraordinaire au-delà de lui-même. Cette fois pourtant, le malaise indistinct et la souffrance engendrée par le désaccord avec sa compagne le perturbèrent. Il dut faire appel à toute sa volonté pour ne pas céder au vortex infernal qui tenta de le saisir dès qu'il eut franchi la porte irréelle qui menait vers l'univers d'azur et d'or, ce lieu étrange où les âmes immortelles se fondaient en une seule, où n'existait plus aucune distance.

Peu à peu se dessina au sein de ce monde impalpable un autre lui-même, son propre double spirituel. Une à une, il délia les attaches qui rattachaient ce corps subtil à son écorce matérielle. Comme un voile qui se déchire, il eut l'impression que ses sens se multipliaient : sa vue s'étendait à présent dans toutes les directions, son ouïe se développa, décelant le moindre murmure de vent. Par un simple effort de volonté, il se sépara de son enveloppe charnelle.

Il flottait à présent au-dessus de lui-même, dans un état de plénitude totale. Cependant, au sein de cette sérénité, il devinait des flux contradictoires, menaçants, dont il ne parvenait pas encore à comprendre l'origine. Mais il avait désormais la certitude qu'il ne s'était pas trompé : une entité néfaste régnait sur Thartesse. Il ressentait sa présence, sans pouvoir la localiser. Par précaution, il renforça son écran mental protecteur, afin que l'entité ne pût le détecter.

Guidé par sa seule volonté, il s'éleva encore, plana dans les airs, dominant la cité plongée dans la nuit comme un aigle invisible. Il ressentait en lui les vibrations émises par chaque être vivant, les êtres humains comme les animaux et les plantes.

Il pénétra tout d'abord dans la chambre où dormait sa compagne. Esprit immatériel, il se posa près de son visage, sur lequel séchaient des larmes. Une intense bouffée d'amour l'envahit, qui trouva son écho dans les songes de la jeune Titanide. La respiration d'Anéa se calma, ses traits se détendirent. Aveuglée par l'amour qu'elle portait à cette sœur jumelle, elle était comme prisonnière, incapable de percevoir la réalité subtile de la menace sourde qui pesait sur le monde. Il devait lui ouvrir les yeux, afin qu'elle redevienne elle-même. Un souffle léger se déposa sur les lèvres de la jeune femme, comme le rêve d'un baiser.

Puis il s'écarta, de peur qu'elle ne devinât sa présence. Elle ne devait pas savoir ce qu'il tentait. Tel un fantôme, il traversa l'épaisse muraille du palais et se retrouva de nouveau à l'air libre, survolant la cité. Un élément l'intriguait : la population de Thartesse, bien moins importante que celle de Poséidonia, ne justifiait pas le nombre élevé des gardes armés. Les populations anthropophages évoquées par Saïth n'expliquaient pas non plus un tel déploiement de force. Existaient-elles seulement ?

Plongeant dans la pénombre d'une ruelle où deux guerriers montaient la garde, il pénétra leur esprit, et une sourde inquiétude l'envahit aussitôt. Contrairement aux gardes impériaux, ces hommes ne possédaient plus aucune volonté propre. On les avait conditionnés pour livrer combat, au mépris même de leur propre vie. Dans quel objectif ?

Étudiant avec soin la mémoire du premier des deux hommes, il comprit qu'il n'était pas originaire de Thartesse elle-même mais d'une cité située plus au nord, qui avait nom Lierna. La cité de Saïth et d'Ashertari. Il capta dans l'esprit du guerrier la localisation de la ville et se sépara de lui, puis, à la vitesse de la pensée, il se projeta sur place, à plus de dix angles de distance. Une nouvelle cité apparut alors, dont la vue confirma d'un coup tous ses soupçons. Il remercia la déesse-mère, Gaïa, de lui avoir accordé la clairvoyance : le Serpent n'était pas parvenu à l'aveugler.

En vérité, Lierna n'avait aucun rapport avec le petit port commercial décrit par Ashertari. Devant lui s'étendait au contraire un puissant arsenal. Le long des quais s'alignaient des centaines de navires de guerre. Au-delà se dressaient les immenses chantiers navals où ils avaient été construits. Une telle flotte était beaucoup trop importante pour assurer la seule défense de Thartesse ; de plus, la seule population de la ville ne suffirait pas à fournir tous les guerriers nécessaires. Il fallait donc que les Thartessiens aient conclu une alliance avec d'autres cités. Astyan connaissait trop bien les royaumes de l'Empire pour savoir qu'aucun d'eux ne pouvait être impliqué dans le complot. La guerre qui se préparait résultait vraisemblablement de la coalition de certaines colonies. Il lui revint que les comptoirs établis sur les côtes du continent oriental et de la mer intérieure avaient fondé une compagnie commerciale, qui avait pris une relative importance ces dernières années. Se pouvait-il que la secte des Serpents se dissimulât derrière ce consortium ? Il en était à peu près persuadé à présent. Une fortune colossale avait été nécessaire pour construire tous ces vaisseaux : la seule richesse de Thartesse n'aurait pu y suffire.

Plongeant vers les navires, il pénétra à l'intérieur de l'un d'eux. Quelques guerriers en armes montaient la garde à la proue. Il s'engagea dans le ventre du vaisseau, parcourant les niveaux inférieurs, et se retrouva soudain au milieu d'un univers de cauchemar. Si les ponts supérieurs étaient occupés par des soldats armés jusqu'aux dents, qui ne semblaient attendre qu'un ordre pour combattre, les cales abritaient des monstruosités qui confirmaient le récit d'Euphémos de Karya. Astyan avait deviné juste : le marin alcoolique n'avait pas menti. Dans des cages s'entassaient d'effrayants hybrides d'humains et d'animaux. Il découvrit ainsi des hommes-boucs ; à leurs côtés se trouvaient des hommes à tête de lion, dont les mains se terminaient par d'énormes griffes. Plus loin somnolaient des créatures mi-hommes mi-crocodiles, des centaures parqués comme des chevaux dans des stalles trop petites.

Il ne faisait aucun doute à présent que la Tuténie avait accueilli les savants dissidents, peut-être emmenés par Drasko. Ils avaient fui l'Atlantide pour pouvoir poursuivre ici leurs abominables expériences sur les manipulations génétiques, créant ainsi une armée de créatures uniquement destinées au combat. Examinant les monstres plus attentivement, il découvrit que la plupart d'entre eux ne possédaient qu'une durée de vie limitée ; ils ne devaient donc servir que d'armée d'invasion, et préparer le terrain aux guerriers conditionnés qui suivraient.

La destination de cette puissance ne faisait aucun doute : les Serpents se préparaient à envahir l'Archipel atlante. Voilà pourquoi tout était si calme depuis près d'une année. Ophius avait voulu endormir la méfiance des Titans, comme il l'avait deviné lorsqu'il avait surpris l'anaconda. Mais il savait à présent qui était Ophius.

Cependant même une flotte de cette importance ne suffirait pas pour conquérir l'Atlantide tout entière. Poséidonia disposait à présent d'une armée tout à fait capable de lui résister. Mais cette flotte n'était peut-être pas la seule...

Il ne devait pas laisser l'émotion prendre le dessus. L'impression étrange qu'il avait ressentie un an plus tôt sur la Kaïrnâ lui revint en mémoire. Un court moment, il avait eu la sensation que cette trente-troisième existence serait peut-être la dernière. Mais c'était ridicule ; même si les Titans étaient tués, ils se réincarneraient, et livreraient de nouveau combat.

À moins que...

À moins que les Serpents n'aient découvert le moyen d'empêcher cette réincarnation. Mais comment ? Aucun mortel ne savait encore maîtriser le phénomène de la non-vie. Il fallait donc que soient apparus d'autres hybrides issus des dieux. Or les Entités qui avaient donné le jour aux Titans ne pouvaient avoir accompli une telle action ; de plus, elles avaient quitté la Terre depuis plusieurs siècles.

Alors peut-être ces Titans de la seconde génération étaient-ils nés spontanément – comme Ashertari, jumelle d'Anéa. Sans doute possédait-elle les pouvoirs des Titans à l'état latent, et depuis dix ans avait-elle appris à les développer ; ce qui expliquerait qu'elle ait été capable d'endormir la méfiance d'Anéa.

Passant d'un navire à l'autre, Astyan estima à première vue que l'armée d'invasion comptait plus de cinquante mille hommes, et une dizaine de milliers de créatures hybrides. Une telle armée ne se constituait pas en quelques jours ; Ophius préparait sans doute son opération depuis plusieurs années.

Quittant les vaisseaux, il se dirigea ensuite vers les longs hangars qui s'alignaient derrière les quais. Ils regorgeaient d'armes, parmi lesquelles il reconnut tout à coup des bombes à l'uraan. C'étaient des charges faibles, destinées à détruire des quartiers ou des petites cités. Il en dénombra plus d'une centaine ; la quantité suffisait pour rayer du monde l'ensemble des grandes cités atlantes, ou tout au moins celles qui tenteraient de résister après l'élimination des Titans.

Astyan demeura quelques instants songeur. S'il n'avait pas entretenu ce doute, s'il n'avait pas décidé ce voyage astral pour vérifier ses soupçons, il n'aurait jamais rien deviné de ce gigantesque complot. Anéa, de même que les autres Titans, ne se doutait de rien. Se concentrant de nouveau, il tenta d'entrer en contact télépathique avec ses compagnons, pour les avertir, mais un sentiment glacial s'infiltra alors en lui. Toute communication se révélait impossible, comme si un brouillard psychique recouvrait le monde. Instantanément il rétracta ses tentacules spirituels ; cette brume immatérielle était la preuve qu'il n'avait pas affaire à de simples humains, mais à des êtres supérieurs. Des êtres effrayants qui s'apprêtaient à conquérir l'Atlantide – ou peut-être à l'anéantir.

Il était seul. Une rage sourde monta en lui. Il avait cependant la possibilité d'agir. Tout d'abord, il fallait neutraliser les pierres de feu. Focalisant son énergie, il se concentra sur l'uraan contenu dans les bombes, affina sa perception matérielle et descendit lentement jusqu'au niveau atomique. Avec précaution, il s'intégra peu à peu à l'ensemble des projectiles. Il n'avait pas droit à l'erreur : le moindre écart dans sa concentration provoquerait l'explosion d'une des armes. Il l'aurait fait volontiers si les siens ne s'étaient pas trouvés à Thartesse, mais la destruction de l'arsenal balaierait le pays tout entier, soufflant la cité comme un vulgaire fétu de paille. Une cité où reposaient Anéa et ses filles, ainsi que tous ceux de leur suite.

Dans un suprême effort de volonté, il dissocia d'un coup les atomes d'uraan, transmutant ceux-ci en d'inoffensifs atomes de plomb. Une vague lueur de couleur verte s'éleva un instant des caisses contenant les projectiles, puis s'éteignit ; les bombes ennemies ne risquaient plus de causer de grands dégâts.

Une intense sensation de soulagement l'envahit. Avec ce qu'il avait découvert, il avait en mémoire suffisamment de preuves pour confondre Ashertari, et ouvrir ainsi les yeux d'Anéa.

Mais il restait un dernier mystère à percer. Il ressortit du hangar et s'écarta de Lierna. Revenu à Thartesse, il se dirigea vers le temple qu'ils devaient inaugurer le lendemain après-midi.

C'était un édifice heptagonal, dont la construction se basait sur le nombre sept, chiffre sacré depuis toujours associé aux sept îles de l'Archipel atlante. L'architecture n'avait donc rien de surprenant en elle-même. La pierre utilisée était du marbre blanc, mêlé à du basalte d'un noir bleuté. Le monument était gardé par une importante escouade de guerriers, mais rien ne pouvait arrêter un corps astral. Il plongea au cœur du temple, jusqu'à la salle centrale. Le sol de mosaïque s'ornait cette fois d'une étoile à sept branches ; au-dessus se dressait une étrange structure faite de fins réseaux de tubes d'or et de cobalt, dont Astyan remarqua aussitôt qu'elle était similaire à celle du temple de Fa'ankys. Il était sûr à présent que c'était elle qu'on avait voulu les empêcher d'examiner.

Lentement il évolua autour d'elle, l'étudiant avec attention. À première vue, elle avait un aspect décoratif et inoffensif. Il se mêla à la matière elle-même, suivant les dessins compliqués de la structure ; elle ressemblait vaguement à une double spirale hélicoïdale s'évasant vers le haut. Cependant le réseau de cobalt et d'or offrait par endroits des asymétries particulières, inexplicables. Redescendant sur le sol, il remarqua, à chaque extrémité de l'étoile heptagonale, d'autres structures dirigées vers le haut, et constituant la base d'un cône enveloppant le vortex immobile.

Tout cela n'avait aucun sens. Comment cette structure pouvait-elle présenter un danger quelconque ? Même s'ils l'avaient découverte, ils n'auraient rien vu d'autre qu'un élément décoratif surprenant. Il revint se placer mentalement au centre de l'étoile, là où il se tiendrait le lendemain avec Anéa. Affinant sa perception, il se concentra sur la spirale double, son orientation, ses proportions.

Soudain l'horrible vérité lui apparut, et il comprit le machiavélisme de toute la machination. Son émotion fut telle qu'il se retrouva instantanément replongé dans son corps physique. Son cœur battait à tout rompre ; une sueur froide ruisselait sur ses tempes.

Il reprit son souffle avec difficulté. Le piège ourdi par les Serpents était monstrueux. Il dénoua ses muscles engourdis par la longue immobilisation et gagna silencieusement la chambre d'Anéa. À présent, ils étaient seuls à pouvoir agir.

S'il n'était pas déjà trop tard.

28

Le lendemain matin, Astyan appela son frère.

– Oharis, je veux que tu emmènes discrètement Maïa et Schoenée sur l'*Hedreen*. Camoufle-les dans des malles ou dans n'importe quoi d'autre. Explique-leur au besoin qu'il s'agit d'un jeu. Il faut que les Thartessiens ne s'aperçoivent de rien.

– Que se passe-t-il, frère ? Ces gens nous ont accueillis avec chaleur.

– Je n'ai pas le temps de t'expliquer. Sache seulement que cette invitation est un piège ignoble destiné à nous éliminer, Anéa et moi.

Stupéfait, le jeune homme se tourna vers la Titanide, dont les yeux rougis prouvaient qu'elle avait pleuré. Elle acquiesça en silence. Astyan poursuivit :

– Que les gens de notre suite regagnent aussi le navire, avec le maximum de prudence. Choisis une vingtaine de guerriers parmi mes Braves ; ils nous suivront et joueront le rôle de notre escorte officielle. Au moment où aura lieu l'inauguration du temple, en début d'après-midi, tu appareilleras. Si l'on essaie de t'interdire la sortie du port, n'hésite pas à utiliser les armes. Tu disposes d'une puissance de feu bien supérieure à celle de Thartesse.

Le jeune homme hocha la tête.

– Voilà pourquoi tu as fait équiper l'*Hedreen* de cette manière. Tu te doutais de quelque chose.

– J'aurais préféré me tromper.

– J'agirai comme tu le souhaites. Mais j'aimerais mieux

éviter d'utiliser ces nouvelles armes. Tu connais leur puissance.

– On ne nous laisse pas le choix, frère. Détruis tout navire qui tenterait de te suivre. Tu feras mine de gagner la haute mer ; une fois hors de vue, tu changeras de cap et tu te rendras sur la côte, à cet endroit-ci.

Il déroula une carte sur la table, puis désigna un point situé au sud de Thartesse, dans une région désertique.

– Cette petite baie est navigable et à l'abri de la vue. Tu attendras deux jours et deux nuits. Si, passé ce délai, nous ne sommes pas revenus, lève l'ancre et regagne Poséidonia au plus vite. Tu remettras ce pli aux sénateurs.

Il lui tendit un rouleau scellé.

– Ils sauront ce qu'il convient de faire. Qu'ils préviennent aussi les autres royaumes atlantes.

Oharis glissa le pli dans son ample cape.

– Tout cela m'effraie, Astyan. Ne pourrais-tu m'éclairer un peu ?

– Frère, Poséidonia doit se préparer à la guerre, même si nous ne revenons pas. Surtout dans cette hypothèse. N'hésite pas à repartir, car dans ce cas le sort de l'Atlantide reposera entre tes mains.

Oharis serra le Titan dans ses bras avec force.

– Tu peux compter sur mon dévouement total. Mais vous, soyez prudents.

– Aie confiance en nous. Les Serpents ignorent que nous avons déjoué leur machination. Cependant... il faudra que les dieux nous assistent.

Le jeune homme prit ensuite Anéa contre lui.

– Prends garde à toi, petite sœur.

– Si tout va bien, nous nous retrouverons dans deux jours.

Elle déposa un baiser léger sur les lèvres du jeune homme.

– Nous te confions la vie de Maïa et de Schoenée. Prends soin d'elles.

– Je m'occuperai d'elles comme si elles étaient mes propres filles.

Il s'inclina et quitta la chambre. Anéa se jeta alors dans les bras d'Astyan et éclata en sanglots.

– Astyan, j'ai l'impression de vivre un cauchemar. Comment une telle ignominie est-elle possible ? Et pourquoi ?

Il soupira.

– Peut-être avais-tu raison lorsque tu disais que les humains devaient accomplir leur évolution eux-mêmes. La Sagesse et la Connaissance ne peuvent s'obtenir qu'au travers d'échecs qui portent leurs leçons. Les Serpents et leur soif de domination ne représentent qu'une étape dans cette évolution.

– Alors nos pères, les dieux, ont commis une erreur ?

– Sans doute avaient-ils sous-estimé la complexité de l'âme humaine. Ils voulaient éviter aux hommes les souffrances et le danger de l'anéantissement total, mais c'est pourtant bien ce qui risque d'advenir. Malgré tous les efforts que nous avons fournis depuis six mille ans.

Ils restèrent un long moment silencieux, chacun respirant longuement le parfum de l'autre, pour s'en imprégner, s'en enivrer ; peut-être était-ce la dernière fois qu'ils avaient l'occasion de partager ainsi la tendresse qui les unissait. Anéa leva les yeux vers son compagnon et lui demanda d'une voix mal assurée :

– Astyan, crois-tu que nous ayons vraiment une chance de sortir vivants de cette aventure ?

– Je l'ignore. Nous n'avons jamais tenté ce genre d'expérience. Le seul atout dont nous disposions, c'est que nous sommes avertis du danger.

Il prit le fin visage de sa compagne entre ses doigts et ajouta avec force :

– Nous vaincrons !

– Mais qu'arrivera-t-il si nous échouons ?

– Jamais plus nous ne pourrons nous réincarner. Cette structure infernale est destinée à créer autour de notre âme un vortex immatériel qui l'enfermera dans une sorte de spirale sans fin, dont nous ne pourrons pas nous échapper. Seuls les dieux posséderaient le pouvoir de nous délivrer

– en admettant qu'ils soient capables de nous retrouver dans l'Infini.

– Mais pourquoi nous jeter ainsi tête baissée dans le piège, puisque nous connaissons son existence ? Nous en savons assez à présent pour agir. Nous pourrions partir dès maintenant, après avoir détruit ce nid de frelons... Nous possédons les pouvoirs nécessaires.

– Il faut les faire croire à notre mort. C'est notre seule chance de démasquer Ophius.

– As-tu une idée de son identité ?

– Oui ! J'ai reconnu l'empreinte de ses schèmes mentaux dans l'esprit des guerriers que j'ai investis. Il s'agit de notre cher ami Saïth.

– Alors pourquoi ne pas le combattre dès maintenant ?

– Parce que c'est un être dévoré d'ambition et d'orgueil. Il ne se privera pas du plaisir de nous dévoiler ses plans avant de nous éliminer. Et ce sont eux que je veux connaître.

– Oui, bien sûr.

Elle demeura songeuse.

– Je me demande si je saurai jouer la comédie à Ashertari. Comment imaginer qu'elle ait pu nous trahir de la sorte ?

– Ces êtres ne sont pas seulement des humains ; ils sont habités par des esprits démoniaques et destructeurs. Ils savent dissimuler les projets les plus terrifiants sous le visage de la séduction. Tu dois leur rendre la pareille. Qu'Ashertari ne soupçonne rien.

Elle caressa le visage de son compagnon avec tendresse.

– Oh, Astyan, pourquoi ai-je douté de toi ? Hier soir, nous avons presque failli nous fâcher. Depuis six mille ans que nous vivons ensemble, cela ne nous était jamais arrivé. Quel pouvoir détient-elle sur moi ?

– Celui de l'amour. Nous sommes nés de parents divins, mais nous sommes aussi des êtres humains. Malgré les pouvoirs extraordinaires dont nous disposons, nous sommes soumis à nos passions et à nos sentiments, et l'amour est le plus puissant. Celui que tu éprouvais pour ta sœur t'a aveuglée, et ce d'autant plus que je la rejetais.

– Qu'elle soit maudite. Je m'en veux tellement d'avoir été bernée ainsi. Ce n'est plus de l'amour qu'il y a en moi, mais de la haine. J'aurai plaisir à la détruire.

– Non, Anéa ! Ne laisse jamais la haine te dominer. Elle est le côté sombre de l'amour, mais elle lui ressemble. Ces êtres sont nos reflets issus des ténèbres, la cristallisation de cette puissance contraire dont parlaient les dieux. Ils représentent la douleur, la destruction et l'obscurantisme – la mort absolue. Si nous cédons aux forces du mal, nous nous abaisserons à leur niveau, et cela signifierait l'abandon de tout espoir. Car si l'amour engendre l'amour, la haine engendre la haine, dans un cycle qui n'a pas de fin.

Elle essuya les larmes qui ruisselaient de ses yeux et hocha la tête d'un air déterminé.

– Alors nous devons vaincre. Nous n'avons pas le droit de laisser le monde entre les mains de ces... abominations.

Elle serra les poings, puis ajouta :

– C'est étrange : je n'éprouve aucune peur vis-à-vis de ce qui risque de nous arriver. Je ressens même une sorte de joie à l'idée de livrer combat. Sommes-nous tellement humains, nous aussi ?

– Je le crains, oui ! Mais c'est peut-être ce qui nous permettra de triompher.

Anéa posa la main sur la poignée de l'épée d'orichalque qui pendait à sa ceinture – un symbole de puissance dont ils n'avaient jamais cru devoir faire usage, depuis les lointaines origines de l'Empire. Le contact dur et froid du métal l'emplit d'une énergie nouvelle.

Astyan lui sourit. Pourtant il garda pour lui seul la pensée terrible qui lui avait envahi l'esprit : même s'ils parvenaient à tromper l'ennemi, celui-ci avait déjà vaincu. Il avait réveillé en eux les instincts agressifs, le goût du combat. La guerre qui se préparait aurait les mêmes conséquences sur tous les humains, quel que soit leur camp ; la paix disparaîtrait de l'Atlantide, et les peuples allaient perdre ce paradis en même temps que l'innocence que leur conférait l'esprit d'Amour universel.

29

Dans l'atmosphère de liesse qui baignait Thartesse, personne ne se préoccupa de ces serviteurs transportant deux grosses malles en direction du port. La mort dans l'âme, Oharis les fit charger sur l'*Hedreen*, dont presque tous les passagers étaient descendus à terre. Seuls restaient à bord les hommes d'équipage et la légion des Braves. Sitôt que les petites filles effrayées eurent été libérées de leurs prisons, elles se mirent à pleurer, réclamant leur mère. Mélina, mise au courant des derniers événements par le commandant, se chargea d'elles.

Oharis dépêcha ensuite ses hommes disponibles afin de ramener tous les Poséidoniens à bord dans la plus grande discrétion. Par chance, la foule n'accordait guère d'attention au navire des visiteurs ; on attendait avec impatience la grande inauguration du temple dédié aux Titans.

Les argontes et les sénateurs de retour sur le navire s'étonnèrent et exigèrent des explications. Ils n'avaient décelé aucun signe d'hostilité de la part des autochtones. Apparemment, le peuple n'était au courant de rien. Mais on ne pouvait mettre en doute la parole des Titans : depuis la création de l'Empire, toutes leurs prédictions s'étaient avérées.

S'il s'en était tenu à la seule raison, Oharis en aurait conclu que son frère s'était imaginé ce piège. Cependant le temps lui avait appris à vouer à Astyan une confiance aveugle. Il vérifia lui-même les armes lourdes dissimulées sur les trois ponts inférieurs ; une simple manœuvre et elles seraient prêtes à cracher la mort. Il lui répugnait d'avoir à les utiliser, mais il obéirait.

Astyan ne s'était pas trompé en confiant le commandement de l'*Hedreen* à son frère. Celui-ci disposait d'un réel talent de meneur d'hommes et jouissait de la part de ses marins d'une estime solide et d'une confiance absolue. Peu avant midi, tous les Poséidoniens avaient regagné le navire. Certains manifestèrent leur mécontentement, surtout parmi les plus jeunes ; le peuple de Thartesse faisait lui aussi partie de l'Atlantide ; pourquoi alors ne pas soupçonner tous les autres royaumes, toutes les colonies ? Le vieil Oldma se chargea de calmer les esprits. Il était indispensable que l'ennemi ne se doutât de rien.

Le retour des argontes au navire n'avait rien d'anormal ; ils devaient se préparer pour la cérémonie de l'après-midi. Cependant Oharis nota que de nombreux gardes s'étaient rassemblés par petits groupes aux alentours du vaisseau, qu'ils observaient discrètement. Suivant le plan d'Astyan à la lettre, il fit remplacer les personnalités de la suite des Titans par les Braves, ceux-là mêmes qu'Astyan avait formés depuis plusieurs mois. Tous connaissaient parfaitement leur rôle. Au nombre d'une vingtaine, ils comptaient quelques jeunes femmes parmi eux, toutes de redoutables guerrières, dont on avait artificiellement vieilli les traits afin de les faire passer pour des argontes.

Lorsque les Braves, grimés, quittèrent le bord pour regagner le palais où logeaient Astyan et Anéa, Oharis remarqua le soulagement des capitaines thartessiens. Mais se souciaient-ils seulement de la bonne organisation de l'accueil, ou bien craignaient-ils un départ précipité des invités ? L'attitude des soldats était bizarre. Oharis regretta de ne pas posséder les dons de clairvoyance de son frère, qui lui auraient permis de sonder leurs esprits.

Pour donner le change, il fit affaler les dernières voiles dont les gabiers réparaient les vergues. Il constata alors que plusieurs hommes d'armes quittèrent le port. Coïncidence, ou étaient-ils rassurés ? Le navire ne pouvait s'enfuir rapidement sans sa voilure. Mais Oharis savait ce qu'il faisait.

Au palais, le cortège commençait à se former. On avait pris une collation dans les jardins suspendus qui dominaient la ville. Ashertari faisait preuve d'un enthousiasme qui la faisait paraître plus jeune et plus belle que jamais. Anéa, troublée par l'innocence qui se dégageait d'elle, se prenait par instants à douter. Si elle n'avait découvert la vérité dans l'esprit d'Astyan, elle aurait cru à une hallucination de sa part. Mais elle avait vu les bombes à l'uraan, à présent inoffensives, et elle avait aussi compris la terrible raison d'être de la structure en spirale double. Alors elle calqua son attitude sur celle de sa sœur – une hypocrisie consommée.

Lorsque les faux argontes poséidoniens eurent rejoint la foule dense qui déjà se bousculait sur la route menant au temple, le convoi se mit lentement en marche. Le temple dédié aux Titans se dressait au nord-est, sur une éminence rocheuse qui dominait la cité. Depuis le milieu du jour, une foule de curieux s'était massée sur la route qui y menait, spécialement construite pour l'occasion. On voulait voir les Titans, le roi, les grands dignitaires. Certains s'interrogeaient sur la présence en si grand nombre de gardes impériaux, mais c'était sans doute pour faire honneur aux demi-dieux.

En tête venait une cohorte de prêtres de toutes les congrégations, de celles qui adoraient Selehn, la Lune, jusqu'aux grands serviteurs de Raâ, le dieu-soleil. Ensuite venait la cour de Thartesse. Dans un char tiré par quatre chevaux blancs, le vieux roi Arganthos précédait ses invités, les deux Titans, suivis des membres de leur propre suite. Astyan et Anéa avaient revêtu des habits sobres, affichant ainsi la simplicité qui était la leur depuis toujours. Saïth et Ashertari leur tenaient compagnie, multipliant les paroles aimables et les compliments. Anéa, souriante, se rendait compte à présent à quel point toute cette chaleur sonnait faux. Comme elle avait été naïve de ne pas s'en apercevoir plus tôt. Mais le visage de cette sœur qui lui ressemblait tant continuait à la troubler ; l'affection et la tendresse que l'autre lui témoignait semblaient si sincères, si profondes. Sans l'avertissement d'Astyan, elle serait tombée sans méfiance dans le piège ignoble qu'on leur avait tendu. Pour la première fois, la Titanide découvrait combien l'âme humaine pouvait se révéler noire. Alors elle jouait le jeu, s'extasiant sur la beauté du paysage, la splendeur des fleurs dont on avait jalonné la route menant au temple.

Enfin la procession parvint devant le vaste édifice en forme de pyramide à sept pans, dont le sommet se parait d'un polyèdre de cristal, étincelant sous le soleil. Seuls les grands dignitaires et les hauts fonctionnaires du royaume étaient admis à l'intérieur de l'édifice – ce qui avait provoqué toutes sortes de petites intrigues de cour. Les guerriers étaient toujours présents. Ils s'écartèrent pour laisser le passage au roi et à ses invités. Après une longue cérémonie au cours de laquelle les grands prêtres de chaque divinité firent des incantations dans le vieux langage atlante, l'assemblée pénétra à l'intérieur.

Depuis la passerelle de l'*Hedreen*, Oharis surveillait, à l'aide d'une longue-vue, la progression du cortège. Lorsque celui-ci parvint à proximité du temple, le jeune homme donna l'ordre de rompre discrètement les amarres. Puis il attendit que les personnalités aient pénétré à l'intérieur de l'édifice, et lança la manœuvre de départ.

Le grand navire s'écarta du quai, à la stupéfaction des quelques badauds restés sur place. Les voiles n'avaient même pas été larguées. Les quatre grands mâts demeuraient vides comme les branches des arbres en hiver. Et pourtant le vaisseau se déplaçait, sans qu'aucun bruit de moteur ne se fît entendre. Les curieux s'interrogèrent sur ce prodige.

Ils ignoraient qu'Astyan avait fait équiper l'*Hedreen* de moteurs à l'uraan, parfaitement silencieux, qui lui procuraient un second moyen de propulsion, bien plus puissant que le premier, et lui offraient une autonomie quasiment sans limites. Surpris, les gardes thartessiens demeurés sur les quais ne savaient comment réagir. Puis un capitaine plus malin que les autres comprit qu'il se passait quelque chose d'anormal, et donna des ordres pour que les tours qui commandaient l'accès du port tentassent d'arrêter le navire. Crachant des ordres dans un système de communication par ondes, il ordonna de mettre les canons en batterie. Mais le navire avait déjà acquis une vitesse surprenante.

Oharis fit pousser les machines à pleine puissance, et constata avec soulagement que les petits navires de pêche qui encombraient la rade ne pourraient en aucun cas s'opposer à son départ. De fait, aucun d'eux ne bougea. Soudain un tir de semonce jaillit des tours situées aux extrémités des rades. Deux boulets vinrent s'abattre dans l'eau, en avant de la proue de l'*Hedreen*. Ainsi Astyan ne s'était-il pas trompé : l'invitation était un piège. Oharis fit ralentir le vaisseau, afin de tromper l'ennemi et de lui faire croire qu'il renonçait à s'enfuir. Puis deux tourelles apparurent sur l'avant du navire. Sur l'ordre du commandant, les servants armèrent d'énormes canons lance-éclairs et tirèrent sans sommation. La précision du tir stupéfia les Thartessiens demeurés à quai : les deux tours s'embrasèrent littéralement. L'instant d'après elles s'effondrèrent dans un fracas épouvantable.

Oharis relança les machines. Propulsé par un fin réseau de coussins d'air, le grand navire sembla se soulever des flots, puis accéléra et franchit la passe sous l'œil ahuri des gardes impuissants. Les remous provoqués par son sillage provoquèrent des vagues monstrueuses qui vinrent frapper les quais avec violence, malmenant les navires amarrés. Jamais on n'avait vu un vaisseau acquérir une telle vitesse en si peu de temps.

Les citadins éberlués se demandaient encore pourquoi les invités quittaient ainsi le port, lorsqu'une véritable armée de guerriers surgit de nulle part, les bousculant sans ménagement. Dans une confusion totale, des armes furent apportées. Mais déjà le navire avait doublé les digues et se dirigeait vers la haute mer.

Oharis poussa un soupir de soulagement ; devant lui s'ouvrait l'océan. Il lui suffirait d'amener l'*Hedreen* hors de vue de la côte et de suivre les instructions de son frère.

Soudain il lâcha un juron de dépit. Doublant le cap septentrional qui gardait l'entrée de la baie de Thartesse apparurent cinq vaisseaux de guerre puissamment armés, qui se dirigeaient vers lui avec l'intention évidente de lui couper la route.

– Que les dieux nous protègent, murmura-t-il.

30

Il régnait au cœur du temple une lumière argentée, éblouissante, due à la transparence bleutée du dôme de cristal. La beauté des décorations murales stupéfia tout le monde. Des fresques réalistes ou stylisées représentaient les exploits des Titans, depuis la fondation de l'Empire atlante jusqu'à certains événements récents, comme la lutte qu'ils avaient menée contre un cyclone géant, quelques dizaines d'années plus tôt, sauvant ainsi leur cité de la destruction.

Anéa dut faire un violent effort de volonté pour masquer son trouble lorsqu'elle reconnut la structure à double spirale qu'elle avait devinée dans l'esprit grand ouvert de son compagnon, la nuit précédente. Protégée par un écran mental, elle parvint à adresser un sourire à sa sœur qui lui tenait affectueusement la main.

Ashertari, qui occupait les fonctions de grande prêtresse de Raâ, s'avança d'abord au centre de la vaste mosaïque en forme d'étoile à sept branches. Elle leva les bras et déclara d'une voix forte :

– Les dieux sont bons, qui m'ont permis de retrouver une sœur à qui je voue une affection si profonde. Une sœur et un frère, qui sont aussi les demi-dieux vivants à qui nous devons notre puissance et notre richesse. Ce temple que nous leur dédions aujourd'hui sera pour nous le symbole de leur présence permanente, même lorsqu'ils seront repartis pour leur lointaine cité de Poséidonia. Car Thartesse fait aussi partie du monde atlante, comme toutes les colonies que l'Empire a créées de par le monde. Un monde qui sera un jour unifié, lorsque la lumière de l'Esprit aura touché ces peuplades qui hantent encore les terres de l'intérieur.

Selon le rite, les Titans devaient s'avancer ensuite au centre de l'étoile. Astyan échangea un long regard avec Anéa, puis leurs mains se joignirent et ils pénétrèrent jusqu'au centre de l'enceinte heptagonale.

Ashertari s'écarta, sortit de l'étoile, et rejoignit son compagnon. Saïth adressa alors un signe discret à un grand prêtre. L'instant d'après un voile de lumière verte ruissela au cœur du temple, isolant les Titans derrière une muraille d'énergie. Anéa et Astyan marquèrent un instant de surprise.

– Qu'est-ce que cela signifie ? hurla Anéa.

Ashertari éclata d'un rire strident.

– Cela signifie que vous êtes tombés dans le piège, ma chère sœur.

– Quel piège ? De quoi parles-tu ?

– C'est simple. Vous allez disparaître. Définitivement !

Astyan s'avança vers elle, à la limite de la muraille verte, et constata que ses Braves, suivant ses instructions, s'étaient déjà dispersés au sein de la foule fascinée par l'événement. Il remarqua que déjà des gardes les cherchaient des yeux. Afin de donner le change, il tenta de franchir la barrière translucide. Sans succès. Une force inouïe le rejeta en arrière. Anéa se précipita pour le relever, tandis qu'Ashertari laissait exploser sa joie.

– J'exige que tu t'expliques, cria Anéa, qui soutenait Astyan, étourdi par le choc.

– Mais bien sûr, ma chère sœur. Ma petite sœur chérie, insista l'autre, tandis qu'un rictus de haine pure déformait ses traits.

L'assemblée des dignitaires thartessiens ne bronchait pas, comme si elle était préparée à la scène. Ashertari se tourna vers Saïth et ajouta :

– Je vous présente Ophius, qui est le vrai nom de mon compagnon. Ophius, le dieu nouveau qui va étendre sa puissance sur le monde.

Saïth s'avança et déclara :

– Il y a trop longtemps que les Titans règnent sur cette planète. Trop longtemps qu'ils se basent sur une fausse croyance pour étouffer la nature profonde de l'être humain. L'Amour universel n'est qu'une illusion : l'homme doit évoluer, non par l'amour, mais par la force. Ainsi le veut la loi de la nature. Le fort domine le faible.

– C'est faux ! hurla Anéa. Tout homme a droit à la vie et au respect. Le fort doit aider le faible ; c'est en cela qu'il mérite le nom d'être humain. Sinon, il restera au niveau de l'animal.

– Silence ! tonna Ophius. Vous n'avez rien compris. Vous n'êtes déjà plus rien. L'homme a droit à la connaissance absolue ; ainsi pourra-t-il s'élever au niveau des dieux et conquérir l'univers.

– Et comment vous y prendrez-vous ? demanda doucement Astyan en se relevant.

– Grâce à ces manipulations génétiques que vous avez interdites, nous avons créé des races de sous-êtres, des hybrides d'humains, qui nous permettront d'envahir et de soumettre l'Empire atlante. Mais ce n'est qu'une première étape. En ce moment même, nos frères s'apprêtent à supprimer de manière définitive tous les autres Titans.

– C'est stupide ! Même si vous nous tuez, vous ne pourrez empêcher notre réincarnation. Nous vous combattrons de nouveau, clama Anéa.

L'autre éclata d'un rire sonore et écarta les bras pour présenter le temple.

– Tu n'as pas compris. Regarde au-dessus de toi : cette structure fait appel à des lois qui défient la science elle-même. Car il fallait vous frapper au niveau même de votre existence spirituelle. Si vous mourez à l'intérieur du vortex créé par cette double hélice, vous serez à jamais enfermés dans un tourbillon immatériel, un univers de douleur qui vous interdira de vous réincarner pour toujours. Ou peut-être dans très longtemps, en ayant perdu tous vos pouvoirs.

– C'est monstrueux ! Vous ne pouvez faire cela !

Astyan ne bronchait pas. L'orgueil émanant du personnage dépassait l'imagination. Il représentait tout ce que l'âme des humains recelait de plus sombre et de plus pervers. Soudain il lui demanda :

– Mais comment êtes-vous parvenus à acquérir des pouvoirs identiques aux nôtres ? Et toi, Ophius, d'où viens-tu ?

L'autre l'observa, puis expliqua avec complaisance :

– Je suis le jumeau de Quetzal, qui règne sur Antilla. Un accident de la nature. Vous vous souvenez sans doute de ce vieux savant, Drasko, qui refusait vos interdits ? C'est lui qui m'a élevé, après m'avoir fait enlever dès ma naissance, voici maintenant soixante ans. Nul ne s'est douté que Quetzal avait eu un frère jumeau, pas même sa propre mère. Les savants dissidents pensaient qu'un tel double pourrait posséder, à l'état latent, les mêmes pouvoirs que les Titans. Ils m'ont aidé à les développer, et ils ont modifié la forme de mon visage, afin de ne pas éveiller de soupçons. Depuis, nous avons procédé par clonage pour obtenir d'autres Titans. Ainsi sont nés nos autres frères, Baâl, Taenghu, Eris, Khali et les autres. Onze divinités issues de vous, qui bientôt régneront sur les royaumes de l'Atlantide, sous le nom de Géants.

« Seule Ashertari est née de manière naturelle, tout comme moi. Nous n'avons pu l'enlever à sa naissance, car notre mouvement n'était pas encore assez puissant à Poséidonia. Mais je connaissais la haine qu'elle éprouvait envers vous. Alors après la dispute violente qui l'a opposée à vous il y a dix ans, je suis allé la chercher, et elle est devenue ma compagne. Sa haine l'a rapprochée de moi. Mais vous avez pu constater de quelle manière elle sait aussi jouer la comédie de l'amour.

– Et tu crois pouvoir soumettre ainsi les Atlantes ? riposta Astyan.

L'autre ricana.

– En ce moment même, nos flottes font route vers les capitales de vos royaumes. Privés de leurs dieux protecteurs, les Atlantes ne pourront rien contre notre toute-puissance. Alors se lèvera l'aube d'un monde nouveau. Grâce à la génétique, nous créerons peu à peu une race nouvelle, en stérilisant dans un premier temps tous les individus présentant des tares ; puis nous accouplerons les hommes et les femmes les plus puissants, les plus résistants, les plus intelligents. L'humanité pourra enfin se développer, et évoluer vers un état supérieur. Nous peuplerons les terres intérieures, après avoir supprimé les hordes sauvages qui y vivent. Nous les anéantirons, ou bien nous en ferons des esclaves. Car nous aurons besoin de main-d'œuvre pour défricher et cultiver le sol, pour construire de nouvelles cités. Dans quelques siècles, le monde entier sera soumis à notre puissance, avec une société hiérarchisée, où régnera un ordre absolu. Un monde entièrement soumis aux dieux qui l'auront fait naître. Nous, les dieux du Serpent, les Géants, qui bientôt effaceront des mémoires le nom même des Titans.

– Les Atlantes vous combattront, clama Anéa. Ils n'accepteront jamais un monde aussi injuste que celui que tu décris.

– Ma chère Anéa, connais-tu si mal les hommes ? Ignorerais-tu l'appât du pouvoir et de la richesse ? Pourquoi crois-tu que ceux qui se rebellaient contre votre autorité absolue étaient avant tout des hommes riches, comme Palarkos ? Le pouvoir ne connaît pas de limites. Chez certains, même, il suscite des excès de zèle. C'est ainsi que ce Palarkos n'a pas attendu mes ordres pour lancer une campagne contre vous. Il a voulu sensibiliser les Poséidoniens trop tôt – or, il ne fallait pas que vous soupçonniez quoi que ce fût. Cet imbécile a failli tout compromettre. Nous avons été contraints de l'éliminer d'une manière radicale. Mais nous redoutions également que vous découvriez le secret de ce temple qui devait vous accueillir, sur le plateau de Fa'ankys. Nous avons été obligés de le détruire, en essayant dans le même temps de vous faire disparaître. Cela a échoué, mais ce n'était que partie remise. Aujourd'hui vous êtes là, à notre merci. J'aurais eu plaisir à vous combattre physiquement, mais vous êtes réellement trop dangereux, et je ne puis me permettre de prendre un tel risque. Alors vous allez disparaître. Et nous aurons la joie d'assister à votre anéantissement.

Il écarta les bras et tonna :

– Que ma volonté s'accomplisse !

Astyan saisit la main d'Anéa. Ophius-Saïth adressa un nouveau signal au grand prêtre ; l'instant d'après, un panneau situé dans la voûte dévoila une sphère de cuivre.

– De la foudre en boule ! murmura Astyan.

Ashertari hurla :

– Adieu, ma chère sœur !

Il y eut un éclair d'une violence inouïe. Pendant quelques instants, l'assistance, aveuglée, ne distingua plus rien. Malgré leur concentration mentale, Ashertari et Ophius ne purent rien voir. Un grondement terrifiant fit trembler le temple sur ses bases. Des hurlements de terreur s'élevèrent et il y eut des mouvements de foule.

– Que signifie... commença Ophius.

Enfin la lumière aveuglante se dissipa, dévoilant une fumée résiduelle, tandis qu'une odeur de chair brûlée empuantissait l'atmosphère. Ashertari se précipita à l'intérieur de l'enceinte de l'étoile à sept branches. Au centre, sous la structure étrange, ne subsistaient plus que deux tas de cendres ayant vaguement la forme d'êtres humains. Alors elle laissa éclater un cri de victoire.

– Ils sont morts ! Ils sont morts ! Nous avons triomphé !

Ophius la rappela à la réalité.

– Comment se fait-il que le barrage d'énergie ait disparu ?

En effet, la barrière verte s'était évanouie dans le néant d'une manière inexplicable.

– Qu'importe ! Ils ont tenté de lutter. Ils ont uni leur puissance pour résister à la foudre en boule. Mais elle a été plus rapide qu'eux ! Aucun être, fût-il un demi-dieu, n'aurait la force de vaincre la puissance de l'éclair.

Cependant la résistance des Titans avait ébranlé les fondations du temple. Déjà les murailles vacillaient sur leurs bases. Ophius saisit la main d'Ashertari.

– Viens ! Il faut sortir, sinon nous allons être ensevelis sous les décombres de ce temple.

Un mouvement de panique s'empara de la foule qui se précipita vers les sept sorties, situées à l'extrémité de chaque branche de l'édifice heptagonal. Écartant sans ménagement les prêtres et les grands dignitaires, Ashertari et Ophius se frayèrent un chemin. Il n'était que temps : dans un grondement effroyable, le dôme de cristal et la structure létale s'effondrèrent sur la foule demeurant encore à l'intérieur. Des hurlements de douleur et d'agonie montèrent des entrailles de l'édifice. Les survivants fuyaient de toutes parts ; le vieux roi Arganthos fut piétiné sans comprendre ce qui lui arrivait.

Parvenus à l'extérieur, Ophius retint Ashertari par le bras et lui montra le port.

– Regarde !

Au loin, par-delà les digues de protection, se livrait un furieux combat naval.

31

Grâce à la propulsion atomique, Oharis n'aurait eu aucune peine à distancer les cinq navires ennemis. Mais les ordres d'Astyan étaient très clairs : il ne devait pas permettre à ses adversaires de le suivre. Malgré son tonnage important, l'*Hedreen* bénéficiait d'une étonnante faculté de manœuvre, due à la puissance fabuleuse de ses moteurs.

Le commandant de l'escadre thartessienne se demanda un instant si sa vue ne lui jouait pas des tours. D'après les ordres, il devait empêcher un navire d'agrément de quitter le port. Mais celui-ci les avait pris de vitesse ; bien plus, au lieu de fuir, il mettait le cap sur eux. Le plus étonnant, c'était qu'il se déplaçait sans faire usage de ses voiles. Ses mâts étaient totalement nus. Un instant décontenancé, le commandant ordonna d'armer les canons. Mais la proue du navire poséidonien n'offrait pas une cible facile. Il distingua d'étranges tourelles sur l'avant ; un long tube en sortit, qui l'instant d'après cracha avec une précision stupéfiante un éclair rouge. Touché de plein fouet, l'un des vaisseaux s'embrasa. Une déflagration énorme fit vibrer l'air marin : la soute à munitions avait dû être touchée.

– Des lance-éclairs géants, éructa le Thartessien, stupéfait. Mais c'est impossible ! Personne n'a jamais réussi à en fabriquer.

Il savait que les scientifiques dévoués à Ophius se brisaient les dents depuis des années sur les difficultés soulevées par la focalisation du flux énergétique de haute puissance. Aucun métal n'y résistait. Il fallait croire que les ingénieurs atlantes avaient résolu le problème.

Ces canons sophistiqués conféraient à l'*Hedreen* une supériorité incontestable. Cependant les canons à obus équipant la flotte de la Ligue pouvaient eux aussi faire des ravages. Le capitaine tuténien hurla :

– Feu !

Les soixante bouches des quatre navires survivants crachèrent de lourds projectiles explosifs. Mais le navire adverse avait prévu la manœuvre : virant lof pour lof au dernier moment, il évita la bordée, qui souleva d'énormes gerbes d'écume.

Soudain, contre toute attente, l'*Hedreen* se présenta de flanc. Atterré, le Thartessien vit trois rangées de batteries lance-éclairs s'ouvrir dans la coque du navire ennemi.

– Par les dieux ! Il possède la puissance de feu d'une escadre entière.

Il hésita un court instant ; il ne pouvait lutter contre l'armement dont disposait le vaisseau poséidonien. Mais il n'eut pas le temps de donner l'ordre de repli : des traits rouges illuminèrent un instant la mer. Une onde de feu baigna le commandant tuténien, puis la passerelle s'enflamma comme de l'étoupe. Il mourut sans comprendre, dans une gerbe de lumière rouge qui embrasa son corps en une fraction de seconde.

Touché en différents endroits, le navire commandant l'escadre roula sur le flanc. Des incendies se déclarèrent un peu partout. Voyant que le vaisseau était perdu, l'équipage survivant sauta dans une mer agitée où flottaient des débris enflammés. Le sort des trois autres bateaux n'était guère plus enviable. Deux d'entre eux, atteints presque simultanément, explosèrent, puis sombrèrent dans un désordre indescriptible, au milieu des hurlements des blessés et des agonisants. Le dernier, le château arrière en feu, se dégagea tant bien que mal et mit le cap sur Thartesse. Son capitaine préférait affronter les foudres d'Ophius plutôt que de livrer un combat perdu d'avance.

À bord de l'*Hedreen*, Oharis ne perdit pas de temps à savourer sa victoire. Les armes nouvelles lui avaient conféré un avantage incontestable, mais il pouvait survenir d'autres navires. Suivant les instructions d'Astyan, il mit le cap sur la haute mer, poussant les propulseurs atomiques à pleine puissance.

Du haut de la colline où les ruines du temple achevaient de s'écrouler, Ophius et Ashertari avaient assisté, impuissants, à la rapide victoire du navire poséidonien.

– Je croyais qu'ils venaient ici en amis, vociféra Ophius, s'étranglant de fureur. Ces chiens avaient tout prévu. Ils ont déjoué notre plan.

– Cela ne leur a servi à rien ! Ils sont morts ! hurla Ashertari. Il faut que nous arrêtions ce navire.

Il acquiesça. Joignant leurs esprits, ils projetèrent une onde d'énergie psychique en direction du navire, pourtant éloigné de près d'un angle. Mais celui-ci poursuivit sa route sans dommage, comme si un écran invisible déviait les coups de boutoir des Géants.

– Que se passe-t-il ? gronda Ophius. On dirait qu'une force s'oppose à la nôtre.

– C'est impossible. Ils ne peuvent disposer d'une arme qui les protégerait de l'énergie mentale.

– À moins qu'il n'y ait un autre Titan à bord. Ou encore... qu'Astyan et Anéa ne soient pas morts.

– Ils sont morts ! s'exclama-t-elle pour s'en convaincre. Tu as vu comme moi les tas de cendres ! C'est tout ce qu'il reste d'eux... Ils ne peuvent avoir résisté à la foudre en boule.

Ophius se concentra une dernière fois, projetant sa fureur en direction du navire. En vain.

– Quelque chose le protège ! répéta-t-il, tremblant de colère.

À ce moment, un guerrier à cheval surgit devant eux.

– Seigneur ! Le navire poséidonien est parti !

– Je l'ai bien vu, imbécile !

Fou de rage, il focalisa sa hargne sur lui. Le malheureux messager ne comprit pas ce qui lui arrivait ; il ne ressentit qu'une immense douleur, comme si un étau gigantesque le broyait, puis il sombra dans le néant, les os pulvérisés par l'effrayante vibration jaillie de l'esprit du demi-dieu.

– Nous aurions dû l'arraisonner plus tôt, cracha Ashertari.

Inquiète, elle sonda mentalement les environs du temple, mais il était difficile de se frayer un chemin au milieu du désordre psychique qui émanait des esprits terrorisés par l'effondrement inexplicable de l'édifice. Certains, plus courageux, tentaient déjà de sortir les blessés des décombres ; d'autres, en proie à la frayeur, refluaient vers la ville. Les demi-dieux avaient pourtant affirmé qu'il n'y aurait aucun danger.

Un serviteur s'approcha d'eux et déclara :

– Seigneur, le roi Arganthos est mort. Nous avons retrouvé son corps écrasé par un bloc de marbre.

– Aucune importance. Nous n'avons plus besoin de lui désormais. Fais-le ramener à Thartesse.

– Bien, Seigneur.

Le Géant interpella un capitaine.

– Et les autres, les membres de la suite des Titans ? Que sont-ils devenus ?

– Je... je l'ignore, Seigneur ! Beaucoup de gens se sont enfuis.

– Tu avais ordre de te saisir d'eux...

– L'éclair nous a aveuglés, Seigneur ! Depuis, ils ont disparu.

– Comment cela, disparu ? Ce ne sont que des vieillards séniles. Il faut les rattraper. Vous les reconnaîtrez à leurs vêtements.

– Je m'en occupe tout de suite.

Ophius revint vers Ashertari.

– Tout cela ne me dit rien qui vaille. Je veux qu'on arrête leurs argontes, et qu'on les égorge !

– Ils ne peuvent aller bien loin.

– Je l'espère, grommela Ophius. Quand ces idiots seront calmés, nous réunirons le conseil afin de déclencher l'attaque au plus tôt. À l'heure qu'il est, les autres Titans doivent être morts, eux aussi. Dans trois jours, nous lèverons l'ancre pour nous emparer de Poséidonia. Bientôt l'Empire atlante tout entier sera sous notre domination.

Suivant les instructions d'Astyan, Oharis conserva le cap sur la haute mer jusqu'à ce que la côte disparût à l'horizon, afin de faire croire que l'*Hedreen* retournait à Poséidonia. Puis il obliqua vers le sud, en direction de l'endroit indiqué par le Titan. Il y parvint alors que le soleil se couchait, embrasant le crépuscule d'une lueur de sang. Mélina le rejoignit alors qu'il scrutait la côte.

– Je crois que nous pouvons approcher. Cette baie est totalement déserte, et les sondeurs indiquent que les fonds sont suffisamment profonds pour permettre à l'*Hedreen* d'y pénétrer.

Il donna ses ordres. Le navire s'engagea lentement entre deux hautes falaises ; au loin s'étirait une plage de sable et de galets, bordée par des arbres qui s'étageaient sur les flancs d'une colline remontant vers l'intérieur des terres. Nulle part on n'apercevait une trace de présence humaine. Cependant la mine sombre d'Oharis trahissait son angoisse. La jeune femme lui posa la main sur le bras.

– Ne t'inquiète pas. Tu sais bien que ce sont des dieux. Ils ne peuvent pas mourir comme ça. Je suis sûre qu'ils ont triomphé.

– Je voudrais partager ta confiance, Mélina. Mais Astyan est mon frère, avant d'être un Titan. Je le connais depuis toujours ; et cette fois il avait l'air vraiment soucieux. J'aurais aimé qu'ils fussent déjà là.

– Il faut leur laisser le temps de venir. Nous sommes à plus de quatre angles de Thartesse.

– Avec de bonnes montures, cela ne prendrait que deux ou trois heures.

Il envoya une chaloupe à terre. Mais la nuit tomba sans que rien ne se manifestât. Par mesure de prudence, Oharis fit éteindre tous les feux du navire.

Puis vint le matin, illuminé par un soleil glorieux. Sur la passerelle, Oharis faisait les cent pas. Avec les heures, son inquiétude s'était muée en angoisse.

– Je suis sûr qu'il leur est arrivé malheur, grognait-il de temps à autre.

Mélina, qui s'était prise d'affection pour lui, tentait de le calmer. Mais elle-même commençait à douter.

Vers le milieu de la matinée, les guetteurs descendus à terre signalèrent l'arrivée d'une troupe de cavaliers en provenance du nord. On arma les lance-élairs, par précaution ; les nouveaux venus se dirigèrent sans hésitation vers la baie et déboulèrent en trombe sur la plage. Il s'agissait de Païdras et de ses Braves, qui avaient joué le rôle des argontes. On se précipita à leur rencontre – mais les Titans n'étaient pas parmi eux. La chaloupe les amena à bord. Le visage défait, leur commandant expliqua ce qui s'était passé.

– Il y a eu tout d'abord cette barrière verte, qui a isolé le seigneur Astyan et la princesse Anéa. Ils ne pouvaient plus s'échapper. Alors les faux dieux ont dévoilé leurs plans : envahir l'Atlantide. Et puis... il y a eu cet éclair aveuglant. On ne voyait plus rien. Le temple s'est mis à trembler, la muraille verte a disparu, la foule a fui dans tous les sens. Nous avons profité de la confusion pour nous enfuir, comme nous l'avait ordonné le seigneur Astyan. Mais avant... j'ai vu... ce qu'il restait d'eux.

Il se mit à pleurer.

– Des cendres noircies. Rien que des cendres.

La consternation se peignit sur les visages.

– Ils sont morts pour nous sauver, murmura Oharis.

– Non ! déclara fermement Mélina. Nous ne connaissons pas l'étendue de leurs pouvoirs. Peut-être ont-ils pu s'échapper, eux aussi.

– Mais Païdras vient de dire...

– J'ai parfaitement entendu ce qu'il a dit. Mais je sais aussi qu'Astyan a demandé que l'on attende deux jours. Il savait ce qu'il faisait. Je suis sûre qu'il a trouvé un moyen de s'en sortir.

Elle regarda les argontes les uns après les autres.

– Ils sont vivants ! Je refuserai de croire à leur mort avant ce délai de deux jours.

Païdras voulut intervenir. Tous ses compagnons avaient eux aussi contemplé ce qui restait des Titans. Trouverait-il le courage d'avouer ce qu'il avait entendu de la bouche même de ce maudit Ophius ? Les Titans ne reviendraient pas. La résurrection leur était désormais impossible.

Cependant, rassuré par la confiance de Mélina, Oharis renvoya la chaloupe à terre. Il y embarqua lui-même, espérant inconsciemment que sa présence hâterait le retour de son frère et de son épouse. La jeune femme l'accompagna ; elle commençait à s'attacher à cet homme dont le caractère volontaire et la force physique dissimulaient une sensibilité profonde et une loyauté sans faille. De son côté, Oharis était heureux de la présence de Mélina. Elle était belle, mais il appréciait surtout son intelligence vive, son obstination et sa clairvoyance. Alors que tous les autres se lamentaient, elle seule conservait encore l'espoir.

Vers le soir, pourtant, cet espoir s'était amenuisé. Comme pour confirmer la terrible nouvelle, le temps s'était détérioré dans la journée, et une tempête s'annonçait. Un vent violent hurlait dans les branches des arbres, qui se tordaient sous les bourrasques. Oharis, Mélina et les quatre marins qui les accompagnaient s'abritèrent sous un surplomb rocheux. Le jeune homme préférait passer la nuit à terre plutôt que de regagner l'abri du navire.

Avec la nuit naissante, de lourds nuages envahirent le ciel. Une pluie battante se mit à tomber, noyant la vue. Au loin la silhouette sombre de l'*Hedreen* roulait sous la puissance des lames venues de la haute mer. Mélina, blottie contre Oharis, murmura :

– Il y a quelque chose de bizarre dans cette tempête. Regarde la forme des nuages : on dirait qu'ils forment comme une couronne tout autour de cette baie.

– Un cyclone ? Mais ils sont très rares sous cette latitude.

Elle ne répondit pas. Son instinct lui disait que les Titans n'étaient peut-être pas étrangers à ce typhon naissant. Elle enveloppa Oharis dans sa propre couverture et le prit dans ses bras.

– Je veux que tu gardes confiance. Les deux jours ne sont pas encore écoulés.

La puissance de la conviction qui émanait de la jeune femme troubla Oharis. À moins que ce ne fussent ces yeux si brillants, cette bouche si attirante... Il se pencha vers elle, leurs lèvres se joignirent. Lorsqu'ils se séparèrent, elle lui sourit.

– Je n'ai pas de compagne, murmura-t-il.

– Peut-être que tu en as une à présent, souffla-t-elle.

Puis elle se serra contre lui. Elle n'avait pas envie de faire l'amour avec lui. Pas encore. Elle voulait revoir Astyan et Anéa auparavant. Pour avoir la preuve que son intuition ne l'avait pas trompée.

Elle lutta le plus longtemps possible contre le sommeil. Cependant, malgré les hurlements de la tempête en formation, la respiration régulière de son compagnon la berçait, et elle finit par s'endormir.

L'aube pointait à peine lorsqu'elle s'éveilla. La pluie avait cessé. Soudain elle eut un mouvement de surprise : deux hautes silhouettes se tenaient devant eux. Elle bondit sur ses pieds, bousculant sans ménagement le pauvre Oharis qui dormait encore et se jeta dans les bras des arrivants.

À demi réveillé, le jeune homme sentit que son cœur lui remontait dans la gorge.

– Astyan ! Anéa !

32

Lorsque tout le monde eut regagné le navire, on entoura les Titans. Chacun voulait leur parler, les toucher, s'assurer de leur retour. Les vingt Braves qui les avaient accompagnés n'osaient en croire leurs yeux ; malgré leur endurcissement, ils ne pouvaient retenir leur émotion. Le vieil Oldma, à travers ses larmes de joie, balbutia :

– Mais comment est-ce possible ? Les guerriers ont dit que vous aviez été réduits en cendres par un éclair gigantesque.

– C'est exact, ils ont bien vu des cendres, mais ce n'étaient pas les nôtres. Ophius ignorait que j'avais découvert le piège. Lorsque j'ai eu compris son fonctionnement, j'ai modifié la structure pour la rendre inoffensive – il suffisait d'ôter quelques éléments. Personne n'a rien remarqué. Ainsi, même si nous avions péri, rien n'aurait pu empêcher notre résurrection. Mais nous n'avions pas l'intention de mourir.

« Je savais aussi qu'Ophius utiliserait la foudre en boule. C'est une forme d'énergie extrêmement difficile à maîtriser, plus encore que le feu, mais nous y sommes parvenus, et nous avons retourné la situation à notre avantage. Bien sûr la foudre nous a frappés, mais nous avions établi un champ protecteur. Nous avons profité de l'aveuglement momentané de la foule pour supprimer le mur d'énergie qui – comme le croyait Ophius – nous retenait prisonniers à l'intérieur de l'étoile. J'avais également saboté le dispositif.

– Mais je t'ai vu tenter de franchir cette muraille de lumière verte, intervint Païdras. Et tu as presque perdu connaissance !

– J'ai joué la comédie, répondit Astyan avec un sourire, et j'ai fait semblant d'être étourdi. En réalité, elle était déjà inoffensive. Mais je voulais faire parler Ophius avant qu'il ne croie à notre mort. Lorsqu'il a déclenché la foudre en boule, nous l'avons détournée afin qu'elle aveugle tout le monde. Puis nous avons ébranlé les bases du temple pour créer une diversion, et nous avons attiré deux prêtres de cette religion maudite au centre de l'étoile ; nous avons pris leurs vêtements, et nous avons libéré l'énergie sur eux. Ils ont été carbonisés instantanément. Ensuite nous avons profité de la confusion pour nous fondre dans la foule. Lorsque l'assistance a recouvré la vue, elle a vu deux corps calcinés et a pensé qu'il s'agissait des nôtres. Lorsque nous avons été certains que nos guerriers, comme nous le leur avions demandé, étaient sortis du temple, nous l'avons détruit.

– Mais pourquoi ne pas être venus ici tout de suite ? demanda Oharis. Nous ne vivons plus depuis hier.

– À cause de cela, déclara Anéa.

Elle désigna, à l'extérieur, la tempête qui redoublait de violence.

– Mais... ce n'est pas un ouragan qui a pu vous empêcher de passer, répondit Oharis d'un ton hésitant.

– Il nous a fallu un peu de temps pour le déclencher, répliqua Astyan avec un sourire. Et je crois que jamais les Thartessiens n'en auront connu de semblable.

– C'est vous qui l'avez provoqué ? s'exclama Mélina. Il me semblait bien qu'il avait quelque chose d'anormal.

– Oui, et ce n'est pas terminé, ma belle.

Astyan se tourna vers Oharis.

– Mon frère, tu vas mettre le cap sur Thartesse.

– Sur Thartesse ?

Le jeune homme hésita un instant, puis, devant le sourire de son frère, comprit que les Titans préparaient à l'ennemi un tour à leur façon. Il hocha la tête, puis donna ses ordres.

S'approchant de la baie vitrée battue par une pluie fine, Mélina constata alors que le navire se trouvait au centre même d'un vaste tourbillon, qui formait comme une muraille de nuages emportés par un ouragan circulaire d'une intensité extraordinaire. Au loin d'énormes lames se soulevaient, roulaient vers la côte, dont elles allaient battre les falaises avec fureur. Peu à peu les nuages effilochés qui stagnaient au-dessus du vaisseau s'écartèrent, puis s'évanouirent, laissant pénétrer un rayon de soleil qui illumina le pont. Autour du navire se répandit une lumière fantastique, d'or et d'azur, tandis que les flots furieux s'apaisaient comme par enchantement. Cependant, au-delà d'un rayon d'un mille, la colère des éléments s'était déchaînée sur un monde dévoré par les ténèbres.

– L'œil du cyclone, murmura la jeune femme.

Soumis à la volonté des Titans, le typhon suivait la progression de l'*Hedreen*, baigné dans son cœur de lumière. Ailleurs, la tempête faisait rage. Des vents d'une puissance incroyable balayaient les côtes, arrachant les arbres, soufflant les demeures comme fétus de paille. Incrédules, les Thartessiens virent arriver cette tempête infernale qui avait surgi de nulle part.

Seuls Ophius et Ashertari se doutèrent de quelque chose. Alors que les rafales se faisaient de plus en plus violentes, les Géants se rendirent sur les ruines du temple, que l'on avait entrepris de dégager. Écartant brutalement les ouvriers, Ashertari se concentra sur les amas de marbre et de basalte enchevêtrés au milieu des poutrelles métalliques tordues. Bousculés par la puissance psychokinétique de la déesse, les lourds blocs se soulevèrent, puis retombèrent sur le sol en écrasant quelques malheureux attardés. Déjà la tempête atteignait les limites méridionales de la cité. Fébrile, Ashertari dégagea l'étoile centrale à sept branches, tandis qu'une pluie violente s'abattait sur les ruines. Soudain elle se mit à hurler. Elle venait de retrouver les amas de cendres, que les eaux pluviales commençaient à emporter.

– Ce ne sont pas leurs corps !

Les cheveux défaits par le vent et la pluie, elle se précipita vers Ophius.

– Ils ne sont pas morts ! Regarde !

Elle désigna les taches grisâtres que les trombes d'eau diluaient déjà sur la mosaïque défoncée du temple.

– Leurs épées ! Les épées d'orichalque ne sont pas là ! Elles auraient résisté à la foudre ! Ce ne sont pas leurs corps ! répéta-t-elle.

Puis elle poussa un rugissement de fureur, qui pulvérisa ce qui restait du temple. Terrorisés, les ouvriers s'enfuirent.

Ophius et Ashertari se tournèrent alors vers la ville, en contrebas. Un ouragan d'une puissance extraordinaire balayait le port. Une violente bourrasque les projeta sur le sol. Ces maudits Titans s'étaient joués d'eux ; à présent, ils déversaient leur rage sur la ville qui les avait trahis. Une onde de peur traversa Ashertari. Elle n'était pas certaine de posséder la puissance suffisante pour s'opposer aux demi-dieux.

Mais le cyclone ne s'attarda pas sur Thartesse. Des lames furieuses débordèrent rapidement les digues, qui éclatèrent sous leurs impacts. En quelques instants, la flotte de petits bateaux de pêche fut brisée, coquilles de noix broyées entre des doigts gigantesques. Puis le typhon remonta vers le nord. Vers Lierna.

– Les chiens ! tonna Ophius, qui avait compris. Ils veulent détruire la flotte de guerre.

Il tenta de réagir et se concentra. Ashertari hésita un instant, puis joignit ses efforts mentaux aux siens, mais l'arsenal était trop éloigné. Et la rage diminuait sensiblement leurs facultés de concentration. Impuissants, ils ne purent que se transporter par l'esprit sur place, pour tenter de limiter l'étendue du désastre.

À peine deux heures plus tard, le cyclone avait atteint Lierna. Malgré l'épuisement provoqué par la concentration mentale, les Titans étaient parvenus à augmenter encore sa puissance. Des rafales d'une violence inimaginable propulsaient des lames hautes comme des falaises en direction de la rade, où s'entassaient les centaines de navires de guerre. Paniqués, les guerriers descendirent à terre, abandonnant dans les cales les armées de monstres affolés, qui tentaient de briser leurs chaînes. On eût dit qu'une main colossale broyait les vaisseaux, qui s'entrechoquaient les uns les autres. Les coques éclatèrent, laissant entrer des trombes d'eau furieuses dans les soutes. En quelques instants, la fureur des Titans frappa l'arsenal : les bâtiments éclatèrent sous les coups de boutoir de l'ouragan, les toits s'envolèrent, les murs s'effondrèrent. Pour achever de terroriser les guerriers, la foudre s'abattit en plusieurs endroits, allumant des incendies que les eaux du ciel déchaîné éteignaient l'instant d'après.

Lorsqu'enfin le cyclone s'éloigna, il ne restait plus que quelques navires épargnés par miracle le long des quais dévastées. La quasi-totalité des bâtiments avait été soufflée par l'ouragan. Tandis que de hautes vagues explosaient encore sur ce qui restait des lourdes digues protectrices, une éclaircie se dessina au loin vers le couchant. Au cœur de la trouée de lumière apparut alors un navire étincelant, autour duquel les eaux semblaient s'apaiser comme par enchantement.

Les guerriers survivants entendirent comme l'écho d'un rugissement de rage et d'impuissance vibrer dans l'air surchargé. Ils ne comprenaient plus rien. En certains endroits, l'ouragan avait été détourné par une puissance survenue de l'extérieur, dans un chaos indescriptible. Tout à coup, un aéroglisseur malmené par la tempête se posa en catastrophe dans les décombres du port. Les dieux qui régnaient depuis peu sur Thartesse en descendirent.

Le visage déformé par la rage, Ashertari et Ophius contemplèrent au loin la déchirure de lumière, et le navire dont elle semblait émaner. Malgré leurs efforts, ils n'avaient pu sauver plus d'une trentaine de vaisseaux sur les quatre cents que comptait leur orgueilleuse flotte le matin même.

Peu à peu la silhouette du bateau blanc s'éloigna vers l'horizon, tandis que le cyclone se calmait, aussi soudainement qu'il avait surgi. Les deux Géants serrèrent les dents. Entre les Titans et eux venait de se déclarer une guerre sans merci, qui ne s'achèverait que par l'anéantissement des uns ou des autres.

Même si pour cela l'Atlantide devait être détruite.

Troisième partie

LA CHUTE DES GÉANTS

Il faut avant tout rappeler qu'il y a neuf mille ans depuis le temps qu'il s'est élevé une guerre entre ceux qui demeuraient au-dessus et hors des Colonnes d'Hercule, et tous ceux qui habitaient les pays en deçà.

PLATON *(Critias)*

33

Six jours plus tard, l'*Hedreen* entrait en rade de Poséidonia. Une foule importante se rassembla en quelques instants sur les quais, lorsque l'on reconnut le navire des Titans. À l'origine, son retour n'était attendu que pour une lune plus tard, mais les sénateurs, joints par la voie des ondes, avaient appris les derniers événements et averti la population de l'arrivée du vaisseau.

Les Poséidoniens n'ignoraient plus rien du piège odieux dans lequel les Tuténiens avaient tenté d'attirer leurs Titans. À l'annonce de la nouvelle, il y avait eu un vaste rassemblement de foule sur l'Agora, face au palais des Orchidées, et des orateurs improvisés avaient demandé que l'on détruisît la Tuténie. Les Argontes avaient alors expliqué qu'Astyan et Anéa s'en étaient déjà chargés. La nouvelle avait déclenché un grand mouvement d'enthousiasme, teinté toutefois d'une pointe d'amertume : on aurait bien aimé découper quelques Thartessiens en lanières, histoire de calmer sa colère. Mais les sénateurs avaient déclaré que la flotte de Tuténie ne représentait qu'une partie de la puissance ennemie, et qu'il était probable que Poséidonia dût affronter bientôt, pour la première fois de son histoire, le drame de la guerre. Alors l'enthousiasme redoubla : les casernements des gardes furent submergés par des volontaires, des hommes de tous les âges, avides d'en découdre avec cet ennemi qui s'en était lâchement pris à leurs seigneurs.

Provocation délibérée ou inconscience, des inconnus tracèrent la nuit suivante la marque du serpent sur différents monuments. Des temples furent profanés. La Kaïrnâ elle-même fut endommagée par des vandales.

Plus grave encore, une série d'explosions détruisit des magasins et un cirque, causant la mort d'une trentaine de victimes. Loin de diminuer l'ardeur des Poséidoniens, elle l'exalta et déclencha leur fureur. Les Serpents s'étaient introduits dans la cité ; on leur livra une chasse impitoyable, souvent sans résultat. Quelques délations isolées entraînèrent l'arrestation d'innocents. La deuxième nuit, on prit trois individus sur le fait. Les gardes arrêtèrent les deux premiers, mais le troisième eut moins de chance : il fut surpris par une bande de jeunes excités impatients de combattre. Lorsqu'enfin les gardes intervinrent, il ne restait de l'inconnu qu'une masse sanglante et méconnaissable. Les argontes condamnèrent officiellement un tel acte de barbarie, mais une grande partie de la population approuvait secrètement la vengeance des jeunes. La troisième nuit, le nombre des marques diminua, ce qui ne prouvait en rien que les Serpents eussent quitté le pays. Chaque navire en partance était minutieusement fouillé, ceux qui arrivaient examinés avec soin.

C'est dans ce climat d'effervescence et de tension qu'Astyan et Anéa retrouvèrent leur cité, qu'ils avaient quittée si tranquille quinze jours plus tôt. L'ovation qui les accueillit les stupéfia. On leur fit une haie d'honneur jusqu'à leur palais.

Ce mouvement spontané inquiéta les Titans. Car, si manifestement ils n'avaient aucun souci à se faire quant à l'unité du peuple poséidonien, il se dégageait de lui une violence soudaine, inattendue de la part d'une cité qui ignorait ce que signifiait la guerre. Bien sûr il était arrivé de temps à autre qu'une légion de marins guerriers dût défendre un poste avancé dans une colonie lointaine, mais cela n'avait rien à voir avec l'ampleur du drame qui s'annonçait ; comment ce peuple pacifique pouvait-il se révéler soudain si belliqueux ?

– Ils défendent leur pays, commenta Astyan. Mais peut-être existe-t-il aussi une autre raison. La violence et l'agressivité font partie de l'esprit humain ; l'esprit d'Amour universel que nous avons enseigné à notre peuple les a canalisées en les orientant vers la création, mais elles demeurent toujours prêtes à s'exprimer. L'homme est taillé pour combattre, pour lutter contre tous les obstacles qui se présentent devant lui. Et les Serpents représentent le canal par lequel cette violence si longtemps étouffée peut enfin se libérer.

– Mais comment ont-ils pu oublier si vite les Règles de vie, et surtout la huitième : *Nul être humain ne doit prendre la vie d'un autre* ?

Astyan réfléchit longuement. Autour d'eux, la foule clamait leurs noms avec un enthousiasme proche du délire ; ils étaient les héros, les dieux vivants dont on attendait tout. Le grand glisseur qui les ramenait, piloté par Païdras, pouvait à peine se frayer un chemin. Derrière suivaient les argontes et les Braves, qui recueillaient eux aussi les acclamations de l'assistance. La plus échevelée des fêtes du solstice d'été n'avait jamais provoqué un tel raz de marée humain, une telle hystérie collective.

– Je crois que je comprends, dit enfin Astyan. L'homme ne réagit pas de la même manière lorsqu'il est seul ou lorsqu'il est en groupe. Les Poséidoniens ont trouvé une raison d'exprimer leur puissance, et un sentiment commun les réunit : la haine de l'ennemi.

Il se tut, puis ajouta :

– Mais il y a plus grave. Notre caractère semi-divin et la sagesse que nous avons acquise au cours de nos six mille ans d'âge nous permettent de demeurer lucides. Mais que se passerait-il si à notre place se trouvaient de simples mortels, grisés par une telle popularité ? Ou de faux dieux, dotés de pouvoirs surnaturels, dont l'esprit serait orienté vers la destruction, comme les Géants ? Il est facile de manipuler le peuple. Et il représente une force tellement impressionnante.

– Alors les Serpents ont déjà vaincu, répondit Anéa d'un ton amer. Même si nous parvenons à triompher de leurs armées, ils ont chassé l'esprit d'amour que nous avions instauré en Atlantide.

Astyan ne répondit pas. De toute manière il était trop tard, le mal était fait. Les Poséidoniens, loin de redouter la guerre, l'attendaient comme une réjouissance. On allait montrer à ces maudits Serpents de quelle trempe était fait le peuple d'Avallon !

Au milieu des parterres de roses de toutes couleurs qui éclataient sous le soleil printanier, on avait déjà installé des postes de défense, sous la forme de sacs de sable, de murets hâtivement construits. Les chats, inquiets de cette agitation soudaine et incompréhensible, avaient déserté parcs et jardins.

Dès leur retour au palais des Orchidées, les Titans réunirent les argontes. Leurs ordres avaient été respectés, et la construction de la forteresse océanique se poursuivait ; on décida d'accélérer les travaux. Les bastions fortifiés destinés à protéger la ville du côté des terres étaient en cours d'achèvement. On avait déjà armé plus de cent vingt navires de toutes tailles, dont les trois quarts croisaient au large des côtes. Cependant, jusqu'à présent, on n'avait repéré aucune trace de la flotte ennemie.

Raphaelis, l'Argonte responsable des communications, demanda la parole. Il existait, entre les gouvernements et les sénats des différents royaumes, un réseau d'ondes radio qui permettait d'échanger des informations.

– Depuis huit jours, il nous est impossible d'obtenir de nouvelles des autres capitales, déclara le vieil homme. Tous nos signaux sont brouillés par un phénomène inconnu.

– Alors nous sommes isolés les uns des autres, conclut Astyan.

– Nos ingénieurs se penchent sur le problème. Nous émettons sur différentes fréquences, mais rien ne dit que les récepteurs des autres royaumes seront alignés sur elles.

– Poursuivez les essais. Anéa et moi allons tenter de savoir ce qui se passe.

La réunion terminée, Astyan et Anéa se concentrèrent pour tenter d'entrer en contact télépathique avec leurs frères Titans. Mais la brume mentale persistante n'avait pas disparu ; elle semblait au contraire s'être épaissie. Le phénomène leur confirmait qu'ils avaient bien affaire à des êtres dotés de pouvoirs identiques aux leurs. Ils connaissaient le procédé : il suffisait d'émettre une onde psychique violente, qui perturbait les liaisons fines que réclamaient les communications spirituelles. Il aurait fallu pouvoir localiser le ou les Géants responsables de cette manœuvre, afin de s'opposer à eux. Mais c'était une opération quasiment impossible, comme de rechercher sa route perdu au milieu de l'océan, par temps de brouillard, et en pleine nuit. Plus inquiétant encore, si les Géants étaient convenus entre eux d'une fréquence télépathique, ils pouvaient communiquer entre eux à l'insu des Titans.

Il ne leur restait qu'un moyen d'en apprendre plus : le voyage astral. Cependant, même s'ils découvraient les flottes ennemies, ils ne pourraient déclencher sur chacune d'entre elles une tempête suffisamment puissante pour les anéantir sans pour autant mettre en danger les autres cités atlantes.

Ordonnant qu'on ne les dérangeât pas, ils unirent leurs esprits et plongèrent lentement, par concentration, dans l'univers parallèle, suivant le même chemin immatériel qu'Astyan avait emprunté quelques jours plus tôt, lorsqu'il avait déjoué le complot d'Ophius à Thartesse. Mais l'opération se révéla difficile. Après la douceur surprenante qui avait caractérisé l'hiver, le temps s'était détérioré d'une manière soudaine et inquiétante, comme si les éléments avaient voulu se mêler à la folie qui s'était emparée de l'univers. Une tempête qui ne touchait pas seulement le monde physique, mais qui troublait aussi l'espace psychique enveloppant celle que l'on appelait la déesse mère, Gaïa, la Terre. Des entités contraires, parasites, avaient investi l'univers de l'Esprit, et émettaient des ondes impalpables qui troublaient l'harmonie de ce monde limpide.

Dès qu'Astyan et Anéa eurent quitté leurs enveloppes charnelles, de violentes perturbations se manifestèrent. Ils durent faire appel à toute leur volonté pour ne pas être emportés dans des tourbillons mentaux menaçants. Une onde de haine les submergea, qu'ils ne parvinrent pas à situer dans cet espace où n'existait aucune distance, aucun point de repère. Ils comprirent que la guerre voulue par les forces du mal était déjà déclenchée, même si elle n'avait pas encore atteint Avallon.

Ils se dirigèrent d'abord vers Akhêna, sur l'île de Lyonesse, où ils espéraient établir un contact avec Hypérion et Elyane. Se projetant à l'intérieur même du palais des Titans, ils constatèrent qu'une effervescence inhabituelle y régnait. Des silhouettes indistinctes couraient en tous sens, en proie à la panique. Gênés par les turbulences psychiques qui émanaient des esprits affolés, ils ne purent saisir la raison de la terreur qui s'était installée sur les lieux. Errant par la pensée, invisibles aux humains, ils parcoururent toutes les pièces de l'immense demeure, se concentrant pour déceler un signe de la présence de leurs compagnons – en vain. Ceux-ci semblaient avoir disparu.

La même idée les traversa instantanément. Et si Ophius avait dit vrai ? S'il était parvenu à tromper leurs compagnons ? Astyan plongea dans l'esprit d'un serviteur et réussit à saisir l'image d'un temple, mais le brouillage télépathique était tel qu'il ne put en apprendre plus. Intimement mêlé au corps astral de sa compagne, il l'entraîna au-dessus de la ville, recherchant un édifice correspondant à celui de Fa'ankys – sans succès. Traversant à la vitesse de la pensée plusieurs temples de la ville, ils ne décelèrent aucune structure anormale. Soudain Anéa remarqua, au nord de la cité, un amas de ruines. Ils se dirigèrent vers lui, mais il ne restait quasiment plus rien du bâtiment. Il semblait avoir été détruit récemment, par un phénomène inconnu. Les blocs de pierre eux-mêmes avaient été pulvérisés, comme broyés par une main gigantesque. Il s'avéra impossible de rechercher la moindre trace de la structure à double spirale.

Astyan et Anéa se projetèrent ensuite dans le port. Si les Titans avaient été tués, peut-être les Serpents avaient-ils commencé à envahir le royaume ? Mais ils ne décelèrent nulle part de trace d'une flotte ennemie. Aussi loin que leur vision astrale pouvait porter, aucune menace ne semblait peser sur Akhêna. Hypérion et Elyane avaient disparu, mais leur cité était intacte, mis à part ce mystérieux édifice détruit pour une raison ignorée. Peut-être les Titans n'étaient-ils pas présents.

Envahis par une sourde angoisse, Astyan et Anéa se transportèrent ensuite dans la merveilleuse ville de Delphes, capitale de l'autre royaume de Lyonesse, où vivaient Ptaah et Mnémosyne. Là aussi, les deux Titans paraissaient s'être évanouis dans le néant. Comme à Akhêna, aucune flotte ennemie n'approchait. Sur les hauteurs qui dominaient la cité, ils retrouvèrent les ruines d'un temple broyé par une cause inexplicable. Il ne pouvait s'agir d'une explosion. Ce fut alors qu'ils remarquèrent quelques hommes qui s'acharnaient avec d'énormes maillets pour désintégrer ce qui restait des ruines. Une onde glaciale traversa Anéa, qui se répercuta aussitôt chez son compagnon. Incapable de maintenir plus longtemps sa concentration mentale, la jeune femme s'éveilla brutalement dans son corps. Elle ouvrit les yeux ; ses mains se crispèrent sur celles d'Astyan, qui l'avait aussitôt rejointe. En proie à une vive émotion, elle parvenait à peine à parler, mais l'idée qui s'était insinuée en elle se déploya dans toute son horreur dans leurs deux esprits encore mêlés.

Ophius avait réussi : les Titans avaient été tués. Et la foule, désespérée, avait détruit les temples dans lequel avait eu lieu le crime abominable.

Alors si le dieu-serpent était parvenu à anéantir tous les autres Titans, ils demeuraient seuls, face à une horde de démons investis de pouvoirs fantastiques, et prêts à déchaîner la tourmente d'une guerre totale sur l'Atlantide. Il ne fallait pas compter sur Maerl et Vivyan, qui n'avaient que quelques mois ; leurs pouvoirs ne se révéleraient pas avant une bonne douzaine d'années.

La jeune Titanide se blottit contre son compagnon. La douleur qui lui broyait les entrailles allait au-delà de tout. Elle ne pouvait même pas s'exprimer par des larmes. Un désespoir sans limites s'était ouvert en elle, qui trouvait son écho en lui. Anéa ne redoutait rien pour elle ; elle saurait affronter l'ennemi ; mais la perspective de ne plus jamais revoir ses frères et ses sœurs Titans était insupportable. Car si Ophius avait réussi à les enfermer dans ses « tours de vent » psychiques, ils ne pourraient jamais plus se réincarner. Astyan déclara :

– Il y a un moyen de s'en assurer.

Elle comprit ce qu'il voulait faire. Mais elle-même était trop émue pour se concentrer à nouveau. Tremblante, elle le vit fermer les yeux. Elle ne pouvait le suivre. De grosses larmes se décidèrent enfin à rouler sur ses joues.

Astyan dut accomplir un effort colossal pour chasser la souffrance qui l'habitait. Lentement il descendit en lui-même, au plus profond, là où son être se rattachait à l'Esprit infini, dans l'univers d'azur et d'or, le monde de la non-vie. Empruntant les passerelles diaphanes qui reliaient les espaces spirituels et matériels entre eux, il plongea dans le flux lumineux où évoluaient les âmes détachées de leurs enveloppes charnelles. Un espace extraordinaire où régnait la plénitude absolue, où la vie prenait ses racines fondamentales, où les étincelles qui animaient les êtres vivants se fondaient toutes en une seule, sans pour autant perdre leur individualité. L'essence même de l'Esprit unique et infini.

Tendu de toutes ses forces, de tout son amour, vers ces compagnons qu'ils ne parvenaient plus à contacter sur Terre, il les rechercha dans cet univers limpide, où la haine n'avait pas droit de séjour, où tout n'était plus que pureté. Cependant nul écho ne répondit à ses appels pressants. Ptaah, Mnémosyne, Hypérion et Elyane semblaient s'être fondus au néant. De même que tous les autres.

Comme s'ils n'avaient jamais existé.

Effondré, il se retira de l'univers infini. Lorsqu'il rouvrit les yeux, Anéa le fixait intensément. Elle lut son échec sans qu'il eût besoin de parler. Il était inutile de poursuivre les recherches dans les autres royaumes. Le complot avait été magnifiquement préparé. Ophius avait frappé simultanément tous les Titans. Sans la méfiance obstinée d'Astyan, ils eussent été éliminés eux aussi.

Soudain elle s'insurgea.

– C’est impossible ! Ils ne peuvent avoir disparu ainsi. Même s’ils les avaient tués, nous pourrions les retrouver... là-haut.

– Pas si cette maudite structure a rempli son rôle.

– Alors ?

– Alors ils ont été projetés dans un lieu inconnu, situé au-delà même de la mort.

– Mais le néant n’existe pas. Nous le savons.

– Le néant, non, mais un lieu inaccessible, d’où nul ne peut plus s’échapper. Un labyrinthe spirituel où l’âme reste à jamais prisonnière. Seuls les dieux, nos parents, sauraient peut-être ce qu’il faut faire. Mais ils sont absents. Ils ne reviendront pas avant plus de six siècles.

– Nous sommes donc seuls désormais pour affronter les Géants, soupira-t-elle. Voilà pourquoi les flottes ennemies n’ont pas jugé utiles d’envahir les royaumes de nos frères. Les Serpents savent qu’ils sont déjà à leur merci. Et à présent, elles doivent opérer leur jonction quelque part pour attaquer... Poséidonia !

34

Les deux Titans firent le point de la situation. Elle n'était guère brillante. Bien sûr la flotte d'Ophius avait été quasiment détruite ; cependant elle ne représentait qu'une partie de la force d'invasion des Serpents. D'après les paroles d'Ophius lui-même, d'autres demi-dieux étaient sur le point d'attaquer les différents royaumes, à la tête d'autres flottes. Sans doute était-ce pour cette raison que les Serpents avaient brouillé les messages par ondes.

De quel nombre de navires disposaient-ils ? Astyan avait estimé la flotte de Lierna à près de quatre cents unités. Si chaque escadre en comportait ne fût-ce que deux cents, plus de deux mille navires ennemis sillonnaient l'océan pour envahir l'Atlantide. Avec une moyenne de deux cents hommes par vaisseau, cela représentait une armée de quatre cent mille guerriers ; jamais Poséidonia ne pourrait en réunir autant. Elle comptait à présent une armée de quatre-vingt mille hommes, auxquels venaient s'adjoindre depuis quelques jours des milliers de volontaires pleins d'enthousiasme, mais inexpérimentés. On avait quadruplé la fabrication des armes. Les chasseurs avaient apporté leurs arcs et lance-éclairs aux guerriers. Cependant la flotte de Poséidonia atteindrait à peine deux cents navires, en admettant que l'on puisse transformer à temps les gros bateaux de commerce. Bien sûr on pouvait y rajouter les trois mille embarcations des pêcheurs, mais c'étaient des bateaux de faible tonnage, incapables d'affronter les lourds bâtiments ennemis. Quant aux autres flottes atlantes, elles ne pourraient jamais être réunies à temps.

Il ne fallait pas compter réitérer l'exploit du cyclone de Thartesse. Les puissances mentales conjuguées des Géants contreraient les leurs. Ils devraient donc combattre comme de simples mortels.

Et pourtant il leur était interdit de perdre cette guerre. Tous deux constituaient désormais le dernier rempart de la civilisation atlante ; si les Géants parvenaient à les vaincre, le chaos s'installerait sur le monde.

Selon toute logique, l'armada ennemie se présenterait bientôt devant Poséidonia. Cependant les flottes adverses demeuraient introuvables. Les navires qui arrivaient régulièrement à Poséidonia n'apportaient aucune nouvelle, sinon la confirmation de ce que les Titans avaient déjà pressenti. Leurs frères et sœurs de Delphes, d'Akhêna et de Memphis, dans l'île d'Amenti, avaient été tués lors de l'inauguration de temples dédiés au dieu-soleil, Raâ. En revanche, un vaisseau en provenance d'Asgarth, en Atalaya, l'île la plus septentrionale, apporta une nouvelle rassurante : les Titans Woodian et Fraïa étaient bien vivants. Ne parvenant pas à joindre leurs frères, ni par télépathie ni par ondes radio, ils avaient dépêché des navires messagers dans tous les royaumes. Se doutant qu'il se tramait quelque chose d'anormal, ils n'avaient pas voulu abandonner leur pays. Astyan et Anéa reçurent le capitaine atalayen, qui avait nom Tholrog.

– A-t-on prévu l'inauguration à Asgarth d'un temple dédié à Raâ ? demanda le Titan.

L'autre réfléchit.

– Non, Seigneur, je ne crois pas.

Intrigué, Astyan insista :

– A-t-on relevé des marques en forme de serpent sur les murs de la ville ? Des tracts appelant à la révolte contre les Titans ont-ils été distribués ?

Tholrog le regarda avec stupéfaction.

– Non, Seigneur. Qui pourrait faire une chose pareille ? C'est insensé. Nous aimons beaucoup le seigneur Woodian et la princesse Fraïa.

Astyan le mit alors au courant des derniers événements. L'autre pâlit, puis déclara :

– Nous avons aperçu un grand convoi qui faisait route vers le nord.

– Où ?

– Au large de Kamaloth, où nous avons fait escale. Il semble qu'il se dirigeait vers Asgarth. Nous avons pensé qu'il s'agissait d'une escadre commerciale, mais elle était trop éloignée pour que nous puissions le vérifier. Elle n'a manifesté aucun signe d'hostilité. D'ailleurs pourquoi l'aurait-elle fait ?

Astyan ne répondit pas. La réaction de Tholrog était normale ; n'ayant pas encore subi les agressions des Serpents, les Atalayens ne pouvaient envisager que d'autres êtres humains pussent leur vouloir du mal. La paix régnait encore à Asgarth – mais pour combien de temps ?

– Woodian a-t-il fait équiper sa flotte d'armes puissantes ?

– Oui, Seigneur. Nous n'avons pas vraiment compris pourquoi à l'époque. L'idée d'une guerre nous semblait absurde. Mais compte tenu de ce que tu viens de me dire...

– Tu vas retourner à Asgarth. Il est possible que les tiens aient besoin de toi.

– Mon navire est bien armé, Seigneur !

Tholrog s'inclina, puis sortit. Anéa posa la main sur le bras d'Astyan.

– Si Woodian et Fraïa ne sont pas morts, peut-être reste-t-il encore d'autres Titans...

– Si au moins nous pouvions localiser ceux qui brouillent les flux télépathiques...

Il dut faire un violent effort sur lui-même pour ne pas céder au flot de haine qui lui brûlait l'esprit. Il ne devait pas se laisser dominer ; les Serpents n'étaient que des parasites, des créatures monstrueuses qu'il fallait éliminer sans pitié, mais sans colère.

– Nous ne serons pas seuls, dit encore Anéa.

– Non. Mais je voudrais savoir pourquoi Woodian et Fraïa ont été épargnés. D'après ce marin, on n'a pas construit de temple de la mort à Asgarth.

– Tu ne vas pas les soupçonner d'avoir partie liée avec les Serpents ?

Il ne répondit pas immédiatement, puis il déclara avec force :

– Non ! C'est impossible. Nous les connaissons depuis trop longtemps. Il doit y avoir une autre raison.

Plus tard dans la journée, un navire en provenance de Saïqarah, en Aralu, pénétra dans le port de Poséidonia. Son capitaine demanda à être reçu au plus vite par les Titans. C'était un homme à la peau d'un noir sombre, comme celle des habitants de ce royaume, le plus méridional de l'Empire.

– Seigneurs, dit-il, j'ai de bien tristes nouvelles à vous communiquer. Vous savez que nos Titans bien-aimés, Khrios et Thémis, avaient prédit leur résurrection à deux jeunes couples de notre cité. Ainsi que le veut la coutume, nous avions accueilli ceux-ci dans le palais. Le retour des Titans n'était pas attendu avant plusieurs années, puisqu'ils ont disparu il y a un peu plus d'un an. Mais les deux jeunes femmes et leurs compagnons ont été retrouvés morts dans leurs appartements, leurs corps déjà à demi dévorés ; un matin, les serviteurs ont découvert leurs chambres grouillant de serpents. Nul ne sait comment ils ont pu pénétrer dans le palais. La veille au soir, tout était normal. Personne n'a pu entrer dans les appartements, tant les serpents étaient nombreux. Il y en avait de toutes les tailles. Les gardes impériaux envoyés par les argontes ont été obligés de livrer les chambres aux flammes afin de détruire les reptiles. Nous n'avons rien retrouvé des deux jeunes couples. Alors... le peuple de Saïqarah est désespéré, Seigneurs. Les systèmes de communication par ondes ne fonctionnent plus ; c'est pourquoi nous avons envoyé des navires vers chacun des autres royaumes, pour implorer votre secours.

Il se jeta aux pieds d'Astyan.

– Seigneur ! Pensez-vous que nos Titans reviendront malgré tout à la vie ?

– Oui, je le crois. Ils éliront deux autres couples. Mais leur résurrection demandera plus de temps.

– Ce n'est pas tout, ajouta le capitaine. Depuis quelque temps des signes nous avaient avertis ; des marques en forme de serpents avaient été inscrites sur les murs de la cité. Si nous avions pu prévoir...

Astyan posa la main sur l'épaule de l'homme.

– Tu es ici parmi les tiens. Tes hommes et toi seront accueillis au palais comme il convient. Anéa et moi allons aviser de ce que nous pouvons faire, et nous te ferons connaître notre réponse dès que possible. D'ici là, vous serez nos hôtes.

Malgré la vigilance des navires de guerre qui croisaient au large de Poséidonia et des deux villes importantes du royaume, Doïra à l'ouest et Lyvia au nord-est, on n'avait pas encore localisé la flotte ennemie. Peut-être les tempêtes furieuses qui montaient du sud empêchaient-elles les Serpents de manœuvrer. On effectua plusieurs vols de reconnaissance avec les cinq aéroglisseurs dont disposait la cité – sans succès. Jusqu'aux limites des eaux de Lyonesse, l'océan demeurait étrangement désert. Par prudence, les navires marchands avaient regagné la sécurité des ports.

L'un d'eux, revenant du Grand Océan de Selehn, situé au-delà des deux continents occidentaux, avait contourné durant le dernier solstice d'hiver le cap de l'Enfer, situé à l'extrême pointe méridionale de l'Inkheus. C'était une traversée risquée, que l'on ne pouvait tenter que pendant cette période, qui correspondait là-bas à l'été. À cette époque privilégiée, la banquise laissait un détroit s'entrouvrir entre ses glaces et les terres volcaniques du Sud continental. Alors les eaux des deux océans s'affrontaient en des mascarets effrayants, et seuls les marins chevronnés osaient parfois franchir cette passe. Le capitaine de ce vaisseau, un Araléen, demanda une audience aux Titans.

Astyan et Anéa virent apparaître un grand gaillard à la peau noire et dont le menton s'ornait d'une barbe grise. Ses longs cheveux étaient noués en de lourdes tresses serrées, à la mode des navigateurs de Saïqarah. Dans son langage fleuri, Esauros – c'était son nom – narra ses aventures :

– Par le ventre de Gaïa, jamais les *rugisseurs* n'avaient soufflé aussi fort. Ils nous ont *frisé* toute la voilure, *estambillé* les cordages, enfoncé les côtes dans la tripaille. Mais nous avons réussi à passer. Sauf votre respect, princesse Anéa, nous avions les couilles ratatinées comme des nèfles. Mais nous avons ainsi gagné trois lunes sur le retour à Saïqarah.

En fait, son calcul s'expliquait fort bien. Les comptoirs installés sur les côtes occidentales de l'Inkheus profitaient de l'été austral pour faire passer quelques navires audacieux par le cap de l'Enfer au moment de l'ouverture de la banquise sud ; cela évitait le transport des marchandises par voie de terre, qui prenait plus de temps.

– C'est cette *putréfiade* de courant Kherguelle qui nous a entraînés trop loin vers l'est. Nous avions *rafiolé* la voilure avec les moyens du bord, mais pas assez pour empêcher ce maudit *flovieau* de nous amener près des eaux d'Alkhat. Impossible de redresser le cap. Alors nous avons croisé au large de l'île des bannis. C'est pour ça que je suis venu vous voir.

Astyan s'inquiéta aussitôt. Alkhat était l'île désolée où l'on exilait tous les grands criminels, puisque la peine de mort n'existait pas en Atlantide. Lorsqu'un homme était condamné, une barque l'amenait au-delà des franges marines infranchissables qui cernaient les lieux – à charge pour lui de se faire admettre par ses pairs dans l'île maudite. Une petite escadre de vaisseaux armés par l'ensemble des royaumes veillait à ce qu'aucun criminel ne s'échappât de l'endroit. L'île était rocailleuse, désertique, balayée par les vents, les « rugisseurs », remontant de l'Arctique. Mais elle était habitable.

Une société étrange s'y était organisée. La sauvagerie et la violence y régnaient en maîtresses, et seuls les plus forts survivaient, regroupés sous la domination de quelques chefs de clan qui se combattaient sans cesse pour des lambeaux de territoires. Plusieurs fois, des condamnés avaient tenté de s'enfuir en construisant des navires de fortune, mais les barres rocheuses qui entouraient Alkhat éventraient régulièrement les embarcations, livrant les fuyards aux bancs de requins qui infestaient les lieux.

– Que s'est-il passé là-bas ? demanda le Titan.

– Nous avons recueilli une barque de naufragés à demi estourbis de faim et de soif. C'était tout ce qui restait de l'escadre de *mate* surveillance. Ils nous ont raconté qu'une flotte inconnue était arrivée une lune plus tôt et les avait attaqués. Leurs trois navires avaient été coulés, les marins bouffés par les *mâcheurs*. Ils n'étaient que cinq à avoir échappé au massacre, grâce à la grosse mer qui avait poussé leur barque de sauvetage vers le large. Mais de loin, ils ont vu.

– Quoi ?

– Les navires de l'ailleurs ont fait sauter les récifs à coups de canon ; puis ils ont envoyé des chaloupes sur Alkhat, et ils ont ramené les bannis. Plus de cinq cents, d'après eux. Ensuite ils sont repartis avec leur cargaison de tueurs. J'ai voulu rapporter cette histoire aux Titans de Lyonesse, mais on dit qu'ils ont été meurtris par un dieu maudit. Alors j'ai pris le cap de Poséidonia. Et me voilà.

– Tu as bien fait, Esauros.

Plus tard, Astyan et Anéa commentèrent l'information. Les exilés d'Alkhat ne représentaient pas un danger véritable en soi – en dehors du fait qu'ils connaissaient parfaitement l'Archipel – mais leur nombre, et la haine qu'ils avaient dû accumuler contre les Atlantes, faisaient d'eux le noyau possible d'une armée acharnée, animée des instincts les plus meurtriers. Les hommes bannis sur l'île maudite, tous des psychopathes, portaient le crime et la violence dans leur âme. Il ne faisait aucun doute qu'Ophius avait décidé de les inclure dans ses troupes.

Ce fut le lendemain, lors d'une visite d'Oharis et de Melina, que se produisit la catastrophe dont les conséquences allaient être incalculables pour l'Empire atlante, et pour le monde tout entier. Astyan avait invité son frère pour régler certains détails de la défense du port. Ils étaient penchés tous quatre sur les cartes quand soudain les Titans se redressèrent, le visage déformé par une douleur intense. Oharis et Melina les regardèrent, interloqués.

Chancelants, Astyan et Anéa ne parvenaient plus à articuler un mot. Au plus profond d'eux-mêmes, tel un gouffre ouvert sous leurs pas, une terrifiante sensation de vide se creusa, comme si d'un seul coup des millions d'âmes s'étaient tues. Le choc fut si violent qu'un hoquet saisit la jeune femme. Elle se mit à vomir, l'estomac tordu par une nausée incoercible. Incapable de réagir, Astyan parvint néanmoins à se concentrer suffisamment pour deviner d'où provenait la catastrophe. Avant de s'écrouler, il murmura :

– Antilla !

35

Oharis et Melina, stupéfaits, ne surent comment réagir ; jamais une telle chose ne s'était produite. Impuissants, ils tentèrent de relever les deux Titans, dont les traits demeuraient crispés sous l'effet d'une douleur intense. Des filets de sang perlaient sur le visage des demi-dieux, ruisselant des narines, des oreilles et même des yeux.

Affolés, les deux humains appelèrent à l'aide. Plusieurs personnes accoururent, serviteurs et membres de la famille des Titans, mais personne ne savait quoi faire. Ils n'étaient jamais malades. Puis on comprit qu'ils avaient perçu quelque chose d'effroyable, situé au-delà de l'entendement humain. Un cataclysme si terrifiant, dont l'onde de choc avait été si brutale qu'ils en avaient presque perdu connaissance.

Enfin Astyan se redressa, souleva sa compagne dans ses bras et l'installa sur une méridienne. Il prit conscience de la foule qui les entourait et souffla :

– Ne vous inquiétez pas pour nous. Cela ne sera rien.

– Que s'est-il passé ? s'inquiéta Oharis.

– Je l'ignore encore. On dirait qu'Antilla a été détruite par... quelque chose. Il faut que...

Il n'acheva pas et essuya le sang qui lui maculait le visage. Puis il se concentra. Par réflexe, il tenta d'entrer en contact avec Quetzal et Ocyaan, les Titans régnant sur les deux royaumes d'Antilla. En pure perte. Un chaos invraisemblable semblait s'être abattu sur la région. Le brouillage mental dû aux Géants n'était plus seul en cause ;

il s'était produit là-bas une catastrophe inimaginable, ayant entraîné la mort d'un si grand nombre de personnes que le flux des âmes emportées vers l'univers de la non-vie perturbait la perception multisensorielle des Titans. On aurait dit que la Terre elle-même poussait un effroyable hurlement de douleur. Un cri que ne pouvaient entendre les oreilles humaines, mais que percevaient les esprits ultrasensibles des demi-dieux.

C'était ce bouleversement dans l'espace immatériel qui avait provoqué leur réaction. Tandis qu'Anéa reprenait ses esprits, Astyan s'adressa à Oharis.

– Tu vas faire préparer mon aéroglisseur. Qu'il soit prêt le plus vite possible. Il faut que je me rende en Antilla.

Anéa, les yeux injectés de sang, reprit son souffle et déclara :

– Je veux t'accompagner.

Mais il la prit contre lui et répondit :

– Il vaudrait mieux que tu restes ici ! Si les Serpents profitaient de notre absence pour attaquer, la ville serait sans défense.

Elle hésita, puis acquiesça.

Deux heures plus tard, Astyan s'embarqua à bord de l'aéroglisseur. Seul son second pilote, Païdras, le chef des Braves, l'accompagnait, pour le cas où il aurait éprouvé un autre malaise. L'appareil s'éleva rapidement dans les airs, traversa la couche épaisse de nuages qui s'était installée depuis plusieurs jours sur Avallon et émergea en pleine lumière. D'un bord à l'autre de l'horizon s'étendait une mer de brume qui étincelait sous les feux du soleil. L'aéroglisseur prit la direction du sud-ouest.

– Nous allons d'abord faire escale à Étrusia, en Hespérya. Aucun navire en provenance de cette île n'a abordé Poséidonia depuis plusieurs jours. Il faut savoir ce qui s'est passé là-bas.

Il ne fallut que deux heures à l'appareil, lancé à pleine vitesse, pour gagner sa destination. Astyan constata que là non plus, aucune flotte ennemie n'était en vue. Mais l'épaisseur nuageuse, qui semblait recouvrir l'océan tout entier, ne permettait pas une bonne visibilité. Il plongea en direction du palais de Kronos et de Rhéa, tentant de dominer la douleur qui lui serrait le cœur : ils ne seraient pas là pour l'accueillir.

Soudain, alors qu'il se posait sur l'esplanade du palais, une onde de joie l'envahit. Bien avant qu'ils n'apparussent, il perçut les vibrations mentales de ses deux compagnons. Vivants ! Ils étaient vivants ! Il prit à peine le temps de stopper l'aéroglisseur et bondit au-dehors. Deux silhouettes se précipitèrent vers lui. Il se jeta dans leurs bras.

– Nous avons pressenti ton arrivée, déclara Kronos de sa voix de stentor.

C'était un colosse qui de tout temps avait été le plus grand des Titans, du moins par la taille. Doté de plus d'un caractère subtil et rusé, il était l'un des rares, avec Woodian, à avoir accordé une confiance totale à Astyan lorsque celui-ci avait préconisé l'armement des cités contre l'ennemi inconnu. Rhéa, sa compagne, était une charmante femme blonde qui adorait mettre des enfants au monde. À l'inverse de son compagnon, elle était d'une taille plutôt petite pour une Titanide. Il la dépassait de deux têtes.

Âgés tous deux d'une cinquantaine d'années – ce qui était la pleine jeunesse pour les demi-dieux –, ils avaient déjà quatre garçons et autant de filles, qui peuplaient le palais. Certains avaient déjà donné des petits-enfants aux Titans, ravis d'une famille aussi nombreuse.

En d'autres circonstances, Astyan eût été heureux de retrouver ses amis, dont la sagesse et la chaleur avaient fait d'Étrusia l'une des cités les plus dynamiques et les plus agréables de l'Empire. La capitale, en raison de son emplacement, était devenue au fil des millénaires la plaque tournante des échanges commerciaux entre les six îles de l'ouest et Antilla, située entre les deux grands continents occidentaux, le Pontheus au nord et l'Inkheus au sud. Mais le visage de Kronos était grave. Il invita Astyan à pénétrer dans son bureau, vaste pièce dont les murs se couvraient de cartes marines. Depuis toujours il avait été fasciné par la navigation. Marin avisé lui-même, il avait parcouru les océans du monde entier, remonté le cours de nombreux fleuves ; il avait même exploré les limites des banquises nord et sud, dont il avait constaté le recul. Ce dont il avait déduit que la planète allait vers une période de réchauffement, qui libérerait avec le temps de nouveaux territoires.

– Nous sommes heureux de te revoir, dit-il. Depuis qu'est apparu ce maudit brouillage mental, nous sommes isolés les uns des autres.

– As-tu ressenti ce qui s'est produit en Antilla ?

– Oui ! Nous avons perdu conscience pendant près d'une heure. Il y a eu là-bas un bouleversement de l'équilibre de vie. C'est pour cela que tu es venu ?

– Oui. Mais pas uniquement.

En quelques mots, il les mit au courant de la situation. Lorsqu'il évoqua la disparition probable de la plupart des Titans, les deux autres serrèrent les dents afin de masquer leur douleur. Puis Rhéa déclara :

– Nous avons failli quitter Étrusia pour nous rendre chez Prométhée et Galyana, à Memphis, mais nous ne pouvions laisser notre île sans défense. Nous savions qu'un gigantesque complot se tramait contre nous.

– N'y a-t-il pas eu de temple de la mort chez vous ?

– Si ! Il y a un an, des prêtres ont demandé l'autorisation de bâtir un nouveau sanctuaire destiné à Raâ. Les argontes ont donné leur autorisation. Nous n'y avons pas accordé d'importance, jusqu'au moment où tu nous as contactés pour nous mettre en garde. Mais à cette époque la structure maudite n'était pas encore en place. Nous avons visité le temple – les bâtisseurs n'ont émis aucune objection. Forts de ton avertissement, nous avons surveillé l'évolution des travaux, jusqu'à ce qu'apparaisse cette double spirale. Nous n'avons pas compris son utilité sur le moment ; elle ressemblait à un élément décoratif, rien de plus. Mais l'attitude des prêtres qui dirigeaient les travaux nous inquiétait. Tout d'abord, aucun d'eux n'était originaire d'Hespérya. Alors nous avons étudié cette structure de très près, à leur insu, par projection mentale. Ce n'est que la veille de l'inauguration que nous avons compris. Nous avons fait arrêter tous ceux qui travaillaient sur le chantier. Parmi eux se trouvaient des ouvriers hespéryens qui n'avaient rien à voir avec les prêtres; d'ailleurs ils n'avaient pas accès aux plans.

– Comme pour le temple de Fa'ankys.

– Le fait de mêler des ouvriers locaux à des chefs de chantier en provenance de l'extérieur éloignait les soupçons.

– Ils avaient pris le maximum de précautions. Sans le zèle excessif de Palarkos et des siens, nous n'aurions jamais rien suspecté, précisa Astyan.

– Les prêtres des Serpents ont fait preuve ici d'une discrétion absolue, dit Kronos. Cependant, lorsque nous avons voulu les interroger, ils ont tous péri, à cause de cette saloperie d'implant dont tu nous avais parlé. Nous avons voulu prévenir les autres Titans, et nous nous sommes heurtés à ce foutu brouillage mental.

– Ces chiens avaient tout prévu, même que l'un de nous perçât à jour leur plan ignoble, soupira Astyan. Ils ont agi au même moment dans tous les royaumes.

– Alors il est impossible de savoir combien d'entre nous ont échappé à leur piège, dit Rhéa.

– À cette heure, nous ne sommes plus que six, si l'on excepte Maerl et Vivyan. Et Khrios et Thémis, dont les futurs parents ont été tués par des serpents. Tous deux pourront revenir à la vie, mais pas avant plusieurs années.

– Ce qui laissera le temps aux Géants de prendre le pouvoir en Atlantide, si nous les laissons faire, gronda Kronos. Par les dieux nos pères, je n'ai jamais éprouvé de haine pour personne, mais j'aimerais tenir cet Ophius au bout de mon épée.

– En attendant, il faut savoir ce qui s'est passé en Antilla. Je vais repartir immédiatement.

– Astyan, la nuit va bientôt tomber. Tu es épuisé, tout comme nous. Tu vas passer la nuit ici. Demain, je t'accompagnerai.

Le lendemain, l'aéroglisseur s'envola d'Étrusia en direction d'Antilla. Rhéa était demeurée dans la capitale, afin de parer à une éventuelle attaque des Serpents.

Aux côtés d'Astyan, Kronos contemplait sa longue épée d'orichalque d'un air songeur.

– Depuis que nous avons fondé l'Empire, je pensais que jamais nous n'aurions besoin de l'utiliser, déclara-t-il enfin. Mais il faut croire que rien n'est immuable dans cet univers.

Soudain Païdras, qui avait pris les commandes, interpella Astyan.

– Seigneur, l'écho-sondeur signale un navire sous la couche nuageuse. Il semble provenir d'Antilla.

– Dirige-toi vers lui.

L'appareil plongea au sein de l'océan de nuages éclaboussé de la lumière du soleil, pour ressortir bien plus bas, malgré l'heure matinale, dans une demi-nuit. Des vents furieux soulevaient des lames de plusieurs mètres. Il fallut toute l'habileté du pilote pour stabiliser l'aéroglisseur.

Dans la tourmente apparut bientôt la silhouette malmenée d'un gros bateau de pêche, dont les superstructures semblaient avoir beaucoup souffert, comme si un incendie s'était déclaré à bord. Païdras piqua vers le navire, au-dessus duquel il tenta de s'immobiliser. Astyan ouvrit le sas de sortie de l'appareil.

– Les vents nous déséquilibrent, hurla-t-il pour couvrir les grondements de la tempête.

Il déroula une échelle de corde afin d'accéder au pont, puis, suivi de Kronos, il prit pied sur le navire. Il n'y avait trace de vie nulle part. Quelques cadavres glissaient au gré des vagues d'un bord à l'autre, au milieu d'un capharnaüm invraisemblable.

– On dirait qu'ils sont tous morts, dit Kronos.

Ils s'approchèrent d'un corps.

– Par les dieux ! gronda Astyan en retournant le marin. Il n'a plus figure humaine.

En effet, la peau de l'homme se boursouflait par endroits des traces de brûlures que le sel et l'eau de mer avaient creusées.

– Il y a eu un incendie à bord, suggéra Kronos.

– Oui, mais ce n'est pas le feu qui a défiguré cet homme de cette manière. Regarde !

Il déchira les vêtements du malheureux. Sous le tissu intact apparaissaient des marbrures bleutées, dont certaines avaient déjà éclaté.

– Il aurait aussi détruit ses vêtements, tu ne crois pas ?

– Oui, bien sûr.

Ils avaient toutes les peines du monde à se maintenir debout. Au-dessus d'eux, l'aéroglisseur devait parfois s'éloigner du navire, afin de ne pas être happé par une lame plus violente que les autres. Autour du vaisseau, l'eau avait pris une teinte boueuse inexplicable. Tant bien que mal, les deux Titans se dirigèrent vers la passerelle ; peut-être restait-il des survivants à l'intérieur.

Bousculés d'une paroi à l'autre, ils parvinrent enfin sur la passerelle de commandement, enjambant pour ce faire une demi-douzaine de cadavres, dont les brûlures étaient aussi mystérieuses que celles du premier. Là, comme dans une vision de cauchemar, un homme se tenait encore debout à la barre, surveillant l'horizon d'un œil fixe. Il psalmodiait des mots sans suite, les mâchoires serrées. Lorsqu'il se tourna vers les Titans, ceux-ci s'aperçurent avec horreur que le côté gauche de son visage était atrocement défiguré par une plaque rouge sanguinolente. L'homme leur fit face, puis s'écroula dans leurs bras. Ils l'installèrent sur un bat-flanc.

– Il n'est qu'évanoui, dit Astyan.

Un rapide sondage mental du navire leur apprit qu'il était le seul survivant.

– Nous allons le ramener à bord de l'aéroglisseur, déclara Astyan. Là, nous pourrons peut-être le soigner.

Ils enveloppèrent le blessé dans une couverture et regagnèrent l'échelle de corde. Quelques instants plus tard, l'homme reposait sur les banquettes confortables de l'appareil. Astyan se concentra sur les brûlures du visage, puis il constata que le malheureux portait les mêmes sur diverses parties du corps.

– Mais que s'est-il passé ? grogna Kronos.

– Tu n'as pas encore compris ? demanda Astyan. C'est l'œuvre des pierres de feu.

Kronos se concentra brièvement.

– Que les dieux nous protègent, dit-il enfin. Ce navire est complètement radioactif.

Il s'aperçut alors qu'Astyan avait déjà dressé une barrière mentale destinée à protéger l'aéronef. Joignant ses efforts à ceux de son compagnon, il se concentra sur les blessures du marin. Les ondes létales avaient déjà fait leur œuvre, mais peut-être pourraient-ils retarder l'échéance.

Enfin l'homme ouvrit les yeux – des yeux rouges, à demi aveugles. Il tendit les mains vers eux, leur toucha le visage.

– Qui êtes-vous ? murmura-t-il d'une voix rauque.

– Kronos et Astyan, les Titans d'Hespérya et d'Avallon. Peux-tu nous dire ce qui s'est passé ?

– Le feu ! Le « feu du ciel » s'est abattu sur Atlantis !

36

L'homme était au bord de l'évanouissement. Des pensées confuses s'échappaient de son esprit à la limite du délire. Astyan comprit qu'ils ne parviendraient pas à le sauver : les plaies étaient trop infectées. Il lui avait fallu une résistance surhumaine pour tenir plus longtemps que ses compagnons.

Les deux Titans se concentrèrent pour occulter la douleur qui irradiait le corps du mourant. Ses traits se détendirent, et un flot de souvenirs lui remonta à la mémoire, passant aussitôt dans l'esprit des demi-dieux. Comme dans un cauchemar, ils revécurent la terrible aventure du rescapé. Il se nommait Horadion. Il était capitaine du bateau de pêche sur lequel ils l'avaient découvert. Son équipage, fort d'une trentaine d'hommes, était spécialisé dans la course au thon, un poisson fort apprécié des Atlantes.

C'était le matin. La pêche avait été bonne. Après quatre jours de campagne en mer, le navire rapportait une cargaison magnifique, malgré les coups de vent sérieux qu'il avait essuyés. Il se trouvait encore à plus de dix milles au large et l'on devinait la ligne bleue de la côte au loin. Dans la vision de l'agonisant, un lourd cargo en provenance de l'est les précédait. La longue tache blanche d'Atlantis, la cité royale à demi bâtie sur l'eau, s'étirait à l'horizon. Les marins, après ces quatre jours de dur labeur, imaginaient déjà la chaleur des tavernes du port, la peau douce des filles, la senteur entêtante des épices, la vigueur bienfaisante de l'alcool de canne à sucre dans leur gorge. Certains évoquaient leurs compagnes et leurs enfants. Depuis toujours, la vie atlantéenne était douce ; rien ne pouvait laisser présager ce qui allait se passer.

Soudain tout avait basculé dans l'horreur absolue. Il y avait eu un éclair inimaginable. Peut-être Horadion avait-il conservé la vue grâce au fait qu'à ce moment précis, il était penché sous le tableau de commande du navire pour y prendre une carte marine. Autour de lui, tout n'avait plus été que lumière. Il s'était protégé comme il avait pu, tandis que ses hommes s'étaient mis à hurler comme des pécaris qu'on égorge.

Lorsqu'il s'était relevé, son acuité visuelle avait diminué de moitié. Tout lui semblait soudain tout sombre, mais il avait vu. Une énorme boule de feu dévorait la cité. Il crut être l'objet d'un cauchemar ; en quelques secondes, la sphère lumineuse engloutit la ville et se répandait déjà sur la mer, soulevant une muraille de vapeur, qui progressait vers eux à une vitesse folle. Devant eux, le lourd cargo marchand fut avalé par le brasier. L'instant d'après, un vacarme effroyable submergea le navire, puissant comme le roulement de mille orages ; une onde de chaleur cuisante l'enveloppa, qui enflamma la proue. Dans un demi-délire, les Titans entrevirent des hommes, les vêtements en feu, qui se jetaient par-dessus bord pour échapper à la fournaise. Lui, Horadion, avait subi une souffrance terrible. Mais une lame monstrueuse avait déferlé sur le navire, et noyé le début d'incendie. Alors, dans un éclair de lucidité, il avait viré de bord pour regagner la haute mer. Le navire, malmené par l'ouragan démentiel, avait pourtant obéi ; les moteurs aux essences d'algue avaient tenu bon. Il fallait s'éloigner au plus vite. Une dizaine de ses compagnons avaient survécu.

Le lendemain seulement étaient apparues les plaques rougeâtres sur la peau, qui rapidement s'étaient transformées en brûlures atroces. Un homme, incapable de résister, s'était tranché les veines. Mais ils devaient tenir ; il leur fallait gagner Hespérya au plus vite, afin de raconter ce qui s'était passé. Peut-être les Titans pourraient-ils faire quelque chose... Horadion n'avait survécu que pour témoigner de l'horreur entrevue. Une horreur sans nom, inexplicable, qui avait englouti en quelques instants, pour une raison inconnue, la très belle cité d'Atlantis sous un déluge de feu.

Un gouffre sombre s'ouvrit dans l'esprit des Titans, qui se retirèrent de la mémoire de l'homme. Il venait de mourir. Kronos, les yeux hagards, se tourna vers Astyan.

– Que s'est-il passé, d'après toi ?

– Une bombe ! grinça le Titan. Une maudite bombe à l'uraan, comme celle de Fa'ankys, mais d'une puissance bien supérieure. Ces pourceaux ne reculent devant rien.

Il se laissa tomber sur un siège, anéanti, les yeux fixés sur le corps du malheureux marin. Enfin il se leva, le prit dans ses bras et se rendit jusqu'au sas, puis il bascula le cadavre sur le pont de son navire.

– Le feu purifie tout, dit-il simplement. Que leurs cendres retournent à la déesse-mère.

Il se concentra à nouveau, et Kronos se joignit à lui. Alors, malgré les lames furieuses qui ballottaient le bateau, celui-ci s'embrasa sous la volonté des deux Titans, réduisant en cendres ses occupants et leur chargement. Une nappe de vapeur se répandit sur les eaux agitées, dissimulant la scène. Puis l'océan reprit ses droits. À l'endroit où quelques instants plus tôt se trouvait le fier navire, il ne subsistait plus qu'une carcasse noircie qui s'enfonçait sous les flots.

Épuisé, Astyan demeura un long moment silencieux, puis s'adressa à Païdras.

– Cap sur Atlantis !

Les deux Titans n'échangeaient pas un mot. L'atrocité de la vision surprise dans les souvenirs du pauvre marin leur glaçait le sang. Rien ne pouvait expliquer une telle abjection. Soudain Kronos explosa.

– Mais *qui* a pu commettre ce crime ? Et pourquoi ? Si les Serpents anéantissent ainsi les royaumes d'Atlantide, il ne leur restera plus rien à conquérir. Tout cela est démentiel.

– Oui ! C'est de la démence. Celui qui a ordonné cette abomination ne peut être qu'un fou.

– Combien y avait-il d'habitants à Atlantis ? demanda Kronos.

– Plus de huit cent mille.

– Peut-être y a-t-il des survivants ?

Astyan ne répondit pas. Ce qu'ils avaient surpris dans l'esprit d'Horadion était terriblement clair.

– Oui, grommela Kronos. Tu as raison. Il serait préférable pour eux qu'ils aient tous péri.

Puis il s'obstina.

– Mais cela ne tient pas debout. Les Serpents ne veulent pas la destruction des Atlantes, seulement l'anéantissement des Titans. Ils désirent conquérir l'Empire. Les pierres de feu leur interdiraient l'exploitation des richesses de l'Atlantide pour de nombreuses générations ! Il s'est produit là-bas quelque chose d'anormal.

Astyan prit les commandes de l'aéroglisseur. Il leur fallut trois heures pour parvenir en vue d'Antilla. De violentes perturbations atmosphériques masquaient l'île ; droit devant eux s'élevait une gigantesque colonne de fumée rougeoyante, qui dominait une mer de nuages agitée par de furieux remous. Malgré la distance, l'importance des volutes témoignait de la violence de la tempête. Un élément étonna le Titan.

– Ce ne peut être le reste du champignon atomique, murmura-t-il. L'explosion a eu lieu il y a deux jours. Les vents auraient déjà dû le disperser.

Il dirigea l'appareil vers le cœur de la nuée ardente. En quelques instants, le degré de radioactivité s'éleva de façon vertigineuse. Instantanément les Titans établirent une barrière protectrice autour de l'aéroglisseur. Survolant l'océan de nuages, l'engin s'approcha du pylône rougeoyant. Ils s'aperçurent qu'au-delà de cette première colonne s'en élevaient d'autres, de moindre importance. Un souvenir s'imposa immédiatement à Astyan : l'image d'une explosion similaire, à laquelle il avait assisté quelque six mille ans plus tôt, lorsque le sommet de l'Héphaïs s'était littéralement volatilisé dans l'espace en une fraction de seconde.

– Les volcans. La bombe à l'uraan les a réveillés.

Maintenant la protection mentale de l'engin, ils plongèrent au sein de l'océan de nuées. De violents courants ascendants saisirent l'appareil et le malmenèrent ; il fallut tout le talent de pilote du Titan pour maintenir l'assiette au sein de la tourmente. Quelques instants plus tard, l'aéroglisseur jaillissait sous la couche épaisse de nuages, et survolait l'océan en direction de ce qui peu de temps auparavant était encore le royaume d'Atlantis. L'océan avait pris une teinte étrange, couleur de boue ; des lames hautes comme des falaises le parcouraient en tous sens, dans une pénombre quasi totale, provoquée par la couche épaisse de nuages. Des rafales de pluie et de grêle vinrent frapper la coque de l'appareil. Les Titans durent renforcer la puissance de leur bouclier mental.

– Mais où se trouve la côte ? murmura Kronos, en proie à une émotion violente.

– Il n'y a plus de côte. Atlantis n'existe plus.

Un sentiment de colère l'envahit soudain, qu'il ne chercha même pas à combattre. Rien ne pourrait jamais justifier une telle abjection. À l'endroit où aurait dû se trouver la ville, dont tous deux gardaient une foule de souvenirs en tête, il n'y avait plus que la mer, la mer à l'infini. Atlantis s'était enfoncée sous les flots, et avec elle ses huit cent mille habitants. Çà et là, ils remarquèrent d'innombrables débris flottants, battus par la fureur des flots boueux ; quelques corps, parfois à demi dévorés par les prédateurs marins, requins ou murènes, condamnés eux aussi à brève échéance par les radiations mortelles qui baignaient les lieux.

Enfin une terre apparut au loin – une côte rougeâtre, dévorée par les flammes nées de la colère d'un volcan. De longues coulées de lave se déversaient dans l'océan déchaîné, donnant naissance à d'énormes colonnes de vapeur. L'aéroglisseur survola l'îlot volcanique, d'où toute vie avait disparu.

– Même ici il n'y a aucun survivant, dit enfin Astyan d'une voix sourde. L'explosion a dû déclencher un gigantesque tremblement de terre qui a tout détruit.

– De toute façon, qui pourrait survivre dans cet enfer ?

Ils effectuèrent, par acquit de conscience, plusieurs survols de la région sinistrée. Mais il ne restait plus du merveilleux royaume d'Atlantis que des cendres. Les ruines d'un petit village de pêcheurs apparurent : un rapide sondage mental leur confirma que tous les habitants avaient péri.

La mort dans l'âme, Astyan reprit sa route vers Elkhara, le second royaume d'Antilla. Un long silence s'installa. Les deux Titans et l'homme qui les accompagnait gardaient en mémoire le souvenir de la fabuleuse beauté d'Atlantis, de la gentillesse et de l'hospitalité de ses habitants. Tout cela avait été détruit sur le caprice d'un dieu fou, ou de l'un de ses séides. Nulle punition ne serait assez forte pour faire payer un tel crime. En eux la douleur le disputait à la fureur, une rage qui soulevait dans leur cœur un flot de haine leur brûlant les entrailles. Soudain Païdras éclata en sanglots.

– Excusez-moi, Seigneur. Ma sœur habitait ici. Elle avait épousé un Antillien il y a deux ans.

Kronos lui posa la main sur l'épaule, mais ne prononça pas un mot. Qu'aurait-il pu dire ? Malgré les pouvoirs dont il disposait, il se sentait impuissant devant l'horreur de la situation. Et ce qu'ils avaient découvert à Atlantis lui laissait présager le pire pour Elkhara.

L'aéroglisseur contourna l'énorme colonne de roches et de poussières incandescentes du volcan principal et fila plein ouest. Aussi loin que la vue pouvait porter, le monde semblait avoir versé dans un chaos apocalyptique total. La plus grande partie d'Antilla s'était enfoncée sous les flots ; les seuls terres encore émergées étaient ravagées par des incendies qui dévoraient les forêts tropicales, combattus par des trombes d'eau. La lave s'écoulant des volcans comme d'immenses vomissures, ou issue des entrailles ouvertes dans la roche, noyait cet univers de cauchemar sous des panaches de brumes épaisses que les vents furieux tordaient en tous sens.

Pourtant peu à peu les brouillards s'espacèrent, la couche de nuages qui masquait le ciel s'éclairait, chassant les ténèbres rougeoyantes nées des volcans.

– On dirait que la partie occidentale de l'île a été épargnée, murmura Kronos.

Comme pour lui donner raison, ils constatèrent que le taux de radioactivité diminuait d'instant en instant. Les vents d'ouest emportaient la nuée létale vers l'orient. Enfin, après avoir franchi une lande désolée, ravagée par des vagues de feu, une chaîne de montagne se dressa devant l'appareil, qui semblait avoir protégé le royaume d'Elkhara, où régnaient Quetzal et Ocanaa. Ils la franchirent, traversant une nouvelle fois l'épaisse barre nuageuse, et jaillirent d'un coup en pleine lumière. Très loin vers l'est, les colonnes nées des volcans se déformaient, s'inclinaient sous l'action des vents avec une lenteur majestueuse et terrifiante. D'énormes panaches de pierres et de cendres retombaient dans un silence effrayant vers la mer de nuages, où ils provoqueraient des pluies de boue, des torrents dévastateurs qui achèveraient d'emporter ce qui restait d'Atlantis.

Au-delà de la chaîne de montagnes s'étendait une immense forêt tropicale qui rejoignait la côte où se dressait la capitale du royaume le plus occidental de l'Empire. Se rapprochant à nouveau du sol, les Titans remarquèrent qu'une série de tremblements de terre avaient ouvert des failles énormes dans le sol. Repérant un village, ils constatèrent que les habitants avaient fui, emportant avec eux le strict minimum. Les demeures étaient laissées à l'abandon. Quelques animaux domestiques erraient dans les ruelles, livrés à eux-mêmes. Des cadavres jonchaient le sol. Plus loin, une longue colonne humaine s'étirait sur une piste menant vers l'océan, en direction d'Elkhara.

Bientôt la capitale fut en vue. C'était une cité magnifique, surnommée la « Ville-Joyau », en raison des innombrables vitraux de verre colorés qui décoraient les demeures. Comme à Poséidonia, nombre de toits étaient recouverts d'or. De loin, elle ne paraissait pas avoir souffert du cataclysme qui avait englouti Atlantis. Pourtant, lorsque l'aéroglisseur perdit de l'altitude, les Titans constatèrent d'innombrables traces de combats et d'incendies. Des demeures s'étaient effondrées, visiblement détruites par de gros projectiles. La population était en effervescence.

Astyan dirigea son appareil vers le palais princier et se posa sur l'esplanade d'atterrissage. Dès qu'ils sortirent de la nef, quelques silhouettes apparurent dans le parc contigu ; d'autres surgirent de l'intérieur du palais. Un mélange de crainte et d'hostilité émanait de tous les esprits présents, qui saisit les demi-dieux comme une vague glaciale.

Une jeune femme s'avança vers eux, qui ne devait pas avoir plus de vingt ans. Ils la reconnurent immédiatement : Pléionée, la fille aînée d'Ocyaan et de Thétys. Dès qu'elle aperçut les deux Titans, elle se précipita dans leurs bras et éclata en sanglots.

– Les dieux sont bons. Ils vous ont conservé la vie.

– Que s'est-il passé ? Où sont tes parents ? demanda Astyan.

– Morts ! Comme Quetzal et Ocanaa. Tués par cette déesse maudite qui se fait appeler Tlazol.

Brièvement, elle expliqua comment, lors de l'inauguration d'un temple bâti en l'honneur des dieux vivants d'Antilla, les quatre Titans régnant sur l'île avaient été anéantis par une boule de feu jaillie de nulle part. Il y avait eu un moment de panique totale ; personne ne comprenait ce qui s'était passé. Puis une femme dont le visage était masqué par une longue *calyptra* noire avait surgi, entourée d'une cohorte de prêtres revêtus de toges, elles aussi noires.

Elle avait affirmé qu'elle-même était une déesse venue des lointaines colonies orientales, d'où allait surgir un nouveau dieu, Ophius, qui bientôt régnerait sur le monde. Elle avait aussi expliqué que les Titans maintenaient depuis trop longtemps les humains en esclavage, en leur interdisant certains domaines de la connaissance.

Pléionée avait ressenti la haine et l'orgueil démesurés qui habitaient l'âme de cette créature immonde. En entendant les propos de la déesse, la foule s'était révoltée ; alors celle-ci avait manifesté sa puissance. De sa main avait jailli un éclair lumineux de couleur verte qui avait frappé plusieurs hommes, les embrasant comme de l'étoupe. Mais Pléionée avait réagi aussitôt, projetant d'un seul coup toute sa force mentale sur la créature.

– Malheureusement pour elle, grinça-t-elle au milieu de ses larmes, j'ai hérité de certains pouvoirs de mes parents. Je lui ai livré combat ; j'ai concentré mon esprit et j'ai dressé un champ de force afin de protéger les citadins. Je ne sais pas comment j'ai pu trouver la résistance nécessaire ; j'ai cru que mon corps allait exploser, mais je suis malgré tout parvenue à la blesser. J'ignore comment cela s'est fait, mais un rayon vert a jailli de moi et lui a brûlé le visage. Alors ses guerriers l'ont emportée ; ils se sont repliés vers l'aéroglisseur qui les avait amenés, et ils se sont enfuis.

Mais avant de décoller, la déesse maudite s'était retournée vers Pléionée et avait craché des paroles de vengeance et de haine.

– Je revois encore la tête horrible, dégoulinant de sang, de cette monstruosité. Elle a juré de se livrer à de terribles représailles. Mais la population d'Elkhara s'était regroupée autour de moi. Des pêcheurs nous ont rapporté que l'appareil avait rejoint une flotte importante qui attendait au large. Quelques jours plus tard, la flotte est apparue à l'horizon. Nous avons pensé qu'ils se préparaient à attaquer, mais ils sont restés loin des côtes. Nous n'avons pas compris pourquoi. Ils possédaient plus de quatre cents navires, et nous n'en avions qu'une trentaine à leur opposer. Je ne savais quoi faire. Pour le peuple, pour les argontes, j'avais remplacé Quetzal et Ocanaa, et aussi mes parents, puisque je possédais des pouvoirs quasi identiques. Mais j'étais désemparée.

« Nous nous attendions à un assaut imminent. Pourtant, contre toute attente, la flotte ennemie s'est encore éloignée. Alors nous avons vu un projectile noir se diriger vers la cité, et j'ai eu aussitôt le pressentiment que c'était la mort qui venait sur nous. J'ai focalisé mon esprit sur l'objet, et j'ai ressenti les vibrations des pierres de feu : c'était une bombe à l'uraan. Je n'avais aucun moyen d'arrêter sa course. Et puis, j'ai eu l'idée de tenter de faire ce que mes parents m'avaient enseigné, lorsqu'ils avaient constaté que je possédais ces pouvoirs mystérieux. Avant que le projectile ne nous atteigne, je me suis concentrée sur les atomes d'uraan. La bombe est tombée, mais j'ai réussi la transmutation juste au moment où elle allait exploser, et la ville a été sauvée.

« Ce n'était que partie remise. Lorsqu'elle a constaté que son arme n'avait pas fonctionné, Tlazol a lancé sa flotte contre nous. Quetzal et Ocanaa n'avaient pas constitué une défense importante, malgré vos avertissements. Pas plus que mes parents. Ils avaient seulement armé quelques navires ; ils ne croyaient pas vraiment à cette histoire de Serpents. La vie était si douce en Antilla.

Elle ravala ses larmes, puis ajouta :

– Cela leur a coûté la vie. Et peut-être ne pourront-ils plus jamais se réincarner. J'ai examiné la structure de ce temple, et j'ai compris son fonctionnement.

– Que s'est-il passé ensuite ?

– La ville n'était pas de taille à se défendre contre une telle armada. Alors j'ai focalisé mon énergie mentale pour dresser une muraille liquide entre la flotte et Elkhara. J'ai fait ce que j'ai pu. J'ai coulé ainsi une douzaine de leurs vaisseaux, qui ont été broyés par les lames de fond que j'avais déclenchées. Tlazol ne s'attendait pas à une telle riposte. Mais elle a utilisé sa propre puissance pour contrer la mienne, et quelques navires sont parvenus à passer, qui ont alors lancé des bombes incendiaires. C'est pourquoi une partie de la ville a été endommagée. Je ne pouvais lutter sur tous les fronts à la fois. Trois de leurs vaisseaux ont atteint la côte. Ils ont déversé sur nous des hordes de créatures monstrueuses, à têtes de crocodiles. Nos gardes les ont combattus à l'aide des lance-éclairs. Ce fut un carnage. Plus d'une centaine des nôtres ont été tués, mais nous sommes parvenus à les repousser.

« Je savais que nous ne pourrions tenir longtemps s'ils réussissaient à forcer mon barrage mental. J'étais épuisée, et l'autre le sentait. C'était comme si je l'avais eue en face de moi. Je voyais son visage défiguré par le feu et la haine.

« Puis soudain, sans raison, ils ont rompu le combat. Tlazol a ordonné à ses navires de se retirer, et la flotte s'est éloignée. J'ai pu la suivre mentalement pendant assez longtemps ; elle se dirigeait vers l'est, vers Atlantis. Je pensais qu'elle voulait attaquer la ville et s'en emparer, mais elle n'en a rien fait. Par la pensée, j'ai vu Tlazol charger une énorme bombe à l'uraan dans son aéroglisseur, et j'ai compris ce qu'elle voulait faire pour assouvir sa vengeance. Hélas ! j'étais trop loin pour tenter quoi que ce soit.

« Alors j'ai vu, par les yeux de mon esprit, ce qui s'est passé. Elle a survolé la cité, puis elle s'est élevée dans les airs et a lâché la mort sur Atlantis. Les habitants n'ont pas dû comprendre ce qui leur arrivait. En un instant, une onde de feu mille fois plus ardente que le soleil a désintégré ma cité. L'onde de choc a provoqué un séisme d'une ampleur inimaginable. Les volcans, endormis depuis des millénaires, se sont réveillés. Et toute la partie orientale d'Antilla a été engloutie sous les flots.

« Ma ville... ma ville n'existe plus, par la faute de cette abomination.

Astyan la serra contre lui. Un long silence s'installa. Pléionée n'avait même plus de larmes à présent. Seule une haine incommensurable habitait son cœur, une haine que partageaient les deux Titans. Il prit la jeune femme par les épaules.

– Pléionée, c'est toi à présent qui es devenue la Titanide de ces royaumes de l'Atlantide. J'ignore comment il se fait que tu aies hérité de pouvoirs aussi importants, mais c'est à eux qu'Elkhara doit d'exister encore.

– Plus pour longtemps, hélas. Cette chienne maudite a déclenché une instabilité tectonique dans toute cette région. Les tremblements de terre se multiplient. Bientôt Elkhara elle-même sera touchée. J'ai sondé les couches internes : elles sont au bord de la rupture. C'est pourquoi je vais essayer d'évacuer les habitants sur les côtes des continents. J'espère seulement que j'aurai le temps de sauver le maximum de personnes.

Comme pour lui donner raison, le sol frémit sous leurs pieds.

– Je crains que d'ici à quelques jours, le royaume d'Elkhara n'existe plus, lui non plus.

Soudain Astyan pâlit.

– Je sais pourquoi la flotte de Tlazol a abandonné le combat alors qu'elle tenait presque la victoire. Elle a reçu un ordre d'Ophius. Les Serpents doivent être en train de regrouper leurs forces pour attaquer les cités dont les Titans n'ont pas été tués. C'est-à-dire Étrusia, Asgarth... et Poséidonia.

Il serra les dents. Ils avaient défié Ashertari et Ophius, ils avaient déjoué leur piège immonde. Poséidonia était la cité la plus peuplée et la plus puissante d'Atlantide. Si elle tombait, les Serpents auraient beau jeu de conquérir la totalité de l'Empire.

– Je dois retourner en Avallon, déclara-t-il.

– Je comprends, dit Pléionée, qui avait suivi son raisonnement. Alors accorde-moi une faveur : anéantis ces vomissures du néant ! Ici, on appelle déjà cette maudite Tlazol [1] : la « Déesse des ordures ». Car elle n'est qu'une immondice vivante.

Astyan et Kronos serrèrent la jeune femme dans leurs bras, puis ils regagnèrent l'aéroglisseur. Il leur en coûtait d'abandonner ainsi les Antilliens à leur sort, mais ils devaient rejoindre les leurs.

Pour se préparer à l'ultime bataille.

1. Tlazol est une déformation de Tlazoltéotl, déesse de la Lune chez les Aztèques, et surnommée la « Mangeuse d'immondices » (les méfaits perpétrés par les hommes).

37

Asgarth, île d'Atalaya...

Depuis deux jours, la flotte ennemie, forte d'une centaine de navires, stationnait à un angle de la capitale. Elle avait surgi de l'orient, profitant de la brume matinale d'été qui parfois coulait sur le royaume en provenance de la lointaine banquise septentrionale. Depuis, elle avait établi un long cordon qui interdisait l'accès au port. Pourtant elle ne semblait pas décidée à attaquer ; elle s'était contentée d'arraisonner les petits bateaux de pêche qui n'avaient pu regagner à temps l'abri de la cité. Deux gros vaisseaux en provenance de l'Empire avaient été interceptés.

La flotte asgarthienne, qui ne comptait qu'une quarantaine de navires, ne pouvait se risquer à forcer le blocus, sous peine de laisser la ville sans défense. Elle se contentait de patrouiller à distance, afin de ne pas se laisser enfermer, attendant le moindre signe d'hostilité pour riposter.

Depuis la tour nouvellement construite à l'entrée du port, Woodian observait l'escadre adverse. Il était rassuré sur deux points : un rapide sondage mental lui avait appris que l'ennemi ne disposait pas de pierres de feu. De même, il n'avait pas décelé la présence des créatures monstrueuses décrites par Astyan. Les navires capturés par les inconnus n'avaient pas été coulés ; leurs équipages avaient seulement été faits prisonniers.

Apparemment, l'amiral ennemi faisait preuve d'une conduite digne de respect, n'ayant aucun rapport avec les atrocités qui avaient eu lieu en Antilla.

– On dirait que l'homme qui commande cette flotte n'est pas de la même espèce que ceux qui ont anéanti Atlantis, murmura Woodian à l'adresse de sa compagne. Je me demande ce qu'il recherche.

Grâce au capitaine Tholrog, qui avait réussi à déjouer le blocus de la flotte adverse en serrant la côte au plus près, ils avaient reçu un message d'Astyan. Ils savaient à présent que nombre de leurs frères Titans étaient morts, victimes des spirales maudites. Mais ils ne comprenaient pas. Dans tout l'Empire atlante, les Serpents avaient manifesté leur présence, semant la perturbation et le doute. La disparition brutale des demi-dieux avait provoqué une réaction de stupeur et d'affliction. D'après le message transmis par Tholrog, le scénario s'était déroulé de la même manière dans tous les royaumes : lors de l'inauguration de temples dédiés aux divinités, des prêtres inconnus, venus de colonies lointaines, avaient déclenché la foudre sur les Titans, qui avaient été tués sans même pouvoir se défendre, en raison de la soudaineté de l'attaque. Dans tous les cas, les témoins avaient rapporté la présence de cette mystérieuse structure en forme de spirale double.

On avait arrêté les coupables, mais ceux-ci étaient morts immédiatement après avoir rempli leur terrible mission. Leur tête avait explosé sous l'action de l'implant mystérieux.

Comment expliquer qu'à Asgarth en revanche, nul n'ait construit de temple semblable ? Les Serpents ne s'étaient jamais manifestés en Atalaya, comme si le royaume était volontairement tenu à l'écart. Woodian et Fraïa savaient qu'ils seraient eux aussi tombés dans le piège. Alors pourquoi les avait-on épargnés ? La présence de cette flotte inconnue prouvait pourtant que l'ennemi désirait s'emparer d'Asgarth. Mais quels étaient ses liens avec la ligue des Serpents ?

Le matin du troisième jour, Woodian et Fraïa se livrèrent à un nouveau sondage mental de l'ennemi. Ils se heurtèrent à une barrière psychique infranchissable, qui prouvait que l'homme commandant la flotte possédait lui aussi des pouvoirs surhumains.

Aussi renoncèrent-ils. Les navires ennemis s'étaient largement déployés autour de la baie ; il était désormais impossible de quitter la capitale, sauf par voie de terre.

Soudain, vers le milieu de la matinée, un grand navire, sans doute le vaisseau amiral, se détacha de la formation et se dirigea vers le port.

– On dirait qu'ils veulent négocier, dit Woodian.

Il donna des ordres pour qu'on laissât le bâtiment traverser les lignes atlantes et accoster sans encombre, puis il se rendit sur le quai principal en compagnie de Fraïa.

Le navire se rangea doucement dans la rade. À son bord se tenaient des dizaines de guerriers en armes, tandis qu'à terre, la quasi-totalité de la garde impériale avait pris position. Les canons lance-éclairs avaient été mis en batterie. L'ennemi s'était délibérément jeté dans la gueule du loup.

– J'ignore qui est cet homme, murmura Fraïa, mais il ne manque pas de courage.

Intrigués, les Titans se préparèrent à accueillir le commandant. Enfin une haute silhouette se dressa au sommet de l'échelle de coupée, le visage masqué par un casque d'airain intégral. L'homme descendit lentement et se présenta devant les demi-dieux, accompagnés seulement par deux lieutenants. Woodian ressentit instantanément la puissance mentale émanant de l'homme. Il ne s'agissait pas d'un mortel, mais d'un être de la même espèce que lui.

L'inconnu ôta son heaume. Stupéfait, Woodian eut soudain l'impression de se trouver devant son propre reflet. L'autre lui ressemblait trait pour trait. Puis il comprit.

– Je sais que les Serpents ont utilisé la science interdite du clonage pour obtenir des doubles parfaits des Titans. Es-tu l'un d'eux ?

– En vérité, répondit l'autre d'une voix sombre. Je suis né d'une cellule prélevée sur ton corps alors que tu n'avais que quelques heures. Mon nom est Athor.

– Selon la tradition atlante, je dois te souhaiter la bienvenue. À moins que tu ne viennes en ennemi.

– Je ne viens ni en ennemi ni en ami. Je désire te remplacer, et devenir le prince de ce royaume. L'un de nous deux est de trop. Comme l'exigeait celui qui s'est désigné comme notre roi, Ophius, j'aurais pu utiliser le stratagème des temples de feu, et ainsi provoquer ta mort sans te laisser la moindre chance. Mais un tel procédé me répugnait. Depuis, je me suis volontairement écarté d'Ophius et de ses alliés. Ces gens-là ne sont pas dignes de régner un jour sur l'Atlantide. On m'a confié la conquête d'Atalaya, et j'ai décidé de la mener à ma manière. J'ai refusé l'assistance de ces créatures monstrueuses, ces hybrides issus des esprits de ces savants fous qui travaillent pour Ophius. De même, je me suis élevé contre l'utilisation des pierres de feu. Elle risque d'engendrer des catastrophes terrifiantes, où il n'y aura ni vainqueurs ni vaincus.

– Cette attitude t'honore. Mais qu'attends-tu de moi ?

– Je veux te combattre ! J'aurais pu lancer mes navires à l'assaut de la cité, mais nos pouvoirs se seraient mutuellement neutralisés. De nombreux guerriers auraient été tués pour rien, et je ne désire pas la mort des Asgarthiens, ni la tienne. Je réclame seulement le droit de devenir le prince de ce royaume en te lançant un défi loyal. De l'issue de ce combat dépendra le sort de la ville. Si tu es vainqueur, et même si tu me tues, ma flotte se retirera. Si je triomphe, tu dois t'engager à t'effacer devant moi.

Woodian hésita, puis déclara :

– Ta proposition me semble raisonnable, et tout à fait loyale. Mais tu oublies un détail.

– Lequel ?

– Les Titans ne dirigent pas les royaumes, ils n'en sont que les dieux protecteurs. Les Asgarthiens, comme les autres peuples atlantes, se gouvernent eux-mêmes, par l'intermédiaire d'argontes élus. Pourquoi désires-tu à tout prix prendre ma place ?

L'autre parut un instant décontenancé.

– Mais parce que seuls les plus forts doivent survivre... C'est la loi de la nature. Ainsi s'améliorera l'espèce humaine.

– Voilà une idée qui me semble issue tout droit du cerveau tortueux et imbécile d'Ophius. Que fais-tu du droit à la vie que possède chaque être humain, même le plus modeste ?

– Le droit de l'homme doit s'effacer devant l'évolution de l'espèce tout entière.

– Encore une ineptie de la secte des Serpents ! s'insurgea Woodian. À cause de ces absurdités, des centaines de milliers d'hommes sont morts en Antilla.

– Je le sais. La responsable se nomme Tlazol. J'ai toujours détesté cette femme, elle est animée par une haine et un orgueil insensés. Je la méprise d'avoir employé les pierres de feu. Elle n'a pas accepté la révolte des Antilliens, ni digéré sa défaite devant Elkhara.

– Tu me parais beaucoup plus intelligent qu'elle, et non motivé par la haine. Ne pourrais-tu devenir notre ami, plutôt que de souhaiter me combattre ? Nous n'avons rien contre toi et les tiens.

– C'est impossible. Je ne crois pas aux idées des Titans. L'espèce humaine n'a pas évolué depuis six mille ans que vous régnez sur elle. Cela prouve votre échec.

– Cela ne prouve rien du tout. L'évolution vers la spiritualité est très longue. Sans les Règles de vie et les connaissances technologiques que nous avons apportées aux humains, ils vivraient encore comme les tribus sauvages des terres de l'intérieur.

– Et vous en avez fait des êtres faibles, endormis dans leur confort et leur sécurité. Les hommes doivent apprendre à se battre, à lutter. Je ne te hais pas, mais je veux devenir le prince de ce royaume.

– Pourquoi ? Qu'offrirais-tu de plus aux Atalayens ?

– La puissance ! Bientôt Ophius régnera sur ce monde, et sa volonté de domination engendrera de nouveaux conflits avec ses alliés actuels. Il faut que les Asgarthiens apprennent à se défendre.

– Je pense qu'ils en seront capables si on les attaque. Ils n'ont pas besoin de toi pour cela !

– C'est une dérobade ! Refuserais-tu de te mesurer à moi ?

– S'il le faut, je te combattrai. Mais je n'ai pas le droit de disposer ainsi de la liberté des citoyens d'Asgarth. Ils sont libres. Même si tu étais vainqueur, je doute qu'ils t'acceptent comme roi.

– Mais ce ne sont que des humains, des mortels ! Ils doivent se soumettre aux dieux ! clama l'autre.

– Encore une imbécillité due à la mégalomanie d'Ophius ! riposta Woodian. Réfléchis !

– J'ai réfléchi. La nature favorise toujours le plus fort. Alors que décides-tu ?

Woodian ne répondit pas immédiatement. Son adversaire lui inspirait une sympathie spontanée contre laquelle il ne pouvait lutter. En fait, l'esprit d'Athor était déchiré entre sa générosité naturelle et les enseignements absurdes qu'il avait reçus des Serpents. Refuser le combat provoquerait sans doute chez lui une réaction négative ; il lancerait alors sa flotte contre Asgarth, et un affrontement s'ensuivrait, dont nul ne pouvait prévoir l'issue. C'est pourquoi Woodian répondit :

– C'est bien. Nous allons nous rencontrer en champ clos, armés seulement de nos épées. Le combat aura lieu dès ce soir, sur le plateau de Midyard, au sud de la ville. Le vainqueur décidera du sort du vaincu.

Il s'approcha d'Athor, et ajouta :

– Mais toi, pense à ce que je t'ai dit. Ta victoire ne te donnera pas le droit d'asservir ce peuple, seulement celui de t'en faire aimer. Si tu en es capable !

L'autre eut un mouvement de recul, puis il tourna les talons et regagna son navire.

En fin d'après-midi, une foule immense s'était rassemblée sur le plateau de Midyard. La nouvelle du combat s'était répandue comme une traînée de poudre à travers la cité. On avait installé à la hâte une arène. Vers le soir, Athor descendit de nouveau à terre, accompagné cette fois de la majeure partie de son état-major et de nombre de ses guerriers. Les citadins étaient partagés entre divers sentiments. Les inconnus, dont on ignorait toujours d'où ils venaient, inspiraient la frayeur, en raison de leur armement impressionnant ; mais ils ne pouvaient représenter un grand danger face à l'importante garde impériale qui les encadrait. Le sentiment dominant était surtout la curiosité. Depuis toujours on ignorait la guerre en Atlantide, et les notions d'ennemi, de haine étaient totalement nouvelles. On ne comprenait pas très bien les raisons qui poussaient cet homme ressemblant comme un frère jumeau à Woodian à vouloir le remplacer. On savait déjà qu'Antilla avait été détruite par un ennemi ignoble et sans scrupule ; mais cet Athor paraissait d'une trempe différente, et son courage forçait l'admiration.

L'arène était délimitée par une clairière cernée par cinq frênes centenaires, arbres sacrés chez les Asgarthiens. On y prit place, dans l'effervescence. Peu avant que le combat ne commençât, Fraïa s'approcha du Géant. Elle eut l'impression de s'adresser à son propre compagnon, tant la ressemblance entre les deux hommes était frappante.

– Athor, même si tu refuses de l'admettre, tu es pour Woodian comme un frère. Or les frères ne doivent pas lutter l'un contre l'autre. Il est encore temps de renoncer à cette joute stupide. Tu possèdes toutes les qualités pour devenir notre ami, et notre allié. Ophius t'a trompé, comme il s'apprête à tromper les autres peuples ; c'est un tyran fou qui ne cherche qu'à exercer son pouvoir démoniaque, afin d'assouvir sa soif de domination.

L'autre hocha la tête, puis déclara :

– Peut-être as-tu raison, mais il faut que je sache ! On m'a affirmé que les Titans étaient des lâches ; or il n'est pas de place dans le monde pour les lâches. Je dois combattre Woodian.

Fraïa le fixa dans les yeux et affirma d'une voix blanche :

– Encore une fois, on t'a trompé ! Les Titans ignorent la lâcheté. Alors écoute bien ceci : si tu tues mon compagnon, sois certain que tu auras éveillé en moi un sentiment que j'ai toujours ignoré jusqu'à présent, depuis six mille ans : la haine. Et il vaudra mieux pour toi que tu trouves le courage de me supprimer aussitôt après. Sinon, c'est moi qui te tuerai.

Sans attendre sa réponse, elle tourna les talons et s'en fut rejoindre Woodian, qui s'était débarrassé de ses vêtements, ne conservant qu'un pantalon court et serré, qui dévoilait sa musculature parfaite. Le Titan n'avait pas atteint sa cinquantième année, ce qui correspondait à la pleine jeunesse pour un demi-dieu. La Titanide prit son compagnon dans ses bras et l'embrassa avec tendresse.

– Si tu es vainqueur, ne prends pas sa vie ! Je suis sûre qu'il peut devenir un allié fidèle.

– Je te le promets. Ce combat est ridicule, mais je ne puis pour autant l'éviter. C'est la seule manière de lui faire entendre raison. J'espère seulement que mon bras ne me trahira pas.

Il dégaina son épée d'orichalque. Les deux adversaires s'avancèrent l'un vers l'autre. Athor possédait également une arme forgée dans le même métal, preuve qu'il maîtrisait lui aussi la transmutation des métaux.

Pendant un long moment les deux hommes s'observèrent. Puis Athor porta un assaut que Woodian esquiva avec vivacité. Il riposta et entailla l'épaule de son adversaire : une simple estafilade, qui ne découragea pas l'autre.

C'était la première fois que deux demi-dieux s'affrontaient ainsi sous les yeux des Atlantes. Parfois les Titans se livraient à des combats à mains nues, pour le seul plaisir ; les deux plus puissants étaient régulièrement Astyan et Kronos, qui ne parvenaient jamais à se départager. Ces joutes courtoises s'achevaient toujours par des claques aussi vigoureuses qu'affectueuses dans le dos et un gobelet de vin.

Cette fois, l'enjeu était différent. Le peuple d'Asgarth souhaitait ardemment la victoire de son héros. Mais la ressemblance entre les deux hommes troublait les consciences. Si l'étranger dominait, l'accepterait-on comme nouveau seigneur d'Asgarth ? Que se passerait-il alors ? À cause de cette ressemblance, on ne pouvait nourrir de la haine contre lui. Il n'avait pas fait preuve d'hostilité envers la cité. Alors quel était son but ?

Pendant un long moment, les deux adversaires multiplièrent les feintes, les attaques, les passes, les bottes. Parfois l'une d'elles atteignait son but. De fines balafres sanglantes marquaient le torse des deux combattants en plusieurs endroits. Par deux fois, Athor roula à terre. Mais sa résistance était extraordinaire, et sa science de l'épée stupéfiante.

Soudain, après un coup plus fort que les autres, il porta une pointe en direction de la tête de Woodian. Du sang jaillit, et le Titan laissa échapper un hurlement. La foule se leva, angoissée. L'étranger baissa sa garde : il venait de crever l'œil gauche de son adversaire. Loyalement, il laissa Woodian rejoindre sa compagne.

Le Titan essuya son visage dégoulinant de sang. Affolée, Fraïa constata que la blessure était très grave. Woodian respira profondément pour calmer la douleur par un violent effort de volonté.

– Il n'a pas encore vaincu, murmura-t-il. Que l'on me pose un bandeau immédiatement.

Fraïa lui noua un linge autour de la tête. Le tissu se tacha rapidement d'écarlate, mais le Titan n'y prêta pas attention. Il resterait peut-être borgne, mais il n'avait pas le droit d'abandonner ainsi le combat. Il savait désormais qu'il lutterait jusqu'à la mort. Lorsqu'il eut réussi à arrêter l'hémorragie par concentration mentale, il revint vers son adversaire, qui attendait patiemment au milieu de l'arène.

– Tu as fait preuve de courtoisie, Athor. Mais ce n'est pas suffisant. Je ne peux te laisser soumettre ainsi le peuple d'Asgarth. Si tu veux y parvenir, il faudra que tu me tues.

Il s'inclina, puis attaqua de nouveau. En fait, la perte d'un œil ne gênait pas outre mesure le Titan ; ses sens supérieurs à ceux d'un mortel lui permettaient de percevoir son environnement d'une manière bien plus efficace. Seule la douleur persistante le tourmentait, mais il ne pouvait se permettre de perdre. Il redoubla d'ardeur. Athor, surpris et ébranlé par le courage et la ténacité de son adversaire, constata que celui-ci n'avait rien perdu de ses facultés. Il perdit pied plusieurs fois. Dans la foule des hurlements d'enthousiasme et d'admiration saluaient l'abnégation du demi-dieu.

Soudain Athor sentit son poignet s'ouvrir. L'épée d'orichalque lui échappa. Il bascula en arrière, et sentit la pointe glacée du métal se poser sur sa gorge. Un simple geste pouvait lui décoller la tête. Il leva les yeux sur son adversaire, dont le bandeau avait glissé, dévoilant la blessure terrible qu'il lui avait infligée. Le sang s'écoulait à nouveau, maculant le cou et la poitrine de Woodian. Alors il comprit toute l'absurdité du combat qui l'avait opposé à cet homme pour qui il aurait voulu éprouver de la haine, mais qui était aussi son frère. La belle Fraïa avait raison.

– Dois-je prendre ta vie, Athor ? gronda sourdement Woodian.

– Je... j'ai l'impression que je le mérite. Mais si ta proposition d'amitié et d'alliance tient toujours, je serai fier et honoré de devenir ton ami et ton frère. Nos deux flottes, alliées l'une à l'autre, pourront être d'un grand secours à l'Atlantide dans le combat qui se prépare à Poséidonia.

Woodian hésita un instant, puis plongea délibérément dans l'esprit de l'autre. Athor, comprenant qu'il voulait s'assurer de sa sincérité, lui ouvrit son âme en grand. Un silence de mort s'étendit sur la foule. Enfin la pointe d'orichalque s'écarta de la gorge du Géant, tandis que Woodian lui tendait le bras pour l'aider à se relever. Les deux hommes s'observèrent un moment, puis tombèrent dans les bras l'un de l'autre.

– Pardonne-moi, mon frère, murmura Athor. Mon stupide orgueil t'a coûté un œil.

– Mais il m'a fait gagner un ami. Le sacrifice en valait la peine.

La foule, qui jusqu'au dernier instant avait retenu son souffle, explosa alors d'un hurlement d'enthousiasme. Car, par ce simple geste, les deux demi-dieux venaient d'affirmer qu'il n'y aurait pas d'affrontement avec la flotte qui bloquait l'accès au port d'Asgarth. En quelques instants, les guerriers étrangers furent assaillis par des bras fraternels. Comme par miracle apparurent des cruches et des amphores de vin et de bière, ainsi que des gobelets, qui ne cessèrent de s'emplir jusqu'à l'aube.

Le lendemain, lorsque Woodian eut été soigné, il convia son nouvel allié dans le palais d'Asgarth.

– Alors es-tu bien décidé ? demanda-t-il à Athor.

– Plus que jamais, répondit l'autre sans hésitation. Désormais ma flotte se rangera sous la bannière atlante et combattra à vos côtés. Mes guerriers sont des hommes libres, qui ont une confiance aveugle en moi. Et, comme moi, ils n'apprécient pas la volonté de domination d'Ophius.

– Ton concours peut décider du sort de la bataille. Sois donc le bienvenu parmi nous. Mais j'aimerais en savoir plus : quand doit avoir lieu l'attaque de Poséidonia ?

– Je l'ignore. J'ai délibérément rompu tout contact avec les Serpents. Mais je sais qu'après l'anéantissement de la flotte de Tuténie, Ophius a dû revoir ses plans. Il est à présent guidé par la haine la plus féroce. C'est pourquoi il a rappelé les autres flottes qui devaient conquérir un à un les royaumes atlantes. Il désire concentrer tout son effort sur Avallon – peut-être aussi à cause de la haine qu'Ashertari éprouve envers sa sœur Anéa. Mais n'espère pas retourner l'esprit des autres Géants qu'ils ont créés, comme tu l'as fait pour moi.

– Les Géants ?

– C'est ainsi qu'ils se nomment entre eux. Les Géants, les enfants du dieu-serpent, qui doivent un jour dominer le monde. Tous sont soumis à Ophius, et ils sont assoiffés de guerre et de pouvoir. À l'inverse des Titans, ils n'éprouvent aucun respect envers les humains, qui selon eux ne sont destinés qu'à servir et adorer les divinités qu'ils estiment être. Nous devons les anéantir jusqu'au dernier, car s'ils sont vainqueurs, le chaos s'installera sur le monde. Peut-être pour toujours.

38

L'océan du Soleil, quelque part entre Antilla et Hespérya...

Comme à son habitude, Tlazol pestait. Depuis son échec devant Elkhara, elle ne décolérait pas. Le destruction d'Atlantis ne lui avait pas apporté le soulagement escompté.

Elle avait pourtant triomphé. Le piège du temple de la mort avait parfaitement fonctionné. Quetzal et Ocanaa, sa sœur clonique, avaient péri, ainsi qu'Ocyaan et Thétys. La spirale double les emprisonnerait à jamais dans un vortex infernal dont jamais plus ils ne pourraient s'échapper. Toute résurrection leur serait impossible.

Mais cette victoire lui laissait un goût de cendre dans la gorge. Plus rien ne pourrait désormais assouvir son désir de détruire, d'abaisser, d'asservir. Parfois lui venait l'envie de transformer le monde lui-même en un vaste désert de mort et de souffrance. Car jamais elle ne pourrait atteindre son rêve inaccessible – un rêve qu'elle avait elle-même contribué à anéantir.

Une douleur insoutenable lui rongeait le cœur et les entrailles. À l'instant même où elle avait aperçu Quetzal, ce Titan réputé pour sa beauté et son charme, un sentiment étrange avait pris possession de son être tout entier. Elle, qui depuis sa naissance n'avait été qu'un bloc d'amertume et de haine, avait été soudain envahie par l'amour, inondée par une sensation de chaleur et de bien-être.

Mais il était trop tard. Elle devait aller jusqu'au bout de sa mission. Et elle n'avait pas faibli, car elle avait éprouvé, en même temps que cette émotion étonnante, presque étouffante, une jalousie dévorante envers Ocanaa. Elle avait aimé Quetzal jusqu'à la moindre fibre de sa chair, mais elle l'avait haï pour les regards de complicité et de tendresse qu'il adressait à l'autre, à ce double si parfait, ce reflet d'elle-même. Afin de dissimuler sa ressemblance, elle s'était grimée, dissimulée sous un maquillage coloré. Ils ne s'étaient rendu compte de rien. Et ils avaient marché vers la mort inexorable de la spirale double sans aucune méfiance, en se tenant par la main. Lorsque la foudre en boule les avait frappés, ils n'avaient pas crié. Mais elle avait découvert, en examinant les cendres, les traces noircies de ces deux mains encore enchaînées l'une à l'autre. La mort ne les avait peut-être même pas séparés. Elle qui n'avait jamais pleuré avait failli céder aux larmes.

Désormais, rien n'aurait su combler le vide effroyable qui s'était creusé en elle. Elle avait entrevu l'image de l'amour, du bonheur ; mais le voile déchiré, ouvert sur la lumière, qui avait un instant illuminé les ténèbres de haine dans lesquelles elle vivait depuis toujours, s'était refermé à jamais.

Et puis, il y avait eu la réaction imprévisible de la fille aînée d'Ocyaan et Thétys, cette maudite Pléionée, qui avait osé s'opposer à elle, et qui avait réussi à contrer ses pouvoirs. Cette chienne l'avait combattue, et lui avait causé cette terrible blessure au visage, qu'elle ne parvenait même pas à cicatriser par concentration mentale. Elle commençait à croire qu'elle resterait à jamais marquée par cette brûlure qui lui infligeait d'atroces souffrances. D'où cette vipère tenait-elle ses pouvoirs ? Jamais les enfants directs des Titans ne les avaient développés. Elle, la grande Tlazol, avait été contrainte de s'enfuir devant cette gamine. Elle en avait conçu une fureur noire, dévastatrice. Elkhara avait refusé sa domination. Elkhara devait disparaître. Alors elle avait éloigné sa flotte et envoyé une bombe à l'uraan sur la cité. Mais cette petite putain avait transmuté les pierres de feu juste avant l'explosion.

Elle avait ensuite lancé ses vaisseaux contre Elkhara, bien décidée à tout détruire par le feu et le sang. Malgré sa puissance, cette chienne de Pléionée n'aurait pu s'opposer à sa flotte, forte de quatre cents navires et de cent vingt mille guerriers, tous prêts à se faire tuer pour elle, Tlazol.

Elle était sur le point de triompher lorsque Ophius l'avait rappelée par télépathie. Il lui demandait de rejoindre l'armada de la ligue des Serpents pour la destruction des Titans de Poséidonia. Elle avait hésité, puis accepté. Cette Pléionée ne perdait rien pour attendre. Mais il lui avait fallu trouver un exutoire à sa fureur. Alors elle avait frappé Atlantis.

Depuis qu'elle disposait de l'arme terrifiante, fabriquée par des savants enlevés à Ophius, elle brûlait de s'en servir. Parmi les Géants, elle était la seule à la posséder, hormis le dieu-serpent. Mais celui-ci lui avait interdit de l'utiliser. Il estimait que les pierres de feu représentaient l'ultime recours devant une cité qu'on ne pouvait conquérir et soumettre.

Elle avait pourtant transgressé ses ordres. Elle avait défié sa toute-puissance. Il allait entrer encore une fois dans une rage folle lorsqu'ils se retrouveraient. Mais celui qui se faisait appeler, avec un orgueil démesuré, le dieu-serpent ne l'impressionnait pas.

Ophius n'était qu'un idéaliste retors et dévoré d'ambition – ce qu'il refusait d'admettre. Mais elle, Tlazol, l'avait percé à jour. Comme elle, il ne rêvait que de pouvoir et de domination. Ceux-ci étaient inscrits dans la nature humaine, comme dans celle des dieux qu'ils étaient. La victoire appartenait au plus puissant : telle était la loi fondamentale.

Elle disposait des mêmes pouvoirs que lui. Il n'y avait donc aucune raison pour qu'il s'arrogeât le titre de « Prince des Géants », sous prétexte qu'il était à l'origine de leur naissance. Elle le haïssait, comme elle haïssait tous les autres. Elle seule avait su, en instaurant un climat de terreur dans son royaume lointain du sud de l'Inkheus, se constituer une flotte aussi puissante – à part peut-être Khali, cette chienne couchante qu'Ophius appelait sa « sœur ». Un jour elle devrait les affronter, tous. Car, dans cette lutte pour le pouvoir absolu, il ne pouvait en rester qu'un.

Mais elle avait besoin d'eux pour se débarrasser des Titans. Ensuite on verrait. Et puis, Ophius avait auprès de lui cette fille magnifique, Ashertari, pour laquelle Tlazol éprouvait un sentiment violent. À l'insu de son compagnon, elle avait réussi à entraîner la superbe créature dans sa couche. Elle avait vécu avec elle des moments d'une intensité extraordinaire. Sa sensualité était surnaturelle ; c'était un mélange de vice et d'innocence, un animal sauvage, indomptable, qu'elle avait pris un plaisir rare à séduire, à asservir. Jamais les hommes qu'elle avait glissés dans son lit ne lui avaient procuré un plaisir aussi intense – pas même Taenghu, cette brute sanguinaire dont la force physique colossale la subjuguait.

C'était surtout à cause d'Ashertari qu'elle avait accepté de revenir sur Poséidonia. Elle ne désespérait pas de l'arracher un jour des griffes de ce maudit dieu-serpent. Nul ne serait alors assez puissant pour s'opposer à elles.

Les dents serrées à cause de la douleur lancinante qui lui dévorait le visage, elle contempla l'océan. Puis elle lâcha un juron énorme. Suite à l'anéantissement d'Atlantis, une tempête effroyable s'était déclarée, qui entravait la progression des navires. D'un bord à l'autre de l'horizon, une couche de nuages sombres et épais avait envahi la totalité du ciel. Une nuée étrange, couleur de métal. Depuis deux jours, quelques hommes se plaignaient de douleurs au ventre et vomissaient. L'un d'eux avait attrapé de vilaines plaques sur la peau. Craignant une maladie contagieuse, elle avait fait jeter le malheureux par-dessus bord. Et avec lui quelques-uns de ceux qui souffraient du ventre, afin de décourager les autres. À présent plus personne ne se plaignait.

Elle consulta ses cartes. Si ses estimations étaient correctes, elle se trouvait encore à plus de douze jours de Poséidonia. Et à quatre jours d'Hespérya. Si les vents se maintenaient...

Saïqarah, île d'Aralu, l'île la plus méridionale de l'Archipel atlante...

Taenghu contempla de ses yeux d'un vert glacé les trois hommes qu'on venait de lui amener. Les trois commandants de la garnison de la capitale. Il ne lui avait guère fallu de temps pour s'emparer de Saïqarah, qui ne disposait pas d'une armée importante. L'ennemi, rendu furieux par la mort des deux couples qui devaient redonner naissance à leurs Titans, s'était battu avec courage. Mais il n'était pas de taille à s'opposer à sa flotte, qui comportait près de deux cents vaisseaux. Il avait pris plaisir à mener lui-même ses guerriers et ses monstres au combat. Soixante-cinq mille combattants armés jusqu'aux dents, qui s'étaient répandus dans la cité en semant la terreur et la mort sur leur passage.

Les habitants, après une première résistance acharnée, avaient pris peur devant l'apparition de ces hybrides mi-hommes, mi-boucs, ces monstres à tête de lézard ou de hyène. Des êtres d'une sauvagerie incroyable, dressés pour tuer et déchiqueter, mais sur lesquels Taenghu exerçait un pouvoir absolu. Ils venaient lui manger dans la main.

Parce qu'on ne lui avait enseigné que le goût des armes et du combat, il avait éprouvé une joie féroce à tailler, hacher, incendier, brûler, anéantir ces êtres à la peau noire, pour lesquels il n'éprouvait que dégoût et mépris. Peut-être leur silhouette rappelait-elle celle des humains, mais ce n'était qu'une apparence. Ils étaient tout juste bons à servir d'esclaves, voire d'animaux de boucherie. Ils étaient laids, et ils puaient.

Ophius lui avait promis qu'il prendrait possession de ce royaume après la victoire sur les Titans. La première chose qu'il s'empresserait de faire serait de nettoyer ces terres de la présence de ces sous-êtres qui se prétendaient humains. D'immenses brasiers se dresseraient en Aralu pour purifier « son » territoire. Dans le projet d'amélioration de l'espèce qu'envisageait le seigneur Ophius, il n'était pas question d'intégrer ces individus qui ressemblaient à des singes.

Taenghu se dressa, dominant de sa haute stature les trois hommes qui le toisaient fièrement. L'un d'eux déclara :

– Tu es peut-être vainqueur pour l'instant ! Tu vas sans doute nous tuer. Mais prends garde : un jour, nos Titans reviendront à la vie. Et ils te briseront.

Puis il lui cracha au visage. Le Géant rougit sous l'effet de la fureur.

– Vermine ! Comment oses-tu ?

Il s'approcha du capitaine, comme un fauve prêt à bondir. Soudain il dégaina son poignard et le plongea dans la poitrine du malheureux. Puis il le retira et enfonça d'un coup son énorme main dans l'ouverture. L'homme demeura conscient assez longtemps pour apercevoir une chose sanguinolente ressortir entre les doigts du monstre : son propre cœur, que l'autre venait d'arracher. Il sombra ensuite dans le néant. Ses deux compagnons, terrorisés, virent alors le Géant porter l'organe dégoulinant à sa gueule et mordre férocement dedans. Le sang chaud macula son visage terrifiant. L'un des commandants vira au gris et s'écroula sur le sol. Alors Taenghu éclata d'un rire tonitruant. Puis il tonna :

– Ainsi périront tous les maudits nègres d'Aralu. Mais vous avez un sursis : le dieu-serpent, qui va bientôt étendre sa puissance sur le monde, me réclame. Je vais donc quitter cette ville. Cependant n'ayez crainte, je reviendrai !

L'océan du Soleil, au large du Tsahar...

Les deux Géants Baâl et Moloch, nés par clonage de Prométhée, contemplaient à l'horizon l'apparition d'une multitude de points noirs, répartis en deux formations serrées. Ils étaient les premiers à avoir répondu à l'appel d'Ophius, alors qu'ils s'apprêtaient, après avoir détruit leur père clonique et sa compagne, Galyana, à conquérir leur royaume. Leur flotte, forte de trois cent quatre-vingts unités, n'avait fait que croiser au large de Memphis, sur l'île d'Amenti. Puis ils avaient pris la route du sud, contournant Lyonesse, afin d'éviter les parages de Poséidonia. Selon les ordres du Maître, le dieu-serpent Ophius, Astyan le maudit ne devait pas pouvoir localiser les flottes de la Ligue. Car on n'aurait une chance de le vaincre qu'en attaquant tous ensemble, de front.

Baâl posa la main sur le bras de son jumeau.

– Ce sont Khali et Eris, dit-il en indiquant les deux escadres qui se précisaient au loin.

Ils savaient déjà que les deux Géantes avaient elles aussi réussi à anéantir les Titans de Lyonesse, Ptaah et Mnémosyne, dont Eris était issue, ainsi qu'Hypérion et Elyane, qui avait, à son insu, donné naissance à la redoutable Khali. Khali, que l'on avait surnommée la « Déesse de feu », car elle avait l'habitude de jeter ses ennemis dans d'immenses fosses où brûlaient des brasiers gigantesques. Le royaume sur lequel elle régnait, une colonie éloignée située de l'autre côté du Tsahar, lui vouait déjà un culte, malgré son jeune âge, à peine trente années. Elle proclamait souvent :

– Je suis comme la reine qui règne sur un peuple d'insectes. Tous ses sujets lui doivent une obéissance aveugle, car elle seule possède le pouvoir et le savoir. Nous sommes des dieux, et les humains doivent être soumis aux dieux.

Dans les faits, elle exerçait sur son peuple une fascination extraordinaire, partagée entre l'adoration et la terreur. Ses guerriers, tous prêts à se faire tuer pour lui plaire, représentaient peut-être l'armée la plus puissante de la ligue des Serpents. Eux-mêmes, Baâl et Moloch, lui vouaient une admiration sans bornes. Leur maître, Ophius, ne l'appelait-il pas sa « sœur » ?

Ils étaient moins heureux en revanche de l'arrivée d'Eris. Si sa beauté la rendait attirante, elle faisait preuve d'un caractère ambigu, malsain, qui se complaisait dans les tensions et les conflits. Ses paroles étaient toujours empreintes de fiel et de sous-entendus. Elle avait même tenté de les dresser l'un contre l'autre. Heureusement sans succès. Baâl et Moloch étaient jumeaux, et rien jamais ne pourrait les séparer.

Personne n'appréciait Eris. Mais on la redoutait, car elle avait l'art de mettre au jour des vérités qu'on aurait préféré dissimuler. Et on la supportait, car Ophius l'estimait et faisait souvent d'elle sa confidente. Il était le seul envers lequel elle ne tarissait jamais d'éloges.

Baâl et Moloch la soupçonnaient d'être sa maîtresse, à l'insu d'Ashertari. Mais ils n'en avaient pas la preuve, et de toute manière cela ne les concernait pas. Seuls le combat et la conquête les intéressaient. Et ils avaient hâte d'en découdre avec ce maudit Titan qui avait osé défier la toute-puissance du dieu nouveau qui voulait prendre possession du monde afin de le mener vers une véritable évolution. Ils tueraient ce chien qui régnait depuis trop longtemps, et ils prendraient un vif plaisir à violer sa compagne, Anéa, dont on disait qu'elle était aussi belle qu'Ashertari.

Les trois escadres réunies totaliseraient déjà sept cent cinquante vaisseaux. Mais il fallait attendre que les quatre autres flottes les rejoignissent, celle du Maître, celles de Tlazol et de Taenghu, et enfin l'escadre de ces couards de Lokhar et de Fétida.

L'océan du Soleil, quelque part au large d'Hespérya...

Ni Lokhar ni Fétida n'étaient pressés de rejoindre l'armada qu'Ophius était en train de constituer. Seuls de tous les Géants – hormis ce maudit Athor, qui avait lâchement abandonné la Ligue pour faire cavalier seul – ils avaient échoué. Kronos et Rhéa, dont ils étaient issus tous deux, avaient su déjouer leur plan. Ils avaient détruit le temple dans lequel ils devaient trouver la mort éternelle. Lokhar et Fétida avaient ressenti presque physiquement l'écho de la fureur d'Ophius. Alors ils avaient peur. Peur d'affronter seuls ce maudit Kronos, peur aussi de se retrouver face au dieu-serpent. C'est pourquoi ils ne progressaient que très lentement en direction du sud. Suivant les instructions d'Ophius, ils devaient contourner Lyonesse, afin d'échapper à la surveillance des navires poséidoniens.

Lierna...

Ophius avait installé son quartier général dans le seul bâtiment qui avait résisté à l'ouragan. Autour de lui se tenaient ses capitaines, à qui il hurlait ses ordres. La fureur transparaissait dans tous ses propos.

Après l'échec du stratagème du temple, Ophius en avait conçu une rage folle, qui ne l'avait pas encore quitté. Il s'en était pris à Ashertari elle-même : son plan avait échoué. La jeune femme avait répliqué avec une fureur non moins terrible. Alors les deux demi-dieux s'étaient affrontés. Les vibrations incontrôlées émanant de leurs esprits avaient engendré des ondes destructrices qui avaient ébranlé les fondations des bâtiments de Thartesse. La ville s'était couverte de ruines. Terrorisés par un tel déchaînement, certains habitants avaient fui vers l'intérieur des terres. D'autres étaient restés, soumis corps et âmes à ces dieux qui leur inspiraient une frayeur sans nom et une vénération aveugle.

Les fuyards n'avaient pas été très loin. Lorsque Ophius s'était rendu compte que plus de la moitié des Thartessiens avaient déserté la cité, il s'était lancé à leur poursuite, utilisant son aéroglisseur. Il lui revint le souvenir de cette colonne d'hommes et de femmes s'étirant sur une longue piste menant vers les hauts plateaux, où ils pensaient pouvoir trouver refuge. Mais il avait posé son aéronef devant eux. Pétrifiés, ils l'avaient vu descendre de l'appareil. Il n'avait rien dit. Il s'était concentré sur le premier groupe, où se trouvaient des hommes, des femmes et des enfants, et les avait longuement regardés.

Ils avaient osé braver son autorité absolue, ils lui avaient désobéi. Ils devaient payer. Il avait projeté contre eux sa puissance mentale. En quelques instants, les corps des victimes s'étaient couverts de plaques rougeâtres, puis s'étaient consumés, sous les yeux terrifiés de leurs compagnons. Leurs hurlements de souffrance et d'agonie avaient servi d'exemple. Les autres s'étaient jetés à ses pieds, implorant sa clémence.

Alors les fuyards avaient rebroussé chemin. De retour à Thartesse, il avait fait d'eux des esclaves soumis, qui travaillaient à la reconstruction des navires.

En quelques semaines, on abattit des forêts entières, on tailla des arbres que l'on débita en mâts, en armatures, en coques. On récupéra ce que l'on put des voiles déchiquetées par la tempête. Il était trop tard pour concevoir de nouvelles armes. Mais cela n'avait guère d'importance. Les hybrides qui avaient échappé à la noyade ne demandaient qu'à se battre. Et la force de chacun d'eux valait celle de six guerriers atlantes.

Ophius avait de plus reçu le renfort de sa garde personnelle, constituée de tous les criminels psychopathes qu'il avait arrachés à l'île maudite d'Alkhat. Cinq cents hommes dénués de scrupules, avides de tuer, de saccager, d'égorger, de brûler, et surtout impatients de se lancer à l'assaut des Atlantes pour leur faire payer le plus cher possible les années d'enfer vécues sur cette île du Sud, où les vents violents qui soufflaient en permanence finissaient par rendre fou.

Ophius était parvenu à leur imposer sa volonté, en leur promettant la vengeance, le pillage et la richesse. Depuis ils lui vouaient une admiration sans bornes, et avaient pris eux-mêmes le nom de « Démons aux longs couteaux », par référence à leur arme préférée, une longue lame d'acier aussi tranchante qu'un rasoir. Par chance, ils n'étaient pas présents lors du cyclone déclenché par ce chien d'Astyan. Il les avait envoyés s'entraîner dans les montagnes de l'intérieur, où ils avaient massacré quelques tribus de sauvages qui vivaient là de chasse et de cueillette. Ophius sourit en évoquant ce qu'il avait raconté à Astyan lors de son arrivée. Il avait pris prétexte des hordes d'anthropophages qui dévastaient le pays pour justifier le nombre des gardes. Ce n'était pas éloigné de la vérité. À ceci près que les cannibales étaient les Démons eux-mêmes, qui avaient coutume de dévorer leurs ennemis et surtout de boire leur sang, afin, disaient-ils, d'acquérir courage et invulnérabilité.

Après s'être réconcilié avec Ashertari, Ophius avait rappelé mentalement les huit autres Géants déjà partis à la conquête de l'Atlantide. Le plan initial prévoyait d'attendre la mort des Titans pour envahir les dix royaumes et les soumettre à l'autorité de la Ligue. Cependant tout ne s'était pas déroulé comme prévu. Ce chien d'Athor n'avait pas respecté le pacte. Il avait refusé les hybrides. Il avait contesté la suprématie d'Ophius, et décidé de se lancer seul à la conquête d'Atalaya. Depuis il avait établi autour de lui un brouillage mental qui interdisait tout contact télépathique. Ophius maîtrisa sa colère ; il ne perdait rien pour attendre. Le dieu-serpent devait rester le maître absolu des Géants. Lui seul possédait la puissance suffisante pour combattre ce maudit Astyan, dont la méfiance avait fait échouer un complot magnifiquement préparé.

Mais ce n'était qu'un échec momentané. Ce chien ignorait encore que les autres flottes étaient intactes, et qu'elles allaient bientôt se rejoindre devant Poséidonia. Alors la ville serait soumise, ou bien anéantie.

Ophius savait que les Avalloniens ne disposaient que d'une centaine de navires, deux cents tout au plus. Les autres royaumes, privés de leurs Titans, ne pourraient réagir. Malgré la puissance que conféraient à Astyan les canons lance-éclairs, dont lui-même n'avait pas encore réussi à percer le secret, la flotte poséidonienne ne tiendrait pas longtemps devant la formidable armada qui se formait au large des côtes du Tsahar.

Devant Ophius s'étalaient des cartes, sur lesquelles ses aides de camp avaient disposé des figurines matérialisant chacune des escadres. Il se réjouit : tout se mettait en place. Bien sûr il n'avait pu éliminer tous les Titans. Mais le combat final n'en serait que plus exaltant. Lui-même ne pourrait aligner que dix mille guerriers et soixante navires, dont la moitié avaient été hâtivement remis à flot. Cependant, si l'on excluait ce maudit Athor, qui devait en ce moment même se briser les dents sur Atalaya, les sept flottes de la Ligue compteraient mille six cent cinquante navires, transportant une armée d'invasion de quatre cent trente mille guerriers, auxquels il fallait ajouter cent vingt-cinq mille créatures, que l'on élevait depuis plus de dix ans dans la seule perspective de cette gigantesque bataille.

L'armée poséidonienne, malgré l'effort d'armement accompli ces derniers mois, ne disposait que de quatre-vingt mille hommes, dont beaucoup étaient inexpérimentés. De plus, Astyan était seul, avec sa compagne. Même si Kronos, qui avait su déjouer le plan, venait lui prêter main-forte, ils ne seraient jamais que quatre Titans face à dix Géants disposant des mêmes pouvoirs qu'eux. Que pourraient-ils faire contre ces demi-dieux qu'il avait forgés de ses mains ?

Il devait vaincre. Le monde souffrait depuis trop longtemps de la présence de ces demi-dieux qui lui imposaient leur loi stupide. L'Amour universel qu'ils prônaient n'était qu'un leurre. L'âme humaine était trop complexe pour s'en contenter. Et les Titans disparaîtraient pour ne pas l'avoir compris. Les humains ne naissaient pas égaux. Certains étaient plus forts, plus intelligents, plus beaux que les autres. Lui, Ophius, avait étudié les lois de l'hérédité génétique. Il savait que les gènes se transmettaient d'une génération à l'autre. Qu'avait-on à faire du droit à la vie et à la liberté de chaque individu, quand il s'agissait de l'évolution de l'espèce entière ? C'est en cela que les Titans commettaient une erreur. Il convenait au contraire d'éliminer tous les individus fragiles afin de purifier l'espèce. Il n'était pas nécessaire d'accomplir un génocide en supprimant les plus faibles : il suffisait de les stériliser, en les empêchant ainsi d'avoir des enfants qui entraveraient l'évolution. Ils pouvaient toujours servir d'esclaves.

Peu à peu l'homme se transformerait, évoluerait pour atteindre un niveau supérieur. Tel était le but qu'Ophius s'était fixé. Et il deviendrait le dieu suprême de ce monde, celui qui le mènerait vers un avenir glorieux. Doué d'une intelligence extraordinaire, il avait depuis longtemps compris toutes les possibilités que lui offrirait la domination de l'Empire atlante. Un peuple, une planète tout entière livrée à sa seule volonté, à sa soif de puissance. Un monde qui l'admirerait et le redouterait à la fois. Un monde dont il ferait le plus puissant des empires de l'univers, car il ne serait pas aveuglé par l'idée aberrante que les Titans appelaient « l'Amour absolu ». Seule la force permettait de s'élever. Pour cela, il fallait s'emparer de toutes les richesses de l'Atlantide, les exploiter, puis conquérir les continents ignorés, où ne survivaient que des peuplades barbares, encore à demi animales.

La Connaissance renfermait encore d'innombrables secrets que les scientifiques perceraient à jour. Il instaurerait dans son empire un ordre absolu dont il serait le maître, formerait des légions qui se lanceraient à l'assaut des terres vierges de l'espace. Une bouffée d'orgueil s'empara de lui : parfois cette planète lui semblait trop petite. Il détenait en lui une puissance sans limites. Un jour, il deviendrait l'Infini lui-même.

Mais il restait un obstacle à renverser : les derniers Titans, et surtout ce maudit Astyan, certainement son plus redoutable adversaire.

Ophius respira profondément. Il triompherait. Cependant tout n'était pas gagné. Il devait se montrer très prudent en ce qui concernait certains de ses alliés. Il lui fallait jouer serré pour utiliser au mieux les facultés de ces Géants qu'il avait engendrés, et qui ne rêvaient que de gloire et de puissance. En cela, ils étaient semblables aux humains. Alors il les manipulerait, il se servirait des dons particuliers de chacun.

Baâl et Moloch, ainsi que Taenghu, lui étaient entièrement dévoués.

Il pouvait également compter sur Khali la Destructrice, envers laquelle il éprouvait un mélange d'admiration et d'horreur. Elle lui ressemblait comme une sœur. Ambitieuse, elle était son double, son reflet. Il avait pensé un instant en faire sa maîtresse, afin de s'assurer de son dévouement total. Mais il avait renoncé. Khali détestait tout ce qui se rapportait à l'amour, qu'il soit spirituel ou charnel. Jamais un homme ne l'avait approchée. Ni aucune femme. Tout en elle n'était que haine ; elle était née pour détruire, pour broyer, pour brûler. Le Feu et le Sang. Une femme d'une beauté éclatante, assoiffée de gloire et de triomphe, devant qui tout devait plier. Khali la démoniaque, qui aimait à prendre un bain dans le sang de ses ennemis abattus, et qui semait la mort et la terreur sur son passage. Elle serait sans doute son arme la plus efficace.

Il savait pouvoir se fier, malgré son caractère, à la fourbe, la sournoise Eris, qui cachait sous des dehors avenants une âme perverse – et sous ses vêtements un poignard acéré dont elle n'hésitait pas à faire usage. Parce qu'il avait fait d'elle sa maîtresse, il en avait aussi fait son esclave dévouée, qui entretenait entre les Géants un esprit de discorde, les dressant parfois les uns contre les autres. Eris était sa créature, son âme damnée, qui lui rapportait les moindres faits et gestes de chacun. Pourtant, contrairement à ce qu'elle s'imaginait, Ashertari n'ignorait rien de cette union. L'asservissement par les sens était aussi un moyen d'assurer sa domination. Ces manœuvres faisaient partie de cette complicité qui forgeait leur alliance. N'avait-elle pas agi de même avec la plupart de leurs alliés, hommes ou femmes, hormis Khali ?

Il lui fallait se méfier de Lokhar et de Fétida, les couards, les lâches qui, malgré la puissance dont ils disposaient, redoutaient encore d'affronter ce qui restait des Titans. Deux êtres aux réactions imprévisibles, capables au dernier moment de s'allier à Poséidonia s'ils sentaient le vent tourner.

Et surtout il y avait Tlazol, sa rivale la plus dangereuse. Une femme imbue d'elle-même, sujette à des accès de colère aveugle, qui à plusieurs reprises s'était opposée à lui. Elle avait fait la démonstration de sa puissance en détruisant Antilla avec les bombes à l'uraan qu'elle lui avait volées. Cela représentait une perte irréparable et stupide. La richesse d'Atlantis avait à présent disparu sous les flots. Mais peut-être était-ce le prix à payer pour atteindre le but suprême, la domination de l'Empire. La nouvelle s'était déjà répandue en Atlantide, grâce aux espions infiltrés dans tous les royaumes. Il n'y aurait même pas besoin d'amplifier l'information : la terreur devait commencer à s'installer dans une population qui n'avait jamais connu de guerre depuis la fondation de l'Archipel.

Après la destruction des Titans, ils se retrouveraient tous les deux face à face. Il savait que Tlazol n'hésiterait pas à l'éliminer lui-même pour le remplacer, si l'occasion s'en présentait. Mais il la tenait par l'intermédiaire du sentiment ambigu qu'elle éprouvait pour sa compagne, Ashertari, qui n'avait pas hésité à lui faire goûter aux plaisirs du corps féminin afin de mieux l'asservir.

Aujourd'hui il avait besoin de la puissance des quatre cents navires de sa flotte. Mais sans doute serait-il plus judicieux de la supprimer après la victoire, et de s'intéresser de plus près à cette fille étrange, cette Pléionée, qui avait hérité, pour une raison inexplicable, des pouvoirs de ses parents. Il aviserait en temps utile.

Enfin ses pensées se concentrèrent sur Ashertari. Il n'existait certainement pas au monde de femme qui alliait comme elle ainsi la plus sombre des dépravations à la plus éclatante splendeur. Elle éblouissait tous ceux qui l'approchaient, pour mieux les entraîner dans ses rets. Il s'était tissé entre eux un étrange mélange d'amour et de haine, poussé au paroxysme, qui les poussait à se déchirer. Était-ce la jeunesse insolente de son corps qui l'enchaînait ainsi à elle ? Il vibrait en Ashertari une telle perversion qu'il en éprouvait parfois une sorte d'inquiétude. Elle ne trouvait de plaisir que dans la destruction et la domination. La manifestation de sa puissance lui procurait une jouissance physique qu'il aimait à contempler. Il la haïssait d'exercer sur lui un pouvoir aussi étrange. Il ne pouvait se passer d'elle, de la chaleur de sa peau, de son imagination fertile, de son appétit d'amour insatiable, qu'elle poussait par jeu jusqu'à la douleur. Mais il l'aimait également, car il savait que ce sentiment dévorant était réciproque.

Ashertari était aussi assoiffée d'ambition que lui ; d'une extraordinaire subtilité, elle savait dissimuler ses émotions, jouer la comédie avec un talent stupéfiant. On ne savait jamais ce qu'elle pensait. Courageuse, indomptable, secrète, elle avait soumis les autres Géants à sa volonté en se donnant à chacun d'eux, même aux femmes, comme Tlazol ou Fétida, qu'elle avait ainsi soumises à sa volonté. C'était aussi par elle qu'il régnait sur les autres.

Lui-même avait douté d'elle lorsqu'elle avait retrouvé sa sœur jumelle. L'affection qu'elle lui avait témoignée semblait tellement sincère. Puis il avait percé le secret de cet attachement mystérieux. En réalité, Ashertari aimait Anéa d'un amour si puissant qu'elle aurait voulu la posséder tout entière, voir en elle son propre reflet, une autre elle-même. Dans ses rêves, il avait surpris son envie de faire l'amour avec ce double qui la fascinait, son désir dévorant de se fondre à elle, physiquement et mentalement. Comme si un être unique avait été déchiré en deux. Cependant elle la détestait de vouer un amour exclusif à cet homme qui était son compagnon depuis l'aube des temps. Depuis la création de ce monde, qu'elle souffrait de n'avoir pas connue.

Alors cet amour brûlant s'était mué en haine. Elle aurait voulu les aimer tous les deux, les faire siens, les posséder, les soumettre à sa volonté. Mais ils étaient trop différents d'elle. Elle ne vivait plus que pour les détruire. Même si pour cela elle devait y laisser sa vie et son âme.

Ophius contempla sur les cartes la disposition de ses forces et se redressa. Il aurait pu ordonner l'attaque immédiatement, avec la flotte déjà massée près du Tsahar. Mais il désirait être sur place afin de coordonner les manœuvres. Et puis il fallait attendre l'escadre importante de cette chienne de Tlazol, qui devait faire sa jonction avec celle de Lokhar et de Fétida. Ceux-ci avaient échoué à éliminer ce diable de Kronos et sa compagne, Rhéa.

Il ne fallait pas non plus sous-estimer l'ennemi. Athor, même dissident, écarterait Woodian de la bataille finale. Peut-être s'élimineraient-ils mutuellement. Mais il fallait compter avec Kronos. Sa flotte, peu nombreuse, pouvait néanmoins apporter un secours non négligeable aux Posséidoniens. Il était sans doute préférable de le supprimer avant d'attaquer la ville.

Il réfléchit un moment, puis décida qu'il pouvait donner à Lokhar et à Fétida l'occasion de se racheter. La flotte de Tlazol ne devait plus se trouver très loin de la leur à présent. Si elle acceptait de les seconder, ils pourraient réduire Hespérya à néant, et détruire ce maudit Kronos et sa compagne.

Il se concentra pour entrer en contact télépathique avec Tlazol.

39

Tlazol avait reçu le message d'Ophius. Et elle avait accepté de se joindre à Lokhar et à Fétida, à condition de commander elle-même l'attaque. Il avait donné son accord, mais lui avait fait promettre de ne pas utiliser les pierres de feu. Elle avait consenti. Non pour lui accorder satisfaction, mais parce qu'elle s'était rendu compte que le nuage sombre qui la suivait provenait de l'explosion d'Atlantis. Il charriait dans les replis de ses brumes lourdes des radiations létales qui expliquaient les malaises ressentis par ses guerriers. Elle-même avait éprouvé des douleurs abdominales inquiétantes. Et elle avait compris : la radioactivité consécutive à l'offensive qu'elle avait lancée l'avait poursuivie. Alors elle avait lutté contre cette gangrène sournoise qui les rongeait, elle et ses guerriers. Sur l'ensemble des navires, plus d'un millier d'hommes souffraient de lésions étranges. Elle avait étendu un voile protecteur mental autour de sa flotte. Cette concentration de tous les instants l'épuisait, mais il fallait que son armée d'invasion tienne jusqu'à la destruction totale des Atlantes. Ensuite plus rien n'aurait d'importance. Elle-même saurait vaincre la maladie. La vie de ses hommes lui importait peu. Ils n'étaient que des guerriers humains, uniquement destinés à périr au combat pour lequel on les avait dressés.

Il ne lui fallut que trois jours pour opérer sa jonction avec la flotte de Lokhar et de Fétida. Si elle détestait les autres Géants, elle haïssait particulièrement ces deux individus, pour lesquels elle n'éprouvait que mépris. Ils ne firent aucune objection lorsqu'elle exigea de prendre le commandement de leur flotte. La vue de son visage défiguré par la brûlure qui ne cessait de suppurer les impressionna. Elle se demanda comment ces deux êtres immondes avaient pu se hisser au rang de demi-dieux. Cependant, même si la peur leur broyait les entrailles, ils disposaient de pouvoirs dont il fallait se méfier. Au besoin, elle n'hésiterait pas à les supprimer s'ils faisaient mine de se rebeller. Puis elle songea qu'ils pouvaient devenir des alliés dans la lutte future qui l'opposerait inévitablement à Ophius. Aussi décida-t-elle de les traiter avec courtoisie. Elle savait qu'ils étaient trop heureux de lui laisser la responsabilité des opérations, mais elle n'abusa pas de l'ascendant qu'elle exerçait sur eux. Pour les amadouer, elle leur expliqua qu'elle comprenait parfaitement leur échec. Kronos était un adversaire redoutablement intelligent et subtil, contre lequel ils ne seraient pas trop de trois.

De leur côté, Lokhar et Fétida se réjouirent de cet appui inespéré. Tlazol, devenue leur alliée, saurait atténuer la colère d'Ophius. Aussi, ce fut dans une ambiance de fausse cordialité que la flotte des trois Géants, forte de six cent cinquante vaisseaux, se lança à l'assaut d'Étrusia.

Pourtant, lorsqu'ils parvinrent en vue de la côte, plusieurs éléments intriguèrent Tlazol. Tout d'abord, ils n'avaient aperçu aucun navire croisant au large de la capitale d'Hespérya. Plus étrange encore, elle constata en entrant dans le port que tous les bateaux avaient disparu. Elle éclata :

– Ces chiens ont fui !

Sondant mentalement la ville, elle découvrit avec stupéfaction qu'elle était déserte.

– C'est impossible. Une ville de cinq cent mille habitants ne peut se vider ainsi ! Où sont-ils passés ?

Son navire accosta. Suivie de Lokhar et de Fétida, elle s'avança dans les rues de la magnifique cité, sur laquelle pesait un ciel lourd de menaces. Mais il n'y avait plus âme qui vive. Seuls quelques chiens erraient encore sur place.

Des guerriers envoyés en reconnaissance revinrent l'informer que la population semblait avoir quitté les lieux en toute hâte, n'emportant que des biens de première nécessité, et quelques objets de valeur. Elle se tourna vers Lokhar et Fétida et les invectiva :

– Vous n'êtes que deux couards et deux imbéciles ! La ville était prise, et vous avez reculé.

Lokhar ravala sa hargne, tandis que Fétida répliquait d'un air de triomphe rentré :

– Cette ville n'appartiendra plus jamais à personne. Ce ne sont pas nos armées que les Atlantes ont fui.

Tlazol la fustigea du regard, puis elle sonda l'atmosphère de la cité. Les ondes mortelles du nuage radioactif l'avaient investie. Le taux d'irradiation avait déjà largement dépassé le seuil supportable par l'organisme humain. Elle entra dans une fureur noire. Il n'était même plus question de piller les riches demeures. Tout objet touché par la nuée invisible apporterait la mort à son possesseur.

Elle effectua ensuite une reconnaissance aux alentours de la ville. Sans résultat. Les Étrusiens avaient dû s'enfuir par l'océan. C'était matériellement possible. Elle savait les Atlantes si attachés à la mer que chaque famille, même la plus humble, possédait son propre navire, fût-ce une modeste barque de pêche. Ainsi devait s'expliquer l'exode hâtif de la population d'Hespérya. Elle se tourna vers l'horizon marin et tenta d'y déceler une trace de présence humaine. Mais un voile opaque et infranchissable se dressa devant elle comme une muraille. Elle comprit que la flotte hétéroclite étrusienne ne devait pas avoir parcouru une grande distance. Mais ce maudit Kronos avait dressé un écran psychique pour protéger son peuple. Ils pouvaient se trouver dans n'importe quelle direction. Ivre de rage et de frustration, elle hurla à ses guerriers :

– Brûlez tout ! Qu'il ne reste que cendres de cette cité maudite !

Puis elle projeta d'un coup sa colère contre le superbe théâtre bâti par Kronos et Rhéa quelques siècles plus tôt, et dont les fresques peintes comptaient parmi les plus belles œuvres d'art de toute l'Atlantide. Le monument trembla sur ses bases, puis s'effondra dans un vacarme assourdissant, dégageant un énorme nuage de poussière. Des flammes jaillirent, s'intensifièrent, dévorant les poutres de bois sculptées, les balustrades. Impressionnés, les guerriers hésitèrent un instant, puis se mirent à hurler d'enthousiasme. Des torches apparurent, puis une horde vociférante se répandit dans les artères désertes.

Lorsque la flotte s'éloigna d'Étrusia, la superbe cité n'était plus qu'un gigantesque brasier. Pourtant, Tlazol n'en éprouvait aucun plaisir. Au-dessus d'elle, le nuage de mort qu'elle avait fait naître la suivait comme une ombre gigantesque cristallisant son crime. Elle ordonna aux deux flottes, fortes de six cent cinquante vaisseaux, de faire route vers la côte méridionale d'Avallon.

Poséidonia...

Du sommet de la Forteresse, construite à l'entrée du port de Poséidonia, Astyan observait la flotte atlante qui évoluait au large. À présent, il savait. Il avait réussi, par un extraordinaire effort de concentration, à percer les défenses mentales ennemies. Il avait espionné sans qu'il s'en doutât chacun des Géants, et connaissait la position exacte de chaque flotte de la ligue des Serpents. Une armada forte de mille six cent cinquante navires et de quatre cent trente mille guerriers, auxquels il fallait ajouter plus de cent mille créatures hybrides.

À cette puissance effrayante, il ne pouvait opposer que deux cents navires, certes solidement armés, mais dont le nombre restait tragiquement limité. L'armée poséidonienne, à laquelle s'était adjointe celle de Kamaloth, ne comptait que quatre-vingt mille guerriers expérimentés, et à peu près autant de civils volontaires et courageux, mais qui ignoraient tout du combat. Les seuls atouts sur lesquels Astyan pouvait compter étaient la supériorité que lui conféraient les lourds canons lance-éclairs, dont les Poséidoniens étaient les seuls à détenir le secret – un alliage d'amiante et de céramique –, et l'habileté des capitaines. Leurs vaisseaux, taillés pour la course, se révéleraient plus rapides que les lourds mastodontes qu'Ophius avait fait construire.

C'est pourquoi la flotte demeurait en haute mer. En aucun cas elle ne devait se laisser piéger près de la côte. Sa seule chance serait d'utiliser ses canons à long rayon d'action pour couler un maximum de navires ennemis, tout en restant hors de portée de leurs tirs. Il se tourna vers Anéa, qui suivait mentalement son raisonnement.

– Il a réussi à réunir une bonne partie de sa flotte, dit-il. Mais l'attaque n'aura pas lieu avant plusieurs jours.

– Kronos et Rhéa ont-ils eu le temps de préparer leur défense ?

– Non ! Je n'ai pu avoir qu'un bref contact avec lui. Il m'a fait savoir qu'il abandonnait Étrusia.

– Pourquoi ?

– À cause de la catastrophe d'Antilla. Il s'est rendu compte que les vents avaient apporté sur Hespérya un nuage radioactif, qui rendrait bientôt toute vie impossible sur l'île. Alors il a organisé l'évacuation de la population. Depuis j'ai perdu sa trace. Il semble qu'il ait établi un brouillage mental puissant autour des siens, sans doute afin d'éviter que les autres ne les repèrent. La flotte de Tlazol a fait sa jonction avec celle de Lokhar et de Fétida. Ils ne feraient qu'une bouchée des Étrusiens. Le nombre de petits vaisseaux gênerait toute manœuvre. Et puis, les autres sont dix fois plus nombreux qu'eux. De rage, Tlazol a incendié Étrusia et se dirige par ici.

Le Titan lâcha un juron, puis ajouta :

– Ces chiens n'ont même pas conscience qu'ils ont déclenché une puissance qui les détruira eux aussi. L'escadre de cette maudite Tlazol est déjà touchée par le nuage radioactif. Ils seront contaminés sans même s'en rendre compte. Mais les maladies ne se déclareront pas tout de suite. Ils seront encore de taille à combattre avant d'être vaincus par la maladie.

– Mais ici, en Avallon, risquons-nous d'être aussi atteints ?

Astyan ne répondit pas immédiatement.

– Honnêtement, je l'ignore. D'après les prévisions des savants, le taux de radiation devrait être retombé au-dessous d'un seuil tolérable par l'organisme humain lorsque la nuée radioactive atteindra Poséidonia. Mais je crains qu'Avallon ne reste la seule île habitable de l'Atlantide lorsque ce maudit nuage aura traversé l'océan – hormis Atalaya, qui est située plus au nord.

– Que vont devenir les peuples des autres cités ?

– Nous aviserons lorsque ce conflit sera terminé. Si nous sommes vainqueurs... Actuellement, nous ne pouvons pas nous permettre de quitter Poséidonia.

Il se leva et fit quelques pas nerveux. Au pied de la Forteresse, dont chacune des douze tours se hérissait de lourds canons lance-éclairs, la cité s'était transformée en camp retranché. Des fortifications avaient été érigées aux endroits stratégiques. On connaissait à présent le sort d'Antilla. Il y avait eu un bref mouvement de panique. Mais on avait appris l'action de Pléionée, fille d'Ocyaan et de Thétys, qui n'était pas une Titanide, mais qui avait pourtant réussi à sauver le peuple d'Elkhara.

À Poséidonia, les Titans étaient toujours présents. Ils sauraient vaincre les démons qui voulaient l'anéantissement de l'Atlantide. Alors la peur avait fait place à la haine et à la détermination. Tous les hommes et les femmes valides s'étaient armés ; les gardes avaient organisé des séances de formation au maniement des lance-éclairs, des arcs, des lances, des balistes et autres canons à obus.

Astyan poursuivit :

– Ce qui m'inquiète plus, c'est que je n'ai pu entrer en contact avec Woodian et Fraïa. Ils ont établi un barrage mental infranchissable autour d'eux.

– Peut-être en raison de cette flotte mystérieuse qui se dirigeait vers Asgarth, émit Anéa.

– Oui, ils doivent être déjà en train de combattre. Mais cela veut dire... que nous sommes seuls à présent. Seuls contre une armée formidable, dirigée par dix Géants animés par la folie et la haine, et qui possèdent chacun des pouvoirs équivalents aux nôtres.

Anéa se blottit contre lui.

Soudain il y eut comme un déchirement dans le voile opaque qui troublait l'esprit d'Astyan. L'instant d'après, dans une trouée de lumière venue de l'orient, l'horizon se couvrit d'une myriade de navires qui faisaient route vers Poséidonia, doublant la pointe marécageuse de la côte est de l'Acheloos. Alors un large sourire éclaira le visage d'Anéa, et elle murmura :

– Non ! Nous ne serons pas seuls !

40

Puis je vis une bête qui sortait de la mer.
Elle avait dix cornes et sept têtes ;
elle portait une couronne sur chacune de ses cornes,
et un nom insultant pour Dieu était inscrit sur ses têtes.

Apocalypse *(XIII, 1)*

La flotte était demeurée au large, mais un navire avait pénétré dans le port. Un vaisseau duquel avaient débarqué Woodian et Fraïa, ainsi qu'un colosse qui ressemblait trait pour trait au Titan. Astyan et Anéa s'étaient déjà rendus sur le port pour les accueillir. Leurs compagnons les embrassèrent avec affection et chaleur. Woodian, qui portait un bandeau sur l'œil gauche, présenta le nouveau venu.

– Voici Athor, un homme de valeur, à qui je dois cette blessure. Mais en perdant cet œil, j'ai gagné un ami, un frère, et un allié de poids.

En quelques mots, il raconta le combat singulier qui s'était déroulé à Asgarth, et l'alliance qui avait suivi.

Astyan et Anéa les avaient reçus au palais des Orchidées. Les deux Titans avaient scruté l'esprit du nouveau venu. Mais, comme Woodian et Fraïa, ils avaient compris qu'Athor s'était rangé de leur côté. C'était un homme étrange, dont l'esprit avait été déformé par les idées perverses des Serpents, mais dont la droiture et l'honnêteté foncière avaient réussi à prendre le dessus. Avec humour, il expliqua sa position.

– Au fond, je pense que je suis fou. Car si j'étais raisonnable, je regagnerais mon petit royaume du Nord, où la vie est rude, mais tranquille. Au lieu de ça, je viens vous offrir mon alliance, alors que vous allez combattre à un contre dix.

– Un contre cinq, si tu deviens notre allié, rétorqua Woodian.

– Et comment faire autrement ? Nous avons échangé nos sangs. Nous sommes liés désormais. Et puis je n'ai jamais aimé Ophius et sa volonté de domination. Si j'avais pu savoir avant ce qu'était l'Atlantide, je crois que je vous aurais rejoints plus tôt. Cependant je crains que vous n'ayez pas une vision lucide de la population de ce monde. Ce que j'ai appris sur les hommes m'amène à penser que les Serpents n'ont pas forcément tort. Ils ont compris que les humains avaient encore beaucoup de progrès à faire. Mais je désapprouve leurs projets. Je suis contre l'amélioration de l'espèce par la génétique. Après en avoir bavardé avec Woodian, je me suis rangé à vos idées : chaque homme a le droit de vivre selon son choix.

« Toutefois, vous avez vous aussi commis une grave erreur. Vous avez idéalisé l'être humain. Mais il reste encore trop proche de l'animal, malgré la conscience dont il est doté. Il faudra que les hommes fassent leurs propres expériences avant de découvrir la réalité de l'Amour universel, cette vérité que vous avez voulu leur enseigner avant même qu'ils ne l'aient découverte par eux-mêmes au travers des souffrances de l'évolution. Et cela demandera du temps, beaucoup de temps.

Il se tut un moment, puis ajouta :

– Les humains sont encore des enfants. Vous les avez traités comme des adultes en leur offrant un ensemble de connaissances qu'ils n'ont pas appris à maîtriser seuls. De plus, vous avez limité le champ de ces connaissances. Je pense pour ma part qu'ils ont besoin de connaître l'échec. Vous avez beau jeu de dire à un enfant que le feu est dangereux. Tant qu'il n'aura pas plongé sa main dans les flammes, il ignorera ce qu'est la douleur. Et il ne vous croira pas. Jusqu'au moment où il se brûlera. Mais il faut qu'il se brûle pour savoir.

« Ainsi les Poséidoniens sont prêts à combattre. Mais ils ignorent ce qu'est la guerre. Ils vont l'apprendre. Ils apprendront la souffrance, et le goût amer de la victoire ou de la défaite. Car elles se ressemblent. Elles ne sont bénéfiques que si l'on en tire un enseignement. Or la défaite entraîne toujours une volonté de revanche, donc de nouvelles batailles. Et il faudra encore de nombreuses leçons de ce genre avant que les hommes n'apprennent le vrai sens de leur vie.

« Avec l'apparition de ces Géants qui veulent se faire passer pour des dieux, je perçois l'avènement de la pire des déformations de l'esprit humain : le besoin de croire à des dieux qui leur seraient supérieurs, et à qui ils voueront une adoration totale et exclusive. Une passion qui engendrera le plus monstrueux des fléaux : le fanatisme !

Les quatre Titans se turent. Les paroles d'Athor sonnaient terriblement juste. Pendant six mille ans, ils avaient voulu faire du monde un paradis où les hommes vivraient heureux. Ils avaient réussi, jusqu'à l'apparition de ces nouveaux dieux, qui n'étaient que les cristallisations du besoin de l'humanité de se prendre en charge elle-même, de se lancer dans des expériences qui engendreraient des larmes et du sang, mais qui représentaient des étapes nécessaires de son évolution.

Astyan prit la parole.

– Tes mots sont effrayants, Athor. Mais je crois qu'ils sont vrais. Cependant il faudrait que jamais les hommes n'oublient qu'il a existé un âge d'or où l'Amour absolu a régné sur le monde. Même si nous sommes vainqueurs, les humains se dirigent désormais vers leur adolescence, vers l'âge des expériences. Un chaos qui risque de durer bien longtemps. Les dieux fassent qu'ils n'effacent pas de leur mémoire la lumière qui a illuminé ces six mille années d'enfance, où la paix a régné sur le monde !

– Seuls les sages savent préserver l'innocence et les rêves de leur enfance, répondit Athor. Les humains en sont-ils capables ? Seul l'avenir le dira. Je crains qu'il ne s'agisse d'un avenir bien lointain. Cependant je crois sincèrement que votre action leur aura donné une idée de ce que le monde peut devenir s'ils savent se souvenir de cet âge d'or. Leur sort repose désormais entre leurs mains.

La nuit suivante, Astyan et Anéa tentèrent, en vain, d'entrer en contact avec Kronos et Rhéa. Les deux Titans paraissaient s'être évanouis dans le néant. Épuisés, ils voulurent alors prendre un peu de repos dans leur chambre du palais des Orchidées. Mais Maïa et Schoenée réclamaient leur présence. Bien que l'on ait tenté de les tenir à l'écart de l'agitation qui s'était emparée de la cité, elles sentaient bien que quelque chose d'anormal se tramait. Anéa eut toutes les peines du monde à les rassurer.

Plus tard, lorsqu'ils se retrouvèrent enfin seuls, Anéa se blottit contre Astyan et déclara :

– Écoute, je sais que ce n'est peut-être pas le moment, mais j'ai une nouvelle à t'annoncer.

Il se redressa et la contempla, stupéfait. Il avait déjà lu la réponse en elle, une réponse si inattendue qu'il en demeura sans voix. Anéa éclata de rire devant sa mine étonnée.

– À présent nous n'avons plus le choix ! Nous devons vaincre, pour permettre à ton futur fils de connaître la joie d'un monde sans violence.

Astyan la serra dans ses bras avec force. Au cœur de ces bouleversements terrifiants, la naissance de cet enfant était un signe bénéfique.

– Quand doit-il naître ?

– Dans sept mois.

Elle eut un sourire éclatant, plein de sous-entendus.

– Je me souviens encore d'une certaine nuit, juste après notre retour de Thartesse.

Il se renversa en arrière sur le lit et l'attira contre lui.

– Je me rappelle. J'avais passé la journée à entraîner mes Braves. L'un des seuls jours où il a fait ces derniers temps un soleil magnifique.

– Alors il aura le soleil pour emblème, murmura la jeune femme.

– Comment désires-tu l'appeler ?

Elle ne répondit pas immédiatement. Tout à coup son sourire se figea et elle s'assit sur le lit, tandis que ses yeux se troublaient.

– Je... je le vois. Il s'appellera... Horus. Et il sera de la même race que Pléionée. Un fils de Titan, doté de pouvoirs surnaturels.

Intrigué, Astyan lui prit les mains.

– Que vois-tu encore ?

– C'est étrange. Il sera un grand seigneur parmi les humains. Un dieu, lui aussi. Il fondera un empire. Et pourtant...

– Pourtant ?

– Tout se trouble. Comme le voile d'une longue nuit qui se prépare. Une très longue nuit.

Elle respira profondément. Des larmes perlèrent au coin de ses paupières sous l'emprise de l'émotion.

– Je ne comprends pas. Je le vois naître, mais il ne régnera pas avant... très longtemps.

Tout à coup, elle se jeta dans les bras de son compagnon.

– Je ne peux pas voir distinctement l'avenir. Ou plutôt, je pressens des bouleversements qui dépassent l'entendement. Comme si Gaïa elle-même changeait de visage !

Elle éclata en sanglots. Astyan lui caressa les cheveux avec tendresse. Peu à peu une idée s'imposa de nouveau à lui. Une idée terrible, selon laquelle les dieux eux-mêmes ne pouvaient lutter contre la puissance inéluctable du Destin.

Allongé au côté de Fraïa, Woodian ne parvenait pas à trouver le sommeil. La même obsession le hantait. Les dieux ne pouvaient vaincre la Destinée, cette puissance irrésistible qui menait l'univers tout entier. Les Titans, sous l'égide des divinités venues d'ailleurs, avaient tenté de détourner le cours normal de l'évolution humaine. Le but était louable et généreux. Mais les hommes devaient connaître le chaos avant – peut-être – de parvenir à un état supérieur. Les paroles angoissantes d'Athor résonnaient encore en lui. Il ne parvenait pas à chasser le désespoir qui l'avait envahi depuis quelques jours. Un désespoir qui se doublait d'un pessimisme qu'il n'avait jamais éprouvé jusqu'à présent. L'humanité était-elle condamnée à courir vers sa perte ? Vers une longue, une très longue période de souffrance ?

Peut-être, au bout de cette époque de malheur et de tourments, existait-il une lueur d'espoir. Mais il était certain à présent que ce jour n'arriverait pas avant très longtemps, et que les Titans, les demi-dieux qui avaient régné sur une Atlantide dont ils avaient fait un paradis, ne seraient plus là pour le voir. Sans doute n'avaient-ils pas leur place dans ce monde...

Alors il ne leur restait plus qu'une seule solution : se battre, lutter avec courage contre l'ennemi, même si celui-ci devait finir par triompher[1].

En pleine nuit, un cri réveilla Anéa. Elle reconnut aussitôt la voix de sa plus petite fille. Elle se précipita dans sa chambre, suivie par Astyan. La fillette était assise sur son lit, les yeux grands ouverts. Elle tremblait de tous ses membres. En apercevant sa mère, elle se mit à pleurer.

– Maman ! Le serpent est revenu. Il est là, tout proche. C'est horrible. Il a sept têtes, et son corps est surmonté de dix cornes. Des cornes qui ressemblent à des hommes, mais ce ne sont pas des hommes, ce sont des démons, avec chacun une couronne sur la tête. Ils viennent pour nous tuer !

– Ne crains rien, ma chérie, ce n'est qu'un cauchemar.

– Non, répliqua la petite. Ils seront là demain. Demain !

1. Cette idée sombre, empreinte de désespoir, est caractéristique de la mythologie scandinave. Les dieux savent qu'ils finiront par être vaincus par leurs ennemis, au cours d'un ultime combat (Ragnarok, le jour du Jugement), mais ils combattront jusqu'au bout, car c'est par le courage dont ils font preuve dans une bataille perdue d'avance qu'ils prouvent leur valeur. Ainsi, même s'ils sont tués, ils se montrent plus forts que leurs ennemis. Woodian est un amalgame des deux noms du roi des dieux scandinave, Wotan ou Woden (forme méridionale) et Odin (forme septentrionale).

Elle ajouta en hoquetant :

– Et j'ai vu... j'ai vu beaucoup d'hommes qui mouraient, du feu, du sang, des monstres, des gens qui pleuraient...

Impressionnée, sa grande sœur, Schoenée, s'approcha, les yeux brillants, et s'adressa à ses parents.

– Dites, vous n'allez pas mourir, vous aussi ?

À cet instant Astyan comprit que, avec la merveilleuse intuition dont sont dotés les enfants, les fillettes savaient déjà que nombre d'autres Titans avaient péri sous les coups des Serpents. Il prit sa fille aînée contre lui.

– Non ! Nous allons combattre. Et je te jure que nous allons détruire cette bête maudite.

L'enfant fixa longuement son père. Puis elle déclara :

– Il faut le tuer. Parce que sinon, nous allons tous mourir.

Le lendemain à l'aube, Astyan et Anéa se rendirent au sommet de la Forteresse. Comme si les éléments avaient désiré se joindre à l'ultime affrontement qui se préparait, une cohorte de lourds nuages sombres s'amoncelaient vers l'ouest.

Soudain l'horizon sembla changer de couleur en quelques instants. La ligne bleue, déjà tachée de gris par la tempête future, se chargea d'une multitude de points noirs. Astyan et Anéa projetèrent aussitôt leurs esprits vers l'ennemi.

Sept flottes convergeaient vers Poséidonia, en provenance de l'orient, du sud et de l'occident. Sept escadres puissantes, dirigées par dix demi-dieux, ces Géants qui avaient juré la perte de l'Atlantide. À leur tête, ils devinèrent la présence d'Ophius et d'Ashertari. Derrière venaient Khali, Baâl et Moloch, Eris, Taenghu. Par l'ouest arrivait celle que l'on avait surnommée la Déesse des immondices, Tlazol la maudite, accompagnée de Lokhar et de Fétida.

Ainsi la vision de la petite Maïa se vérifiait. Le Serpent était bien là, hurlant de ses sept têtes, sept flottes portant une nombreuse armée d'invasion, sept têtes surmontées des dix cornes couronnées. Dix Géants dotés de pouvoirs équivalents à ceux des Titans. Des Titans qui n'étaient plus que cinq, si l'on comptait Athor.

41

Bien que l'on fût au milieu du printemps, les tempêtes n'avaient cessé de se succéder depuis qu'Astyan et Anéa étaient revenus de Thartesse. La période de calme et de paix annoncée par le mage Ghaffary l'année passée était définitivement terminée. De hautes lames gonflaient l'océan, malmenant les vaisseaux et les contraignant à se tenir éloignés les uns des autres afin d'éviter les collisions. Des nuages sombres, lourds de menaces, parcouraient un ciel tourmenté, couleur de bronze, qui faisait peser sur les flots une nuit étrange, traversée d'éclairs. De temps à autre, des averses torrentielles se déversaient sur le pont des navires, se mêlant aux eaux salées des grosses vagues qui venaient frapper leur étrave.

Ophius avait cru un moment que cette tempête était née de la puissance mentale d'Astyan. Il avait tenté de s'y opposer, sans résultat. La fureur des éléments provenait d'une colère issue de l'océan lui-même. Sans doute la décision terrifiante de Tlazol de détruire Atlantis avec les pierres de feu n'était-elle pas étrangère à cette détérioration du temps. L'explosion atomique d'Atlantis, conjuguée aux éruptions volcaniques qui avaient suivi, avait déséquilibré le climat. Cette entité mystérieuse à laquelle il refusait de croire, Gaïa, n'était-elle pas en train de se venger de l'imbécillité des hommes, et surtout de cette maudite Tlazol ?

Mais non, c'était une idée ridicule. Gaïa n'existait pas. Elle n'était qu'une vue de l'esprit. Inquiet pourtant, le dieu-serpent surveillait de temps à autre, par concentration mentale, le taux d'irradiation de l'atmosphère. Heureusement, en raison de l'éloignement, la redoutable nuée létale avait perdu de son intensité. On avait remarqué une élévation sensible du rayonnement atomique, mais il demeurait supportable par les organismes vivants. Cela n'empêchait pas le roi des Géants de rager contre l'initiative stupide de Tlazol. Tout détruire ne servirait à rien ; on ne pouvait régner sur le chaos.

Debout sur le pont de son navire amiral, il contemplait avec satisfaction le déploiement de son immense armada. Aux côtés des longues galères effilées, propulsées par des doubles rangées de rameurs esclaves capturés à l'intérieur des continents, ou par les habitants des colonies qui avaient refusé de se plier à sa loi, on devinait de lourds vaisseaux à triple, parfois quadruple ligne de canons à obus, qui transportaient dans leurs flancs des légions entières de guerriers pressés d'en découdre, et des meutes d'hybrides assoiffés de sang. La plupart de ces navires étaient des voiliers, mais certains bénéficiaient de machines à vapeur ou à alcool. Bien sûr Ophius aurait aimé que ses savants découvrissent le secret de ce fameux moteur à l'uraan dont ce maudit Astyan avait équipé son navire, l'*Hedreen*. Dans la mesure du possible, il faudrait capturer ce vaisseau en bon état de marche. Les lance-éclairs lourds qu'il dissimulait dans ses flancs excitaient l'intérêt d'Ophius. Malgré de nombreux essais, les chercheurs n'avaient pas réussi à maîtriser la technologie délicate de cette arme, fort capable d'assurer la suprématie des Atlantes, malgré le nombre impressionnant des vaisseaux de la Ligue. Elle était d'une conception entièrement nouvelle, sans doute né du cerveau fertile du Titan. Et lui-même, Ophius, ne possédait pas les connaissances suffisantes pour percer le secret de ces canons.

Mais la puissance de feu dont il disposait compenserait l'efficacité de l'ennemi. On allait enfin réduire le dernier bastion de la résistance des Titans. Ophius n'avait nul besoin d'une longue-vue pour discerner la position de la flotte adverse, dont la taille limitée le faisait sourire : à peine deux cents vaisseaux croisaient devant la capitale. Il se tourna vers Ashertari et déclara :

– Avant deux jours, nous coucherons dans le palais des Orchidées !

Ashertari lui adressa un regard énigmatique, mais ne répondit pas. Elle connaissait trop Astyan pour savoir qu'il ne se laisserait pas abattre aussi facilement.

– Qu'as-tu, ma belle ? demanda Ophius.

– Nous n'avons pas encore forcé le barrage de sa flotte, dit-elle. Leurs navires sont plus légers et plus rapides que les nôtres. Leurs armes sont plus puissantes. De plus, ce maudit Athor nous a trahis et s'est joint à eux.

Ophius serra les dents à l'évocation du nom du traître.

– Celui-là, il ne perd rien pour attendre. Je lui ferai bouffer ses testicules.

– Tu aurais dû t'en méfier plus tôt. J'ai toujours senti qu'il était différent de nous. C'est un guerrier, mais c'est aussi un administrateur. Son royaume nordique ressemble trop au monde atlante. Il respecte les humains. Et puis, comme ce maudit Astyan, il est passé maître dans le contrôle des éléments. Il est capable de déclencher la foudre par simple concentration mentale. Il faudra l'éliminer au plus tôt.

– Alors que proposes-tu ?

– Il ne faut pas attaquer de front. Du moins, pas avec la totalité de nos forces. Il serait plus judicieux de les prendre à revers. Viens voir.

Elle l'entraîna dans la chambre des cartes et lui montra différents points.

– Voilà ! Ici se trouve Doïra, au fond d'une baie profonde, facile à défendre. Mais je pense que la flotte de Tlazol, qui est la plus nombreuse, pourrait s'en emparer. Si elle y parvient, elle pourra attaquer Poséidonia par l'ouest, par voie de terre.

Elle pointa ensuite le doigt sur la côte orientale de la capitale.

– Cette plage est le seul point abordable de cette côte rocheuse. On pourrait y faire débarquer les troupes de

Lokhar et de Fétida. Ils investiront le quartier des chantiers navals en traversant les marécages.

« Les autres flottes lanceront un assaut de front. Mais je suggère de ne pas jeter toutes nos forces dans l'engagement. Les escadres de Taenghu, Khali et Eris totalisent cinq cent cinquante navires, soit presque trois fois la flotte poséidonienne. Il nous restera les quatre cents vaisseaux des jumeaux, Baâl et Moloch, pour intervenir en cas de besoin.

– Et les nôtres, ajouta Ophius.

– Ne sois pas ridicule. Nous n'en possédons plus qu'une soixantaine.

– Mais chacun d'eux est deux fois plus gros que ceux des Poséidoniens, à part l'*Hedreen*.

– Justement, ils sont plus lourds à manœuvrer. Il vaut mieux laisser les autres prendre tous les risques. Nous interviendrons lorsque la bataille sera presque gagnée – et notre flotte sera encore intacte.

Il réfléchit quelques instants, puis déclara :

– C'est parfaitement raisonné, ma belle. Je vais donner les ordres.

Quelques instants plus tard, l'immense armada se scinda en trois groupes. Tlazol, satisfaite de combattre seule, se dirigea vers Doïra, tandis que Lokhar et Fétida, ravis de débarquer en un point où ils étaient sûrs de ne pas rencontrer d'ennemis immédiats, mettaient le cap sur la côte orientale, vers un lieu nommé la baie des Albatros.

Du sommet de la Forteresse balayée par les vents, Astyan et ses compagnons observaient les mouvements de l'ennemi. À l'unanimité, le collège des argontes et le Sénat avaient transmis la direction des opérations au Titan de Poséidonia. Utilisant les pouvoirs multisensoriels qui s'étaient développés chez lui, Astyan comprit immédiatement le sens des manœuvres, et les commenta aux autres. Après une brève concertation, Fraïa déclara :

– Je me rends immédiatement à Doïra. Il faut contrer cette maudite Déesse des ordures, sinon, elle ne fera qu'une bouchée de cette ville.

Astyan approuva.

– Je vais donner des ordres pour que les garnisons de Phulas et de Khontos se mettent à ta disposition. Cela représente trente mille guerriers.

– Cela devrait suffire. Je connais bien la passe de Doïra. Tlazol ne s'est pas encore emparée de la ville.

Woodian prit la jeune femme dans ses bras sans mot dire, tandis qu'Astyan rédigeait un ordre de mission. Lorsqu'il le remit à la Titanide, celle-ci eut un sourire triste à l'adresse de son compagnon.

– Il faut que cela soit fait, dit-elle.

Puis elle saisit le document et s'en fut. Woodian la regarda partir, les yeux brillants.

– J'ai l'impression que je ne la reverrai pas, confia-t-il à Astyan.

Le Titan le prit par les épaules.

– Aucun de nous n'est sûr de sortir vivant de cette bataille, frère.

Athor intervint.

– Astyan, je me fais fort d'arrêter Lokhar et Fétida. Je les connais bien, ce sont des lâches. S'ils rencontrent une résistance solide, ils rebrousseront chemin.

– Combien te faut-il d'hommes ?

– Dix mille des miens suffiront, ceux qui sont restés à terre. Je place tous mes navires sous ton commandement.

– Parfait. Mais tu auras vingt mille guerriers. Choisis-les parmi les gardes impériaux du quartier des chantiers navals.

Il rédigea un second ordre destiné aux commandants des garnisons correspondantes. Puis il se tourna vers Woodian et Anéa.

– Woodian et moi, nous allons regagner nos vaisseaux. Toi, Anéa, tu resteras ici. Si jamais il nous arrive malheur, c'est sur toi que tout reposera.

La jeune femme se jeta dans ses bras. Sur son visage, la pluie fine vint se mêler aux larmes. Elle respira profondément et eut un sourire contraint.

– Rassure-toi. Je ne faiblirai pas.

Ophius avait accepté les suggestions d'Ashertari. Sa stratégie l'avait séduit. Mais, par orgueil, il refusait d'admettre que sa propre tactique était vouée à l'échec. Rien ne pourrait s'opposer à la masse extraordinaire que représentait l'énorme flotte de la Ligue. Il désirait offrir à sa compagne une victoire rapide, qui prouverait qu'il ne s'était pas trompé. Aussi ordonna-t-il à Khali, Taenghu et Eris de se diriger vers Poséidonia. D'un œil confiant, il observa les manœuvres des lourds navires cinglant vers la capitale ennemie, toutes voiles dehors. En face d'eux, les fins coursiers avalloniens ne résisteraient pas longtemps.

C'était compter sans l'habileté des capitaines poséidoniens. Dès que l'*Hedreen* fut sorti du port, commandé par Astyan en personne, la flotte se plaça sous ses ordres. Puisque les communications par onde étaient brouillées par la ligue des Serpents, on utiliserait des signaux lumineux codés pour communiquer. L'*Hedreen* était suivi par le navire amiral de Woodian, ainsi que par une flotte d'une vingtaine de vaisseaux qui vint former une ligne de défense destinée à protéger l'entrée du port.

Astyan savait qu'il était vital de ne pas se laisser enfermer le long des côtes. Aussi les navires poséidoniens se dirigèrent-ils vers la haute mer, scindés en deux groupes ; le premier prit la direction de l'ouest, tandis que l'autre faisait route vers l'est.

La manœuvre désorienta la lourde armada des Serpents, dont les gros vaisseaux, lancés sur leur erre, poursuivirent leur route en direction de la capitale. Sur les flancs, quelques dizaines de navires prirent en chasse les Poséidoniens. Mais ceux-ci, plus légers, demeuraient toujours au-delà du rayon d'action de leurs canons. La coordination des mouvements des Avalloniens tenait du prodige. On eût dit qu'ils évoluaient comme une nuée d'oiseaux, changeant tous de direction au même instant, un mystère que jamais on n'avait réussi à élucider. Cette cohésion parfaite inquiéta les trois Géants, qui ne possédaient pas quant à eux une telle maîtrise sur leurs flottes respectives. Les capitaines avaient été formés à la hâte ; on avait misé sur le nombre.

Soudain, sur un ordre d'Astyan, les vaisseaux atlantes se présentèrent de flanc et dévoilèrent leurs batteries de canons lance-éclairs. La portée de ces armes lourdes était beaucoup plus grande que celles des bateaux de la Ligue. Des tirs extraordinairement précis touchèrent les premiers poursuivants au niveau de leur coque elle-même. En quelques instants, une vingtaine de navires s'embrasèrent et coulèrent. Attirés par le sang, des bancs de prédateurs marins, requins blancs, roussettes et autres murènes, envahirent les lieux et s'en prirent aux guerriers tombés à l'eau. Par endroits, les flots tumultueux se teintèrent d'un rouge sombre, tandis que retentissaient des hurlements de terreur et d'agonie, refroidissant l'enthousiasme des envahisseurs.

La tactique développée par les Atlantes était simple. Ils demeuraient hors de portée des assaillants, s'approchaient, tiraient, repartaient, puis revenaient les harceler.

Ce combat d'escarmouche dura ainsi une bonne partie de la journée. Il fut suffisant pour ralentir la progression de la flotte de la Ligue, gênée par les carcasses des navires en train de sombrer. Cependant le nombre des vaisseaux ennemis jouait en leur faveur. Le gros de la formation poursuivait une avance lente, mais inexorable, en direction de Poséidonia. Malgré leur vaillance, les navires qui interdisaient l'entrée du port seraient rapidement submergés.

Déjà, au loin, Ophius exultait. Il avait perdu une cinquantaine d'unités, coulées corps et biens, mais cela comptait peu. La lourde offensive portait ses fruits.

Astyan, dont les vaisseaux se trouvaient à l'ouest, comprit qu'il ne pourrait contenir ainsi la poussée irrésistible de l'énorme escadre, forte encore de près de cinq cents bâtiments. Il n'avait quant à lui perdu que deux unités, suite à des erreurs de manœuvre de leurs commandants. Il fallait tenter un coup d'audace. Il réfléchit brièvement, puis entra en contact avec les capitaines des dix navires les plus légers de son groupe, auxquels il donna des ordres précis. Ces hommes possédaient un atout formidable, une parfaite connaissance des fonds marins, et des vaisseaux à faible tirant d'eau. Ces éléments conjugués pouvaient se révéler des alliés inattendus. Mais la manœuvre était très risquée.

Ophius croyait déjà qu'il avait partie gagnée lorsqu'il vit l'*Hedreen* revenir vers Poséidonia, pour couper la route de l'avant-garde de l'escadre de la Ligue. Les flancs relevés sur la triple rangée de canons lance-éclairs, il engagea un combat solitaire contre la vingtaine de vaisseaux qui composaient la première ligne. En quelques minutes, des traits de feu sanglants pulvérisèrent quatre attaquants. Les autres ripostèrent, mais la rapidité du vaisseau poséidonien constituait un avantage extraordinaire. De plus, il n'était guère gêné, en raison de sa propulsion à coussins d'air, par les hautes lames qui agitaient l'océan. Plusieurs fois même, il osa pénétrer à l'intérieur des lignes, au risque de recevoir une bordée mortelle ; mais il en sortait à chaque fois indemne, sans doute parce que ce maudit Titan avait établi autour de son navire un champ de force mentale.

Désorganisée, la flotte des Serpents ralentit son avance. Des manœuvres contradictoires amenèrent les vaisseaux à choisir des caps différents. En deux endroits, certains se télescopèrent, s'éperonnèrent mutuellement, dans un désordre indescriptible. Un trait de feu toucha la mêlée, qui s'embrasa. Une série d'explosions retentirent ; les réserves de poudre avaient été atteintes.

Ophius laissa éclater sa fureur. Un navire, aussi puissant fût-il, n'allait pas arrêter à lui seul une flotte si nombreuse ! Mais le grand vaisseau blanc semblait le narguer.

Soudain il s'écarta délibérément de la mêlée, prenant cette fois la direction de l'est. Dans la confusion, on ne remarqua pas les signaux optiques qu'il adressait à ses compagnons, restés prudemment à distance.

Khali, qui commandait l'aile droite de la flotte, explosa de rage. Malgré les tirs répétés, le navire ennemi demeurait invulnérable. Seul un boulet l'avait légèrement touché à la poupe, sans causer de réels dommages. Elle contacta mentalement deux autres Géants, Taenghu et Eris.

« C'est le navire de ce maudit Astyan qu'il faut détruire. Ensuite Poséidonia sera à nous. »

Et il n'existait pour cela qu'une solution, quelles que fussent les pertes : se lancer dans une poursuite acharnée du vaisseau ennemi. Des ordres furent passés. Bientôt plus de trois cents unités se lancèrent à la poursuite de l'*Hedreen*, que suivaient une dizaine de légers navires de course, bien trop petits pour représenter un obstacle sérieux. Khali et Taenghu, qui avaient pris la direction de l'opération, poussèrent un cri de victoire : l'ennemi se rapprochait dangereusement de la côte ! Si l'on parvenait à l'acculer contre les hauts-fonds, il serait perdu. Il semblait même qu'il perdît du terrain.

En fait cela aurait dû les inquiéter, compte tenu de la puissance de ses moteurs à l'uraan – mais la colère aveuglait les deux Géants.

Pendant ce temps, Astyan continuait de harceler les vaisseaux adverses qui s'approchaient trop près. Tout laissait à penser qu'il serait bientôt pris dans une nasse ; tout autour de lui, la flotte des Serpents se déployait en éventail afin de lui barrer la route. Sans doute effrayée par le nombre, la flotte de Woodian, qui occupait la zone orientale, avait pris le large, abandonnant apparemment son allié à son sort.

Emportés par leur fureur et leur haine, les Géants ne songèrent pas un seul instant à se méfier de la tactique de l'Atlante. Khali et Taenghu virent, au loin, les voiles de l'*Hedreen* s'affaler. Ils crurent un moment qu'il renonçait au combat et acceptait de se rendre, parce qu'il était trop proche de la côte. Ils poussèrent un rugissement de triomphe. Soudain ils le virent se soulever au-dessus des flots et prendre de la vitesse. Un avertissement d'Ophius leur parvint. Mais il était trop tard.

Ce n'était pas sans raison que l'*Hedreen* s'était fait accompagner de vaisseaux légers et rapides. Au-delà de la côte orientale de Poséidonia, à quelques milles de la côte, dans le prolongement des marécages, les fonds étaient dangereusement hauts. Il existait de multiples passes, qui constituaient comme un réseau de chenaux sous-marins permettant de franchir cette zone dangereuse. Mais seuls les pêcheurs les connaissaient. Hors de ces canaux, les fonds se hérissaient de récifs et d'écueils que les grandes marées dévoilaient parfois. En d'autres endroits, de longs bancs de sable interdisaient la navigation des vaisseaux à fort tirant d'eau. Or, l'amplitude de la marée actuelle était faible, et les crocs rocheux invisibles.

Lorsque les commandants de la Ligue s'aperçurent du danger, il était bien trop tard. Poussé par les vents, un premier navire s'éventra sur une pointe acérée, puis un deuxième. À l'avant de l'énorme éventail qui tentait d'encercler l'*Hedreen*, plusieurs dizaines de vaisseaux s'empalèrent ainsi sur les hauts-fonds, ou s'échouèrent sur des bancs de sable presque indécelables. Les autres, lancés sur leur erre, vinrent les percuter, les éperonnant violemment. Pendant ce temps, l'*Hedreen* et ses compagnons poursuivaient leur route en file indienne, louvoyant entre les écueils. Lorsque la confusion fut à son comble, les onze navires dévoilèrent leurs batteries pour lâcher d'imparables traits de feu sur les vaisseaux en perdition, que même la marée haute ne parviendrait pas à dégager. Par dizaines, les gros navires s'échouaient, s'immobilisaient, roulaient sur le flanc, tandis que les guerriers basculaient dans les flots, en compagnie des énormes canons qui avaient brisé leurs amarres.

Lorsque Astyan estima que la flotte ennemie avait été arrêtée, il fit demi-tour et revint vers Poséidonia en longeant la côte, après avoir pris contact avec Woodian. Véritables lévriers des mers, les petits navires qui suivaient le long vaisseau blanc amorcèrent une longue courbe et revinrent attaquer les flancs de la lourde armada, tandis que la flotte de Woodian la prenait à revers, coulant les vaisseaux de l'arrière-garde qui tentaient de se dégager du marasme.

S'infiltrant à travers les rangs ennemis, les navires légers des Poséidoniens firent des ravages. Les canons lance-éclairs, précis et meurtriers, anéantirent ainsi de nombreux vaisseaux de la Ligue, incapables de manœuvrer, et se gênant les uns les autres.

Sur l'aile gauche, à l'occident, soixante navires poséidoniens continuaient de harceler les cent cinquante porteurs lourds d'Eris.

Au loin Ophius écumait de rage. Il envisagea un moment de faire intervenir les quatre cents vaisseaux de Baâl et de Moloch, mais Ashertari l'en dissuada. La nuit tombait, et nul ne connaissait les pièges vers lesquels ce chien d'Astyan pouvait encore les entraîner. Il valait mieux rappeler les unités qui pouvaient être sauvées. Eris n'avait pas perdu beaucoup de navires ; elle pouvait porter secours à ceux que les hauts-fonds n'avaient pas encore piégés.

Écoutant sa compagne, Ophius ordonna à la Géante de mettre le cap sur le lieu du désastre, afin de protéger les navires encore en état de naviguer.

Sur un ordre d'Astyan, la totalité des vaisseaux de Woodian rompit l'engagement et revint vers la haute mer, rejoignant le reste de la flotte poséidonienne.

À la nuit tombante, chacun fit le bilan de la journée. Les pertes avaient été lourdes du côté des Serpents : plus de deux cents navires avaient sombré corps et biens, alors que les Atlantes n'en avaient perdu qu'une dizaine. Mais surtout, la quasi-totalité de la flotte d'assaut se trouvait prisonnière des hauts-fonds de la côte orientale de l'Acheloos.

En raison de l'obscurité et de la puissance de la tempête, Eris dut renoncer à leur porter secours, sous peine de risquer de s'échouer à son tour. Rageuse, elle revint vers le gros de la flotte de la Ligue. De nuit, il était impossible de manœuvrer. La nasse dans laquelle on avait espéré prendre le grand navire atlante s'était retournée contre les assaillants. Mais les Poséidoniens ne perdaient rien pour attendre ; les trois cents navires bloqués là par la nuit seraient en bonne position le lendemain pour prendre la ville d'assaut – tout au moins ceux qui n'auraient pas coulé.

Khali contacta Ophius pour lui faire part de la situation. Elle ne désirait pas bouger. Des chaloupes avaient été mises à la mer pour récupérer les guerriers des vaisseaux naufragés, ainsi que les hybrides. Demain, on enverrait les chaloupes sur la côte. Celles-ci étaient sûres de passer. Cette côte était recouverte par une mangrove, mais il devait être possible de la traverser et de prendre Poséidonia à revers.

Tout à coup, comme par dérision, le ciel se dégagea, et une lune triomphante montra aux assaillants la flotte atlante regroupée au loin, illuminée par une lumière d'argent. Ophius eut un mouvement de fureur. Cependant il ne pouvait s'empêcher d'admirer l'harmonie qui régnait au sein de la flotte ennemie. L'habileté des commandants poséidoniens était bien supérieure à celle des hommes qu'il avait placés à la tête de ses navires. Il commença à penser qu'il avait commis une erreur. Malgré sa puissance, son armée n'était pas prête.

Cependant tout n'était pas perdu. Bien sûr cette attaque de front avait coûté cher, mais on connaissait désormais les atouts de l'ennemi. Et on ne se laisserait plus prendre au piège des hauts-fonds. Ophius refusait de se montrer pessimiste. Sur les cinq cent cinquante navires envoyés le matin, il n'en avait perdu que deux cents. Les autres étaient seulement immobilisés pour la nuit. Demain, on emploierait une autre tactique.

Peu à peu la lune disparut sous une nouvelle masse de nuages sombres, qui plongèrent l'océan dans une nuit noire, seulement transpercée par les feux de position des navires de la Ligue, myriade de constellations entourant la cité. Au loin celle-ci avait masqué toutes ses lumières, sans doute sur l'ordre des Titans. On n'aurait jamais pu croire qu'une ville immense s'étendait là, au cœur de ces ténèbres opaques.

Soudain Ophius reçut un appel télépathique inquiet de la part de Khali :

« Seigneur, il se passe quelque chose d'étrange. »

42

Taenghu, qui avait rejoint Khali sur son navire amiral, dégaina son épée et la brandit avec fureur.

– Ces chiens ne vont pas oser nous attaquer de nuit. On n'y voit goutte.

Sa compagne le rabroua.

– Sers-toi un peu de ta tête, si tu en es capable. Tu dois bien sentir qu'il n'y a pas d'êtres vivants sur... ces choses.

– Mais qu'est-ce que c'est ?

Un marin se précipita vers eux.

– Dame Khali, d'étranges objets semblent se diriger vers nous.

Les deux Géants se précipitèrent sur le pont. La visibilité était quasiment nulle. Pourtant, affinant leur perception multisensorielle, ils découvrirent une myriade de bateaux légers, apportés par le reflux, qui s'infiltraient dans un silence absolu au cœur de la flotte désorganisée. Celle-ci n'attendait que le lever du soleil et la marée haute, pour pouvoir manœuvrer en bon ordre.

– On dirait qu'ils viennent de la côte, grinça Taenghu. Ce sont peut-être des chaloupes échappées de nos navires drossés sur les récifs.

Le doute ne subsista pas longtemps. Il s'agissait bien d'un nouveau danger, mais il était trop tard pour réagir.

– Des brûlots ! s'exclama soudain Khali. Ces vomissures de porcs nous ont envoyé des brûlots !

Taenghu se demanda ce qu'elle voulait dire par là. La réponse lui parvint instantanément. Une première déflagration déchira la nuit lorsque la première barque, bourrée de matières inflammables, explosa contre un navire, qui s'embrasa comme de l'étoupe malgré les assauts des vagues.

– Le « feu-qui-ne-s'éteint-pas » ! gronda la géante.

Profitant de la nuit, les Atlantes avaient envoyé vers eux des dizaines de petits bateaux bourrés d'explosifs, destinés à anéantir ce qui restait de la première flotte d'invasion, et surtout les navires encore intacts.

Taenghu et Khali, dévorés par la fureur, ne pouvaient même plus riposter. Ils durent se contenter de protéger, par concentration mentale, leur propre navire amiral. Inexorablement, les petites barques venaient frapper les bâtiments, éventrant les coques, pulvérisant les gouvernails, incendiant les voilures. Les matières utilisées, à base d'hydrocarbures hautement inflammables, répandaient sur les flots un liquide incandescent que l'eau elle-même ne parvenait pas à éteindre.

Les vaisseaux intacts ne pouvaient se dégager. Leur trop grand nombre les empêchait de manœuvrer. Certains capitaines, pris de panique, tentèrent de s'échapper de l'enfer. Plusieurs navires s'éperonnèrent les uns les autres et coulèrent.

Peu à peu l'océan se couvrit d'une nappe ardente qui illuminait la nuit d'une lueur infernale, semant la panique dans les rangs des Serpents. L'un après l'autre, les épaves et les vaisseaux encore en état furent absorbés par la muraille de flammes. De partout s'élevaient des hurlements épouvantables. Prisonniers de la gigantesque fournaise, les guerriers de la Ligue sautaient dans les flots, espérant trouver, au milieu de la mer de feu, une trouée que les flammes n'auraient pas encore atteinte.

Lorsque l'aube se leva, le navire de Khali, sur lequel Taenghu était demeuré, se trouvait bloqué au milieu d'un immense enchevêtrement de carcasses à demi échouées et calcinées. On eût dit un cimetière de navires. Sur les trois cents vaisseaux rescapés de la veille, seuls une vingtaine demeuraient intacts. Mais ils ne pouvaient s'échapper du piège dans lequel les avaient enfermés les petites barques. Des corps flottaient partout, au milieu de débris de toutes sortes. Par endroits, l'eau brûlait encore.

C'est alors qu'une haute silhouette surgit de la brume matinale qui flottait sur la côte et sur l'océan.

– L'*Hedreen* ! gronda Khali, qui se saisit de son épée d'orichalque.

Taenghu l'imita aussitôt. Le puissant vaisseau avait repéré le navire amiral ; Astyan savait que les deux Géants se trouvaient à bord. S'ouvrant la route à coups de canon lance-éclairs, il se fraya un chemin parmi les décombres de la flotte ennemie. Il devait frapper vite et fort.

Grâce à ses puissants coussins d'air, qui lui permettaient de s'infiltrer presque partout, il se rangea bientôt contre le flanc du navire de Khali. Et, tandis qu'un soleil rouge se levait à l'orient, voilé par les brouillards matinaux, Astyan bondit à l'abordage, suivi par la légion des Braves qui avait tenu à l'accompagner. Un violent combat s'engagea aussitôt.

Khali et Taenghu, épuisés par la longue nuit de veille, se portèrent aussitôt au-devant du Titan pour l'affronter. Les guerriers des Géants se ruèrent sur les Braves, ravis d'en découdre. Un corps à corps sauvage et impitoyable s'engagea, à tous les niveaux du vaisseau. Cependant les combattants poséidoniens, entraînés depuis des mois par Astyan, possédaient une supériorité incontestable sur les hommes des Serpents. Chacun d'eux représentait une petite armée à lui seul. Bientôt le pont du navire amiral se couvrit de sang. On lâcha les hommes-bêtes ; mais les Braves avaient été préparés à un tel affrontement. Leurs mouvements se coordonnaient à la perfection, et leurs armes se révélèrent d'une efficacité redoutable contre des êtres seulement animés par la folie de tuer. L'intelligence l'emporta peu à peu sur la force brutale. Contre un équipage de guerriers cinq fois supérieur en nombre, la Légion prit peu à peu l'avantage.

Khali et Taenghu se retrouvèrent face à Astyan. La Déesse de feu clama :

–Tu es vaincu, Astyan ! Je te pendrai avec tes propres tripes ! Tu es seul contre deux Géants.

Mais le Titan ne perdit pas son temps en vaines joutes oratoires ; il attaqua. Les épées d'orichalque étincelèrent dans la lumière sanglante du soleil levant. Un combat d'une férocité inouïe se déroula alors sous les yeux des humains éberlués. La fureur des dieux était sans commune mesure avec celle des hommes. Khali et Taenghu étaient nés et avaient été formés pour combattre, pour détruire, pour tuer. Mais Astyan avait derrière lui six mille ans de pratique. En quelques instants, le pont du grand vaisseau ne fut plus que ruines. Rien ne pouvait résister à la puissance du mystérieux métal des épées, l'orichalque. Soudain un mât s'écroula, tranché par un coup féroce d'Astyan. Surprise, Khali se retrouva coincée sous l'énorme masse de bois ; sa rage l'empêcha d'utiliser ses pouvoirs de lévitation qui lui auraient permis de se dégager aussitôt.

Tandis qu'elle se dépêtrait dans la voile et les vergues qui avaient accompagné l'effondrement du mât, Astyan se rua sur Taenghu. Il connaissait le sort ignoble que celui-ci réservait au peuple d'Aralu, simplement parce que la couleur de sa peau était noire. Cela ne l'incita pas à la clémence. Pour la première fois de sa vie, le Géant éprouva un sentiment curieux qui n'était pas loin de ressembler à de la peur. Il se défendit avec l'énergie du désespoir. Mais il ne pouvait rivaliser avec la science du combat du Titan. Soudain, sous un coup plus violent que les autres, l'épée du Géant lui sauta des mains. L'instant d'après, il sentit son crâne et son corps s'ouvrir dans le sens de la longueur. Avant de mourir, il comprit que son ennemi venait de le fendre en deux d'un seul coup d'épée. Il mourut sous les yeux éberlués des guerriers de la Déesse de feu, déjà prêts à rendre leurs armes à la légion des Braves.

Khali surgit derrière Astyan. Mais celui-ci avait ressenti sa présence. Il riposta au coup qu'elle tentait de lui porter dans le dos, et l'empala sur son arme. La lame acérée entra par le bas du ventre et ressortit derrière la nuque. Sous l'impact, le corps de la Géante décolla de terre, puis s'ouvrit comme une outre, se déchirant sur l'épée dont le métal luisait d'une lueur de sang et d'or. Lorsque le corps s'effondra sur le pont taché d'écarlate, Astyan lui porta le coup de grâce en lui tranchant la tête. Puis il la saisit et la brandit comme un trophée, afin de terroriser les derniers combattants ennemis. Ceux-ci, atterrés, jetèrent leurs armes en tremblant : on ne pouvait lutter contre un dieu aussi puissant.

Un hurlement d'enthousiasme s'éleva des rangs de ses Braves. Seuls cinq d'entre eux avaient été tués ; sept autres, blessés, furent emportés par leurs camarades à bord de l'*Hedreen*. Le navire poséidonien ne s'attarda pas sur les lieux et se dégagea de l'épave du navire amiral de la Déesse de feu.

Lorsqu'il fut à bonne distance, Astyan se concentra sur le vaisseau ennemi et l'embrasa. Les soutes, encore remplies de poudre, explosèrent dans un fracas d'enfer.

Au loin, Ophius, au bord de l'hystérie, ne put que constater l'anéantissement de sa glorieuse flotte d'assaut. En une journée et une nuit, il avait perdu plus de quatre cents unités. Tlazol, Lokhar et Fétida étant partis vers d'autres objectifs, il ne lui restait plus que sept cents navires face à la flotte poséidonienne, qui n'avait subi que peu de pertes. À peine une douzaine de vaisseaux, comme il avait pu s'en rendre compte.

Dominant sa fureur, il tenta de comprendre comment un tel désastre avait été possible. En fait, les Poséidoniens étaient sur leur territoire. Ils connaissaient parfaitement ces côtes. De plus, leurs vaisseaux étaient beaucoup plus rapides et maniables que les lourds navires d'invasion qu'il avait fait construire, dont certains pouvaient transporter plus de mille hommes. Et surtout, il avait sous-estimé la puissance de ces canons lance-éclairs, auxquels leur précision permettait de faire mouche à chaque coup.

Il donna un énorme coup de poing sur la lisse de son vaisseau, qui se fendit sous l'impact. Le regard fixe, il grinça sourdement.

– Nous allons nous replier. Je veux que cette cité maudite soit à jamais rayée du monde. Que l'on prépare une bombe à l'uraan.

Ashertari s'alarma.

– C'est de la démence ! Si tu fais cela, c'est tout l'Archipel qui deviendra inhabitable. Toute vie y sera condamnée. Et jamais nous ne deviendrons les princes de l'Atlantide. C'est pourtant ce que tu voulais ?

– Nous nous installerons ailleurs. Nous reconstruirons un autre empire. Cette planète est vaste.

Il la saisit brutalement par le bras.

– Personne ne me résistera, tu entends ? Personne ! Je veux être le maître de ce monde, et je le deviendrai. Même si pour cela l'Atlantide doit s'engloutir tout entière sous les flots.

Ashertari comprit qu'il valait mieux ne pas insister. Lorsqu'il était ainsi en proie à ses accès de fureur, plus rien ne pouvait le raisonner. Et puis, l'embrasement de cette cité haïe serait un spectacle extraordinaire.

– Bien, agis comme tu l'entends, répliqua-t-elle.

Il serra les dents, puis se rendit dans les soutes où il avait fait entreposer les armes maudites. Hurlant ses ordres aux marins, il en fit monter dix sur le pont, où on les chargea sur de petits aéroglisseurs programmés qui iraient déverser la mort sur la capitale avallonienne. Peu à peu, à la vue de ces préparatifs, la colère d'Ophius se calma. Tout à coup, Ashertari lui dit :

– Tu ne crains pas que les Titans ne parviennent à les transmuter avant qu'elles ne touchent le sol ? Cette maudite Pléionée y est déjà parvenue à Elkhara.

– Parce que cette imbécile de Tlazol n'avait envoyé qu'une seule bombe. Ils ne pourront arrêter une vague de plusieurs projectiles. Et puis, cette manœuvre nous débarrassera du même coup de cette stupide Géante.

– Ainsi que de Lokhar et de Fétida, précisa Ashertari. À l'heure qu'il est, ils doivent avoir abordé la côte.

– Nous n'avons que faire des lâches et des imbéciles, cracha-t-il.

Il passa une main satisfaite sur le métal noir du fuselage de la bombe renfermant les pierres de feu. Tout à coup, il devint rouge de colère. Il voulut parler, mais n'y parvint pas. Ashertari s'approcha de l'arme et la toucha à son tour. Puis elle comprit.

– Du plomb ! Ce n'est plus que du plomb ! Les chiens ! Mais comment ont-ils fait ?

Ophius laissa soudain exploser un épouvantable rugissement de fureur, qui fit trembler les marins qui manœuvraient les bombes. Ils se figèrent dans une immobilité parfaite, afin de ne pas attirer l'attention sur eux. Ashertari, impressionnée elle aussi, suggéra timidement :

– Ne pourrait-on tenter la transmutation inverse ?

– Tu sais bien que non ! Seuls les Titans détiennent peut-être ce pouvoir ! L'uraan est un métal vivant. Mais lorsqu'il est mort, on ne peut plus lui rendre la vie !

De rage, il saisit à pleines mains une bombe, qui devait peser cinq ou six fois plus lourd que lui, et la jeta dans les flots. L'engin sombra instantanément. Ashertari, retrouvant ses esprits, le prit par les épaules.

– Ophius ! Tu vas te calmer ! Nous n'avons plus de pierres de feu, mais nous avons encore une flotte importante. Tu ne vas pas renoncer aussi facilement !

Il la regarda comme s'il allait la frapper. Puis, au prix d'un violent effort, il parvint à reprendre le contrôle de lui-même.

– Alors parle ! gronda-t-il. Que me suggères-tu cette fois ?

– Nous allons faire le blocus de Poséidonia.

– Par leurs navires, ils disposent d'une ouverture sur l'océan.

– Mais ils ne fuiront pas. Ils resteront à proximité pour défendre leur capitale. Il nous faut compter sur Tlazol. Elle doit être à Doïra à présent. Son armée est puissante. Et puis, on peut aussi espérer que Lokhar et Fétida sont passés. Leurs deux armées, une fois débarquées, prendront les Poséidoniens à revers et investiront la capitale. Alors la flotte ennemie sera obligée de revenir vers la ville. Prise au piège dans la baie de l'estuaire de l'Acheloos, plus rien ne pourra la sauver.

Ophius grommela, puis déclara :

– Oui, tu as raison. Mais que faire si les autres échouent ?

Ashertari lui posa la main sur le bras et murmura :

– Il existe encore un autre moyen. Mais il faut que tu me donnes soixante navires, trente mille hommes, et quelques milliers d'hybrides.

Il la regarda avec méfiance. Mais ses conseils s'étaient toujours révélés judicieux. Lorsque les mains fines de la jeune femme se posèrent sur lui, il comprit qu'il ne refuserait pas. Elle avait toujours su parvenir à ses fins.

Elle lui exposa son plan. Il finit par sourire. Si elle réussissait, les Poséidoniens auraient bientôt une mauvaise surprise.

43

L'océan du Soleil, face à la petite cité de Doïra...

La première journée s'achevait lorsque la flotte de Tlazol parvint en vue de la passe étroite qui gardait la baie de Doïra. La fureur des éléments n'avait pas facilité le voyage. Un violent ouragan soufflait du sud-ouest, qui contraignait les navires à tirer des bordées, ce qui avait considérablement ralenti leur allure.

Doïra était située au fond d'un fjord dominé par deux falaises de hauteur inégale. Résultant probablement d'une rupture sismique ancienne qui avait disloqué le plateau avallonien, celle de gauche atteignait à peine trois cents coudées, tandis que celle de droite dépassait les quatre cent cinquante. De part et d'autre, la côte maritime offrait l'aspect d'une muraille infranchissable, dominant un chaos de récifs affleurants que les marées basses laissaient à découvert. Seule la passe, large d'un demi-mille, permettait d'accéder jusqu'à la cité. Compte tenu de la tempête, il était hors de question de se risquer à attaquer ce soir. Tlazol décida d'attendre l'aube.

Un autre élément inquiétait la Géante : depuis qu'elle avait quitté Hespérya, la nuée atomique avait perdu de son intensité, mais elle avait fait de nouvelles victimes. Tlazol ressentait les radiations autour d'elle, émanant sournoisement de chaque navire, suintant des voiles, l'environnant comme un blâme permanent. Déjà plus de deux cents guerriers avaient péri ; d'autres se plaignaient de douleurs au ventre, de brûlures superficielles, de rougeurs suspectes. Elle avait dû prendre sur elle-même pour ne pas faire jeter tous ces geignards par-dessus bord. Mais elle avait besoin d'eux, et elle ne gagnerait rien à déclencher une mutinerie. Au contraire, elle avait assuré qu'elle avait le pouvoir de guérir tous ceux qui se battraient avec courage. Il fallait tout d'abord remporter la victoire.

Cependant un vent de révolte grondait dans les rangs de ses guerriers. Peu avant de mourir, l'un d'eux lui avait craché à la face, rassemblant les dernières forces qui lui restaient :

– Je ne crois plus en toi ! Tu portes la mort, tu pues la mort ! Tu es bien la Déesse des ordures.

Tremblante de rage, elle avait concentré sa puissance sur le corps du mourant et l'avait embrasé d'un seul regard. Mais il avait déjà sombré dans le néant avant qu'elle ne l'atteignît.

Elle n'éprouvait aucun remords. Ophius était le plus beau des Géants, mais jamais il ne l'avait attirée. Jamais il ne lui avait inspiré le moindre sentiment comparable à ce qu'elle avait éprouvé pour Quetzal, dont il était le jumeau. S'isolant dans sa cabine, elle revécut la scène où elle avait approché ce Titan à la voix si chaude, si douce. Elle revoyait son visage, ses yeux. L'image de son corps la hantait chaque jour, chaque nuit, faisant naître dans ses reins de curieuses envies, des émotions inconnues.

Lorsqu'il l'avait accueillie, avec bienveillance et amitié, peu avant l'inauguration de ce temple qu'elle maudissait à présent, elle avait failli tout arrêter, le prévenir du piège immonde dans lequel elle s'apprêtait à le faire tomber. Mais il y avait à ses côtés cette Ocanaa, sa propre jumelle clonique, qui lui tenait la main, qui lui souriait – qui osait lui sourire, elle aussi – avec gratitude ! Elle aurait voulu l'écorcher vive. Par chance, elle avait su dresser un écran mental infranchissable pour éviter de dévoiler les sentiments passionnés qui lui rongeaient les entrailles.

Déchirée entre la haine et l'amour, elle avait déchaîné comme prévu la foudre mortelle sur les Titans. Depuis, le fantôme de Quetzal ne cessait de la poursuivre, de tarauder sa mémoire enfiévrée. Parfois elle avait envie de hurler. Les ténèbres s'étaient refermées sur elle, et elle n'aurait de répit que lorsqu'elle les aurait étendues sur le monde entier.

Elle se dressa et rencontra, dans le grand miroir qui décorait sa cabine, son visage défiguré, dévoré par une ignoble boursouflure rougeâtre, marbrée de nervures mauves. Une blessure qui ne voulait pas guérir, malgré tous ses efforts mentaux. De rage, elle se concentra sur la psyché, le verre s'émietta et s'embrasa, tombant en fines gouttelettes incandescentes sur le plancher.

Le lendemain, l'ouragan s'était quelque peu apaisé. Tlazol se rendit sur la passerelle où l'attendaient ses seconds. Elle remarqua leurs visages pâles et amaigris, leurs joues creusées, leurs yeux rougis, mais elle n'en avait cure. Cette fois, elle vaincrait, ou bien elle déclencherait le feu du ciel sur Avallon, comme elle l'avait fait pour Atlantis. Et si elle y perdait la vie, peu lui importait.

Par l'esprit, elle sonda le fjord situé au-delà de la passe creusée entre les deux murailles sombres. Des nuées d'oiseaux marins tournoyaient autour des nids, inaccessibles aux humains, qu'ils avaient construits dans les anfractuosités. Par moments, de pâles lueurs parvenaient à trouer l'épaisseur nuageuse. Des brumes stagnantes masquaient ici ou là les rochers, au pied des falaises, donnant au paysage le reflet d'un rêve. Mais Tlazol était incapable d'en percevoir la beauté sauvage ; seule l'intéressait la disposition des lieux.

La passe, longue de près de deux milles, s'élargissait au-delà en un lac marin d'une longueur de huit milles, large de trois. Tout au fond s'étendait la petite ville de Doïra, qui ne comptait guère plus de cinquante mille habitants. Sa flotte armée ne comportait qu'une dizaine de vaisseaux. Tlazol soupira ; prendre d'assaut ce trou à rats serait un jeu d'enfant. Elle tenta de discerner la présence mentale d'un Titan. En vain. Mais cela ne voulait rien dire ; peut-être celui-ci s'abritait-il derrière un écran psychique.

Puis elle entra en contact télépathique avec Ophius qui, à contrecœur, lui expliqua l'échec de la veille, et son nouveau plan. Tlazol ne dissimula même pas sa satisfaction ; ainsi ce porc comptait sur elle. Elle lui prouverait qu'elle était bien plus forte que lui.

Elle donna l'ordre à ses navires d'avancer en direction de la passe. La marée était haute, et favoriserait l'accès au fjord. Elle-même se tint en retrait. Bientôt on l'avertit qu'une vingtaine de vaisseaux avaient déjà franchi le chenal, et faisaient route vers le petit port frileusement blotti au pied de ses falaises. Les autres suivaient, déjà engagés dans le goulet, avançant à cinq de front. Encouragée par l'absence de résistance des Doïriens, elle avait voulu accélérer l'avance de sa flotte. Plus vite on aurait pris cette maudite ville, plus vite on pourrait débarquer et se diriger vers Poséidonia.

Ce fut alors que Tlazol comprit son erreur. Il y avait à présent plus d'une centaine de navires dans la passe, quand tout à coup, une déflagration effroyable se fit entendre. Avec horreur, Tlazol vit la partie supérieure de la falaise de droite vibrer, puis s'effondrer avec une lenteur terrible sur la flotte piégée à l'intérieur. L'instant d'après, le même phénomène se produisait avec la falaise de gauche. Des hurlements jaillirent des poitrines des guerriers sur lesquels s'abattit une avalanche de rochers énormes, qui broyaient les corps, pulvérisaient les coques, fauchaient les mâts. De multiples explosions retentirent un peu partout, tandis que la mer, agitée de furieux remous, se teinta de nuages écarlates.

Tlazol laissa échapper un rugissement de fureur. Ces chiens avaient préféré risquer de refermer la passe, condamnant ainsi leur ouverture sur l'océan. De l'autre côté, sur le lac à présent fermé, les navires atlantes avancèrent à l'encontre de la vingtaine de vaisseaux ennemis pris au piège. Commandés par Fraïa, ils pointèrent les lourds canons lance-éclairs vers leurs cibles qui, désemparées, se montraient incapables de manœuvrer. Deux navires s'éperonnèrent et commencèrent à sombrer. Puis de longs traits rouges frappèrent les autres, qui s'embrasèrent comme des fétus de paille.

En pleine mer, Tlazol dressa le bilan de son entreprise. Plus de cent vingt navires avaient disparu corps et biens. La passe n'avait pas totalement cessé d'exister, car les fonds étaient profonds à cet endroit. Mais ce qu'il en restait était encombré d'une multitude de carcasses de navires enchevêtrés, sur lesquels quelques survivants appelaient à l'aide. Elle fit envoyer des chaloupes afin de sauver ce qui pouvait l'être.

À Doïra, on acclama Fraïa avec enthousiasme. La jeune Titanide calma les esprits. Elle devinait, provenant de l'océan, des ondes maléfiques, les relents de la fureur de son ennemie. Sa flotte était encore forte de plus de deux cent cinquante unités. Et ce que Fraïa avait surpris dans l'esprit de la Géante n'était pas fait pour la rassurer. Elle savait à présent que seule Tlazol disposait encore de bombes à l'uraan, et qu'elle n'hésiterait pas à s'en servir. Elle l'avait déjà prouvé à Atlantis.

44

La côte des Albatros, à six angles à l'est de Poséidonia...

En dehors de la capitale, il y avait de nombreux villages de pêcheurs le long des côtes d'Avallon. Kharvenya ne comptait pas plus de mille habitants. Petite cité typique, aussi ancienne que l'Atlantide elle-même, elle s'accrochait depuis toujours à son rocher, une élévation griffée par l'érosion, née sans doute d'un très ancien volcan. *Kharven* était le nom atlante par lequel on désignait les formations volcaniques. Mais celui qui avait dressé cette petite colline basaltique avait depuis longtemps cessé toute activité. Isolé entre la mangrove qui prolongeait la rive gauche de l'Acheloos à l'ouest et une lande désolée à l'ouest, Kharvenya était un havre naturel, lové au creux de deux coulées de lave, sur lesquelles on avait aménagé des digues. Une douzaine de bateaux de faible tonnage s'y abritaient. Au-delà de la digue orientale s'étendait une plage interminable, balayée par les vents, où venaient nicher les Albatros – ce qui lui avait valu son nom.

La pêche constituait la principale activité des habitants. Ceux-ci, habitués depuis toujours à une vie calme, rythmée par les saisons, n'avaient pas vraiment pris au sérieux les menaces de conflit dont avaient parlé les rares visiteurs venus de la capitale. On avait peine à imaginer ce que pouvait être une guerre. Il était inconcevable que des hommes se battissent entre eux. Cela ne s'était jamais produit depuis les origines de l'Empire.

Aussi, lorsqu'ils virent apparaître à l'horizon une importante formation de navires, ils pensèrent tout d'abord à un convoi commercial. Bien sûr celui-ci était particulièrement important. Mais ils ne s'affolèrent pas un seul instant.

Jusqu'au moment où la foule, attirée sur les quais par le phénomène, se rendit compte que la flotte avait mis le cap sur la plage des Albatros... et sur Kharvenya. Un début d'inquiétude s'empara des pêcheurs : le port était trop petit pour accueillir un tel convoi, et les hauts-fonds rendaient toute approche impossible pour les navires de gros tonnage.

– Je me demande ce qu'ils veulent, dit Bogdaan, le chef du village.

Soudain un homme déclara :

– Et si ces rumeurs de guerre étaient vraies ? Si ces bateaux venaient nous attaquer ?

– Tu divagues, répliqua Bogdaan.

– Non, vieil homme ! tonna une voix derrière eux. Il a raison.

Ils se retournèrent d'un bloc. Devant eux, surgi de la route qui menait, à travers la mangrove, jusqu'à Poséidonia, se tenait un colosse qui ressemblait aux Titans. Derrière lui suivait une longue colonne de guerriers armés jusqu'aux dents. Le Géant s'approcha et salua le vieux chef.

– Mon nom est Athor, seigneur du royaume d'Athoria, sur le continent oriental nord.

– Sois le bienvenu, bredouilla le vieil homme, guère rassuré. Je suis Bogdaan, gouverneur de Kharvenya.

– J'ai reçu ordre, de la part du seigneur Astyan, de défendre ce village et cette plage contre l'invasion que préparent les occupants de cette flotte.

– Mais que... quelle invasion ? Et pourquoi ?

– Parce que nous sommes en guerre, vieil homme. Tu vas donc ordonner aux tiens de quitter le village sur-le-champ, pour vous réfugier à Poséidonia.

Bogdaan se tourna vers l'océan. Les navires inconnus continuaient de se rapprocher de la côte ; quelques-uns avaient mis le cap sur le petit port. Athor estima la flotte à plus de deux cents vaisseaux.

– Ils ont été plus rapides que nous ! gronda-t-il.

Il donna des ordres. Bientôt ses guerriers se déployèrent sur les dunes dominant la plage. L'ennemi avait déjà mis des chaloupes à la mer. Des centaines de petites embarcations se dirigeaient vers la plage.

– Nous allons partir, seigneur Athor ! déclara Bogdaan. Mais que va-t-il se passer ?

– Les dieux seuls le savent, vieil homme. L'ennemi est cinq fois plus nombreux que nous. Si au moins nous avions eu plus de temps pour renforcer nos positions...

Un jeune homme intervint.

– Seigneur Athor, si vous le permettez, les Kharveniens connaissent bien la région. Derrière les dunes s'étend une région impénétrable de marais et de sables mouvants, infestée de crocodiles. Mais il existe des passages pour la traverser. Si l'ennemi parvient à débarquer, il vaudrait mieux l'entraîner à l'intérieur de ces terres. C'est un labyrinthe inextricable, où il est facile de se perdre. Si vous acceptez, nous sommes prêts à vous servir de guides.

– Voilà qui est parlé en homme, mon garçon ! Comment t'appelles-tu ?

– Yareed, Seigneur !

Derrière lui s'étaient déjà rangés une trentaine de jeunes gens, garçons et filles, qui avaient compris ce qui se passait et qui étaient prêts à prendre les armes pour défendre leur petit village.

Bogdaan précisa :

– Seigneur Athor, il ne faut pas abandonner Kharvenya. Si l'ennemi parvient à prendre ce port, il pourra plus facilement s'emparer de la route qui mène à Poséidonia.

– C'est la sagesse qui parle par ta bouche, vieil homme. Je vais faire amener ici de grosses pièces d'artillerie. Quant à vous, partez immédiatement ! Abandonnez tout ! Il y va de votre vie !

Les habitants, effrayés, ne se le firent pas dire deux fois. Hormis les trente jeunes volontaires, ils se pressèrent bientôt sur la piste menant à la capitale, en prenant juste le temps d'emporter des vivres, des couvertures, quelques objets précieux. En un instant, l'univers si calme du petit port avait basculé dans l'apocalypse.

Les premières chaloupes, malmenées par les puissants rouleaux soulevés par une houle furieuse, débarquèrent des hordes d'hybrides, destinées à ébranler les défenses atlantes. Leur aspect effrayant, allié à leur absence totale d'instinct de survie, en faisait des troupes d'assaut efficaces.

Un feu nourri les accueillit aussitôt, craché par les lance-éclairs des guerriers d'Athor, mêlés aux Poséidoniens qu'Astyan avait placés sous les ordres du Géant. L'entente n'avait pas été longue à s'installer entre les deux armées. L'ennemi était commun, et les Atlantes avaient immédiatement adopté ce colosse qui disait être le frère de Woodian, le Titan d'Atalaya, auquel il ressemblait tellement. Cette ressemblance avait beaucoup facilité les rapports.

Cependant les hordes de démons jetés sur le sable en avant-garde de la véritable armée de Lokhar et de Fétida étaient aussi nombreuses que les guerriers d'Athor. Malgré les traits de feu qui les abattaient par dizaines, ils parvinrent bientôt à se frayer un chemin jusqu'au sommet des dunes, armés de lances et de gourdins. Un furieux corps à corps s'engagea alors. En dépit de leur courage, les Atlantes, impressionnés par ces monstres dont la silhouette rappelait vaguement celle des êtres humains, mais dont la tête était celle de lézards, de hyènes ou de lions, cédèrent du terrain en plusieurs endroits. Les quelques guerriers qui tombaient entre les griffes des démons étaient aussitôt déchiquetés et dévorés vifs sous les yeux atterrés de leurs camarades.

Voyant que ses troupes allaient être débordées, Athor se porta au secours des postes les plus menacés et affronta les créatures avec une énergie indomptable, hachant les monstres sur place, les rejetant au pied des dunes. Bientôt, galvanisés par la puissance et la détermination du Géant, les Atlantes reprirent le dessus et refoulèrent la première vague d'assaut.

À Kharvenya même, des batteries de lance-éclairs lourds avaient été mises en place à la hâte. Une pluie d'obus s'abattait sur la petite ville, mais la riposte ne se fit pas attendre : de longs traits de feu jaillirent, allant frapper les navires qui tentaient de s'approcher. À bord du vaisseau amiral, Lokhar et Fétida se rendirent compte qu'il était inutile de tenter de prendre le petit port de front. Les fonds étaient trop hauts ; déjà trois navires s'étaient échoués sur des récifs. Ils ordonnèrent à une nouvelle vague de guerriers de venir seconder les hybrides qui ne parvenaient pas à enfoncer les défenses adverses. Les deux Géants écumaient de rage. Ils ne s'étaient pas attendus à trouver ici une telle résistance.

Du haut des dunes, Athor se rendit compte du danger. Ses troupes avaient subi de lourdes pertes, mais les hybrides, grâce à ses interventions, avaient été repoussés, les brèches refermées. Un bref sondage mental lui confirma que la nouvelle vague d'assaut des Serpents comportait près de quarante mille guerriers, soit le double de sa propre armée. Cependant il disposait d'une arme que seul parmi les Géants il savait utiliser. Ophius l'appelait le « Maître de la foudre ». Le dieu-serpent n'avait sûrement pas imaginé que ce talent pourrait un jour se retourner contre lui.

Athor se concentra. Il lui fallait agir avant que l'armée d'assaut n'atteignît la plage. Il savait que cette manœuvre l'épuiserait dangereusement. Peu à peu, focalisant son énergie sur les nuages bas que balayaient des tourmentes furieuses, il créa un déséquilibre électrique entre le ciel et la terre. Tout à coup de violents éclairs jaillirent, dans un vacarme assourdissant. Soumise à la volonté du Géant, la foudre vint frapper les embarcations qui approchaient à grand renfort de rames. Plusieurs d'entre elles s'embrasèrent, grillant les guerriers comme des cochons de lait. La panique et la confusion s'emparèrent de la vague d'assaut.

Lokhar rugit :

– Athor ! C'est lui qui est en face de nous.

– Il faut le contrer, clama Fétida.

Ils se concentrèrent tous deux. Mais, peut-être en raison de leur couardise naturelle, la puissance de leur adversaire était bien plus élevée que la leur. Ils ne réussirent qu'à dévier certaines décharges, épargnant ainsi quelques-uns de leurs navires. Tout à coup un éclair d'une violence inouïe vint toucher leur propre vaisseau. Fétida se mit à hurler.

– Le chien ! Il s'en prend à nous.

Un incendie se déclara, que les marins s'employèrent à éteindre de leur mieux. Cependant Athor commençait à donner des signes de faiblesse ; il ne pouvait contenir de cette manière les centaines d'embarcations se dirigeant vers la plage.

– Nous ne pouvons pas les empêcher de débarquer, grommela-t-il. Ils sont trop nombreux. Je dois reprendre des forces.

Il se tourna vers Yareed.

– À présent, tu vas nous prouver ta valeur, petit. Nous allons abandonner le terrain et attirer ces maudits Serpents dans les marais.

Rassemblant ses forces, il concentra alors la foudre sur les hordes d'hybrides qui reculèrent, épouvantés. Puis il donna l'ordre de repli, tandis que le jeune Kharvenien et ses compagnons prenaient la tête des colonnes. Les hybrides survivants, sous les ordres de leurs maîtres humains, attendirent les renforts. Ce répit laissa le temps aux Atlantes de décrocher.

Derrière les dunes, une large étendue sablonneuse détrempée par les pluies récentes séparait le littoral d'une forêt étrange, dont les arbres plongeaient leurs racines dans une eau boueuse et salée. Des brumes lourdes et épaisses noyaient les lieux, leur conférant un aspect cauchemardesque. Suivant les jeunes pêcheurs, les guerriers s'enfoncèrent sous des frondaisons glauques, encombrées de lianes. Yareed et les siens avaient fait passer le mot d'ordre : en aucun cas on ne devait s'écarter des sentiers, sous peine de sombrer dans des sables mouvants qui auraient tôt fait d'engloutir un homme. Divisés en plusieurs colonnes, les guerriers s'éparpillèrent ainsi au sein de la forêt fangeuse. Parfois un bruit inquiétant se faisait entendre, suivi d'un remous qui agitait les eaux troubles, plongées sous un brouillard opaque s'élevant jusqu'à mi-cuisse.

– Ce sont des crocodiles, expliqua Yareed au capitaine qui le suivait. Mais n'ayez crainte ; si l'un d'eux approche, tirez ! Cela devrait suffire à le faire fuir. Ils hésitent à attaquer sur la terre ferme. Mais faites attention ! Si un homme tombe dans les marais, il est perdu.

Derrière les Kharveniens, les soldats avançaient avec prudence. Déjà l'un d'eux avait glissé dans un trou d'eau sombre, et n'avait dû la vie qu'à l'intervention rapide de ses camarades.

Athor, qui fermait la marche, constata que toute l'armée avait pénétré sous le couvert de la mangrove lorsque les premiers assaillants surgirent au loin, derrière les dunes. Il les vit hésiter, un peu étonnés ; l'ennemi semblait s'être évanoui dans la nature. Mais le piétinement de milliers de pieds trahissait leur fuite. Poussant des cris de victoire prématurée, ils se ruèrent à la poursuite des fuyards. Une vague monstrueuse déferla en direction de la forêt aquatique. Athor s'enfonça sous les arbres enchevêtrés. Il n'avait pas besoin de guide ; sa perception multisensorielle lui permettait de déceler le sol ferme sous les boues et les brumes diaphanes.

Un atout que ne possédaient pas, malheureusement pour eux, les hordes de barbares qui se ruèrent sans réfléchir dans le piège de la forêt. Bientôt des dizaines, des centaines de guerriers s'engluèrent dans les vases de la mangrove. Ceux qui parvinrent par chance à trouver le début des sentiers ne purent aller très loin. Les crocodiles, agacés par le vacarme et les remous provoqués par les corps s'agitant dans l'eau, se glissèrent silencieusement dans les profondeurs glauques. Bientôt retentirent des hurlements de terreur. Dans la plus grande confusion, les combattants voulurent rebrousser chemin, mais ceux qui arrivaient derrière leur bloquaient le passage. Avant que ne s'amorçât un réel mouvement de repli, plus de trois mille guerriers avaient été engloutis par les boues fangeuses de la mangrove.

Athor, resté en arrière, suivait les événements mentalement. Ayant surmonté son épuisement, il déchaîna à nouveau ses foudres contre l'envahisseur. Des éclairs terrifiants vinrent frapper les grappes d'hommes qui refluaient en désordre vers le sable des dunes, vers la plage.

Lokhar et Fétida, qui avaient débarqué avec le reste de leurs guerriers, ne purent que constater la débandade, les blessés mutilés par les morsures des crocodiles, les restes de la horde d'hybrides massacrée par les Atlantes. La nuit tomba sur un spectacle de désolation. Les deux Géants auraient bien ordonné l'attaque de la petite cité. Mais celle-ci, défendue par ses lance-éclairs, était pratiquement inexpugnable. Ils ne pouvaient faire usage de leurs pouvoirs. Ils ressentaient autour d'eux, en eux, la présence impalpable de leur ennemi, Athor, qui saurait déjouer toute tentative contre Kharvenya.

Ils donnèrent l'ordre d'établir le camp. Ils disposaient encore d'une armée plus nombreuse que celle des Poséidoniens. Le lendemain, ils attaqueraient en force et s'empareraient de la petite cité qui verrouillait la piste de la capitale.

Mais il était dit qu'ils ne pourraient pas dormir cette nuit-là. Tandis que les guerriers épuisés prenaient leurs quartiers, des silhouettes silencieuses se glissèrent derrière les dunes. Lokhar et Fétida, malgré leurs pouvoirs surnaturels, ne s'aperçurent de rien. Protégés par un champ de force mental, les Atlantes, revenus par les sentiers de la mangrove jusqu'à l'arrière de Kharvenya, n'avaient pas déposé les armes. Profitant de la nuit profonde, ils s'étaient rapprochés du campement ennemi.

Soudain, sur un signe d'Athor, ses guerriers, bien décidés à prendre leur revanche sur leur repli du matin, se ruèrent en hurlant sur l'adversaire. Celui-ci ne put réagir à temps. Athor, qui avait repéré l'endroit où se trouvaient Fétida et Lokhar, se précipita vers eux, suivi d'une horde déchaînée. Ses guerriers étaient depuis longtemps entraînés au combat, et n'aimaient guère leurs vis-à-vis. Un massacre sans nom s'ensuivit.

Lokhar, éberlué, se retrouva face à face avec Athor. Le courage n'étant pas sa qualité principale – si tant est qu'il en eût une – il s'enfuit en hurlant à ses hommes de se replier vers les chaloupes de débarquement. Fétida, désemparée, dégaina sans trop y croire son épée d'orichalque. Mais elle n'avait jamais aimé le combat. Elle préférait envoyer les autres se faire tuer à sa place. Sa tête sauta d'un coup.

Apparemment plus chanceux, Lokhar, à qui la peur avait donné des ailes, parvint à atteindre une chaloupe et y bondit avec quelques-uns de ses guerriers, à qui il ordonna de souquer ferme. Mais il avait à peine dépassé les premiers rouleaux qu'un éclair s'abattit violemment sur lui, le foudroyant sur place. La barque et ses occupants s'embrasèrent. Athor ne lui avait laissé aucune chance.

Le combat se poursuivit ainsi pendant toute la nuit. Privés du soutien des Géants, les Serpents ne pouvaient lutter contre la puissance d'Athor, qui déchaîna ses foudres contre des hordes épuisées et démoralisées, dont le seul atout demeurait le nombre. Mais la supériorité des armes des Poséidoniens parlait en leur faveur.

Lorsqu'enfin le matin se leva sur la plage des Albatros, plusieurs milliers de corps jonchaient le sol. Les survivants, le bras douloureux d'avoir frappé sans relâche, se regardèrent, hébétés. Le sable avait pris une teinte rougeâtre. Déjà quelques oiseaux de mer venaient s'attaquer aux cadavres. Parfois un guerrier ennemi, épargné par miracle, s'avançait au-devant des vainqueurs pour rendre ses armes.

Mais y avait-il réellement des vainqueurs dans cette boucherie innommable ? Sur les vingt mille guerriers amenés par Athor, à peine six mille étaient encore en vie. Quant aux hommes des Géants, il n'en restait que quelques centaines. Tous les autres, y compris les vingt mille hybrides, avaient été anéantis. La plage des Albatros n'était plus qu'un gigantesque charnier. Le petit Yareed avait été tué, ainsi que plusieurs de ses compagnons.

L'esprit vide, Athor arpentait la plage d'un pas lourd. Jamais il n'avait voulu cela. En ce jour funeste, il avait perdu plus de huit mille de ses valeureux guerriers, et six mille Poséidoniens avaient trouvé la mort. Il contempla le corps décapité de la Géante Fétida. Bien sûr il avait remporté la victoire. Mais à quel prix !

Cependant si la flotte de Lokhar demeurait intacte, il restait à peine assez d'hommes pour la manœuvrer. Au loin, il vit les navires lever l'ancre et gagner la haute mer. Lui-même n'avait plus assez d'énergie pour déclencher la foudre sur l'escadre. Elle avait perdu ses chefs ; sans doute allait-elle rejoindre Ophius, pour rendre compte de son échec. Mais Athor savait que celui-ci devait déjà être au courant.

Il revint à pas lents vers ses hommes et donna l'ordre de reprendre la route de Poséidonia. La guerre n'était pas terminée...

45

Dans la capitale, l'*Hedreen* avait regagné le port. Du haut de la Forteresse, Astyan observait les manœuvres adverses. Mentalement, le Titan avait surpris la colère du dieu-serpent lorsqu'il avait découvert que l'uraan de ses bombes avait été transmuté en plomb. Depuis, la flotte ennemie avait pris ses distances, et semblait décidée à organiser un blocus en attendant la réussite de ses opérations de débarquement à Doïra et sur la plage des Albatros. Mais toutes deux avaient échoué. Alors que déciderait le dieu-serpent ?

Tout à coup, à son côté, Anéa pâlit.

– Ashertari, murmura-t-elle. Elle vient de quitter la flotte ennemie.

Elle ferma les yeux et se concentra.

– Elle a pris une soixantaine de navires, souffla la jeune femme. Elle va contourner Poséidonia par l'est et débarquer pour nous prendre à revers. Elle sait que je suis avec elle en ce moment. Elle m'appelle.

– Que veux-tu dire ?

– Elle veut que je l'affronte seule à seule.

– C'est un piège.

– Bien sûr c'est un piège. Mais je dois la combattre, Astyan.

Astyan ressentait dans son propre esprit l'écho de la tension qui s'était emparée de sa compagne. Brusquement, elle dressa un écran mental pour rompre le contact avec sa sœur.

– J'ai accepté ! Mais ne crains rien. Je ne lui laisserai aucune chance.

Ses yeux reflétaient une détermination sauvage.

– Où compte-t-elle aborder ? demanda Astyan.

– À Lyvia, une petite ville de pêcheurs construite non loin de ce qui fut autrefois Pos'Eïden.

Une foule de souvenirs leur traversèrent un moment l'esprit. Astyan commenta :

– La piste qui relie Lyvia à Poséidonia peut lui permettre d'être ici dans moins de six jours.

– C'est exact. Si elle réussit à l'emprunter...

Elle serra les dents, puis ses lèvres s'étirèrent sur un sourire énigmatique. Astyan comprit instantanément l'idée qui avait jailli dans l'esprit de sa compagne.

– C'est de la démence. Tu n'y parviendras jamais.

– Pas avec une armée importante, c'est vrai. Mais une petite troupe bien entraînée devrait pouvoir passer. J'ai moi aussi formé quelques gardes ces derniers mois. Ce sont eux que je veux. Je les connais, et ils me font confiance.

– Laisse-moi y aller avec toi ! insista-t-il.

– Non ! Ta place est ici, tu le sais bien.

Évidemment, elle avait raison. Pour tous à présent, y compris pour Woodian et Fraïa, il représentait le prince, le chef incontesté. La mort dans l'âme, il demanda :

– Combien d'hommes te faut-il ?

– Deux cents devraient suffire – afin de donner le change. Si tout va bien, tous reviendront vivants.

Astyan s'insurgea.

– Tu n'y penses pas ! Elle est partie avec au moins trente mille guerriers, dont un quart de monstres hybrides.

– C'est justement cela qui va la perdre.

Il secoua la tête, écarta les bras dans un geste d'impuissance, puis leva les yeux au ciel.

– Grands Dieux, nos pères, pourriez-vous m'expliquer comment faire entendre raison à une femme plus entêtée qu'une mule ?

Anéa éclata de rire, puis noua ses mains autour de son cou.

– Dois-je te rappeler que pour ce qui est de l'entêtement, tu n'as rien à m'envier, mon cher seigneur ?

– Et toi, n'as-tu pas oublié que tu portes un bébé ?

– Ce n'est pas le premier, que je sache. En six mille ans, combien en ai-je mis au monde ?

– Pas dans ces conditions !

– Mais il ne va pas naître tout de suite.

– Tu risques de le perdre.

– Non ! Je ferai attention.

– C'est de la folie.

– Deux cents guerriers, que je choisirai moi-même ! insista-t-elle en lui dédiant un sourire irrésistible.

– Décidément, grommela-t-il, malgré mon grand âge, je crois que j'ai encore beaucoup à apprendre sur les femmes. Et surtout sur la mienne !

Il hésita, puis rendit les armes.

– C'est bon, tu auras tes hommes.

La jeune femme plongea son regard d'émeraude dans les yeux d'Astyan.

– Accorde-moi ta confiance, mon bien-aimé. Nos vies comptent peu devant la sauvegarde de l'Atlantide. Si nous échouons, c'est le monde tout entier qui risque de sombrer dans le chaos.

– Tu connais la perfidie d'Ashertari. Si elle déjoue tes plans...

– Elle s'est moquée de moi une fois. Je ne tomberai plus dans ses pièges. Mais je dois l'affronter : il faut que l'une de nous disparaisse.

Plus tard dans la nuit, Anéa gagna le fort de Karinatos, que l'on avait bâti sur les ruines de la demeure de l'architecte Palarkos. Elle y retrouva le capitaine Targhos, qui dirigeait une compagnie de deux mille guerriers impatients de participer aux combats qui se déroulaient sur mer. Mais, tout comme ceux des douze forteresses que l'on avait érigées à la périphérie de Poséidonia, ils devaient se tenir prêts à une invasion par l'intérieur des terres.

Anéa fut accueillie avec enthousiasme. Cependant,

lorsqu'elle fit connaître son intention de n'emmener que deux cents soldats, Thargos se récria.

– Princesse, déclara-t-il, si ce que tu supposes est vrai, ils seront cent fois plus nombreux que nous. Quelle chance aurons-nous ?

Cependant la Titanide se montra inflexible. Elle sélectionna parmi les guerriers ceux qu'elle connaissait pour les avoir formés elle-même au cours des dernières lunes. Ravis de servir sous les ordres de cette femme pour laquelle ils éprouvaient tous une adoration totale, ils s'équipèrent des armes les plus puissantes que recelait l'arsenal de Poséidonia. Tous possédaient parfaitement le maniement du lance-éclairs, de l'épée, du poignard, de la lance et de l'arc. Sur l'ordre d'Anéa, ils se munirent aussi d'explosifs. Puis, sous l'œil envieux de leurs camarades demeurant au fort, ils se fondirent dans la nuit, montés sur des petits chevaux initialement dressés pour la chasse dans les marais, et que l'on avait reconvertis en montures de combat. Targhos avait insisté pour prendre la tête du détachement. Anéa avait accepté. C'était un homme de grand sang-froid, respecté par ses guerriers.

Anéa savait qu'il faudrait trois jours à Ashertari pour débarquer à Lyvia. Cela lui laissait à peine le temps de se rendre sur place, en avançant à marche forcée jour et nuit.

Cependant la pluie battante qui se mit à tomber dès qu'ils eurent franchi les derniers faubourgs de Poséidonia refroidit son ardeur. Un doute insidieux s'empara d'elle : et si elle s'était trompée ? N'avait-elle pas fait preuve d'un orgueil démesuré ?

Si son plan échouait, rien n'empêcherait la horde sauvage d'Ashertari de prendre la cité à revers. Elle adressa alors une prière muette à Gaïa. Son pays, ce pays qu'elle connaissait depuis si longtemps, auquel elle appartenait, ne pouvait la trahir.

46

Doïra...

Après sa cuisante défaite, Tlazol remâchait ses désillusions. Pendant toute la journée et la nuit qui suivirent, elle demeura prostrée dans sa cabine. L'image d'Atlantis engloutie sous les flots par le feu du ciel hantait sa mémoire. Elle disposait de plusieurs bombes à l'uraan de grande puissance. Il eût été facile de les lâcher sur Doïra en utilisant son aéroglisseur, comme elle l'avait fait une lune plus tôt sur Antilla. En les accompagnant elle-même s'il le fallait. L'onde de choc réveillerait l'Héphaïs, dont la fureur se déchaînerait, s'ajoutant à celle des pierres de feu, sur Poséidonia. Et aussi sur la flotte de la Ligue. Tout disparaîtrait dans un embrasement apocalyptique, où il n'y aurait ni vainqueur, ni vaincu. Au fond, que lui importait la vie à présent ? En détruisant Quetzal, elle avait tué tout espoir en elle.

Vers le milieu de la nuit, elle se rendit dans les soutes blindées où l'on conservait les quatre bombes qui lui restaient. Tout serait tellement simple...

Trop simple, en vérité. Un sursaut d'orgueil la saisit ; elle ne pouvait renoncer ainsi. Se sacrifier elle-même ne servirait à rien, même si elle entraînait des millions d'humains dans la mort avec elle. Elle devait vaincre à tout prix. Sa puissance était au moins équivalente à celle de ce chien d'Ophius. Elle devait lui prouver qu'elle était capable de triompher. D'un pas décidé, elle remonta dans sa cabine.

Se penchant sur les cartes, elle remarqua, à trois angles à l'ouest de Doïra, une petite crique. Trop peu importante pour y faire débarquer une armée entière. Mais...

En fait, la principale entrave à son entreprise était cette maudite Fraïa. Si elle parvenait à la tuer, Doïra ne constituerait plus un obstacle. Elle ne pouvait l'attaquer de front ; seule la ruse viendrait à bout de cette chienne. Peu à peu, un plan machiavélique se forma dans son esprit.

Au matin, les guetteurs doïriens postés sur les falaises à demi éboulées annoncèrent par signaux optiques un fait surprenant : la flotte des Serpents s'éloignait.

– Ils s'enfuient ! exulta la population de la petite ville. Nous avons vaincu.

Fraïa prit immédiatement contact avec Astyan pour l'informer du retrait de l'ennemi.

« Dans quelle direction sont-ils partis ? » demanda le Titan.

« Il ne semble pas qu'ils se dirigent vers Poséidonia. Ils ont gagné la haute mer. Peut-être Tlazol veut-elle abandonner les siens. Elle ne paraît pas entretenir de bonnes relations avec Ophius. »

« Ils sont rivaux, répondit Astyan. Mais reste sur tes gardes : il peut s'agir d'une ruse. »

Ruse ou pas, la flotte de la Géante avait disparu. Cependant le répit accordé aux Doïriens fut de courte durée ; ils devaient faire face à un nouveau danger. Les milliers de corps échappés des navires écrasés sous l'effondrement des falaises étaient rejetés par grappes sur les rivages du fjord par les marées. Afin d'éviter les maladies, d'énormes bûchers furent dressés, où l'on entassait pêle-mêle les cadavres des guerriers ennemis et ceux de leurs créatures monstrueuses. Attirés par le sang, des bancs de prédateurs avaient envahi les lieux, qui n'hésitaient pas à s'attaquer aux hommes chargés de ramasser les morts. Comme la plage des Albatros, Doïra était devenue un charnier.

L'enthousiasme guerrier qui avait galvanisé les Atlantes n'était plus qu'un souvenir devant les horreurs qu'ils découvraient à présent, et auxquelles rien ne les avait préparés. Il leur semblait vivre un cauchemar éveillé.

Pourtant, peu à peu, on s'habituait à l'abominable, à ces corps mutilés, à demi dévorés par les requins et les murènes, que l'on retirait des flots avant de les livrer, dans les immenses fosses creusées à la hâte, au feu purificateur. Une puanteur insoutenable s'était répandue sur la ville.

Deux soirs plus tard, un cavalier fit irruption dans Doïra. Il portait les habits des pêcheurs de la côte. Il avait l'air affolé. Il demanda à parler aux responsables de la cité. Phéras, l'argonte gouverneur, le reçut, en compagnie de Fraïa. L'homme, en proie à une vive émotion, se jeta à ses pieds.

– Seigneur argonte ! Mon nom est Jadern. Je viens du petit village de Longos, à deux angles d'ici, vers l'ouest. Deux navires sont entrés dans le port. De féroces guerriers ont débarqué, qui ont massacré les nôtres. Seuls quelques-uns ont pu s'enfuir, en profitant de la nuit. La mère de notre chef, Séphéra, a pu s'échapper elle aussi. Elle est gravement blessée, comme beaucoup des nôtres. Nous avons réussi à nous cacher. Mais nous craignons que les hordes ennemies ne se lancent à notre poursuite. Je suis venu implorer ton secours, Seigneur argonte.

– Voilà donc où se sont dirigées Tlazol et sa flotte, gronda le gouverneur. Mais c'est stupide : Longos ne peut permettre à toute une armée de débarquer rapidement.

– Ils ont dit qu'ils voulaient se venger, ajouta Jadern. C'était terrible. Ils... ils ont empalé les hommes, les femmes, les enfants et les vieillards. Ils ont brûlé nos maisons, abattu nos troupeaux de moutons.

– Cela ne finira donc jamais, murmura Fraïa, dont le visage avait pâli. Tu vas me conduire sur place, Jadern.

Elle s'adressa au capitaine des gardes.

– Que l'on me selle un cheval.

– Il serait peut-être plus prudent de t'adjoindre une escorte, Princesse, intervint Phéras.

– N'aie crainte ! Je vais faire payer leurs crimes à ces porcs.

Quelques instants plus tard, elle prenait la piste menant vers Longos, suivie de Jadern. Pas un instant elle ne songea à se méfier de l'homme : sa terreur était sincère – et il n'avait pas menti. L'aube pointait à peine lorsqu'ils parvinrent en vue du petit village côtier, abrité au creux de sa crique. Comme l'avait annoncé le pêcheur, deux navires étaient à l'ancre dans le port. Au milieu des ruines fumantes achevant de se consumer, des corps étaient embrochés sur deux longues rangées de piques. La colère envahit le cœur de Fraïa, tandis que Jadern se détournait pour vomir.

– Les lâches, grinça la Titanide. S'attaquer ainsi à des pêcheurs sans défense... Mais quelle sorte d'hommes est-ce donc là ?

– Les nôtres ont trouvé refuge dans un vieux sanctuaire en ruine, jadis consacré à Raâ, dit le pêcheur.

Il l'entraîna vers les hauteurs de la falaise surplombant la crique, jusqu'aux vestiges d'un temple envahi par la végétation. Bientôt des silhouettes craintives apparurent dans les brumes matinales. On avait reconnu Jadern. Parmi elles se tenait une vieille femme qui masquait son visage sous un voile. Une pure terreur émanait de tous les esprits présents. Fraïa s'avança. Il y avait tout au plus une trentaine de personnes.

– Qui es-tu ? grelotta la voix de la vieille femme.

– Je suis Fraïa, Titanide d'Atalaya. Je viens vous porter secours.

– Mon nom est Séphéra, souffla la vieille, qui maintenait ses vêtements devant son visage. Mon fils était le chef de ce village. Ils l'ont tué d'une manière épouvantable.

– J'ai vu ce qu'ils ont fait aux tiens. Je vais leur rendre visite. Ces chiens regretteront d'être venus.

– Tu es bonne, Princesse. Mais il est trop tard pour beaucoup des nôtres. Tous ceux qui n'ont pu s'enfuir ont péri.

Elle eut un hoquet de douleur et porta la main à la poitrine.

– Montre-moi tes blessures ! dit Fraïa. Je peux peut-être t'aider.

– Non ! Je ne veux pas que tu voies cela. C'est trop horrible. Ils ont incendié ma maison alors que je m'y trouvais. Mon visage a été défiguré par le feu. Laisse-moi !

– Allons. Tu sais que les Titans possèdent le don de guérir. Approche-toi.

La vieille hésita, puis s'avança vers Fraïa. Elle murmura d'une voix chevrotante :

– Ne me fais pas de mal !

Fraïa sourit.

– Mais non ! Je vais même te soulager.

– C'est une brûlure ! Une brûlure qui ne guérira pas.

La vieille femme se tenait contre elle à présent, courbée dans une posture craintive. Soudain elle ôta le voile qui masquait son visage. Fraïa eut le temps de voir la blessure horrible qui lui dévorait la moitié du visage, puis elle remarqua aussi la couleur de l'œil droit, celui qui n'avait pas été atteint. Un œil d'un vert émeraude, où luisait une haine insoutenable. L'instant d'après, une douleur fulgurante lui trancha la respiration. La dague d'orichalque de Tlazol l'avait frappée en plein cœur, avant même qu'elle n'ait pu réagir.

Un flot de sang remonta dans la gorge de la Titanide. Un deuxième coup, puis un troisième, achevèrent de lui déchirer les entrailles. Elle tituba, tenta de saisir son ennemie. Mais le souffle lui manquait. Elle tomba à genoux, se concentrant par réflexe pour enrayer l'hémorragie ; mais les coups étaient mortels, et elle le savait. Elle était tombée dans un piège, à cause de sa générosité naturelle. Elle n'avait pas su déceler la perfidie de l'écran mental trompeur que la Géante avait établi autour de ses hommes.

– Que les dieux te maudissent à jamais, souffla-t-elle avant de s'écrouler, sans vie, sur le sol qui se tacha immédiatement de sang.

Tlazol se redressa et poussa un hurlement de victoire. Autour d'elle, les soldats qui avaient joué le rôle des victimes brandirent leurs armes pour saluer la Géante et le faux pêcheur, qui n'était autre que leur capitaine.

– Jadern, tu as été parfait, dit Tlazol. À présent, Doïra est à nous.

L'homme se rengorgea. La déesse n'était pas prodigue de compliments.

Au même instant, à Poséidonia, Woodian chancela. Il se trouvait en compagnie d'Astyan, dans la grande salle de la Forteresse.

– Fraïa... murmura-t-il.

Astyan le prit dans ses bras. Il n'avait pas besoin de l'interroger pour comprendre ; lui aussi avait ressenti le vide terrible qui venait de se creuser en eux. Fraïa, la courageuse Fraïa, avait succombé, frappée par l'abominable Tlazol.

– Je veux la tuer moi-même, grinça Woodian, en proie à une colère sourde.

– Tu en auras bientôt l'occasion, frère. Elle dispose encore de plus de quatre-vingt mille guerriers, et de trente mille hybrides. C'est plus qu'il n'en faut pour prendre Poséidonia à revers.

Il se tourna vers les argontes.

– Faites prévenir les habitants de Doïra : qu'ils abandonnent immédiatement la cité et viennent se réfugier ici. Que les garnisons de Karinatos et de toute la zone occidentale de Poséidonia se tiennent prêtes.

– Bien, Seigneur !

Par précaution, on dépêcha une légion chargée de protéger les Doïriens. Il restait peu de temps avant l'invasion des Serpents.

La flotte de Tlazol s'était simplement transportée en haute mer, hors de vue des guetteurs, afin de faire croire à son départ. Il lui fallut moins d'une demi-journée pour revenir en vue de la passe. Seul un chenal étroit subsistait au milieu des décombres des navires éventrés, au-dessus desquels tournoyaient des nuées d'oiseaux affairés sur les cadavres. Tlazol fit dégager les épaves à grand renfort d'obus explosifs.

Prévenus, les habitants n'eurent que le temps de quitter les lieux avant l'arrivée des premiers navires ennemis. Les femmes et les enfants partirent en premier, dans des chariots ou des véhicules de fortune. L'annonce de la mort de la Titanide avait semé l'effroi dans la population. Si ces chiens étaient capables de tuer une déesse, alors tout pouvait arriver.

La petite garnison de Doïra demeura sur place, afin de contenir le premier assaut tant que les habitants ne seraient pas tous évacués. Mais ils durent bientôt se replier devant les hordes de créatures monstrueuses que Tlazol fit débarquer en premier. C'étaient des êtres à peau verte, à tête de crapaud, que leurs écailles semblaient protéger des traits de feu des lance-éclairs. Une bataille sans merci s'engagea bientôt dans les rues mêmes de la cité. Les quelques soldats atlantes qui tombèrent entre les griffes des hybrides furent massacrés, puis dévorés sur place.

Tlazol connaissait l'effet provoqué par l'apparition de ses démons mi-hommes, mi-batraciens. Bientôt ils furent maîtres du terrain, tandis que les gardes survivants fuyaient dans la panique la plus totale. Elle ordonna aux monstres de poursuivre les fugitifs, puis fit débarquer ses guerriers.

Les Doïriens, affolés, avaient abandonné leurs armes sur place. Tandis que l'on apportait les batteries lourdes à terre, les premiers combattants se lançaient à l'assaut de la piste en lacet qui remontait vers le plateau menant à Poséidonia. Il fallait occuper les hauteurs avant que ne survînt une armée provenant de la capitale, qui les contraindrait à demeurer cloués dans la cuvette de la cité. Mais Doïra se trouvait à deux jours de Poséidonia ; c'était plus qu'il n'en fallait pour se rendre maîtres du terrain et tenir tête à une riposte.

Dans la soirée, un guerrier vint avertir Tlazol que les hybrides lancés à la poursuite des habitants s'étaient heurtés à une légion venue en renfort, à un angle vers l'est. Mais les Atlantes n'avaient fait que s'interposer pour protéger les survivants de la ville, puis ils avaient rompu le combat. Sur l'ordre de leurs meneurs humains, les hybrides avaient arrêté leur progression. Ils tenaient à présent la piste.

Pour la première fois depuis longtemps, Tlazol eut ce qui ressemblait à un sourire. À elle seule, elle avait tué cinq Titans, dont quatre ne reviendraient jamais à la vie. Elle avait prouvé qu'elle était bien la plus puissante des Géants.

Elle se replongea dans ses cartes, entourée de son état-major. Il faudrait plus de deux jours pour atteindre les faubourgs de la capitale – si on ne rencontrait pas de résistance d'ici là. Satisfaite, elle contacta Ophius par télépathie. Elle était prête à lancer l'assaut, avec une armée équivalente à celle des Atlantes, dont beaucoup étaient bloqués sur mer.

À présent, la victoire ne faisait plus aucun doute.

47

Poséidonia...

Le lendemain, Athor se présenta devant Astyan et Woodian. On connaissait sa victoire. Étrangers et guerriers avalloniens confondus, les Poséidoniens accueillirent les combattants revenus de l'enfer, les réconfortèrent, mais n'osèrent pas leur poser de questions. Jusqu'à présent, ils n'avaient vu de la guerre que la superbe bataille navale qui s'était terminée par l'anéantissement d'une bonne partie de la flotte des Serpents. Mais ils avaient suivi ça de loin, un peu comme un spectacle où leur seigneur, le Titan Astyan, aidé par ses frères, avait triomphé avec brio d'un ennemi supérieur en nombre.

Et voici que surgissaient des hommes épuisés par leur longue marche au milieu des marécages. Les vêtements maculés de boue et de sang, le visage mangé par la barbe, les yeux creusés, rougis par le manque de sommeil, ils inspirèrent à la population un mélange d'admiration et d'angoisse. Ils étaient les premiers combattants qui auraient pu raconter leurs exploits. Mais la plupart d'entre eux se taisaient. La fatigue n'était pas seule en cause ; on n'avait pas envie de parler de la boucherie sans nom de la plage des Albatros. Chacun avait en mémoire mille détails atroces, des visages ennemis, chargés de haine, les gueules épouvantables des monstres génétiques, puis le sang, le feu, les hurlements de douleur et d'agonie, les membres mutilés, arrachés. Et cette colère sourde, implacable, devant l'absurdité d'un combat contre des êtres qui étaient comme eux des humains. Bien sûr ils avaient défendu leur cité, leurs femmes, leurs enfants, leurs amis. Mais pour quelle raison ? Pour satisfaire les ambitions de quelques individus assoiffés de pouvoir et de conquête, ces Géants dirigés par cet être ignoble qui se faisait appeler le dieu-serpent. Au-delà de la fatigue, le poison d'une haine aussi dévorante que profonde avait marqué les cœurs de son empreinte indélébile.

Athor n'eut pas besoin de raconter son odyssée. Son esprit grand ouvert et sa lassitude parlaient pour lui. Il prit Woodian dans ses bras et murmura :

– Je sais que tu veux tuer cette hyène puante de Tlazol de tes propres mains, mon frère. Mais méfie-toi. Elle est peut-être plus dangereuse encore qu'Ophius lui-même. Elle n'est qu'un bloc de haine vivant, disposant de pouvoirs terrifiants. Et elle est redoutablement intelligente.

Il soupira.

– Je suis fautif. J'aurais dû l'affronter moi-même. Je la connaissais.

Woodian le serra contre lui avec affection.

– Tu n'as aucun reproche à te faire, mon frère. Si tu ne t'étais pas rangé à nos côtés, peut-être aurions-nous déjà tous succombé. Mais tout n'est pas terminé. Cette chienne arrive, avec une armée bien plus nombreuse que celle de nos garnisons.

Ophius attendit que l'armée de Tlazol fût entièrement débarquée pour lancer l'offensive. Malgré la tempête qui continuait de sévir, l'énorme armada, forte encore de sept cents navires, se mit en branle et se dirigea vers Poséidonia. Cette fois, Baâl et Moloch, qui piaffaient d'impatience, allaient engager leurs vaisseaux dans la bataille. Ils en avaient cédé une quarantaine à Ashertari, qui devait elle aussi débarquer au nord-est, pour venir attaquer la capitale par-derrière. Mais il ne fallait pas l'attendre avant plusieurs jours. Secrètement, Ophius espérait qu'il serait déjà dans les lieux, maître de la situation, et qu'il pourrait l'accueillir en vainqueur.

Alors commença la bataille de Poséidonia.

Cette fois, le dieu-serpent avait changé de tactique. Il avait cru pouvoir balayer la flotte poséidonienne avec une première vague d'assaut. Mais celle-ci avait échoué ; il ne referait pas deux fois la même erreur. Il fallait à tout prix éviter la côte orientale et ses nombreux pièges. Aussi concentra-t-il son attaque sur la côte ouest, où s'étirait la longue plage sur laquelle les Poséidoniens venaient à chaque solstice d'été faire leurs offrandes au dieu de l'Océan. Le port étant trop bien défendu par cette maudite Forteresse, il fallait ouvrir une brèche dans les défenses ennemies afin de débarquer un maximum de guerriers. Bien sûr les pertes seraient lourdes, mais la victoire était à ce prix.

Ophius disposa une double rangée de vaisseaux dont le rôle consistait à pilonner, à l'aide de puissants canons à obus, la Forteresse et les digues, afin de désorganiser les défenses poséidoniennes. Malgré leur vaillance et l'efficacité de leurs armes, les capitaines atlantes ne purent contenir la formidable poussée des bâtiments ennemis, dont beaucoup n'hésitèrent pas, sur ordre d'Ophius, à se sacrifier en fonçant sur les vaisseaux avalloniens.

Les pertes s'alourdissaient des deux côtés. Deux jours plus tard, sur les deux cents unités de la flotte avallonienne, près de quatre-vingts avaient sombré corps et biens. La Ligue en avait perdu plus du double, mais elle continuait de se rapprocher de la côte, portant son effort vers la plage.

Astyan comprit qu'il ne pourrait éviter le débarquement ennemi. Or plus de la moitié des combattants poséidoniens se trouvait à bord des vaisseaux. Puisqu'il fallait abandonner l'espoir de voir la flotte repousser l'assaut, il ordonna aux navires survivants de rompre le combat et de regagner l'abri du port. Couverts par la fantastique puissance de feu de l'*Hedreen* et de la Forteresse, ils se replièrent à l'abri des digues, évitant tant bien que mal les obus adverses. Désormais, la bataille allait se poursuivre sur terre. Rien ne pouvait plus empêcher le débarquement des Serpents.

Celui-ci se produisit au matin du troisième jour, alors que l'armée de Tlazol parvenait en vue des fortins bâtis sur les hauteurs de Karinatos, à l'est de la capitale.

Ophius poussa un rugissement de triomphe lorsqu'il vit les premières hordes d'hybrides, véritables animaux destinés au sacrifice, aborder sur la côte occidentale de Poséidonia. Un tir nourri de lance-éclairs les accueillit, les hachant sur place. Mais leur nombre était tel que plusieurs parvinrent à passer, débordant les défenses atlantes. Alors il ordonna aux guerriers de soutenir l'offensive.

L'armée des Serpents était encore quatre fois plus nombreuse que celle des Atlantes. Woodian se porta au-devant de Tlazol, en compagnie de ses Atalayens, qui tous souhaitaient venger la mort de leur Titanide. Astyan ordonna aux Poséidoniens de conduire les femmes et les enfants vers les quartiers est de la ville. Puis il se lança dans la bataille, suivi par ses Braves. Une bataille terrifiante, meurtrière, qui dura plusieurs jours.

Cependant Ophius avait négligé un détail important. Si son armée était quatre fois plus nombreuse que celle des Atlantes, il avait oublié que Poséidonia comptait plus de deux millions d'habitants, auxquels il fallait ajouter tous les réfugiés en provenance des autres royaumes de l'Empire.

Bientôt les gardes impériaux reçurent un appui inattendu en la personne des civils, qui, le premier instant de terreur passé, dressèrent des barricades un peu partout afin de ralentir l'avance des envahisseurs. Des armes de chasse surgirent dans leurs mains ; tous les hommes valides, encouragés par l'exemple, se lancèrent peu à peu dans le combat. On surmonta sa peur ; on vint seconder les défenseurs, on se rua à l'assaut de l'ennemi.

Le dieu-serpent n'avait pas envisagé un seul instant que de paisibles commerçants, artisans ou autres pussent se métamorphoser ainsi en de redoutables guerriers. Il avait pensé qu'ils s'enfuiraient comme des lapins face aux gueules effrayantes de ces hybrides qu'il avait créés uniquement dans ce but. Mais les Poséidoniens avaient surmonté leur frayeur ; et ils se battaient.

Avec l'intervention directe des habitants de la ville, ce furent vingt mille, puis cinquante, bientôt deux cent mille nouveaux combattants qui vinrent se joindre aux gardes. Ils manquaient d'expérience, mais ils connaissaient leur cité beaucoup mieux que les hordes d'envahisseurs qui tombèrent peu à peu dans d'innombrables pièges.

Bien sûr les Serpents avaient débarqué et investi toute la partie basse de la ville, dont les habitants avaient fui. Mais, depuis quatre jours, ils ne progressaient plus. Le port, défendu par la Forteresse et les canons de l'*Hedreen* et des autres navires, demeurait inexpugnable. Au cœur de la cité, Athor avait organisé une ligne de front faite de barricades et de véhicules renversés.

Seules les nuits apportaient parfois un léger répit. La ville ne cédait pas ; on se battait partout, sur les canaux, dans les parcs, les temples, les demeures, où des tireurs embusqués abattaient les assaillants à partir de recoins qu'ils étaient les seuls à connaître.

Ophius, demeuré prudemment sur son navire amiral afin de surveiller les opérations, commençait à douter de la victoire. De l'extérieur, il ne cessait de pilonner la cité à l'aide de ses canons à longue portée. Mais les jumeaux, Baâl et Moloch, lui avaient fait savoir que les boulets tombaient n'importe où, et parfois tuaient leurs propres guerriers.

À Karinatos, Woodian et ses Atalayens résistaient toujours devant la puissante armée de Tlazol. Celle-ci avait investi les parties nord et ouest de la cité. Mais elle s'était embourbée dans un dédale de ruelles où les habitants massacraient méthodiquement ses guerriers. Même les femmes et les enfants avaient refusé de quitter leurs demeures. Les gamins rechargeaient les armes, les femmes soignaient les blessés, et parfois se battaient aux côtés des hommes. La peur avait depuis longtemps fui leurs cœurs.

Woodian, réfugié dans le puissant fortin du quartier est, ressentait comme la brûlure d'un fer rougi au feu la présence de son ennemie, Tlazol, qui rageait de ne pouvoir pénétrer plus avant dans la cité afin de faire sa jonction avec les forces qui avaient investi la ville basse. Le matin du cinquième jour, il lui lança un défi mentalement. Entouré de ses guerriers, il sortit du fortin pour se retrouver face à face avec la déesse défigurée.

Les assaillants voulurent se ruer sur le Titan, mais une onde de choc mentale les projeta aussitôt à terre avec une violence inouïe, tandis que leurs corps s'embrasaient. Furieuse, Tlazol tenta de riposter, mais Woodian avait déjà dressé un écran protecteur entre ses hommes et elle.

– C'est toi que je veux, Tlazol ! Tlazol, Reine des ordures ! Tu me dois le prix du sang de Fraïa ! rugit le demi-dieu, les yeux rougis sous l'effet de la colère.

Tlazol acquiesça en silence. Un combat furieux s'engagea alors entre les deux divinités. Coïncidence troublante, tous deux étaient borgnes. Mais les pouvoirs dont ils disposaient leur permettaient de surmonter ce handicap sans difficulté. Et surtout, la haine qui les animait l'un comme l'autre était sans limites. La sauvagerie de l'affrontement fut telle que les combattants des deux camps, impressionnés, cessèrent bientôt de se battre pour contempler ce duel époustouflant.

Sous les vibrations émanant des esprits des deux antagonistes, des colonnes s'écroulèrent, des demeures s'effondrèrent, transformant peu à peu le quartier en un vaste champ de ruines. Les guerriers des deux camps s'étaient repliés sur leurs positions, attendant l'issue du combat. Un affrontement terrifiant, qui dura plusieurs heures. Les corps des deux demi-dieux étaient couverts de poussière et de sang.

Cependant la puissance de la Déesse des ordures était effrayante. Malgré sa rage de vaincre, Woodian, peut-être diminué par la douleur provoquée par la perte de son épouse, commença à perdre pied. De multiples blessures maculaient ses bras, sa poitrine. Tout à coup Tlazol concentra toute sa puissance mentale, aucunement affaiblie par les irradiations qu'elle avait subies, et frappa son adversaire de toutes ses forces. Woodian, un instant paralysé, ne put éviter le coup que l'autre lui porta dans l'abdomen. Il voulut riposter, mais déjà ses forces l'abandonnaient. Il sentit à peine la lame couverte de sang de la

Géante lui ouvrir la gorge. Sa tête roula sur les dalles rougies de sang. Tlazol poussa un hurlement de triomphe, qui se répercuta dans les rues de Poséidonia.

Ce fut le signal de la curée pour les guerriers de Tlazol. Malgré la fatigue due aux radiations, ils se ruèrent sur les défenseurs de la cité, tandis que la déesse maléfique s'acharnait sur la dépouille de son adversaire. Des incendies éclatèrent un peu partout, allumés par la horde sauvage qui se déversa dans les artères de la cité. Astyan ressentit un nouveau vide se creuser en lui. Il comprit que son frère, Woodian, avait succombé à son tour sous les coups de la déesse maudite.

Hormis Anéa, il demeurait désormais le seul Titan survivant. La haine décupla ses forces ; il n'avait pas le droit de baisser les bras. Abandonnant la Forteresse dont les murailles épaisses tenaient toujours bon malgré le pilonnage incessant des navires d'Ophius, demeurés à l'extérieur, il quitta le port et rejoignit Athor, qui tenait sans faiblir le cœur de la ville, entouré par des guerriers épuisés, mais bien décidés à résister jusqu'au bout, et par une population acharnée à défendre sa liberté.

– Tlazol est parvenue à percer les défenses de Karinatos. Elle a tué Woodian.

– Je sais. Il faut l'arrêter. Elle va mettre le nord de la ville à feu et à sang.

– Je dois la combattre.

– Oui ! Je crois qu'il n'y a que toi qui puisses la vaincre à présent.

Soudain il se dressa et déclara :

– Mais cela devra peut-être attendre un peu ! Je ne me sens pas de taille à lutter seul contre les jumeaux. Regarde !

Devant eux venaient d'apparaître Bail et Moloch, qui avaient mis à feu et à sang tout le quartier oriental de la cité. Les deux Géants s'avancèrent dans leur direction. Athor se tourna vers Astyan :

– Lequel préfères-tu ?

– Ils ont une aussi sale gueule l'un que l'autre, grommela Astyan. Je prends celui de droite.

– Alors, que les dieux nous assistent !

Astyan serra les dents. Il avait dépassé le stade de la haine. Désormais plus rien ne comptait pour lui que de vaincre, d'anéantir cette vermine qui massacrait chaque jour un peu plus « ses » Poséidoniens.

Un nouveau combat s'engagea, au moins aussi féroce que les autres. Mais il ne dura pas aussi longtemps que celui de Tlazol contre Woodian. Astyan disposait d'un atout majeur, sa science incomparable des armes, acquise au long de six millénaires de pratique pour le simple plaisir. Son seul adversaire sérieux avait toujours été Kronos.

Les jumeaux l'apprirent à leurs dépens. Malgré leur courage et leur rage de vaincre, ils ne purent déborder le Titan et son compagnon. Baâl, l'adversaire d'Astyan, ne tint que quelques minutes devant lui ; bientôt sa tête tranchée roula sur le sol, sous les yeux exorbités de son frère. Moloch, défiguré par la rage, abandonna son propre rival et se rua sur le Titan l'arme haute. Un combat d'une rare violence les opposa quelques instants. Puis le corps du Géant s'ouvrit en deux sous l'action d'une botte imparable, portée de bas en haut. Son corps énorme s'écroula dans la poussière, sous les yeux atterrés des assaillants, qui commencèrent alors à refluer dans le désordre.

Athor s'approcha d'Astyan.

– Tout de même, tu aurais pu m'en laisser un !

– Je crois que je n'ai pas eu le choix. Mais il te reste Eris.

– D'accord, je m'occupe d'elle.

Astyan prit Athor par les épaules et lui dit :

– Je te laisse le commandement de la partie basse de la ville. Si je parviens à tuer cette chienne de Tlazol, nous aurons presque vaincu. Tu peux t'appuyer sur Païdras, qui commande la Forteresse. C'est un homme de valeur.

– Compte sur moi ! Tes Poséidoniens me plaisent de plus en plus.

Ils s'administrèrent des claques aussi viriles qu'affectueuses dans le dos et se séparèrent. Au moment où Astyan allait remonter la voie du Soleil, devenue un véritable champ de bataille, Athor l'interpella.

– Astyan ! Prends soin de toi ! Si Kronos et Rhéa ne

reviennent pas, Anéa et toi, vous serez les derniers des Titans ! Et puis... je t'aime bien !

Sans attendre de réponse, il se rua à la poursuite des envahisseurs, qui décrochaient de leur position pour se replier vers l'ouest, en direction de la plage, où Eris ne parvenait pas à percer les défenses des bastions du port.

Progressant en direction du nord-ouest, où se dressait la colline de Karinatos, Astyan traversa la seule partie de la ville qui n'avait pas encore été touchée par les envahisseurs. Elle était quasiment déserte ; seuls quelques véhicules légers l'empruntaient, transportant des blessés ou des munitions. Au centre se dressait son palais, que les obus du dieu-serpent n'avaient pas réussi à atteindre. Quelques incendies s'étaient déclarés un peu plus bas en bordure de l'Acheloos, que les femmes et les enfants s'affairaient à combattre. Une émotion intense l'envahit ; la ville se défendait avec le plus admirable des courages. L'amour qu'il éprouvait pour son peuple l'emplit de chaleur. Pour lui, il n'avait pas le droit d'échouer.

Astyan tenta un sondage mental en direction d'Anéa. Sans résultat. Cependant elle avait quitté la ville depuis plus de dix jours à présent, et les guetteurs n'avaient rien signalé sur la piste de Lyvia. Si Ashertari avait réussi à déjouer le plan de sa compagne, elle aurait déjà dû être là. Le fait qu'il ne parvînt pas à la joindre n'était pas inquiétant en lui-même. Sans doute avait-elle dressé un écran protecteur afin de tromper sa rivale. Et elle était encore en vie. Une bouffée de fierté l'inonda un instant : la « petite » était bien capable d'arrêter trente mille guerriers acharnés avec seulement deux cents gardes. À travers l'éther, il lui adressa une onde de tendresse, puis éperonna sa monture. Il lui fallait à tout prix anéantir cette abomination que l'on appelait la Déesse des ordures. À cette évocation, sa mâchoire se crispa. Si elle parvenait à le tuer, qui serait assez fort pour s'opposer à elle ?

Soudain une femme se dressa non loin de lui et l'interpella.

– Seigneur, regarde ! Une autre flotte arrive !

Il se tourna vers l'océan. La femme, comme pour quêter sa protection, se rapprocha de son cheval. Ses vêtements étaient maculés de sang, celui des blessés qu'elle n'avait cessé de secourir depuis six jours que durait cette bataille démentielle.

– Qu'est-ce que c'est, Seigneur ?

Dans le crépuscule naissant, alors que la tempête qui se déchaînait depuis plus d'une lune semblait sur le point de s'apaiser, une nouvelle escadre, en provenance de l'orient, se dirigeait vers Poséidonia.

Amie ou ennemie ?

48

Astyan projeta aussitôt son esprit vers la flotte inconnue. Un flot de joie lui gonfla alors la poitrine. Il se pencha et hissa la jeune femme sur son cheval.

– Regarde bien, petite sœur ! C'est la victoire qui nous arrive avec ces vaisseaux !

– Qui sont-ils ? demanda-t-elle, émue par la réaction du Titan.

– Kronos et Rhéa !

Il avait immédiatement reconnu les schèmes mentaux de ses compagnons. Cependant un élément le surprit : la flotte d'Étrusia ne comportait qu'une cinquantaine de navires de combat. Or l'escadre qui s'approchait ne comptait pas moins de deux cents vaisseaux, qui déjà prenaient ceux d'Ophius à revers, en se déployant en éventail pour leur interdire toute fuite.

Astyan serra la jeune femme contre lui et lui souffla :

– Vous avez tous combattu avec courage ! Va, petite sœur, va porter aux autres le message : la fin du cauchemar est proche !

Elle se laissa glisser du cheval du prince, lui adressa un sourire radieux, puis s'enfuit en courant vers un temple que l'on avait aménagé en hôpital. Il songea un instant qu'il ne lui avait même pas demandé son nom. Mais cela n'avait pas d'importance. Il donna un vigoureux coup de talon dans les flancs de son cheval et fila vers Karinatos. Cette fois, Tlazol allait payer ses crimes.

Cependant la Déesse des immondices avait elle aussi aperçu l'arrivant. Malgré sa rage, elle n'avait guère progressé vers le centre de la ville. Ces maudits Atlantes se battaient avec un courage qui frisait l'inconscience. Parfois la haine et la volonté qui émanaient de leurs esprits mêlés se révélaient capables de contrebalancer les ondes destructrices qu'elle projetait vers eux. Sa victoire contre Woodian, dont elle avait déchiqueté le corps dans un élan de fureur, lui avait coûté très cher. Cette cité était un véritable piège. Plus de la moitié de ses guerriers, déjà affaiblis par les radiations, avaient succombé sous les coups de ces chiens de Poséidoniens.

En elle s'était creusé un vide atroce. Baâl et Moloch avaient péri, tués par Astyan et ce traître d'Athor. Désormais les Géants n'étaient plus que quatre, si l'on comptait Ashertari, qui avait disparu du champ de bataille. Eris ne résisterait pas longtemps devant Athor. Quant à Ophius, il allait se retrouver face à face avec les deux derniers Titans qui venaient d'arriver en renfort. Elle ne donnait pas cher de son sort.

Autour d'elle ses guerriers reculaient, perdaient du terrain. Déjà certains d'entre eux avaient fui ou s'étaient rendus. Des lâches, qu'elle n'avait pu poursuivre de sa colère. Maintenant Astyan venait vers elle. Il voulait l'affronter. Elle serra les dents. Peut-être était-elle capable de le vaincre. Mais pour la première fois elle doutait d'elle-même. Ne disait-on pas qu'il était le plus puissant des Titans ? Si elle perdait, qu'adviendrait-il ?

Elle ne pouvait supporter l'idée d'une victoire atlante. Elle hésita un instant, puis hurla qu'on lui fît amener son cheval. Il lui restait encore un atout à jouer – un atout décisif.

Lorsque Astyan parvint sur les hauteurs de Karinatos, la plus grande confusion régnait dans les rangs des envahisseurs. Certains continuaient de se battre, tandis qu'en d'autres endroits, ils rendaient les armes.

– Tlazol ! hurla Astyan. Viens me combattre si tu l'oses !

Mais elle avait disparu. À ce moment un homme se rua vers lui, armé d'une lance qu'il projeta de toutes ses forces en direction du Titan. La rapidité de ses réflexes sauva le demi-dieu ; il empoigna l'arme en pleine course, puis la retourna et la relança vers son agresseur, qu'elle traversa de part en part. L'autre tituba, puis s'écroula en vomissant du sang. Alors les guerriers qui l'entouraient jetèrent leurs armes.

– Aie pitié de nous, Seigneur ! s'écria l'un d'eux. Tu viens de tuer Jadern, notre commandant.

– Où est Tlazol ? hurla-t-il.

– Partie ! Elle nous a abandonnés.

– Belle leçon de courage, en vérité !

Il sauta à bas de son cheval et s'agenouilla près de Jadern, dont les yeux vitreux trahissaient la mort prochaine. Lorsqu'il vit approcher le Titan, il trouva la force de cracher dans sa direction et souffla d'une voix presque inaudible :

– Tu ne peux plus rien contre elle, Titan ! Elle va vous anéantir tous ! Tous !

Il eut un dernier hoquet, puis s'écroula, le visage dans la boue. Astyan se redressa, livide ; à l'instant de mourir, le cynique Jadern – dont il avait compris qu'il avait activement participé à la mort de Fraïa – n'avait pu celer la raison du départ précipité de Tlazol.

– Grands Dieux, aidez-moi ! Il faut que je la rattrape. Elle va détruire l'Atlantide.

En lui se forma l'image de quatre tubes oblongs, noirs, qui renfermaient dans leurs flancs une mort atroce, celle des pierres de feu que Tlazol la maudite détenait encore. Une arme ultime dont elle était bien décidée à se servir.

49

L'instant d'après, il lança sa monture au triple galop sur les traces de la Géante. Celle-ci n'avait pas une très grande avance sur lui, mais il devait la rattraper avant qu'elle ne regagnât son navire amiral, où étaient entreposées les bombes. Il savait à présent qu'elle n'hésiterait pas à se détruire elle-même pour anéantir ses ennemis.

Tlazol avait compris que la cause des Serpents était perdue. Ophius ne parviendrait pas à vaincre Kronos et Rhéa ; quant à Eris, elle ne pourrait s'opposer à Athor. Il ne lui restait plus qu'une solution : faire exploser les pierres de feu, détruire Avallon, comme elle l'avait fait pour Atlantis.

Une onde de haine coulait vers Astyan, comme la trace d'une odeur mentale funeste laissée par la Déesse des ordures. La bave d'une limace monstrueuse, une créature immonde qu'il devait abattre à tout prix. Projetant son esprit vers l'avant, il devina la silhouette de Tlazol, éperonnant sa monture jusqu'au sang afin de gagner au plus vite Doïra, où se trouvait son navire amiral.

S'il parvenait à transmuter le métal infernal avant qu'elle ne pût l'utiliser... Mais il était incapable de se concentrer efficacement. Le brouillage psychique de la Géante lui interdisait toute action mentale. Il fallait pourtant trouver une solution.

La petite cité se trouvait à plus de six angles de Poséidonia. Aucun cheval ne tiendrait une telle distance à l'allure où il poussait le malheureux animal.

Soudain un parti ennemi d'une vingtaine de guerriers se dressa devant lui pour lui interdire le passage. Mal leur en prit : il projeta sur eux une onde de fureur telle que leurs corps éclatèrent sous l'impact de sa colère.

Astyan poursuivit sa route à bride abattue. Tout autour, il devinait les corps mutilés de guerriers atlantes, mêlés à ceux des habitants de Doïra qui n'avaient pu échapper aux envahisseurs. Les atrocités qu'il percevait ne contribuaient pas à calmer sa fureur. Mais il devait vaincre, arrêter l'holocauste effroyable que la déesse maudite s'apprêtait à commettre.

La nuit était tombée à présent. Entre ses cuisses, il sentait que son cheval commençait à donner des signes de fatigue. Tlazol quant à elle avait pu changer de monture, grâce aux relais qu'elle avait laissés derrière elle. Cette hyène avait tout prévu, y compris un repli stratégique.

Il fallait qu'il se calmât. Il ralentit l'allure, se concentra pour réfléchir. Et la solution lui apparut : une idée, un pouvoir qu'il n'utilisait que rarement. Peu à peu il s'intégra, se fondit au corps du cheval, comme s'il faisait partie intégrante de sa propre chair.

Tout à coup, sous l'impulsion irrésistible de la volonté du Titan, le cheval s'éleva au-dessus du sol et se mit à voler, porté par la puissance de lévitation d'Astyan. Une sensation enivrante s'empara du demi-dieu. Il filait à présent aussi vite que le vent, dans une pénombre quasi totale, qu'éclairait seulement une lune intermittente, devant laquelle passaient des nuages sombres aux lisières éclaboussées d'argent. Il ne faisait plus qu'un avec l'animal.

Il parvint ainsi en bordure du plateau dominant la cuvette au fond de laquelle s'étendait Doïra. À mi-chemin du port, il distingua la silhouette de Tlazol qui dévalait la piste en lacets. Focalisant sa puissance de lévitation, il lança sa monture dans le vide, puis se laissa planer vers les quais. Il atterrit au milieu d'un groupe de guerriers ennemis éberlués, qui ne surent comment réagir. L'un d'eux, plus courageux, saisit un lance-éclairs. Mais Astyan s'enveloppa aussitôt d'une protection mentale et projeta une décharge d'énergie contre l'homme. L'arme lui explosa dans les mains. Une onde imparable rejeta tous les guerriers en arrière, comme le vent couche les blés. Effrayés, ils s'enfuirent. Astyan sauta à bas de sa monture.

L'instant suivant, Tlazol déboula en trombe de la cité en ruines et aperçut sa haute silhouette. Elle demeura un instant interdite, puis faillit s'étrangler de rage.

– Tu as osé me fuir ! rugit le Titan. Aurais-tu peur de me combattre ?

La Déesse des ordures éclata d'un rire terrible. Un éclat insoutenable brillait dans son œil unique. Elle s'exclama :

– J'ai déjà tué six demi-dieux à moi seule. Je peux en tuer un septième. Tu ne m'empêcheras pas d'anéantir l'Atlantide.

Elle dégaina son épée d'orichalque et se rua sur lui. Il para le coup avec une violence inouïe. Désarçonnée, la Géante glissa de son cheval et chuta sur le sol. Elle se releva, écumant de fureur.

Alors un combat terrifiant s'engagea au milieu des ruines fumantes où pesait encore l'odeur des chairs calcinées. Astyan devait absolument éviter de laisser la haine le dominer ; il savait à présent que c'était elle qui avait empêché Woodian de vaincre Tlazol. La Géante n'était qu'un être abominable qu'il devait détruire sans aucune pitié, mais aussi sans passion.

Très rapidement, il comprit qu'elle était la plus dangereuse adversaire qu'il eût jamais rencontrée. Elle possédait une expérience redoutable du maniement des armes. Tlazol luttait pied à pied. Mais Astyan ne ressentait aucune fatigue. Habité par une froide détermination, il frappait avec une précision foudroyante. L'autre parait tous ses coups. Peu à peu cependant, elle recula. Un début de désarroi se lut dans son œil unique. Les ondes d'énergie émanant de l'esprit des deux divinités venaient percuter les édifices encore debout, achevant de les détruire. La plupart des guerriers avaient fui, épouvantés par la tension qui vibrait dans l'air. L'atmosphère de la nuit, seulement éclairée par la lune et les lueurs des derniers incendies, avait pris la consistance de la poudre. Déjà de multiples blessures avaient entamé la chair de la Déesse des ordures.

Soudain une douleur aiguë mordit l'épaule d'Astyan. Il n'avait pourtant reçu aucun coup de la part de la Géante. Puis il comprit que l'un des guerriers l'avait frappé lâchement dans le dos. Il pesta contre lui-même : il aurait dû se méfier. Au prix d'un effort surhumain, il se retourna et concentra son énergie sur l'homme qui lui avait planté une lance dans l'omoplate. L'individu fut projeté avec une force imparable contre un pilier où son corps s'écrasa, les os broyés par l'impact. Astyan n'eut que le temps d'esquiver une nouvelle attaque de Tlazol, bien décidée à profiter de son avantage. Il para le coup et riposta. Les yeux de la déesse s'ouvrirent sur une stupéfaction sans bornes : elle venait de s'empaler sur l'épée d'orichalque de son adversaire.

Furieuse, elle empoigna la lame à pleines mains et la retira lentement de son corps, le visage tordu par la souffrance. Épuisé, Astyan la vit tituber, puis reculer et se diriger d'un pas lourd vers son navire. La douleur qui lui vrillait le dos lui interdisait tout mouvement.

Quelques guerriers s'approchèrent, brandissant lances et épées, afin de l'achever. Mais la puissance mentale du Titan demeurait intacte. Il se redressa et projeta sur eux une onde létale qui déchiqueta les corps des plus proches. Les survivants détalèrent sans demander leur reste.

Cependant Tlazol avait disparu. Affaibli par la douleur lancinante qui lui dévorait l'épaule, Astyan se dirigea vers le navire amiral. Devant ses yeux, les silhouettes sombres des vaisseaux semblaient se déformer, onduler. Mais il ne devait pas céder. Il se concentra pour isoler la souffrance, puis reprit sa progression et franchit l'échelle de coupée. Malgré l'obscurité, il percevait les lieux, le pont, les coursives. L'ombre de la déesse maudite qui se traînait vers les soutes, les mains crispées sur son ventre. Elle savait qu'il ne lui restait que peu de temps avant de mourir – il lui avait ouvert l'abdomen. Mais la rage la maintenait en vie. Il accéléra le pas. Un homme se dressa devant lui, puis s'écarta en lui soufflant :

– Ne me tue pas, Seigneur. Elle est devenue folle. Elle va tous nous anéantir.

Chancelant, Astyan le repoussa, puis se dirigea vers les ponts inférieurs. Au prix d'un effort colossal, il parvint dans la soute où dormaient les pierres de feu au moment où Tlazol posait la main sur la première d'entre elles. Il ressentit presque physiquement la concentration psychique de la Géante. Alors il comprit ce qu'elle voulait faire. Elle tentait de dissocier les atomes instables du métal vivant pour les faire exploser. Déjà une lueur verte naissait autour du long tube noir.

– Puisses-tu être à jamais maudite des dieux, immonde créature ! cracha-t-il.

Tlazol se tourna d'un bloc vers lui et lui adressa un regard de haine. Alors Astyan projeta d'un coup toute sa puissance sur le corps affaibli de la déesse. Elle tenta de résister, mais la puissance du Titan était imparable. La créature immonde explosa littéralement sous l'impact.

Astyan ne perdit pas une seconde. Il savait que la réaction atomique était amorcée. Il se concentra sur l'uraan. Il n'était que temps. Oblitérant sa souffrance, il s'intégra à la matière, la domina, la contrôla, puis opéra la transmutation. Enfin, épuisé, il sombra un instant dans l'inconscience. Les quatre bombes n'étaient plus que d'énormes blocs de plomb inoffensifs.

Lorsqu'il recouvra ses esprits, un homme se tenait devant lui – le guerrier qui lui avait laissé le passage.

– Tu as triomphé, Seigneur ! Je suis le commandant de la garnison que Tlazol a laissée à Doïra. J'ai ordonné à mes hommes de baisser les armes. Nous sommes tes prisonniers.

Astyan se redressa.

– Je te promets qu'il ne te sera fait aucun mal.

L'aube se levait à peine lorsque Astyan regagna Poséidonia. Partout, les Serpents avaient cessé le combat. De longues colonnes de prisonniers défilaient dans les artères principales, sous la garde vigilante des guerriers de l'Empire.

Les yeux rougis par la fatigue, Astyan se dirigea vers la ville basse. Au loin la flotte de Kronos et de Rhéa avait submergé celle d'Ophius. Pris entre les feux des navires poséidoniens, qui avaient repris la mer sous la direction de Païdras, aux commandes de l'*Hedreen*, et l'escadre des deux Titans, l'ennemi avait été décimé, puis acculé sur les hauts-fonds, où s'entassaient encore les épaves calcinées des vaisseaux de Taenghu et de Khali.

Une épaisse fumée recouvrait la ville comme un brouillard. Ce fut dans cette atmosphère d'apocalypse qu'Astyan vit surgir une silhouette hagarde qui tenait dans la main une masse sanglante. Athor, le corps couvert de sueur et de boue, jeta aux pieds de son compagnon la tête exsangue d'Eris, qu'il avait vaincue en combat singulier.

– Tout est fini, mon frère, dit-il. Nous avons triomphé de la Bête.

Lui-même souffrait d'une vilaine balafre à la joue. Partout, dans tous les quartiers de la cité, les Serpents rendaient les armes. Seuls quelques obus continuaient de déchirer l'air océanique. Mais la bataille s'acheva vers le milieu de la journée. Plus de la moitié de la flotte ennemie avait été coulée. Les uns après les autres, les bâtiments de la Ligue capitulaient.

Au début de l'après-midi, un navire qu'Astyan connaissait bien pénétra dans le port, encombré par les carcasses des vaisseaux coulés. Il parvint néanmoins à se ranger le long d'un quai intact. Kronos et Rhéa en descendirent. Astyan, qui les attendait, leur tomba dans les bras. Les trois Titans s'étreignirent longuement.

– Ophius ? demanda Astyan.

– Mort ! répondit Kronos. Il a tenté de s'enfuir lorsqu'il nous a vus arriver. Je me suis lancé à sa poursuite. J'ai pris son bateau à l'abordage, et je l'ai affronté. Un adversaire redoutable. Mais je l'ai tué.

Il eut un sourire en coin, puis éclata de rire.

– Je n'allais tout de même pas te laisser le soin de massacrer toutes ces abominations tout seul, non ?

Astyan le serra avec affection dans ses bras. Lorsque Kronos s'écarta de lui, il constata que sa main était pleine du sang de son ami.

– Tu es blessé ?

– Un cadeau de Tlazol. Rassure-toi, elle aussi a rejoint Ophius. Pour moi, ce ne sera rien. Mais heureusement que vous êtes arrivés, Rhéa et toi. Je ne sais pas si j'aurais eu la force d'en affronter encore un autre. Maintenant, explique-moi ! Comment se fait-il que tu aies pu constituer une flotte aussi nombreuse ?

– C'est simple. Après notre fuite d'Hespérya, j'ai établi un brouillage mental afin de protéger notre peuple, que j'ai envoyé vers Atalaya. Je savais qu'Amenti serait elle aussi touchée par le nuage radioactif, mais qu'Asgarth serait vraisemblablement épargnée, en raison de son éloignement. J'ai donc ordonné à tous les navires de se diriger là-bas. J'avais compris que l'ennemi concentrerait son effort sur Poséidonia. Alors j'ai utilisé mon aéroglisseur pour me rendre dans les ports des autres royaumes, et j'ai demandé aux argontes de me confier le commandement de tous les navires de guerre disponibles. C'est ainsi que j'ai réuni une flotte composée de vaisseaux en provenance de Saïqarah, d'Amenti, de Delphes, et d'Akhêna. Ajoutés aux cinquante navires dont je disposais déjà, cela représentait une solide armada. Mais il nous fallait le temps d'arriver jusqu'ici. Lorsque j'ai aperçu les incendies qui ravageaient Poséidonia, j'ai redouté d'arriver trop tard. Heureusement, vous résistiez toujours.

– Et tu nous as permis de vaincre.

– Oh, je suis sûr que tu y serais parvenu tout seul ! Cet Ophius n'aurait pas pesé lourd devant toi.

Rhéa s'avança et demanda, un peu gênée :

– Anéa ?

Astyan la regarda, puis répondit :

– Je n'ai plus aucune nouvelle depuis plusieurs jours. Elle est partie combattre sa sœur, Ashertari. Avec seulement deux cents guerriers contre trente mille.

– C'est de la folie.

– Elle avait un plan. Je n'ai rien pu faire pour la détourner de son idée. Cependant il semble bien qu'elle ait réussi, sinon les guerriers de cette maudite Ashertari seraient déjà là.

Il se concentra et tenta une nouvelle fois d'entrer en contact avec sa compagne. Sans résultat.

– J'ignore ce qui se passe. Sans doute se protège-t-elle pour éviter de se dévoiler.

Lentement le cortège des Titans remonta vers le centre de la ville. De partout surgissaient des gardes, de simples civils armés de lances, de lance-éclairs de chasse, des hommes et des femmes hagards, qui avaient peine à admettre que le cauchemar venait de prendre fin.

Certes, on avait remporté la victoire, mais son prix avait été très lourd. La moitié de la ville avait été endommagée par les tirs des canons à longue portée d'Ophius. En divers endroits, des incendies avaient détruit des demeures, des magasins, des cirques, des temples. D'innombrables cadavres jonchaient les dalles des artères, ennemis et alliés, fraternellement réunis dans la mort.

Comme si les éléments avaient voulu se mêler au soulagement des hommes, la tempête qui avait sévi depuis près de deux lunes s'était éloignée vers l'est. Un soleil magnifique inondait la cité d'une lumière éblouissante.

Astyan et ses compagnons se dirigèrent vers le palais des Orchidées. S'il n'avait tenu qu'à lui, il serait déjà parti pour le Nord, afin de porter secours à Anéa. Mais il devait d'abord réunir le collège des argontes.

Ce fut au moment où il parvenait sur l'Agora que l'écho d'une explosion lointaine se fit entendre. On regarda d'abord vers l'océan : peut-être un vaisseau de la Ligue se défendait-il encore ? Mais Rhéa montra, au loin vers le nord, une colonne nuageuse qui s'élevait vers le ciel avec une lenteur majestueuse.

Astyan pâlit et murmura :

– L'Héphaïs ! Il vient d'exploser !

50

Un grand signe apparut dans le ciel :
une femme enveloppée de soleil comme d'un vêtement,
qui avait la lune sous les pieds
et une couronne de douze étoiles sur la tête.
Elle était sur le point de mettre au monde un enfant,
et les peines de l'accouchement la faisaient crier de douleur.

Apocalypse (*XII*, *1-2*)

La vallée de l'Acheloos, une douzaine de jours plus tôt...

La pluie n'avait pas cessé depuis le milieu de la nuit. Derrière Anéa, les guerriers suivaient, partagés entre l'admiration et l'inquiétude. Ils avaient remarqué les crispations qui de temps à autre déformaient ses traits. Mais ils n'osaient rien dire ; le train d'enfer qu'elle leur imposait ne leur laissait guère le temps de souffler. Il fallait atteindre la piste de Lyvia au plus vite.

Anéa souffrait le martyre. Chaque pas de son cheval déclenchait dans ses entrailles des douleurs aiguës qu'elle avait peine à surmonter. Sa grossesse de deux mois s'accordait mal avec une expédition de ce genre. Elle redouta un moment de perdre son enfant. Plusieurs fois elle sonda mentalement sa matrice. Mais le fœtus désirait vivre ; il s'accrochait.

Le lendemain, tandis qu'une aube froide et grise se levait, ils franchirent le chemin escarpé qui bordait les chutes du fleuve. Au-delà s'étendait le lac Vert. Anéa, épuisée, donna ordre à ses guerriers de s'arrêter sur ses rives pour reprendre quelques forces. Soulagés, ils mirent pied à terre et s'installèrent pour un repas rapide. Anéa s'éloigna d'eux. Elle désirait s'isoler un peu. Targhos insista pour l'accompagner. Avant d'être une déesse, elle était une femme, et il éprouvait le besoin de la protéger.

– Princesse, il faudrait que tu dormes un peu, dit-il. La route est encore longue.

– Je n'en ai guère le temps. Nous ne devons pas permettre à Ashertari de franchir la passe de Lyvia.

– Nous ne sommes plus très loin du lac Bleu. C'est là que se trouve l'embranchement de la piste. Si tout va bien, nous serons là-bas une journée avant elle.

– Cela nous laissera juste le temps de faire évacuer la population. Si au moins nous avions trouvé le moyen de contrer ce maudit brouillage des ondes, nous aurions pu les prévenir.

Il écarta les bras dans un geste d'impuissance ; il n'était pas ingénieur. Puis il insista :

– Je voudrais que tu te reposes un instant, Princesse ! Pense à l'enfant.

Elle ne répondit pas et contempla longuement les eaux sombres du lac, sur lesquelles les vents du sud faisaient naître des vagues puissantes, qui venaient battre la grève. Soudain Anéa déclara :

– Je vais prendre un bain. L'eau me redonnera des forces.

– Tu n'y penses pas ! Ce lac est glacial.

Elle éclata de rire.

– Ne t'inquiète pas pour cela, Targhos. Et puis, ces bottes me serrent.

Il s'éloigna et s'installa sur un rocher, prêt à intervenir. De loin, il la vit ôter ses vêtements. Sous la cape noire agrafée sur l'épaule, elle portait une chlamyde serrée qui mettait les formes de son corps en valeur. Puis elle se défit de ses longues bottes cuissardes, faites d'un lamé d'argent, ce métal que l'on nommait aussi « larmes de lune ».

Targhos ne ressentait aucune gêne. La nudité était tout à fait naturelle en Atlantide. Cependant, comme tous les hommes de Poséidonia, il était un peu amoureux d'elle – un amour sans ambiguïté, reflet de l'adoration qu'il lui vouait. Lorsqu'il la vit s'avancer, entièrement nue, vers les eaux froides et glauques, il se dit qu'il n'avait jamais rien contemplé de plus beau. La silhouette de la jeune Titanide avait cette perfection que l'on ne connaissait qu'aux déesses. S'il perdait la vie dans le combat qui se préparait, il n'éprouverait aucun regret.

Ce ne fut qu'après s'être débarrassée de ses habits qu'Anéa s'aperçut que, dans sa hâte, elle avait emporté son collier d'or serti d'émeraudes et son diadème, une couronne d'argent parsemée de douze saphirs splendides, d'un bleu profond. Elle les déposa sur les galets de la rive et se glissa dans les eaux fraîches du lac.

Lorsqu'elle revint, ruisselante de perles d'eau, la peau revigorée, ses douleurs abdominales avaient disparu. Targhos lui apporta une couverture dans laquelle elle s'enveloppa en poussant un soupir de bien-être. Puis elle se rhabilla. Au moment de reprendre ses joyaux, elle hésita, puis se souvint de la cérémonie du solstice d'été, où l'on offrait des sacrifices à l'Océan en jetant dans les vagues toutes sortes d'objets. Mue par une impulsion soudaine, elle prit le collier d'émeraudes et le lança au loin, vers les eaux agitées du lac.

– Que fais-tu ? demanda Targhos, stupéfait.

– Une offrande aux dieux de notre pays, afin qu'ils nous soient favorables, répliqua-t-elle.

À ce moment, une trouée lumineuse se creusa dans les nuages, et un rayon de soleil vint se poser sur l'étendue liquide, qui prit alors un reflet profond, semblable aux pierres précieuses dont la Titanide venait de lui faire présent. Stupéfait, Targhos murmura :

– Les dieux de l'Acheloos ont accepté ton offrande. Ils nous accorderont leur soutien.

– Il le faut. Nous aurons grand besoin de leur aide.

Plus tard, passant près du lac Bleu, elle se défit de son diadème et murmura :

– Que les dieux des Eaux bleues nous apportent aussi leur assistance !

Puis elle projeta le joyau dans les vagues illuminées par un soleil qui ne les avait plus quittés depuis le matin. Impressionnés, les guerriers étaient sûrs à présent qu'elle avait fait alliance avec les divinités de la Terre et des Eaux, afin que le temps s'améliore et leur permette de gagner Lyvia au plus vite [1].

Au-delà du lac Bleu, ils parvinrent rapidement à l'embranchement de la piste menant vers la petite cité. Après une courte nuit de repos, ils se remirent en route. Était-ce dû au sacrifice des joyaux ? Le temps demeura clément jusqu'à ce qu'ils parvinssent au col dominant l'anse protégée de Lyvia, cernée par une couronne montagneuse. Le second col, situé plus au nord, ne s'ouvrait que sur les contreforts de la forêt de Floorande, dans laquelle personne n'osait jamais s'aventurer.

Ignorant son épuisement, Anéa accéléra l'allure et déboucha en trombe sur la place principale de la petite localité, qui ne comptait pas plus de cinq mille âmes. Reconnaissant la Titanide, les habitants se précipitèrent à sa rencontre, un peu étonnés de la voir accompagnée par des hommes en armes. Les marins d'un navire de passage leur avaient certes parlé d'un éventuel conflit, mais ils n'y avaient pas cru.

Anéa se chargea de les détromper en leur expliquant brièvement la situation. Maldreed, le chef du village, un homme dans la pleine force de l'âge, ne fut pas long à réagir. La Titanide ordonnait que l'on abandonnât immédiatement les lieux et que l'on se dirigeât vers Poséidonia. Il ameuta alors toute la population et donna des ordres, auxquels on obéit sans discuter. Et ce d'autant plus facilement que les prévisions de la jeune femme se confir-

1. Une légende des Açores, où se trouvent un lac vert et un lac bleu, raconte que leurs teintes particulières sont dues à des bijoux perdus par une princesse atlante. Les Açores sont considérées par certains comme les sommets émergés de l'Atlantide.

mèrent dans l'après-midi, avec l'apparition à l'horizon d'une multitude de navires se dirigeant vers la petite ville.

Trois heures plus tard, la totalité de la population avait franchi le col menant vers la capitale. Anéa fit placer de puissants explosifs au pied des pics dominant la piste. Maldreed, demeuré en arrière afin de s'assurer que les siens avaient tous quitté les lieux, s'inquiéta : tous les guerriers d'Anéa étaient demeurés sur place.

– Mais vous-mêmes, qu'allez-vous faire ? demanda-t-il. Vous n'êtes qu'une poignée contre cette armée.

– Rassure-toi, Maldreed. L'ennemi ne nous tient pas encore.

Il eut un dernier regard pour elle, la salua, puis rejoignit les siens qui l'attendaient au-delà du col. Lorsqu'ils furent assez éloignés, Anéa donna l'ordre de détruire la passe. Une déflagration formidable secoua la montagne environnante ; les deux escarpements qui surplombaient le passage s'effondrèrent dans un fracas infernal, provoquant un gigantesque éboulement, et interdisant la route de Poséidonia. Même avec ses pouvoirs psychokinétiques, Ashertari aurait bien du mal à dégager la voie.

Entre-temps, la flotte ennemie s'était rapprochée, et n'était plus qu'à quelques milles du petit port. Targhos observa les gros navires qui s'approchaient et murmura à l'adresse d'Anéa :

– J'espère que tu sais ce que tu fais, Princesse. Nous sommes bloqués ici à présent.

– Pas tout à fait ! répliqua-t-elle. Il reste une issue.

– Laquelle ?

– Floorande !

51

– Floorande ? Tu n'y penses pas ! Cette forêt est maudite. Même les teemrods la redoutent. On dit que ceux qui s'aventurent n'en reviennent jamais.

– Justement ! répondit-elle d'un air énigmatique.

Elle se tourna vers ses hommes.

– Que tous se préparent ! Nous allons gravir cette falaise.

Elle leur désigna la muraille abrupte qui menait jusqu'au col s'ouvrant sur l'immense forêt. Celle-ci surplombait la petite cité d'une hauteur de plus de sept cents coudées. Les gardes se regardèrent, peu rassurés ; chacun avait la sensation désagréable d'être pris entre deux dangers terrifiants, sans autre solution que de se jeter dans l'un ou dans l'autre. La présence de la Titanide parmi eux ne les rassurait qu'à demi.

Peu après, ils se mettaient en chemin. En dehors d'une petite sente escarpée tracée par les animaux, il n'existait pas de piste menant vers le col au-delà duquel s'ouvrait la forêt de Floorande. Au prix de mille difficultés, les guerriers parvinrent à amener leurs petits chevaux jusqu'au sommet. Targhos, qui marchait derrière Anéa, dut s'avouer, malgré sa redoutable résistance physique, qu'il avait peine à suivre la jeune femme. Lorsque la troupe entière eut atteint la passe, les premiers navires de la Ligue approchaient de la rade de Lyvia. Anéa s'adressa à ses soldats :

– Prenez garde ! Vous savez que Floorande recèle des pièges mortels. Cependant Astyan et moi l'avons déjà traversée il y a six mille ans. Suivez bien les sentes des animaux, proches du tronc des grands arbres, et ne vous en éloignez sous aucun prétexte. Ne restez pas trop près les uns des autres. Tenez bien votre cheval, et évitez les grandes clairières. Lorsque vous aurez tous pénétré à couvert, attendez-moi !

Ils obéirent sans discuter. Peu après, le détachement s'était fondu dans la forêt. Anéa demeura seule avec Targhos sur le promontoire dominant Lyvia.

Pendant ce temps, les premiers vaisseaux ennemis s'étaient rangés le long des quais. Les premières troupes à débarquer furent les hordes d'hybrides. Les créatures se ruèrent dans les rues en poussant des hurlements effrayants – qui n'effrayèrent personne, la ville étant totalement déserte. Anéa estima qu'il faudrait au moins une journée avant que la totalité de l'armée n'ait investi les lieux. Le petit port ne permettait pas d'accueillir plus de vingt navires à la fois.

Le vaisseau amiral d'Ashertari avait accosté à son tour. Anéa ressentit l'écho du juron de dépit qu'elle poussa lorsqu'elle constata que les habitants avaient fui.

– Ne devrions-nous pas nous dissimuler ? suggéra Targhos, peu rassuré par les gueules effrayantes des monstres qu'il découvrait dans sa lunette d'approche.

– Au contraire ! Il faut qu'Ashertari nous voie.

Soudain un capitaine ennemi aperçut leurs deux silhouettes dressées à l'entrée du col. Des grondements de fureur montèrent vers eux, poussés par les créatures à tête de lézards et les hommes-boucs qui constituaient la section d'assaut de la Ligue. Des images de haine heurtèrent l'esprit de la jeune femme, dans lesquelles elle percevait les promesses du viol que les monstres comptaient lui faire subir s'ils parvenaient à la capturer. Elle frémit : ces êtres immondes n'étaient nés que pour massacrer et piller. Déjà certains se précipitaient vers la muraille rocheuse, comme des fauves flairant leur proie.

– Est-ce que tout est en place ? demanda Anéa à Targhos.

– La ville est entièrement piégée, Princesse.

Il lui désigna un détonateur, installé dans un renfoncement. Des fils en partaient, glissant le long de la paroi rocheuse à travers la végétation rase.

Dans les artères de Lyvia s'étaient répandues des cohortes de monstres et de guerriers. Le pillage systématique de chaque demeure avait commencé. Lorsque Anéa jugea que l'armée débarquée était suffisamment nombreuse, elle se pencha sur le détonateur et souffla à Targhos :

– J'espère que les Lyviens nous pardonneront d'avoir détruit leur cité.

– De toute manière, répliqua-t-il, les Serpents s'en chargent déjà.

Elle bascula la manette de commande. L'instant d'après, une série d'explosions retentit, se répercutant contre les flancs de la couronne de montagnes environnantes. Au fond de la cuvette, les bâtisses s'embrasèrent, provoquant un mouvement de panique et de confusion parmi les envahisseurs. Des guerriers ressortirent des bâtiments en hurlant, les vêtements en feu ; des pans de mur s'effondrèrent, tandis que de hautes flammes naissaient un peu partout. Une fumée âcre et épaisse s'étendit sur la cité.

L'écho d'une onde de colère percuta Anéa de plein fouet. Sur le port, une silhouette se tourna dans sa direction. Alors elle baissa l'écran mental derrière lequel elle s'était abritée depuis son arrivée et elle éclata de rire, sachant qu'Ashertari percevrait sa réaction. Furieuse, l'autre projeta vers elle un flot d'énergie destructrice. L'air se mit à vibrer autour de la Titanide ; mais elle contra l'attaque impalpable et riposta. Targhos vit la mâchoire de la jeune femme se crisper sous la tension de l'effort fourni. Puis elle se détendit : Ashertari avait rompu l'engagement.

– Elle sait où nous sommes à présent, dit-elle à son compagnon.

– C'est bien ce qui m'inquiète. Elle ne va avoir de cesse de nous rattraper.

– Mais c'est ce que je désire.

Ils jetèrent un dernier coup d'œil vers la ville. Celle-ci n'était plus qu'un gigantesque brasier, au milieu duquel des hordes de monstres affolés tentaient d'échapper aux flammes. Cependant Anéa avait pris soin de laisser intacte une voie menant vers le pied du plateau de Floorande. Déjà les premiers guerriers débarqués se lançaient en direction de la sente animalière. Sur le versant sud, la piste de Poséidonia était coupée par un gigantesque éboulement : il était impossible de passer par là.

Le cœur brûlant de haine, Ashertari contempla le désastre. Elle avait perdu au moins mille hybrides et une centaine de guerriers dans l'incendie de la ville. Elle hurla des ordres pour que les survivants se regroupassent dans les endroits épargnés par les flammes.

Dégager la piste de la capitale lui eût demandé trop de temps, même en utilisant ses pouvoirs psychokinétiques. De toute façon, Anéa avait fui en direction du col situé au nord. Elle consulta les cartes dont elle disposait : au-delà s'étendait une forêt inconnue, du nom de Floorande, bordée au sud par une barrière montagneuse infranchissable. Il était donc exclu de rejoindre la piste de Poséidonia en contournant le massif montagneux. Il fallait traverser la forêt. Mais celle-ci menait jusqu'au plateau de l'Héphaïs. De là, il suffirait de rallier la vallée de l'Acheloos pour prendre la capitale à revers.

Un rapide sondage mental lui avait appris que sa rivale ne disposait que d'une poignée de gardes impériaux. Sans doute Anéa comptait-elle sur ses pouvoirs pour contrer son armée. Elle n'avait pas voulu dégarnir Poséidonia, ce qui signifiait que les Atlantes étaient aux abois. Sans doute Tlazol avait-elle réussi à percer les défenses occidentales. Peut-être Ophius parviendrait-il à prendre la ville avant son arrivée, mais elle s'en moquait. Le seul objectif qui l'intéressait était de détruire cette chienne d'Anéa. Elle voulait la tenir à sa merci, la broyer lentement de ses propres mains.

Sa rivale était d'ailleurs déjà perdue : le fait d'avoir coupé la route de Poséidonia était un geste de désespoir.

Ashertari considéra le col menant vers Floorande avec circonspection. Il ne serait pas facile d'amener la totalité de son armée là-haut par cette sente étroite. Mais il devait être possible de l'élargir rapidement. Elle hurla des ordres afin d'accélérer le débarquement, puis, traversant la cité en flammes, se dirigea vers la muraille.

Lorsque Anéa vit sa sœur venir vers elle, elle dressa de nouveau son écran mental, afin de dissimuler sa satisfaction. Ashertari avait réagi comme elle l'escomptait. Elle estima qu'il faudrait plus d'une journée aux Serpents pour atteindre le col ; alors elle prit le bras de Targhos et l'invita à la suivre.

– Viens, nous avons juste le temps de nous organiser.

Le capitaine espérait que la Titanide savait ce qu'elle faisait. Lorsque l'ennemi aurait atteint le plateau, ce seraient près de trente mille guerriers assoiffés de vengeance qui se lanceraient à leur poursuite. De surcroît, ils disposaient d'armes lourdes, auxquelles les Atlantes ne pourraient opposer que quelques lance-éclairs.

À peu de distance, ils retrouvèrent leurs compagnons, qui les attendaient, sagement regroupés autour des troncs des grands arbres, comme la Titanide le leur avait recommandé. La sérénité d'Anéa leur redonna quelque confiance.

– Notre premier piège a fonctionné, déclara-t-elle. Mais ils n'ont perdu qu'une faible partie de leurs effectifs. Ils vont donc nous poursuivre, comme je l'avais espéré. À présent, vous connaissez tous votre rôle. Nous allons nous séparer en dix groupes d'une vingtaine d'hommes et emprunter autant de pistes différentes, qui suivront des voies sensiblement parallèles. Aux endroits prévus, vous placerez les explosifs comme je vous l'ai expliqué.

Ils acquiescèrent et se mirent en route.

Bien plus tard seulement, Targhos comprit l'efficacité du plan imaginé par Anéa. La Titanide connaissait bien la forêt. Ayant pris la tête d'une colonne, elle mena celle-ci à travers un effrayant labyrinthe, où il fallait parfois se frayer un chemin à coups de sabre. Dans les frondaisons épaisses, des nuées de petits singes affolés s'enfuyaient. Sous les pieds, le sol curieusement souple semblait animé d'une vie mystérieuse. Parfois d'étranges grondements se faisaient entendre, semblant comme provenir de nulle part et de partout à la fois.

Enfin, sur l'ordre d'Anéa, la troupe s'arrêta et plaça des charges le long de plusieurs grands arbres, dont la hauteur dépassait les cent coudées. Targhos glissa à la jeune femme :

– Penses-tu que quelques arbres abattus suffiront à arrêter une telle armée, Princesse ?

– Ce ne sont pas eux qui l'arrêteront.

Mais elle refusa d'en dire plus. Elle leur avait volontairement dissimulé la particularité de Floorande, l'existence de cet étage inférieur où vivaient les salamandres noires, les reptiles géants hantant les profondeurs. Elle craignait, malgré l'écran mental qu'elle avait érigé entre Ashertari et elle, que son ennemie ne parvînt à déjouer son plan.

Cependant Targhos constata que les points où les arbres devaient être abattus dessinaient comme une ligne continue, constituant une sorte de barrage. Lorsque les explosifs furent en place, la troupe s'éloigna pour gagner un endroit où elle devait rejoindre les autres groupes.

À la nuit tombante, la compagnie était à nouveau réunie. Un sondage psychique rapide apprit à Anéa que plus de la moitié de l'armée adverse avait déjà pris pied sur le plateau. Les Serpents avaient repéré les différentes pistes suivies par les fuyards. Cependant Ashertari ne se décida pas à attaquer immédiatement. Il valait mieux bivouaquer sur place. L'ennemi allait lui aussi être bloqué par l'obscurité, et il n'avait guère plus d'une demi-journée d'avance.

Le lendemain à l'aube, les rayons rasants du soleil levant illuminèrent un front de lourds nuages sombres amenés par de puissants vents d'ouest. Peu à peu la lumière décrut, plongeant la forêt dans une pénombre inquiétante. Au sol, en raison de l'épaisseur des frondaisons, on avait l'impression d'être plongé dans une nuit étrange, hésitant entre le vert des feuillages et le gris des brumes qui sourdaient des massifs de fougères géantes. Les silhouettes des grands arbres se fondaient dans le flou, comme des géants inquiétants et immobiles. Le vacarme habituel des petits animaux s'était étouffé. On n'entendait plus que les coassements des crapauds cornus, mêlés, au grondement caverneux qui montait du sol.

Vers le milieu de la matinée, une averse diluvienne se mit à tomber. Anéa, le visage dégoulinant de pluie, sourit en regardant le ciel et dit :

– Les dieux sont de notre côté. Voilà une nouvelle alliée.

Targhos ne comprenait plus rien. Anéa n'avait même pas donné l'ordre de lever le camp.

– Nous allons attendre qu'ils soient proches des arbres piégés, dit-elle.

Le calme dont elle faisait preuve désempara le capitaine. Autour de lui les guerriers étaient nerveux. Au loin montait déjà une rumeur sourde, des éclats de voix, des hurlements poussés par les hybrides qui avaient survécu à l'incendie. Telles des bêtes de proie, ils suivaient la piste des Atlantes autant à l'odeur qu'aux traces laissées sur le sol. Soudain un cri de terreur retentit, suivi d'un vacarme inquiétant.

– J'ai l'impression qu'ils ont commencé à faire connaissance avec les habitants de Floorande, murmura Anéa.

Puis elle ordonna aux artificiers de se mettre en position.

– Maintenant ! clama-t-elle.

Simultanément, une série de déflagrations déchira l'atmosphère déjà troublée de la forêt. Des nuées de petits singes s'enfuirent en glapissant de terreur. Au loin de hautes flammes s'élevèrent, dressant comme une longue barrière de feu, tandis que les arbres géants s'écroulaient.

En tête de son armée, Ashertari hurla de rage. Elle s'exclama :

– Cette chienne ne pense tout de même pas qu'elle va nous arrêter avec quelques arbres abattus en travers de notre route !

Mais l'instant d'après, un étrange phénomène se déroula sous ses yeux. Les géants effondrés semblaient avoir crevé le sol même de la forêt. Au cœur de la fumée des incendies, que combattait la pluie diluvienne, s'étaient ouvertes une multitude de failles sombres desquelles provenaient de mystérieux grognements. En raison de la soudaineté des explosions, un début d'affolement s'était emparé des guerriers. Certains s'enfuirent en tous sens. Alors, en différents endroits, le sol céda sous leurs pieds ; ils furent précipités dans des gouffres ténébreux, et chutèrent sur un sol mou et gluant.

Tout à coup des formes inquiétantes se glissèrent vers eux, tandis que d'autres jaillissaient des ouvertures béantes provoquées par les explosions. Ashertari, stupéfaite, vit surgir devant elle un monstre terrifiant, aux yeux écarlates, la gueule ouverte sur une rangée de crocs acérés. Elle n'eut que le temps de projeter toute sa puissance mentale contre la bête, qui se cabra avant d'éclater sous l'impact. Ailleurs, la panique était totale. De partout sortaient les énormes salamandres noires, qui se ruaient sur les guerriers avec voracité. Si certains pensèrent à utiliser leurs armes, la plupart, terrorisés, tentèrent de s'enfuir, sans pouvoir retrouver les pistes qu'ils avaient suivies le matin.

Verte de rage, Ashertari hurlait des ordres que personne n'écoutait plus. Son armée s'était déployée en un large éventail, comme l'avait souhaité Anéa. Une armée qui n'avait plus désormais qu'un but : quitter ce lieu de cauchemar.

Plus loin, les Atlantes entendirent les hurlements de terreur, les cris d'agonie poussés par les guerriers déchiquetés par les mâchoires puissantes des monstres. Mais les brumes les empêchaient de voir la scène.

– Contre qui se battent-ils ? demanda un garde dont le visage était pâle comme un linge.

– Contre la forêt elle-même, répondit Anéa avec un sourire.

Ashertari comprit enfin le piège dans lequel l'avait attirée sa rivale. Elle faillit s'étrangler de fureur, mais il était trop tard. Sur une distance de plus de deux milles s'était ouverte une brèche dans le sol suspendu de cette forêt infernale, qui avait permis aux monstres des profondeurs de quitter leur univers de ténèbres pour s'attaquer aux guerriers de la Ligue.

Autour d'elle, des grappes entières de combattants basculaient dans des trouées végétales, qui se refermaient inexorablement après avoir avalé leurs proies. Sondant mentalement le sous-sol, elle décela, sous ses pieds, les combats désespérés que livraient ses guerriers contre les reptiles géants. Des créatures dont la vue s'était accoutumée aux ténèbres, et qui surgissaient silencieusement des marais boueux pour fondre sur leurs victimes. Celles-ci n'avaient même pas le temps d'utiliser leurs armes ; des crocs puissants se refermaient sur des corps tendres, tranchant les membres, broyant les poitrines, sectionnant les têtes. En différents endroits, on tenta bien de lancer des cordes pour secourir les disparus. Mais on ne put en remonter que bien peu. Ailleurs, les salamandres noires étaient parvenues à prendre pied sur le sol, grâce à leur agilité, stupéfiante chez des reptiles de cette taille. Les plus grandes dépassaient les vingt coudées. Bien souvent, les branches soutenant le sol ne tenaient pas sous leur poids, et elles entraînaient toujours quelques fuyards dans leur chute.

Ashertari hurla à ses hommes de rester près des arbres. Mais bien peu l'écoutèrent. Il était impossible désormais de poursuivre. Un goût de sang dans la gorge, Ashertari donna l'ordre de se replier.

Au soir, les Serpents avaient regagné la lisière de la forêt, harassés, couverts de boue et de sang. Ashertari fit le bilan de ses pertes : plus du tiers de son armée avait été englouti dans les marécages boueux du sous-sol de Floorande.

On avait établi un bivouac à l'endroit même où l'on avait campé la nuit précédente. Les rangs s'étaient clairsemés : sur les trente mille hommes que la Géante avait amenés avec elle, il en restait moins de vingt mille. Parfois un guerrier rescapé et hagard surgissait comme un fantôme de la forêt, les yeux écarquillés par l'horreur. Un silence de mort s'était abattu sur le camp. Certains commençaient à regarder Ashertari avec méfiance et murmuraient. Mais on évitait de lui adresser le moindre reproche. Cela eût signifié un arrêt de mort immédiat pour le coupable.

Cependant un vieux bonhomme grommela dans sa barbe :

– Cette stupide femelle nous mènera tous à la mort.

Autour de lui, on hocha discrètement la tête.

Ashertari entendait ce qui sourdait des esprits. Elle aurait pu intervenir, massacrer les auteurs de ces propos défaitistes. Mais elle n'en avait plus le courage. Aveuglée par son orgueil et sa haine, elle avait sous-estimé l'intelligence de son ennemie. Elle comprenait à présent pourquoi Anéa n'avait emmené avec elle qu'une troupe de faible importance : seule une petite unité pouvait se risquer dans cette forêt maudite. Vers le soir, elle avait tenté de repérer le parti ennemi, mais celui-ci s'était fondu dans les profondeurs brumeuses de la forêt, sur laquelle la pluie n'avait cessé de tomber la journée durant. Même si elle décidait de poursuivre, elle savait qu'il serait impossible de retrouver la moindre trace de son ennemie à présent.

Elle faillit céder à une crise de larmes. Il lui fallait renoncer à traverser Floorande. Il ne lui restait plus qu'à reprendre la mer avec ce qui restait de ses troupes, et revenir se joindre à la curée finale.

Mais cela, elle ne pouvait s'y résoudre. Il lui fallait rattraper Anéa et la détruire, quel que soit le prix à payer. Même si elle-même devait y laisser la vie.

Il devait bien exister un moyen...

52

Trois jours plus tard, Anéa et ses compagnons, exténués, atteignaient enfin la lisière de Floorande. Face à eux s'étendait le désert de l'Héphaïs ; au loin se dressait la silhouette colossale de la montagne de feu, dont le sommet disparaissait dans les nuages. Un ciel bas pesait sur le plateau, tourmenté par de violentes rafales de vent.

La jeune Titanide était épuisée. La pluie qui n'avait cessé de tomber depuis deux jours avait rendu le sol de la forêt glissant et dangereux. Deux hommes et une demi-douzaine de chevaux étaient tombés dans des trouées soudaines. Anéa était parvenue à sauver les deux guerriers, mais elle n'avait rien pu faire pour les montures, dont les hennissements de terreur avaient immédiatement attiré les terribles salamandres noires.

Cependant elle savait qu'Ashertari avait renoncé à traverser Floorande. Parvenue en lisière de la forêt, elle se concentra pour tenter de localiser l'ennemi. Mais celui-ci semblait avoir totalement disparu.

Anéa était songeuse. Abritée sous la tente que lui avaient montée ses hommes sur une proéminence rocheuse dominant l'immense plateau de l'Héphaïs, elle contemplait la masse énorme du volcan. Depuis l'explosion qui l'avait détruit six mille ans auparavant, le sommet s'était reconstitué.

– Tu sembles inquiète, Princesse, dit tout à coup le fidèle Targhos, qui ne la quittait pas. Nous avons pourtant vaincu. Ton stratagème a parfaitement fonctionné.

–C'est vrai. Logiquement, Ashertari devrait avoir repris la mer pour rejoindre Ophius. Mais je la vois mal revenir pour avouer un échec et la perte de près de la moitié de son armée. Elle est trop orgueilleuse pour cela. Et surtout, elle a juré de me tuer. Et je sais qu'elle fera tout pour y parvenir, quitte à se détruire elle-même.

–Les guetteurs que j'ai laissés à la lisière de Floorande ne signalent aucune présence ennemie. Elle n'avait d'autre solution que de revenir à Poséidonia par mer.

Anéa ne répondit pas tout de suite. Puis elle déclara :

–Je n'en suis pas si sûre, Targhos. Elle a peut-être trouvé une autre solution.

–Mais laquelle ?

Ils se penchèrent sur les cartes. Il était difficile d'imaginer que l'ennemi ait pu tenter de rejoindre la piste de Lyvia en se dirigeant vers le sud. Celle-ci suivait le pied d'une chaîne montagneuse élevée, pratiquement infranchissable, qui aboutissait à la cuvette de Lyvia ; seuls des hommes équipés et chevronnés auraient pu s'y risquer. Mais c'était irréalisable avec des chevaux et l'armement lourd dont disposait l'armée des Serpents.

Anéa étudia la côte avec attention. Entre Lyvia et Poséidonia, plusieurs petits ports offraient un accès possible. Mais aucune piste ne les reliait à la capitale. L'arrière-pays était trop montagneux ; toutes les communications se faisaient par mer. Soudain elle pointa le doigt sur un endroit situé encore plus au nord de Lyvia.

–Regarde !

Elle indiquait les limites septentrionales de la forêt à étage. Celle-ci bordait une vallée profonde, parcourue par le Shedyyx, un fleuve aux eaux noires et tumultueuses, qui permettait de remonter jusqu'aux limites du plateau volcanique sans traverser Floorande.

–Je suis sûre qu'ils ont rebroussé chemin et repris leurs navires. Le Shedyyx est praticable sur plus de deux angles pour des navires de ce tonnage. Au-delà, ils peuvent poursuivre à pied.

–Cela va leur faire perdre un temps considérable.

– Une semaine tout au plus. C'est faisable. Il faut que nous demeurions ici pour les arrêter.

– Mais comment ? Nous ne sommes pas assez nombreux. Et il n'y a rien ici qui puisse nous aider.

Anéa réfléchit, puis répondit :

– Si ! Il existe un moyen. Mais il va nous obliger à un très gros sacrifice.

Elle respira profondément et ajouta :

– Tu vas envoyer des gardes aux sources du Shedyyx. Si je ne me suis pas trompée, Ashertari sera là dans moins de huit jours. Dès qu'ils apercevront quelque chose d'anormal, qu'ils reviennent ici le plus vite possible. Combien nous reste-t-il d'explosifs ?

– Suffisamment pour faire sauter ce qui reste des Serpents.

– Bien. Tu vas les faire placer aux endroits que je t'indiquerai.

Elle lui montra plusieurs points sur la carte.

– Mais Princesse, nous ne pouvons pas faire ça !

– C'est le seul moyen, Targhos.

Il hésita, puis acquiesça, les yeux brillants.

Anéa ne s'était pas trompée. Huit jours plus tard, les guetteurs signalèrent l'arrivée d'une armée nombreuse en provenance du nord.

– Ils sont encore près de vingt mille à première vue, expliqua le guerrier, essoufflé par sa longue course.

– Merci, Vaïkhor. Va te reposer à présent.

Le guerrier sortit de la tente. Elle se tourna vers Targhos.

– Tu vas ordonner à tous les hommes de se tenir prêts à partir. Il nous reste peu de temps. Avez-vous placé tous les explosifs ?

– Oui, Princesse. Nous avons aussi ordonné aux bergers d'évacuer leurs troupeaux vers Nysa. Mais crois-tu vraiment que nous serons obligés d'en arriver là ?

– Je le crains, oui !

Elle contempla le vaste plateau couvert d'une végétation rase. Depuis six millénaires, la domination que les Atlantes avaient su imposer à la montagne de feu avait permis au désert de rocaille de se transformer en une plaine, où la vie s'était épanouie peu à peu. Anéa, la mort dans l'âme, se dit que tout cela allait bientôt disparaître de nouveau, à cause de la folie destructrice d'une poignée d'êtres dévorés d'ambition et de pouvoir. Elle aurait voulu les haïr, mais l'enfant qu'elle portait l'en empêchait. Il était la preuve vivante que la Vie triompherait toujours de la mort et de l'anéantissement. Pour lui, elle devait vaincre la Bête, quels que fussent les sacrifices exigés.

Tandis qu'elle voyait apparaître au loin les premières colonnes de l'ennemi, une terrible idée s'imposa à elle. Les dieux avaient offert aux hommes un don extraordinaire, la conscience, afin qu'ils leur ressemblassent. Mais l'être humain était-il digne de ce présent fabuleux ?

Même si les Titans triomphaient, les Atlantes avaient déjà franchi le stade de l'enfance bienheureuse qui leur avait été octroyée depuis six mille ans. Ils avaient appris le goût de la guerre et de la souffrance. L'Amour universel avait fait place à la haine, à l'esprit de vengeance et de domination. Les hommes allaient entrer dans leur adolescence et y perdre leur innocence. À l'âge d'or allait succéder l'âge du fer.

Tout à coup un voile se déchira devant ses yeux, lui dévoilant un avenir hallucinant, où l'humanité allait devoir affronter une multitude d'épreuves qui la mèneraient peut-être vers sa perte, mais dont elle sortirait grandie si elle en triomphait. Cependant le chemin serait long et chargé d'embûches.

Un jour ou l'autre, proche ou lointain, l'Atlantide disparaîtrait, car elle n'avait été qu'un rêve, une illusion généreuse dont les dieux avaient voulu combler les hommes. Les Géants n'étaient que la cristallisation des aspects les plus sombres de l'esprit humain. Elle savait à présent qu'ils allaient perdre cette gigantesque bataille. Mais toujours ils renaîtraient de leurs cendres pour guider les hommes vers de fausses valeurs.

Et elle vit. Un avenir encore très éloigné, dans lequel la face de la déesse-mère, Gaïa, serait totalement bouleversée par d'innombrables cataclysmes, par des guerres encore plus effroyables que celle-ci, la première que le monde eût connue. Des holocaustes épouvantables balaieraient presque entièrement les hommes de la Terre, anéantiraient des peuples entiers. Mais toujours, au prix de larmes, de sang et de souffrances, ils reconstruiraient de nouvelles civilisations.

Jusqu'à l'apparition d'un nouveau couple, cette fois issu de l'humanité elle-même, qui engendrerait deux dynasties, capables de métamorphoser l'homme en un être supérieur, contre lequel les divinités du Mal ne pourraient plus rien. Mais ce jour était situé dans un futur tellement lointain que la durée elle-même donna le vertige à la jeune femme. Elle se leva et dut s'appuyer sur le bras de Targhos.

– Tu te sens bien, Princesse ? Veux-tu que je fasse préparer ta couche ?

Elle eut un sourire crispé, mais de grosses larmes coulaient sur ses joues.

– Non, cela ira, merci.

Puis elle murmura pour elle-même :

– Ils doivent triompher. Je sais qu'ils en sont capables. Mais de quelles douleurs ils devront payer leur accession à la sagesse...

Ému, Targhos passa le bras autour des épaules de la jeune femme et la serra contre lui avec affection. Jamais comme aujourd'hui il n'avait éprouvé le mélange paradoxal de puissance et de faiblesse qui émanait de cette créature à la beauté inimaginable, qui détenait des pouvoirs fabuleux, mais dont la sensibilité extraordinaire ouvrait dans son âme des déchirures, des blessures, engendrant une souffrance insupportable.

Anéa se reprit. Elle savait que les Titans ne connaîtraient pas ce jour lointain. Leur rôle serait alors depuis longtemps terminé. Peut-être ce rôle n'avait-il consisté qu'à donner aux hommes une idée de ce que pouvait être un monde de paix et d'amour, afin qu'ils en conservassent toujours la mémoire.

Au loin l'armée ennemie poursuivait sa progression, contournant les contreforts de la montagne de feu. Anéa sortit de la tente. Un vent violent soufflait de l'ouest, soulevant des tornades de poussière. Depuis plusieurs jours, la pluie avait cessé. Dans un ciel tourmenté, les nuages s'effilochaient, s'étiraient, masquant parfois un soleil froid.

La Titanide percevait désormais très nettement la présence de sa sœur, son double, son ennemie mortelle. Elle ne lui dissimulait pas le nombre restreint de ses guerriers, ni sa volonté de l'affronter seule à seule. Les ondes de haine émanant d'Ashertari la heurtaient de plein fouet, cruelles, glaciales, effrayantes. Une haine qui l'aveuglait, et qui l'empêchait de discerner le piège terrible dans lequel la Titanide la laissait s'enfoncer un peu plus à chaque pas.

Anéa avait reconnu les lieux. Au-delà du promontoire sur lequel se trouvait massée sa petite troupe se trouvait une vallée calcaire, creusée de galeries où les viticulteurs de Nysa venaient entreposer les vins que l'on désirait faire vieillir longtemps. Elles seraient suffisantes pour abriter ses guerriers.

De son côté, Ashertari exultait. Anéa avait cru l'attirer dans le piège mortel de la forêt de Floorande ; elle s'était imaginée que toute son armée succomberait aux griffes des salamandres noires. Elle avait compté sur son obstination à la poursuivre. La Géante avait compris à temps que cette traversée était impossible. Impossible aussi de rejoindre la piste reliant Lyvia à Poséidonia. Heureusement, il y avait cette vallée du Shedyyx, qui menait au plateau de l'Héphaïs. Elle n'avait pas renoncé, malgré les difficultés ; la rage la poussait vers l'avant. Plusieurs hommes et quelques chevaux avaient péri sur les sentes étroites qui longeaient le haut canyon du fleuve.

Mais elle avait atteint son but. Et à présent elle discernait, loin devant elle, la présence de sa rivale. Une rivale naïve, qui espérait qu'elle allait l'affronter sans engager les guerriers dans la bataille. Ce en quoi elle se trompait. Elle allait offrir les deux cents bâtards qui accompagnaient cette maudite Anéa en pâture à ses hommes et à ses hybrides. Depuis plus de dix jours qu'ils avaient débarqué, ils ne rêvaient que de tailler les Poséidoniens en pièces.

Anéa percevait les pensées de sa sœur. Elle savait qu'elle n'avait nullement l'intention de l'affronter en combat singulier pour éviter un bain de sang inutile, comme elle le lui avait proposé par télépathie.

Une sérénité étrange s'était emparée d'elle. Une image lui revint, vieille de six mille ans – le souvenir d'une termitière attaquée par des fourmis. Les guerriers ennemis avançant vers elle au cœur du désert volcanique lui rappelèrent cette bataille qui l'avait tant effrayée à l'époque. Astyan lui avait affirmé que jamais les hommes ne commettraient de telles atrocités...

Et pourtant les insectes étaient là, hurlant leur haine contre la petite troupe qu'ils apercevaient au loin, sur l'escarpement rocheux.

Anéa estima qu'ils se trouvaient encore à plus d'un angle de distance. Une longue colonne s'étirant sur près de trois milles. Ashertari caracolait en tête. Derrière s'élevait la masse gigantesque de l'Héphaïs, dont on ne distinguait toujours pas le sommet, masqué par une épaisse couronne de nuages.

La Titanide se tourna vers Targhos, les yeux brillants, et lâcha sèchement :

– Maintenant !

Targhos, la mort dans l'âme, s'inclina, et s'en fut donner ses ordres. Anéa percevait presque physiquement le désarroi émanant de l'esprit de son compagnon. Lorsqu'il revint, quelques instants plus tard, il déclara :

– C'est fait, Princesse.

Puis il serra les dents pour ne pas se mettre à pleurer.

– Que les hommes descendent se mettre à l'abri dans les galeries, déclara Anéa. D'ici peu, même cet endroit risque de devenir dangereux.

– Et toi, que vas-tu faire ?

– Je reste. Tu sais bien que je ne risque rien.

– Alors je reste avec toi ! Tu me protégeras lorsque le

moment sera venu. Mais si tu dois mourir, je veux être à tes côtés.

– Nous aussi, Princesse !

Elle se tourna vers un petit groupe d'une douzaine d'hommes qui venaient d'apparaître derrière Targhos. Il y avait là ses plus fidèles guerriers, des capitaines, de simples soldats, qu'elle connaissait tous par leur nom. Un instant, elle fut tentée de leur ordonner de partir. Mais c'étaient des hommes libres de leur choix. Elle vint à eux.

– Soyez remerciés, mes amis. Si tout se passe bien, nous sortirons tous vivants de cette aventure.

Ils l'entourèrent, lui posèrent affectueusement la main sur l'épaule pour lui témoigner leur attachement. Soudain une déflagration lointaine fit vibrer le sol.

– Le premier barrage vient de sauter, dit Targhos d'une voix sourde.

Il avait à peine terminé sa phrase que deux autres détonations déchiraient l'air froid. Au loin sur les flancs de l'Héphaïs, d'immenses geysers de roches et de poussières s'élevaient, avec une lenteur terrifiante à cause de la distance, plus de trois angles.

Ashertari, stupéfaite, se tourna vers le volcan. Elle ne comprit pas immédiatement ce qui se passait. Puis la terrible vérité lui apparut.

– Les chiens ! hurla-t-elle. Ils ont osé faire exploser les barrages sismiques !

Elle savait parfaitement ce que cela signifiait. Les coulées internes de l'Héphaïs, régulées par les chicanes installées depuis des millénaires par les Atlantes, allaient se trouver libérées d'un coup et remonter vers la cheminée centrale, exerçant une pression colossale sur le lac de lave qui occupait le cratère. Elle se mit à vociférer.

– Accélérez l'allure. Le volcan va exploser d'un instant à l'autre.

Il y eut un moment de flottement dans les rangs de ses guerriers, puis la panique s'empara de tous. Certains connaissaient déjà les colères dont les montagnes de feu étaient capables ; d'autres, incrédules, estimaient qu'ils se trouvaient à une trop grande distance de l'Héphaïs pour que celui-ci se révélât dangereux. Mais ils furent emportés par le flux irrésistible qui poussa l'armée en avant au fur et à mesure que l'ordre se répandait jusqu'à l'arrière-garde. Des hommes furent piétinés, les machines de guerre abandonnées.

Il était déjà trop tard. L'énergie colossale du volcan se dirigeait inexorablement vers la gueule énorme ouverte vers le ciel, la seule issue par laquelle elle pouvait se libérer. Sous les pieds d'Anéa, le sol trembla de nouveau. Elle ferma les yeux et se projeta mentalement au cœur de la montagne lointaine, sous le regard attentif de ses fidèles. Jamais les Titans n'avaient ainsi fait la démonstration de leurs pouvoirs immenses devant eux.

Le visage de la jeune femme se crispa. Ce fut comme si elle s'était intégrée au volcan. Soudain elle sentit qu'une puissance contraire s'opposait à la sienne ; elle comprit que sa sœur, consciente du danger, avait décidé de tenter le tout pour le tout, en combattant l'énergie terrifiante du volcan.

Mentalement, elles se retrouvèrent ainsi face à face, leurs deux esprits luttant l'un contre l'autre. Targhos vit Anéa pâlir sous l'effort ; il voulut la soutenir, mais elle le repoussa avec fermeté. Il ne pouvait l'aider dans un combat livré sur ce plan-là.

Si elle avait été seule, Ashertari fût peut-être parvenue à contenir la pression colossale du volcan jusqu'à ce que ses hommes fussent à l'abri. Mais la puissance de sa sœur était supérieure à la sienne. Elle le comprit lorsqu'elle céda d'un coup, brisée par l'effort monumental qu'elle venait de fournir. Alors dans une vision de cauchemar, elle vit le sommet de l'Héphaïs se désintégrer, projetant en quelques secondes des millions de tonnes de roches et de lave dans un ciel qui s'assombrit instantanément. Puis une nuée incandescente dévala les flancs de la montagne de feu à la vitesse du vent. D'ici quelques instants, elle serait sur eux. Elle éperonna sa monture et la dirigea vers le sud, là où elle pourrait peut-être trouver un refuge. Puis elle se mit à hurler en direction de sa sœur :

– Sois maudite !

Mais son cri fut couvert par le grondement assourdissant de l'explosion, qui venait juste de la rattraper.

Du haut du promontoire, Anéa reprit son souffle. Fascinés, ses guerriers contemplaient, impuissants, l'avance inexorable de la falaise de poussière incandescente qui s'étendait sur le plateau comme une gigantesque onde létale. Elle eut tôt fait de rattraper l'armée ennemie, qui disparut en quelques secondes sous la muraille de feu. L'écho d'une immense clameur d'agonie leur parvint, leur déchirant le cœur et les tympans. Malgré leur endurcissement, les guerriers ressentaient au plus profond d'eux-mêmes une tristesse intense. L'un d'eux résuma le sentiment commun :

– C'étaient des ennemis, mais c'étaient aussi des êtres humains, dit-il.

– Nous n'avons fait que nous défendre, répondit Anéa. S'ils étaient parvenus jusqu'à nous, ils nous auraient tous massacrés. Simplement parce que la femme maudite qui les dirigeait en avait décidé ainsi.

Elle se tourna vers eux.

– Venez. Il est temps de nous mettre à l'abri. Dans quelques instants, la nuée ardente va atteindre cette colline.

Abandonnant les lieux, ils se dirigèrent vers la vallée et rejoignirent la galerie où s'était déjà réfugié le gros de la troupe. Il n'était que temps. À peine avaient-ils franchi le seuil qu'une onde de chaleur les baigna, élevant la température de manière anormale. Anéa se concentra pour dévier le flot de poussière brûlante. Mais il avait déjà perdu de son intensité.

Autour d'eux s'alignaient des rangées d'amphores de toutes tailles, qui contenaient des vins de grands crus, dont certains avaient plus de trente ans d'âge.

– Tout cela aussi va être perdu, se lamenta un homme en prenant un flacon couvert de poussière. Ces vins ne résisteront pas à la chaleur.

– Alors buvez-les ! dit Anéa. De toute manière, nous sommes bloqués ici pendant au moins deux jours.

Ils ne se le firent pas dire deux fois.

Le lendemain, nombre d'entre eux souffraient d'un sérieux mal de crâne. La jeune femme, elle, n'avait rien bu. Un malaise obscur refusait de la quitter. Elle l'avait mis sur le compte du massacre à l'origine duquel elle avait été. Mais son intuition lui soufflait qu'il y avait une autre raison.

Alors que se levait un petit matin blême, assombri par les nuages de cendres qui obscurcissaient encore l'atmosphère, elle se rendit sur le promontoire, le visage couvert d'un voile afin de ne pas respirer la poussière, et suivie par ses plus fidèles compagnons.

L'esprit vide, elle contempla l'immense désert, sur lequel flottait une brume impalpable. Au loin, là où la veille se trouvait l'armée des Serpents, se dévoilait un spectacle effrayant. Surpris dans leur fuite par les cendres brûlantes, les guerriers ennemis s'étaient figés, statufiés dans la pose où la mort les avait saisis, hommes et chevaux confondus en une monstrueuse cohorte de sculptures de chairs carbonisées et de lave refroidie.

Bouleversée, Anéa chercha une explication à un tel déferlement d'horreur et d'abjection. Elle savait à présent que les Poséidoniens avaient vaincu la ligue des Serpents ; l'écho d'une onde mentale de triomphe lui était parvenue la veille. Astyan, Kronos, Rhéa, les seuls Titans survivants, et Athor, se dirigeaient vers eux avec l'aéroglisseur.

Dans la nuit, elle avait joint Astyan, alarmé par l'explosion de l'Héphaïs. La brume qui obscurcissait l'espace télépathique s'était évanouie dans le néant avec la mort d'Ophius et de ses séides. L'Atlantide avait vaincu. Mais les pertes étaient lourdes. À Poséidonia, les morts se comptaient par dizaines de milliers ; quant aux Serpents, plus des trois quarts avaient péri. Les prisonniers ne cessaient de déposer les armes un peu partout.

Une foule d'images se bousculaient dans l'esprit de la jeune femme. Jamais plus l'Empire ne redeviendrait ce qu'il avait été, un monde de paix, d'amour et de lumière, où chaque homme avait droit à la dignité et à la liberté. Des germes d'idées destructrices y avaient été semés. Elles resurgiraient un jour ou l'autre.

L'avenir était à l'image de cette plaine de cendres où les morts s'étaient immobilisés, prisonniers de leur gangue de lave. Un flot de larmes gonfla soudain les paupières de la jeune femme, et elle s'effondra dans les bras de Targhos, le fidèle Targhos, qui ne l'avait pas quittée depuis leur départ de Poséidonia.

– Toute cette horreur pour satisfaire les délires d'une poignée de fous dévorés par l'ambition... murmura-t-elle. Quelle dérision !

Elle s'écarta de son compagnon et s'avança jusqu'au bord du précipice dominant le plateau de feu. Au loin l'Héphaïs avait perdu plus de cinq cents coudées de hauteur. Le sommet avait complètement disparu, surmonté par une gigantesque colonne de poussière, qui semblait soutenir un ciel encombré de nuages torturés par les vents démentiels nés de la tourmente. Une image d'apocalypse qui fascina la Titanide.

Ce fut sans doute parce qu'elle avait totalement relâché ses défenses qu'elle ne vit pas le coup venir. Tout à coup une silhouette effrayante se dressa devant elle, le visage à demi brûlé, les yeux injectés de sang, les vêtements noircis et couverts de cendres.

– Ashertari, murmura-t-elle.

Mais elle ne put ajouter un mot. La Géante, qui s'était dissimulée au creux d'un décrochement surplombant le vide, se rua sur elle, brandissant son épée. Anéa ne put esquisser le moindre geste de défense. La lame s'enfonça dans son ventre, un peu en dessous du cœur. Un flot de sang lui envahit la gorge.

53

Abasourdis, les guerriers virent Anéa crisper les mains sur sa poitrine. Du sang coula entre ses doigts, tandis qu'un gémissement de douleur s'échappait de ses lèvres. Puis elle s'écroula sur les genoux. Ils n'avaient pas eu le temps de réagir : tout avait été trop vite. Le visage défiguré d'Ashertari les avait figés sur place. La Géante poussa un hurlement de triomphe qui leur glaça le sang dans les veines.

Depuis que la muraille de feu avait englouti son armée, une seule pensée avait dominé son esprit : survivre assez longtemps pour tuer cette sœur, cette rivale qu'elle aimait et qu'elle haïssait plus que tout, une femme qu'elle aurait voulu posséder, faire sienne, à laquelle elle aurait voulu se fondre corps et âme. Cette obsession s'était muée peu à peu en une folie dévastatrice qui lui avait dévoré la raison. Elle lui avait donné la force de détourner d'elle le flot incandescent. Mais une lame de feu l'avait touchée malgré tout, lui brûlant la chair et la peau ; la beauté qui avait été la sienne n'était plus qu'un souvenir.

Elle avait profité de la nuit pour rejoindre le lieu où Anéa et ses guerriers avaient trouvé refuge. Dissimulée derrière un voile psychique protecteur, indécelable, elle avait gravi, au prix de mille douleurs, l'escarpement rocheux. Puis elle avait attendu le moment propice. Elle savait qu'Anéa reviendrait. Et elle l'avait frappée, profitant de son désarroi.

Elle avait vaincu. Anéa était à genoux devant elle, à ses pieds, le visage tordu par la souffrance. Pourtant, au moment de porter le coup de grâce, elle eut un moment d'hésitation. Une hésitation qui lui fut fatale. En elle, la haine et l'amour se livraient un combat acharné.

Elle s'aperçut trop tard que les guerriers avaient repris leurs esprits. Des épées, des dagues avaient surgi dans leurs mains. Elle leur fit face et concentra sa puissance mentale.

Alors se manifesta un phénomène incompréhensible. Habités par une haine proche de la folie, ils se ruèrent sur elle. Elle voulut riposter en projetant sur eux une onde destructrice. Pourtant celle-ci n'eut aucun effet sur eux. L'énergie psychique dégagée par leurs sentiments poussés au paroxysme formait une barrière infranchissable contre laquelle elle ne pouvait lutter. La peur s'empara d'elle. Un premier coup, porté par Targhos, l'atteignit au ventre. Puis ce fut la curée. Des lames s'enfoncèrent dans ses cuisses, ses bras, sa poitrine. Elle trouva la force de reculer, jusqu'au bord du précipice. Elle aurait voulu hurler sa hargne, mais aucun son ne sortait de sa gorge. Un dernier coup de Targhos l'atteignit à la tempe et elle bascula dans l'abîme, au fond duquel coulait un torrent de boue né de l'explosion du volcan, et gonflé par les pluies diluviennes tombées pendant la nuit.

Les guerriers, leur cœur tendu à l'extrême par la fureur qui les habitait tous, virent le corps de la Géante tourbillonner, s'écraser contre un rocher, puis basculer dans les eaux furieuses où il disparut, emporté par un courant violent. Ils demeurèrent un instant abasourdis. Puis Targhos revint vers Anéa. Un filet de sang coulait des lèvres de la jeune femme. Il lui souleva la tête avec précaution, et constata qu'elle vivait encore. Il faillit hurler de joie.

– Nous l'avons tuée, Princesse. Elle est morte.

Anéa ouvrit les yeux, acquiesça d'un battement de cils, puis sombra dans l'inconscience.

Un bruit léger éveilla l'attention des guerriers : au loin vers le sud se profilait la silhouette racée de l'aéroglisseur. Quelques instants plus tard, il se posait sur l'escarpement rocheux. Astyan bondit hors de l'appareil et les rejoignit. Lorsqu'il vit le corps de sa compagne, il serra les dents pour ne pas céder aux larmes qui lui brûlaient les yeux. Ses compagnons, Kronos, Rhéa et Athor, l'entourèrent ; il se tourna vers eux et déclara d'une voix déterminée :

– Elle doit vivre ! Elle porte un nouvel enfant.

Alors les trois Titans et le Géant s'agenouillèrent autour d'Anéa et concentrèrent leurs esprits.

La jeune femme resta plusieurs jours entre la vie et la mort. Parce qu'elle était intransportable, on l'avait installée sous la tente de campagne. Les quatre demi-dieux ne la quittèrent pas un seul instant. À l'extérieur, les guerriers avaient refusé d'abandonner les lieux. Malgré les trombes d'eau qui ne cessèrent de tomber pendant quatre jours, nombre d'entre eux passaient la journée à genoux, suppliant le Soleil, la Lune, la déesse-mère, Gaïa, d'accorder la vie à leur princesse. Sur les joues mangées de barbe, les larmes se mêlaient à l'eau du ciel.

La lame d'Ashertari avait atteint une artère. Tout être humain mortel eût succombé en quelques minutes ; un Titan lui-même n'aurait pu survivre sans assistance. Mais les flots d'énergie et d'amour que ses compagnons déversaient en elle permirent à Anéa de lutter. L'hémorragie s'arrêta, contenue par la volonté de ses frères. Puis les tissus vitaux se reformèrent, lentement, sûrement. La formidable vitalité des demi-dieux fit le reste.

Un jour, alors qu'une foule innombrable venue de Poséidonia avait rejoint le promontoire, attendant patiemment dans le silence, un ouragan violent chassa les cohortes de nuages sombres qui pesaient sur la plaine volcanique. Et la lumière de Raâ dissipa les ténèbres, tandis qu'une chaleur nouvelle baignait la foule recueillie. Chancelante, soutenue par Astyan, Anéa sortit de la tente. Autour d'elle se trouvaient Kronos et Rhéa, Athor et le fidèle Targhos. Alors une formidable clameur monta de toutes les poitrines, qui réveilla les échos des montagnes.

Six mois plus tard Anéa donnait le jour à un enfant magnifique, que l'on baptisa Horus, conformément à la vision qu'elle avait eue.

54

Douze années s'étaient écoulées au fil de l'Acheloos. Douze années pendant lesquelles le peuple avait travaillé avec acharnement à reconstruire la plus belle cité du monde. Peu à peu Poséidonia avait effacé les traces de la guerre absurde qui l'avait opposée pendant quelques lunes à cet ennemi terrifiant, surgi des brumes du néant.

Le petit Horus était devenu un garçon superbe qui, comme Pléionée, la fille d'Ocyaan et de Thétys, disposait de pouvoirs singuliers.

Maerl et Vivyan avaient atteint leur treizième année et retrouvé leur mémoire. Par précaution, Astyan et Anéa les avaient gardés à leurs côtés depuis le conflit. De même, ils avaient recueilli quatre couples visités par des songes leur annonçant la naissance de Khrios et de Thémis pour les uns, de Woodian et de Fraïa pour les autres. Depuis les jeunes Titans étaient revenus à la vie, et s'étaient mêlés aux enfants qui égayaient le palais des Orchidées.

À Poséidonia, on aurait pu croire que le terrible affrontement qui avait eu lieu douze ans auparavant n'avait été qu'un cauchemar. Les chats étaient revenus, plus majestueux et plus nombreux que jamais. Les roses s'épanouissaient partout, étalant leurs nuances éclatantes. Les demeures et les temples détruits par les bombardements avaient été rebâtis. Les artistes avaient érigé de nouvelles statues, peint de nouvelles fresques.

Cependant la masse sombre de la Forteresse de même que les bastions et autres fortifications subsistaient, témoins muets des combats. Mais c'était dans les esprits que les traces demeuraient le plus profondément incrustées, cicatrices d'un passé que la mémoire ne pouvait effacer. Il n'y avait pas une famille dont les rangs ne se fussent éclaircis, avec la disparition d'un père, d'un frère ou d'une sœur.

Par ailleurs, les grands navires qui autrefois naviguaient d'un royaume à l'autre avaient modifié leurs itinéraires. Une mort lente avait frappé cinq des sept îles de l'Archipel.

Kronos et Rhéa n'avaient pu retourner dans leur royaume tant aimé d'Hespérya. Comme Aralu, Amenti, Lyonesse et Antilla, il avait été touché par la nuée radioactive due aux pierres de feu qui avait détruit Atlantis. Les deux Titans avaient alors décidé de quitter l'Empire pour fonder un nouveau royaume sur les rives d'une mer intérieure que l'on appelait Helles. En souvenir de la merveilleuse cité d'Étrusia, on avait baptisé ce pays : l'Etrurie.

Astyan et Anéa étaient devenus les deux seuls souverains de l'Atlantide. Ce qui avait valu à Astyan le surnom de « Pilier du monde », qui se disait *Atlas* en langage atlante.

Malgré l'intervention des Titans, nombre des habitants de l'Archipel avaient péri des suites des irradiations. Les populations des îles condamnées s'étaient scindées en deux : certaines avaient suivi Kronos et Rhéa, d'autres avaient choisi de demeurer sur les deux seules îles encore habitables, Avallon et Atalaya. Poséidonia était devenue la capitale de l'Empire atlante. On avait bâti de nouvelles villes, sept cités dont les noms rappelaient le souvenir des anciens royaumes : Aralu, Amenti, Atlantis, Lyonesse, Delphes, Memphis, Saïqarah, auxquelles venaient s'ajouter Kamaloth et Asgarth.

Athor avait regagné son lointain royaume du Nord, suivi par ses guerriers. On avait établi avec lui des relations commerciales solides. Une partie des habitants d'Atalaya avaient rejoint son domaine, afin de fonder de nouvelles colonies sur les côtes sauvages d'un continent qui n'avait pas encore de nom.

Pléionée avait guidé ce qui restait du peuple antillien sur les côtes des continents occidentaux, le Pontheus et l'Inkheus, où l'on avait développé les petites colonies déjà installées sur les lieux.

Aujourd'hui, douzième anniversaire de la victoire que les Poséidoniens avaient remportée sur les Serpents, Astyan s'apprêtait à ramener Maerl et Vivyan à Kamaloth. La sagesse qu'ils avaient retrouvée démentait leur apparence encore enfantine.

Cependant, contrairement à l'usage, Anéa ne l'accompagnerait pas. Malgré le temps écoulé, on redoutait toujours une action imprévue de la secte des Serpents, qui avait continué à se manifester de manière sporadique depuis la guerre. Des fanatiques avaient de temps à autre badigeonné des monuments, posé des bombes incendiaires dans différents lieux. On avait pu en arrêter quelques-uns, mais le même implant cérébral provoquait instantanément leur mort.

Les Titans n'avaient pas relâché leur surveillance depuis douze ans. Mais comment lutter contre un ennemi insaisissable, qui disparaissait sitôt son forfait accompli ?

Astyan partirait donc seul à Kamaloth, empruntant son aéroglisseur, qui venait d'être remis à neuf. Son fidèle Païdras l'accompagnerait.

Ce fut au moment où il s'apprêtait à rejoindre son appareil sous les acclamations de la foule qu'une idée ancienne lui revint à l'esprit, une image angoissante qui l'avait traversé, treize ans plus tôt, alors même que les Serpents n'avaient pas encore commis leurs crimes.

Cette existence, la trente-troisième qu'il vivait depuis la fondation de l'Empire atlante, ne serait-elle pas la dernière ?

Épilogue

Au fond de sa caverne, Jehn-Astyan reprit peu à peu ses esprits. Depuis longtemps le feu sur lequel il avait jeté les fleurs de pavot boréal s'était éteint. Pourtant, il ne souffrait pas du froid. La vision occupait encore son esprit tout entier. Il revoyait le palais, ce palais dont le parc s'embellissait des plus belles orchidées du monde.

Et il comprit le sens de la vision qui l'avait assailli, bien longtemps auparavant, au cours de l'épreuve initiatique de l'Arundha[1].

Il se trouvait au centre d'une vaste salle, dallée d'une mosaïque aux couleurs chatoyantes : la salle du trône, où Anéa et lui recevaient les argontes. Tous étaient présents, hormis le vieil Oldma, décédé trois ans auparavant. Devant lui se découpait la baie lumineuse, ouverte sur l'Agora, où une foule immense était venue les acclamer. Quittant la pénombre de la grande salle du palais, il s'avança sur la vaste esplanade inondée de lumière. Jusqu'à l'horizon, les toits de la cité resplendissaient d'une luminosité étonnante, due à l'or qui les recouvrait.

L'air tiède, embaumé de parfums printaniers, baignait une foule bigarrée et innombrable. De chaque côté s'élevaient les statues dorées à l'effigie des dieux. Sur la gauche se dressait l'immense temple heptagonal dédié à Raâ. Ses

1. Voir le premier tome : *Le Prince déchu.*

surfaces cristallines reflétaient les rayons de l'astre du jour.

À l'opposé du palais, de l'autre côté de la place, s'étirait la longue voie du Soleil, qui menait vers le port. Au loin sommeillaient les grands navires, au milieu desquels il reconnut la silhouette élégante de l'*Hedreen*, que l'on avait remis en état. Une bouffée d'émotion s'empara de lui à l'évocation de ce navire superbe, auquel il devait en partie sa victoire. Puis son regard revint vers la cité magnifique, la merveilleuse capitale de ce nouvel empire contre lequel les Serpents surgis de l'ombre s'étaient brisés les dents. Sans doute n'existait-il pas de par le vaste monde de ville aussi belle et aussi riche.

Une main se glissa dans la sienne, une main chaude, douce, où coulait tout l'amour du monde. Il la serra avec tendresse. Anéa lui adressa un sourire plein de chaleur. Puis tous deux s'avancèrent à la limite du balcon dominant la foule, qui se mit à hurler son enthousiasme. Les festivités célébrant la résurrection d'un nouveau couple de Titans allaient commencer, à Poséidonia comme à Kamaloth, où les habitants se languissaient d'accueillir leurs dieux vivants. Les récoltes avaient été abondantes, les troupeaux n'avaient jamais été aussi beaux, et, malgré les combats et les destructions, la famine avait été évitée.

Astyan tourna les yeux vers sa compagne ; la douceur du regard vert posé sur lui le rassura, une sensation de plénitude absolue le parcourut. Jamais elle n'avait été aussi belle. Un magnifique collier d'émeraudes serties dans des fleurs d'or ciselé décorait son cou et ses épaules dénudées ; sa chevelure était retenue par un superbe diadème de saphirs bleus, qui disaient sa condition royale. Elle lui avait avoué le sacrifice offert aux lacs lors de son combat contre Ashertari. Aussi, dès qu'elle avait été remise sur pied, il lui avait fait confectionner par les plus habiles orfèvres de Poséidonia deux bijoux d'une splendeur extraordinaire destinés à remplacer ceux qu'elle avait abandonnés.

Il serra encore plus fort la fine main glissée dans la sienne. Il existait entre eux un lien que rien ne déferait jamais, pas même la mort. Elle était son amie, son reflet, son double, au-delà de tout ce qui pouvait s'imaginer. Un sentiment de fierté et de reconnaissance envers les dieux l'emplit. Ils se tournèrent tous deux vers la foule et entreprirent de descendre le large escalier de marbre blanc éclaboussé de lumière. Des visages montèrent vers eux, où ils lisaient l'adoration de tout un peuple.

Des visages sur lesquels il pouvait mettre des noms à présent : son frère Oharis, accompagné de la rousse Mélina, plus éblouissante que jamais malgré les quatre enfants qu'elle lui avait déjà donnés ; sa jeune sœur, la douce Églée ; Targhos, le capitaine courageux à qui sans doute Anéa devait la vie ; Païdras, son fidèle compagnon, qui l'attendait pour le mener à Kamaloth ; et puis tous les autres, les argontes, les sénateurs, les petits vendeurs ambulants de l'Agora, les gens du peuple, les immigrants arrivés des royaumes disparus.

En traversant la place immense, le malaise diffus revint le hanter. Une telle opulence, un tel bonheur pouvaient-ils durer ? De sombres desseins ne se tramaient-ils pas dans l'ombre ? Toute cette richesse, tous ces honneurs ne se paieraient-ils pas un jour ? Ils avaient détruit les Géants. Mais si ceux-ci avaient appris à maîtriser le phénomène de la réincarnation, ils allaient reparaître un jour. Alors serait-il assez fort pour défendre son peuple ?

Bien sûr il était un dieu lui-même, tout comme Anéa. Pourtant, les Serpents avaient réussi à éliminer la moitié de ses frères. Personne n'était à l'abri du Destin impitoyable qui frappait les hommes et les divinités. Il ne redoutait rien pour lui, mais il craignait pour les siens.

Peu à peu une curieuse impression l'envahit, semblable à celle qu'il avait éprouvée lorsqu'il était le seul à croire que la malédiction des Serpents n'était pas pure imagination. Il sentait s'amasser au loin, sans raison aucune, une puissance destructrice inimaginable et aveugle.

Tout à coup l'air lui manqua. Il chancela. Inquiète, Anéa le soutint. Il se reprit. Aujourd'hui plus que jamais il devait montrer aux Poséidoniens le visage de la sérénité et du triomphe.

La main d'Anéa lui adressa une légère pression. Elle avait ressenti les doutes qui assaillaient l'esprit de son compagnon. Derrière eux suivaient Maerl et Vivyan ; personne ne s'étonnait de voir dans ces deux enfants les princes qui allaient reprendre leur place sur le trône de Kamaloth. En eux coulait déjà toute la sagesse qui avait été celle des demi-dieux depuis des temps immémoriaux. Ensuite venait la famille des Titans, les deux filles, Maïa et Schoenée, ainsi que leur jeune frère Horus, qui venait d'avoir onze ans ; les parents, Chyron et Elna, Meïna et Phéros, suivis des autres frères et sœurs.

La jeune Maïa, qui venait d'avoir vingt ans, avait pris son père à part le matin même. Elle avait les yeux rouges.

– Tu ne devrais pas partir aujourd'hui, père. Cette nuit, j'ai revu le serpent. Il semblait resurgir du gouffre de la mort, comme s'il rassemblait ses forces à nouveau.

Astyan l'avait prise contre lui.

– Je sais que nous devrons le combattre à nouveau. Mais rassure-toi, je ne serai pas absent longtemps, deux ou trois jours au maximum. Tu sais bien que je ne peux rester loin de ta mère et de vous.

Elle lui avait souri d'un air triste. Était-ce ce sourire qui obsédait Astyan comme il traversait l'Agora, sous les regards affectueux de son peuple ?

La foule s'écarta avec autant de familiarité que de respect sur leur passage. On allait fêter le solstice d'été, et la splendeur des réjouissances serait une nouvelle victoire remportée sur le sort, sur l'ombre que les Serpents avaient voulu répandre sur le monde douze ans plus tôt. Malgré les morts, malgré les souffrances endurées, les Poséidoniens avaient triomphé. Désormais un nouvel ennemi pouvait surgir des profondeurs du néant : on était prêt à le combattre.

En dépit des années écoulées, les gardes impériaux étaient toujours considérés comme des héros, tout comme les civils qui s'étaient battus avec courage. On parlait encore souvent, le soir, à la veillée, de ces jours hors du temps, où la vie avait pris un autre sens, où la mort pouvait frapper d'un instant à l'autre. On en frissonnait rétrospectivement, mais il se glissait toujours dans ces récits une paradoxale pointe de nostalgie. Jamais on ne pourrait oublier cette époque troublée.

Païdras rejoignit Astyan. L'aéroglisseur avait été posé en bordure de la voie du Soleil, afin que la foule puisse suivre son décollage, et adresser un hommage enthousiaste à Maerl et Vivyan, qui allaient rejoindre leur royaume.

Tandis que les deux jeunes Titans pénétraient dans l'appareil sous les acclamations délirantes, Astyan se tourna vers Anéa. Un flot de sentiments chargés de chaleur et d'émotion coula de l'un à l'autre.

– Ne t'inquiète pas, petite ! Je serai très vite de retour. Prends bien soin de notre bonne ville de Poséidonia en mon absence.

Anéa, la gorge serrée, ne répondit pas. Puis elle se jeta dans ses bras pour contenir son trouble. Il caressa la longue chevelure blonde et murmura :

– Quoi qu'il puisse nous arriver, je te retrouverai toujours ! Ne l'oublie jamais !

Il ne comprit pas vraiment pourquoi il avait prononcé ces mots. Il serait absent si peu de temps.

Si peu de temps...

Enfin il se sépara d'elle. Leurs mains restèrent longtemps en contact, jusqu'au bout de leurs doigts, comme s'ils se déchiraient l'un de l'autre. Puis Astyan pénétra dans l'aéroglisseur, où Païdras l'avait précédé. Maerl et Vivyan étaient déjà confortablement installés sur les sièges. Il leur tardait de retrouver leur cité de Kamaloth.

Le sas se referma, la foule s'écarta. Païdras enclencha la ceinture antigravifique, qui fit entendre son léger bourdonnement. Avec une lenteur majestueuse, l'appareil décolla sous les vivats de la foule. Il s'éloigna, prit de l'altitude.

Soudain Maïa, le teint livide, se mit à hurler :

– Nooon ! Père ! Reviens ! *Reviens !*

L'écho de ce cri de désespoir vint frapper Astyan au cœur de la caverne de Thulea, comme un avertissement survenu trop tard. Soudain il y eut comme un éblouissement terrifiant, une douloureuse sensation de brûlure. La foule, pétrifiée par l'horreur, vit l'appareil s'embraser, tandis qu'un gouffre sans fond s'ouvrait devant le Titan.

Saisi par l'angoisse, Jehn-Astyan se redressa. Un hurlement d'effroi gonfla ses poumons – un cri qui s'étrangla dans sa gorge. Il n'avait plus de forces. Les muscles douloureux, comme vidés de toute substance, il chancela, fit quelques pas. La dernière vision qu'il emporta fut l'apparition fugace de deux yeux d'un bleu très pâle, un visage marqué par l'anxiété, des mains qui se tendaient vers lui, une bouche qui criait son nom...

Une chaleur douce le baignait. Une lumière bleutée pénétrait par la fenêtre ouverte sur l'infini de l'océan. Le visage aux traits fins était penché sur lui, inquiet.

– Anéa, souffla-t-il.

Deux larmes roulèrent sur les joues de la jeune femme aux yeux bleus.

– Comme tu as dû l'aimer, murmura-t-elle.

Il la regarda comme s'il la découvrait pour la première fois.

– Callisto ?

Il ferma les yeux. Tout s'embrouillait dans son esprit. Son corps était si faible. Il avait peine à bouger les bras.

– Où suis-je ?

– Près de moi, à Thulea. Dans notre chambre.

– Notre chambre...

Il respira avec difficulté. Peu à peu de nouvelles images lui revinrent. Le visage d'une jeune femme aux yeux rieurs, qui avait été son épouse – son épouse ? Le souvenir d'une cité sombre, hantée par les brumes, le regard cruel d'une fille aux cheveux de feu, une vague gigantesque, déclenchée par sa fureur incontrôlée. Des gens qui hurlaient de terreur, un peuple d'esclaves qui enfin retrouvait la liberté.

Puis la lumière d'un pays fabuleux où la glace et le feu

avaient conclu une alliance pour offrir un paradis aux hommes qui l'habitaient. Un peuple chaleureux et hospitalier qui l'avait accueilli, parce qu'il avait donné un enfant à sa reine. Une jeune reine, à la beauté si attachante, si fragile. Enfin quelque chose de chaud et d'humide se décida à couler sur ses joues.

Il rouvrit les yeux.

– Pardonne-moi, murmura-t-il. Je sais que je te fais souffrir.

Elle se pencha sur lui, se blottit dans ses bras. La douceur de la peau de la jeune femme lui fit du bien.

– Je n'ai rien à te pardonner. Je savais qu'en t'aidant à retrouver la mémoire, je te perdrais.

Elle eut un sourire triste.

– Au moins, je conserverai un souvenir de toi.

Elle lui montra son ventre, gonflé par la naissance proche. Il se redressa sur un coude.

– Par les dieux ! Qu'ai-je fait ?

– Tu m'as fait cet enfant, parce que je te l'ai demandé.

Il hésita, puis déclara :

– Ce n'est pas moi qui t'ai fait cet enfant. C'est... Jehn le chasseur. Jamais je n'aurais touché une autre femme.

Il voulut se relever, mais ses muscles le faisaient horriblement souffrir. Il parvint néanmoins à se mettre debout, tituba, s'appuya au mur. Un vertige le saisit, qui lui donna la nausée.

– Anéa... répéta-t-il.

Callisto vint le soutenir.

– Tu devrais te recoucher. Tu es si faible.

– Mais pourquoi... Que s'est-il passé ?

– Cela fait plus de deux lunes que tu t'es retiré dans cette caverne.

– Deux lunes ?

– Oui. Je t'ai rejoint trois jours après ton départ.

Elle l'aida à se recoucher. Ses jambes ne le soutenaient plus. Elle se rassit à ses côtés et expliqua :

– J'étais inquiète. Lorsque je t'ai retrouvé, tu semblais plongé en léthargie. Tes fonctions vitales s'étaient ralenties. Je ne pouvais rien faire. Alors je t'ai veillé. Les miens m'ont apporté de quoi me nourrir, et je suis restée près de toi pendant tout ce temps.

– Ma petite princesse...

– Tu n'as rien bu ni mangé depuis deux lunes. Comme si ton esprit avait quitté ton corps.

Astyan ne répondit pas. Peu à peu les images de lumière de l'Archipel du Soleil s'estompaient. Il reprenait pied dans la réalité. Une réalité qui avait nom Callisto, une femme qui attendait un enfant de lui.

– Tu sais à présent qui tu es, dit-elle.

– Oui, je le sais. Mais cela ne résout rien.

Il se laissa aller en arrière.

– Callisto, aide-moi. Il faut que je reprenne des forces.

– Il faut seulement que tu te nourrisses. Dans quelques jours, cela ira mieux.

Elle ne s'était pas trompée. Soutenu par la tendresse et l'amour inconditionnel que lui portait la jeune femme, Astyan se rétablit très vite. Quatre jours plus tard, sa faiblesse avait disparu. Ce fut à ce moment-là qu'il s'aperçut de la disparition du loup.

– Où est-il ? demanda-t-il à sa compagne.

– Je l'ignore. Lorsque je t'ai retrouvé dans la caverne, il était là. Il a veillé sur toi, pendant tout le temps de ton étrange sommeil. Puis il est sorti quand tu as retrouvé tes esprits. Depuis personne ne l'a revu.

Astyan sourit.

– Il avait rempli sa mission. Me permettre de retrouver la mémoire de mes vies passées.

Il se tut. Pouvait-il expliquer à sa compagne ce qu'il venait de comprendre ? Que ce loup au comportement si singulier n'était autre que l'incarnation de son père divin, Euneor, qui lui avait permis de revenir à la vie...

Il préféra garder le silence.

Il s'avança sur la terrasse dominant la petite cité de Thulea, inondée d'un soleil à la lumière bleutée si particulière. Dans le port, les trois navires taillés pour les courses lointaines attendaient bien sagement le long des quais, en compagnie des petites barques des pêcheurs.

Mais un navire aussi grand que l'*Hedreen* n'aurait pu y pénétrer. Thulea n'avait aucun rapport avec les colonies atlantes. Tout y était si... différent. On ignorait les véhicules automobiles. L'art y était plus grossier, les tissus des vêtements n'avaient rien de commun avec la finesse des étoffes atlantes. Il éprouvait la sensation étrange de se retrouver dans un autre monde.

Les dernières images perçues demeuraient incrustées en lui. L'aéroglisseur avait explosé. Il y avait perdu la vie, comme certainement Maerl et Vivyan, qu'il devait ramener vers les leurs, à Kamaloth. Ainsi les Serpents étaient parvenus à l'éliminer. Il ne s'était pas montré assez méfiant. Mais comment cela s'était-il produit ? Ils avaient tué tous les Géants. Même s'ils avaient réussi à maîtriser le phénomène de la résurrection, il ne s'était écoulé que douze ans depuis leur disparition ; ils ne pouvaient donc pas être revenus si vite à la vie. Et même si tel était le cas, ils n'étaient encore que des enfants, incapables d'avoir retrouvé la mémoire du passé.

Alors qu'était-il arrivé ?

Et surtout, le visage de sa compagne demeurait gravé en lui. Il devait la retrouver.

Mais il ne possédait plus aucun point de repère. Il ne parvenait même pas à savoir combien de temps s'était écoulé depuis sa dernière mort. Cependant, s'il était revenu à la vie dans un délai normal, une trentaine d'années le séparaient de sa disparition. Anéa était sûrement encore en vie. À moins qu'ils... ne l'aient tuée, elle aussi. Il fallait qu'il sache. Il se tourna vers Callisto.

– Je dois repartir !

– Je sais.

– Il faut que je retourne là-bas, tu comprends ?

– Mais où, là-bas ?

– Vers le sud. Au milieu de l'océan, il existe sept grandes îles, avec des villes, un empire puissant, menacé par un ennemi qui a déjà tenté une fois de l'anéantir. Il est parvenu à me tuer. Mais je suis revenu à la vie, Callisto. C'est pour cela que les dieux ont permis que je ressuscite. Parce que les miens ont besoin de ma présence.

– Oui, Astyan.

– J'ai besoin de ton aide, ma douce Callisto.

– Je te l'ai déjà accordée. Tu peux prendre mon navire dès que tu le souhaiteras. Resteras-tu seulement jusqu'à la naissance de notre fils, Arkas ?

– Je te l'ai promis. Je tiendrai parole. Mais je partirai aussitôt après. Il me tarde tellement de retrouver les miens.

Elle lui adressa un sourire pour toute réponse. Il la prit dans ses bras, l'embrassa avec tendresse, puis s'avança sur la terrasse pour respirer profondément l'air apporté par les vents du large – une brise fraîche, emplie de senteurs marines, odeurs d'algues et d'iode mêlées. Des nuées de cormorans et de fous de Bassan tournoyaient au-dessus des mâts. Sur les quais, des pêcheurs réparaient leurs filets, tandis que de jeunes enfants jouaient au milieu des « baskes », ces cages métalliques destinées à piéger les homards.

– Je vais faire un tour sur le port, déclara-t-il. J'ai besoin... de sentir le pont d'un navire sous mes pieds.

– Va, mon bien-aimé !

Callisto resta en arrière, contemplant, les yeux humides de larmes, la haute silhouette de l'homme dont elle portait le fruit dans ses entrailles, et qui s'éloignait d'elle. Même si son corps était encore là, son esprit était déjà parti.

Elle savait déjà qu'elle ne trouverait pas le courage de lui avouer qu'il n'existait rien au milieu du grand océan. Rien que quelques îles éparses dont les plus anciennes légendes affirmaient qu'elles étaient les sommets encore émergés d'une grande île, peut-être d'un archipel, qui autrefois avait été la demeure des dieux antiques.

Système de mesures atlante (longueurs et distances)

Le système de mesure des distances atlante avait pour référence la circonférence de la Terre à l'équateur (soit quarante mille kilomètres).

Par ailleurs, ils utilisaient un système hexagésimal, c'est-à-dire de base soixante, que l'on retrouvera plus tard chez les Assyriens, à qui nous devons encore aujourd'hui la division des heures en minutes et secondes. Les opérations sur la base soixante offraient de multiples possibilités de calcul et d'innombrables mesures secondaires, dont nous ne présentons ici que les cinq plus importantes.

L'équateur terrestre mesurait 3 600 « angles », ce qui permet de déduire qu'un angle valait 11,111 kilomètres.

1 angle = 10 milles atlantes = 60 plèthres	= 11,111 km
1 mille atlante = 6 plèthres	= 1,111 km
1 plèthre = 30 coudées atlantes	= 185,18 m
1 coudée = 20 pouces	= 61,72 cm
1 pouce	= 3,09 cm

Les Douze Règles de vie atlantes

PREMIÈRE RÈGLE : *Le monde et l'univers, avec tous les êtres vivants qu'ils contiennent, hommes, animaux et plantes, ainsi que l'eau, la terre, l'air, le feu et l'éther, c'est-à-dire la dimension invisible, constituent un tout unique et illimité dans le temps et l'espace, appelé l'Esprit infini.*

Cet Esprit infini a offert aux êtres humains la terre sacrée d'Atlantide, afin qu'ils y vivent dans le bonheur et la sérénité.

Leur écorce charnelle est issue de la poussière fondamentale dont elle est formée, et à laquelle elle retourne lorsque vient le moment de la mort, qui n'est qu'un autre aspect de la vie, avant une nouvelle résurrection. La force subtile qui l'anime s'appelle l'âme, ou « Étincelle divine », et provient de l'Esprit invisible et infini, dont elle est la manifestation. Cette âme est immortelle, et par elle tous les humains, comme tous les êtres vivants, sont unis les uns aux autres par la puissance de l'Esprit.

DEUXIÈME RÈGLE : *Tous les êtres humains, hommes et femmes, naissent égaux en droits et en devoirs. À ce titre, ils doivent se respecter mutuellement. Ainsi tout être humain, homme ou femme, est libre de mener la vie qu'il a choisie, de croire, dépenser et d'agir comme il le souhaite, à condition de respecter la vie, les croyances, les pensées et les actions des autres. Nul n'a le droit de critiquer, et encore moins de contraindre, de quelque manière que ce soit, tout être humain qui a choisi une voie diffé-*

rente de la sienne. Chacun respectera les différences des autres, car c'est l'infinie diversité des êtres humains qui les enrichit mutuellement.

TROISIÈME RÈGLE : *Parce qu'il est une partie de l'Esprit infini, chaque être humain est unique et possède en lui une richesse qui lui est propre, appelée la « Fleur divine », que l'Esprit infini a déposée en lui afin qu'il puisse l'épanouir et vivre dans l'harmonie et la plénitude. Ainsi la quête de l'être humain, qui est l'élévation spirituelle tout au long de ses vies successives, consiste à découvrir en lui-même, par la méditation et l'introspection, la façon dont l'Esprit infini désire s'exprimer à travers lui.*

QUATRIÈME RÈGLE : *Toutes les divinités qui entourent les êtres humains, le Soleil, qui apporte la lumière et la chaleur, la Lune, qui illumine la nuit, la Terre, qui est le jardin des hommes, l'Océan, dont toute vie est issue, les étoiles lointaines, de même que les sources qui guérissent, les rivières, les fleuves et les volcans, ne sont que les manifestations visibles de l'Esprit infini. Il convient de les respecter et de les aimer, car elles font partie de l'univers de l'homme. Mais en aucun cas il ne doit leur être accordé ce pouvoir illimité qui n'appartient qu'à l'Esprit. Ainsi aucune représentation, sous la forme de statuette ou d'idole, ne peut être assimilée à l'Esprit lui-même. Elle n'est que matière et ne possède en elle-même aucun pouvoir.*

CINQUIÈME RÈGLE : *Parce que l'Esprit infini a donné à l'être humain un pouvoir particulier que l'on appelle la « Conscience », celui-ci percera peu à peu les secrets de la nature et de l'univers. Mais que toujours il garde à l'esprit qu'il fait lui-même partie de cet univers. Alors, il devra respecter la terre qu'il cultive, la plante qu'il récolte, l'arbre qui lui donne ses fruits, l'animal qu'il tue pour se nourrir, la rivière et l'océan qui lui fournissent le poisson et les coquillages. Ainsi respectera-t-il l'Esprit infini. L'absence de ce respect engendrerait des catas-*

trophes dont nul ne peut prévoir où elles s'arrêteraient, et un homme qui manquerait à ce principe ne pourrait plus prétendre à son rang d'être humain.

SIXIÈME RÈGLE : *Tout être humain, homme ou femme, recevra un salaire équivalent au travail qu'il aura fourni, car il a droit au confort et à la dignité d'une vie décente. Cependant, la vie est aussi faite de méditation, de repos et de festivités, qui réjouissent et enrichissent le corps et l'âme. L'accumulation de richesses matérielles par le travail ou par tout autre moyen ne peut constituer le but essentiel de la vie d'un humain, car la véritable richesse se porte en soi. Elle est celle de l'Esprit.*

SEPTIÈME RÈGLE : *L'être humain reçoit la vie par l'intermédiaire de son père et de sa mère. Il les respectera et les aimera de façon privilégiée, car il leur doit de connaître la joie de la vie.*

HUITIÈME RÈGLE : *Nul être humain ne doit prendre la vie d'un autre. Cet acte s'appelle le crime et tout meurtrier sera puni selon leur conscience par ses pairs, et déchu de son rang d'être humain.*

NEUVIÈME RÈGLE : *Nul être humain ne prononcera de fausses paroles dans le but de porter tort à un autre.*

DIXIÈME RÈGLE : *Nul être humain ne doit convoiter ni s'approprier le bien d'un autre, par quelque manœuvre que ce soit.*

ONZIÈME RÈGLE : *Les humains, hommes et femmes, se doivent entre eux une assistance mutuelle, que l'on appelle la « Solidarité », et qui est la base de la plus grande force qui régit l'Esprit infini, l'Amour universel. Tout être humain se doit de porter secours au malade et à celui qui est dans le besoin. De même, nul être humain ne profitera de sa force physique ou morale pour contraindre un être plus faible que lui, ou pour abuser d'une femme, d'un vieillard, et encore moins d'un enfant. Tout homme se rendant coupable d'une telle faute sera jugé selon leur conscience par ses pairs, et déchu de sa dignité d'être humain.*

DOUZIÈME RÈGLE : *Les enfants sont les fruits de l'amour qui lie un homme et une femme. Si l'acte charnel est libre entre deux êtres adultes et consentants, les enfants ne doivent être conçus que dans le cas où cet acte s'enrichit d'un sentiment sincère et profond. Car les parents ont la responsabilité de ces enfants, qu'ils doivent élever et nourrir jusqu'à ce qu'ils parviennent à l'âge adulte. Ils doivent donc s'engager à unir leurs vies dans la perspective de toujours pourvoir à l'éducation de leur progéniture, même s'il leur arrive de se séparer.*

DU MÊME AUTEUR

La Malédiction de la Licorne
Le Rocher, 1990, 2001

La Porte de bronze
Le Rocher, 1994

Phénix
Le Rocher, 1994, 2003
et Gallimard, « Folio SF », n° 224

Les Enfants de l'Atlantide
vol. 1 Le Prince déchu
Le Rocher, 1994
et « Points Fantasy », n° 1440

Les Enfants de l'Atlantide
vol. 3 Le Crépuscule des géants
Le Rocher, 1996

La Première Pyramide
vol. 1 La Jeunesse de Djoser
Le Rocher, 1996
et Gallimard, « Folio », n° 3193

La Première Pyramide
vol. 2 La Cité sacrée d'Imothep
Le Rocher, 1997
et Gallimard, « Folio », n° 3194

La Première Pyramide
vol. 3 La Lumière d'Horus
Le Rocher, 1998
et Gallimard, « Folio », n° 3370

Graal
vol. 1 L'Ombre du prophète
Le Rocher, 1999
et Gallimard, « Folio SF », n° 236

Graal
vol. 2 Le Sacrifice
Le Rocher, 1999

Antilia ou La découverte de l'Amérique antique
Le Rocher, 1999

La Fille du diable
Le Rocher, 2000

Le Roman de la belle et la bête
Le Rocher, 2000

Le Secret interdit
Le Rocher, 2001

Moïse et le pharaon rebelle
Le Rocher, 2002
et Gallimard, « Folio », n° 4267

La Lande maudite
Le Rocher, 2003

Le Tigre de Tasmanie
Presses de la cité, 2003

Les Enfants de l'Atlantide
vol. 4 La Terre des morts
Le Rocher, 2003

La Dame d'Australie
Le Rocher, 2004

La Légende de la Toison d'or
Le Rocher, 2005

COMPOSITION : IGS CHARENTE PHOTOGRAVURE À L'ISLE D'ESPAGNAC
IMPRESSION : BRODARD ET TAUPIN À LA FLÈCHE
DÉPÔT LÉGAL MAI 2006. N° 86124. (35735)

Collection Points Fantasy

P1438. Le Château du roi dragon, La Saga du roi dragon I
Stephen Lawhead
P1439. Les Armes des Garamont, La Malerune I
Pierre Grimbert
P 1440. Le Prince déchu, Les Enfants de l'Atlantide I
Bernard Simonay
P1441. Le Voyage d'Hawkwood, Les Monarchies divines I
Paul Kearney
P1442. Un trône pour Hadon, Le Cycle d'Opar I
Philip-José Farmer
P1443. Fendragon, *Barbara Hambly*
P1444. Les Brigands de la forêt de Skule, *Kerstin Ekman*
P1445. L'Abîme, *John Crowley*
P1463. Hadon, le guerrier, Le Cycle d'Opar II
Philip José Farmer
P1464. Maîtresse du Chaos, La Saga de Raven I
Robert Holdstock et Angus Wells
P1465. La Sève et le Givre, *Léa Silhol*
P1482. Les Rois hérétiques, Les Monarchies divines II
Paul Kearney
P1483. L'Archipel du soleil, Les Enfants de l'Atlantide II
Bernard Simonay

Collection Points

DERNIERS TITRES PARUS

P1224. Le Vagabond de Holmby Park, *Herbert Lieberman*
P1225. Des amis haut placés, *Donna Leon*
P1226. Tableaux d'une ex., *Jean-Luc Benoziglio*
P1227. La Compagnie, le grand roman de la CIA, *Robert Little*
P1228. Chair et Sang, *Jonathan Kellerman*
P1230. Darling Lilly, *Michael Connelly*
P1231. Les Tortues de Zanzibar, *Giles Foden*
P1232. Il a fait l'idiot à la chapelle !, *Daniel Auteuil*
P1233. Lewis & Alice, *Didier Decoin*
P1234. Dialogue avec mon jardinier, *Henri Cueco*
P1235. L'Émeute, *Shashi Tharoor*
P1236. Le Palais des Miroirs, *Amitav Ghosh*
P1237. La Mémoire du corps, *Shauna Singh Baldwin*
P1238. Middlesex, *Jeffrey Eugenides*
P1239. Je suis mort hier, *Alexandra Marinina*
P1240. Cendrillon, mon amour, *Lawrence Block*
P1241. L'Inconnue de Baltimore, *Laura Lippman*
P1242. Berlinale Blitz, *Stéphanie Benson*
P1243. Abattoir 5, *Kurt Vonnegut*
P1244. Catalogue des idées reçues sur la langue
Marina Yaguello
P1245. Tout se paye, *Georges P. Pelacanos*
P1246. Autoportrait à l'ouvre-boîte, *Philippe Ségur*
P1247. Tout s'avale, *Hubert Michel*
P1248. Quand on aime son bourreau, *Jim Lewis*
P1249. Tempête de glace, *Rick Moody*
P1250. Dernières Nouvelles du bourbier, *Alexandre Ikonnikov*
P1251. Le Rameau brisé, *Jonathan Kellerman*
P1252. Passage à l'ennemie, *Lydie Salvayre*
P1253. Une saison de machettes, *Jean Hatzfeld*
P1254. Le Goût de l'avenir, *Jean-Claude Guillebaud*
P1255. L'Étoile d'Alger, *Aziz Chouaki*
P1256. Cartel en tête, *John McLaren*
P1257. Sans penser à mal, *Barbara Seranella*
P1258. Tsili, *Aharon Appelfeld*
P1259. Le Temps des prodiges, *Aharon Appelfeld*
P1260. Ruines-de-Rome, *Pierre Sengès*
P1261. La Beauté des loutres, *Hubert Mingarelli*
P1262. La Fin de tout, *Jay McInerney*
P1263. Jeanne et les siens, *Michel Winock*
P1264. Les Chats mots, *Anny Duperey*
P1265. Quand j'avais cinq ans, je m'ai tué, *Howard Buten*
P1266. Vers l'âge d'homme, *J.M. Coetzee*

P1267. L'Invention de Paris, *Eric Hazan*
P1268. Chroniques de l'oiseau à ressort, *Haruki Murakami*
P1269. En crabe, *Günter Grass*
P1270. Mon père, ce harki, *Dalila Kerchouche*
P1271. Lumière morte, *Michael Connelly*
P1272. Détonations rapprochées, *C.J. Box*
P1273. Lorsque la nature parlait aux Égyptiens
Christiane Desroches Noblecourt
P1274. Le Tribunal des Flagrants Délires 1
Pierre Desproges
P1275. Le Tribunal des Flagrants Délires 2
Pierre Desproges
P1276. Un amant naïf et sentimental, *John le Carré*
P1277. Fragiles, *Philippe Delerm et Martine Delerm*
P1278. La Chambre blanche, *Christine Jordis*
P1279. Adieu la vie, adieu l'amour, *Juan Marsé*
P1280. N'entre pas si vite dans cette nuit noire
António Lobo Antunes
P1281. L'Évangile selon saint Loubard, *Guy Gilbert*
P1282. La femme qui attendait, *Andreï Makine*
P1283. Les Candidats, *Yun Sun Limet*
P1284. Petit Traité de désinvolture, *Denis Grozdanovitch*
P1285. Personne, *Linda Lê*
P1286. Sur la photo, *Marie-Hélène Lafon*
P1287. Le Mal du pays, *Patrick Roegiers*
P1288. Politique, *Adam Thirlwell*
P1289. Érec et Énide, *Manuel Vázquez Montalbán*
P1290. La Dormeuse de Naples, *Adrien Goetz*
P1291. Le croque-mort a la vie dure, *Tim Cockey*
P1292. Pretty Boy, *Lauren Henderson*
P1293. La Vie sexuelle en France, *Janine Mossuz-Lavau*
P1294. Souvenirs obscurs d'un Juif polonais né en France
Pierre Goldman
P1295. Dans l'alcool, *Thierry Vimal*
P1296. Le Monument, *Claude Duneton*
P1297. Mon nerf, *Rachid Djaïdani*
P1298. Plutôt mourir, *Marcello Fois*
P1299. Les pingouins n'ont jamais froid, *Andreï Kourkov*
P1300. La Mitrailleuse d'argile, *Viktor Pelevine*
P1301. Un été à Baden-Baden, *Leonid Tsypkin*
P1302. Hasard des maux, *Kate Jennings*
P1303. Le Temps des erreurs, *Mohammed Choukri*
P1304. Boumkœur, *Rachid Djaïdani*
P1305. Vodka-Cola, *Irina Denejkina*
P1306. La Lionne blanche, *Henning Mankell*
P1307. Le Styliste, *Alexandra Marinina*
P1308. Pas d'erreur sur la personne, *Ed Dee*
P1309. Le Casseur, *Walter Mosley*

P1310. Le Dernier Ami, *Tahar Ben Jelloun*
P1311. La Joie d'Aurélie, *Patrick Grainville*
P1312. L'Aîné des orphelins, *Tierno Monénembo*
P1313. Le Marteau pique-cœur, *Azouz Begag*
P1314. Les Âmes perdues, *Michael Collins*
P1315. Écrits fantômes, *David Mitchell*
P1316. Le Nageur, *Zsuzsa Bánk*
P1317. Quelqu'un avec qui courir, *David Grossman*
P1318. L'Attrapeur d'ombres, *Patrick Bard*
P1319. Venin, *Saneh Sangsuk*
P1320. Le Gone du Chaâba, *Azouz Begag*
P1321. Béni ou le paradis privé, *Azouz Begag*
P1322. Mésaventures du Paradis
Erik Orsenna et Bernard Matussière
P1323. L'Âme au poing, *Patrick Rotman*
P1324. Comedia Infantil, *Henning Mankell*
P1325. Niagara, *Jane Urquhart*
P1326. Une amitié absolue, *John le Carré*
P1327. Le Fils du vent, *Henning Mankell*
P1328. Le Témoin du mensonge, *Mylène Dressler*
P1329. Pelle le Conquérant 1, *Martin Andersen Nexø*
P1330. Pelle le Conquérant 2, *Martin Andersen Nexø*
P1331. Mortes-Eaux, *Donna Leon*
P1332. Déviances mortelles, *Chris Mooney*
P1333. Les Naufragés du Batavia, *Simon Leys*
P1334. L'Amandière, *Simonetta Agnello Hornby*
P1335. C'est en hiver que les jours rallongent, *Joseph Bialot*
P1336. Cours sur la rive sauvage, *Mohammed Dib*
P1337. Hommes sans mère, *Hubert Mingarelli*
P1338. Reproduction non autorisée, *Marc Vilrouge*
P1339. S. O. S., *Joseph Connolly*
P1340. Sous la peau, *Michel Faber*
P1341. Dorian, *Will Self*
P1342. Le Cadeau, *David Flusfeder*
P1343. Le Dernier Voyage d'Horatio II, *Eduardo Mendoza*
P1344. Mon vieux, *Thierry Jonquet*
P1345. Lendemains de terreur, *Lawrence Block*
P1346. Déni de justice, *Andrew Klavan*
P1347. Brûlé, *Leonard Chang*
P1348. Montesquieu, *Jean Lacouture*
P1349. Stendhal, *Jean Lacouture*
P1350. Le Collectionneur de collections, *Henri Cueco*
P1351. Camping, *Abdelkader Djemaï*
P1352. Janice Winter, *Rose-Marie Pagnard*
P1353. La Jalousie des fleurs, *Ysabelle Lacamp*
P1354. Ma vie, son œuvre, *Jacques-Pierre Amette*
P1355. Lila, Lila, *Martin Suter*
P1356. Un amour de jeunesse, *Ann Packer*

P1357. Mirages du Sud, *Nedim Gürsel*
P1358. Marguerite et les Enragés
Jean-Claude Lattès et Éric Deschodt
P1359. Los Angeles River, *Michael Connelly*
P1360. Refus de mémoire, *Sarah Paretsky*
P1361. Petite Musique de meurtre, *Laura Lippman*
P1362. Le Cœur sous le rouleau compresseur, *Howard Buten*
P1363. L'Anniversaire, *Mouloud Feraoun*
P1364. Passer l'hiver, *Olivier Adam*
P1365. L'Infamille, *Christophe Honoré*
P1366. La Douceur, *Christophe Honoré*
P1367. Des gens du monde, *Catherine Lépront*
P1368. Vent en rafales, *Taslima Nasreen*
P1369. Terres de crépuscule, *J. M. Coetzee*
P1370. Lizka et ses hommes, *Alexandre Ikonnikov*
P1371. Le Châle, *Cynthia Ozick*
P1372. L'Affaire du Dahlia noir, *Steve Hodel*
P1373. Premières Armes, *Faye Kellerman*
P1374. Onze Jours, *Donald Harstad*
P1375. Le croque-mort préfère la bière, *Tim Cockey*
P1376. Le Messie de Stockholm, *Cynthia Ozick*
P1377. Quand on refuse on dit non, *Ahmadou Kourouma*
P1378. Une vie française, *Jean-Paul Dubois*
P1379. Une année sous silence, *Jean-Paul Dubois*
P1380. La Dernière Leçon, *Noëlle Châtelet*
P1381. Folle, *Nelly Arcan*
P1382. La Hache et le Violon, *Alain Fleischer*
P1383. Vive la sociale !, *Gérard Mordillat*
P1384. Histoire d'une vie, *Aharon Appelfeld*
P1385. L'Immortel Bartfuss, *Aharon Appelfeld*
P1386. Beaux seins, belles fesses, *Mo Yan*
P1387. Séfarade, *Antonio Muñoz Molina*
P1388. Le Gentilhomme au pourpoint jaune
Arturo Pérez Reverte
P1389. Ponton à la dérive, *Daniel Katz*
P1390. La Fille du directeur de cirque, *Jostein Gaarder*
P1391. Pelle le Conquérant 3, *Martin Andersen Nexø*
P1392. Pelle le Conquérant 4, *Martin Andersen Nexø*
P1393. Soul Circus, *George P. Pelecanos*
P1394. La Mort au fond du canyon, *C. J. Box*
P1395. Recherchée, *Karin Alvtegen*
P1396. Disparitions à la chaîne, *Åke Smedberg*
P1397. Bardo or not bardo, *Antoine Volodine*
P1398. La Vingt-septième Ville, *Jonathan Franzen*
P1399. Pluie, *Kirsty Gunn*
P1400. La Mort de Carlos Gardel, *António Lobo Antunes*
P1401. La Meilleure Façon de grandir, *Meir Shalev*
P1402. Les Plus Beaux Contes zen, *Henri Brunel*

P1403. Le Sang du monde, *Catherine Clément*
P1404. Poétique de l'égorgeur, *Philippe Ségur*
P1405 La Proie des âmes, *Matt Ruff*
P1406. La Vie invisible, *Juan Manuel de Prada*
P1407. Qu'elle repose en paix, *Jonathan Kellerman*
P1408. Le Croque-mort à tombeau ouvert, *Tim Cockey*
P1409. La Ferme des corps, *Bill Bass*
P1410. Le Passeport, *Azouz Begag*
P1411. La station Saint Martin est fermée au public *Joseph Bialot*
P1412. L'Intégration, *Azouz Begag*
P1413. La Géométrie des sentiments, *Patrick Roegiers*
P1414. L'Âme du chasseur, *Deon Meyer*
P1415. La Promenade des délices, *Mercedes Deambrosis*
P1416. Un après-midi avec Rock Hudson *Mercedes Deambrosis*
P1417. Ne gênez pas le bourreau, *Alexandra Marinina*
P1418. Verre cassé, *Alain Mabanckou*
P1419. African Psycho, *Alain Mabanckou*
P1420. Le Nez sur la vitre, *Abdelkader Djemaï*
P1421. Gare du Nord, *Abdelkader Djemaï*
P1422. Le Chercheur d'Afriques, *Henri Lopes*
P1423. La Rumeur d'Aquitaine, *Jean Lacouture*
P1425. Un saut dans le vide, *Ed Dee*
P1426. En l'absence de Blanca, *Antonio Muñoz Molina*
P1427. La Plus Belle Histoire du bonheur, *collectif*
P1424. Une soirée, *Anny Duperey*
P1429. Comment c'était. Souvenirs sur Samuel Beckett *Anne Atik*
P1430. Suite à l'hôtel Crystal, *Olivier Rolin*
P1431. Le Bon Serviteur, *Carmen Posadas*
P1432. Traité de savoir-vivre à l'usage des jeunes Russes *Gary Shteyngart*
P1433. C'est égal, *Agota Kristof*
P1434. Le Nombril des femmes, *Dominique Quessada*
P1435. L'Enfant à la luge, *Chris Mooney*
P1436. Encres de Chine, *Qiu Xiaolong*
P1437. Enquête de mor(t)alité, *Gene Riehl*
P1438. Le Château du roi dragon, La Saga du roi dragon I *Stephen Lawhead*
P1439. Les Armes des Garamont, La Malerune I *Pierre Grimbert*
P 1440. Le Prince déchu, Les Enfants de l'Atlantide I *Bernard Simonay*
P1441. Le Voyage d'Hawkwood, Les Monarchies divines I *Paul Kearney*
P1442. Un trône pour Hadon, Le Cycle d'Opar I *Philip-José Farmer*

P1443. Fendragon, *Barbara Hambly*
P1444. Les Brigands de la forêt de Skule, *Kerstin Ekman*
P1445. L'Abîme, *John Crowley*
P1446. Œuvre poétique, *Léopold Sédar Senghor*
P1447. Cadastre, *suivi de* Moi, Laminaire…, *Aimé Césaire*
P1448. La Terre vaine et autres poèmes, *Thomas Stearns Eliot*
P1449. Le Reste du voyage et autres poèmes, *Bernard Noël*
P1450. Haïkus, *anthologie*
P1451. L'Homme qui souriait, *Henning Mankell*
P1452. Une question d'honneur, *Donna Leon*
P1453. Little Scarlet, *Walter Mosley*
P1454. Elizabeth Costello, *J.M. Coetzee*
P1455. Le maître a de plus en plus d'humour, *Mo Yan*
P1456. La Femme sur la plage avec un chien, *William Boyd*
P1457. Accusé Chirac, levez-vous !, *Denis Jeambar*
P1458. Sisyphe, roi de Corinthe, *François Rachline*
P1459. Le Voyage d'Anna, *Henri Gougaud*
P1460. Le Hussard, *Arturo Pérez-Reverte*
P1461. Les Amants de pierre, *Jane Urquhart*
P1462. Corcovado, *Jean-Paul Delfino*
P1463. Hadon, le guerrier, Le Cycle d'Opar II
Philip José Farmer
P1464. Maîtresse du Chaos, La Saga de Raven I
Robert Holdstock et Angus Wells
P1465. La Sève et le Givre, *Léa Silhol*
P1466. Élégies de Duino *suivi de* Sonnets à Orphée
Rainer Maria Rilke
P1467. Rilke, *Philippe Jaccottet*
P1468. C'était mieux avant, *Howard Buten*
P1469. Portrait du Gulf Stream, *Érik Orsenna*
P1470. La Vie sauve, *Lydie Violet et Marie Desplechin*
P1471. Chicken Street, *Amanda Sthers*
P1472. Polococktail Party, *Dorota Maslowska*
P1473. Football factory, *John King*
P1474. Une petite ville en Allemagne, *John le Carré*
P1475. Le Miroir aux espions, *John le Carré*
P1476. Deuil interdit, *Michael Connelly*
P1477. Le Dernier Testament, *Philip Le Roy*
P1478. Justice imminente, *Jilliane Hoffman*
P1479. Ce cher Dexter, *Jeff Lindsay*
P1480. Le Corps noir, *Dominique Manotti*
P1481. Improbable, *Adam Fawer*
P1482. Les Rois hérétiques, Les Monarchies divines II
Paul Kearney
P1483. L'Archipel du soleil, Les Enfants de l'Atlantide II
Bernard Simonay
P1484. Code Da Vinci : l'enquête
Marie-France Etchegoin et Frédéric Lenoir